Im Sog des Irrsinns

Die Autorin

Lisa Jackson zählt zu den amerikanischen Top-Autorinnen, deren Romane regelmäßig die Bestsellerlisten der *New York Times*, der *USA Today* und der *Publishers Weekly* erobern. Ihre Hochspannungsthriller wurden in fünfundzwanzig Länder verkauft. Auch in Deutschland hat sie den Sprung unter die Top 20 der *Spiegel*-Bestsellerliste geschafft. Lisa Jackson lebt in Oregon.

Mehr Infos über die Autorin und ihre Romane unter:
www.lisajackson.com

Lisa Jackson

Im Sog des Irrsinns

Thriller

Aus dem Amerikanischen
von Kristina Lake-Zapp

Weltbild

Die amerikanische Originalausgabe erschien 2010 unter dem Titel *Running Scared*
bei KENSINGTON PUBLISHING CORP., New York, NY, USA.
Neuversion von *Wishes* (erschienen 1995)

Besuchen Sie uns im Internet:
www.weltbild.de

Genehmigte Lizenzausgabe für Verlagsgruppe Weltbild GmbH,
Steinerne Furt, 86167 Augsburg

Published by Arrangement with KENSINGTON PUBLISHING CORP.,
New York, NY, USA

Übersetzung: Kristina Lake-Zapp
Umschlaggestaltung: *zeichenpool, München
Umschlagmotiv: www.shutterstock.com
(© Gromovataya, © ilolab, © El Greco)
Gesamtherstellung: GGP Media GmbH, Pößneck
Printed in the EU
ISBN 978-3-86365-402-3

2017 2016 2015 2014
Die letzte Jahreszahl gibt die aktuelle Lizenzausgabe an.

*Mit ganz besonderem Dank an
Beth Corey und Nancy Bush
für all ihre Hilfe*

Prolog

Boston, Massachusetts, 1980

Frei!

Kate Summers zog die letzte Seite aus ihrer elektrischen Schreibmaschine und legte sie zu den anderen Papieren in den Postausgangskorb. Nun folgte der schwierige Teil: sich verabschieden und schnell verschwinden. Sie blickte zu der Riffelglastür von Tyrell Clarks Büro hinüber. Der Schein seiner Schreibtischlampe fiel durch die matte Scheibe.

Reiß dich zusammen, Kate. Du schaffst das.

Sie hatte sich bereit erklärt, länger zu arbeiten, in der Hoffnung, er würde nicht noch einmal ins Büro zurückkehren, doch so viel Glück hatte sie nicht gehabt. Vor vierzig Minuten hatte sie seine schweren Schritte auf der Treppe vernommen, und auch wenn er nicht an ihrem Schreibtisch stehen geblieben war, nicht einmal in ihre Richtung geblickt hatte, während er schnurstracks in sein Büro marschierte, so wusste sie doch, dass sie nicht gehen konnte, ohne zuvor ihren letzten Gehaltsscheck und ein Empfehlungsschreiben abgeholt zu haben.

Im restlichen Gebäude war es ruhig. Nichts außer dem Rumpeln der veralteten Heizungsanlage und dem gedämpften Rauschen des draußen vorüberfließenden Verkehrs störte die Stille in den ehedem so heiligen Hallen der Anwaltskanzlei Clark & Clark. Der ältere Clark, Tyrell senior, war vor zwei Jahren gestorben, und nun war es an seinem Sohn, die Tradition aufrechtzuerhalten und die Geschäfte weiterzuführen. Doch diese liefen nicht gut. Das Personal, das sich einst auf acht Büroräume verteilt hatte, belegte nun gerade mal zwei. Tyrell junior, ein brillanter Anwalt, liebte nicht nur seinen Beruf, sondern auch die Frauen und den Alkohol, außerdem hegte er eine fatale Leidenschaft für Pferdewetten. Deshalb saß ihm die Steuerbehörde im Nacken, und es gab noch ernstere Gegner – Kredithaie, Buchmacher und Schuldeneintreiber zum Beispiel.

In zwei Tagen wollte Kate Boston verlassen und so dem Alptraum, den sie durchlebt hatte, den Rücken kehren. Nie wieder würde sie einen Fuß in eines der Büros von Clark & Clark setzen müssen. Sie musste nur noch ihre bescheidenen Habseligkeiten nach Seattle verfrachten und dem Vermieter die Schlüssel zu ihrem kleinen Apartment zurückgeben – vier winzige Zimmer, die während der vergangenen drei Jahre ihr Zuhause gewesen waren. Ein Kloß bildete sich in ihrer Kehle, doch sie schluckte ihn hinunter.

Keine weiteren Erinnerungen. Keine weiteren Heucheleien. Ein neuer Anfang, das war es, was sie brauchte.

»Kate?«

Sie zog scharf die Luft ein.

Aus dem angrenzenden Büro ertönte Tyrell Clarks Stimme, so ruhig und gleichmäßig wie eine gut geölte Maschine. Ein Schauder jagte ihr den Rücken hinab. Sie hasste diese modulierte, wohlklingende Stimme, den leicht gönnerhaften Ton.

»Nie wieder«, flüsterte sie und ballte eine Hand zur Faust. Nicht eine Sekunde länger würde sie sich seine Annäherungsversuche – sanfte Berührungen, versteckte sexuelle Avancen – gefallen lassen. Sie nahm ihre Kaffeetasse, ihren Lieblingsstift und das Adressbuch und legte alles in ihre riesige Tasche.

»Bevor Sie aufbrechen, möchte ich gern noch etwas mit Ihnen besprechen.«

Die Lampe auf seinem Schreibtisch ging aus. Kates Magen schnürte sich zusammen in Anbetracht dessen, was nun auf sie zukam.

Und jetzt? Sie wappnete sich und warf einen Blick auf die Uhr. Fast sieben. Und sie war mit ihm allein im Gebäude. Nervös blickte sie aus dem Fenster im Empfangsbereich. Regentropfen rannen an der Glasscheibe hinab. Draußen war es dunkel, das einzige Licht kam von den Straßenlaternen und den vorüberfahrenden Autos. Es war dumm von ihr gewesen, noch dazubleiben, nachdem Rinda Feierabend gemacht hatte, doch sie brauchte das Überstundengeld und war naiverweise davon ausgegangen, dass Tyrell nach seinem Spätnachmittagstermin mit einem Klienten nicht noch einmal ins Büro zurückkehren würde. Den Scheck und das Referenzschreiben hätte er ihr auch mit der Post nachschicken können. Aber nein, sie hatte sich geirrt. Er war ins Büro gekommen. *Dummes Mädchen.*

Durch die Glasscheibe sah sie, wie Tyrell seinen Stuhl zurückschob, aufstand und sich auf den Weg zu ihr machte. Er knipste das Licht in seinem Büro aus.

Nur noch ein paar Minuten. Du schaffst das, Kate. Was immer du tust, vermassle es nicht; du brauchst ein gutes Empfehlungsschreiben, damit du dir in Seattle einen neuen Job suchen kannst.

Sie brachte ein schmales Lächeln zustande, als er vor ihrem L-förmigen Schreibtisch stehen blieb. *Spiel ihm was vor,* sagte sie zu sich selbst und fühlte, wie ihre Handflächen zu schwitzen begannen. *Sei freundlich, aber entschieden.* Sie widerstand dem Drang, sich die feuchten Hände am Rock abzuwischen. *Ein paar Minuten noch, dann musst du ihn nie wiedersehen, nie wieder seine Belästigungen ertragen. Halt einfach durch.*

Tyrell war ein stattlicher Mann, der jeglichem Klischee entsprach: Hoch gewachsen, dunkel, gutaussehend, wurde er immer wieder mit Clark Gable in seiner Rolle als Rhett Butler verglichen. Tyrell legte großen Wert darauf, dass seine Krawatte stets tadellos saß, genau wie sein dunkles Haar und seine dreiteiligen Anzüge, in denen niemals auch nur die kleinste Knitterfalte zu finden war. Alles musste perfekt zu seinem blankpolierten Image passen.

Doch in letzter Zeit hatte er sich plötzlich verändert. Seine Schuhe waren nicht immer auf Hochglanz gebracht, ein paar graue Haare hatten es gewagt, sich an seine Schläfen zu verirren, um seine Mundwinkel zeigten sich Sorgenfalten. Doch es waren seine Augen, die sich nahezu dramatisch verwandelt hatten. Das verschmitzte, mitunter boshafte Blitzen war einem sorgenvollen Blick gewichen, zudem spielte er fast unablässig mit seinem Uhrarmband, als würde ihm langsam, aber sicher die Zeit ausgehen. Kate kannte den Grund. Die ständigen Briefe vom Finanzamt erklärten alles.

»Dann ist das also der Abschied«, sagte er.

»Ja.« Sie griff nach ihrer Tasche. »Ich wollte gerade Feierabend machen.« Eilig suchte sie nach einem Vorwand, das Gebäude verlassen zu können.

»Ich dachte, wir würden zusammen noch einen Abschiedstrunk nehmen.«

»Es tut mir leid.« Tat es nicht. »Ich habe Laura versprochen, bei ihr vorbeizuschauen, und ich bin bereits zu spät.«

»Ihre Schwester wird das schon verstehen.« Er nahm ihren Lieblingsbriefbeschwerer – ein Stachelschwein aus Bleikristall – und wog ihn in den Händen. »Es ist wichtig.« Er schenkte ihr sein ansteckendes Lächeln, das schon Dutzende Frauen schwach gemacht und in sein Bett gelockt hatte. Kate allerdings war dagegen immun. Sie war nicht interessiert, an keinem Mann, und schon gar nicht an einem so aalglatten Typen wie Tyrell. Sein Lächeln wurde gezwungen, seine für gewöhnlich tiefgebräunte Haut schien ihr heute etwas blasser, überhaupt wirkte er weniger lebhaft als sonst.

»Was gibt's denn?« Ihre verdammte Neugier behielt doch immer die Oberhand.

»Ich dachte, Sie würden gern wieder Mutter sein.«

Sie hatte das Gefühl, als würde ihr in einer einzigen Sekunde der Boden unter den Füßen weggezogen.

»Mutter?«, wiederholte sie mit einer Stimme, die kaum mehr war als ein Flüstern. Ihr Herz begann zu klopfen. Sie hätte nie gedacht, dass er so unsagbar grausam sein könnte. »Wenn das ein Scherz sein soll, dann –«

»Es ist kein Scherz.«

Sie konnte kaum atmen. Das Blut in ihren Ohren rauschte.

»Ich biete Ihnen einen Sohn an, ohne irgendwelche Bedingungen. Nun, zumindest sind nur wenige daran geknüpft.« Er setzte sich mit einer Pobacke auf ihren Schreibtisch, legte die Hände um sein angewinkeltes Knie und blickte sie aus dunklen, wissenden Augen an. Neben dem rechten Lid zuckte es in regelmäßigen Abständen – ein nervöser Tic.

»Ich verstehe nicht«, sagte sie gedehnt und versuchte, sich zu beruhigen.

»Das ist eine lange Geschichte, und ich bin nicht befugt, allzu viele Details preiszugeben, doch ich habe einen Klienten, einen bedeutenden Mann der Gesellschaft, einen Prominenten, dessen Tochter gerade ein uneheliches Baby zur Welt gebracht hat – einen kleinen Jungen. Er wurde heute Nachmittag geboren.«

»Sie – Sie möchten, dass ich ihn adoptiere?«

Er zögerte, die dunklen Augenbrauen gefurcht. »Nicht wirklich, Kate. Ich möchte, dass Sie ihn mit nach Seattle nehmen und als Ihren eigenen Sohn ausgeben. Das Kind ist weiß, hat dunkle Haare und könnte durchaus als Ihres durchgehen.«

»*Wie bitte?* Augenblick mal –«

»Lassen Sie mich ausreden, Kate.« Er zögerte. Das Rauschen

in ihren Ohren wurde zum Dröhnen. Schließlich griff er in die Innentasche seines Anzugs und zog einen Umschlag heraus. Darin befand sich ein Polaroid-Schnappschuss, den er ihr reichte. Das Foto zeigte ein Neugeborenes, noch tiefrot, die Augen, die noch nicht richtig fokussieren konnten, ebenfalls rot im Blitzlicht. Kleine geballte Fäuste und ein Ausdruck des Entsetzens im Gesicht über diese neue grelle, reale Welt, in die es da geraten war.

»Großer Gott«, flüsterte sie.

»Ich dachte, Sie wünschen sich ein neues Kind.«

»Das tue ich, aber ...« Es gab nichts – *absolut nichts* –, das sie sich mehr wünschte als ein Kind. Doch die Vorstellung war absurd. Ein Wunschtraum. *Du hattest deine Chance,* erinnerte sie sich grimmig, bevor ihr wieder einmal die Tränen kommen konnten.

»Meinen Sie das ernst?«, fragte sie.

»Absolut.«

Ein kleines Flämmchen Hoffnung flackerte in ihrem Herzen auf.

»Ich verstehe das nicht.« Dieses Gespräch ging viel zu schnell. Sie konnte ihm einfach nicht folgen. Es war, als hätte sie Spinnweben im Kopf, die ihre Auffassungsgabe fest umstrickt hielten.

»Sie möchten, dass *ich* ihn mitnehme, aber nicht adoptiere?«, wiederholte sie. »Wo ist der Haken?«

»Der Haken«, wiederholte er leise und biss sich auf die Unterlippe. »Unglücklicherweise gibt es tatsächlich einen.«

»Den gibt es immer.« Das zarte Flämmchen Hoffnung wich neuerlicher Nervosität.

»Ich ziehe es vor, es als eine Bedingung für diese so plötzliche Mutterschaft zu betrachten.«

Mutterschaft. Der Klang des Wortes brachte ihr Bilder ihrer eigenen Mutter und einer kleinen Farm in Iowa zurück. Frühlingsblumen, der Geruch nach frischgemähtem Heu und der Duft von Anna Rudisills preisgekröntem Apfelkuchen, der stets in der Luft hing. Das warme Lächeln ihrer Mutter oder ihre rasiermesserscharfe Zunge, wenn eine ihrer Töchter es wagte, den Namen den Herrn zu missbrauchen. Lange Sommertage voller harter Arbeit, Nächte, in denen sie auf einen weiten, dunklen Himmel, gesprenkelt mit Millionen von Sternen, geblickt hatte. Die Winter waren grimmig gewesen, eisig kalt und unerbittlich, doch gleichzeitig wunderschön mit der dicken Schneedecke, die unter Kates Stiefeln knirschte, wenn sie an der Hand ihrer Mutter durch die Schneewehen zur Scheune stapfte. Von den Dachtraufen hingen Eiszapfen, und selbst der Beschlag, der sich vor den Schnauzen des Viehs bildete, glitzerte im fahlen Licht der Wintersonne.

Von diesen wenigen herrlichen Jahren wanderten Kates Gedanken wie immer weiter zu den unglücklichen, schreckensbehafteten Zeiten ihrer späteren Kindheit, ihrer kurzen Ehe und ihrer geliebten kleinen Tochter. *Erin. Mein liebes, süßes Baby.* Wenn ihr kostbarer Schatz doch nur am Leben geblieben wäre! Schuld drückte Kates Herz mit grausamer, gnadenloser Faust zusammen. Sie blinzelte und blickte zu Tyrell, der immer noch auf ihrer Schreibtischkante hockte. Der Nerv neben seinem Auge zuckte.

»Inwiefern?«, fragte sie. »Um wessen Baby handelt es sich?«

»Das darf ich nicht sagen, aber die Mutter will den Jungen nicht – sie hat sich von dem Vater getrennt, und die Familie möchte diese ganze unglückselige Angelegenheit vergessen. Sie wünscht keinerlei Publicity, keinen Skandal, und es ist ihr gelungen, die Schwangerschaft geheim zu halten. Nun muss nur noch dafür gesorgt werden, dass das Baby bei jemandem aufwächst, der dieses Geheimnis für sich bewahren kann und den Kleinen so liebt wie sein eigenes Kind.«

»Aber ich bin alleinstehend und habe nicht viel Geld … Es gibt doch Hunderte von Paaren, die sich sehnlichst …« Irgendetwas stimmte hier nicht. Ganz und gar nicht. Sie betrachtete wieder das Foto und spürte, wie dieses kleine Wesen, dieses *ungewollte, ungeliebte* Baby, schon jetzt anfing, ihr etwas zu bedeuten. »Was ist mit dem Vater?«

»Tja …«

»Er weiß es nicht?«

Tyrell schüttelte den Kopf. »Die Familie möchte nicht, dass er je davon erfährt.«

»Aber er hat doch Rechte –«

»Er sitzt in Haft.«

»Ach du liebe Güte.«

Tyrell presste die Lippen zusammen und stellte den Briefbeschwerer zurück auf ihren Schreibtisch. »Der Kerl taugt nichts – die Tochter meines Klienten war nur mit ihm zusammen, um gegen ihre Familie zu rebellieren. Drogen, Leder, Nieten und Ketten, Motorräder – dieser Kriminelle steht für all das, was mein Klient verabscheut. Er kann auf ein ziemlich gewalttätiges Vorleben zurückblicken – ich meine ernsthafte häusliche Gewalt. Es geht das Gerücht, er habe bereits einen Sohn gehabt, der als Kind unter mysteriösen Umständen ums Leben gekommen sei. Die Polizei konnte ihm nichts nachweisen, doch er stand unter Verdacht. Mein Klient möchte nicht, dass sein Enkel ein ähnliches Schicksal ereilt. Momentan ist das Kind in Sicherheit, da Daddy wegen Körperverletzung hinter Gittern sitzt und erst in ein paar Jahren wieder freikommt. Ob Sie es glauben oder nicht: Die Familie möchte das Beste für das Baby.«

»Solange es sie nicht in Verlegenheit bringt.«

»Wenn Sie das nicht machen wollen, Kate –«
»Doch!«, stieß sie so vehement hervor, dass sie selbst überrascht war. *Das Baby kann nichts dafür, dass es nicht erwünscht ist.*
Kate fühlte sich elend, aber sie vermochte sich des übermächtigen Wunsches nicht zu erwehren, der sich ihrer bemächtigte. Konnte sie das tun? Konnte sie wirklich dieses Kind annehmen und so tun, als wäre es ihr eigenes?
Ein Baby. Ein Neugeborenes. Ihr Sohn. Sie würde wieder Mutter sein.
Tyrell rückte seine Krawatte zurecht.
»Wissen Sie, Tyrell, das Ganze klingt nach Ärger. Nach mächtigem Ärger.« *Und dennoch ist ein Baby daran beteiligt, ein Baby, das eine Mutter braucht, ein Kind, um das du dich kümmern könntest.* »Das Mädchen sollte seinen Eltern mal einen Schubs geben, was deren altmodische Ansichten, uneheliche Kinder betreffend, angeht. Das Baby gehört zu seiner Mutter!«
»So einfach ist das nicht«, widersprach Tyrell, wobei seine geduldige Stimme die angespannten Linien nahe seinen Mundwinkeln Lügen strafte. »Die Mutter des Babys ... nun, sie ist nicht unbedingt das, was man gesund oder zumindest stabil nennen würde. Immer wieder muss sie in psychiatrischen Kliniken wegen ihrer Depressionen behandelt werden, steht ständig unter Psychopharmaka, obwohl die Ärzte versichert haben, dass die Gesundheit des Babys dadurch nicht beeinträchtigt wurde, seit Beginn der Schwangerschaft wurden diesbezüglich Ultraschalluntersuchungen durchgeführt. Eine Adoption – privat oder nicht – scheidet allerdings aus: zu viel Papierkrieg, zu viel Aufhebens. Es wurde entschieden, dass der Junge zu jemandem gegeben werden soll, der außerhalb des Bundesstaates lebt. Sie, Kate, ziehen an die Westküste, und

da Sie Ihre eigene Familie verloren haben, dachte ich, es wäre nur schlüssig ...« Er ließ den Rest des Satzes unausgesprochen, ließ sie ihre eigenen Folgerungen ziehen, versuchte wohl, sie davon zu überzeugen, ihr nur helfen zu wollen. Doch das kaufte sie ihm nicht ab.

»Wie ich schon sagte: Die Bedingung ist, dass Sie behaupten, das Baby sei Ihr eigenes – es wird uns sogar möglich sein, Ihnen eine entsprechende Geburtsurkunde auszuhändigen.«

»Wie wollen Sie das denn anstellen?«

»Wenn man genügend Geld hat, ist alles möglich. Mein Klient hat Geld, und zwar reichlich. Und Einfluss. Da ist es nicht schwer, an eine gefälschte Geburtsurkunde zu gelangen, zudem werden Sie so weit weg sein, dass die Wahrheit niemals ans Tageslicht gelangen wird.« Er blickte demonstrativ auf die Fotos, die noch auf einer Ecke von Kates Schreibtisch standen, dann nahm er einen Rahmen mit einem Bild von Kate zur Hand, die die kleine Erin in den Armen hielt. Jim, ihr Ehemann, stand neben ihnen, ganz der stolze Vater. Jim lächelte breit, er hatte den Arm um Kates Schultern gelegt, seine Augen strahlten vor Glück. Die perfekte Familie. Es kam ihr so lange her vor.

Kate spürte das altbekannte schmerzliche Ziehen im Herzen. Tränen brannten hinter ihren Augenlidern, Tränen, die sie verbergen musste. Mein Gott, würde sie so etwas wirklich durchziehen können? Sie wusste, dass sie jetzt gehen sollte, auf der Stelle, noch bevor er sie einwickeln und in Machenschaften hineinziehen konnte, die mit Sicherheit um einiges verwerflicher und finsterer waren, als sie auf den ersten Blick erschienen. Machenschaften, in die sie sich nur allzu gern verwickeln lassen würde. Kate legte sich die Riemen ihrer Handtasche über die Schulter. »Ich sollte jetzt besser gehen. Laura wartet auf mich –«

Tyrell reichte ihr die Fotografie, erhob sich und trat langsam um den Schreibtisch herum, bis er hinter ihr stand. Bedächtig legte er die Hände auf ihre Schultern.
Sie entzog sich ihm, drehte sich um und funkelte ihn an. »Tun Sie das nicht.«
»Ich weiß, dass es schrecklich für Sie war, Jim und Erin zu verlieren«, sagte Tyrell freundlich. »Sie ... nun, nach ihrem Tod waren Sie nicht mehr dieselbe. Ich dachte, dieses Kind wäre für Sie ein Fingerzeig Gottes, eine neue Aufgabe, ein neuer Sinn im Leben. Aber wenn Sie diese Chance verstreichen lassen möchten ...«
»Nein!«, stieß sie hervor, obwohl ihr Verstand ihr förmlich zuschrie, aus der Tür zu marschieren und so viel Abstand wie möglich zu Tyrell und seinen unmoralischen Absichten zu gewinnen. Das war verrückt. Lächerlich! Unmöglich! *Illegal, um es genau zu sagen!* Doch trotz all ihrer wohlbegründeten Bedenken konnte sie sich diese Gelegenheit nicht entgehen lassen. *Ein Baby! Ihr Baby!*
»Ich – ich weiß nicht, was ich sagen soll, ich meine, ich muss mehr wissen. Wer garantiert mir, dass das Kind nicht entführt wurde?«
Seine Gesichtsmuskeln entspannten sich. Er wusste, dass er sie an der Angel hatte, und sie kam sich auf der Stelle schwach und manipuliert vor. »Vertrauen Sie mir, Kate. Wir reden über ein unerwünschtes Neugeborenes, das eine Mutter braucht, das es verdient hat, geliebt zu werden. Ein Neugeborenes, das weit weg in Sicherheit gebracht werden muss, damit sein psychopathischer Vater es niemals findet. Dies ist eine Chance für Sie, noch einmal Mutter zu sein – eine Chance, wie man sie sonst nirgendwo bekommt.«
Sie blinzelte gegen eine plötzliche Flut heißer Tränen an. Während der letzten zwei Jahre war sie fast erdrückt worden von

Schuldgefühlen und Reue, weil die beiden Menschen gestorben waren, die ihr am nächsten gestanden hatten. Vielleicht bot ihr dieses Kind tatsächlich die Möglichkeit einer Wiedergutmachung; vielleicht war es Gottes Weg, ihr einen Grund zum Weiterleben zu geben.

»Na schön, dann ist nun also die Zeit der Entscheidung gekommen. Wie sieht's aus? Haben wir eine Abmachung?«, fragte Tyrell.

»Ich brauche Bedenkzeit.«

»Es gibt keine Bedenkzeit.« Er seufzte tief. »Wissen Sie, Kate, ich dachte, ich mache Sie mit meinem Vorschlag glücklich.«

»Das ... das tun Sie ja auch.«

»Dann nehmen Sie das Angebot also an?«

Sie zauderte nur eine Sekunde, während sie innerlich erbebte. »Ja.«

»Gut.« Er zögerte und nagte nachdenklich an seiner Unterlippe. »Da wäre noch eine weitere Sache, Kate.«

Sie wappnete sich. »Und welche?«

»Sie wissen, wie viel ich von Ihnen halte, dass ich ... nun, dass ich sogar versucht habe, Ihnen näherzukommen.«

Sie schloss kurz die Augen. »Ich möchte das nicht hören.«

»Schon bevor Jim ums Leben kam.«

»Ich weiß, Tyrell.« Sie machte einen Schritt von ihm fort, wobei sie mit den Waden die Sitzfläche ihres Schreibtischstuhls streifte.

»Und ich war dabei nicht unbedingt der Gentleman, der ich hätte sein sollen.« Er fuhr sich mit der Hand durchs Haar, als sei er verlegen. »Ich fühle mich schlecht deswegen, und ich würde das gern wiedergutmachen.«

»Aber wie? Indem Sie mir diese ›neuerliche Mutterschaft‹ ermöglichen?«

»Ja. Aber denken Sie daran, Kate: Dieses Kind ist Ihr eigen

Fleisch und Blut.« Er blickte sie durchdringend an, abschätzend, als wolle er sich vergewissern, dass sie der Rolle gewachsen war.
»Gott, bist du schön«, sagte er schließlich heiser.
Sie schluckte.
Er räusperte sich und nahm sich sichtlich zusammen. »Sie wissen, dass ich mich fast in Sie verliebt hätte. Das muss man sich einmal vorstellen: Ich – der eingefleischte Junggeselle. Ich hätte alles für Sie getan, Kate. *Alles.* Nach Jims Tod dachte ich, ich könnte Ihnen helfen, die Trauer zu überwinden, hoffte, dass wir zusammenkommen könnten.«
»Das … das wird nie passieren«, erklärte sie mit fester Stimme.
Noch einmal musterte er sie durchdringend, und als erkenne er erst jetzt, dass sie ihre Meinung nicht ändern würde. Dann stieß er einen Seufzer aus. »Nun, das dachte ich mir schon, doch ich wollte es zumindest einmal laut ausgesprochen haben.« Er atmete tief durch, dann trat er hinüber ans Fenster und schaute hinaus. Das Licht einer roten Ampel reflektierte in der Scheibe und färbte seine Haut rot. »Tja, da ich jetzt sozusagen die Hosen hinuntergelassen und mich derart in Verlegenheit gebracht habe, können wir wohl wieder zur Sache kommen.«
Kate wartete, die Augen auf sein Gesicht geheftet, auf dem sich eine ganze Reihe von Gefühlen spiegelte. Er wirkte in die Enge getrieben, geschlagen, doch sie rief sich ins Gedächtnis, dass Tyrell Clark wie eine Katze war, mit ihren sprichwörtlichen neun Leben. Egal, was passierte, er landete immer auf den Füßen, das hatte sie selbst wieder und wieder gesehen.
»Ich stelle die erforderlichen Papiere zusammen, und dann verlassen Sie mit Ihrem neugeborenen Sohn die Stadt.« Sein Gesicht verdüsterte sich ein klein wenig. »Wenn doch nur …« Kopfschüttelnd fing er an zu lachen, doch ohne eine Spur

von Heiterkeit. »Ach, Sie wissen vermutlich, was man über das Wörtchen ›wenn‹ sagt.« Sein Gelächter verstummte. »Als Teil der Abmachung zahle ich Ihnen zehntausend Dollar aus.«

»Aber nicht doch …«

»Für das Kind. Ein Baby ist am Anfang ziemlich teuer.« Er sah die Frage in ihren Augen. »Das Geld stammt nicht von mir. Der Großvater mütterlicherseits möchte sichergehen, dass der Junge gut versorgt ist. Wenn Sie jetzt kein Bargeld brauchen, können Sie es auch anlegen – denken Sie an die Zukunft, ans College, einen Hauskauf, was auch immer.« Er tat ihre Bedenken ab, dennoch war ihr äußerst unwohl zumute. Das Geld verlieh der Angelegenheit einen noch dunkleren, noch unmoralischeren Anstrich.

»Der Großvater finanziert also das Ganze?«

»Selbst wenn Sie das nicht für gut befinden, Kate, sollten Sie das Geld als Geschenk betrachten. Niemand setzt Ihnen damit die Pistole auf die Brust«, erinnerte er sie. »Wie wollen Sie ihn nennen?«

»Wie bitte?«

»Er wird einen Namen brauchen.«

»Ach du liebe Güte, keine Ahnung. Wie wär's mit Jon? Jonathan Rudisill Summers.«

»Cleveres Mädchen«, bemerkte er. »Ihr Mädchenname und der Name von Jim.« Er lächelte.

»Wie kann ich sicher sein, dass mich später niemand wegen des Jungen kontaktiert oder ihn gar zurückfordert?«

»Ich gebe Ihnen mein Wort.«

Er schob ihr den Umschlag zu, aus dem er die Fotografie genommen hatte. »Hier ist das Geld.«

»Ich will es nicht.«

»Nehmen Sie es, Kate. Und noch einmal: Sie müssen mir ver-

sprechen, sich sozusagen in Luft aufzulösen und zu behaupten, das Baby sei von Ihnen, egal, was geschieht.«
Sie verdrängte ihre letzten Zweifel und nahm den dicken, gefütterten Umschlag an sich. »Das mache ich«, versprach sie, denn irgendwo in dieser Stadt lag ein neugeborener Junge allein in einem Bettchen und fürchtete sich. Er brauchte sie. Und sie brauchte ihn weiß Gott ebenfalls.

Teil eins

Jon
1995

Kapitel eins

Lauf, lauf, lauf!
Jon rannte durch die dunkle Stadt. Seine Turnschuhe klatschten auf den nassen Gehsteig, sein Herz hämmerte so heftig, dass er meinte, es würde explodieren. Schmutzige Schneehaufen säumten die fremden Straßen, es schneite, Flocken tanzten in den Lichtkegeln der Straßenlaternen. In der Ferne hörte er das Geräusch einer Sirene, übertönt von dem gedämpften Refrain eines Weihnachtslieds.
O du fröhliche, o du selige, gnadenbringende Weihnachtszeit …
Wo zum Teufel war er?
Und wer war hinter ihm her?
Mörder.
Das Wort hallte durch seinen Kopf.
Wie bitte?
Jemand will dich tot sehen. Mausetot. Anderthalb Meter tief unter der Erde …
Nein!
Atemlos warf er einen Blick über die Schulter und sah einen Schatten, eine düstere Gestalt, die sich ihm zügig über die spärlich beleuchtete Straße näherte, eine Waffe in der behandschuhten Hand.
Lieber Gott, hilf mir!
Jon machte einen scharfen Schlenker, rutschte aus und fing sich mit einer Hand ab, dann sprintete er vorwärts in eine enge

Gasse, in der es keine fröhlich blinkende Weihnachtsbeleuchtung gab, nur Dunkelheit.

Bitte lass das keine Sackgasse sein, flehte er stumm, während der Refrain des Weihnachtslieds durch die Nacht tönte.

Christ ist erschienen, uns zu versühnen, freue, freue dich, o Christenheit …

Er wäre fast gegen eine Ziegelmauer gerannt.

O Gott, also doch eine Sackgasse!

Er hörte seinen Verfolger, der dicht hinter ihm zu sein schien, und spürte, wie seine Haut zu kribbeln begann. Wie betäubt drehte er sich um; er wusste, dass es keinen Ausweg gab.

Jon Rudisill Summers öffnete seinen Mund, um zu schreien …

… und fuhr mit einem Ruck aus dem Schlaf auf. Er zitterte, die Bettwäsche war schweißgetränkt, sein Herzschlag dröhnte in seinen Ohren, während der immer wiederkehrende Traum, der Alptraum, der ihm wie eine dunkle Todesahnung erschien, im grauen Licht der Morgendämmerung verblasste.

Er stieß die Luft aus und hoffte inständig, dass er nicht laut geschrien und seine Mutter geweckt hatte. Die Finger um die Bettdecke gekrampft, atmete er langsam ein und aus. Tief im Herzen wusste er, dass sein Traum eine Art Vorahnung war, ein Hinweis auf bevorstehende Ereignisse, die sich vielleicht nicht ganz so zutragen würden, wie er sie vorhergesehen hatte, doch sie würden eintreten, da war er sich absolut sicher.

Lieber Gott, warum ausgerechnet ich?, fragte er sich, wie er es immer tat, wenn er aus einem ebensolchen Traum erwachte. Die Bilder, die er in den letzten Nächten gesehen hatte, hatten ihn zu Tode erschreckt, und die Visionen, die ihn während des Tages heimsuchten … Nun, er konnte sich nur Mühe geben, sich nichts anmerken zu lassen, sonst hielten die anderen Kinder ihn noch für einen Spinner – wenn sie das nicht längst schon taten.

Er strampelte die Bettdecke fort, strich sich mit der Hand übers Kinn und spürte den Hauch von Bartstoppeln auf seinem Kinn. Er brauchte eine Zigarette, auch wenn er wusste, dass seiner Mutter das gar nicht passen würde. Vieles, was er zurzeit tat, passte ihr nicht, doch sie würde ernsthaft ausflippen, wenn sie von seiner jüngsten Vision erfuhr. Er wischte sich den Schweiß von der Stirn, schob den schlafenden Houndog, seinen jungen Hundefreund, beiseite, stieg aus dem Bett, ging auf die Knie und wühlte sich durch die Handtücher und Klamotten auf dem Boden seines Wandschranks. Ohne Licht zu machen, tastete er mit den Fingern hinten an der Fußleiste entlang, bis er die Stelle fand, an der er letzten Sommer den Teppich aufgerollt und ein Loch in die Holzdielen geschnitten hatte. Darin befand sich sein Geheimvorrat an sämtlichen Dingen, die seine Mutter ihm verboten hatte.

Vorsichtig hob er die Bodendiele an und griff in das dunkle Loch. Geschickt glitten seine Finger über eine alte *Penthouse*-Ausgabe, die er in den Recyclingcontainern vor der Stadt gefunden hatte, ein Klappmesser, von seinem eigenen Geld gekauft, eine Schachtel Kondome, die Billy Eagle einem älteren Jungen geklaut hatte, sein gesamtes Bargeld – etwa achtundsiebzig Dollar – und ein gerahmtes Foto von Jennifer Caruso. Endlich streiften seine Fingerspitzen die Schachtel Zigaretten und das Feuerzeug.

Nur mit seinen Flanell-Boxershorts bekleidet, tappte er lautlos auf nackten Füßen zum Fenster. Houndog bellte gedämpft, als Jon den Riegel öffnete und die Scheibe hochschob, doch der junge Hund regte sich nicht von seinem warmen Fleckchen auf Jons Bett. Jon klemmte das offene Fenster mit einem Stock fest, dann kletterte er hinaus aufs Dach, wo er sich auf die alten Bitumenziegel hockte. Draußen war es kühl, die Luft erfrischend. Der Winter stand vor der Tür, es kamen bereits die ersten Nachtfröste. Am Himmel glitzerten Tausende von Sternen, und eine vereinzelte Wolke zog an einem trägen Halbmond vorbei, genau wie in seinem Traum.

Mist. Sein Herz hämmerte etwa eine Million Mal pro Minute. Mit zitternden Händen zündete er seine Zigarette an und spürte den warmen Rauch, der seine Lungen füllte. *Was ist nur los mit mir? Warum kann ich nicht einfach ganz normal sein?* Dieselben altbekannten Fragen, die er sich schon seit Jahren stellte, gingen ihm durch den Kopf, doch heute Nacht erschienen sie ihm von noch entscheidenderer Bedeutung als sonst. Jennifer Caruso würde niemals mit einem Irren wie ihm ausgehen, mit jemandem, der sie nur berührte und schon in ihre Zukunft blicken konnte, nicht, wenn sie andere, normale Jungs haben konnte, die Football spielten wie Dennis Flanders.

Er zog kräftig an seiner Marlboro und spähte durch die Äste der Kiefern, die vor dem kleinen Haus standen, das seine Mutter gekauft hatte. Fünf Meilen außerhalb der Stadt, ein entlegenes Stück Land, das an die McIntyre-Ranch angrenzte. Sie stand seit Wochen leer. Genauer gesagt, seit man den alten Eli mausetot auf seinem Küchenfußboden gefunden hatte. Der alte Mann hatte einen Herzinfarkt erlitten und war erst nach drei Tagen entdeckt worden. Doch Jon hatte es gewusst, hatte gespürt, dass etwas nicht stimmte. Er hatte es gespürt, als der Wind sich drehte, von Elis Haus zu ihm herüberwehte und über seine Haut strich. Jon hatte ein Gefühl für so etwas entwickelt – den »Todeskuss«, wie er es nannte. Was wirklich gruselig war.

Er war derjenige gewesen, der beim Büro des Sheriffs angerufen und Elis Tod gemeldet hatte, natürlich anonym, von einer Telefonzelle in der Stadt aus. Ein Deputy war ausgeschickt worden, der Eli auf dem brüchigen Linoleumboden liegend gefunden hatte, die Hände auf die Brust gepresst, nur ein paar

Schritte vom Telefon entfernt, das zu erreichen er offenbar vergeblich versucht hatte.
Jon vermisste den alten Kauz noch immer. Eli schien es nichts ausgemacht zu haben, dass Jon anders war. Solange er sich erinnern konnte, war der alte Rancher freundlich zu ihm gewesen, hatte ihm auf seiner Gartenveranda das Schnitzen oder die Sternenkonstellationen gezeigt, ab und an hatte er ihn sogar einen kräftigen Schluck von seinem schwarzgebrannten Schnaps nehmen lassen.
Und jetzt war der alte Mann tot.
»Scheiße.« Eli war für ihn so etwas wie ein erwachsener Freund gewesen. Jon betrachtete die rote Glut seiner Zigarette und nahm einen weiteren Zug. Das Nikotin wirkte beruhigend. Mom würde einen Anfall bekommen, wenn sie wüsste, dass er rauchte – richtig rauchte –, doch das war ihm egal. Er war fünfzehn, alt genug, um seine eigenen Entscheidungen zu treffen.
Er konnte ihr nichts von seiner Vision vorhin erzählen, sie würde doch bloß ausrasten bei der Vorstellung, dass er seinen eigenen Tod vorhergesehen hatte. Sie war schon paranoid genug, doch das machte er ihr nicht zum Vorwurf. Es war nicht leicht, die Mutter eines Irren zu sein, schon gar nicht in einer so elenden Kleinstadt wie Hopewell, Oregon.
Er schlang die Arme um die Knie, schloss die Augen und atmete weiterhin langsam ein und aus, zwang sich, seinen Traum heraufzubeschwören und zu analysieren. Seine Angst hatte sich so weit gelegt, dass er überlegen konnte, was er wohl bedeuten mochte, und er wollte ihn von allen Seiten betrachten, bevor er ihn in einer entlegenen Schublade seines Gedächtnisses begrub.
Im Traum war es Nacht gewesen und er in einer fremden Stadt, einer geschäftigen Stadt, in der es nach Meer, Abgasen und noch nach etwas anderem roch – vielleicht nach Kiefern? Ze-

dern? Weihnachten? Er war schnell gerannt, hatte kaum noch Luft bekommen, seine Lungen brannten von der eisigen Kälte. Nackte Angst hatte ihn gepackt und vorwärtsgetrieben, während hohe, schmale Gebäude, offenbar jahrhundertealt, verschwommen an ihm vorbeizogen. Eine vereiste Schneedecke lag auf dem Boden, und er rutschte ständig aus, weil er seine Beine zwang, noch schneller zu laufen. Seine Muskeln fingen an, sich zu verkrampfen, sein Herz hämmerte vor Furcht. Jemand war hinter ihm her – jemand, der seinen Tod wollte –, jemand mit der Schläue eines wilden Tieres, ein Mann, der Erfahrung damit hatte, seiner Beute nachzustellen, ganz gleich, ob im Wald oder in der Stadt.

Jons Kehle wurde trocken, und er schluckte. *Wer war der Kerl?* Doch sosehr er sich auch bemühte, er konnte sich kein Bild machen von ihm, auch wenn er wusste, dass der Fremde ihn aufgespürt hatte und ihn mit der tödlichen Geduld eines geschickten Jägers verfolgte. Er würde nicht aufgeben.

Lichter trübten seine Vision – blau, rot, grün, gelb –, weihnachtliche Lichterketten, die die Türrahmen und Fenster der Backsteinhäuser rahmten. Kränze und Stechpalmenzweige verzierten die prächtigen Häuser mit ihren hellerleuchteten Fenstern. Er raste daran vorbei, hörte die Schritte seines Verfolgers, fühlte dessen heißen Atem im Nacken. Er stolperte, und der Mann schloss zu ihm auf, bekam ihn am Kragen zu fassen.

Lauf! Lauf! Lauf! Schneller!

Er entwand sich dem Griff seines Jägers.

Rannte noch schneller, schnappte nach Luft, Schweiß strömte über seinen Körper, obwohl es doch kalt war und schneite in dieser dunklen, unbekannten Stadt. In weiter Ferne dröhnte ein Nebelhorn durch die Nacht.

Manchmal erwischte ihn der Schattenmann tatsächlich, eine

starke Hand schoss nach vorn und legte sich auf seine Schulter. Das war für gewöhnlich der Augenblick, in dem John zu schreien begann und aus seinem Alptraum erwachte. Die Worte aber, die der Mann sprach, folgten ihm bis ins Bewusstsein und ließen ihn bis ins Mark erschauern.

»Ich bin dein Vater, Jon.«

Verdammt! Jon biss sich auf die Unterlippe, bis er Blut schmeckte. Sein Vater. *Sein Vater?* Das konnte doch gar nicht sein! Das Ganze war wirklich zu unheimlich. Sein Vater war tot – noch vor seiner Geburt beerdigt worden. James Summers. Getötet bei einem Unfall mit Fahrerflucht. Zumindest hatte seine Mutter das behauptet. Er hatte die verblassten Fotos des hageren blonden Mannes betrachtet, der angeblich sein Vater gewesen war, und die des kleinen Mädchens – seine ältere Schwester.

Schon immer war ihm an der Geschichte etwas merkwürdig vorgekommen – etwas, das einfach nicht richtig klang. Seine Mutter war nie in der Lage, ihm in die Augen zu blicken, wenn sie über seinen Dad sprachen, und sie pflegte stets rasch das Thema zu wechseln, wenn Jon zu viele Fragen stellte. Er nahm an, dass sie sich schuldig fühlte wegen des Unfalls, der Jim und die Kleine das Leben gekostet hatte. Warum genau, konnte er nicht sagen.

Er hatte sich nie in seine Mutter hineinversetzen können, kein einziges Mal. Die Gabe, die Gedanken anderer Leute zu lesen, mit der er geschlagen war, schien am besten bei Menschen zu funktionieren, denen er nicht nahestand.

Doch was war nun mit diesen verdammten Träumen?

Er drückte seine Zigarette in der Dachrinne aus und versuchte nachzudenken. Vielleicht war das Ganze wirklich nur ein schlechter Traum, keine Vision – ein Alptraum eben. Alle Leute hatten Alpträume, oder nicht? Doch die Gänsehaut, die ein-

fach nicht weggehen wollte, überzeugte ihn davon, dass er sich selbst etwas vormachte. Er kannte den Unterschied.
Mit zitternder Hand fuhr er sich übers Gesicht und überlegte, ob er seine Mutter wecken sollte. Er schlüpfte durchs offene Fenster und ging zu seiner Zimmertür, nur um dort stehen zu bleiben. Seine Hand schwebte über dem Türknauf.
Sei nicht so ein Baby. Genau das ist dein Problem. Du musst dich damit auseinandersetzen, damit fertig werden.
Sein ganzes Leben lang war er zu Kate gelaufen, hatte sich weinend an sie geklammert, doch das konnte er nicht ewig tun, schon gar nicht, wenn er wusste, wie sie reagieren würde. Nein. Dieses Mal würde er die Sache selbst angehen. Er hatte Zeit. Bis Weihnachten waren es noch zwei Monate.
Noch immer aufgewühlt stieg er wieder ins Bett, schubste den jungen Hund von seinem Kissen und legte die Hände hinter den Kopf. Er starrte an die Decke und malmte mit den Backenzähnen. Nichts war unabänderlich. Die Zukunft lag nicht unverrückbar vor seinen Füßen.
John war überzeugt, den Lauf seines Schicksals beeinflussen zu können. Er musste nur noch herausfinden, wie.
Und zwar bis Weihnachten.

Die Augen beschattet von einer Pilotenbrille, drückte Daegan O'Rourke aufs Gas und gestattete seinem alten Pick-up erst eine Pause, als er am Haus der Summers vorbeirollte. Es war nicht viel zu sehen, nur eine lange Zufahrt, die sich durch einen Kiefern- und Buscheichenhain wand. Die beiden Fahrspuren hätten längst mit einer Ladung Kies aufgefüllt werden müssen. Das Haus, kaum zu sehen durch das dichte Geäst, war ein weißes Blockhaus mit kobaltblauen Tür- und Fensterrahmen und einer passenden Zierleiste am Dach. Hübsch. Ordentlich. Genau wie er es erwartet hatte.

Daegan schnitt eine Grimasse und fuhr sich mit der Hand über seinen Viertagebart. Seine Lippen waren trocken. Schuld und Besorgnis waren während der vergangenen Woche seine permanenten Begleiter gewesen, und nun starrte er durch die mit Schmutz und toten Insekten gesprenkelte Windschutzscheibe und wünschte, er könnte die Zeit zurückdrehen und die Dinge ändern.

Er befand sich auf einer aussichtslosen Mission, daran bestand kein Zweifel. Er hatte es von der Minute an gewusst, in der er Bibis fadenscheinige Story hörte, und dennoch war er nicht in der Lage gewesen, ihr klarzumachen, dass sie nach Boston zurückgehen sollte, wo sie hingehörte. Stattdessen war er hier in diesem verfluchten Hopewell in Oregon gelandet und wünschte inständig, er wäre anderswo. Egal, wo, nur nicht ausgerechnet hier.

Vielleicht sollte er einfach einen Rückzieher machen und heim nach Montana fahren, denn die Wahrheit war, dass er keinen Nerv für das hatte, was er tun sollte. Er hatte sein Draufgängertum schon vor Jahren eingebüßt – verschwendet an ein jugendliches Bedürfnis nach Rache.

Doch Neugier und ein nagendes Gefühl der Schuld hatten ihn angetrieben, und jetzt saß er hier in diesem ramponierten Pick-up und plante seinen nächsten Schritt.

»Zur Hölle«, knurrte er, während er ein kleines Stück weiter zur nächsten langen Zufahrt fuhr. Dieses Haus, eine elende Bruchbude, war von der Landstraße aus besser zu sehen. Schnurgerade führte diese von den blauen Hügeln in der Ferne bis zur Stadt Hopewell, die rund fünf Meilen in entgegengesetzter Richtung lag. Unkraut und hochstehendes, trockenes Gras kratzten an der Unterseite des Pick-ups, als er in die Zufahrt einbog. Am offenen Tor trat er auf die Bremse. Ein frisch gepinseltes ZU VERKAUFEN-Schild war an den verwitterten

Zaun genagelt, und Daegan beschloss, dass er sich nun eine Pause gönnen würde, die erste, seit er vor zehn Tagen mit seinen Nachforschungen begonnen hatte.

Vielleicht hätte er nun endlich mehr Glück.

O ja, ganz bestimmt, und vielleicht gewinnst du auch noch im Lotto, du Volltrottel.

Sein Körper schmerzte von der stundenlangen Fahrt im Pick-up, und er hätte nichts lieber gehabt als ein kühles Bier, um seine ausgedörrte Kehle zu befeuchten, aber eins nach dem anderen. Er öffnete das Handschuhfach und zog einen Lederbeutel heraus. Neben einem dicken Bündel Dollarscheine fand er, was er suchte: mehrere Schnappschüsse, alte Schwarzweißfotos, aufgenommen von der Kamera eines Privatdetektivs, die ein zu jener Zeit knapp zwanzigjähriges Mädchen zeigten. Ihr langes Haar war zu einem Pferdeschwanz zurückgebunden, ihr Gesicht ungeschminkt. Einen Rucksack über der Schulter, eilte sie an der Ecke School Street/Washington Street Richtung des Old Corner Bookstore Building in Boston. Sie blickte nach hinten, direkt in die verborgene Linse der Kamera. Hübsch, jung, sprühend vor Leben. Gleichmäßige Züge, große Augen, geschwungene Brauen. Volle Lippen und ein argwöhnischer Gesichtsausdruck.

Er fragte sich, wie sehr sie sich seit damals verändert haben mochte, doch er fragte sich überhaupt vieles, wenn es um Kate Summers ging, eine Frau, der er nie begegnet war.

Noch nicht.

Das würde sich bald ändern.

Als er die Fotos wieder in den Beutel stopfte, entdeckte er einen alten Kassenzettel für ein Sixpack Bier, das er in einem Mini-Markt in Boise besorgt hatte, zog einen Bleistift hinter der Sonnenschutzblende hervor, den der ehemalige Besitzer des Pick-ups dort deponiert hatte, und notierte sich die Nummer des Immobilienmaklers, der diese vertrockneten, unfruchtbaren Morgen Land zum Verkauf anbot. Das Land kümmerte ihn nicht; die Ranch sollte ihm lediglich den Unterschlupf verschaffen, den er brauchte, während er seinen nächsten Schritt vorbereitete. Der Makler würde diese alte Bruchbude ganz sicher nicht so schnell an den Mann bringen. Bestimmt konnte er sie vorübergehend mieten – das ließe sich leicht mit einem Anruf klären.

Die Lage ist perfekt – priesen Immobilienmakler ihre Objekte nicht immer mit dieser abgedroschenen Phrase an, wenn sie versuchten, einem Interessenten etwas aufzuschwatzen? Nun, in diesem Fall hätten sie recht. Die Lage *war* perfekt, denn die Ranch lag in unmittelbarer Nachbarschaft zu Kate Summers' Haus. Perfekter ging's nicht.

»Ich sage Ihnen, Kate, ein Junge in diesem Alter braucht einen Vater.«

Einen Vater. Kate gefror das Blut in den Adern, wenn sie an den Mann dachte, der Jon gezeugt hatte – ein Krimineller, der nichts von der Existenz seines Sohnes wusste.

»... jeder Junge in diesem Alter braucht einen Mann in seiner Nähe. Ich rede nicht nur von Jon, doch gerade weil er ... nun, Sie wissen schon, gerade weil er anders ist, schwer zu handhaben, ist eine feste männliche Hand unerlässlich. Ich weiß, es geht mich im Grunde nichts an, aber wozu sonst sind Freundinnen da?«, blökte Cornelia Olsens Stimme aus dem Telefonhörer.

Tja, wozu? Kate ging mitsamt Telefon um den Küchentresen herum, öffnete eine Schranktür und griff nach der Packung Aspirin. Selbst nach fünfzehn Jahren brach ihr noch der Schweiß aus, wenn jemand von Vaterschaft redete. Während sich Cornelia Olsen weiterhin über Kates rebellischen Teenagersohn ausließ, über die benachbarte McIntyre-Ranch, die leer stand, seit der alte Eli das Zeitliche gesegnet hatte, was vermutlich bedeutete, dass noch mehr Pack nach Hopewell ziehen würde, über das Wetter – vor zwei Wochen noch habe eine Gluthitze geherrscht, während es jetzt herbstlich kühl sei, aber immerhin sei ja auch fast schon November –, nahm Kate zwei Kopfschmerztabletten und spülte sie mit einem Schluck kaltem Kaffee hinunter. Das Wetter war ihr schnurzpiepegal, die McIntyre-Ranch ebenfalls. Jon war es, der ihr Sorgen bereitete. Und zwar eine ganze Menge.

In letzter Zeit war er ihr gereizt und unruhig vorgekommen, noch abweisender als sonst. Kate hatte sich eingeredet, das sei ganz normal während der Pubertät, die für einen Jugendlichen körperlich und emotional ziemlich belastend war. Doch es steckte noch mehr dahinter – eine unterschwellige Nervosität, die beinahe greifbar war. Er machte sich Sorgen, doch immer, wenn sie sich nach der Schule, den Hausaufgaben, den Mädchen oder was ihr sonst noch so einfiel erkundigte, machte er dicht – sein neuester Abwehrmechanismus. Hatte er früher zu viel geredet und jedem, der es hören wollte oder nicht, mitgeteilt, dass er Dinge sah, die andere nicht sehen konnten, war er in letzter Zeit nachdenklich und verschlossen geworden. Ständig blickte er über die Schulter, und sie fragte sich, in welche Schwierigkeiten er wohl verstrickt sein mochte.

Drogen? Sex? Alkohol? Waffen? Oder reagierte sie über? War es wirklich eine so große Sache, dass seine Noten in den Keller gesackt waren und er stets mürrisch und gereizt wirkte?

Sie blickte aus dem Fenster in den späten Oktobernachmittag hinaus. Eine leichte Herbstbrise trieb Blätter über die hintere Veranda, wo Jons junger Hund, ein schwarzweißer Mischling undefinierbarer Abstammung, auf einem alten Flickenteppich lag. Die Maisstengel im Garten, jetzt sonnengebleicht und trocken, fingen an umzuknicken; hinter dem Wirrwarr aus Kürbisranken erblickte sie ein paar reife rote Tomaten. Ein halbes Dutzend Äpfel, die sie zu pflücken vergessen hatte, waren zu Boden gefallen und verrotteten im gelben Gras. Der Herbst lag definitiv in der Luft, wenn nicht gar bereits der bevorstehende Winter, und obwohl sie es sich nicht eingestehen wollte, war Jon zu einem echten Problem geworden. Schluss mit dem Gedanken. Jon war ihr Sohn, kein Problem, und sie würde alles tun, wirklich *alles,* damit er zu einem glücklichen jungen Mann heranwuchs. Das hatte sie sich geschworen, als sie ihn das erste Mal gesehen hatte, winzig klein und mit rotem Gesicht. Bislang hatte sie ihr Versprechen nicht gebrochen.

»Verraten Sie niemandem, dass er nicht Ihr Sohn ist, niemals«, hatte Tyrell insistiert, als sie den Säugling so eng an ihre Brust drückte, dass er ihren Herzschlag hören konnte. Sie hatte den warmen Atem des Babys gespürt und einen Ansturm der Freude, ein Glück, das ein wenig gedämpft wurde von der Furcht, dass sie soeben einen fürchterlichen Fehler beging.

»Das werde ich ganz sicher nicht tun.«

Tyrell war sich nervös mit der Zunge über die Lippen gefahren. Ob das etwas damit zu tun hatte, welche Rolle er bei ihrem plötzlichen Mutterglück spielte, oder mit der Tatsache, dass ihm die Steuerfahndung auf den Fersen war, konnte Kate nicht sagen. »Die Papiere sind hier drin – sieht alles legal aus.« Er steckte einen länglichen Umschlag in ein Seitenfach der Wickeltasche, die sie gekauft hatte. »Wann geht's los?«, fragte er und ließ den Blick über die Umzugskartons in ihrem kleinen Apartment wandern.

»Dieses Wochenende.«

»Immer noch zur Westküste?«

»Zunächst nach Seattle, dann vielleicht nach Oregon.«

Er hob abwehrend die Hände. »Je weniger ich weiß, desto besser.«

»Was, wenn die Familie irgendwann nach ihm suchen lässt?«, fragte sie in einem plötzlichen Anflug von Panik. Jetzt, da sie das Baby in ihren Armen wiegte, konnte sie sich nicht vorstellen, es jemals wieder herzugeben.

»Das tut sie nicht.« Tyrell stieß ein ironisches Lachen aus. »Glauben Sie mir, die haben sich viel zu viel Mühe gegeben, alles zu vertuschen.«

»Und der Vater?«

»Machen Sie sich seinetwegen keine Sorgen. Er sitzt noch immer hinter Gittern und ahnt nicht mal, dass er einen Sohn hat.«

»Er könnte es erfahren.«

Tyrells dunkle Augen bohrten sich in ihre. »Das dürfen Sie nicht zulassen, Kate. Um des Babys willen. Gehen Sie, und kommen Sie nie mehr zurück.«

»Meine Schwester lebt hier«, wandte sie ein und dachte daran, wie nahe sie sich standen, wie Laura ihr nach Jims und Erins Tod durch den schmerzlichen Alptraum von Schuldgefühlen und Trauer geholfen hatte.

»Schicken Sie ihr ein Flugticket. Laden Sie sie zu sich ein, aber kommen Sie um Himmels willen nie wieder nach Boston.«

Sie hatte sich Tyrells Rat zu Herzen genommen. Und sie hatte nie mehr etwas von ihm gehört.

Dennoch brauchte es jetzt, Jahre später, nur einen einzigen Anruf von einer stadtbekannten Wichtigtuerin aus der Nachbarschaft, und plötzlich brachen all ihre Sorgen, die Zweifel und Ängste mit der Gewalt eines Hurrikans über sie herein. Ihr Mund wurde trocken, und sie konnte sich kaum auf das Gespräch konzentrieren. *Reiß dich zusammen, Kate!*

»… ich dachte nur, dass Sie das wissen sollten«, sagte Cornelia so laut, dass Kate den Hörer vom Ohr weghielt. Die arme Frau, von Natur aus eine Klatschtante, war stocktaub und merkte es nicht mal. »Als meine Jungs Teenager waren, wollte ich auch immer ganz genau wissen, was sie so im Schilde führten. Wenn einer von ihnen nicht genau da war, wo er sein sollte, hat sich sofort mein Radar eingeschaltet, das können Sie mir glauben. Ich wollte immer als Erste im Bilde sein, und ich dachte, das wollen Sie auch.«

»Sind Sie sicher, dass Sie wirklich Jon gesehen haben?«, fragte Kate und klammerte sich an die unwahrscheinliche Hoffnung, dass sich Mrs. Wichtigtuerin geirrt hatte. Ihre Finger krampften sich um den Hörer. *Reiß dich zusammen, Kate, deine Sorge ist total albern!* Cornelia hatte lediglich erwähnt, dass Jon eine Vaterfigur in seinem Leben brauchte, und sofort stand sie mit rasendem Herzen da und dachte an den gesichtslosen Kriminellen aus Boston, vor dem sie sich seit fünfzehn Jahren fürchtete.

»Das war Jon, und zwar hundertprozentig. Vor gerade mal zwanzig Minuten war er in Parson's Drugstore –«

Houndog legte den Kopf schräg, stieß ein aufgeregtes Bellen aus und schoss so eilig von der Veranda, dass der Flickenteppich gegen die Hauswand rutschte. Kläffend schoss er ums Haus. Eine böse Vorahnung beschlich Kate – es sah so aus, als hätte Cornelia recht. Wieder einmal. *Ach, Jon, warum?*

»Viel Glück. Es ist nicht leicht, pubertierende Jungs großzuziehen, schon gar nicht ohne männliche Hilfe. Sie machen nichts als Ärger. Jeder einzelne von ihnen.«

Wumm! Die Fliegengittertür fiel zu.

»Wir sprechen später weiter.« Kate legte auf, ohne eine Antwort abzuwarten. »Jon?«, rief sie.

»Scheiße! Verdammte Scheiße!« Jons Stimme, die zwischen tiefen Tönen und hohem Kieksen wechselte, hallte durchs Erdgeschoss.

»Was machst du denn schon so früh zu Hause?«
Schritte donnerten die Treppe hinauf.
Kate wappnete sich. *Wumm!* Jons Zimmertür fiel so heftig ins Schloss, dass das gesamte Haus erzitterte. Die Fensterscheibe im Esszimmer klirrte. *Na großartig,* dachte Kate und warf einen Blick auf die Uhr. Ein Uhr mittags. Ein Punkt für Cornelia Olsen und ihre Spürnase, die immer wieder in den Problemen anderer Leute schnüffelte. Die Schule war offiziell erst in zwei Stunden zu Ende, doch ihr Sohn war bereits zurück und in grauenhafter Stimmung. *Wirklich großartig.* Kates Kopfschmerzen wurden stärker, pochten hinter ihren Augäpfeln.
»Herr, gib mir Kraft«, murmelte sie, während sie zur Treppe ging und nur kurz stehen blieb, als sie Houndog mitleiderweckend auf der Eingangsveranda winseln hörte. Sie schaute den verzweifelten Welpen durch den Draht der Fliegengittertür an.
»Ich glaube, es ist besser, wenn du dein Herrchen im Moment nicht siehst«, sagte sie stirnrunzelnd zu ihm.
Houndog blickte unglücklich zu ihr auf, winselte, dann kläffte er durchdringend.
»Na schön, offensichtlich hast du eine masochistische Ader. Genau wie ich.« Sie öffnete die Tür einen Spaltbreit, und Houndog sauste ins Haus.
Von oben ertönten Flüche, Poltern und Schlagen. Kate stieg die Treppe hinauf zum Zimmer ihres Sohnes, der schwarzweiße Mischling zwängte sich an ihr vorbei und eilte voneweg.
Sie klopfte, dann öffnete sie die Tür.
»Hau ab.« Jon lag auf seinem ungemachten Bett und starrte die Decke an, während er einen Baseball in die Luft warf und wieder auffing. Bücher, Klamotten, CDs, Baseballkarten und Zeitschriften lagen kreuz und quer auf dem Fußboden verstreut. Hemden und Jeans hingen aus halbgeöffneten Schubladen, auf

seiner Kommode, seinem Schreibtisch oder seinem Bücherregal gab es keinen einzigen Zentimeter, der nicht mit seinen Schätzen bedeckt war – angefangen bei Modellflugzeugen bis hin zu Büchern über Zaubertricks. Houndog sprang aufs Bett und blieb schwanzwedelnd dort sitzen, doch Jon ignorierte ihn und warf weiter seinen Baseball in die Luft.

»Wir müssen reden.«

»Lass mich in Ruhe.«

Seufzend trat Kate ein und schloss die Tür hinter sich. Wartete. Er beachtete sie nicht.

»Du bist früh zu Hause.«

Keine Antwort.

»Was ist passiert?«

Er stieß einen angewiderten Laut aus, aber er blickte immer noch nicht in ihre Richtung. »Ich schwänze.«

Ganz ruhig – mach keinen Wirbel darum, ermahnte sie sich selbst. *Zumindest redet er, das ist doch schon mal ein Fortschritt.* Die Arme vor der Brust verschränkt, lehnte sie sich mit der Schulter gegen den Türrahmen. »Du schwänzt also? Bist aus der Schule abgehauen?« Das war etwas Neues. Und es war gar nicht gut. Insgeheim hatte sie gehofft, er hätte heute früher Schulschluss gehabt und sie habe es bloß vergessen, doch natürlich hätte Cornelia dann nicht angerufen.

»Sie haben mich eh rausgeschmissen.«

Kate schob einen Basketballschuh Größe vierundvierzig beiseite, durchquerte das Zimmer und nahm auf dem Stuhl neben seinem Schreibtisch Platz. Sie fing an zu schwitzen, doch sie gab sich alle Mühe, nach außen hin gelassen zu wirken. »Rausgeschmissen? Du meinst, sie haben dich vom Unterricht suspendiert? Das klingt ernst, Jon.«

»Ja, suspendiert«, schnauzte er. »Das ist doch keine große Sache.«

»Keine große Sache?« Zorn stieg in ihr auf, doch sie beherrschte sich. Zumindest vorerst. Es war das Beste, den Problemen auf den Grund zu gehen, bevor man explodierte. »Warum?«
»Weil dieser Arsch von Todd Neider wieder mal versucht hat, mich zusammenzuschlagen. Hat mich Schwuchtel und Spinner genannt.« Jon schluckte schwer und blinzelte. »Er ... er hat gesagt, ich würde ins Irrenhaus gehören.« Anstatt zu weinen, biss er die Zähne zusammen, und Kate war verblüfft, wie sehr er sich verändert hatte. Bis zu diesem Jahr war er nie vom Unterricht suspendiert worden, war nie in ernsthafte Schwierigkeiten geraten, selbst wenn die anderen Kids ihn – wie so oft – geärgert und schikaniert hatten. Er hatte viel geweint und war eine Memme, ein Mamasöhnchen genannt worden, außerdem hatte man ihm seit der Grundschule schon jede Menge anderer grausamer Schimpfwörter an den Kopf geworfen. Wann immer es Probleme gegeben hatte, war Jon zu ihr gelaufen, um bei ihr Schutz und Geborgenheit zu suchen.
Doch seit er in diesem Herbst mit der Highschool begonnen hatte, hatte er sich von ihr zurückgezogen und versucht, sich selbst zu verteidigen, darauf bedacht, sich von seiner Mutter zu distanzieren, die ihn ja doch nicht verstand. Im letzten Jahr war er nicht nur ganze fünfzehn Zentimeter in die Höhe geschossen, er hatte sich auch eine gehörige Portion Stolz und ein dickeres Fell zugelegt.
»Und warum hat Todd Neider versucht, dich zusammenzuschlagen?«
»Keine Ahnung.«
»Jon?«
»Ich hab doch gesagt: ›Keine Ahnung.‹« In seiner Stimme klang Trotz mit, sein aufrührerisch nach vorn gerecktes Kinn begann zu zittern. Sie wartete. Er fing den Ball ein letztes Mal auf, dann ließ er ihn über den Fußboden rollen. »Nun, viel-

leicht weil ich ihn einen dämlichen Loser genannt habe, der noch genauso enden wird wie sein Alter – ein besoffener Stahlhüttenarbeiter, der doch nie aus dieser beschissenen Stadt rauskommt.«

»Das erklärt natürlich einiges«, sagte sie und wünschte sich, sie wüsste, wie sie mit dieser Situation umgehen sollte. Als er jünger gewesen war, war alles einfach gewesen. Schwarz oder weiß. Gut oder schlecht. Richtig oder falsch. Inzwischen waren die Antworten nicht mehr so leicht.

Jon lächelte nicht. »Es ist die Wahrheit. Todd Neider ist doch keinen Pfifferling wert!«

»Aha«, sagte sie, ohne ihren Sarkasmus verbergen zu können. »Und das hast du ihm gesagt? Kein Wunder, dass er dir das übelgenommen hat.«

»Er hat mich verar… er hat mich aufgezogen, weil ich einen der Computer für Miss Knowlton repariert habe. Hat mich einen durchgeknallten Streber genannt. Da habe ich ihm meine Meinung gesagt, und er hat mich nach dem Unterricht in der Halle abgefangen und versucht, mich windelweich zu prügeln.«

»Versucht?«, wiederholte Kate, der die Befriedigung, die sich auf Jons Gesichtszüge geschlichen hatte, nicht entgangen war.

»Ich habe ihn niedergeschlagen. Mit der Faust. Auf die Nase.« Jon lächelte grimmig bei der Erinnerung daran. »Überall war Blut, sogar auf Ellie Cartwrights Cheerleader-Kostüm, und dann … dann hat er mich angesprungen. Inzwischen hatten sich jede Menge Kids um uns versammelt, und dann …« Seine Stimme wurde ein bisschen tiefer. »Und dann hat Mrs. Billings uns erwischt.«

»Ich dachte, die Schule würde anrufen, wenn es Ärger gibt.«

»Ich glaube, da ist was schiefgegangen. Der Rektor war in einer Besprechung, deshalb saßen Neider und ich in diesem kleinen Raum neben dem Büro fest, bis McPherson wiederkam. Egal, ich hab's so satt, mir den Scheiß von Todd anzuhören.« Jons Gesicht verfinsterte sich erneut. »Er hat mir alle möglichen Schimpfwörter an den Kopf geworfen, Arschgesicht, Schwanzlutscher und –«

»Schon gut, schon gut, ich kann's mir lebhaft vorstellen.«

»Außerdem hat er mir gedroht, mich umzubringen, wenn er mich das nächste Mal in die Finger kriegt. Also bin ich aus dem Fenster geklettert und abgehauen.«

»Er hat kein Recht, dir zu drohen, schon gar nicht damit, dich umzubringen. Das ist doch –«

»- noch gar nichts.« Jon zuckte die Achseln. »Das tut er ständig. Für ihn ist das nicht mehr als eine Redensart, und weißt du, was?« Er blickte sie mit zusammengekniffenen Augen an.

»Was?«

»Er würde das nie tun. Das ist alles bloß Gerede, weil Neider Angst vor mir hat. Er wird mich nicht umbringen.« Jon wirkte aufrichtig überzeugt, als könnte ein gezielter Schlag auf Todds Nase all die Jahre der Angst wettmachen.

»Wann genau ist das denn passiert?«

»Keine Ahnung.« Erneutes Achselzucken. »Kurz vor dem Mittagessen.«

Das Telefon klingelte. Kates Herz setzte einen Schlag lang aus. Jon runzelte die Stirn. »Scheinbar haben sie in der Schule gemerkt, dass ich nicht mehr da bin.«

»Na toll«, murmelte sie sarkastisch. Es fiel ihr zunehmend schwerer, ihren Ärger zu unterdrücken. Sie war sauer auf ihn – wütend –, aber es würde nichts bringen, wenn sie anfing zu schreien. Außerdem machte sie sich Sorgen, riesige Sorgen. Es war wichtig, sich bewusst zu machen, dass *sie* bei diesem Gespräch die Erwachsene war. »Ich gehe ans Telefon, und du räumst auf. *Pronto.* Du steckst ganz schön in Schwierigkeiten,

Jon, nicht nur, was die Schule anbetrifft, sondern auch mich. Du kannst nicht einfach jemandem eine verpassen, auch nicht, wenn er dich ärgert.«
»Was soll ich denn deiner Meinung nach tun? Dich anrufen? Die 911 wählen? Oder mich beim Direktor ausheulen?«, knurrte er zornig, während Kate aus dem Zimmer und die Treppe hinuntereilte.
Sie riss den Hörer von der Gabel, gerade bevor sich der Anrufbeantworter einschaltete. »Hallo?«
»Mrs. Summers? Hier spricht Don McPherson.«
Ihr Magen zog sich zusammen, wie er es immer tat, wenn es Probleme mit Jon gab. Der Rektor erzählte ihr fast die gleiche Geschichte, die sie eben von Jon gehört hatte. »Das Schlimme daran ist«, fuhr McPherson mit bedeutungsschwerer Stimme fort, »dass Jon nicht hiergeblieben ist. Er hat sich davongestohlen, was einen weiteren Tag Suspendierung nach sich zieht.« Sie hörte ihn seufzen, dann das Rascheln von Papieren – vermutlich die Schulakte ihres Sohnes, die von Minute zu Minute dicker wurde. »Sie wissen, dass Jon immer schon Probleme mit den anderen hatte, doch bislang ist er nicht ausfällig geworden. Das scheint nun nicht mehr der Fall zu sein. Ich persönlich halte das auf eine gewisse Art und Weise sogar für gut. Es ist wichtig, dass er für sich selbst einsteht. Dennoch darf er deswegen nicht einfach gegen die Regeln verstoßen.«
»Das weiß ich in der Tat. Ich werde mit ihm reden.«
»Sie können seine Hausaufgaben im Sekretariat abholen, und wir machen Tabula rasa und fangen am Dienstag neu an.«
Kate schloss die Augen. »Es … es ist ziemlich schwer für ihn.«
»Ich weiß. Doch heutzutage ist es für keinen Teenager leicht. Viel Druck. Viel zu viel. In Jons Fall in einem noch weitaus stärkeren Maße.«
Kate lehnte sich gegen den Kühlschrank und rieb sich mit der

freien Hand die Schläfe. Jon war ein gutherziger Junge, ein kluges Kind, das die meisten seiner Klassenkameraden für seltsam hielten. Die Eltern waren nicht viel besser. Mehrere hatten ihre Kinder bereits ermahnt, sich von »dem sonderbaren Summers-Jungen« fernzuhalten. Ein paar hatten sogar gesagt, sie hielten ihn für einen Teufelsanbeter. Und das alles nur, weil Jon über die Fähigkeit verfügte, durch eine Art Fenster in die Zukunft zu blicken. Dieses Fenster war nicht immer ganz klar, Gott sei Dank. Auch nach all den Jahren ahnte er nicht, dass er nicht ihr leiblicher Sohn war – dass es irgendwo ein richtiges Elternpaar gab.

»Gehe ich recht in der Annahme, dass er weiterhin auf einer allgemeinen Schule unterrichtet werden soll?«, fragte McPherson und kam damit auf das Thema zu sprechen, das ihr so zuwider war – die Sonderschule.

»Selbstverständlich.« Kate glaubte fest daran, dass ihr Sohn mit Kindern seines Alters zusammen sein sollte, selbst mit den grausamen. Mehr als alles andere wünschte sie sich, dass Jon sich einfügte. Verantwortung übernahm. Glücklich war. Wenn sie nur einen Weg finden würde, ihn glücklich zu machen!

»Nun, dann wollen wir nicht gleich das Handtuch werfen. Diese Situation ist nicht allein Jons Schuld, die Gegenseite ist genauso daran beteiligt. Warten wir die kommende Zeit ab. Es sind ja nur noch, na – sechs oder sieben Wochen bis zu den Weihnachtsferien. Dann sehen wir weiter.«

Kate legte auf und stieß langsam die angehaltene Luft aus. Jon und sie wohnten seit elf Jahren in Hopewell, seit sie entschieden hatte, dass auch er die wunderschönen Kindheitserlebnisse auf einer Farm haben sollte wie sie damals. Und obwohl Jon mit Gleichaltrigen nie wirklich zurechtgekommen war, hatte es doch eine Handvoll Kinder gegeben, die ihn akzeptierten. Bis Todd Neider und seine Bande letztes Jahr beschlossen hatten, die Jagdsaison auf »den Irren« zu eröffnen. *Der Irre.* Sie krümmte sich innerlich, wenn sie an diesen Schimpfnamen dachte. Die Pubertät an sich war schon schwer genug, wenn man so war wie die anderen Kinder, doch in Jons Fall war sie die Hölle.

Der Irre.

Seltsam, wie sich eine Eigenschaft, die die meisten Kinder in der Grundschule oder auf der Junior Highschool so gut wie gar nicht bemerkten, zu dem auswächst, worüber man auf der Highschool definiert wird. Eine Eigenschaft, die einen zum Loser degradierte.

Früher hielten Jons Mitschüler es für cool, wenn Jon sagen konnte, an welche Zahl Miss Meyer gerade dachte. In der vierten Klasse hatte Jennifer Caruso vor Freude nach Luft geschnappt, als er ihr eine Woche vor der offiziellen Bekanntgabe mitteilte, dass sie die Hauptrolle in der Schulaufführung spielen würde. Was einst als besondere Gabe betrachtet wurde, galt jetzt als Manko, als Absonderlichkeit, die ihn als Psychopathen abstempelte.

Jemand hätte ihn warnen sollen, dass das Ganze nach hinten losgehen konnte, dass die Leute verunsichert waren, wenn sie von seinen Visionen erfuhren, dass sie ihm im Lebensmittelladen schiefe Blicke zuwerfen oder die Straßenseite wechseln würden, wenn sie ihn kommen sahen, dass sie ihn einen Verrückten, einen Irren und Schlimmeres nennen würden.

Der Irre.

Vielleicht hätte sie ihm raten sollen, einen Gang zurückzuschalten, doch sie hatte ihn stets ermutigt, über die Träume und Vorstellungen zu sprechen, die ihn beschäftigten. Als er klein war, hatte sie ihm erklärt, er würde »Engel« sehen, und wenn Menschen in seinen Visionen auftauchten, hatte sie behauptet, er wäre etwas ganz Besonderes, weil er Gedanken lesen und Dinge sehen konnte, die anderen Menschen verborgen blieben.

Sie hätte ihn warnen sollen, dass »besondere Kids« auf der Highschool zu Außenseitern wurden.

Sie hätte ihm sagen sollen, dass es nicht normal war zu wissen, dass die Zweitklasslehrerin an die fiebrig-heiße Stirn ihres Sohnes dachte, als sie sich an einem längst vergangenen Vormittag zur Schule aufmachte. Sie hätte ihm sagen sollen, andere Kinder sähen es keineswegs vorher, dass sie zu Weihnachten ein leuchtend grünes Fahrrad bekamen, dass andere Kinder keinen Schneesturm voraussagen konnten und definitiv nicht von Ereignissen träumten, die sich Monate später genau so abspielen sollten.

Nicht dass er etwas dagegen hätte tun können, die Visionen blitzten auf wie die Lichter von Kameras vor einem Rockkonzert. Nichts konnte dieses Kopfkino stoppen.

Doch er hätte es für sich behalten können.

Inzwischen hatte er aufgehört, in der Schule darüber zu sprechen. Wenn die anderen Schüler ihn fragten, behauptete er, es nicht mehr zu können, nicht mehr zu wissen, was sie gerade dachten, nicht mehr in die Zukunft blicken zu können.

Er hatte gelogen.

Dennoch war er nach wie vor als das Kind verschrien, das zu viel sehen konnte.

Der Irre.

Kate stieg die Treppe hinauf und griff nach dem Knauf seiner Zimmertür. Die Tür quietschte, doch er blickte nicht auf, als seine Mutter auf der Schwelle stehen blieb.

»McPherson?«, fragte er, ohne sich auf dem Bett aufzurichten.

»Ja. Er hat dich einen weiteren Tag vom Unterricht suspendiert, weil du abgehauen bist.«

»Mein Gott, ich hasse die Schule.«
»Jon, ist es wirklich so schlimm?«
Anstelle einer Antwort wandte er den Blick zur Wand, wo ein verblichenes Foto von Michael Jordan hing, das teils von den geheimnisvollen, maskierten Augen von Val Kilmer als Batman verdeckt war, ein Poster, das er einmal im Kino geschenkt bekommen hatte. Die düstere Welt des Superhelden hatte es ihm angetan. Sich wie Bruce Wayne eine Maske aufzusetzen und in jemand anderen zu verwandeln wäre eine großartige Sache, wenn man die Mutter, den Rektor und die halbe Schülerschaft gegen sich hatte.
»Jon?« Kate setzte sich auf die Bettkante und legte eine Hand auf seine Wade. »Irgendwas macht dir doch zu schaffen.«
»Lass mich einfach in Ruhe, okay?«
»Vielleicht kann ich dir helfen.« Als er keine Antwort gab, fuhr sie fort: »Hör mal, die Sache mit Todd Neider kann ich auch nicht geradebiegen, doch ich scheue nicht davor zurück, Don McPherson meine Meinung zu sagen. Wenn man dich in der Schule ungerecht behandelt hat … nun, dann kann ich schon einen gewissen Druck auf den Rektor ausüben.«
»Neider ist meine kleinste Sorge, und McPherson geht mir sonst wo vorbei.«
»Dann … dann steckt also tatsächlich noch etwas anderes dahinter.«
Er bemerkte die aufrichtige Sorge in ihren Augen und wandte sich ab. Es wäre noch schlimmer gewesen, ihr davon zu erzählen; er hasste es, ihr Angst zu machen. Doch sollte er sie nicht warnen? Es kam ihm so falsch vor, gar nichts zu sagen, sich einfach stumm zurückzulehnen und abzuwarten, obwohl er um die drohende Gefahr wusste, die sich über ihrer beider Leben zusammenbraute.
Ja, er sollte sie warnen.

Musste sie warnen.
Doch was sollte er sagen? Dass er dunkle Schatten in der Zukunft sah? Etwas gesichtsloses Böses, das sich ihnen näherte, ihn jagte?
»Ich wünschte, du würdest mit mir reden«, sagte seine Mutter.
»Mom, du kannst mir nicht helfen. Kapierst du das nicht? Ich habe gelogen, als ich dir weisgemacht habe, meine Visionen hätten sich ›verwachsen‹. In Wirklichkeit ist es schlimmer denn je, doch es ist anders geworden. Wenn mich jemand berührt, kann ich seine Gedanken lesen, Dinge sehen, die ich gar nicht wissen möchte. Ich bekomme diese blitzartigen Zukunftsvisionen, weiß, was demjenigen morgen oder nächste Woche widerfährt. Und wenn ich erst im Bett liege … oh, Mist …«
Er presste die Handflächen aufs Gesicht, als wolle er sich dahinter verstecken. »Ich habe Angst, einzuschlafen, Angst, einen dieser Träume zu bekommen.« Gott, wie er es hasste einzugestehen, dass er sich fürchtete!
Ich hasse das. Ich bin doch viel zu alt dafür.
»Alpträume? Worum geht es denn in diesen Träumen?«, fragte Kate.
»In einem werde ich durch eine Stadt gehetzt, was weitaus beängstigender ist, als es klingt. In einem anderen taucht eine dunkle Gestalt auf, die mir zuflüstert, sie sei mein Vater.«
Ihre Hand krampfte sich um seinen Fußknöchel. »Klingt ziemlich nach Luke Skywalker. Hast du je in Erwägung gezogen, dass es sich um ganz normale Alpträume handeln könnte? Nicht dass diese nicht beängstigend wären, aber –«
Sein scharfer Blick schnitt ihr das Wort ab. »Die Träume sind nicht normal, okay? Das wissen wir beide. Bloß weil du nicht daran glauben willst, weil du nicht willst, dass ich *anders* bin,

sind sie noch lange nicht normal. Ich bin nichts ›Besonderes‹, ich bin ein Irrer. Die Dinge, die ich nachts in meinen Träumen sehe, erschrecken mich zu Tode.« Er starrte seine Mutter an, als könne er sie so zwingen, ihm zu glauben. »Was ich nachts sehe, kommt immer näher, und ich glaube, nein, ich schwöre, dass es sich dabei um etwas Böses handelt. Ein Mann ... ist hinter mir her.«

»Wer?« Die Augen dunkel vor Sorge, beugte sie sich über ihn. Er verschwieg ihr die Wahrheit, wohl wissend, dass sie ausflippen würde, wenn er das Wort »Mörder« aussprach. »Ich kann sein Gesicht nicht erkennen, doch ich spüre seine Anwesenheit. Ich spüre, wie er näher kommt, spüre seinen Atem in meinem Nacken. Er ist hinter mir her, Mom.« Er setzte sich auf, sein Herz schlug so heftig, dass er den Puls in seinen Ohren fühlte. »Er ist auf dem Weg hierher, Mom, und er ist gefährlich. Äußerst gefährlich.«

Sie schüttelte den Kopf, nicht so sehr, weil sie ihm nicht glaubte, sondern weil sie die Bedrohung nicht wahrhaben wollte. »Alles wird gut, Jon«, sagte sie und schloss ihn in ihre Arme. »Hier bist du in Sicherheit.«

Früher einmal hatte er sich in den Armen seiner Mutter tatsächlich in Sicherheit gefühlt, doch das war schon lange nicht mehr so. Sie konnte ihn nicht davor schützen, von einem Jungen wie Todd Neider verprügelt zu werden, und schon gar nicht vor seinen Alpträumen. Das konnte niemand.

»Was glaubst du, warum habe ich Alpträume von meinem Vater?«, fragte er sie.

»Du wirst erwachsen, vermutlich stellst du dir ihn betreffend viele Fragen.«

»Du sprichst nie von ihm.« Wahrscheinlich wegen der Art und Weise, wie er ums Leben gekommen war, dachte Jon. Die Geschichte mit dem Unfall klang furchtbar, doch manchmal tat

seine Mutter so, als habe die Welt aufgehört, sich zu drehen, seit Dad und Erin tot waren.
Wie immer machte seine Mom einen Bogen um das Thema »Dad«. »Alles wird wieder gut«, beharrte sie. »Du musst dir nur etwas Zeit geben.«
Er lehnte sich an ihre Schultern und bemerkte die Schatten in seinem Zimmer, verhalten im Moment, doch jederzeit bereit, sich in tintige Schwärze zu verwandeln. Seine Mutter meinte es gut, doch sie konnte ihn nicht vor der Zukunft schützen.
Vor der Dunkelheit, die auf ihn lauerte.
Vor der Stimme des gesichtslosen Mannes, der ihm zuflüsterte, er sei sein Vater.
Vor der Person, die ihn durch die finsteren Straßen der unbekannten Stadt hetzte.
Vor seinem Verfolger.
Seinem Mörder.

Kapitel zwei

Sind Sie neu hier?«, fragte der Barkeeper, während er ein verschüttetes Getränk aufwischte und Daegans Glas nachfüllte, obwohl es erst halb leer war. Der Plug Nickel Saloon machte ein gutes Feierabendgeschäft. Eine Gruppe von Gästen saß in der Nähe des Fernsehers und schaute die World Series. Jedes Jahr im Oktober war es wieder spannend, welche Baseball-Ligen Einzug in das Finale gehalten hatten. Andere Barbesucher saßen am Tresen oder an den Tischen, unterhielten sich, scherzten und tranken. Zigarettenrauch hing in der Luft, durcheinandergewirbelt vom Deckenventilator.

»Ja«, erwiderte Daegan knapp und beschloss, sich so bedeckt zu halten wie möglich.

»Auf der Suche nach Arbeit?«

»Nee. Ich habe die alte McIntyre-Ranch gepachtet, bis sich ein Käufer findet. Vielleicht kaufe ich sie ja irgendwann selbst.«

»Diese Bruchbude?«

Daegan grinste verhalten. »Jawohl.«

Der Barkeeper schmunzelte. »Nun denn. Haben Sie vor, Viehwirtschaft zu betreiben?«

»Das hatte ich gehofft«, erwiderte Daegan gedehnt. »Vorausgesetzt, ich kann den Weidezaun reparieren. Will nicht, dass die Viecher auf die Straße geraten oder aufs Nachbargrundstück laufen.«

Der Barkeeper ließ das Trockentuch auf den Tresen sinken.

Sein Gesicht, groß, von Akne vernarbt, legte sich in Falten. »Haben Sie Ihre Nachbarn schon kennengelernt?«

Daegan schüttelte den Kopf und zuckte desinteressiert die Achseln, dabei brannte er förmlich darauf, so viel wie möglich über Kate Summers zu erfahren. Den Wahrheitsgehalt des Kneipenklatsches konnte er später immer noch überprüfen.

»Auf der südlichen Seite wohnt eine Witwe.«

»Lebt sie allein dort?«, fragte Daegan leicht gelangweilt, wenngleich sich seine Finger fester ums Bierglas schlossen.

»Nein. Sie hat einen Sohn.« Er rieb sich gedankenverloren das Kinn, dann fuhr er fort: »Ein ganz schöner Hingucker, die Kleine. Jung – höchstens fünfunddreißig, super Figur und clever. Unterrichtet drüben am Western Cascade, das ist ein Community College in Bend. Bleibt ziemlich für sich, aber das kann ich ihr nicht verübeln.«

»Warum nicht?«, fragte Daegan und spürte, wie sich instinktiv seine Nackenmuskeln anspannten.

»Nun, es ist wegen ihres Jungen … wie soll ich's sagen? Der ist … tja, der ist …« Der Barkeeper seufzte vernehmlich und furchte die Augenbrauen. Dann beugte er sich zu Daegan vor und sagte leise: »Der Junge ist ein schräger Vogel, anders kann ich es nicht formulieren. Hat sich nie wirklich eingefügt, und es kursieren Geschichten über ihn …«

»Ja?« Daegan zeigte nur geringes Interesse, dabei war er heiß auf jeden noch so kleinen Fitzel an Information über die Frau und ihren Sohn.

»Sie hat alle Hände voll mit dem Jungen zu tun.«

»He, Ben, wo bleibt der Nachschub?«, ließ sich ein unrasierter, vierschrötiger Kerl mit der Statur eines Footballspielers vom anderen Ende des Tresens vernehmen – vermutlich ein Holzfäller, Daegan konnte Sägespäne in seinem Haar erkennen. »Redet ihr über den Summers-Jungen?«, fragte er und

deutete auf sein leeres Glas. »'n verdammter Irrer, wenn ihr mich fragt.«
»Das sagt der Richtige«, mischte sich ein drahtiger Mann mit Lederhaut ein. Sein Lachen dröhnte durch den Saloon, die unangezündete Zigarette in seinem Mundwinkel hüpfte auf und ab.
»Halt die Klappe, Spencer«, gab der Riese missmutig zurück.
Daegan schaute in den Spiegel über der Bar und erblickte in diesem Moment Kate Summers, die gegenüber aus einem Bekleidungsgeschäft trat.
»Danke«, sagte er, stieg von seinem Hocker und ließ ein großzügiges Trinkgeld auf dem Tresen liegen. Auf zum ersten Schritt, dachte er grimmig, auch wenn dir das noch so sehr gegen den Strich geht. Er hatte nie gern Spielchen gespielt und verabscheute das Lügen, doch nun stand er im Begriff, gleich beides zu tun.
»Jetzt oder nie«, knurrte er, drückte mit der Schulter die Tür auf und trat schnellen Schritts auf den Gehsteig hinaus.
Ohne nach rechts oder links zu blicken, eilte Kate über den staubigen Asphalt, als sei sie auf dem Weg zu einem bestimmten Ziel. Ihr sonnengesträhntes Haar hüpfte auf den Schultern ihrer verwaschenen Jeansjacke mit den Silbernieten. Sie hatte sich den Riemen einer großen Lederhandtasche über die Schulter gehängt und umklammerte mit einer Hand ihre Autoschlüssel.
Sie musste ihn gehört haben, denn nun blieb sie vor einem Kombi stehen, schloss auf und warf einen Blick in seine Richtung. Augen von der Farbe reifen Whiskeys unterzogen ihn einer schnellen Musterung. Überraschenderweise spürte er ein Flattern im Bauch, während sie den Blick schon wieder abwandte. Er kletterte auf den Sitz seines alten Dodge.
Volltreffer, dachte er. Sie war definitiv die Frau von dem Foto.

Ihr Gesicht war schmaler geworden, in den Augenwinkeln hatten sich ein paar Sorgenfältchen gebildet. Ihre Haut war gebräunter als früher, ihre Haare von der Sonne aufgehellt, und sie besaß eine ganz besondere Ausstrahlung. Sie wirkte wie eine Frau, mit der nicht zu spaßen war.

Er sah, wie sie ihre Tasche auf den Beifahrersitz legte, kurbelte das Fenster hinunter und deutete auf ihren vorderen rechten Kotflügel. »Sieht aus, als hätten Sie einen Platten.«

»Wie bitte?«, fragte sie, doch sie wirkte bestürzt. Rasch ging sie um den Kombi herum und presste die Lippen zusammen, als sie den platten Reifen entdeckte. »Na großartig. Einfach großartig!«

»Brauchen Sie Hilfe?« Er stieg aus der Kabine seines Pick-ups.

»Oh, nein danke, das ist nicht nötig –« Sie schüttelte den Kopf, drehte sich zu ihm um, und wieder begegneten sich ihre Blicke. Einen Augenblick lang hielt er den Atem an, so durchdringend, so argwöhnisch war ihr Blick.

»Ich mach das öfter«, sagte er leichthin und deutete auf ihren Kofferraum. »Haben Sie einen Ersatzreifen?«

»Ja, aber ...« Sie beäugte ihn mit noch mehr Misstrauen. »Ich habe selbst schon Reifen gewechselt.«

»War ja nur ein Angebot.«

»Aber ich kenne Sie nicht mal –«

»Daegan O'Rourke«, stellte er sich vor und brachte ein Grinsen zustande, während er ihr die Hand entgegenstreckte. Sie nahm sie und drückte sie kurz.

»Ich bin Kate Summers, und danke, das ist sehr nett von Ihnen, doch eigentlich kann ich zur Tankstelle gehen und –«

»Den Weg können Sie sich sparen«, erklärte er und lehnte sich mit der Hüfte gegen den hinteren Kotflügel. »Ich verdiene damit meinen Lebensunterhalt.«

»Sie sind Automechaniker?« Wieder dieser skeptische Ton.

Die Hände in die Hüften gestemmt, betrachtete sie den Wagen. Schwarze Jeans, dazu passender Gürtel und Stiefel, weiße Bluse und ein gut geübtes Stirnrunzeln.

»Nein, ich bin bloß ein Rancher – und ich bin neu in der Gegend. Aber ich bin es gewohnt, kaputte Dinge zu reparieren. Bringt der Job so mit sich.«

»Na schön, Mr. O'Rourke –«

»Daegan«, unterbrach er sie.

Sie zögerte kurz. »Dann eben Daegan.« Nach wie vor auf der Hut, sperrte sie den Kofferraum auf, schob Bücher und ein paar Papiertüten beiseite und zog die Matte beiseite. Darunter kam ein staubiger Weißwandreifen zum Vorschein, der fast genauso platt aussah wie der andere.

»Super«, spottete sie, blies sich die Ponyfransen aus den Augen und blickte auf ihre Armbanduhr.

»Der dürfte halten«, sagte er, bemüht, sich auf das Gespräch zu konzentrieren. Hunderte von Fragen schossen ihm durch den Kopf, Hunderte von Fragen über sie und ihren Sohn, die er ihr nur zu gern gestellt hätte. Stattdessen biss er die Zähne zusammen und nahm Wagenheber und Ersatzreifen aus dem Kofferraum. »Es gibt nichts Schlimmeres als Scherereien mit dem Auto.«

»Hören Sie, Sie müssen das nicht tun –«

»Kein Problem.« Er bedachte sie mit einem schiefen Grinsen. »Ich bin nicht in Eile.«

Nervös wartete sie, während er den Wagenheber ansetzte, die Räder sicherte und die Radmuttern mit einem Schlüssel aus seinem Werkzeugkasten löste. Binnen zehn Minuten hatte er den Buick wieder abgesenkt, Wagenheber und platten Reifen im Kofferraum verstaut. Kate war sprachlos.

»Ich weiß gar nicht, wie ich Ihnen danken soll«, sagte sie schließlich, die Augen zusammengekniffen vor der sinkenden

Sonne. Ein trockener Wind fegte die staubige Straße hinunter, trieb ein paar Blätter und Papiere vor sich her und ließ ihr Haar von den Schultern aufflattern. Einige Passanten eilten vorbei und warfen nur mäßig interessierte Blicke in ihre Richtung.

»Sie müssen sich nicht bedanken.«

»Aber ...« Sie beschattete die Augen und musterte ihn, als wolle sie sich sein Gesicht genau einprägen. »Heutzutage findet man nur selten einen guten Samariter.«

»Glauben Sie mir, so gut bin ich nun auch wieder nicht.« Zumindest das war nicht gelogen. Er verspürte ein nagendes Schuldgefühl, als er den Deckel seines zerbeulten Metallwerkzeugkastens zuklappte und auf der Ladefläche des Pick-ups verstaute. »Sie können mich ja irgendwann auf eine Tasse Kaffee oder ein Bier einladen, wenn Sie sich dann besser fühlen – egal, auf was.«

Eine alte Schrottkarre rollte an ihnen vorbei, aus den heruntergekurbelten Fenstern wummerte Heavy Metal. Darin saßen ein paar lachende Teenager, die scheinbar kräftig gebechert hatten. Kate blickte ihnen nach und kniff die Lippen zu einer noch schmaleren Linie zusammen.

»Abgemacht«, sagte sie, als sie sich wieder ihm zuwandte.

»Gut. Vielleicht sieht man sich mal.«

»Vielleicht«, erwiderte sie, als glaube sie nicht so recht daran. »Noch einmal danke.«

»Gern geschehen.«

Sie glitt hinters Steuer ihres Kombis, setzte sich eine Sonnenbrille auf die Nase und warf ihm einen letzten durchdringenden Blick zu, dann fuhr sie in dieselbe Richtung davon wie die Teenager. Daegan blieb mit einem mulmigen Gefühl zurück.

»Zum Teufel mit dir, Bibi«, knurrte er. Er wusste, dass er im

Begriff stand, einen Fehler zu machen, der ihm für den Rest seines Lebens nachhängen würde, dennoch stieg er in seinen alten Dodge und fuhr zu dem billigen Betonklotz von Motel am Stadtrand.

»Ich habe dich letzte Nacht rufen hören«, sagte Kate am nächsten Morgen beim Frühstück. Jon wischte fahrig mit einer verbrannten Toastecke durch das ausgelaufene Gelbe seines Spiegeleis.

»Schlechter Traum«, nuschelte er. Um ihrem Blick auszuweichen, drehte er den Kopf so, dass ihm dicke, dunkle Haarsträhnen ins Gesicht fielen.

»Wieder ein Alptraum?« Sie versuchte, gelassen zu klingen, wenngleich sie innerlich vor Aufregung förmlich verging. Sein Schrei hatte sie im Bett hochschrecken und die Decke zurückwerfen lassen. Sie war schon auf halbem Weg zu ihrer Zimmertür gewesen, als sie sich gezwungen hatte, stehen zu bleiben und zu horchen. Viel hatte sie nicht hören können, so laut pochte ihr Herz, doch sie hatte bis zehn gezählt und dann die Ohren erneut gespitzt.

Jon nahm es ihr übel, wenn sie sich in sein Leben einmischte. Das letzte Mal, als sie in sein Zimmer geplatzt war, hatte er sie zwei Tage lang mit stummer Feindseligkeit gestraft. Er hatte ihr vorgeworfen, überzureagieren, ihn zu sehr zu bemuttern, daher hatte sie letzte Nacht in ihrem Zimmer verharrt und stumm die davontickenden Sekunden gezählt. Da er nicht noch einmal geschrien oder an ihre Tür geklopft hatte, war sie wieder zu Bett gegangen und hatte wach gelegen, bis um sechs Uhr morgens der Wecker schrillte.

»Was sonst?«, motzte er, während sie einen Schluck lauwarmen Kaffee nahm.

»Das musst du mir schon sagen.«

Er schaute, die Augen zusammengekniffen, an ihr vorbei aus dem Fenster, vorbei an der Eiche, deren Blätter sich langsam verfärbten, hin zu den zerklüfteten Bergen am Horizont. Dann schweifte sein Blick zu der Baumreihe, die dieses Fleckchen Land vom Grundstück der McIntyre-Ranch trennte, doch Kate bezweifelte, dass er irgendetwas davon wahrnahm. »Na schön, es war nicht nur ein Traum.«
Sie lehnte sich mit der Hüfte gegen den Küchentresen und schloss die Finger fester um ihre Tasse. »Eine Vorahnung?«
»Ja.« Er biss sich auf die Unterlippe, wie er es immer tat, wenn ihm etwas Kopfzerbrechen bereitete. »Schon möglich.«
»Schlimm?«
»Hatte ich jemals eine gute?«
Kate wurde schwer ums Herz. *Ach du lieber Gott, was nun?* »Erzähl mir davon.«
Achselzuckend fing er an: »Da ist ein Mann, und es wird Probleme geben.«
»Was für Probleme?«, fragte sie mit fester Stimme, auch wenn ihr Herz vermutlich eine Million Mal pro Minute schlug.
Wieder kniff er die Lider zusammen, als wolle er sich die Vision noch einmal genau vor Augen rufen. »Ich – ich weiß es nicht. Etwas anderes sehe ich nicht.«
Sie griff nach der Kaffeekanne auf der Herdplatte, verbrannte sich die Finger und zog scharf die Luft ein. *Reg dich nicht auf, bleib ganz ruhig,* ermahnte sie sich, während sie wie mechanisch heißen Kaffee auf ihren lauwarmen schüttete. Jon hatte Angst, das konnte sie seinem Gesicht ablesen. »Wie lange hast du dieses Gefühl schon?«
Erneutes Achselzucken. »Erst seit kurzem. Ein, zwei Wochen vielleicht. Doch gestern Nacht … gestern Nacht war es mehr als ein Gefühl.«
Er schob seinen Teller von sich und stand auf. Houndog kam

unter dem Tisch hervorgeschossen, als Jon seinen Rucksack nahm und über die Schulter schwang.
»Vielleicht täuschst du dich. In der Vergangenheit hast du dich schon einmal getäuscht. Weißt du noch? Als kleiner Junge dachtest du, du würdest Engel sehen!«
Er fuhr herum und blickte sie mit einer solchen Eindringlichkeit an, dass sie fast zurückgeschreckt wäre. »Ich habe *niemals* Engel gesehen, Mom. *Niemals.* Kapiert? Ich will nicht, dass du irgendwem von den Engeln oder Geistern oder was weiß ich für einer Scheiße erzählst.« Kate zog missbilligend die Augenbrauen hoch, und er korrigierte sich. »Quatsch, meine ich.«
»Pass auf, was du sagst! Keine Fäkalsprache, klar?«
Er wollte etwas erwidern, dann überlegte er es sich anders. »Wahrscheinlich hätte ich besser nichts von der bevorstehenden Gefahr erzählt –«
»Von einer Gefahr hast du gar nicht gesprochen«, unterbrach sie ihn und spürte, wie die Furcht mit kalten, klammen Fingern nach ihrem Herzen griff. »Du sagtest ›Probleme‹.«
»Ist das nicht ein und dasselbe?«
»Nein, das finde ich nicht. Unter Problemen verstehe ich ein schlechtes Zeugnis, verlorene Schlüssel, falsch ausgestellte Schecks. Gefahr ist etwas anderes. Gefahr kann lebensbedrohlich sein, unglaublich schmerzhaft oder ...«
»Dann meinte ich eben Probleme«, murmelte er, doch er mied ihren Blick und fing an, mit einem Geschirrtuch zu spielen, das auf dem Tresen lag. Er knüllte es zu einem Ball zusammen und schleuderte es ins Spülbecken.
»Jon, was ist los?«
»Ich weiß es nicht, ich habe bloß das Gefühl, dass ... dass jemand – ein Mann ohne Gesicht – hinter uns her ist. Ich weiß, das klingt verrückt, aber so ist das nun mal.«

»Weißt du, wer er ist?«, fragte sie noch einmal.
Jon schüttelte den Kopf, doch aus seinem Gesicht wich die Farbe, und seine Pupillen weiteten sich trotz des hellen Tageslichts. Er schnappte sich einen Tennisball, den er auf dem Tresen abgelegt hatte, und knetete ihn nervös. »Wie ich dir schon sagte: Ich höre immer nur das Wort *Vater.*« Sie krümmte sich innerlich und griff Halt suchend nach der Lehne eines Küchenstuhls.
Der Kriminelle.
Ach, würde doch ein anderes Monster Jon in seinen Alpträumen heimsuchen! Sie hatte immer wieder die Wahrheit umschifft, und jetzt hatte sie ein Problem. Jon wusste nicht, dass Jim und sie nicht seine leiblichen Eltern waren; sie hatte damals versprochen, ihm diese Tatsache niemals zu offenbaren, was ihr inzwischen unmöglich erschien angesichts der heutigen Techniken zur Blutgruppen- oder DNA-Analyse. Zum Glück hatte Jon sich noch nie so schwer verletzt, dass er eine Blut-, Organ- oder Knochenmarkspende gebraucht hätte, die solche Analysen erforderlich machten. Kate betete, dass dies nicht geschehen würde, bevor er erwachsen war. Erst dann wäre es ihr möglich, sich ihm anzuvertrauen, doch auch nur, wenn sich das Thema auf keinen Fall vermeiden ließ. Jetzt würde sie bestimmt nichts sagen. Nicht, solange er noch ein Junge war, an der Schwelle zum Mann und äußerst verletzlich. Es gab natürlich weitere Gründe, die dagegensprachen. Sie hatte Angst, es würde ihn verletzen, wenn er erführe, dass seine leiblichen Eltern ihn nicht hatten haben wollen. Es würde sein Selbstbewusstsein erschüttern … Außerdem – das musste sie sich eingestehen – fürchtete sie, dass er sie womöglich verlassen und sich auf die Suche nach seinen »richtigen« Eltern machen würde, sollte er die Wahrheit erfahren. Es lag nahe, dass er herausfinden wollte, weshalb er anders war als die an-

deren Kinder, ob es einen Grund für seine Fähigkeiten gab, eine genetische Eigenheit vielleicht, die von Generation zu Generation weitervererbt wurde.

Sie hatte befürchtet, dass er mit seiner Gabe, in die Zukunft blicken zu können, die Wahrheit womöglich erahnen würde, spüren würde, dass sie nicht blutsverwandt mit ihm war, doch als er über die Jahre hinweg nie eine Bemerkung diesbezüglich machte, keine Fragen stellte und sie voll und ganz als Mutter akzeptierte, brachte sie es nicht übers Herz, es ihm zu sagen. Früher oder später würde sie das tun müssen, doch sie wollte warten, bis ihre Beziehung nicht mehr so schwierig war wie in jüngster Zeit.

Feigling! Du hast doch nur Angst, ihn zu verlieren!

Er starrte sie aus seinen blauen Augen verwirrt an.

»Dein Vater ist tot«, sagte sie, womit sie der Lüge, die ihr vor fünfzehn Jahren so klein und unschuldig erschienen war, neue Nahrung gab.

»Wirklich?«

Lieber Gott, bitte hilf mir. »Das weißt du doch, Jon. Dein Vater ist bei einem Autounfall ums Leben –«

»Ich kenne die Geschichte, die du mir aufgetischt hast, aber es steckt mehr dahinter, hab ich recht? Dinge, die ich nicht weiß. Was ist es, Mom? Gab es einen anderen Mann? Jemand, mit dem du nach Jims Tod zusammen warst?«

»Nein!« Sie hätte fast geschrien. Die Finger um die Lehne des Küchenstuhls geklammert, bemühte sie sich, die Stimme zu senken. »Es hat nie einen anderen Mann gegeben.«

Ohne den Tennisball loszulassen, hob Jon die Hände neben den Kopf. »Es klingt vielleicht merkwürdig, aber ich habe immer wieder das Gefühl … dass mein Vater … am Leben ist. Ja, das ist blöd, ich weiß.« Er schüttelte unsicher den Kopf. Kate biss sich auf die Lippe.

Es war definitiv nicht der richtige Zeitpunkt, ihm von dem anderen Mann zu erzählen, dem Mann, der Jon gezeugt hatte; denn dieser Mann, der im Gefängnis gesessen hatte, wusste nichts von Jons Existenz, und wenn doch, würde er bestimmt nichts von seinem Sohn wissen wollen. Oder? War er etwa auf dem Weg hierher, zu Jon? Die Furcht, die sie die letzten fünfzehn Jahre über begleitet hatte, verwandelte sich nun in etwas Greifbares, Erschreckendes, in eine reale Bedrohung.
»Siehst du, das ist verrückt, oder?« Jon warf den Tennisball durch die Küchentür in den Flur, und Houndog, ein schwarzweißer Blitz, setzte ihm nach. »Vielleicht hat Todd Neider ja recht. Vielleicht bin ich wirklich ein Irrer.«
»Natürlich nicht«, widersprach sie. Ihr Mund fühlte sich trocken an. Sie ging zu Jon und versuchte, ihn zu umarmen, doch er schüttelte sie ab.
»Lass das. Behandle mich nicht wie ein kleines Kind.«
»Du bist –«
»Ich bin fünfzehn! In weniger als einem Jahr mache ich meinen Führerschein!« Er trat einen Schritt von ihr weg. »Zu alt, um mich von meiner Mom küssen und umarmen zu lassen.«
Sie wollte Einspruch erheben. Ein Teil von ihr schrie innerlich, doch sie sagte kein Wort und versuchte, nicht verletzt zu wirken. Er hatte recht. Er wuchs heran, nabelte sich von ihr ab. Vermutlich brauchte er tatsächlich einen Vater. Aber nicht den Mann in Boston. Den ganz bestimmt nicht.
Houndog, den Tennisball in der Schnauze, bog um die Ecke und sprang wie verrückt an Jons Beinen hoch; sein Bellen klang gedämpft, bis er den Ball auf den Fußboden fallen ließ. Er wedelte schnell mit dem Schwanz und blickte flehend zu seinem Herrchen auf. *Na, mach schon, wirf den Ball noch einmal!* Doch Jon bemerkte ihn gar nicht.

Kate versuchte es noch einmal. »Hör zu, Jon. Ich möchte dir nicht auf die Nerven gehen, aber –«
»Dann lass es einfach, okay?« Wütend presste er die Kiefer aufeinander und fuhr sich mit der Hand durchs Haar.
»Alles wird gut«, versprach sie, doch eher um sich selbst zu überzeugen als ihn. Hinter ihrer gefassten Fassade war sie völlig aufgelöst. War das möglich? Nach all den Jahren? Hatte Jons Vater tatsächlich von der Existenz seines Sohnes erfahren? Die sichere Hülle, mit der sie ihn umgeben hatte, bekam Risse.
Endlich fiel Jons Blick auf den winselnden Hund zu seinen Füßen. Mit einer geschmeidigen Bewegung hob er den Ball auf und warf ihn in den Flur. »Das glaube ich nicht, Mom. Nichts wird gut. Ich will dir ja keine Angst machen, aber ich denke, wir werden bald bis zum Hals in der Sch- … in ›Problemen‹ stecken.«
»Wirklich?« Ihr Herz hämmerte wie verrückt.
Er nickte. »Es geht los. Und zwar heute.«
»Was?« Sie zwang sich, ihre Furcht hinunterzuschlucken.
Wieder kniff er die Augen zusammen und starrte durchs geöffnete Fenster zu den in der Ferne liegenden Bergen. Schwarze Wolken zogen über den Himmel. Der Geruch nach trockenem Gras, Staub und verwelkenden Wildblumen wehte ins Zimmer, etwas weiter weg dröhnte ein Traktormotor, doch Jon, der etwas sah, das nur er sehen konnte, schien sich der Geräusche und Gerüche nicht bewusst zu sein. Abwesend rieb er mit der Hand über seinen Unterarm.
Kate wurde es eiskalt.
»Die Gefahr«, sagte Jon mit einer Stimme, die nicht mehr war als ein unheimliches Flüstern, »die Gefahr kommt näher.«
»Großer Gott, nein.« Diesmal hatte er nicht versucht, ihr weiszumachen, es handle sich lediglich um »Probleme«. Dies-

mal sprach er von einer unbekannten Gefahr, die sie beide bedrohte. Vor allem ihn.
Er schluckte mühsam, dann schaute er sie wieder an. Sein Blick war klar und fokussiert, als wäre er wieder im Hier und Jetzt, doch der grimmige Ausdruck auf seinem Gesicht änderte sich nicht. »Die Gefahr kommt näher, Mom«, wiederholte er heiser, »und es gibt keine Möglichkeit, ihr zu entrinnen.«

Kapitel drei

Daegan trat fest auf die Bremse. Sein Pick-up kam schlingernd vor der staubigen Veranda des Ranch-Hauses zum Stehen. »Renovierungsbedürftig« hatte es in der Beschreibung der Immobilienagentur geheißen, doch das war mehr als euphemistisch formuliert. »Rustikal« war gelogen. Das Haus war eine Bruchbude. So wie es aussah, hatte der alte McIntyre seit Jahren keinen Hammer mehr in die Hand genommen, von Pinsel, Schraubenzieher oder Zange ganz zu schweigen. Das Blockhaus war klein, das Dach hing durch, die Stufen waren zerbrochen, die Fenster vernagelt. Der Stall war in keinem viel besseren Zustand. Das alte Gebäude hatte offenbar nie einen Anstrich bekommen und war daher ungeschützt den Elementen ausgesetzt gewesen. Daegan bemerkte die fehlenden Dachschindeln.

»Perfekt«, murmelte er und ließ den Blick über den Rest der Ranch mit ihrem vertrockneten Land schweifen.

Ein Pumpenhaus, ein Maschinenschuppen, ein Hühnerstall und eine alte Windmühle ohne Flügel standen auf einem Grundstück, dem es an jeglicher Vegetation zu mangeln schien. Nirgendwo waren Blumen oder Sträucher zu sehen, eine einzelne Kiefer warf ihren Schatten aufs Haus, hier und da wuchs etwas Salbei. Kaputte Autos standen zwischen den einzelnen Gebäuden, an einer Seite des Hauses waren Reifen aufgestapelt, weitere in einem danebenliegenden Viehpferch.

Kein Wunder, dass die Miete so niedrig war. Ein Käufer würde sich wohl kaum finden.

Doch Daegan scherte sich weder um das Haus noch ums Grundstück. Er hatte schon in schlimmeren Bruchbuden gehaust. Nein, er war aus einem ganz bestimmten Grund hier, und die Ranch befand sich nun mal in direkter Nachbarschaft zu Kate Summers' Haus. Sie war der Grund dafür, dass es ihn in dieses gottverlassene Kaff verschlagen hatte. Doch er wollte sich jetzt nicht zu ausführlich mit seiner Mission befassen. Es war verdammt gut möglich, dass er eine Art Hexenjagd veranstaltete, und er würde das jetzt durchziehen. Egal, wie schmerzhaft es wäre.

Mit einem letzten Blick auf die zerbrochenen Zaunlatten lud er seine bescheidenen Habseligkeiten vom Pick-up und stellte sie auf der klapprigen Veranda ab, dann griff er in die Kühltasche und nahm ein Bier heraus. Er schlug den Deckel mit der flachen Hand am Geländer ab und trank einen großen Schluck, dann rammte er einen angelaufenen Schlüssel ins Haustürschloss und betrat sein neues Zuhause. Der Strom war abgeschaltet worden, die Räume rochen muffig. Er zog sämtliche schmutzverkrusteten Jalousien hoch und stieß die Fenster auf, um die schneidend kalte, trockene Luft hereinzulassen, die durchs Tal wehte.

Ein Blick auf Möbel und Fußboden – fleckig, abgenutzt – bestätigte ihm, dass der Immobilienmakler die Wahrheit gesagt hatte: Das Haus brauchte auch innen dringend einen Anstrich und eine Generalreinigung – kurz gesagt: Es wartete jede Menge Arbeit auf ihn. Nun, im Grunde hatte das Zeit. Nicht dass es von Bedeutung war, aber *ihm* gehörte dieser heruntergewirtschaftete Kasten nicht, er musste lediglich so tun, als wolle er das Land eine Zeitlang bewirtschaften. Seine eigene Ranch in den Bitterroot Mountains wartete auf ihn, während seiner

Abwesenheit versorgte Cal Hanson das Vieh. Doch ob er wirklich zurückkehren wollte, wusste er nicht – nicht nach seinem Treffen mit Bibi vor knapp zwei Wochen.

Er zog eine weitere vergilbte Jalousie hoch, blickte durch die gesprungene Fensterscheibe nach draußen und dachte an Bibi, eine Frau, die er seit ungefähr einer Million Jahre zu vergessen versuchte. Sie hatte ihn angerufen, und er hatte sich bereit erklärt, sich mit ihr zu treffen. Das war vor knapp zwei Wochen gewesen …

*

Kopf – du gewinnst. Zahl – du verlierst.

Daegan O'Rourke warf seinen Silberdollar in die kalte Nachtluft, sah, wie er im Licht der Straßenlaterne kreiste, fing ihn wieder auf und klatschte ihn mit der flachen Hand aufs Handgelenk. Zahl. *Du hast verloren, O'Rourke.* Natürlich. Bei dieser Sache konnte er gar nicht gewinnen. Ein Freifahrtschein in die Katastrophe. Aber ein Freifahrtschein, den er nicht abzulehnen vermochte.

Den Kragen gegen den Wind hochgeschlagen, sah er einem Jet mit blinkenden Lichtern hinterher, der in den eisigen Nachthimmel abhob. Ein paar verirrte Schneeflocken trudelten vom Himmel und erinnerten ihn daran, dass der strenge Winter kurz bevorstand. Die Winter in Montana waren immer streng, bitterkalt und erbarmungslos. Daegan steckte die Münze wieder ein und drückte die Tür zur Hotellobby auf. Ohne an der Rezeption stehen zu bleiben, schritt er in die Bar und setzte sich auf einen Hocker dicht bei der Tür, um zu warten.

Auf Beatrice. Bibi. Seine sexy Cousine. Eine Frau, die er gern vergessen hätte, denn jedes Mal, wenn ihm ihr Bild in Erinnerung kam, verspürte er einen heftigen Stich der Abscheu und der Schuld, der ihm bis ins Mark ging.

Was mochte sie aus ihrem komfortablen Haus im Bostoner Stadtteil Beacon Hill hierher, in diesen rauhen Landstrich von Montana, getrieben haben? Jahrelang hatte er darum gekämpft, sich von der Familie zu lösen, die ihn nie hatte haben wollen, die so getan hatte, als würde er gar nicht existieren, die ihre aristokratischen Nasen über ihn gerümpft und ihn des Mordes beschuldigt hatten. Und trotzdem kam Bibi angereist. Ein mulmiges Gefühl breitete sich in seiner Magengrube aus.

Bei einer Kellnerin mit einem eifrigen Lächeln bestellte er ein Bier, dann lauschte er mit einem Ohr einer Country-Western-Ballade.

Das Leben auf seiner Ranch in den Bitterroot Mountains war ganz so, wie es ihm gefiel: einfache, harte Arbeit, keine Spielchen, keine unsauberen Machenschaften, keine offenen Fragen. Hier ging es nur darum, zu überleben. Er nahm sich ein paar gesalzene Erdnüsse und wünschte, er hätte die folgenden Stunden schon hinter sich.

Die Kellnerin brachte ihm ein kühles Bier in der Flasche. Er gab ihr ein ordentliches Trinkgeld und starrte weiter zur Tür. Wartend. Darauf, dass die Katastrophe über ihn hereinbrach. Er hatte kaum zwei Schluck aus seiner Flasche genommen, als er sie sah.

Beatrice, im wogenden Luchsmantel, eine Wolke teuren Parfüms hinter sich herziehend, kam in die Bar gefegt, sah sich rasch um, entdeckte ihn und trat, ohne zu lächeln, auf ihn zu. Sie hatte sich verändert in den vergangenen fünfzehn Jahren – ein bisschen fülliger um die Taille, die Haare rot gefärbt, das Make-up dicker aufgetragen als in ihrer Jugend. Nach wie vor hielt er sie für ausgesprochen attraktiv – wenn man auf versnobte Blaublütige stand. Er tat es nicht. Nicht mehr. Doch es hatte eine Zeit gegeben …

Sie nahm ihm gegenüber Platz und zog ihren Kragen enger

zusammen. Bibbernd winkte sie der Kellnerin. »Mein Gott, ist das ein grauenvoller Ort.«

Er grinste. Bibi hatte noch nie ein Blatt vor den Mund genommen. »Ich dachte schon, du würdest nicht kommen«, sagte sie mit einem bemühten Lächeln, dann musterte sie ihn kurz. »Meine Güte, Daegan, du siehst wirklich unverschämt gut aus.« Die Kellnerin trat an ihren Tisch. Ohne den Blick von ihm abzuwenden, bestellte Bibi. »Wodka Collins. Mit Zitrone.«

»Du mischst dich unters gemeine Volk, Bibi?«, fragte er, als die Kellnerin weg war.

»Bin unterwegs nach San Francisco.« Sie wühlte in ihrer Handtasche und förderte ein goldenes Etui zutage. Ihre Hände zitterten, als sie eine Zigarette herausnahm und nach ihrem Feuerzeug griff. Kleine Fältchen der Anspannung zeigten sich in ihren Mundwinkeln.

»Montana – egal, welcher Teil – ist nicht unbedingt der geeignete Ort für eine Zwischenstation, wenn man von der Ost- zur Westküste will.«

»Ich musste dich sehen, okay?« Sie zündete ihre Zigarette an, nahm einen tiefen Zug und stieß mit einem Seufzer eine Rauchwolke aus Mund und Nase.

»Besser?«, fragte er.

»Ja«, gab sie schnippisch zurück. »Sehr viel besser. Nicht dass es dich wirklich interessieren würde.«

Er antwortete nicht. Wollte nicht lügen. Hatte genug von all den Lügen. Er hob die Flasche und trank einen großen Schluck.

»Es ist eine Weile her«, sagte er schließlich.

»Ja, ja, ich habe dich auch vermisst«, sagte sie. Ein Glas wurde vor sie gestellt, und sie zog einen Zwanziger aus ihrem Portemonnaie und sagte: »Der Rest ist für Sie.«

»Vielen Dank!« Die Kellnerin, die aussah, als käme sie frisch vom College, strahlte breit.

Ohne sie weiter zu beachten, nahm Bibi hastig einen Schluck von ihrem Drink, als wolle sie ihre Nerven beruhigen, dann zog sie kräftig an ihrer Zigarette, eine europäische Marke. Sie rührte ihren Cocktail um und lehnte sich gegen die gepolsterte Lehne. »Ich kann nicht fassen, dass ich hier bin.«

»Da sind wir schon zwei.«

Ihre dunkelblauen Augen trafen auf seine, und er spürte einen plötzlichen Anflug von Traurigkeit. Bibi war stets die Fröhlichste von seinen Verwandten gewesen, ein draufgängerisches Mädchen, das sich, anders als der Rest der spießigen Familie, von Geld und Status nicht den Spaß nehmen ließ. Sie hatte Daegan akzeptiert, ihren Bastard von Cousin, das schwarze Schaf, während seine eigenen Halbgeschwister ihn verabscheut hatten. Bibi fand ihn lustig, ein Raufbold, dessen offenkundige Respektlosigkeit, die Belange der Familie Sullivan betreffend, sie fasziniert hatte. Ihr Bruder Stuart, ein großartiger Manipulator, hatte Daegan benutzt, wenn er ihn brauchte, so, wie er jeden benutzt hatte, einschließlich seiner Schwester. Doch das war lange her. Noch bevor sich alles für immer geändert hatte. Bevor sie die unsichtbare, verbotene Grenze überschritten hatten. Als sie ihn nun mit gequälter Miene ansah, wusste er, dass sie ihm nichts Gutes zu sagen hatte. Er wappnete sich und nahm einen weiteren Schluck aus seiner Flasche.

»Ich wäre nicht gekommen, wenn es sich nicht um etwas wirklich Wichtiges handelte«, sagte sie und inhalierte tief. »O Mann, ist das schwierig.« Sie blies den Qualm aus, seufzte tief und wandte die Augen ab. »Du erinnerst dich, was zwischen uns passiert ist?«

Ein eisiger Klumpen machte sich in seiner Magengrube bemerkbar. »Ich gebe mir alle Mühe, mich nicht zu erinnern.«

»Ja, ich weiß, das geht mir genauso, doch so leicht ist es nicht, und für mich schon gar nicht.« Sie stützte die Ellbogen auf den Tisch und ließ den Kopf zwischen die Handflächen sinken. Daegan betrachtete ihre manikürten Fingernägel, die Zigarette, die langsam zwischen ihren Fingern verqualmte. »Daegan, ich weiß nicht, wie ich's dir sagen soll …«

»Spuck's einfach aus.« Er leerte sein Bier in einem einzigen Zug. Sämtliche Muskeln in seinem Körper waren angespannt, und er konnte kaum noch atmen. Um seinen rasenden Herzschlag zu beruhigen, zählte er konzentriert die Sekunden.

»Wir haben einen Sohn.« Ihre Stimme war kaum mehr als ein Flüstern.

»Was?«

»Ich sagte, wir haben ein Kind zusammen.«

»Mein Gott, Bibi! Bist du verrückt geworden?« Seine Ohren klingelten, sein Kopf dröhnte. »Nein.«

»Doch, Daegan. Du magst es leugnen, wie du willst, Fakt ist, du und ich, wir beide haben einen Sohn.«

»Aber das ist unmöglich.« Mein Gott, war es das tatsächlich? Sein Mund war staubtrocken. Von all den erbärmlichen Lügen war das –

Sie hob den Kopf. Ihr Blick, voller Trauer, bohrte sich in seinen. »Er ist fünfzehn.« Sie meinte es ernst – todernst, und ihr Gesicht unter dem dicken Make-up war leichenblass.

Über das Lachen und Gläserklirren der anderen Gäste hinweg hörte Daegan das unverkennbare Läuten der Schicksalsglocke. Jener Teil seines Lebens, den er ständig zu verdrängen, zu begraben versuchte, kehrte mit voller Wucht an die Oberfläche zurück.

Stahlbänder umschnürten seine Lungen, als Bibis Worte langsam bei ihm einsickerten. Die Welt um ihn herum geriet aus den Fugen, sämtlicher Lug und Trug, Wut und Verrat, alles, was er glaubte, in Boston zurückgelassen zu haben, setzte ihm

erneut nach wie ein gnadenloser Schatten. »Nein. Das kann nicht sein.«
»Daegan, warum sollte ich hierherkommen, wenn das nicht die Wahrheit wäre?«
Er sagte kein Wort, starrte sie nur stumm an. Seine Gedanken wirbelten. Galle stieg in seiner Kehle auf. Er winkte der Kellnerin, dass sie ihm noch ein Bier brachte. *Nein! Nein! Nein! Das muss ein Fehler sein. Bibi war seine Cousine, Teil einer Welt, die er verabscheute. Es konnte gar nicht sein, dass sie …*
»Ich hätte es dir sagen sollen … du hättest bestimmt eine Möglichkeit gefunden, mir zu einer Abtreibung zu verhelfen –«
»Um Himmels willen, Bibi, was sagst du da?«
»Tja … Mutter und Daddy hatten herausgefunden, dass ich schwanger war, sie haben die Dinge in die Hand genommen und dafür gesorgt, dass ich das Baby bekomme – einen Jungen. Ich musste ihn gleich nach der Geburt zur Adoption freigeben. Mein Gott, Daegan, es tut mir so leid.« Sie schluckte. In ihren großen Augen standen Tränen.
Daegan hatte das Gefühl, die Erde habe mit einem Mal aufgehört, sich zu drehen. Es war zwar durchaus möglich, dass Bibi log – das täte sie nicht zum ersten Mal –, doch der gehetzte Ausdruck in ihren Augen und ihre verkniffenen Mundwinkel überzeugten ihn, dass sie diese Reise nicht ohne triftigen Grund auf sich genommen hatte. Für einen Moment schloss er die Augen, bemüht, sich zusammenzureißen. *Denk nach, O'Rourke, denk nach! Du hast schon vertracktere Situationen erlebt und trotzdem immer eine Lösung gefunden, aber ein Kind … Du lieber Himmel! Sie lügt, das kann doch gar nicht sein! Aber warum sollte sie sich so etwas ausdenken?*
Als er die Augen wieder öffnete, bedachte er sie mit einem Blick, der Stahl hätte zerschneiden können. »Ich glaube das nicht.«

»Verflucht noch mal, Daegan, warum sollte ich so etwas erfinden? Warum um alles auf der Welt sollte ich lügen?« Sie blinzelte und reckte dann stolz das Kinn. Ihre Hände zitterten immer noch, als sie die Zigarette ein letztes Mal zu den Lippen führte, bevor sie sie ausdrückte.

Ein Sohn. Er hatte einen Sohn? Schmerzhafte Bilder seiner eigenen Kindheit traten ihm vor Augen. Er war ohne die Liebe eines Vaters aufgewachsen, ohne Anerkennung, mit dem grausamen Wissen, dass der Mann, der ihn gezeugt hatte, in ihm nicht mehr sah als ein Versehen, als Ergebnis unzureichender Verhütung, als Last. »Wart mal, Bibi. Das geht mir alles zu schnell. Noch mal von vorn, bitte –« Doch er wusste bereits, wann und wo es passiert war. Er hatte nicht aufgepasst. Keiner von ihnen beiden hatte aufgepasst. Sie waren leichtsinnige, scharfe, dumme Kids gewesen. Nicht mehr und nicht weniger.

Aus den Lautsprechern in der Bar tönte jetzt eine Schnulze über eine zerronnene Liebe. Die Kellnerin stellte noch ein Bier auf ihren Tisch. Als sie weg war, drehte Bibi ihr Glas zwischen den Handflächen und sah ihn an.

»Woher weißt du, dass das Kind von mir ist?«, fragte er.

Ein schiefes Lächeln kräuselte ihre Lippen, doch in ihren Augen stand nicht eine Spur von Heiterkeit. »Ich weiß es eben, klar, Mr. Ich-passe-schon-auf? Das erfindet man nicht aus dem Nichts heraus. So durchgeknallt bin nicht mal ich.«

Noch immer um Fassung ringend, fragte er: »Deine Eltern – sie wussten davon?«

»Von dir?« Sie schüttelte den Kopf. Das gedämpfte Licht der Bar spielte in ihren roten Locken. »Machst du Witze? Es war schwer genug, ihnen zu gestehen, dass ich mich hatte schwängern lassen, aber wenn sie dann auch noch erfahren hätten, dass das Kind von dir ist …« Sie schluckte und blinzelte erneut. »Also habe ich gelogen. Habe behauptet, es wäre irgendein Seemann gewesen, den ich kennengelernt hätte, ein Kerl namens Roy Panaker, und sie haben mir die Story abgekauft. Es gab keinen Roy Panaker, und sie haben nicht weiter nachgeforscht, als ich behauptete, er sei verheiratet und längst wieder auf See …« Sie zuckte die Achseln. Die abrupte Bewegung ließ den Pelz hinabgleiten, den sie so eng um den Hals gezogen hatte. »Das war das Beste, was ich tun konnte.«

»Du hast mir nie davon erzählt.«

»Ich habe niemandem davon erzählt. Ich konnte es nicht. Du warst bereits bei der Armee, damit du nicht in den Knast musstest, Stuart war tot, also musste ich das Ganze allein durchstehen.« Seufzend zog sie ihren Mantel wieder hoch und kuschelte sich tief hinein. »Ich hab's vermasselt. Was soll ich dazu sagen?«

Daegans Gefühle galoppierten in jede erdenkliche Richtung, doch er riss an den Zügeln und versuchte, die Lage objektiv zu betrachten. Wie er es immer tat. Doch diesmal war ihm das fast unmöglich. »Was, wenn ich sage, dass ich dir nicht glaube?«

»Aber du glaubst mir, Daegan, das sehe ich dir an den Augen an.«

Ein weiterer Song ertönte, ein schnelleres Stück, und ein paar unerschrockene Paare wirbelten über die Tanzfläche, lachten, unterhielten sich, lebten einfach weiter, als hätte die Welt nicht soeben aufgehört, sich zu drehen. Daegan rieb sich das Kinn, spürte die Stoppeln von zwei Tagen und versuchte, das Rumpeln in seinem Magen zu ignorieren, die Übelkeit, die ihn überkam, wenn er sich bewusst machte, dass er und seine Cousine … großer Gott. »Warum erzählst du mir das jetzt?«

»Das ist wohl der schlimmste Teil«, antwortete sie mit einem Seufzen. »Es war damals nicht leicht, wenn du verstehst, was ich meine, Daegan. Nein, es war sogar verflucht schwer, Robert Sullivan III. beizubringen, dass seine einzige Tochter unverheiratet schwanger war. Nicht dass der alte Herr mich sonderlich geschätzt oder gar irgendwelche Erwartungen in mich gesetzt hätte, das nicht, aber seit Stus Tod …« Ihre Stimme, in der tiefer Schmerz und Verletztheit mitschwangen, verklang. Ein paar Sekunden lang horchte sie ihren eigenen Worten nach, als verlöre sie sich in dem Strudel aus Lügen und Qual, in dem sie während der letzten fünfzehn Jahre gelebt hatte. Plötzlich fing sie an zu schniefen, blinzelte hektisch und schürzte die Lippen. »Nun, ich war alles, was sie noch hatten, und dieser Skandal war mehr, als die Familie ertragen konnte. Du weißt, wie ich das meine.«

Natürlich, das wusste er nur zu gut. Die vermögenden, blaublütigen Sullivans verabscheuten jede noch so kleine Unschicklichkeit, auch wenn die Familie genügend schmutzige kleine Geheimnisse hütete. Heuchlerbande.

Ihre Lippen zitterten, als sie versuchte, ein Lächeln zustande zu bringen. »Stell dir nur vor, wie schrecklich es gewesen wäre, wenn sie die Wahrheit erfahren hätten – dass mein Cousin der Vater des Babys ist. Dass der Bastard einen weiteren Bastard gezeugt hatte.«

»Hör auf damit!«, flüsterte Daegan mit rauher Stimme. Sein Magen krampfte sich schmerzhaft zusammen.

»Okay, das war ein Schlag unter die Gürtellinie.« Sie starrte auf ihr fast leeres Glas. »Tut mir leid. Auf alle Fälle haben Mutter, Daddy und ich uns schließlich geeinigt: Wir alle wollten, dass das Baby verschwindet. Um sicherzugehen, dass die Sullivans von einem Skandal verschont bleiben, haben sie sich eine Geschichte für ihre Freunde zurechtgelegt – ich würde irgendeine Kreuzfahrt nach Europa machen, und stattdessen hat Dad mich bei einer älteren Frau untergebracht, die in einem heruntergekommenen Apartment auf Cape Cod lebte. Sie sah aus wie eine typische Großmutter und hat die ganze Zeit über geredet – womit sie mich fast in den Wahnsinn getrieben hat. Dad hat den Anwalt einer kleinen Kanzlei mit dem Papierkram betraut. Der Typ, Tyrell Clark hieß er, schuldete Daddy einen großen Gefallen und versprach, den Mund zu halten. Der Junge wurde zur Adoption freigegeben, und ich habe meinen Sohn, unseren Sohn, außerhalb des Kreißsaals nie wiedergesehen.«

Sie hielt inne und lächelte traurig. »Ich weiß, es klingt schmalzig, aber dieses Erlebnis, tatsächlich ein Kind zur Welt zu bringen ...« Ihr Blick streifte kurz den seinen, und er musste an das fröhliche junge Mädchen denken, das sie einst gewesen war, bevor die Erfahrungen der vergangenen Jahre sie fast hatten zerbrechen lassen. »Es war das unglaublichste Erlebnis meines ganzen Lebens. Es ist ein Gefühl, das man einfach nicht beschreiben kann!« Wieder brachte sie ein gequältes Lächeln zustande, aber ihre geröteten Augen zeigten, dass sie mit den Tränen kämpfte.

»Ich steckte in einer absoluten Zwickmühle«, fuhr sie fort. Ihre Worte klangen wie einstudiert, als habe sie diese schon tausende Male für sich selbst wiederholt. »Es hätte mein Leben ruiniert, wenn ich ihn bei mir behalten hätte, also habe ich ihn fortgegeben und gedacht, damit sei die Sache ausgestanden. Es gab keinen Grund, dir davon zu erzählen. Wie ich schon sagte: Bis jetzt weiß niemand, dass du der Vater bist.«

Er lehnte sich zurück, stützte den Kopf gegen die Wand der Sitznische. *Sie lügt.* Wenn es ums Lügen ging, war Bibi unübertroffen. Doch warum sollte sie ausgerechnet jetzt Kontakt mit ihm aufnehmen? Fünfzehn Jahre später? Sein Bauchgefühl sagte ihm, dass sie ihm die Wahrheit erzählte, sich eine Last von der Seele redete. Trotzdem kam er nicht dahinter, warum. Er bemühte sich, möglichst gelassen zu wirken, während er darauf wartete, dass sie all ihre Karten auf den Tisch legte.

Sie fuhr sich mit der Zunge über die Lippen und trank ihren Wodka Collins aus. »Alles war gut … nun, so gut, wie es sein konnte. Dann erfuhr Dad vor zwei Monaten, dass er Prostatakrebs hat. Es ist nicht so schlimm, dass ihn die Krankheit umbringen wird – zumindest vorerst nicht –, doch er fing mit diesem ganzen Religionsmist an, du weißt schon, sich seiner eigenen Sterblichkeit bewusst werden und feststellen, dass es mehr im Leben gibt als Dünkel und Geld.« Ihr Lachen klang bitter. »Schwer zu glauben, nicht wahr?«

»Verdammt schwer.« Robert Sullivan war ein geldgieriger, egozentrischer, reicher Scheißkerl, der fest davon überzeugt war, dass vor allem anderen im Leben das Sullivan-Vermögen stand. Er war nicht viel besser als sein jüngerer Bruder Frank, Daegans Vater.

Bibi ignorierte seine Bemerkung und fischte eine zweite Zigarette aus ihrem goldenen Etui. »Wie dem auch sei, Daddy hat beschlossen, dass er meinen Sohn zurückhaben möchte.«

»Wie bitte?«

»Ist das nicht ein Brüller?«, fragte sie, alles andere als erheitert, und kämpfte mit ihrem Feuerzeug. Endlich schoss eine kleine Flamme heraus, und sie zog kräftig am Filter. »Offenbar ist er der Ansicht, Blut sei dicker als Wasser oder so ähnlich, denn er will, dass der Junge nach Boston zurückkehrt und den ihm gebührenden Platz einnimmt. Dad ist klargeworden, dass er wohl nie ein weiteres Enkelkind bekommen wird, also ist er fest entschlossen, den Jungen ausfindig zu machen.«

»Du könntest noch weitere Kinder bekommen –«

Seine Cousine schüttelte ihr dunkles Haar, das über ihre Wangen strich. »Nein.« Sie wandte den Blick ab und schloss für eine Sekunde die Augen. »Ich kann nicht glauben, dass ich dir all das erzähle.« Seufzend biss sie sich auf die Unterlippe. »Ein paar Jahre nachdem das Baby auf die Welt gekommen war, wurde bei mir eine Endometriose festgestellt. Das bedeutet –«

»Ich weiß, was das bedeutet.«

»Nun, mir wurde ein Teil der Gebärmutter entfernt, weshalb ich keine Kinder mehr bekommen kann. Daddy weigert sich zu akzeptieren, dass die Blutlinie nicht in der vorgesehenen Reihenfolge fortgeführt wird. Oh, natürlich sind da die Kinder von Frank – dich eingeschlossen –, aber die zählen für ihn nicht wirklich, und der Gedanke, dass Franks Familie die Kontrolle über das Sullivan-Vermögen erhält, treibt ihn sicher in den Wahnsinn. Zwischen Onkel Frank und Daddy herrscht dieselbe Rivalität wie eh und je, und ich glaube nicht, dass sich das jemals ändern wird. Also konzentriert sich Daddy – nein, *konzentrieren* ist nicht stark genug, *besessen sein* trifft es besser. Also: Daddy ist *besessen* von dem Kind, das ich damals weggeben musste. Er will meinen Sohn in den Schoß der Familie Sullivan zurückholen.«

»O Gott.« Daegan konnte sich keine schlimmere Strafe für ein nichtsahnendes Kind vorstellen.

»Bislang hat Daddy noch nichts unternommen, doch das wird nicht mehr lange dauern. Er wird den teuersten Privatdetektiv des gesamten Bundeslands anheuern, damit dieser seinen Enkel ausfindig macht. Dabei wird der Ermittler wohl feststellen, dass es gar keinen Roy Panaker gibt. Folgerichtig wird Dad wissen wollen, wer dann der Vater meines Kindes ist, und womöglich deinen Namen herausfinden.«

»Und wie will er das anstellen?«

Sie trommelte mit den Fingern auf der Tischplatte. »Daddy hat da so seine Mittel.«

»Du meinst, du wirst es ihm sagen.«

»Niemals!«, widersprach sie mit einer solchen Vehemenz, dass er ihr glaubte.

»Du bist paranoid, Bibi«, murmelte Daegan ab, doch er wusste, dass sie recht hatte. Robert Sullivan, Seniorpartner der Kanzlei Sullivan, Black und Tarnopol, war ein skrupelloser Hund, den man schon oft mit einem Pitbull verglichen hatte. Seine Taschen waren tief und voller Richter, Politiker und Polizeibeamter. Der hochwohlgeborene Robert Sullivan wusste, wie er bekam, was er wollte, und griff dabei auf Methoden zurück, die von Bestechung über Drohungen bis hin zu körperlicher Gewaltanwendung reichten.

Wenn Bibis Geschichte stimmte, würde Robert bei der Suche nach seinem verlorenen Enkelsohn jeden noch so kleinen Stein umdrehen.

Dein Sohn. Noch ein ungewollter, abgewiesener Sullivan-Bastard. Daegan presste die Kiefer aufeinander und schob die Gedanken an seine eigene Kindheit, seinen eigenen Vater beiseite.

»Du hast mir immer noch nicht erklärt, warum du mir all das ausgerechnet jetzt erzählst.«

Bibi leerte inzwischen ihren zweiten Cocktail. »Ich hatte meine Gründe. Zunächst einmal den, dass du das Recht hast, von deinem Sohn zu erfahren.«

»Spar dir den Mist. Wenn das stimmte, hättest du mir wohl schon vor langer Zeit von ihm erzählt.«

»Na gut, dann erzähle ich es dir eben, weil ich Angst habe. Ich will nicht, dass dieses Kind in mein Leben zurückkehrt, klar? Ich will weder dem Jungen noch meinen Freunden, noch meiner Familie erklären, dass mein unehelicher Cousin und ich eine Affäre hatten.«

»Das war keine Aff…«

»Egal. Wir haben ein Kind, Daegan, doch dieses Kind ist nicht nur ein Bastard wie du, mein Lieber, sondern noch dazu das Ergebnis eines Inzests.«

Daegan schloss kurz die Augen, um sich zu sammeln. *Inzest.*

Das war vermutlich noch um einiges schlimmer, als außerehelich geboren und von der Familie nicht anerkannt worden zu sein. Egal, was passierte, das Kind war für den Rest seines Lebens gezeichnet.

»Ich kann es mir im Augenblick nicht leisten, dass diese Geschichte ans Tageslicht gezerrt wird.«

»Und warum nicht?«

Sie blickte auf ihre linke Hand, und Daegan bemerkte den großen Diamantring, der im gedämpften Licht der rauchigen Bar blinkte. Dann hatte der Klunker also mehr zu bedeuten als nur eine teure Laune. »Ich bin verlobt.«

»Nicht zum ersten Mal.«

»Nein, aber diesmal möchte ich, dass es hält. Kyle ist ein anständiger Mann – ein *guter* Mann mit gewissen Wertvorstellungen. Es macht ihm schon zu schaffen, dass ich geschieden bin, doch er kommt damit zurecht, und ich ... nun, ich habe ihm sogar gestanden, dass ich ein uneheliches Kind zur Welt gebracht habe. Das hätte fast das Ende unserer Beziehung bedeutet, aber schließlich hat Kyle eingesehen, dass er die Vergangenheit nicht ändern kann. Trotzdem ... Wenn Dad jetzt nach dem Jungen suchen lässt und herauskommt, dass ausgerechnet du der Vater bist ...«

»Verstehe.« Daegan spürte, wie er Sodbrennen bekam, nahm einen großen Schluck Bier und wünschte, das Ganze sei nur ein Traum – ein Alptraum.

»Es hat nichts genutzt, dass ich gelogen habe.«

»Das nutzt nie irgendwas.«

Nach einem Blick auf die Uhr fuhr sie eilig fort: »Du hast in deinem Leben schon eine Menge gemacht, wie ich weiß.«

»Hast du dich auf dem Laufenden gehalten?«

»So gut ich konnte«, gab sie zu, und plötzlich wurde ihm klar, wie stark diese Frau in Wirklichkeit war. »Inzwischen bist du ein Rancher, hier, am Ende der Welt, doch davor warst du Rodeoreiter und davor ein Fährtenleser, der in der Wildnis mit reichen Großstadtpinkeln zu Pferd auf die Jagd gegangen ist.« Sie deutete mit ihrem manikürten Zeigefinger auf sein Gesicht. »Soweit ich weiß, hast du außerdem als Privatdetektiv gearbeitet und Leute aufgespürt. Genau das ist es, was du jetzt für mich tun sollst, Daegan.« Sie blickte ihn durchdringend an. »Ich will, dass du unseren Sohn findest, bevor Daddy es tut.«

»Auf keinen Fall! Bist du verrückt geworden?«

»Du musst ... *wir* müssen das tun!«

»Warum? Was, wenn wir ihn finden? Was dann?«

»Zum Teufel, ich weiß es nicht. Aber ich darf einfach nicht zulassen, dass der Junge plötzlich auftaucht und mein Leben zerstört!« Verzweifelt krallte sie ihre Hand in den Ärmel seiner Lederjacke. »Du hasst die Familie, das weiß ich. Du hasst deinen Vater und meinen, warum also machst du ihm nicht einen Strich durch die Rechnung – und rächst dich an ihm? Außerdem ist der Junge genauso dein Sohn wie meiner.«

»Das Problem ist, dass er zu seinen Adoptiveltern gehört.«

»Es sei denn, die Adoption sei manipuliert worden.«

»Wie kommst du da drauf?«

»Keine Ahnung. Ach je, das Ganze ist so ein Schlamassel!« Sie ließ seinen Ärmel los und sank wieder gegen die Polsterlehne. »Doch wer immer mein Baby zu sich genommen hat – und ich glaube, ich weiß, wer das ist –, hat etwas Illegales getan. Das ist der Frau, die ihn damals mitgenommen hat, durchaus klar gewesen.«

»Eine *Frau*? Kein Ehepaar?«

»Soweit ich weiß, nicht.«

Daegan musterte sie prüfend. Er hatte Bibi nie wirklich vertraut. Immerhin war sie eine echte Sullivan.

»Ich bezahle dich auch«, sagte sie. »Wenn du einen Weg findest, Daddy von dem Jungen fernzuhalten, wirst du sehen, dass du deine Zeit nicht verschwendet hast.«

»Ich kann dir nichts versprechen.«

»Das weiß ich nur zu gut.« Sie verdrehte die Augen und seufzte laut. »Daegan, deine Tugendhaftigkeit geht mir manchmal echt auf die Nerven.«

Er runzelte die Stirn und ließ sich ihr Angebot dann durch den Kopf gehen. Wenn er wirklich ein Kind gezeugt hatte, dann wollte er es auf jeden Fall finden, etwas über den Jungen erfahren, ihm sagen, dass – was? Was wollte er ihm sagen? Dass seine leiblichen Eltern betrunken miteinander ins Bett gestiegen waren und er das unerwünschte Ergebnis war?

Auf einmal wurde Bibi ungeduldig. »Finde ihn einfach, okay? Hier, ein kleiner Anreiz, Dad zuvorzukommen ...« Sie wühlte in ihrer Handtasche und zog einen Briefumschlag heraus. Nach einem raschen Blick über die Schulter blätterte sie seinen Inhalt durch und zog dann ein eingerissenes Stück Papier heraus. »Hier stehen Name und Adresse des Anwalts, der die Adoption abgewickelt hat.«

»Du kennst ihn?«

»Nicht wirklich. Das Problem ist, dass Tyrell Clark ins Gras gebissen hat, keine drei Monate nachdem ich das Baby zur Adoption freigegeben hatte. Clark hatte horrende Spiel- und Steuerschulden, der ganze Stress war vermutlich zu viel für sein Herz. Ich kann dir die Kanzlei nennen, die nach seinem Tod die meisten Klienten übernommen hat, wenn dir das hilft, außerdem eine Liste mit den Namen einiger von Clarks Angestellten, aber das war's dann auch.«

»Mehr, als ich erwartet hatte.«

»Da wäre noch etwas.«

»Was?«

»Ich, ähm, ich hatte damals einen etwas windigen Privatschnüffler engagiert, der Clark überprüfen sollte. Ich ... ich musste einfach wissen, was mit meinem Kind passierte. Also, dieser Typ, Fred Marquette, hat herausgefunden, dass Clark einen ganz schönen Batzen Geld dafür bekommen hat, das Baby loszuwerden. Er geht davon aus, dass Clark die Kohle einfach eingesteckt und den Kleinen einer seiner Sekretärinnen gegeben hat, einer Frau namens Kate Summers. So hieß sie zumindest damals. Inzwischen könnte sie wieder geheiratet haben. Ich habe ein paar Fotos von ihr und ein paar Informationen – gut, es ist jetzt fünfzehn Jahre her, aber zu der Zeit war sie Single. Ihr Mann und ihre kleine Tochter waren ein knappes Jahr zuvor ums Leben gekommen.«

Daegan betrachtete Bibi skeptisch. »Ich kann nicht glauben, dass du dir die Mühe gemacht hast, einen Privatdetektiv zu engagieren.«

Sie warf ihm einen Blick zu, der ihm sagte, dass er sie all die Jahre unterschätzt hatte. »Ich hatte gerade ein Kind zur Welt gebracht, verstehst du? Ich war jung und verstört, aber ich war nicht blöd, also zog ich in Erwägung, dass ich meine Meinung eines Tages womöglich ändern und mir den Jungen zurückwünschen könnte.« Sie steckte den Zettel mit Clarks Namen und seiner früheren Adresse zurück in den Umschlag und schob ihn über den Tisch. »Ich weiß nicht viel über diese Kate Summers, nur dass ihr damals bewusst gewesen sein muss, dass die Adoption nicht ganz korrekt war. Fred Marquette schien sie für Clarks Geliebte zu halten. Der Kerl stand in dem Ruf, kein Kostverächter zu sein. Vielleicht hat sie es auch wegen des Geldes getan. Ich habe im Büro meines Vaters geschnüffelt und bin auf einen fünfzehn Jahre alten, ungültigen Scheck für Tyrell Clark gestoßen. ›Juristische Recherche‹ stand darauf. Der Scheck war über einen Betrag von achtzigtausend Dollar ausgestellt. Ganz schön teure Recherche. Vermutlich ist Clark nicht mehr dazu gekommen, ihn einzulösen.«

Daegan stieß einen Pfiff aus.

»Bitte, Daegan, sag, dass du mir helfen wirst. Ich lasse mich das fünfundzwanzigtausend Dollar kosten. Und wenn es dir wirklich gelingen sollte, Dad davon abzuhalten, unseren Sohn zu finden, dann zahle ich dir noch mehr.«

»Ich nehme an, du wirst mir das schriftlich geben?«, fragte er gedehnt.

»Jetzt ist nicht der rechte Zeitpunkt für Scherze.« Sie blickte auf ihre Armbanduhr und fluchte leise. »Ich muss den Flieger erwischen.« Bibi stand auf und schloss ihren Pelzmantel. »In Anbetracht deiner eigenen Kindheit gehe ich davon aus, dass du es kaum erwarten kannst, deinen Sohn zu finden.«

»Vorausgesetzt, er ist tatsächlich meiner.« Daegan zog ein Foto aus dem Umschlag und betrachtete den verblichenen Schnappschuss, als enthalte er die Geheimnisse des Universums. Vielleicht tat er das sogar. Das Foto zeigte eine junge Frau, fast noch ein Mädchen, im Profil. Ebenmäßige, scharf geschnittene Züge, braunes Haar, zu einem Pferdeschwanz zurückgebunden. Ovales Gesicht, hohe Wangenknochen, große Augen, umrahmt von dichten Wimpern. Sie eilte in verwaschenen Jeans und Sweatshirt über die Straße, einen Rucksack auf dem Rücken, und hätte eine College-Studentin sein können. Stattdessen war sie die Adoptivmutter seines Sohnes. Eine Frau, die sich auf die falsche Seite des Gesetzes begeben und sich dafür hatte bezahlen lassen. Gleichzeitig war sie eine Frau, die sich offenbar dringlichst ein Baby gewünscht hatte. *Sein* Baby.

»Oh, das ist er, da kannst du dir sicher sein. Ich rufe dich an.« Bibi hängte sich den Riemen ihrer Handtasche über die Schulter und stürmte aus der Bar, so schnell wie sie hereingefegt war. Daegan blickte ihr stirnrunzelnd nach. Da saß er nun, den

Duft ihres Parfüms noch in der Nase, mit einem Umschlag voller fünfzehn Jahre alter Informationen, dem Wissen, dass er womöglich Vater war, und dem Gefühl, in der Falle zu sitzen. *Spitze.*

Wieder betrachtete er den Schnappschuss, dann zog er die anderen Fotos aus dem Umschlag. *Wer bist du, Kate Summers, und was hast du mit den Sullivans zu tun?* Sie war hübsch, ein frisches, adrettes Mädchen von nebenan, genau der Typ, der ihm für gewöhnlich gar nichts bedeutete. Gute Tarnung für eine Frau, die so eiskalt war, dass sie auch vor einer Adoption mit falschen Papieren nicht zurückschreckte. Hatte sie sich so verzweifelt ein Kind gewünscht? Hatte sie Geld gebraucht? Er las die Informationen, die Bibis Schnüffler zusammengestellt hatte. Kate war im Mittleren Westen aufgewachsen, wo sie lebte, bis sie im Alter von achtzehn Jahren mit ihrem zukünftigen Ehemann nach Boston durchbrannte. Dort arbeitete sie als Sekretärin für Tyrell Clark. Sie und Jim Summers bekamen eine kleine Tochter, kurz darauf wurden Mann und Kind bei einem Autounfall mit Fahrerflucht getötet. Der Schuldige wurde niemals gefasst. Es ging das Gerücht, sie habe ein Verhältnis mit Clark, das vielleicht sogar schon vor dem Unfall begonnen hatte. Ein paar Monate später zog sie um, aller Wahrscheinlichkeit in Begleitung von Beatrice Sullivans Sohn.

»Unglaublich«, murmelte er, betrachtete das Foto und rätselte wieder einmal, warum sie das getan hatte – *wenn* sie es denn getan hatte. Aus Liebe bestimmt nicht. Also musste Geld das Motiv sein. »Einfach unglaublich.«

Ohne den Blick von ihren Zügen abwenden zu können, fragte er sich, wie sie wohl jetzt, fünfzehn Jahre später, aussehen mochte. Er bereute bereits, dass er sich von Bibi hatte breitschlagen lassen, nach ihr zu suchen. *Tut mir leid, junge Frau,* dachte er zynisch. *Egal, was du getan hast, ob du schwarz bist wie die Sünde oder weiß wie eine Lilie, das Leben, wie du es bisher gekannt hast, wird sich ändern, und zwar definitiv. Du hast keine Ahnung, was dir bevorsteht. Wenn der Junge mein Sohn ist, wirst du ihn verlieren. Du hattest deine Chance. Jetzt habe ich meine.*

Er trank sein Bier aus, steckte den Umschlag ein und legte ein paar Scheine auf den Tisch.

In der Bar ging es jetzt lebhafter zu, immer mehr Leute nahmen an den Tischen und am Tresen Platz, und sieben, acht Paare tanzten. Ein hübsche Frau in engen Jeans, die Lippen in einem Pflaumenton geschminkt, machte sich an ihn heran.

»Darf ich dich auf einen Drink einladen, Cowboy?«, fragte sie.

»Heute Abend nicht.«

»Heißes Date?«

Daegan stieß ein schnaubendes Lachen aus, das alles andere als amüsiert klang. »Rein geschäftlich«, erwiderte er und ignorierte ihren sinnlichen, doch gut einstudierten Schmollmund. »Ein andermal.«

»Versprochen?« Ihre Stimme folgte ihm, als er aufstand und aus der Bar und an der Rezeption vorbei Richtung Hotelausgang marschierte. Draußen fuhr ihm der Nordwind unter die Lederjacke. Mit großen Schritten strebte er auf seinen Pick-up zu, sperrte die Tür zur Fahrerkabine auf und kletterte hinters Lenkrad. Winzige Schneeflocken trudelten aus dem dunklen Himmel herab. Die Motorengeräusche einer Passagiermaschine dröhnten unheimlich durch die stille Nacht. Noch immer hing ihm Bibis Parfüm in der Nase. Er legte den Kopf in den Nacken und sah, wie der große silberne Vogel an Flughöhe gewann, während er versuchte, die Bilder von Bibi aus dem Kopf zu verbannen. Jahrelang hatte er darum gekämpft, den Schmerz seiner Kindheit und Jugend auszuradieren, doch jetzt, als er den ersten Gang einlegte und von dem halb vollen

Parkplatz fuhr, brachen all die verdrängten Gefühle mit voller Wucht über ihn herein. Wieder spürte er die Furcht. Die Demütigung. Den Zorn. Den Durst nach Rache an einer Familie, die ihn schlechter behandelt hatte als einen Straßenköter.

Er zwang sich, all die alten Gefühle in eine entlegene Schublade seiner Seele zu pressen, die er am liebsten für immer zugesperrt hätte. Was er über die Familie Sullivan wusste, hätte sie vermutlich auf gesellschaftlicher Ebene vernichtet, doch mit den Jahren hatte seine Bitterkeit nachgelassen, genau wie sein Wunsch nach Rache – das bitterböse »Ich mache dich fertig«-Bestreben, von dem er als Kind auf der Arme-Leute-Gemeindeschule geträumt hatte.

Das war lange her. Ein anderes Leben. Damals war er ein Kind gewesen, an das er sich lieber nicht mehr erinnern wollte.

Der Silberdollar, den er tief in seiner Jeanstasche versenkt hatte, drückte gegen seinen Oberschenkel, als er gedankenversunken durch die Nacht fuhr. Möglicherweise war er Vater, hatte einen Sohn. Einen Sohn, von dem er nichts gewusst hatte.

Die Wahrheit schmerzt nicht, hatte seine Mutter oft zu ihm gesagt.

Unsinn, sagte er stumm und dachte daran, wie er aufgewachsen war: ein armer irischer Katholik in Boston. Nun wusste er, dass seine Mutter trotz all der Rosenkränze und Gebete gelogen hatte. Tatsache war, dass die Wahrheit sehr wohl schmerzte. Und zwar höllisch.

Und genau das würde auch Kate Summers bald herausfinden.

Kapitel vier

Der Winter war früh über Boston hereingebrochen. Eine Woche vor Halloween fegte der erste Schneesturm über den Atlantik, peitschte eisigen Schaum über die Massachusetts Bay, heulte durch die Straßen und Gassen der Stadt und hinterließ eine fünfzehn Zentimeter hohe weiße Puderschicht – nicht genug, um Boston lahmzulegen, aber genug, um für Verkehrsstaus und Unmut zu sorgen. Die Meteorologen hatten von einer allgemeinen Erwärmungstendenz gesprochen, doch die Vorhersagen waren trotz der hochentwickelten Satelliten und Computer unglaublich unzuverlässig, und dieser Sturm hatte sie im wahrsten Sinne des Wortes eiskalt erwischt.

Robert Sullivan strich sich den Schnee von den Schultern seines Wollmantels, dann hängte er ihn in den Garderobenschrank. Das abendliche Haus fühlte sich kalt an und leer, trotz der Tatsache, dass sämtliche Lampen leuchteten und nicht weniger als drei Hausangestellte damit beschäftigt waren, Silber zu polieren, das kaum benutzt wurde, sein Bett aufzuschlagen, ein Kaminfeuer im Arbeitszimmer anzuzünden, seinen Brandy einzuschenken und ihm seine Lieblingsspeisen zu kochen. Sie würden alle kleinen »Süßes oder Saures«-Erpresser abwimmeln, die es in der kommenden Woche wagten, an seine Tür zu klopfen und ihm mit Streichen zu drohen. Da musste er sich keine Sorgen machen.

Er rieb sich gerade mit der Hand über sein fast erfrorenes

Kinn, als sein Blick auf sein Konterfei in dem großen Louis-seize-Spiegel fiel. Das Alter hatte seine einst straffe Haut erschlaffen und faltig werden lassen, seine Augenlider sackten herab, die kräftigen Schultern fielen nach vorn. Irgendwer hatte einmal gesagt, es sei die Hölle, alt zu werden, und wer immer dieser Kerl gewesen war: Er hatte recht.

Das Leben war nicht mehr dasselbe, seit Adele gestorben war. Er lächelte leicht bei der Erinnerung an sie und rief sich wieder einmal vor Augen, dass kein Geld der Welt sie hatte retten können. Sein Leben war leer, bedeutungslos, seit sie vor fast fünf Jahren ihren Kampf gegen den Krebs aufgegeben und ihn allein gelassen hatte. Seltsam, er hätte niemals gedacht, dass er sie so sehr vermissen würde. Nach Stuarts Tod und dem Ärger mit Bibi war ihre Ehe keine wirkliche Ehe mehr, dafür aber bequem und gesetzt gewesen.

Adele und er hatten in verschiedenen Schlafzimmern genächtigt, und er hatte sich eine Reihe junger Gespielinnen gegönnt – diskrete, schöne Frauen, einige davon verheiratet, die nicht mehr wollten als Blumen, Schmuck und ein wenig Aufmerksamkeit. Wenn Adele von ihnen gewusst hatte, hatte sie es sich nicht anmerken lassen, hatte nicht mal die Augenbrauen hochgezogen, wenn er wieder einmal spät nach Hause kam oder das Wochenende außer Haus verbrachte. Entweder hatte sie ihm seine Ausreden, er habe noch arbeiten müssen, geglaubt, oder sie hatte die Augen vor dem Offensichtlichen verschlossen.

Erst nachdem sie ihm mitgeteilt hatte, dass sie an Brustkrebs erkrankt war, war ihm bewusst geworden, wie sehr er sie liebte. Er hatte seine Affären beendet und seit ihrem Tod zölibatär gelebt. Nein, es hatte seitdem tatsächlich nie wieder eine Frau in seinem Leben gegeben.

Er vermisste Adele schrecklich; spürte schmerzlich die Lücke,

die sie hinterlassen hatte, jedes Mal, wenn er über die Schwelle des Hauses trat, in dem sie fast vierzig Jahre gemeinsam gelebt hatten. Ihre Anwesenheit, der Duft ihres Parfüms, ihr leises Kichern, wenn sie mit ihren Freundinnen am Telefon schwatzte, ihr feines Lächeln und ihre treue Unterstützung … Gott wusste, dass er ein armseliger Ehemann gewesen war, doch sie hatte sich nicht ein einziges Mal beschwert. Und dann hatte sie ihn verlassen. Als sie nicht mehr da war, hatte er bald gemerkt, wie einsam und verlassen er sich ohne sie fühlte.
Einsam. Das Wort hallte durch seinen Kopf.
Selbst seine Arbeit hatte ihren Reiz verloren. Seniorpartner in einer Kanzlei zu sein bedeutete längst nicht mehr das, was es einst bedeutet hatte. Er ließ seine Schlüssel in die Glasschale auf dem Tisch neben der Tür fallen und machte sich auf den Weg zu seinem Arbeitszimmer, wo wie gewünscht die Abendzeitung, ein Schwenker mit teurem Weinbrand und eine kubanische Zigarre auf ihn warteten.
Dieser Abend würde besser werden als sonst, redete er sich ein, schließlich erwartete er Gesellschaft, jemanden, der gegen einen entsprechenden Betrag bereit war, ihn bei seiner frisch aufgenommenen Suche zu unterstützen. Neils VanHorn, Privatermittler von fragwürdiger Moral, dem eine ausgeprägte Gier nach Geld und Besitz nachgesagt wurde und der in dem Ruf stand, einen Job stets zu Ende zu bringen, kam zum Abendessen zu ihm. VanHorn, so hieß es, zählte zu der Art Mensch, die ihre Seele verkaufte, wenn nur der Mammon stimmte. Wunderbar. Genau das, was er brauchte.
Robert lockerte seine Krawatte, trat ans Fenster und blickte über den Louisburg Square. Dicke Schneeflocken fielen unablässig vom Himmel, doch er nahm weder den Schnee noch die Dunkelheit war. Vor seinem inneren Auge sah er einen Jungen,

einen fünfzehnjährigen Jungen mit strahlenden Augen, erwartungsvollem Gesicht, übermütigem Grinsen und mit genau dem Quentchen Arroganz, das die Sullivans vom Rest der Welt unterschied. Sullivan-Blut floss durch die Adern dieses jungen Mannes. Blaues Blut.

Er wollte diesen Jungen finden, das Kind, das er bei dessen Geburt verachtet hatte, den Enkel, den er – so hatte er damals bei sich geschworen – niemals wiedersehen wollte und der jetzt, so schien es, die einzige Chance war, den Namen Sullivan zu erhalten. Sein unehelich geborener Enkelsohn, der Bastard. Oh, es gab natürlich die Kinder seines Bruders Frank. Zwei selbstsüchtige, quengelnde Töchter, dazu ein Sohn ohne jeden Mumm in den Knochen. Niemand, der in der Lage war, das Familienimperium zu leiten. Selbst Alicias kleiner Sohn Wade schien nach Maureens rückgratloser Familie zu schlagen. Wenn Robert keinen Nachfolger aus eigener Linie präsentieren konnte, würde zunächst Frank – wenn er seinen älteren Bruder denn überleben sollte – den Löwenanteil des Sullivan-Vermögens erben, das inzwischen sieben Generationen genährt hatte, dann Collin, Franks eitler Fatzke von Sohn. Was für eine Verschwendung!

Wenn nur Stuart noch lebte! Robert blinzelte und kämpfte gegen die alten Gefühle an, die ihm jedes Mal, wenn er an seinen Sohn dachte, die Luft abzuschnüren drohten. Stuart war ein so starker junger Mann gewesen. So gut aussehend. So brillant. Er hätte den einzigen würdigen Vertreter der folgenden Generation gestellt, denn selbst seine, Roberts, eigene Tochter Beatrice hatte sich als Enttäuschung entpuppt, da sie in Sachen Rückgrat und Verstand ihrem älteren Bruder nicht das Wasser reichen konnte.

Dennoch war Stuart derjenige gewesen, der auf dem Dock verblutete, und entgegen den polizeilichen Ermittlungsergebnissen wusste Robert, wer der Mörder seines Sohnes war. Eines Tages würde der Bastard dafür bezahlen. Seine Rache wäre eiskalt und süß und würde nicht auf die Familie zurückfallen. Das war der Grund, warum er damit so lange wartete.

Außerdem gab es im Moment andere, weit dringlichere Angelegenheiten. Er musste seinen Enkel finden, und zwar bald. Nicht nur, weil sich sein Leben dem Ende näherte, nein, sein Bruder Frank drängte ihn zunehmend, ihm und später Collin das Zepter der Macht zu übergeben.

Robert griff nach der Zigarre und biss die Spitze ab. Vor fünfzehn Jahren war er ein Narr gewesen, ein arroganter, blinder Dummkopf, doch nun war es an der Zeit, diesen Fehler wiedergutzumachen.

Wenn er etwas in den siebzig Jahren seines Lebens gelernt hatte, dann das: Die Familie stand an erster Stelle, denn Blut war dicker als Wasser. Aus diesem Grund würde er nun alles tun, um seinen Enkel zu finden und ihn seinem rechtmäßigen Platz als Erbe des Sullivan-Vermögens zuzuführen.

*

Neils VanHorn roch Geld. Großes Geld. Genau das Geld, das einem nur einmal im Leben vor die Füße fiel. Havanna-Zigarren rauchend, die Stiefel auf eine ochsenblutrote Lederottomane gelegt, einen Schwenker mit Weinbrand in der Hand, saß er neben dem Feuer und blickte den Mann an, der in einem farblich passenden Clubsessel saß. VanHorn wusste, dass das sein großer Treffer war.

Über das würzige Aroma der Zigarre und den feinen, leicht holzigen Geruch des Weinbrands hinweg witterte er den schwer zu beschreibenden Duft harter Währung. Säckeweise. Robert Sullivan, vornehm bis zu seiner adeligen Nasenspitze,

war steinreich. Sein renoviertes Stadthaus am Louisburg Square, randvoll mit Antiquitäten und Ölgemälden längst verstorbener Sullivans, stank nach Anlagefonds, Geheimtresoren, Aktien und Obligationen. Neils fühlte sich wie im Himmel.
Die Uhr schlug halb eins. Langsam wurde es Zeit, dass Robert zur Sache kam. VanHorn beneidete ihn um seine Geduld.
»Also«, sagte der alte Mann, »die Situation erfordert äußerste Diskretion.«
»Kein Problem.«
»Niemand weiß von dem Jungen, und genau das war damals meine Absicht.«
»Verständlich, angesichts der Umstände.« Sicher, Robert Sullivan hatte seinen außerehelichen Enkelsohn loswerden wollen, um den schönen Schein aufrechtzuerhalten. Dass der Junge der Letzte in der Reihe der Sullivans sein würde, hatte er damals nicht ahnen können. VanHorn zog kräftig an seiner Zigarre und stieß eine aromatische, süßliche Rauchwolke aus. Er heuchelte Interesse, um den alten Knacker am Reden zu halten, während er insgeheim eine Aufstellung der Perserteppiche und Steinschlossgewehre vornahm, die hinter den geschliffenen Glasscheiben des Waffenschranks verschlossen waren. War das ein Renoir über dem Kamin oder nur eine gute Fälschung?
»Und den Namen des Ehepaars, das den Jungen adoptiert hat, kennen Sie nicht?«
»Nein … ich … nun, meine Frau lebte damals noch, und mein Sohn war gerade gestorben, dennoch gingen wir davon aus, dass wir weitere Enkelkinder bekämen. Ehelich geborene, legitime Erben. Beatrice war noch nicht verheiratet, natürlich nicht, sie verzehrte sich noch immer nach diesem Seemann – Roy Panaker hieß er …« Seine Stimme verklang, als sei sie geschwächt von jahrelanger Enttäuschung.

»Was ist mit dem Anwalt?«

»Tot. Tyrell Clark. Ein Weiberheld mit Spielsucht, zumindest hat man mir das zugetragen. Clark hatte immer schon einen Hang zu etwas zwielichtigen Fällen und ist schließlich in Konflikt mit diversen Debitoren und der Steuerbehörde geraten. Er ist kurz nach der Adoption verstorben.« Robert kniff die Lippen zusammen. »Seine Kanzlei – oder das, was noch davon übrig war –, wurde von der Regierung an einen seiner Konkurrenten verkauft, an einen Mann namens Millard Kent. Ich habe versucht, mit ihm zu reden, doch seine Kanzlei ist etwas seriöser als Clarks. Niemand macht den Mund auf. Ich frage mich, ob es dort noch irgendwelche alten Unterlagen gibt.« Roberts kalte blaue Augen richteten sich auf VanHorn. »Manchmal ist es in einem Fall wie diesem besser, wenn es keine belastenden Papiere gibt.«

»Das Ehepaar wird Adoptionsdokumente unterzeichnet haben, für so etwas ist doch jede Menge Papierkram erforderlich ...«

Sullivan zuckte die Achseln und nippte an seinem Weinbrand. »Ich bin mir sicher, es gibt bei diesem Adoptionsvorgang Schlupflöcher, die wir ausfindig machen können. Es dürfte nicht allzu schwierig sein, denn Tyrell hatte mehr als genug Probleme mit dem Gericht – sein Wort war nicht immer für bare Münze zu nehmen. Zwar hat man ihm zu keinem Zeitpunkt die Anwaltslizenz entzogen, doch er hat unsere Kanzlei mit eingeklemmtem Schwanz verlassen, weil es beinahe so weit gekommen wäre.«

»Trotzdem haben Sie die Adoption in seine Hände gelegt.«

Robert blickte finster in sein fast leeres Glas. »Nur aus einem einzigen Grund«, räumte er mit einem tiefen Seufzer ein. »Ich wollte nicht, dass eines Tages ein Bastard auf meiner Türschwelle aufkreuzt und die Hand aufhält. Ich habe die Probleme mitbekommen, die mein Bruder Frank mit seinem unehelichen Sohn hatte, daher wollte ich das Kind am liebsten verschwinden lassen. Der Junge war wie ein Geschwür, ein Schandfleck auf dem stolzen Namen Sullivan – inzwischen ist mir natürlich klar, wie versnobt meine Haltung war.« Er lächelte wehmütig. »Es ist seltsam, wie sich die Perspektive verändern kann, wenn man bald seinem Schöpfer gegenübersteht.«

Neils beschloss, Roberts Bemerkung über seine eigene Sterblichkeit zu ignorieren. Sie war für ihn ohnehin nicht von Bedeutung, abgesehen davon, dass er hoffte, der alte Knacker würde nicht ins Gras beißen, bevor dieser Deal über die Bühne gegangen war. »Die Adoptiveltern des Jungen werden vermutlich gegen Sie vorgehen.«

»Wen kümmert das? Ich sehe das so: In erster Linie können sie sich glücklich schätzen, dass sie den Jungen damals überhaupt adoptieren durften, doch jetzt ist es Zeit für ihn, nach Hause zurückzukehren – an seinen rechtmäßig angestammten Platz.«

»Und was genau meinen Sie damit?«

»Seinen Platz als Erbe natürlich.«

»Wie denkt Ihr Bruder darüber?«

»Frank?« Robert gab ein verächtliches Schnalzen von sich. »Frank hatte nie einen Sinn für die Familie, für das Erbrecht, für die *Verantwortung*, die unsere Position im Leben mit sich bringt. In Wahrheit hat er nur die Privilegien des Wohlstands genossen, wenngleich er sich oftmals … nun, ziemlich gewöhnlich benommen hat.«

»Er wird davon erfahren.«

»Das weiß ich. Ich habe vor, in ein paar Tagen mit ihm zu sprechen. Doch je weniger mein Bruder und seine Familie in Ihre Nachforschungen involviert sind, desto besser.«

»Weiß Ihre Tochter davon?«, fragte Neils, verblüfft über den Machtrausch des alten Mannes. Mit seiner arroganten Überlegenheit schien Robert Sullivan felsenfest davon überzeugt, dass er im Recht war, und zwar allein deshalb, weil er der Erstgeborene war. Nein, das war nicht richtig; laut Neils' Notizen hatte es noch einen älteren Bruder gegeben, der jedoch gestorben war, bevor er den Thron des Sullivan-Imperiums besteigen konnte. Er hatte einen sehr britisch klingenden Namen getragen: William oder Charles.

»Beatrice ...« Roberts Stirnrunzeln vertiefte sich, während er die Zigarre in einem Kristallaschenbecher ablegte. »Ja, sie weiß, dass ich jemanden engagiere, aber es ist das Beste, wenn auch sie so weit wie möglich aus der Sache rausgehalten wird. Sie wollte den Jungen damals nicht, und sie will auch jetzt nicht, dass er Einfluss auf ihr Leben nimmt. Sie ist deswegen ziemlich außer sich. Versteht nicht, warum ich das Erbe nicht einfach Frank und seinem Sohn Collin überlasse.«

»Sie ist in der Erbfolge nicht berücksichtigt?« VanHorn zog die Augenbrauen hoch.

»Sie ist eine Frau.«

»Und was wäre, wenn es gar keine Söhne gäbe?«, fragte er verständnislos. Das war ja wie aus dem letzten Jahrhundert, heutzutage glaubte doch niemand mehr an diesen Frauen-sind-minderwertig-Schwachsinn!

»Keine Söhne zu haben«, erwiderte Robert lapidar, »ist natürlich ein Problem – im Grunde inakzeptabel.«

»Ich hätte gedacht, Beatrice würde mit aller Macht für ihre Interessen kämpfen.«

»Leider interessiert sie sich ganz und gar nicht für die Familiengeschäfte oder das Sullivan-Vermögen. Sie ist damit zufrieden, jeden Monat einen Scheck in Empfang zu nehmen.« Robert nahm ein Schlückchen Weinbrand, dann stellte er den

Schwenker auf ein in der Nähe stehendes Tischchen und nahm seine Brille ab. Bedächtig polierte er die Gläser mit einem monogrammbestickten Taschentuch, das er aus seiner Brusttasche gezogen hatte, und sagte: »Ich erwarte, dass dieses Arrangement unter uns beiden bleibt. Beatrice und ich haben bereits miteinander gesprochen. Ich kann schließlich nicht urplötzlich mit ihrem Kind auftauchen, ohne sie darauf vorbereitet zu haben, trotzdem sollten Sie sie so weit als möglich im Dunkeln lassen. Ich kümmere mich um sie.« Der alte Mann reckte entschlossen das Kinn vor.

»Weiß jemand, wo sich Roy Panaker aufhält?«, fragte Neils.

»Meines Wissens nicht.« Robert wurde plötzlich ungeduldig. »Sie werden ihn natürlich ausfindig machen müssen. Schätze, es wird nötig sein, ihn zu bezahlen, doch anstatt ihn reich zu machen, sollten wir zusehen, dass wir irgendwelche unschönen Dinge über ihn ans Tageslicht bringen, mit denen wir ihn bestechen und dafür sorgen können, dass er nicht aus der Reihe tanzt. So gehen wir kein Risiko ein, dass er Ansprüche auf den Jungen erhebt.«

»Bislang hat er keinerlei Interesse bekundet?«

»Vermutlich hat er keine Ahnung, dass der Junge überhaupt existiert, trotzdem möchte ich sichergehen, dass er kein Problem darstellt.«

Neils nickte, als sei alles, was Robert sagte, vollkommen alltäglich, als seien Bestechung und das Eindringen in jemandes Privatsphäre keine große Sache – was sie ja auch nicht waren. Es war lediglich die Größenordnung von Roberts Ersuchen, die ihn umhaute.

»Wenn es tatsächlich an der Zeit sein sollte, mit Beatrice zu reden, geben Sie mir Bescheid. Ich werde ein Treffen arrangieren, denn am liebsten wäre es mir, Sie würden sie nicht kontaktieren. Man kann nie vohersagen, wie sie reagiert. Unglücklicherweise ist meine Tochter nicht der stabilste Mensch, Mr. VanHorn.«

Ein geheimes Treffen.

Worum mochte es gegangen sein? Was hatten Robert Sullivan und Neils VanHorn in den mit Walnussholz vertäfelten Wänden am Louisburg-Square besprochen?

Royce, der verfluchte Kerl, hatte ihm nicht alle Details liefern können. Der Butler war zu diskret, um das Ohr an die Tür zu drücken, hatte zu viel Angst, seine ach-so-geschätzte Position als oberster Bediensteter im Hause Robert Sullivan zu verlieren.

Verdammtes Personal. Man zahlte den Angestellten Wucherpreise, und trotzdem lieferten sie einem bloß Basisinformationen, die sie aufschnappten, während sie das Geschirr abtrugen oder ein Feuer entzündeten.

Doch Royce hatte ihm berichtet, dass Robert Sullivan zu Hause mit einem Mann namens Neils VanHorn zu Abend gespeist hatte, einem Privatermittler und nicht von dem Format, das Robert Sullivan für gewöhnlich anheuerte.

»Sagen wir mal, sein Mantel war an den Manschetten eine Spur verschlissen«, hatte Royce erklärt. Ein abgetragener Mantel und löchrige Stiefel, das musste man sich mal vorstellen. Royce hatte tatsächlich schwarze Flecken unter den Sohlen entdeckt, als VanHorn die Dreistigkeit besaß, seine Füße auf die Ledergarnitur zu legen und eine von Roberts Havannas zu schmauchen.

Irgendetwas lag in der Luft … wabernde Macht, die sich zu einem gewaltigen Mahlstrom auswuchs.

Und Robert steckte dahinter, das ewig kreisende, manipulierende Mastermind, der skrupellose Patriarch.

Nun, er würde nicht ungehindert weitermachen.

Der alte Mann musste beobachtet werden.
Sorgfältig beobachtet.
Robert Sullivan hatte seine Grenzen bereits einmal zu oft überschritten.
Ein weiterer dreister Schritt, und er würde aufgehalten werden müssen.

Kapitel fünf

Daegan O'Rourke klemmte sich das Telefon zwischen Ohr und Schulter, so dass er mit der freien Hand gegen den zersplitterten Rahmen des Schiebefensters hämmern konnte, um das verdammte Ding zu öffnen. Im Augenblick war das Telefon eines der wenigen Dinge, die in Eli McIntyres altem Blockhaus funktionierten. Daegan würde er einiges an Arbeit investieren müssen, um die Bruchbude halbwegs bewohnbar zu machen. Doch wenn er hierbleiben wollte, um den Summers-Jungen kennenzulernen und herauszufinden, ob er sein Sohn war, bliebe ihm das wohl kaum erspart.

»Okay, Sandy«, sagte er zu seinem alten Schulfreund. »Was hast du für mich?«

»Die Informationen, die du haben wolltest.« Obwohl meilenweit entfernt in Boston, klang Sandys rauhe Stimme nah und vertraut. »Sieht so aus, als habe der alte Robert einen gewissen Neils VanHorn engagiert, einen miesen Privatschnüffler, der in dem Ruf steht, nur hinter dem Geld her zu sein und auf Moral und Berufsehre zu pfeifen.«

Dann hatte Bibi also recht: Robert war dabei, Leichen auszugraben.

»VanHorn ist nicht die Sorte Mann, die Sullivan normalerweise anheuert«, fuhr Sandy fort. »Was natürlich die Frage aufwirft, was genau VanHorn für ihn tun soll.«

Nach einem männlichen Erben suchen, dachte Daegan. *Scheint auf einem totalen Machttrip zu sein, der Alte, so wie der seine Klauen nach einem unschuldigen Kind ausstreckt.*

»Zweifelsohne wird VanHorn für irgendeine schmutzige Sache bezahlt, die nicht ans Tageslicht kommen soll.«

»Da könntest du recht haben«, räumte Daegan ein.

Sandy Kavenaughs Instinkt traf immer ins Schwarze. Seine Zeit beim Militär hatte Kavenaugh bei der Aufklärung verbracht und nach Ableistung seines Dienstes eine eigene Privatdetektei gegründet. Es war Sandy, der Daegans Mutter Mary Ellen im Blick behielt, mit der Daegan schon seit Jahren nicht mehr in Kontakt stand. Außerdem warf er stets ein Auge auf die Sullivans, um Daegan über die Familie, einschließlich Bibi, auf dem Laufenden zu halten. Was Daegan anbetraf, so konnte er keinem von ihnen trauen.

»Soll ich versuchen, noch mehr über VanHorn herauszufinden?«, fragte sein alter Freund jetzt.

»Wär schön, wenn du rauskriegst, was er für Robert Sullivan erledigen soll«, sagte Daegan, den Blick aus dem Fenster in Richtung des Summers-Grundstücks gerichtet. »Und halte die Ohren offen, ob irgendwo ein illegitimer Erbe für das Sullivan-Vermögen erwähnt wird. Scheint so, als hätte meine Cousine Bibi vor fünfzehn Jahren ein Kind zur Welt gebracht. Vielleicht will der Alte den Jungen ausfindig machen und ihn in seinem Testament als Erben einsetzen.«

»Das muss man sich mal vorstellen! Da draußen läuft womöglich ein nichtsahnender Millionär herum!«

Fragt sich nur, zu welchem Preis, dachte Daegan, löste sich vom Fenster und schob auf dem Weg zur Küchentür ein Spinnennetz beiseite.

»Ich werde mal sehen, was ich über den Jungen herausfinden kann«, sagte Sandy. »Sobald ich Erfolg habe, melde ich mich bei dir.«

Der Junge. Als Daegan auflegte, spürte er, wie seine Kiefermuskeln zuckten bei der Vorstellung, dass das Kind, nach dem er suchte, sein Sohn, direkt nebenan wohnen könnte.
Der Gedanke, einen Sohn zu haben, war noch so neu und unbequem wie ein gerade gekaufter Stiefel, der etwas zu eng saß und an den Zehen drückte. Er hatte sich nie als Vater gesehen, hatte nie vorgehabt, Kinder zu bekommen. Doch niemals, *niemals* hätte er sein Kind ohne den Einfluss einer starken männlichen Vertrauensperson aufwachsen lassen.
Am schlimmsten bei der Sache aber war Jons Mutter. Kate. Weitaus intelligenter und wachsamer, als er erwartet, und weitaus attraktiver, als er gehofft hatte, hatte sie etwas an sich, das ihn faszinierte. Vielleicht, weil sie für ihn tabu war – und genau das war sein Problem mit Frauen. Die verbotenen Früchte interessierten ihn am meisten.
Daegan ging durch den kleinen Flur ins Schlafzimmer. Dort angekommen, blieb er stehen und blickte stirnrunzelnd auf die fleckige Matratze auf dem Fußboden. Daneben stand eine halb volle Flasche Bauchschmerz-Whiskey. Eine Schachtel Zigaretten und mehrere *Playboy*-Magazine lagen auf dem Fußboden. Es sah so aus, als hätte jemand eine kleine Party gefeiert. Ein Aschenbecher, der offenbar im Werkunterricht an der Schule getöpfert worden war, quoll über vor Kippen unterschiedlicher Marken. Daegan lächelte. Ja, die alte McIntyre-Ranch diente offenbar als eine Art Clubhaus für aufmüpfige Jugendliche, zu denen sehr gut auch Jon Summers zählen mochte.
Gut. Sollte der Junge ein Problemkind sein, hätte er einen leichteren Job. Er verließ das Blockhaus und trat auf die Veranda. Plötzlich vernahm er unter den Holzdielen ein tiefes Knurren. Auf ein Knie gestützt, spähte Daegan hinab und sah einen alten Hund in der Dunkelheit liegen. Die Zähne ge-

bleckt, die Augen fest auf Daegans Kehle gerichtet, gab der Köter ein neuerliches, drohendes Knurren von sich. »Das ist doch keine Art, den neuen Pächter zu begrüßen«, tadelte ihn Daegan leise. »Na, komm schon raus.«

Der Hund rührte sich nicht vom Fleck und fletschte lediglich die Zähne.

»Na prima.« Daegans Blick fiel auf die beiden Metallschüsseln, die in einer Ecke der Veranda standen. Eine war halb mit Wasser gefüllt, die andere leer. »Kümmert sich jemand um dich, alter Junge?«

Der Hund blickte Daegan mit gelbbraunen, misstrauischen Augen an.

Dieser stand auf, streckte sich und schaute über die kargen Äcker. Das einzige Haus in der Nähe war das von den Summers'. Vielleicht gab es noch andere Nachbarn, die den alten McIntyre-Hund versorgten, doch Daegan hatte das Gefühl, dass entweder Jon Summers oder aber seine Mutter dafür sorgten, dass der Mischling nicht verhungerte oder verdurstete. Das war genau der Ansatzpunkt, nach dem er gesucht hatte. »Ich denke, wir zwei werden gute Freunde.«

Und was ist mit dem Jungen? Wird auch er dein bester Freund werden? Oder wird er dich am Ende für den Rest seines Lebens hassen?

Kate wartete ungeduldig darauf, dass ihre Schwester ans Telefon ging. Ein Blick auf die Uhr sagte ihr, dass es fast drei war, also fast sechs Uhr abends in Boston. Laura kam um diese Zeit von der Arbeit nach Hause, und Kate wollte sie unbedingt allein erwischen, bevor Jon von der Schule zurückkam und ihr Gespräch mit anhören konnte.

»Komm schon, komm schon«, drängte sie, tigerte vor dem Küchenfenster auf und ab und dehnte das Telefonkabel so

sehr, dass es beinahe aus der Dose riss. Laura arbeitete für die Bundesbehörde, wodurch sie Zugang zu allen möglichen Rechtsdokumenten hatte – Geburts- und Todesurkunden, Vorstrafenregister.
Kate hatte ihre Schwester noch nie zuvor um einen Gefallen gebeten. Obwohl sie schon Hunderte Male versucht gewesen war, die wahre Identität von Jons leiblichen Eltern herauszufinden, hatte sie bislang widerstanden, Laura zu bitten, ein paar Recherchen anzustellen. Ob es daran lag, dass sie das Gefühl hatte, eine moralische Grenze zu überschreiten, oder einfach Angst davor hatte, konnte sie selbst nicht sagen. Doch mittlerweile hatte sich die Lage geändert. Jon hatte begonnen, Fragen nach seinem Vater zu stellen. Sie musste die Wahrheit herausfinden, um Jon schützen zu können.
Nach dem vierten Klingeln meldete sich der Anrufbeantworter. »Hi, Sie haben Lauras und Jeremys Nummer gewählt. Im Augenblick können wir Ihren Anruf nicht entgegennehmen, doch wenn Sie uns nach dem Signalton eine Nachricht hinterlassen …« Voller Ungeduld wartete Kate auf das Piepen, dann bat sie ihre Schwester, sie zurückzurufen. Jetzt, da sie beschlossen hatte zu handeln, konnte sie es kaum erwarten, etwas in Bewegung zu setzen.
Sie knallte den Hörer auf und zwang sich, ruhig zu bleiben. Nichts hatte sich verändert. Noch nicht. Kinder hatten nun mal Alpträume.
Sie schenkte sich den Rest Kaffee vom Vormittag ein, dann setzte sie sich an ihren Schreibtisch und nahm sich die letzten der fünfundzwanzig Aufsätze vor, die sie bis zum nächsten Morgen korrigieren musste. Gerade als sie sich die Augen rieb und nach ihrer Lesebrille griff, hörte sie das Dröhnen eines Motors. Sie spähte durch die Spitzengardinen in der Erwartung, Jon zu sehen. Anstatt auf den Bus zu warten, war er viel-

leicht bei jemand mitgefahren, einem Mitschüler, der ein Auto und hoffentlich auch einen Führerschein besaß. In letzter Zeit hatte er sich häufiger beschwert, mit dem Bus zu fahren sei eine Zumutung und nur etwas für Babys.

Ein zerbeulter, ehedem grüner Pick-up rumpelte die Auffahrt herauf. Kate erkannte ihn sofort. Daegan O'Rourke, der Fremde, der ihr den Reifen gewechselt hatte, stieg aus der Fahrerkabine. Sie spürte, wie sich ihr Puls warnend beschleunigte. Groß und schlank, ein Cowboy-Typ in verwaschenen Jeans, staubigem blauem Hemd und Lederjacke, kam O'Rourke auf ihre Eingangsveranda zu.

Was wollte er von ihr?

Sie hatte ein paarmal an ihn gedacht, seit er an jenem Nachmittag darauf bestanden hatte, ihr zu helfen. Er strahlte eine ungezähmte sexuelle Energie aus und wirkte wie jemand, der ein Nein nicht einfach akzeptierte. Sie hatte seine Hilfe ablehnen wollen, doch das hatte er nicht zugelassen, und um nicht undankbar zu wirken, hatte sie ihn den blöden Reifen wechseln lassen. Was hatte er hier zu suchen? Was immer er ihr aufdrängen wollte, sie war nicht interessiert. Entgegen der allgemeinen Annahme war das Letzte, was sie in ihrem Leben brauchte, ein Mann.

Während sie beobachtete, wie er die alten Holzstufen heraufstieg, bemerkte sie sein vorgerecktes Kinn, die schmalen Lippen, den entschlossenen Gesichtsausdruck. Er sah aus wie ein Mann mit einer Mission, und sie wusste instinktiv, dass es in irgendeiner Weise um sie ging.

Normalerweise hätte sie sich nichts dabei gedacht, ihm die Tür zu öffnen, schließlich kam immer wieder mal jemand vorbei, um sich nach dem Weg zu erkundigen, doch heute, wo ihre Nerven ohnehin schon blank lagen vor Sorge um Jon, war sie misstrauisch. Als er klingelte, öffnete sie zwar, doch sie blieb auf der anderen Seite der Fliegengittertür stehen.

Seine kühlen grauen Augen begegneten ihren durch den feinen Maschendraht, und ein flüchtiges Lächeln trat auf sein Gesicht.
»Dann sind Sie also meine Nachbarin«, stellte er fest. »Wer hätte das gedacht?«
»Nachbarin?«, wiederholte sie.
Er deutete mit einem schwieligen Daumen in Richtung Nachbargrundstück und erklärte: »Ich bin der neue Pächter der McIntyre-Ranch.«
Kate schnappte ungewollt nach Luft und schalt sich insgeheim für diese alberne Reaktion. Sie hatte von diesem Mann nichts zu befürchten, hatte keinen Grund, ihm nicht zu vertrauen. Er hatte ihr *geholfen*, um es einmal klipp und klar zu sagen, hatte ihren platten Reifen gewechselt. Sie sollte dankbar dafür sein, dass jemand auf der Ranch des alten Eli lebte und sich um Haus und Land kümmerte. Leer stehende Gebäude lockten nicht selten zwielichtiges Gesindel an. Dennoch wurde sie das beunruhigende Gefühl nicht los, dass dieser Mann der letzte Mensch auf Erden war, mit dem sie Tür an Tür leben wollte. Ihm fehlten die Ruhe, die Zufriedenheit, die für gewöhnlich mit der Rancharbeit einhergingen. Nein, dieser Mann war rastlos, schien unter seiner gebräunten Haut fast zu platzen vor Energie.
Entspann dich, Kate. Jon hat dir mit seinem Gerede den letzten Nerv geraubt, das ist alles.
Sie öffnete die Fliegengittertür.
»Was macht der Reifen?«, erkundigte er sich.
»Ist schon wieder am Wagen. Ich muss über eine Schraube gefahren sein. George, der in der Werkstatt vor der Tankstelle arbeitet, hat eine im Profil gefunden, auch wenn ich mir nicht erklären kann, wo ich mir die eingefangen habe.«
»Dann konnte der Reifen also repariert werden?«
»Ja«, sagte sie. »Schätze, ich habe Glück gehabt.«

Er zögerte, fuhr sich mit der Hand übers Kinn. »Ich denke, jetzt muss ich Sie um einen Gefallen bitten«, sagte er und trat von einem Bein aufs andere. »Ich habe nämlich auch ein kleines Problem. Ich möchte Sie bitten, Ihr Telefon benutzen zu dürfen, um die Telefongesellschaft anzurufen. Die wollten heute früh jemanden herschicken, aber bislang ist niemand aufgetaucht.«

Die Anspannung in Kates Muskeln ließ ein wenig nach. *Langsam drehst du durch, Kate.*

»Sicher. Ich hole nur schnell den Apparat.« Sie hätte den Mann hereinbitten sollen, doch sie war noch immer nervös. Obwohl er ihr ehrlich erschien, war er schließlich ein Fremder. Außerdem war ihr Jons Prophezeiung, dass ihnen Probleme drohten, wenn nicht gar Gefahr, eindringlich im Kopf. »Bin in einer Minute wieder da!« Sie eilte in die Küche und holte den Apparat an die Fliegengittertür. Zum Glück war er nicht an der Wand festgeschraubt, das Kabel reichte gerade. Als sie an der Garderobe neben der Eingangstür vorbeikam, fiel ihr das Gewehr ihres Großvaters ein, das sie darin verwahrte, ungeladen, aber immerhin eine Waffe.

Als ob sie eine brauchte.

Gib's zu, Kate. Jons Gerede macht dir mehr zu schaffen, als du dir eingestehen willst, und jetzt siehst du überall Gespenster!

Ihr Herzschlag beschleunigte sich, und sie schimpfte sich insgeheim eine Närrin. Sie lebten hier nicht in der Stadt, und dieser Mann war ganz gewiss kein ehemaliger Häftling aus einer der Strafanstalten in New England. Er sprach mit einem westlichen Akzent, war gekleidet, als sei er schon mit Cowboystiefeln zur Welt gekommen, und hatte vermutlich nie die östlichen Ufer des Mississippi betreten.

O'Rourke hatte sich gegen das Verandageländer gelehnt. Die Nachmittagssonne färbte sein dunkles Haar leicht rötlich.

»Bitte sehr.« Kate öffnete die Fliegengittertür und hielt ihm das Telefon entgegen. Er nahm es mit einem schiefen Grinsen, offenbar amüsiert über ihre Vorsicht, dann zog er mit einer Hand seine Brieftasche aus einer der hinteren Taschen seiner Jeans und fischte eine Karte heraus. Er tippte die Nummer ein und blieb stumm.

»Warteschleife«, murmelte er dann und wählte eine zweite Nummer. »Ich hasse so was.« Er fluchte unterdrückt, dann hob er den Blick und sah Kate mit seinen stahlgrauen Augen an. »Es wäre hilfreich, wenn ich mal mit einem echten Menschen verbunden würde, anstatt mit einer Maschine –« Plötzlich fuhr sein Kopf hoch. »Ja, ich bin dran. Hören Sie, ich erwartete einen Ihrer Mitarbeiter, der mein Telefon anschließen soll ... Wie bitte? Oh, natürlich. Mein Name ist Daegan O'Rourke, und ich wohne ...« Er drehte ihr den Rücken zu und konzentrierte sich auf das Telefonat.

Es gelang ihr nicht, sich den Blick auf seine Kehrseite zu verkneifen: der Nacken, von der Sonne gebräunt, Schultern, breit genug, um die Nähte seiner Lederjacke auf die Probe zu stellen, schmale Taille und Hüften. Ein knackiger Hintern in verwaschenen Jeans. Frustriert fuhr er sich beim Sprechen mit der Hand durchs Haar, doch sie konnte beim besten Willen nichts Bedrohliches an ihm entdecken. Nichts Verdächtiges. Er war bloß ein ungeduldiger, genervter Mann, der sich Scharmützel mit Telefonanbietern lieferte und sich mit Gott weiß was, Eli McIntyres Ranch betreffend, herumschlug.

»Nun, wenn das Ihr bestes Angebot ist, muss ich mich damit wohl zufriedengeben«, knurrte er mit gereizter Stimme. »Ich erwarte ihn in ein paar Stunden.« Er legte auf, drehte sich missmutig zu Kate um und reichte ihr das Telefon zurück.

»Alles in Ordnung?«

»Sieht so aus, als hätte die Kavallerie am Ende doch noch beschlossen, zur Rettung an meine Seite zu eilen«, erwiderte er ironisch. »Vielen Dank.«

»Kein Problem …« Sie hörte den Bus. Das Dröhnen des gewaltigen Motors war laut und deutlich zu vernehmen, und zum ersten Mal in ihrem Leben hoffte sie, dass Jon tatsächlich bei einem anderen Jugendlichen eingestiegen war und noch eine Spritztour durch die Stadt unternahm. Sie wollte nicht, dass er aufkreuzte, während O'Rourke hier war, auch wenn sie selbst nicht so recht verstand, warum. Doch so viel Glück hatte sie nicht. Sie schaute Richtung Straße und erblickte kurz den senffarbenen Bus, der hinter den Strauchkiefern am Ende der Zufahrt hielt. Kies knirschte, als die großen Reifen langsamer wurden, kurz darauf hörte man, wie sich zischend die Türen öffneten.

Jon, den Rucksack über eine Schulter geworfen, kam über die schattige Auffahrt auf sie zugesprintet. Houndog, der den Großteil des Nachmittags damit zugebracht hatte, neben dem Postkasten auf Jon zu warten, bellte wie verrückt, schoss durchs Gehölz und schreckte Fasane und Grashüpfer auf.

»He, Mom, rate mal –«, rief Jon, dann entdeckte er den Pick-up in der Auffahrt und den Mann auf der Eingangsveranda. Das Lächeln auf seinem Gesicht, das sie schon seit Tagen nicht mehr gesehen hatte, verschwand schlagartig, als er seinen ungnädigen Blick auf O'Rourke richtete.

»Wer sind Sie?«, fragte er.

»Das ist unser neuer Nachbar, Daegan O'Rourke. Mein Sohn Jon.« Ihre Lungen zogen sich plötzlich schmerzhaft zusammen. Daegan streckte die Hand aus, doch Jon ignorierte sie.

»Was hat er hier zu suchen?«

»Jon«, wies Kate ihn scharf zurecht, doch sie wusste, dass auch ihm eine Million Fragen durch den Kopf gingen, die allesamt mit seinen Alpträumen zusammenhingen. »Mr. O'Rourke ist vorbeigekommen, um unser Telefon zu benutzen. Er hat die McIntyre-Ranch gepachtet und noch keinen Anschluss.«

Daegan lehnte sich gegen einen Stützpfeiler. »Und du musst der Junge sein, der sich ab und an um den Hund des alten Eli kümmert.«

Sämtliche Farbe wich aus Jons Gesicht, und ein wachsamer Ausdruck trat in seine Augen.

»Jon?« Kates Augenbrauen schossen in die Höhe, wenngleich sie nicht hätte überrascht sein dürfen. Jon hatte in letzter Zeit einige ausgedehnte Spaziergänge unternommen. Er vermisste den alten Mann – die einzige Großvaterfigur in seinem Leben, die er je kennengelernt hatte. »Bist du dort gewesen?«

»Er hat ja keinen Schaden angerichtet«, schaltete sich Daegan ein, der Kates Sohn nicht aus den Augen ließ. »Irgendwer muss den Hund doch versorgen.«

»Ja, der alte Roscoe ist nach der Beerdigung auf der Ranch geblieben, deshalb habe ich –«

»Das hast du mir gar nicht erzählt«, fiel ihm Kate ins Wort. Inzwischen erfuhr sie täglich neue Dinge über ihren Sohn, und sie fragte sich, wie sie je die Zügel wieder in die Hand nehmen konnte, die ihr offenbar längst entglitten waren.

»Du hättest ja doch nur beim Tierarzt angerufen«, erwiderte Jon vorwurfsvoll.

»Der Hund ist alt, Jon«, sagte Kate leise. »Und bösartig.«

»Deshalb hat er es noch lange nicht verdient, eingeschläfert zu werden! Nur weil Eli tot ist, bedeutet das nicht, dass auch Roscoe –«

»Schon gut«, beschwichtigte ihn Daegan. »Du kannst gern weiterhin vorbeikommen und nach ihm sehen, wenn du möchtest. Um die Wahrheit zu sagen, der Hund will nichts mit mir zu tun haben. Ich glaube, er würde mir lieber an die Gurgel gehen als mir die Hand zu lecken.«

Jon kniff die Augen zusammen. Er blickte von seiner Mutter zu Daegan, als witterte er eine Art Verschwörung. »Meinen Sie das ernst?«

»Augenblick mal …«, mischte sich Kate ein. In Anbetracht seiner Alpträume sollte Jon gerade jetzt besser zu Hause bleiben. Noch dazu war sie sich nicht sicher, ob sie diesem Fremden trauen konnte. Zumindest noch nicht.

O'Rourke rang sich ein Lächeln ab. »Ich habe in der Stadt Futter gekauft, aber Roscoe – so heißt er, sagst du?« Jon nickte bedächtig. »Der alte Roscoe rührt nichts davon an. Tut so, als wollte ich ihn vergiften.« Er zuckte die Achseln. »Vielleicht habe ich auch einfach die falsche Sorte gekauft.«

»Er mag niemanden.«

»Na prima«, bemerkte O'Rourke sarkastisch. »Genau das, was ich brauche. Noch eine Sorge mehr.«

»Sie haben vor, ihn zu behalten?« Jon blieb argwöhnisch.

Der Cowboy zuckte wieder die Achseln. »Wenn er mir nicht wegstirbt oder das Bein abreißt … Vielleicht könntest du tatsächlich mal vorbeikommen und ihm sagen, dass ich ganz okay bin.«

»Ich weiß nicht«, warf Kate erneut dazwischen. Das alles ging ihr zu schnell. Viel zu schnell. »Ich glaube nicht –«

»Ach komm schon, Mom, bitte.«

O'Rourke stieß sich von dem Stützpfeiler ab und rieb sich die Schulter. »Nun, das würde mir aus der Klemme helfen. Außerdem hat Jon vielleicht noch einige Sachen im Haus liegenlassen …«

Jon erstarrte und senkte den Blick zu Boden. Sein Nacken wurde tiefrot.

»Was für Sachen?«, fragte Kate und wappnete sich. Seit ein paar Tagen kam es ihr so vor, als führte ihr Sohn ein Doppelleben – ein Leben, das sich grundlegend von ihrem unterschied. Sie

konnte sich nicht vorstellen, was für Dinge Jon vor ihr versteckte, doch sie war sich sicher, dass sie das gleich erfahren würde.
»Nun, zumindest nehme ich an, dass sie ihm gehören. Ein Taschenmesser, ein, zwei Comics, ein Kartenspiel und so. Nichts Besonderes. Ich bin gerade beim Aufräumen, und ich möchte nichts wegwerfen, was für ihn vielleicht wertvoll ist.«
Jon blickte langsam auf und musterte den Mann, der vor ihm stand.
»Weißt du was, Jon? Ich hebe die Sachen für dich auf, und das nächste Mal, wenn du nach dem Hund siehst, kannst du sie mitnehmen. Ist das okay für dich?«
Kate sah, wie sich die Augenbrauen ihres Sohnes zu einer nachdenklichen Linie verzogen. »Okay.«
Daegan streckte erneut die Hand aus, und diesmal griff Jon danach.
»Gut.«
Einen Augenblick standen die beiden einfach nur da und schüttelten einander die Hände, dann löste Jon rasch seine Finger und fragte mit einer Stimme, die kaum mehr war als ein Flüstern: »Wer sind Sie?«
»Das habe ich dir doch gesagt. Mein Name ist –«
»Ich weiß, was Sie gesagt haben.« Jons Nasenflügel bebten. Eine plötzliche Böe fegte ihm die Haare aus der Stirn. »Aber Sie lügen. Wer sind Sie, und warum sind Sie hier?«
Kates Muskeln zuckten. »Jon, Mr. O'Rourke –« Ihre Stimme versagte, als sie sah, wie ihr Sohn einen Schritt zurücktrat und sich nervös mit der Zunge über die Lippen fuhr. Eine böse Vorahnung erfasste sie, und sie spürte, wie sich ihre Nackenhärchen aufstellten. *Ach du liebe Güte, nein!*
»Sie haben jemanden umgebracht«, sagte Jon mit zitternder Stimme. Er war totenbleich geworden. »Sie haben jemanden umgebracht, nicht wahr, jemanden, der Ihnen nahestand!«

»Was zum Teufel redest du da?«

»Es gab einen Kampf, und Sie … o Gott, Sie … Sie …« John blinzelte heftig, wie er es manchmal tat, wenn eine Vision zu verblassen begann.

Daegan schüttelte den Kopf. »Glaub mir, Jon. Ich habe in meinem ganzen Leben noch niemanden umgebracht. Selbst während meiner Zeit bei der Armee nicht.« War dieses Kind wirklich von ihm? Waren die Augen, die ihn so durchdringend anstarrten, O'Rourke-Augen – oder Sullivan-Augen? Was würde passieren, wenn der Junge jemals die Wahrheit herausfand?

»Wie kommst du auf die Idee?«, fragte er und weigerte sich, sich von seinen wild strudelnden Gefühlen übermannen zu lassen.

Jon schluckte und trat einen weiteren Schritt zurück. Fast wäre er von der Veranda gefallen. Er rammte die Hände in die Hintertaschen seiner ausgebeulten Jeans. »Ich, ähm, keine Ahnung, ich –« Er zuckte die Achseln. Daegan hatte das Gefühl, einen Schlag in die Magengrube bekommen zu haben. *Das Kind wusste davon?* In jener Sekunde war Daegan davon überzeugt, dass Bibi nicht gelogen hatte; der Junge hatte nicht nur eine gewisse Ähnlichkeit mit den Sullivans, er hatte auch die Gabe geerbt, diese ganz besondere Fähigkeit, die der Blutlinie der Familie Sullivan seit Jahrhunderten zu eigen war und die sich bis auf die irischen Vorfahren in Dublin zurückverfolgen ließ, schon lange bevor es Hexenprozesse und Gerüchte über die schwarze Kunst gegeben hatte: ASW – außersinnliche Wahrnehmung. Nicht alle Familienmitglieder besaßen diese Gabe; manchmal übersprang sie eine ganze Generation, nur um später bei einem Enkelkind oder einer Großnichte wieder aufzutreten. Dieses Kind, hervorgegangen aus der Vereinigung von Cousin und Cousine ersten Grades, war damit geschlagen oder gesegnet – je nachdem, wie man es betrachtete.

Daegan verabscheute diese Gabe; sie hatte ihm nichts als Ärger eingebracht. Zwar hatte ihm seine spezielle Intuition bei seiner Arbeit als Fährtensucher geholfen, doch das kribbelnde Gefühl, das eintrat, sobald er jemandes Gedanken lesen konnte, hatte sich nur ganz selten eingestellt. Dennoch war es stets präsent, direkt unter der Oberfläche, bereit, ihn daran zu erinnern, dass er in der Tat ein Sullivan war.

»Manchmal hat Jon … gewisse Ahnungen«, erklärte Kate und zwirbelte nervös das Kabel des Telefons, das sie noch immer in der Hand hielt. Ihr Verhalten ihm gegenüber hatte sich verändert, und sie starrte ihn an, als sei er der Teufel höchstpersönlich. Skepsis lag in ihren bernsteinfarbenen Augen.

»Nun, diesmal irrt er sich.« Er musste sie in Sicherheit wiegen, um sein Versteckspiel aufrechtzuerhalten. Wenn sie an ihm zweifelte, würde sein Job noch schwieriger werden. »Ja, ich war einmal in eine Auseinandersetzung verwickelt, mit einem meiner Cousins – es war ein furchtbarer Kampf.« Jons Gesichtsausdruck blieb unbewegt. »Er ist tot.«

Kates Finger krampften sich um das Telefon. »Ist das wahr?«

Es gab keinen Grund zu lügen. »Ja, aber ich habe ihn nicht umgebracht.«

Kate stieß hörbar die Luft aus und schlug die Hand vor den Mund.

»Die Polizei hat das aber behauptet.«

»Am Schluss ist sie zu einem anderen Ergebnis gekommen, Jon.« Daegan fuhr sich mit steifen Fingern durchs Haar und lächelte, auch wenn ihm so gar nicht danach zumute war. »Das alles ist sehr lange her.« Er hatte einen Job zu erledigen, und zwar schnell. Diese Frau, das durfte er nicht vergessen, war weiß Gott nicht so unschuldig, wie sie tat; sie hatte gewusst, worauf sie sich bei der Adoption einließ, die ihm inzwischen alles andere als legal vorkam. Wo gaben die Behörden schon

Kinder an alleinerziehende Mütter? Zwar hatte er den Eindruck, dass sie ihren Jungen wirklich liebte und ihn halbwegs anständig großgezogen hatte, doch das war zweitrangig. Zumindest im Augenblick.

Er wünschte nur, er wäre nicht mitverantwortlich für dieses Debakel. Wie sollte er dem Jungen jemals beibringen, dass er sein Vater war, dass er fünfzehn Jahre lang nichts von Jons Existenz geahnt hatte, dass dieser das Ergebnis einer verbotenen, lieblosen Vereinigung war? Wie sollte er ihm von dem machtbesessenen, todkranken Großvater erzählen, einem der reichsten Männer Bostons, ein Mann, der plötzlich fest entschlossen war, Jons Leben für immer zu verändern, ein Mann, der kein Nein akzeptierte?

»Diese Gabe«, fragte Daegan, bemüht, das Thema zu wechseln, »hilft sie dir, ins Notenbuch deines Lehrers zu blicken?«

Jon lächelte nicht.

»Das wäre schön.« Kate lachte nervös, doch sie ließ Daegan nicht aus den Augen. Wenn er gehofft hatte, Jons oder ihr Vertrauen zu gewinnen, so war diese Hoffnung in dem Augenblick hinfällig geworden, in dem der Junge ihn berührt hatte.

»Danke, dass ich Ihr Telefon benutzen durfte. Ich fahre dann besser mal nach Hause, falls der Mitarbeiter von der Telefongesellschaft wirklich bei mir auftaucht.« Er sah Kate in die Augen, gerade lange genug, um die Sorge darin zu sehen, gerade lange genug, um sich wie ein Schuft vorzukommen angesichts dessen, was er vorhatte.

Der Junge blickte ihn ebenfalls unverwandt an, misstrauisch, verschlossen, was Daegan einen Stich ins Herz gab.

Schnellen Schritts kehrte er zu seinem Pick-up zurück und stieg in die Fahrerkabine, dann rief er durchs offene Fenster: »Du bist jederzeit willkommen, wenn du vorbeikommen und deine Sachen abholen willst. Wäre toll, wenn du nach dem bedauernswerten Köter schauen würdest …«

Jon antwortete nicht. Er trat zwischen Daegans Wagen und seine Mutter, als spüre er die Bedrohung, die von diesem ausging, und wolle Kate schützen.

»Verflucht«, murmelte Daegan vor sich hin. Keine Frage, die Adoption war illegal gewesen, doch diese Frau und der Junge liebten sich und stellten sich gemeinsam den Herausforderungen des Lebens. Genauso, wie er es mit seiner Mutter getan hatte.

Daegan setzte zurück und fuhr die Zufahrt hinunter. Hätte er bloß niemals ein Auge auf Bibi Sullivan geworfen oder besser noch niemals etwas mit dieser verdammten Familie zu tun gehabt! Doch es war unvermeidbar gewesen, dass sie einander begegneten. In seiner Jugend hatten der Wohlstand und die Glitzerwelt seines Vaters eine Anziehungskraft auf ihn ausgeübt wie der Mond auf das Wasser der Ozeane. Von der Sekunde an, in der Daegan erfahren hatte, dass er ein unehelicher Sohn von Frank Sullivan war, war sein Schicksal besiegelt gewesen: Die Verheißung auf ein Leben in Wohlstand und voller Privilegien hatte ihm wie die berühmte Karotte direkt vor der Nase gebaumelt, nur um ihm immer wieder entrissen zu werden.

Es war ein weiter Weg von Boston bis hierher gewesen, ein weiter Weg, fort von dem verängstigten kleinen Jungen, der er einst gewesen war …

Teil zwei

Daegan
1968–1980

Kapitel sechs

»Er ist … nun … ich habe keine Ahnung, wie ich Ihnen das schonend beibringen soll, Joanna. Der Junge von Mary Ellen O'Rourke ist … er hat keinen … es gibt keinen Mann, wenn Sie wissen, was ich meine. Es tut mir leid, das so sagen zu müssen, aber er ist ein uneheliches Kind … ein Bastard.«

Schwester Evangeline, die auf der anderen Seite der gläsernen Trennwand saß, warf einen schuldbewussten Blick in Daegans Richtung, und er, der er damals noch keine fünf Jahre alt war, begriff schlagartig, dass dieses hässliche Wort auf ihn gemünzt war. Nachdem sie es gewagt hatte, diese Ruchlosigkeit auszusprechen, bekreuzigte sich die gute Schwester rasch und wandte ihre Aufmerksamkeit dann wieder der Sekretärin zu, einer Laiin, die mit Daegans Anmeldeformularen kämpfte.

Die Nonne in ihrem staubigen Ordensgewand mit dem ausgefransten Saum erinnerte Daegan an einen Aasgeier. Ein Rosenkranz baumelte aus einer der tief in den Falten ihres voluminösen Habits versteckten Taschen, immer wieder tasteten ihre mit Altersflecken übersäten Hände nach den abgegriffenen Perlen.

Der Großteil des im Flüsterton geführten Gesprächs der beiden Frauen drang in den Empfangsbereich hinaus, und Daegans Mutter, die neben ihm auf der von den Hinterteilen unzähliger Schulschwänzer und ihrer besorgten Eltern blank polierten Bank saß, fingerte nervös am Riemen ihrer Handtasche. Sie trug ihr bestes Kleid, ein schwarzes mit weißen Tupfen, dazu einen schräg auf dem Kopf sitzenden schwarzen Hut; ihr langes rotes Haar hatte sie zu etwas geschlungen, das man »französischen Knoten« nannte, und sie hatte sich besonders große Mühe mit ihrem Make-up gegeben, hatte ihren kirschroten Lieblingslippenstift gegen einen blassen Korallenton eingetauscht.

Auf der anderen Seite des Raumes hing über einer weiteren Bank ein Kruzifix mit einem großen, absolut echt aussehenden Jesus, und Daegan konzentrierte sich auf die Dornenkrone und das gemalte Blut, das auf sein ausgemergeltes Gesicht tropfte. Neben dem Fenster hing eine Uhr, deren Pendel stillstand, als stünde die Zeit still, wenn ein potenzieller Schüler die Eingangshalle der St. Mark's Elementary School durchquerte.

Das ohnehin langsame Klappern der Schreibmaschinentasten verstummte nun komplett. »Wer ist denn nun der Vater des Jungen?«, fragte die grauhaarige Sekretärin.

»Das hat sie nicht gesagt.«

»Und was ist, wenn es ein Problem in der Schule gibt und ich die Mutter nicht erreichen kann?«

»Sie hat den Namen einer Freundin angegeben, hier steht er, auf der Anmeldung. Rindy DuBois.« Wieder die Stimme der Schwester, kühl und überlegen. Daegan schaute durch die Glaswand und musterte ihr bleiches Gesicht und den hochgewachsenen verhüllten Körper. Ihre Haut, die bereits Falten aufwies, wurde noch mehr gefurcht von dem engen Wimpel und der Haube, die ihr Haar vollständig verdeckte. Vielleicht war sie ja kahl? Sie schien seinen Blick zu spüren, und in diesem Augenblick sah er es: ein kleines Fenster zu ihrer Seele, das sich ihm plötzlich öffnete. *Teufelsbrut,* sagte sie wortlos und begegnete seinem offenen Starren mit einem herrischen Blick.

Er schauderte und hörte seine Mutter flüstern: »Starr nicht so. Das ist unhöflich.«

»Sie verabscheut mich.«
»Aber nein, Schätzchen, sie versucht nur zu helfen.« Mama tätschelte seine Hand, doch sie wirkte nervös – so wie sonst, wenn Frank anrief, um ihr zu sagen, er würde doch nicht vorbeikommen.
Daegan wusste es besser. Sein »Blick« war noch nicht voll ausgereift, er konnte noch keine Gedanken lesen, doch er bekam flüchtige Einblicke in das, was die Leute wirklich dachten. Er hatte dies schon immer gekonnt, aber er sagte seiner Mutter nichts von Schwester Evangelines Gedanken, denn einmal, als er ihr erzählt hatte, er könne sehen, was andere Menschen dachten, hatte seine Mutter ihm eine Ohrfeige gegeben und ihm verboten, je wieder so etwas zu behaupten. Die Leute würden denken, er sei verrückt oder von Dämonen besessen oder sonst etwas Schlimmes. Außerdem passierte das ja nicht ständig, und er konnte auch nicht die Gedanken aller Menschen lesen.
Nun streichelte sie ihm über die Wange. »Gib einfach dein Bestes in der Schule, Liebling, und alles wird gut.«
»*Miss* O'Rourke«, ertönte die näselnde Stimme der Schwester. Gebieterisch stand sie, die Hände fromm gefaltet, auf der Schwelle zwischen Sekretariat und Empfangsbereich. »Wenn Sie Mrs. Bevans nun Ihre Versicherungsnummern mitteilen würden, könnte ich David schon mitnehmen ins –«
»Daegan«, korrigierte seine Mutter.
Die Schwester schloss für eine Sekunde die Augen, als müsse sie sich mit Macht in Geduld fassen. »Daegan, natürlich. Ich werde ihn ins Klassenzimmer mitnehmen, damit er die anderen Kinder kennenlernen kann. Sie wissen sicher, dass die Schule bereits am vergangenen Montag begonnen hat.«
»Ich – ja, das weiß ich, aber wir waren nicht in der Stadt ...«
Sie verstummte angesichts der fadenscheinigen Entschuldigung. Sie log, das wusste Daegan. Sie waren nicht fort gewe-

sen, sie hatte sich bloß wieder mit seinem Vater gestritten. Sie hatte darauf bestanden, dass Daegan auf die andere Schule ging, eine teure Privatschule, doch Frank hatte sein Einverständnis verweigert. Er hatte nicht dafür aufkommen wollen, deshalb waren sie nun hier, in St. Mark.

»Nun, jetzt sind Sie wieder da, und Daegan hinkt dem Unterricht hinterher. Komm, mein Sohn, ich zeige dir dein Klassenzimmer. Schwester Mae wird deine Lehrerin sein.« Sie fegte aus dem Empfangsraum, und Mama bückte sich und küsste ihn auf die Wange.

»Mach dir keine Sorgen«, sagte sie mit einem unsicheren Lächeln zu ihm, während sie seine Hände drückte. »St. Mark ist eine der besten Schulen in der Gegend, bestimmt findest du jede Menge neue Freunde.«

Daegan war sich nicht sicher, ob er ihr glauben sollte. Er blickte auf die dunklen, holzvertäfelten Wände, die vergilbten Linoleumböden, die kalten Bänke und die Drahtglasfenster. Auf ihn wirkte die Schule wie ein Gefängnis.

»Sei nett zu den Schwestern«, sagte seine Mutter leise. »Wenn die Schule aus ist, hole ich dich wieder ab, damit du mir nicht verlorengehst. Und jetzt lauf los!«

Daegan umklammerte sein Lunch-Paket und rannte hinter Schwester Evangeline her, die bereits um eine Ecke gebogen war und nun vor einer zerschrammten Holztür auf ihn wartete. Im Klassenzimmer saßen die Kinder an Holztischen, die in perfekten Reihen am Boden verschraubt waren. Jeder Tisch hatte eine abgeschrägte Tischplatte – und jeder Tisch war besetzt. Kein freier Platz in Sicht. Schüler in dunkelblau-grünen Uniformen verdrehten die Köpfe, um ihn anzustarren, als wäre er ein seltenes Tier im Zoo.

»Schwester Mae, das ist Davi-Daegan O'Rourke, der neue Schüler, von dem ich Ihnen erzählt habe.«

»Ach ja, nun, er wird sich an den Tisch ganz hinten setzen müssen, bis wir ihm einen eigenes Pult besorgt haben – oder … nein, Daegan, teile dir bitte den Tisch mit … ähm … Lucas … Lucas Bennett … dort drüben. Luke B., heb bitte die Hand.«
Luke, ein kleiner, sommersprossiger Junge ohne Schneidezähne, runzelte die Stirn und winkte Daegan halbherzig zu. Begleitet von Schwester Evangeline quetschte sich Daegan auf eine Seite des Stuhls. »Sei brav und hör gut zu. Ich möchte keinen Ärger mit dir haben«, wisperte die geierartige Nonne.
»Weiter geht's.« Schwester Mae machte einen fröhlichen Eindruck, ihr rundes Gesicht rötete sich, wenn sie lächelte.
Schwester Evangeline, die ihre Pflicht erfüllt hatte, schlüpfte mit gefalteten Händen aus dem Klassenzimmer.
Schwester Mae mit ihrem warmherzigen Lächeln und den funkelnden Augen hinter der randlosen Brille bestand darauf, dass alle ihren neuen Schützling begrüßten. »Na los, Kinder, lasst uns Daegan willkommen heißen. Alle zusammen!«
Daegan wäre am liebsten im Fußboden versunken.
»Hallo, Daegan«, sagten die Kinder fast gleichzeitig.
»In der Pause kannst du dich mit den anderen bekannt machen. Na schön«, fügte sie hinzu und ließ den Blick über ihre Schüler schweifen. »Wir hatten damit begonnen, das Alphabet zu lernen … Wer von euch kennt diesen Buchstaben?« Sie deutete auf einen von mehreren Pappbuchstaben, die über der Tafel hingen. Eine Hand schoss in die Höhe. Ein Mädchen in der vorderen Reihe mit wuscheligen Locken und einem selbstgefälligen Lächeln blickte prüfend nach rechts und links, ob sich außer ihm noch jemand meldete.
»Amy?«
»Das ist ein G«, erklärte diese selbstbewusst.
»Ich hasse Amy Webster«, knurrte Lucas. »Sie ist eine eingebildete Zicke.«

Daegan unterdrückte ein Grinsen und beschloss, dass Lucas gar nicht so übel war.
»Sehr gut … und was ist mit diesem?« Schwester Mae deutete auf einen weiteren Buchstaben, und Amy wedelte wie verrückt mit der Hand. Sie schien sich fast in die Hose zu machen, um die Aufmerksamkeit der Lehrerin zu erwecken.
Daegans Gedanken schweiften ab. Der Raum roch nach Kreide, Fußbodenwachs und dem Öl in Lucas' schmutzigen Haaren, doch Schwester Mae schien nett zu sein, also versuchte er, sich zu konzentrieren, so wie er es seiner Mutter versprochen hatte. »Du hast Glück gehabt, musst du wissen«, hatte sie ihm am Morgen nach ihrem Streit über seine zukünftige Schule mitgeteilt. »Nicht jeder Vater würde seinem Sohn eine Ausbildung auf einem solchen Institut bezahlen.«
Doch Daegan war alt genug, um zu wissen, dass Frank Sullivan nichts tat, ohne eine Gegenleistung dafür zu verlangen. So war es schon, seit er seinem Vater das erste Mal begegnet war. Zu jener Zeit hatte Daegan noch keine Fragen gestellt, doch nun machte er sich seine Gedanken, was seine Mutter dafür hatte geben müssen, dass ihr Sohn nach St. Mark geschickt wurde.

Es stellte sich heraus, dass die Schule gar nicht schlecht war, obwohl Daegan später, als er älter wurde, begriff, was es hieß, als uneheliches Kind gebrandmarkt und der einzige Schüler in der Klasse zu sein, der mit einem solchen Makel behaftet war. Alle anderen hatten einen Vater und eine Mutter, außer Derrick Cawfield, dessen Vater ums Leben gekommen war, als er auf den Docks arbeitete – zerquetscht von Kisten mit gefrorenem Fisch, die ein Kran verloren hatte.
Daegan, der neue Schüler, hatte zunächst die üblichen Streiche über sich ergehen lassen müssen: geklautes Mittagessen, Spin-

nen im Pult, spöttische Bemerkungen, bis er bewiesen hatte, dass er seine Fäuste sehr wohl zu gebrauchen wusste, obwohl er nicht zu den Größten seiner Klasse zählte. Er hatte zweimal eine blutige Lippe und einmal ein blaues Auge davongetragen, doch er hatte sich zur Wehr gesetzt, so gut es ihm möglich war, und wurde bald von den anderen akzeptiert, die ihre Aufmerksamkeit nun auf Max Fulton richteten, einen dünnen Jungen, der mit nur einem Daumen auf die Welt gekommen war. An seiner linken Hand waren lediglich vier Finger und ein seltsam aussehender Stumpf. Max schämte sich für diese Missbildung und versteckte seine Hand die meiste Zeit unter dem Pult. Er wusste im Unterricht sämtliche Antworten, bekam immer nur Einser und war der Liebling der Lehrerin, sehr zum Unmut von Amy Webster. Die gesamte Klasse, einschließlich Amy, hasste Max. Daegan war einfach nur froh, dass jemand anderes zum Prügelknaben wurde.

Je älter Daegan wurde, desto klarer wurde ihm, welche Position er im Leben innehatte – oder vielmehr welche Position er eben nicht innehatte. Sein Vater kam und ging zu nachtschlafender Zeit und blieb für Daegan ein Mysterium. Obwohl seine Mutter steif und fest behauptete, dass Frank Sullivan ein wundervoller Mensch sei, ein großzügiger Ernährer und verdammt gutaussehend, glaubte Daegan ihr kein Wort. Zu oft war Frank stundenlang bei ihr im Schlafzimmer gewesen und hatte sie tränenüberströmt zurückgelassen; nicht selten hatte Daegan blaue Flecken an ihren Armen und an ihrem Hals bemerkt. Einmal hatte sie sogar ein blaues Auge gehabt, doch angeblich traf Frank Sullivan keine Schuld. Stattdessen behauptete sie, sie sei versehentlich gegen eine Tür gelaufen. Auch das glaubte Daegan ihr nicht.

Aus einem Anflug morbider Neugier heraus wollte er gern mehr über seinen Vater und dessen Familie erfahren, über

Franks legitime Kinder, und verbrachte Stunden damit, die Lincolns, Mercedes und Rolls-Royce zu betrachten, die ihre kostbare Fracht an der Privatschule absetzten, nur ein paar Blocks von der St. Mark's Elementary entfernt. Obwohl beide Institute demselben Bischof unterstanden, gab es eine klare Linie zwischen den Habenden und den Nicht-Habenden, zwischen den Fabrikbesitzern und den Arbeitern. Nirgendwo war die soziale Kluft deutlicher ersichtlich als an der Ampel zwischen der St. Mark's Elementary School und Our Lady of Sorrows, einem neueren Backsteingebäude ein Stück hügelaufwärts, näher bei der Kirche und aus diesem Grunde, mutmaßte Daegan, näher bei Gott. Was im Grunde gleichgültig war, dachte er, als er älter wurde. Je weiter er von Gott entfernt war, desto besser.

An manchen Sonntagen stahl er sich beim Läuten der Kirchenglocken den Hügel hinauf zu Our Lady of Sorrows, kletterte auf eine große Ulme, die den Parkplatz beschattete, und sah zu, wie der große, glänzende Wagen vom Chauffeur vor den Eingang gelenkt wurde. Daegan hoffte stets, einen Blick auf seinen Vater werfen zu können – den Mann, der seine Mutter nie bei Tageslicht besuchte, ein großer Kerl mit breiten Schultern, einem steifen Rückgrat und kupferfarbenem Haar. Ein Mann, der nie, nicht einmal bei seinen spätabendlichen Stippvisiten, einen Blick in Daegans Richtung warf, der etwas anderes ausdrückte als Verachtung.

Seine Kinder – seine ehelichen Kinder – waren stets bei ihm, genau wie seine Frau, eine kleine, magere Person mit flachen Brüsten und Falten um den Mund. Maureen trug stets einen breitkrempigen Hut, der ihr Gesicht beschattete, eine dunkle Brille, hinter der ihre Augen verborgen waren, und einen Pelzmantel. Mama behauptete, Maureen Sullivan würde die ganze Zeit über trinken und selbst am Sonntagvormittag nicht nüchtern die Kirche betreten.

Die Kinder, zwei Mädchen und ein Junge, alle drei blass und blond, kamen eher nach ihrer Mutter als nach Frank, dessen Teint Mama an Tony Curtis erinnerte. Franks »richtige« Kinder in ihren auf Hochglanz polierten Schuhen und den teuren Klamotten blickten ernst drein, Daegan sah sie nie miteinander reden oder lachen. Als die Familie den Gehsteig entlang zur Kirche ging, berührte sich keiner von ihnen, niemand sprach ein Wort, doch auf der Schwelle der Kirchentür fassten sich die Kinder auf ein knappes, scharfes Kommando von Maureen hin bei den Händen, und Frank, die Brauen zusammengezogen vor Abneigung, nahm kommentarlos Maureens behandschuhte Hand in seine.

Daegan hätte sich am liebsten übergeben. Was für eine Heuchelei! Die Mädchen, Alicia und Bonnie, präsentierten perfekt aufeinander abgestimmte Kleider mit dazu passenden Hüten, und Franks Sohn Collin trug stets einen kleinen Anzug mit Fliege. Daegan redete sich ein, er könne sich *glücklich* schätzen, keins von Franks »richtigen« Kindern zu sein, *glücklich,* später keine Frau heiraten zu müssen, die ihn herumkommandierte, *glücklich,* keinen so dämlich aussehenden Minianzug mit Fliege zu tragen, doch er wäre nur allzu gern ein einziges Mal in diesem auf Hochglanz polierten Auto mitgefahren. Bloß ein einziges Mal.

Einmal, als Frank direkt unter der Ulme stehen geblieben war, um seine Zigarette auszudrücken, nahm Daegan all seinen Mut zusammen und spuckte ihm direkt auf seinen ölglänzenden Kopf. Dann versteckte er sich blitzschnell hinter dem dicken Baumstamm, wo er kaum zu atmen wagte.

»Verfluchte Vögel«, knurrte Frank, während Daegan vor unterdrücktem Lachen fast erstickte und zum lieben Gott betete, dass sein Vater ihn nicht entdeckte. Todesmutig riskierte er einen Blick und grinste in sich hinein, als Frank mit einem mit

Monogramm versehenen Taschentuch über sein öliges Haar wischte. Frank zu bespucken war das, was einer Kommunikation zwischen Vater und Sohn bislang am nächsten gekommen war.

Jedes Mal, wenn Frank seinen Besuch ankündigte, schärfte seine Mutter Daegan ein, so zu tun, als würde er schlafen. Er dürfe auf keinen Fall mit Mr. Sullivan reden und niemals, wirklich niemals, die Schlafzimmertür öffnen, ganz gleich, was er hörte. Doch er hatte sich nicht zurückhalten können, nicht, als er seine Mutter eines Nachts stöhnen und spitze Schreie ausstoßen hörte. Sie wimmerte, als habe sie entsetzliche Schmerzen. Daegan biss sich auf die Lippe, um gegen seine Feigheit anzukämpfen, dann kletterte er vom Schlafsofa, tappte mutig über den Fliesenboden und klopfte an die geschlossene Tür. Schlagartig verstummte das Stöhnen, Wimmern, Schreien, die Matratze hörte auf zu quietschen. Bis auf das gleichmäßige Tropfen des Wasserhahns in der Küche war es totenstill in der Wohnung. Daegan ballte die Fäuste, so dass seine Fingerknöchel vor Anspannung schmerzten, und wollte gerade nach dem Türknauf greifen, als er eine Reihe wüster Beschimpfungen vernahm.

Daegan erstarrte.

»Dieser dämliche kleine Scheißer«, geiferte Frank außer sich vor Zorn. Das Bett gab erneut Geräusche von sich. »Schätze, es ist Zeit, dem Mistkerl eine Lektion zu erteilen.«

»Frank, nein –«, flehte seine Mutter. »Er macht sich doch nur Sorgen um mich! Das ist alles.«

»Nun, er geht mir tierisch auf den Sack.«

»Er ist bloß ein kleiner Junge.« Dann, lauter: »Daegan, Süßer, Schätzchen, geh zurück ins Bett. Alles ist gut. Nun geh schon!«

Daegan konnte kaum schlucken, so trocken war sein Mund. Wenn er tapfer wäre, wirklich tapfer, dann würde er die Tür

öffnen und versuchen, seine Mama zu beschützen vor dem, was Frank mit ihr anstellte.
»Ich hasse es, wenn er hier herumlungert – uns nachschnüffelt und mit diesen verdammten Augen anstarrt. Er sollte wissen, wie er sich zu benehmen hat, und du hörst endlich mit diesen bescheuerten Kosenamen auf! ›Schätzchen‹, ›Süßer‹, damit machst du ihn doch nur zur Memme!« Daegan vernahm das Klimpern von Schlüsseln und Schnallen und stellte sich vor, wie sein Vater mit seinem muskelbepackten Arm nach seinem Gürtel griff.
»Nein!«, wisperte Mary Ellen panisch. »Oh, Frank, nein – bitte schlag ihn nicht, bitte –«
Daegans Kehle hatte sich inzwischen in eine Wüste verwandelt, doch er gab seinen Posten nicht auf. Stattdessen klopfte er noch einmal an die Tür. »Mama?«, krächzte er heiser.
»Blöder kleiner Bastard! Jetzt soll er seinen Vater mal kennenlernen, damit er weiß, wie er mich zu behandeln hat, schließlich bin ich es, der diese gottverdammte Schule bezahlt und dieses Dreckloch von Apartment!«
»Nein, nein, nein!«, rief Mary Ellen atemlos. »Bitte, Liebling, er wird nicht mehr an die Tür klopfen, ganz bestimmt nicht. Bestimmt ist er schon wieder eingeschlafen.« Daegan, einen fauligen Geschmack im Mund, trat vorsichtig den Rückzug an.
»Komm zu mir, ich sorge dafür, dass es dir bessergeht«, hauchte seine Mutter mit einer tiefen, rauchigen Stimme – eine schmutzige Stimme, die so gar nicht zu ihr passen wollte. »So ist's besser, Baby. Komm, ja, jetzt geht es dir gleich wieder gut …« Wieder war das klackende Geräusch einer Gürtelschnalle zu vernehmen.
Für einen kurzen Augenblick herrschte Stille, nur der Wasserhahn tropfte weiter. Draußen maunzte eine Katze, dann ertönte Franks heiser flüsternde Stimme. »Jesses!«, stieß er hervor,

»du weißt, wie du es einem besorgen kannst! Verdammt, ist das gut! Ich glaube nicht, dass ich mich noch lange zurückhalten kann – oh, Kätzchen, o Gott!« Ein langes, tiefes Stöhnen folgte, fast als wäre Frank Sullivan außer sich vor Schmerz. »Was tust du da mit mir ... oooh ... ja, so ist's gut. Besorg's mir. Mehr, mehr, mehr. Mehr! Ja, besorg's mir, Baby! Weiter! *Jaaa!*«

Daegan stieß mit den Waden gegen das Schlafsofa. Es biss die Zähne zusammen und blinzelte angestrengt, um die heißen Tränen zurückzuhalten, die hinter seinen Augenlidern brannten. Er sollte etwas unternehmen, *irgendetwas,* um seine Mutter davor zu bewahren, sich derart aufzuführen. Dann traf es ihn wie ein Schlag: Seine Mutter tat das für ihn. Weil sie ihn liebte. Wie oft hatte sie schon erzählt, dass sie ihr Geld sparte, damit er später ein besseres Leben führen könne, damit er nicht zwölf Stunden am Tag in einer großen Fabrik vor der Nähmaschine hocken musste wie sie – nicht dass das jemals für ihn in Frage kommen würde, natürlich nicht. Männer nähten nicht. Sie erledigten die lukrativeren Arbeiten wie Kisten packen, Paletten stapeln, Lkw beladen, doch er – Daegan O'Rourke – würde es besser haben, weil sie es so wollte. Immerhin war er Frank Sullivans Sohn. Das Blut, das durch seine Adern floss, hatte einen satten Blaustich.

Zitternd kroch Daegan auf die aufklappbare Couch, die ihm als Bett diente. An der Wand hing ein Bild von John F. Kennedy neben einem Porträt der Jungfrau Maria, die die Arme weit geöffnet hatte. Über ihrem Kopf schwebte ein glänzender Heiligenschein.

Daegan kauerte sich unter die Bettdecke, den Kopf im Kissen vergraben, um die Geräusche auszublenden, die aus dem Schlafzimmer drangen. Die Fäuste geballt, konzentrierte er sich auf den Lärm der Stadt – gellende Hupen, surrende Reifen, lachende Passanten und Gegröle aus der Kneipe unter ihrer Wohnung, das tiefe Tuten eines Nebelhorns von einem Schiff im Hafen, das Scharren der Mäusekrallen in den Wänden, alles, *alles,* nur nicht das Stöhnen und Wimmern aus dem Schlafzimmer.

Er kam sich vor wie ein Feigling, als er versuchte, einfach einzuschlafen. Es musste ihm tatsächlich gelungen sein, denn später wurde er wach, weil er hörte, wie seine Mutter einen Drink einschenkte. Die beiden – seine Eltern – standen in der dunklen Küche. Die Lichter der Stadt waren gerade hell genug, dass Daegan sie beobachten konnte, auch wenn er die Augen bis auf einen schmalen Spalt geschlossen hielt.

Frank stand hinter Mary Ellen, den Kopf an ihre Schulter gelehnt, die Arme fest um ihre Taille geschlungen, ihre Hinterbacken gegen seinen Schritt gepresst. »Ich hab's nicht so gemeint. Was ich vorhin gesagt habe – über den Jungen.«

Frank nannte ihn niemals beim Namen.

»Wenn du ihn doch nur lieben würdest.« Ihre Stimme hatte diesen verlorenen, lebensüberdrüssigen Klang angenommen, den Daegan mittlerweile hasste.

»Ich habe es versucht, Mary Ellen, ich habe es weiß Gott versucht. Aber er ist so anders als meine anderen Kinder. Zu denen bin ich übrigens auch nicht viel besser.«

»Aber Daegan ist etwas Besonderes.«

»Vielleicht. Das sind andere Kinder auch. Herrje, das Ganze ist so verdammt kompliziert.«

Sie drehte sich in seinen Armen um und reichte ihm den Drink.

»Er braucht einen Vater, Frank.«

»Ich weiß, ich weiß, Kätzchen, aber das kann ich nicht leisten.«

»Er ist dein Fleisch und Blut.«

»Das sagst du.«

»Du weißt es. Er sieht genauso aus wie du.« Eine Pause. Sie stellte sich auf die Zehenspitzen und küsste ihn leicht auf die Lippen. »Liebst du mich?«, schmeichelte sie. Eine bedeutungsschwere Pause entstand, die Daegan fast das Herz gebrochen hätte.

»Das weißt du doch.«

»Dann lass Daegan wissen, dass er dir etwas bedeutet.«

»Ich –« Er warf einen Blick in Richtung Sofa. Daegan kniff die Augen zusammen. »Ich weiß nicht, wie.«

»Gerade du solltest das wissen. Dein Vater –«

»War ein egozentrisches Arschloch. Wir haben ihn mit Sir angeredet, er hat niemals gelächelt. Weil ich der drittgeborene Sohn war, zählte ich nicht viel – nicht mal, als William ums Leben kam. Er hat mich aufs Internat geschickt, und jeden Sommer war ich in einem Feriencamp.«

»Dann weißt du ja, wie es sich anfühlt, von seinem Vater ignoriert zu werden.«

»Hör mal, Baby«, sagte er so sanft, dass Daegan es wagte, ein Auge einen Spaltbreit zu öffnen. »Du musst eines verstehen: Egal, was ich für dich – oder das Kind – empfinde, nichts wird sich ändern.« Er küsste sie auf Nacken und Schultern, bevor er den Träger ihres Negligés herabzog und seine Lippen auf ihren Brustansatz drückte.

Daegan hätte sich beinahe übergeben. Warum ließ sie zu, dass er sie so berührte? Warum?

»Ich will, dass du mich heiratest, Frank.«

»Ich bin bereits verheiratet, das weißt du doch.«

»Lass dich von ihr scheiden.«

»Das kann ich nicht.«

»Du liebst sie nicht.« Ein weiterer dumpfer Herzschlag.

»Was hat Liebe mit Ehe zu tun?«

»Frank, bitte –«

»Sie wird mich ausnehmen wie eine Weihnachtsgans, Mary Ellen.«
»Danach wärst du immer noch reich, und wir könnten zusammen sein.«
»Du kapierst es einfach nicht, oder? Darum geht's doch gar nicht.« Er blickte sich in dem schäbigen Zimmer um und runzelte die Stirn. »Geht's dir darum?« Er machte eine ausladende Geste, die das ganze Apartment umfasste. »Ich besorge dir eine bessere Wohnung.«
»Ich will keine bessere Wohnung. Ich will dich.«
»Oh, Baby, hör auf zu träumen! Ich werde versuchen, freundlicher zu dem Jungen zu sein und dir ein größeres Apartment mieten, doch ich werde mich niemals von Maureen scheiden lassen.«
»Aber ich liebe dich.« Ihre Stimme klang tränenerstickt. Daegan krümmte sich innerlich.
»Das ist der Grund, weshalb ich immer wieder zu dir zurückkehre.«
»Trotzdem schläfst du mit ihr!«
»Nicht oft. Wie ich dir bereits erzählt habe: Wir haben getrennte Schlafzimmer. Die meiste Zeit ist ihre Tür verschlossen.«
»Und wenn sie es nicht ist?«
»Dann gehe ich zu ihr. Sie ist kalt wie ein Fisch, liegt da wie eine Statue, die Beine gespreizt, die Augen geschlossen, die Mundwinkel nach unten gezogen, doch sie hält es für ihre Pflicht, ab und an mit mir zu schlafen. Ich verstehe selbst nicht, warum, aber ich tue es.«
»Ich wünschte mir, du würdest sie nicht anfassen!«
»Ach? Warum zeigst du mir nicht, wie sehr du dir das wünschst?«
Sie kicherte. »Schon wieder?«

»Deshalb komme ich doch hierher, Baby.« Und damit hob er sie hoch, trug sie ins Schlafzimmer und trat mit dem Fuß die Tür hinter sich zu.

Daegan hasste die Nächte, in denen sein Vater zu Besuch kam, hasste es, so zu tun, als würde er schlafen, wenn er Frank Sullivans schwere Schritte hörte und den Geruch wahrnahm, den dieser große, brutale Mensch in die Wohnung mitbrachte: eine Mischung aus Rauch, Whiskey und Eau de Cologne.
Er wusste immer, wann Frank vorbeikommen würde, denn dann war das Apartment aufgeräumter und sauberer als sonst, und er musste rasch seine Hausaufgaben erledigen und eine schnelle Mahlzeit, bestehend aus Käsemakkaroni oder Maisbrei, in sich hineinschlingen, während seine Mutter Stunden damit zubrachte, sich fertig zu machen, Frank-Sinatra-Schallplatten hörte und ihr bestes Kleid anzog, dazu Nylonstrümpfe mit Naht – so wie es Frank gefiel – und Zehn-Zentimeter-Absätze. Sie wusch und frisierte ihr rotes Haar, dann zupfte sie ihre Augenbrauen, trug Make-up auf, Rouge, Lippenstift und was sich sonst noch in den Dutzenden Tuben und Döschen befand.
Wenn ihre Frisur zu ihrer Zufriedenheit saß und sie ihre Ohrringe eingesteckt hatte, sprühte sie sich Parfüm auf Nacken und Schultern. Alles nur, weil Frank vorbeikam, um ein paar lausige Stunden in ihrem Schlafzimmer zu verbringen, sie zu vögeln und anschließend einen Whiskey zu trinken, bevor er wieder verschwand, genauso schnell, wie er gekommen war, die Stufen hinunterschlich und in seinem Jaguar zu dem riesigen Haus davonfuhr, in dem er oben auf dem Hügel mit seiner Frau und seinen »richtigen« Kindern wohnte.
Seine Mutter mochte Franks Frau nicht. »Maureen Smythe – ein Snob, das kann ich dir sagen. Ja, sie hat Frank einen Sohn

geschenkt, doch der Junge ist nicht so stark und gutaussehend wie du – schlägt nach ihrer Seite, genau wie die beiden eingebildeten Töchter mit ihrer blassen Haut und den verkniffenen Gesichtern. Ich dagegen … ich habe ihm einen wunderschönen Sohn geschenkt, der so aussieht wie er«, hatte sie stolz gesagt, obwohl Tränen in ihren Augen standen. »Einen kräftigen, schönen, guten Sohn.«

Daegan hasste es, wenn sie ihn schön nannte, und er hasste es noch mehr, wenn sie ihn daran erinnerte, dass er Frank Sullivans Bastard war. Er war sich nicht mal mehr sicher, ob es wirklich so erstrebenswert war, gut zu sein. Gut zu sein brachte höllisch viele Probleme mit sich und war nicht besonders lustig.

Als Daegan in der siebten Klasse war, klaute Lucas Bennett Schallplatten aus dem örtlichen Musikladen, und ein paar von den Kids knutschten sogar schon. Sandy Kavenaugh, ein Zehntklässler, der in einer heruntergekommenen Wohnung auf der anderen Seite von Daegans kleiner Straße wohnte, prahlte, er habe es schon mit Kristy Manning getrieben, aber angeblich flogen ja alle Mädchen auf ihn.

Daegan fand plötzlich, dass es nicht sonderlich aufregend war, sich auf der richtigen Seite des Gesetzes zu bewegen.

Mit elf fing er an, Zigaretten zu stibitzen und sie mit seinen Kumpels auf einem müllübersäten Baseballfeld hinter der Elementary School zu rauchen. Mit zwölf klaute er Radkappen und betrank sich. Er hatte sich als Messdiener sogar schon am Weinvorrat in der Sakristei bedient, als er nach dem Gottesdienst aufräumen sollte. Die sündige Versuchung offenbarte sich ihm, als er in die Pubertät kam, und er genoss jede Minute.

Während der Mittagspause in der achten Klasse hatte er das Glück, sich mit Tracy Hancock in die Garderobe stehlen zu können – einem Mädchen aus der zehnten Klasse mit Brüsten groß wie Melonen. Er hatte sie mit offenem Mund geküsst, woraufhin sich ihre Lippen begierig teilten. Als ihre Zungen einander berührten, verspürte er prickelnde Erregung. Sie hatte ihm beinahe die Zunge aus dem Mund gesaugt, und er hatte sich gefragt, wie weit sie wohl gehen würde. Als sie anfing, schneller zu atmen, ergriff er seine Chance, tastete sich zu ihrem Baumwoll-BH vor und berührte ihr weiches, williges Fleisch. Sie hatte seine Hände nicht weggeschlagen. Ihre Nippel fühlten sich an wie warme kleine Knöpfe. Sein Schwanz wurde so hart, dass es schmerzte, als er sich gegen den Reißverschluss seiner Hose drückte. Er konnte nicht mehr klar denken, bewegte sich einfach mit ihr. In seinem Kopf flackerten all die verruchten Bilder auf, die er in der zerfledderten Ausgabe des *Playboy* gesehen hatte, die Sam Crosby in seinem Rucksack versteckt hatte und für einen Vierteldollar die Nacht verlieh.

Tracy stöhnte in sein Ohr.

Er schob ihren Pulli hoch und öffnete die Knöpfe ihrer Bluse, schob begierig den weißen Stoff mit seinen schwitzigen Händen zur Seite, damit er ihre Brüste betrachten konnte – die ihrem Ruf alle Ehre machten. Blasse Haut mit einem zarten Netz blauer Adern direkt darunter. Ihr Gesicht war gerötet, ihr Mund offen, ihre Augen wurden glasig, als er mit der Hand direkt über ihren BH strich. »Mehr«, flüsterte sie ungeduldig und zog ihn mit sich auf den Fußboden.

Er fürchtete, dass er sich in seine Unterhose ergießen würde. Stürmisch küsste er ihr Schlüsselbein, und sie stöhnte wieder und schlang ihre Beine um seine Taille. Mit ungeschickten Fingern öffnete er ihren BH und betrachtete die berühmten Hancock-Melonen in ihrer ganzen Pracht. Riesig und weiß, mit kleinen rosa Nippeln, die majestätisch in die Höhe ragten. Himmlisch. Er war im Himmel. Sie bäumte sich auf, lud ihn

ein, sie weiter zu liebkosen, stolz darauf, die größten Körbchen der ganzen Schule zu benötigen.
Sie fühlten sich so gut an. Füllten seine ganze Hand aus, als er sie umfasste. »Gut, das ist gut«, hauchte sie mit kehliger Stimme. Er war so hart, dass er meinte, er würde jeden Augenblick explodieren. Gierig machte er sich über ihre Brüste her, küsste sie und leckte an ihren Nippeln. Mit einem leisen Stöhnen rieb sie ihre Hüfte an seiner, flehte um mehr, während er anfing zu saugen. Das Blut rauschte in seinen Ohren, sein Schritt schmerzte. O Gott, würden sie es miteinander treiben? Gleich hier, in der Garderobe mit den Jesusbildern neben der Tür, während die Nonnen über den Flur huschten?
Er griff unter ihren Rockbund, fühlte, wie sie vor Erwartung schauderte, und spürte eine so göttliche Wärme, dass er meinte, auf der Stelle zu sterben und ins Paradies zu gelangen. Tracys Finger zerrten an seinem Reißverschluss. *O Gott, o Gott.* Das Geräusch von Leder auf Holz erregte seine Aufmerksamkeit. Schritte. Die sich rasch näherten. Tracy schien nichts zu bemerken, sie lag unter ihm, die Beine in den weißen Kniestrümpfen weit gespreizt. Instinktiv zog er ihren Pullover runter, um ihre Brüste zu verstecken. Mit einem lauten *Wusch* teilten sich die Kleiderbügel, auf denen ihre Mäntel hingen, jemand schnappte hörbar nach Luft.
»Was tut ihr hier?« Tommy Shoenborn, ein spitznasiger Junge mit einem großen Mund und schmutzigen Fingernägeln, der immer noch betete, dass er eines Tages endlich in die Pubertät kommen würde, wollte seinen Parka holen. »Ach du lieber Himmel! Schwester Clare! Schwester Clare!« Tommy, ein Schleimer, wie er im Buche stand, starrte auf sie hinab. »Daegan und Tracy treiben Unzucht miteinander!«
Daegan rappelte sich auf, packte Tommy am Kragen und drück-

te ihn gegen die Wand. »Pscht! Ein Wort, und ich bring dich um, das schwör ich dir!«

Tracy, das Gesicht knallrot und zutiefst gedemütigt, verpasste Daegan eine geräuschvolle Ohrfeige. Ihre Brüste wackelten köstlich, bevor sie unter ihren Pullover griff, geschickt ihren BH schloss und ihr Haar aus dem Gesicht warf. »Bleib mir vom Leib, Daegan O'Rourke«, sagte sie. »Wenn du das noch einmal versuchst, hetze ich meinen Bruder auf dich!« Damit stolzierte sie aus der Garderobe, vorbei an Daegan und Tommy, der ihr mit offenem Mund nachstarrte.

Seine erste sexuelle Erfahrung war ihn teuer zu stehen gekommen. Tadelnde Worte von den Nonnen, zusätzliche Hausaufgaben, mit dem Zeigestock blutig geschlagene Hände und etwa eine Million gemurmelte Rosenkränze – Akte der Buße, um Vergebung für seine Sünden zu erlangen. Doch mit jedem »Gegrüßet seist du, Maria«, das er herunterleierte, schickte er ein stummes Dankgebet zu Gott, der ihm die Chance gegeben hatte, diese spektakulären Hancock-Brüste zu berühren.

In dem vergeblichen Versuch, ihren angeschlagenen Ruf wiederherzustellen, hatte Tracy nie wieder einen Blick in seine Richtung geworfen, aber die anderen Mädchen von St. Mark waren fasziniert gewesen. Waren sie bereits neugierig, weil er ein uneheliches Kind war, so hatte Daegan sie nun endgültig in seinen Bann geschlagen. Die Mädchen hielten ihn für einen dreisten Verführer, und mit seinem neuen Image als böser Bube, der sich für Sex interessiert, war er schlagartig überaus populär. Nur ein paar prüde, sittsame Mädchen zeigten ihm nicht offen, dass sie gern mit ihm herumgemacht hätten.

Die Jungs waren voller Ehrfurcht, weil er tatsächlich Tracys sexy Kurven erkundet hatte, und verlangten genaueste

Auskunft über die Größe, Form und Beschaffenheit ihrer Brüste. Derrick Cawfield, der Junge mit den Sommersprossen in der Farbe seines kurzgeschnittenen Haars, schwor, dass er sich jede Nacht bei dem bloßen Gedanken an diese Lusthügel einen runterholte. Sogar Sandy Kavenaugh war beeindruckt. Sandy machte es sich zu seiner persönlichen Aufgabe, Tracy zu begrabschen und ihr irgendwann einen Knutschfleck auf eine dieser unglaublichen Titten zu verpassen.

Daegans Lehrerinnen waren besorgt, und da er hin und wieder in ihre Köpfe schauen konnte, wusste er, dass sie der Überzeugung waren, er würde es im Leben zu nichts bringen. Hinter Schwester Clares geduldigem Lächeln verbarg sich ein Gedanke, der ihm zu schaffen machte. *Der Arme. Er kann nicht anders. Es ist eine Schande, dass er ein so loses Frauenzimmer zur Mutter hat. Ein kluger Junge, aber so eigensinnig.*

Schwester Evangelines Gedanken waren schlimmer: *Ich hätte ihn niemals an der Schule aufnehmen dürfen. Er ist das sprichwörtliche schwarze Schaf. Ein Teufelskind, geboren von einer Schlampe, die mit einem verheirateten Mann das Bett teilt. Wäre da nicht das Geld, das Frank Sullivan für die neue Turnhalle gespendet hat, würde ich ihn auf der Stelle rauswerfen. Gott würde mich verstehen. Dieser Daegan O'Rourke ist die Brut des Satans.*

Und Tracy Hancock war auch nicht besser. Obwohl sie sich nach außen hin ihm gegenüber äußerst ruppig verhielt, konnte er sehen, dass sie sich fragte, wie es wohl gewesen wäre, wenn sie mit ihm aufs Ganze gegangen wäre.

Die Lehrerinnen teilten seiner Mutter mit, dass er die gefährliche, schmerzvolle Straße der Sünde beschritt.

Schwester Mae betrachtete ihn mit finsterem Blick, obwohl er meinte, ein neugieriges Zwinkern in ihren Augen zu erkennen;

die Priester versohlten ihm mit einem Knüppel den Hintern, ergingen sich über die Versuchungen des Fleisches und verdonnerten ihn zu Extraaufgaben plus ausgedehnten Gebetsstunden. Auf den Knien sollte er um die Vergebung des Heiligen Vaters bitten, doch trotz allem bereute Daegan seine Erfahrung mit Tracy nicht eine Sekunde.

Als er auf die Highschool kam und gegen seine ständig präsente Lust anzukämpfen hatte, wurde ihm die Situation mit seinem Vater unerträglich. Er sah in Frank Sullivan den nutzlosen Scheißkerl, der er war – ein rückgratloser Feigling, der ihn krank machte. Zu alt, um so zu tun, er wüsste nicht, was im Schlafzimmer seiner Mutter vor sich ging, verließ er vor Franks Besuchen die Wohnung. Seine Mutter protestierte stets heftig dagegen, vertrat die absurde Vorstellung, dass sie drei – Kate, Frank und Daegan – eine nette kleine Familie seien, doch er schnappte sich einfach seine abgetragene Lederjacke und ignorierte ihr Gejammer, trat hinaus auf die Straße, schlug seinen Kragen hoch und stieg die Treppe zu der Kneipe unter ihrer Wohnung hinunter, der Cat O'Nine Tails Tavern. Er wollte lieber an Billardtischen herumhängen und Bier trinken, obwohl er noch minderjährig war, als seiner Mutter und diesem Widerling von Vater dabei zuzuhören, wie sie es miteinander trieben.

In jenen Jahren arbeitete er wenig, stahl viel und schwor, dass er Frank Sullivan die verkommene Seele aus dem Leib prügeln würde, sollte er ihn jemals bei Tageslicht in die Finger bekommen.

Tatsache war: Er freute sich auf diese Gelegenheit.

Daegan lernte seine Cousine kennen, als er knapp achtzehn war. Obwohl er seit Jahren wusste, wer seine Verwandten waren, sie seit Jahren aus der Ferne beobachtete, war er sich nicht

sicher, ob man ihnen von ihm erzählt hatte – bis eines Abends wie aus heiterem Himmel Beatrice an ihn herantrat.
Es war kurz vor Weihnachten, und er hing in einer der Billardkneipen im Süden der Stadt ab, rauchte, riss schmutzige Witze und wünschte sich, Shorty O'Donnell, der Besitzer, wüsste nicht, dass er noch minderjährig war, damit er sich ein Bier bestellen könnte. Die Heizungsanlage rumpelte und blies heiße Luft durch die teer- und schmutzverkrusteten Lüftungsschlitze.
In der Kneipe war es laut – klackernde Billardkugeln, Gelächter, blecherne Weihnachtsmusik aus einem kleinen Radio in der Nähe des Fensters –, trotzdem hörte er, dass die Tür aufging. Eine Glocke läutete und kündigte einen neuen Spieler an – ein neues Opfer, wenn er Glück hatte. Ein Schwall kalter Luft fegte in den Raum. Daegan, der gerade seine Kugel anstoßen wollte, fing an zu fluchen.
Der Stoß ging ins Leere, und er blickte auf.
»Sieh dir das mal an«, flüsterte ein Mann.
Ein anderer, der Kerl mit dem herabhängenden Augenlid und der Totenkopftätowierung auf dem Arm, stieß einen langgezogenen, anerkennenden Pfiff aus. Sämtliche Köpfe fuhren herum.
Beatrice passte nicht in diese Kaschemme. Sie trug eine pelzverbrämte Jacke, Samthandschuhe und dazu passende Stiefel, und sie sah völlig anders aus als die Frauen, die Shortys Kneipe für gewöhnlich besuchten. Diese trugen normalerweise kurze Lederröcke oder Jeans, tranken Bier oder rauchten schweigend. Ihre Haare waren toupiert, ihr Make-up zu dick, ihre Zähne alles andere als gleichmäßig.
Beatrice Sullivans noble Erscheinung war hier ein Fremdkörper. Sie entdeckte ihren Cousin und schlenderte auf ihn zu. »Du bist also Daegan O'Rourke«, sagte sie und beugte sich

über den Billardtisch, in dessen grünem Tuch zahlreiche vergessene Kippen mit den Jahren ein unschönes Muster hinterlassen hatten.
»Das ist richtig.« Gleichgültig stieß er mit dem Queue gegen eine Kugel, obwohl ihm das Herz bis zum Hals schlug. Warum war sie zu ihm gekommen? Sein Mund wurde trocken. Die weiße Kugel prallte gegen die Sieben, die in die Ecktasche rollte. Ohne Beatrice anzusehen, ging er um den Tisch herum und griff nach der Kreide, als schere es ihn einen Dreck, dass sie ihm offenbar gefolgt war. Was sollte ihn das auch kümmern?
Jede Menge, durchfuhr es ihn. Es kümmerte ihn viel mehr, als er gedacht hätte.
»Ich bin Beatrice. Alle nennen mich Bibi.«
»Ich weiß.« Daegan fing an zu schwitzen. Der Queue in seinen Händen wurde rutschig.
»Wir sind miteinander verwandt.«
Er gab ein unwilliges Knurren von sich. »Nicht wirklich. Hör mal, ich muss hier ein Spiel zu Ende bringen. Es geht um Geld. Was willst du von mir?«
»Wie viel?«
»Was?«
»Um wie viel Geld geht es?«
Zum ersten Mal in seinem Leben versuchte er freiwillig, in jemandes Seele zu blicken, und versagte kläglich. Je älter er wurde, desto mehr nahm seine Fähigkeit, die er immer so sehr verflucht hatte, ab. »Warum?«
»Weil ich etwas Interessanteres wüsste.«
»Darauf wette ich, Baby«, brüllte ein Schwachkopf mit Bürstenhaarschnitt.
»Wie viel?«
Daegan dachte an die fünf Dollar, die er auf dieses Spiel ge-

setzt hatte. Für sie so gut wie nichts. Für ihn ein Vermögen.
»Genug.«
»Scheiß drauf.«
»Sicher«, erwiderte er sarkastisch und versuchte, sich auf den nächsten Stoß zu konzentrieren, doch sie lehnte sich mit der Hüfte gegen den Tisch, direkt in sein Blickfeld. Mit ihrem schmal geschnittenen Wollrock, der ihre langen Beine gut zur Geltung brachte, wirkte sie so fehl am Platz wie ein Fünfkaräter in einem Eimer voll Kies. »Ich denke, wir sollten reden.«
»Warum?«
»Familienangelegenheiten.«
Er zog eine Augenbraue hoch, warf ihr einen Blick zu, der so viel besagte wie: »Scher dich zum Teufel!«, dann knurrte er: »Ich hab nicht viel Familie.«
»Du wirst noch weniger haben, wenn du nicht aufhörst, dich so arrogant aufzuführen.«
Er richtete sich auf, verschränkte die Arme vor der Brust und klemmte sich den Queue unter den Arm. »Ich bin beschäftigt.«
Sie lachte. »So verbringst du also deine Abende?«
»Noch einmal: Was willst du von mir?«
Ihr Blick schweifte durch die Kneipe, über die anderen Männer, die sie geifernd anstarrten wie hungrige Wölfe ein verwundetes Lamm. »Wir sollten reden, und zwar vertraulich.«
»Vertraulicher geht's nicht.«
»Da habe ich anderes gehört.« Ein verruchtes Lächeln umspielte ihre rosa glänzenden Lippen.
Die Männer um sie herum johlten.
»Vielleicht hast du etwas Falsches gehört.«
»Das glaube ich nicht.«
»Hör mal, Beatrice –«

»Bibi.«
»Ich sehe keinen Grund, warum –«
»Mach, was du willst. Ich warte im Auto.« Sie warf einen Blick auf ihre Armbanduhr. Lefty O'Riley, ein Taschendieb, der am nächsten Billardtisch stand, beäugte gierig ihren Schmuck. »Du hast zehn Minuten.« Umhüllt von einer Wolke teuren Parfüms schlenderte sie mit schwingenden Hüften aus Shortys Kneipe. Alle starrten ihr nach. Erst nach einer ganzen Weile war wieder das Klacken der Billardkugeln zu vernehmen.
»Verdammt«, knurrte Daegan mit Blick auf die Dollarnoten, die auf einer Ecke des Billardtischs lagen, dann warf er seinen Queue dem Kerl zu, gegen den er gespielt hatte, und folgte seiner Cousine.
»He, du kannst doch nicht mitten im Spiel einfach abhauen!«, rief Bill Schubert ihm nach.
Daegan antwortete nicht, schnappte sich seine Lederjacke von der Garderobe neben der Eingangstür und trat hinaus in die Kälte. Der Winterwind war schneidend wie eine Kettensäge. Seine Stiefel knirschten im überfrorenen Schnee. Mehrere Männer umstanden eine Mülltonne, in der sie ein Feuer entzündet hatten, um sich die Finger daran zu wärmen. Sie trugen lange, dicke Mäntel, und ihr Atem bildete weiße Wölkchen in der eisigen Luft.
Ein Wagen, ein großer schwarzer Cadillac mit getönten Scheiben, stand mit laufendem Motor in der Lieferzone.
Ich weiß, dass er kommt, ließ sich Beatrice' Stimme in seinem Kopf vernehmen.
Entschlossen steckte er die Hände in die Jackentaschen und eilte über den Gehsteig. Just in dem Moment beschlich ihn die leise Ahnung, dass er soeben die schlechteste Entscheidung seines Lebens getroffen hatte und nichts, aber auch gar nichts, dagegen tun konnte.

Bibi führte irgendetwas im Schilde, und sie wartete.
Auf ihn.
Um sein Leben zu verändern.
Daegan holte tief Luft, dann beschloss er, dass er nicht viel zu verlieren hatte, öffnete die Tür zum Fond und glitt auf die butterweiche Rückbank des Cadillacs.

Kapitel sieben

Bibi war nicht allein. Stuart, ihr älterer Bruder, das goldene Kalb der Familie Sullivan, saß auf dem Fahrersitz der Luxuskarosse und trommelte mit den Fingern ungeduldig aufs Lenkrad. Seine Schwester saß neben ihm, eingekuschelt in das weiche Leder und ihren pelzverbrämten Mantel.
Daegan, der es sich fast noch einmal anders überlegt hätte, setzte sich auf der Rückbank zurecht.
Der Thronfolger drehte sich zu ihm. »Ich bin Stu.« Kurzgeschnittenes braunes Haar und durchdringende blaue Augen.
»Daegan.«
»Ich weiß. Mach die Tür zu.« Nachdem Daegan die Wagentür zugezogen hatte, trat Stuart aufs Gas. Reifen quietschten, Schneematsch spritzte auf, und Daegan konnte sich des Eindrucks nicht erwehren, in der Falle zu sitzen – in einem dieser Räume, in denen die Wände langsam, aber sicher immer näher rückten und einen gnadenlos zu zerquetschen drohten.
»Schätze, du wunderst dich, warum wir zu dir gekommen sind«, sagte Stu mit einer Stimme, die klang, als würde er eine Diskussionsrunde leiten. Er war um einiges älter als Daegan, über zwanzig, und so glatt wie Bleikristall. Er hatte zuvor wohl eine Krawatte getragen, die er nachlässig über die Sitzlehne geworfen hatte. Seine sportliche Wolljacke hatte ein marineblaues Fischgrätmuster, seine Gesichtszüge waren vornehm, seine Hände berührten kaum das Lenkrad, während er fuhr, als könne er den Cadillac mit purer Willenskraft steuern.

Sie rasten durch die Straßen der Stadt, vorbei an den Mietshäusern und Lagerhallen von Daegans Wohngegend.
»Du bist neugierig, hab ich recht?«, hakte Stuart nach, als Daegan seine Frage nicht beantwortete. Blaue Sullivan-Augen bohrten sich in den Rückspiegel. »Du willst doch bestimmt wissen, warum wir uns die Mühe gemacht haben, dich aufzuspüren.«
»Die Frage habe ich mir durchaus gestellt.«
Stu warf einen weiteren Blick über die Schulter und knipste sein Tausend-Watt-Lächeln an. »Wir – Bibi und ich – fanden, es ist an der Zeit, dass du die Familie kennenlernst.«
Daegan spürte, wie ein Muskel an seinem Kiefer nervös zu zucken begann. »Und was ist, wenn ich kein Interesse daran habe?«
Stuart trat auf die Bremse. Daegan prallte gegen den Vordersitz. Der große Wagen geriet auf einer Eisplatte ins Rutschen und wäre fast zur Seite ausgebrochen. »Dann kannst du hier aussteigen«, sagte Stuart mit seiner arroganten, gelangweilten Stimme.
Daegan blickte aus dem Seitenfenster auf ein leer stehendes, mit Holzbrettern vernageltes Lagerhaus und eine Fischfabrik.
»Steig nicht aus!«, mischte sich Bibi ein und schob eine Kassette in den Rekorder am Armaturenbrett. »Und du hörst auf, wie ein Irrer zu fahren, Stu«, wandte sie sich unwirsch an ihren Bruder, »sonst bringst du uns noch alle um.« Sie legte einen Arm über die Rücklehne ihres Sitzes und drehte sich zu Daegan um. »Es wird lustig werden.«
»Lustig?«, wiederholte Daegan und verpasste sich im Geiste einen Tritt dafür, dass er sich auf diese Sache eingelassen hatte.
»Klar. Collin wird da sein und …« Musik dröhnte aus den verborgenen Lautsprechern. Rolling Stones. Keine wirklich vornehme Band.

Let's spend the night together. Now I need you more than ever …

»Collin?« Daegan spürte, wie sich ihm die Kehle zuschnürte. Sein anderer Halbbruder. Der Junge, den Mary Ellen stets mit Daegan verglichen hatte. Selbstverständlich hatte Collin in Mary Ellen O'Rourkes voreingenommener Meinung das Nachsehen gehabt. Er war dünn, blond und blass wie seine Mutter und nicht gerade kräftig. Oft krank. »Ein überheblicher Schlappschwanz«, um es mit den Worten seiner Mutter zu sagen.

Bibi fischte eine Zigarette aus ihrer Handtasche. »Ja, und Bonnie und Alicia ebenfalls.«

»Deine Entscheidung«, sagte Stuart und blickte Daegan scheinbar gelassen im Rückspiegel an. Doch in den blauen Tiefen seiner Augen entdeckte Daegan noch etwas anderes, einen Anflug des Bösen. Er hatte keinen Zugang zu Stuarts Gedanken, zu seiner Seele, doch auf seinem Gesicht lag die Andeutung eines Lächelns, ein gespenstisches Grinsen, das darauf deutete, dass er ein mieses Spiel trieb, eines, bei dem Daegan auf keinen Fall gewinnen konnte.

»Wohin fahren wir?«

»Zu einer Party – einer sehr privaten Party.« Stuart verengte die Augen zu Schlitzen, doch nur für den Bruchteil einer Sekunde.

»Was für eine Art Party?«, hakte Daegan nach, nervöser, als er zugeben wollte.

»Eine Familienfeier nur für Cousins und Cousinen«, erwiderte Stuart. »Eine Art Kennenlernparty. Für dich.«

»Hör auf damit, Stu.« Bibi zündete ihre Zigarette an und inhalierte tief. »Weißt du was? Ich glaub, ich hab mich geirrt. Es war eine Scheißidee.«

»Und wessen Idee war es?«, fragte Stu missmutig.

»Es war doch nur ein Scherz«, beharrte Bibi. Aus ihren Nasenlöchern quoll Rauch. »Ich hatte keine Ahnung, dass du das tatsächlich durchziehen würdest.«
»Aber es war eine brillante Idee, Süße«, widersprach ihr Bruder und strich ihr sanft über die Wange.
Dann hatten die zwei das also zusammen ausgebrütet, egal, worum es sich handeln mochte, und Bibi bereute bereits, mitgemacht zu haben. Das war nicht gut. Gar nicht gut. *Steig aus, Daegan, steig aus, solange du dir noch deinen Stolz bewahren kannst.*
»Wo findet diese Party denn statt?«
»Vor der Stadt. Am See.«
»In Daddys Sommerhaus«, erklärte Bibi stirnrunzelnd.
»Hast du dich entschieden, O'Rourke?«, fragte Stu. »Bist du Manns genug, deiner Familie gegenüberzutreten?«
Daegan spürte, wie sich alles in ihm dagegen sträubte. Dennoch – er hatte noch nie eine Herausforderung zurückgewiesen, selbst dann nicht, wenn er wusste, dass er es später bereuen würde. »Solange mein alter Herr nicht dort ist.«
»Frank?«, schnaubte Stu voller Abscheu. »Keine Sorge. Geschlossene Gesellschaft. Nur mit persönlicher Einladung. Onkel Frank hat keine bekommen.«
»Aber ich.«
»Ja.« Stus Stimme klang amüsiert. »Du hast definitiv eine Einladung bekommen.« Er drehte das Lenkrad, und schon waren sie wieder unterwegs. Mit sanft schnurrendem Motor glitt der Cadillac durch den späten Abend. Obwohl seine Mutter keinen Wagen besaß, war Daegan schon in einigen mitgefahren, aber dieser war von allen der beste. Die Lichter der Stadt flogen an den getönten Glasscheiben vorbei. Stones-Musik und Rauch waberten durch das warme Innere. Er fing an, sich zu entspannen. Vielleicht wurde es gar nicht so schlimm.

Als sich die elektronischen Tore zu einem stockdunklen Grundstück hin öffneten und Stuart den Cadillac eine schneeverkrustete Auffahrt hinauflenkte, wurde Daegan wieder nervös. Mehrere Fahrzeuge hatten bereits vor ihnen die schmiedeeiserne Umzäunung passiert, wie die tiefen Reifenspuren in dem sonst makellosen Weiß bezeugten. Tannen, die ausladenden Äste mit einer dicken Schneeschicht bedeckt, standen neben riesigen kahlen Ahornbäumen und Eichen, die ihre schwarzen Skelettarme in die Höhe reckten.
Daegans Mund war trocken, und er hätte einen Mord begehen können für eine der Zigaretten, die Bibi so achtlos qualmte, doch er sagte kein Wort, nicht einmal, als der Wald sich teilte und ein Haus, wie er es noch nie zuvor gesehen hatte, in Sicht kam. Direkt am Ufer eines riesigen Sees gelegen, ragte das rote Backsteingebäude zwei Stockwerke hoch in den Nachthimmel. Rechts und links vom Haupthaus gingen einstöckige Seitenflügel ab. Die Ecken waren aus weißen Steinen gemauert, ebenso die Fenster- und Türeinfassungen. Etwa sieben Kamine standen wie Wachposten auf dem Dach, aus einem davon stieg Rauch in die kalte, klare Luft. Riesige Fenster, die dunklen Läden geöffnet, warfen ihren warmen Schein in die dunkle Nacht, Eisblumen glitzerten an den Scheiben. Das Haus war ein wahrer Koloss.
Daegan biss sich auf die Zunge. So lebten die Sullivans also. Bei der Vorstellung, wie seine Mutter stundenlang in der Textilfabrik an der Nähmaschine hockte, wie ihr jeden Abend die Füße und der Rücken schmerzten, wie sie sich die Verspannungen aus Fingern und Nacken massierte, wenn sie von ihrer Schicht heimkam, wie sie schweigend rauchend neben dem Telefon saß und darauf hoffte, dass *er* anrief, wurde ihm schlecht.
Stuart parkte hinter einem neuen Jaguar neben der Veranda. Er

strich sich die Haare glatt, dann warf er Daegan im Rückspiegel sein mörderisches Lächeln zu. »Showtime, Daegan, die Vorstellung kann beginnen.«

»Oje«, stöhnte Bibi und nahm sich die dritte Zigarette aus der Schachtel. Sie schürzte die Lippen, sah Daegan beim Aussteigen entschuldigend an, und dann, als wäre sie plötzlich verlegen, sah sie nicht mehr in seine Richtung. Schweigend schritten sie auf den Haupteingang zu. Die Nacht war still, die Luft knackig kalt und klar. Kein Stadtlärm, keine Auspuffgase, keine geschäftigen Menschenmengen. Nein, dieser Ort hier unter seiner unberührten weißen Schneedecke wirkte würdevoll und friedlich.

Vor der Haustür blieb Stuart stehen, öffnete und bedeutete Daegan galant, einzutreten. Impulsiv griff Bibi nach Daegans Hand und drückte sie. »Gib mir Bescheid, wenn es dir zu brenzlig wird, dann bring ich dich da raus.«

»Ich komme schon allein zurecht«, erklärte er abweisend, zog seine Hand zurück und stopfte beide Fäuste in die Jackentaschen. Wenn das ein Scharmützel werden sollte – sei's drum. Er würde ganz bestimmt nicht wie eine Memme bei einer Frau Schutz suchen.

Die Einrichtung erinnerte Daegan an ein Museum. Eine geschwungene Treppe führte von der Eingangshalle nach oben in den ersten Stock, teilte sich und verlief weiter hinauf in den zweiten. Teppiche, die aussahen, als kämen sie von weit her aus Fernost, lagen auf spiegelblanken Eichenfußböden. Antike Möbel – Spiegel, Tische, Lampen –, echte Pflanzen und die Gemälde verstorbener Ahnen füllten jedes Eckchen. Aus versteckten Lautsprechern klang Musik – ein klassisches Orchesterstück. »Hier entlang«, sagte Stu und führte sie durch einen kurzen Flur, wo Daegan die ersten Stimmen vernahm.

»... ist doch egal, war 'ne blöde Idee. Mummy wird uns umbringen, wenn sie davon erfährt«, beschwerte sich ein Mädchen mit näselnder Stimme. »Womit will Stu uns schon groß überraschen? Mal im Ernst, manchmal ist er ein solcher Langweiler …«

»Gäbe es Stu nicht, hätten wir gar keinen Spaß«, winselte eine andere Stimme. Obwohl er ihm nie von Angesicht zu Angesicht begegnet war, wusste Daegan sofort, dass sie seinem Jammerlappen von Cousin gehörte. Er knirschte mit den Zähnen.

»Ich liebe Überraschungen«, verkündete eine jüngere, weibliche Stimme aufgeregt.

»Mummy wird uns das Fell über die Ohren ziehen.« Das erste Mädchen – vermutlich die hochnäsige Alicia. Daegan hatte das Gefühl, ihm wäre eine Schlinge um den Hals gelegt worden, die sich mit jedem Schritt enger zusammenzog.

»Sie wird's nicht erfahren.« Collin.

Gott, was für eine absurde Situation. Was tat er hier? Warum hatte er sich bloß darauf eingelassen?

»Was immer sich Stu hat einfallen lassen, du kannst darauf wetten, dass es gut ist.«

Daegans Magen verknotete sich bei der Vorstellung, was ihn wohl erwarten mochte, und er fragte sich, was um alles auf der Welt ihn dazu getrieben hatte, die heimelige Vertrautheit von Shortys Billardkneipe aufzugeben. Man musste ihm nicht extra erklären, dass er gerade dabei war, sich in einem drittklassigen Kuriositätenkabinett als Hauptattraktion vorführen zu lassen. Er warf einen Blick in die Richtung seines ältesten Cousins, doch es gelang ihm nicht, dessen wahre Motive zu durchschauen. Was für ein Spiel spielte Stuart Sullivan? Wie schon zuvor versuchte er, einen Blick in die Seele des Älteren zu werfen, doch wieder hatte er keinen Erfolg; Stuarts Gedanken verschlossen sich ihm wie ein Buch mit sieben Siegeln.

Sie betraten ein Zimmer, das über die gesamte Rückseite des Haupthauses reichte, und zum ersten Mal in seinem Leben stand Daegan seinem Halbbruder und seinen Halbschwestern gegenüber – schwarzen Silhouetten vor einem munter lodernden Feuer in einem großen Marmorkamin. Für den Bruchteil einer Sekunde meinte Daegan, einen flüchtigen Ausblick auf seine ganz persönliche Hölle zu erhaschen.
»Ach du Scheiße«, sagte Collin leise. Fast wäre ihm das Glas aus der Hand gerutscht.
»Was soll das denn?«, fragte das größere Mädchen, Alicia. Der Blick aus ihren frostig blauen Augen traf Daegan mit der Intensität eines arktischen Sturms. Ihre Haut war blass, ihr Mund verzog sich vor Verachtung. »Stuart, wie konntest du nur?«
Bonnie, kleiner als ihre Schwester, biss sich auf die Lippe. »Das ist –«
»Wir wissen, wer das ist«, fauchte Alicia, auf deren Wangen plötzlich zornrote Flecken brannten. »Du hast gesagt, wir würden eine Party feiern, Stuart!« Wutschnaubend drehte sie sich zu ihrem Cousin um.
»Genau das tun wir. Eine Privatparty. Ganz familiär.« Stuart war so ruhig wie Alicia außer sich. »Dachte, es wäre langsam an der Zeit, dass wir einander kennenlernen.«
»Bastard!«
»Damit meinst du doch nicht mich«, sagte Stuart leichthin, und Daegan hätte ihn am liebsten erwürgt.
Bonnie starrte Daegan an, als sei er die Reinkarnation des Teufels persönlich.
»Bütte.« Bibi wühlte in ihrer Lederhandtasche nach den Zigaretten. »Ganz familiär? Dass ich nicht lache.«
»Sicher doch, wir *sind* eine Familie. Daegan ist unser Cousin und der Bruder von Collin, Alicia und Bonnie.«
»Um eines klarzustellen, Stuart: Er ist *nicht* mein Bruder«, wi-

dersprach Alicia und warf ihre langen blonden Locken über die Schulter. »Er ist –«

»Hier. In Onkel Roberts Haus. Warum?«, fragte Collin mit vor der Brust verschränkten Armen. Er war schmal, besaß ebenmäßige Gesichtszüge und eine glatte Haut, trug einen Wollpullover zu seiner eleganten Hose und hatte sein dunkelblondes Haar ordentlich gekämmt.

Bibi hielt das Feuerzeug an ihre Zigarettenspitze. Bonnie ließ sich auf die Kissen einer dick gepolsterten Couch fallen und starrte Daegan weiter an, als sei er ein seltsames Tierchen unter einem Mikroskop – ein interessanter Organismus, dem sie mit hoffnungslosem Unverständnis begegnete.

»Weil es an der Zeit ist«, erklärte Stuart. Er schlenderte hinüber zur Bar, nahm ein Kristallglas aus einem staubfreien Regal und inspizierte eine ganze Reihe verheißungsvoll aussehender Flaschen. »Ich weiß nicht, wie es dir geht, aber ich habe es absolut dick, immer nur andere über ihn reden zu hören – weil mir natürlich niemand direkt etwas sagt –, und immer nur hinter verschlossenen Türen. Ich dachte, wir sollten es endlich hinter uns bringen und uns treffen – wir alle. Komm schon, Collin, gib's zu, du bist schon seit Ewigkeiten neugierig, und du ...« – sein Blick schweifte zu Daegan –, »ich weiß, dass du immer schon wissen wolltest, wie wir so sind. Früher bist du jeden Sonntag auf den Baum vor der Kirche geklettert, um uns beim Gang zur Messe zu beobachten.«

Am liebsten hätte Daegan geleugnet, doch er zuckte nur die Achseln. Es gab keinen Grund zu lügen. Offenbar hatte Stuart ihn damals entdeckt.

»Du hinterhältiger kleiner Bastard«, geiferte Alicia. »Du hast uns ausspioniert?« Ihre Stimme stieg vor Zorn eine Oktave höher.

»Ja«, gab Daegan zu, der ihr selbstgefälliges Gehabe satt hatte.

»Das war doch keine große Sache«, wiegelte Stuart ab, nahm eine Flasche Scotch und schenkte sich großzügig ein. »Schließlich bist du nicht in Unterwäsche rumgelaufen, oder?«
»Stuart!«, fuhr Bibi dazwischen.
»Ich sag ja nur.«
Alicia klappte vor Entsetzen der Mund auf. »Du bist abscheulich«, fuhr sie ihren ältesten Cousin an, doch Stuart besaß die Dreistigkeit, sie nur anzugrinsen.
»Finde ich nicht. Noch jemand einen Drink?«
»Nein!«, blaffte Alicia prompt.
»Gern.« Collin nickte und leerte das Glas, das er in der Hand gehalten hatte – was immer darin gewesen sein mochte.
»Warum nicht?«, sagte Bibi.
Stuart schaute Daegan fragend an. »Wie steht's mit dir?«
Daegan wusste, dass er einen klaren Kopf behalten musste, doch er konnte dem Geschmack des Wohlstands nicht widerstehen. Außerdem war seine Kehle staubtrocken. »Ja.«
»Du schenkst ihm einen Drink ein?« Alicia schüttelte ungläubig den Kopf. »Stuart, du kannst ihn doch nicht einfach hierherschleppen und –«
»Doch!«, entgegnete Bibi.
»Ist das nicht illegal?« Bonnie zog die schmalen Augenbrauen zusammen und kaute nervös auf ihrer Lippe. »Wir sind doch noch gar nicht alt genug, um –«
»Aber sicher, in höchstem Maße illegal«, bestätigte Stuart, während er die Gläser verteilte und mit Daegan anstieß. »Willkommen in der Familie«, sagte er spöttisch. Das lodernde Holz im Kamin hinter ihm knackte und zischte. »Eine schlimmere Bande von verlogenen Halsabschneidern, Betrügern und Hurenböcken als die Sullivans aus Boston wirst du nie wieder finden.«
»Ich mache hier nicht mit.« Alicia bebte vor Zorn und blähte

voller Abscheu die Nasenflügel. »Diesmal bist du zu weit gegangen, Stu!«
Stuarts Augen funkelten. »Genau das liebst du doch an mir, oder?« Er zwinkerte ihr zu, und Daegan drehte sich der Magen um, als ihm klarwurde, wie sehr Stuart es genoss, die anderen zu manipulieren und dafür zu sorgen, dass sie sich unwohl fühlten. Er spielte nicht nur mit Daegan, sondern mit der ganzen verfluchten Familie.
»Das ist es, was ich an dir *hasse*«, stellte sie klar.
»Dann muss ich dich wohl darauf hinweisen, dass du längst mitmachst, ob es dir passt oder nicht.« Stuarts Lächeln war eiskalt. »Setz dich hin und halt die Klappe.«
»Ich will nicht –«
»Tu's einfach«, befahl Collin, doch Alicia, in ihrem ganzen selbstgerechten Zorn, weigerte sich und blieb stehen, eine Hüfte gegen die polierte Oberfläche eines Stutzflügels gelehnt. Sie hatte die Zähne so fest zusammengebissen, dass sich die Haut über ihrem Kinn spannte.
»Ich finde, Stuart hat recht«, sprang Collin seinem älteren Cousin bei.
»Du findest doch immer, dass er recht hat!«, warf Alicia ihm vor. »Schalt einmal dein eigenes Gehirn ein, Collin. Vorausgesetzt, du hast eines.«
»Ich *habe* immer recht.« Stuart, der sich in seiner Rolle zu gefallen schien, warf Collin einen schwer zu deutenden Blick zu.
Daegans Haut fing an zu kribbeln. Hier ging es um mehr als um persönliche Erniedrigung; da waren Emotionen beteiligt – die Emotionen gleich eines halben Dutzends Personen.
Collin räusperte sich und machte es sich in einem Clubsessel neben dem Fenster bequem. »Es ist längst überfällig, dass wir uns kennenlernen –«

»Unsinn! Ich komme doch nicht hier raus und friere mir den Hintern ab, nur um den Sohn einer dahergelaufenen –«
»Pass auf, was du sagst!«, warnte Collin ungehalten. Dann fuhr er mit seiner kultiviertesten Stimme, die der seiner Schwestern so ähnlich klang, fort: »Lass uns bitte nicht vulgär werden, Alicia.«
»Wie er?« Sie deutete mit ihrem langgliedrigen Finger auf Daegan. »Er ist der Sohn von Daddys Hure, hast du das etwa vergessen?«
»Ebenfalls nett, dich kennenzulernen«, knurrte Daegan, außerstande, sich noch länger zurückzunehmen. Für gewöhnlich gab er sich in neuen Situationen zurückhaltend, hörte nur zu und beobachtete, wartete, bis er herausgefunden hatte, aus welcher Richtung der Wind wehte, doch für heute Abend reichte es ihm. Er war mit seiner Geduld am Ende. Zorn stieg in ihm hoch. Diese Menschen – seine *Familie,* wenn man sie denn so nennen konnte – waren nicht mehr als ein Haufen sich streitender, unbedeutender Snobs, die nach einer Abwechslung suchten, um sich von der Langeweile, von der Belanglosigkeit ihrer ach-so-perfekt geplanten Existenz abzulenken. Wer brauchte solche Leute? Was ihn anging, so war seine Neugier mehr als befriedigt. Er kippte seinen Scotch, in der Hoffnung, seine ausgedörrte Kehle zu besänftigen, doch der Whiskey ging ihm alles andere als rauchig und glatt hinunter, sondern brannte und wühlte seinen ohnehin rebellierenden Magen noch mehr auf. Daegan musste sich alle Mühe geben, nicht zu husten, und spürte, wie sich die unsichtbare Schlinge um seinen Hals ein Stück weiter zuzog.
Bibi lachte nervös, doch Alicia war nicht belustigt. »Ich nehme an, das war deine Idee«, mutmaßte sie laut.
»Stimmt«, gab Bibi zu und streifte die Asche von ihrer Zigarette auf ein Silbertablett, »aber ich wollte doch nur Spaß machen.«

»Ich auch«, sagte Stuart mit einem dreisten Zwinkern, und Daegan beschloss, dass er nicht länger herumstehen und mit anhören würde, wie die Sullivans über ihn redeten, als sei er nicht im Raum. Er schlenderte zum Kamin hinüber, wo er sich die Schienbeine wärmte und mit einem Finger über den dunklen Holzmantel strich, der mit antiken Windlichtern und Kerzen dekoriert war. »Wem gehört das Haus?«
»Daddy«, antwortete Bibi.
Collin starrte Daegan mit milder Neugier an. »Der erstgeborene Sohn aus der Generation unserer Eltern war Onkel William, der sich im Zweiten Weltkrieg als Held erwiesen hat und drei Wochen vor seiner Heirat gefallen ist. An seine Stelle trat Onkel Robert, um einiges jünger, aber älter als der jüngste Bruder. Der ja mein Vater ist. Und auch dein Vater, Daegan, wenn man den Gerüchten Glauben schenken mag. Da ich davon ausgehe, dass wir an den alten Traditionen festhalten, die seit jeher in unserer Familie gepflegt wurden, wird nach Onkel Roberts Tod der größte Teil des Besitzes an Stu gehen – das ist sein Geburtsrecht oder irgend so ein Schwachsinn.«
Stuart lachte. »Es sei denn, ich sterbe. Dann … nun, entweder erbt Bibi das Vermögen oder Onkel Frank. Ich habe keine Ahnung, was Großvaters Testament vorsieht.«
»Ach nein, wem willst du das denn weismachen?«, fragte Alicia, die Augen argwöhnisch zu schmalen Schlitzen zusammengekniffen. »Ich wette, dass alles, bis hin zum kleinsten Penny, an dich geht, bloß weil du das Glück hast, der erstgeborene männliche Erbfolger des erstgeborenen männlichen –«
»Zweitgeborenen. Denk an den armen Onkel William«, fiel ihm Collin ins Wort.
»Egal. Ich will damit lediglich sagen, dass Stuart noch lange nicht besser ist als wir, bloß weil er der Erstgeborene ist.«

»Besser nicht, aber begünstigter«, feixte Stuart. Collin trat einen Schritt näher an seinen älteren Cousin heran, als müsse er ihn vor Alicias scharfer Zunge beschützen. Stuart wirkte völlig ungerührt. Wenn überhaupt, schien er sich über die kleine Party zu amüsieren, die er auf die Beine gestellt hatte.
Collin leerte sein Glas und stellte es auf der Bar ab. »Aufeinander einzuhacken führt doch zu nichts.«
»Amen«, murmelte Bibi und bedachte Collin mit einem schwachen Lächeln.
»Nun, Stuart, was wolltest du eigentlich mit dieser Aktion bezwecken?«, fragte Alicia.
»Der Punkt ist doch, dass wir einen Bastard in der Familie haben«, erklärte dieser, »weshalb ich mich gefragt habe, wie wir mit ihm umgehen sollen.«
Der imaginäre Strick um Daegans Hals riss wie der berühmte Geduldsfaden. »Gar nicht.« Er hatte genug gesehen. Diese Leute hier – seine »Familie« –, waren erbärmlich, alles, was für sie zählte, war ihr Wohlstand, andere Menschen kümmerten sie einen Scheißdreck. Er knallte sein leeres Glas auf den Kaminsims und funkelte seinen ältesten Cousin aufgebracht an. »Du brauchst nicht mit mir ›umzugehen‹, darauf hab ich nämlich absolut keinen Bock. Wenn du irgendeinen billigen Kick suchst, zieh dir ein Porno rein, lach über die Armen oder quäl eine Katze, aber lass mich in Ruhe.« Er drehte sich um und verließ mit großen Schritten das Zimmer. Seine Absätze klackerten laut auf dem glänzenden Holzfußboden.
»Warte!« Bibi rannte hinter ihm her.
»Er wird eh nicht weit kommen«, rief Stuart ihnen überheblich nach.
Daegan ging eilig den Flur entlang, Richtung Eingangstür. Er konnte kaum atmen in diesem muffigen alten Haus voller An-

tiquitäten und ebenso muffigen antiquierten Ansichten. Was hatte er sich bloß gedacht, als er auf die verführerisch weiche Lederrückbank des Cadillacs geglitten war?
»Idiot«, stieß er zähneknirschend hervor, dann ballte er eine Hand zur Faust und rammte sie gegen die Wand. Die alte Vertäfelung zersplitterte. Warum war er nur so blöd gewesen, sich auf Bibi und Stuart einzulassen? Warum hatte er nicht auf sein Bauchgefühl gehört? Was für eine verquere Neugier hatte ihn dazu verleitet? Sein Instinkt hatte ihm eindringlich geraten, die Sullivans zu meiden wie die sprichwörtliche Pest, und trotzdem hatte er sich verführen lassen, hatte – wenn auch nur für ein paar Sekunden – Teil ihrer Familie sein wollen. Nun, jetzt wusste er, aus welchem Holz sie geschnitzt waren, und das gefiel ihm gar nicht. Er mochte keinen von ihnen. Auch nicht Bibi.
Kurz vor der Haustür schloss sie zu ihm auf und packte ihn am Arm. »Daegan, warte, bitte. Nun bleib doch mal 'ne Sekunde stehen.«
Doch er schüttelte ihre Hand ab und ging einfach weiter.
»Es tut mir leid.«
»Vergiss es.«
»Nein, wirklich, Daegan –«
Er wirbelte so schnell herum, dass er gegen sie prallte, fasste sie an beiden Armen und drückte sie gegen die Wand. Ein Bild von Rose Kennedy fiel scheppernd zu Boden, Glas klirrte. Bibis Augen weiteten sich erschrocken. »Ich will deine Entschuldigungen nicht«, knurrte er und verspürte keinerlei Gewissensbisse, als er den Druck auf ihre Arme noch verstärkte. »Ich will deine Entschuldigungen nicht, und am allerwenigsten will ich dein Mitleid.« Er ließ sie los. »Ich hätte niemals hierherkommen dürfen.«
»Warum bist du dann mitgefahren?«, fragte sie.

Gute Frage. Verdammt gute Frage. »Weil ich dumm und neugierig war.« Er ließ sie los und marschierte zur Haustür hinaus. Plötzlich vernahm er Stimmen. *Na prima.* Stuart und seine Horde Idioten folgten ihm, um zu sehen, was der arme, erbärmliche *Bastard* wohl tun würde. »Aber ich bin lernfähig. Es wird nicht wieder vorkommen.« Er stieg die vereisten Stufen hinunter und überlegte kurz, ob er sich einen Wagen aus dem Sullivan-Fuhrpark »leihen« sollte, doch dann entschied er sich dagegen. Bei seinem Glück erstatteten sie noch Anzeige gegen ihn. Es ärgerte ihn schrecklich, dass er sie auch nur eine einzige Sekunde lang beneidet hatte, sich gewünscht hatte, von ihnen akzeptiert zu werden. Nun, damit war jetzt Schluss. Was ihn anbetraf, so sollte jeder, der den Namen »Sullivan« trug, in der Hölle schmoren.

Der Pfad, der hinter dem Sommerhaus zur Tennishalle führte, war schneebedeckt, eine glatte weiße Decke, überzogen mit Eis. Kalt, glänzend, makellos – genau wie die Fassade der Familie Sullivan.

Doch diese Fassade war nun beschädigt worden durch das plötzliche Auftauchen von Daegan O'Rourke, dem unehelichen Sohn. In dieser strahlend weißen Makellosigkeit wirkte der Bastard wie ein struppiges Büschel braunen Wintergrases, das durch die unberührte Schneedecke brach.

Nicht, dass die Sullivans perfekt waren – auch in dieser Familie gab es Lügner, Ehebrecher, Trinker und Betrüger –, doch Vater O'Meara erinnerte seine Schäfchen stets daran, dass niemand perfekt war, dass Gott den Menschen als fehlbare Kreatur erschaffen hatte. Vielleicht erklärte das Frank Sullivans Lapsus, ein außereheliches Kind gezeugt zu haben, ganz zu schweigen davon, dass er diesem unglücklichen Kind die Sünde vorlebte, indem er weiterhin mit dessen Mutter herumhurte.

Keine Sünde blieb ungestraft. Doch würden sie nun alle für Frank Sullivans Vergehen bezahlen müssen? Hatte dieser Bastard-Sohn vor, sich in die Familie einzuschleichen?
In der Tennishalle war es kühl, doch als er auf den Schalter drückte, fiel helles Licht auf den glänzenden Boden. Einen Korb Bälle zu schlagen würde die Anspannung mindern, die der unerwünschte Sohn in die Familie brachte. Der hatte vielleicht Nerven, hierherzukommen und sich einzubilden, er könne tatsächlich dazugehören! Als würde er, der in Wahrheit nicht mehr war als ein Irrtum der Natur, ein dummer Unfall, jemals als Sullivan akzeptiert werden! Nun, das würde man ihm schon austreiben.
Ein Tennisball flog in hohem Bogen übers Netz.
Ein zweiter Ball sauste durch die Luft, bevor er auf dem Platz aufschlug.
Jeder Aufschlag war für Daegan O'Rourke gedacht.
Jeder kraftvolle Schwung mit dem Schläger ein Treffer gegen seinen Schädel.
Jeder Schlag ein Schwur, dem Bastard zu zeigen, was Schmerzen waren, sollte er es noch einmal wagen, sich den Sullivans zu nähern.
»Es wird nicht wieder vorkommen«, hatte Daegan bei seinem überstürzten Abgang versprochen.
Wunderbar, denn dann müsste keiner von ihnen erneut in das dunkle, gutaussehende Gesicht sehen, das dem von Frank Sullivan so ähnelte, viel mehr als die Gesichter seiner Kinder – seiner *richtigen* Kinder. Wenn Daegan O'Rourke klug war, hielt er sich vom Sullivan-Clan fern. Er würde begreifen, dass man sich mit den Sullivans nicht anlegte.
Und wenn er es nicht tat?
Wenn er sich nicht von ihnen fernhielt?
Dann würde man ihn eben aufhalten müssen.

Ganze zwei Monate bekam Daegan keinen von den Sullivans zu Gesicht. Nachdem er vom Anwesen am See zurück in die Stadt getrampt war, hatte er sorgfältig jeden Ort gemieden, an dem möglicherweise ein Mitglied der Familie auftauchen konnte. Was nicht schwer gewesen war. Bevor Stuart seine kleine Kennenlernparty veranstaltet hatte, hatte sich die ganze Sippe so aufgeführt, als würde er gar nicht existieren. Was ihn anbetraf, konnten sie gern zu diesem Szenario zurückkehren.

Doch sein Glück ließ ihn im Stich, als er eines klirrend kalten Februartags an der Tankstelle war, wo er nach der Schule arbeitete. Er schaufelte Kohle, füllte Öl und Sprit in riesige Lastwagen und stapelte Brennholz – Knochenarbeit, die ihn davon abhielt, Blödsinn zu machen, und zudem seine Muskeln stählte.

Er hätte nie damit gerechnet, dass Bibi hier aufkreuzte, doch als er aus dem Büro seines Chefs schlenderte, den mageren Gehaltsscheck zusammengefaltet in einer der hinteren Jeanstaschen, und sich bibbernd die eisigen Hände warm hauchte, sah er sie am Kotflügel einer silbernen Corvette lehnen. Ein paar von den Jungs, die gerade zum Schichtwechsel eintrafen, verlangsamten ihre Schritte und beäugten pfeifend ihre langen Beine und ihren kurvenreichen Körper. Daegan wusste nicht, was sie mehr erregte – Bibis sinnlicher Schmollmund oder das satte Dröhnen des Motors von ihrem Wagen.

»Daegan!«, rief sie laut und winkte wie verrückt.

Homer Kroft, ein Vierzigjähriger mit Bierbauch und Öl an den Händen, warf einen Blick über die Schulter und zwinkerte Daegan zu.

»Sieht aus, als hättest du eine Verehrerin«, sagte er mit einem tiefen, anzüglichen Lachen. »Junge, Junge, was würde ich darum geben, mir so ein Ding unter den Nagel reißen zu können – oder die Tussi.«

»Das reicht«, unterbrach Daegan Krofts schmutzige Gedanken, obwohl er selbst nicht verstand, warum er Bibis Ehre verteidigte. Ihre Anwesenheit verhieß ja doch nichts anderes als Ärger. Sullivan-Ärger. Nachdem Homer und die anderen Arbeiter weitergegangen waren, trat Daegan argwöhnisch auf sie zu. »Du mischst dich unter den Pöbel?«

»Na und?« Sie brachte ein bemühtes Lächeln zustande.

»Was willst du?«

»Dich sehen.«

»Warum?«

»Das wüsste ich selbst gern«, gab sie stirnrunzelnd zu. »Vielleicht möchte ich nur nicht, dass du uns alle für gar so schrecklich hältst.«

»Du bist also nicht schrecklich.«

Lächelnd nagte sie an ihrer Unterlippe. »Zumindest nicht immer.«

»Hm.« Was tat er da eigentlich? Warum redete er mit ihr? »Wenn das alles ist, was du mir zu sagen hast –«

»Nein! Ich meine, ich würde den Abend neulich gern wiedergutmachen.«

»Mach dir keinen Kopf deswegen.«

»Ich … ich finde, wir sollten versuchen –«

»Was? Freunde zu sein?«, fragte er und spürte, wie er wieder wütend wurde. »Was ist los mit dir, hm? Zu wenig Nervenkitzel in letzter Zeit?«

»Ob es dir passt oder nicht: Du *bist* ein Teil dieser Familie.«

»Mach dir doch nichts vor«, knurrte er, zu ihr gebeugt, weil er nicht schreien wollte. Seine Hände waren zu Fäusten geballt, und er wünschte sich, er hätte etwas, irgendetwas, worauf er eindreschen könnte. »Mein alter Herr hat nie ein Wort mit mir gesprochen. Kein einziges, Bibi. Sicher, er gibt Ma das Geld für die Miete, doch es kommt ihm gar nicht in den Sinn, dafür zu sorgen, dass sie eine bessere Stelle kriegt. Jedes Mal, wenn er in unserer Wohnung aufkreuzt, sehe ich zu, dass ich mich schleunigst aus dem Staub mache oder besser noch gar nicht erst da bin. So ist es leichter. Er wird nicht an seinen Fehler erinnert, und ich werde nicht damit konfrontiert, dass sich der Alte für mich schämt. Fast genauso sehr, wie ich mich für ihn schäme. Und nur damit das klar ist: Ich mag dich genauso wenig wie sonst jemanden aus der Familie. Ich halte euch für eine Bande oberflächlicher, habgieriger, überheblicher Snobs, die nichts Besseres zu tun haben, als ihr nächstes Tennismatch zu planen oder darüber zu streiten, an welchem dämlichen Wohltätigkeitsprojekt sie teilnehmen sollen. Geld ist alles, worum es sich in dieser Familie dreht. Die Wahrheit ist: Hätte ich die Wahl, so wäre ich lieber mit giftigen Nattern verwandt!«

Bibi war nicht im mindesten verunsichert. »Frank ist ein Arschloch.«

»Da hast du recht.«

»Nur für den Fall, dass du dich dann besser fühlst: Er redet auch mit seinen anderen Kindern kaum. Aber nicht alle sind so schlimm wie er.«

»Nein, natürlich nicht«, spottete er. »Ihr seid eine gottverdammte Schar von Heiligen.« Damit machte er auf dem Absatz kehrt und marschierte von dannen, die Hand auf den Gehaltsscheck in seiner Jeanstasche gelegt. Das Geld von zwei Wochen. Das vermutlich nicht mal für eine Anzahlung auf Bibis schicken Wagen reichen würde. Aber das war ihm egal.

Sein Atem, abgehackt und stoßweise vor Zorn, bildete kleine Wölkchen in der kalten Luft. Hinter sich hörte er, wie eine Autotür geöffnet und zugeknallt wurde. Ein Motor dröhnte. Die Gangschaltung knirschte. Reifen heulten auf, als der Wagen eine scharfe Kehrtwende machte. Binnen Sekunden fuhr sie auf der schmalen Straße neben ihm, kurvte mit heruntergekurbeltem Fenster um Abfalltonnen, Paletten und Kisten herum. »Kann ich dich irgendwohin mitnehmen?«

»Oh, sicher doch. Wie wär's mit Jamaika?«

»Ich mein's ernst.«

»Ich auch.«

»Jamaika ist eine Insel.«

»Schätze, das heißt so viel wie ›nein‹.«

»Daegan –«

»Hör mal, Bibi, tritt einfach ein bisschen fester auf das Pedal unter deinem rechten Fuß und zisch ab.«

»Warum hasst du mich?«

Er stieß ein bellendes Lachen aus. »Rate mal.«

»Ich habe doch gesagt, dass es mir leidtut.«

»Na schön. Es tut dir leid«, entgegnete er wütend, ohne in ihre Richtung zu blicken. »Hör mal, ich kenne dich nicht, und genauso soll es auch bleiben.« Er schaute zum Himmel, vorbei an den hohen, graffitibesprühten Backsteinmauern. Manche der mit Brettern vernagelten Mietshäuser waren fast zweihundert Jahre alt und hatten einst die irischen Immigranten beherbergt, kurz nachdem diese ihren Fuß auf amerikanischen Boden gesetzt hatten – Sullivans und O'Rourkes längst verstorbene Generationen. Der Familie Sullivan war es in dem neuen Land gut ergangen, sie hatte gearbeitet, gespart, klug investiert und ein Vermögen gescheffelt, während die O'Rourkes nichts als Arbeiter hervorgebracht hatten, Generation für Generation. So wie seine Mutter in der Textilfabrik schuftete, würde auch er – typisch O'Rourke – in irgendeinem Job ohne Aufstiegsmöglichkeiten landen. Vielleicht würde er sich auch zu Tode saufen, wie sein Großvater es getan hatte.

Wolken, so grau wie seine Gedanken, zogen über einen Himmel, an dem langsam der Abend dämmerte.

Bibi fuhr immer noch neben ihm her, das Fenster geöffnet. Ihre blauen Augen blitzten. Sie, eine Sullivan, würde niemals wissen, wie sich ein leerer Magen anfühlte, würde nie den Durst nach Wohlstand verspüren, der so übermächtig wurde, dass er seine Seele dafür verkauft hätte, den ewigen Pechzyklus der O'Rourkes zu durchbrechen.
Vielleicht konnte Bibi ihm einen Ausweg weisen, doch dann hätte er seinen ach-so-kostbaren Stolz hinunterschlucken müssen.
»Was habe ich denn Schlimmes getan?«
»Mich in die Falle gelockt.«
»Das … das wollte ich nicht.«
»Grausamer Spaß, Bibi.«
»Aber ich wusste nichts davon!«, rief sie. »Wirklich, Daegan, du kannst mich doch nicht hassen, bloß weil Stu einen perversen Sinn für Humor hat!«
»Ich hasse dich nicht.«
»Du benimmst dich aber so.«
Um Himmels willen, jetzt verspürte er beinahe Mitleid mit ihr. Was war nur los mit ihm? Sie zog eine Show ab, setzte ihre weiblichen Reize ein, nur um eine Möglichkeit zu finden, ihn erneut bloßzustellen.
»Was, wenn ich dir sage, dass ich dich gern kennenlernen würde?«, fragte sie.
»Du kennst die Antwort: Du bist eine gelangweilte, reiche Göre auf der Suche nach einem billigen Kick.«
»Bin ich nicht.«
Er erwiderte nichts, ging einfach weiter. Was mussten sie nur für einen Anblick bieten: er, ölverschmiert und müde nach einem langen Tag an der Tankstelle, sie, tadellos zurechtgemacht in ihrem teuren Sportwagen, den sie durch die engen, müllübersäten Seitenstraßen steuerte. Eine Katze flitzte aus dem

Weg und beobachtete sie dann aus sicherem Abstand vom Deckel einer Abfalltonne.

Bibi seufzte laut. »Ich verstehe dich ja. Ich passe da auch nicht rein. Hab nie reingepasst. Stuart und Collin stecken ständig zusammen, lachen, reden, haben Geheimnisse. Alicia ist ein richtiges Miststück, und Bonnie ist noch ein Kind.«

»Was kümmert's dich?«, entgegnete er, während ihm gleichzeitig eine ganz ähnliche Frage durch den Kopf schoss: *Was kümmert's* dich, *O'Rourke? Warum führst du dieses Gespräch überhaupt?*

»Ich stehe nicht gern außen vor.«

»So schlimm ist das doch auch nicht.« Herrgott, was für eine Ironie! Jetzt versuchte er auch noch, sie zu trösten. »Warum heulst du dich nicht bei Alicia aus?« Er griff in seine Jackentasche, zog eine Schachtel Zigaretten hervor und steckte sich eine in den Mundwinkel.

»Wie ich schon sagte: Sie ist ein Miststück erster Güte, wir kommen gar nicht miteinander klar.«

»Das tut mir aber leid.« Es gelang ihm nicht, den Sarkasmus in seiner Stimme zu unterdrücken.

»Ich hatte gehofft, wir könnten Freunde werden.«

»Das glaube ich dir nicht. So blöd bist du nicht.«

»Weißt du was? Du bist wirklich ein Bastard, O'Rourke.«

Der altvertraute üble Geschmack breitete sich in seinem Mund aus. »Das wurde mir bereits des Öfteren mitgeteilt.«

»Nimm's dir nicht zu Herzen.«

»Warum interessierst du dich für mich?«

»Weil du ein Teil der Familie bist – der interessante Teil«, sagte sie frei heraus. »Deshalb will ich dich näher kennenlernen.«

»Warum?«, beharrte er.

Ihr Lächeln war aufrichtig. »Glaub es oder glaub es nicht, ich denke, ich mag dich.«

»Herrgott noch mal, hör auf, dir was vorzumachen!« Er hielt sein Feuerzeug an die Zigarette, und als der Tabak Feuer fing, nahm er einen tiefen, beruhigenden Zug. »Du findest mich einfach nur unterhaltsam.«

»Vielleicht, aber das genügt mir«, sagte sie, trat aufs Gas, und die Corvette schoss nach vorn. Fast hätte sie ihn angefahren.

»Mich kennenzulernen ist ein Fehler«, murmelte er, doch sie war bereits fort, die Rücklichter ihres teuren Wagens leuchteten rot am Ende der Straße. Nachdenklich kniff er die Augen zusammen und atmete den Rauch aus. Sie würde wiederkommen, daran bestand kein Zweifel. Sie hatte etwas Störrisches an sich, das ihm sagte, dass sie nicht so leicht aufgab.

Was zum Teufel sollte er nur tun?

Er irrte sich nicht. Eine Woche später tauchte sie erneut auf, wartete nach der Arbeit auf ihn, ihre Kehrseite gegen die Motorhaube des glänzenden Wagens gelehnt. Daegan hatte gerade seine Schicht beendet und machte sich auf den Heimweg.

Homer Kroft stieß ihm den Ellbogen in die Rippen. »Sieht so aus, als würdest du dir ein kleines Stückchen Oberschicht gönnen.«

»Halt die Klappe.«

»Wenn du mit ihr fertig bist –«

Daegan wirbelte herum und packte den älteren Mann beim Arm. »Hör auf damit, Mann!«, befahl er, die Zähne so fest zusammengebissen, dass es schmerzte.

»Schon gut, schon gut.« Homer hob die Hände und tat so, als würde er kapitulieren. »Himmel, Arsch und Zwirn, zisch ab!« Damit drehte er sich um und schlenderte in Richtung Bushaltestelle, während Daegan zu seiner Cousine ging, ohne auf die Pfiffe seiner Kollegen zu achten, die zum Schichtwechsel antraten.

»Ich dachte, ich hätte dir gesagt, dass du mich in Ruhe lassen sollst«, knurrte er, als er bei ihr angekommen war.
»Das kann ich nicht.«
»Warum nicht?«
Sie legte den Kopf schräg und lächelte. »Ach, keine Ahnung, vielleicht bin ich einfach die geborene Masochistin. Ich kann nicht anders, als mit Leuten rumzuhängen, die mich nicht leiden können.«
»Das habe ich nicht gesagt.« Oder doch? Er konnte sich nicht mehr erinnern.
»Dann lass mich dich zu einer Tasse Kaffee einladen oder auf einen Drink oder sonst was.« Sie öffnete die Wagentür.
Er lachte. »Darauf falle ich nicht noch mal rein.«
»Du kannst fahren«, sagte sie, hielt ihm die Schlüssel vor die Nase und ließ sie provokativ vor seinen Augen klirren.
Er wusste nicht, was er sagen sollte. Machte sie Witze? Der Wagen hatte ganz schön PS unter der Haube. Sein Mund wurde trocken vor Erregung. Seine Finger kribbelten. »Das meinst du nicht ernst.«
»Doch, natürlich.«
»Aber –« Er blickte auf seinen ölverschmierten Overall und wurde sich erneut bewusst, dass ganze Welten zwischen ihnen lagen. Worüber er im Grunde froh war.
»Mach dir keine Sorgen deswegen. Der Wagen ist eh schon schmutzig.«
Sein Herz fing an zu hämmern bei dem Gedanken, seine Finger um das Lenkrad zu legen, aufs Gas zu drücken und die Kraft zu spüren, die all die Pferdestärken mit sich brachten. Dann dachte er an seine Mutter. Die Sullivans gaben nichts, ohne eine Gegenleistung zu fordern – einen hohen Preis.
»Was willst du, Bibi?«, fragte er abrupt.
»Dich kennenlernen, mehr nicht.«

»Ach, zum Teufel, hör doch auf mit dem Scheiß!«
»Ich lüge nicht«, beharrte sie. Da berührte er sie, packte ihr Handgelenk und versuchte, in ihre Seele zu blicken, doch das Fenster war verschlossen, und das Einzige, was er spürte, war ihr rascher Pulsschlag, vermutlich weil sie hoffte, gleich etwas Wildes, Unkonventionelles zu tun, etwas, das komplett gegen Daddys Regeln verstieß.
Nervös leckte sich Daegan die Lippen, die plötzlich trocken waren. Er merkte, dass er der Macht der Versuchung nicht widerstehen konnte. *Das ist ein Fehler, O'Rourke,* meldete sich die Stimme seines Verstandes, doch das Verlangen war stärker. Er blickte ihr in die Augen und stellte fest, dass sie ihn da hatte, wo sie ihn hatte haben wollen.
»Wohin fahren wir?«, fragte er.
Ihr Lächeln war sexy und geheimnisvoll.
Voller Verheißung.
»Wohin immer du willst, Daegan. Es ist deine Entscheidung. Ich bin bloß die Beifahrerin.«

Kapitel acht

»Du blamierst dich, Schwesterchen. *En garde!*« Stuart stürzte auf Bibi los und stach ihr die Spitze seines Floretts in die Schulter. Sie wehrte ab, ihre Fechtschuhe quietschten auf dem alten Hartholzfußboden der Sporthalle.

»Wäre das etwas Neues?« Sie stieß nach vorn, versuchte, einen Vorteil zu erlangen, doch er wich ihrem Streich gekonnt aus. Wieder einmal. Verdammt. Er war gut, das musste man ihm lassen. Stuart war ihr von jeher überlegen gewesen, und zwar nicht nur beim Sport, nein, auch was Bildung, Beliebtheit, Beredsamkeit anbetraf. Stuart war mehrere Jahre älter, randvoll mit Testosteron und ihr gegenüber stets im Vorteil. Er setzte stets alles daran, seine kleine Schwester diese Überlegenheit spüren zu lassen. Soweit sie sich erinnern konnte, hatte sie sich minderwertig gefühlt. Trotzdem versuchte sie immer wieder, ihn zu schlagen, ganz gleich, um welche Herausforderung es dabei ging, und heute hatte sie sich auf diesen dämlichen Fechtkampf eingelassen. Natürlich würde sie verlieren.

»Ich habe dich mit O'Rourke gesehen«, sagte dieser jetzt und schnalzte herablassend mit der Zunge. »Du bist schlecht in Form.«

»Du hast mich gesehen?«, wiederholte sie verblüfft, während sein Florett eine hässliche Linie auf ihrem Brustschutz hinterließ. Sie hatte sich für raffiniert gehalten, war überzeugt gewesen, niemand habe etwas von ihrem heimlichen Treffen mit Daegan mitbekommen.

»Ah, ah, ah!« Mit einem letzten Hieb gewann Stuart den Kampf. »Du musst dich konzentrieren, Bibi. Lass dich nie von deinem Gegner aus dem Konzept bringen. Tut mir leid, Schwesterchen, du hast verloren.« Er nahm die Fechtmaske ab und zog die Handschuhe aus. Sein Florett fiel klappernd zu Boden. Stuart schnappte sich ein Handtuch, das an einem Haken neben dem Fenster hing, wischte sich den Schweiß von der Stirn und glättete sein für gewöhnlich ordentlich frisiertes Haar. »Was O'Rourke betrifft«, fuhr er fort, »hältst du dich besser von ihm fern. Bringt doch nur Ärger.«
»Glaub ich nicht.« Bibi berührte die Knospe ihres Floretts und bog die dünne Klinge. Sie hatte all ihren Mut aufbringen müssen, um Daegan noch einmal aufzusuchen, und seine erste Begrüßung war so warm gewesen wie der Nantucket Sound im Dezember, doch langsam taute er auf. Er hatte sich seither schon ein paarmal mit ihr auf einen Kaffee getroffen, wobei er darauf bestand, dass er bezahlte. Seine feindliche Haltung nahm ab, er gab sich nicht mehr ganz so zynisch, und ein paarmal hatte sie hinter der stets argwöhnischen Maske den Jungen gesehen, der er im Grunde war. Einen Jungen, der ihr gut gefallen hatte.
»Außerdem hat er doch eh keine Augen für mich«, log sie, ging zum Fenster hinüber und blickte durch das dicke Glas nach draußen. Die private Sporthalle erstreckte sich über das gesamte Obergeschoss ihres Hauses. Von hier aus starrte sie hinab auf den Louisburg Square, wo sich soeben die ersten blassen Sonnenstrahlen durch die ausschlagenden Zweige stahlen.
Stuart dehnte den Nacken und drehte den Kopf von rechts nach links, während Bibi ihre Maske abnahm.
»Ach, ich wette, er hat sehr wohl Augen für dich, und er weiß sehr gut, wie viel du wert bist. Er ist zwar nicht sonderlich

gebildet, aber alles andere als dumm. *Wir* sollten diejenigen sein, die keine Augen für ihn haben; wir sollten so tun, als würde er gar nicht existieren.«

»Wieso dieser plötzliche Sinneswandel?«

»Ich will nur nicht, dass du dich mit ihm einlässt.«

Sie warf ihr Haar über die Schultern. »Ich habe nicht vor, mich mit ihm oder sonst wem ›einzulassen‹.«

»Lüg nicht, Bibi.« Stuart lehnte sich mit der Schulter gegen den alten Fenstersims und rieb sich seufzend das Kinn. »Du bist eine echt schlechte Lügnerin, Schwesterherz. Außerdem habe ich dich ja mit ihm gesehen und Collin ebenfalls.«

»Collin?« Ihr Kopf fuhr herum, und sie bemerkte das hinterhältige Glitzern in seinem belustigten Blick.

»Genau. Er war nicht sonderlich erfreut, hat O'Rourke als – lass mich kurz nachdenken - ›primitiven Abschaum‹ bezeichnet, der es darauf anlegt, ›ein reiches Mädchen flachzulegen und einen Wagen zu fahren, den er sich selbst nie leisten könnte‹.«

»Wie bitte?«, flüsterte Bibi entsetzt. Es war schlimm genug, dass Stuart wusste, was sie tat, aber nicht auch noch Collin! Zumindest jetzt nicht. Bislang war nichts zwischen Daegan und ihr gelaufen. Nicht dass jemals etwas laufen würde. Doch was sie mit ihm machte, ging niemand etwas an.

»Zumindest klang es ganz ähnlich.« Er kratzte sich die Schulter. »Collin hasst den Bastard. Aus irgendeinem Grund denkt er, er könnte sein Recht als Franks Erstgeborener oder so was einfordern.« Er lächelte kalt. »Albern, nicht wahr? Genau wie sein alter Herr.«

»Du hast das Ganze ins Rollen gebracht, indem du Daegan mit ins Sommerhaus genommen hast.«

»Das war ein Riesenspaß, gib's zu. Das kollektive Entsetzen auf den Gesichtern der anderen war unbezahlbar! Ich dachte,

Alicia würde sich in ihr Seidenhöschen machen, und erst mal Collin! Verdammt, den hat ja fast der Schlag getroffen!«

»Und was war mit Daegan? Was glaubst du, wie er sich gefühlt hat!«

»Wen interessiert das? Ah! Ich verstehe. *Dich* interessiert das. Die ewige Freundin der Benachteiligten, Rächerin der Entrechteten, Verfechterin des Guten in der Welt.«

»Blödsinn.«

»Doch, das ist es, was du uns weismachen willst, nicht wahr?« Stuart schnappte sich sein Florett und verstaute es zusammen mit Bibis ordentlich in dem Glasschrank am entgegengesetzten Ende der riesigen Sporthalle. In diesem Schrank waren Waffen aller erdenklichen Formen und Größen untergebracht. Er betastete ein ganz besonders gefährlich aussehendes Messer mit einer geschwungenen Klinge.

»Du willst uns glauben machen, du verfolgtest irgendwelche hehren Ziele, dabei weißt du ganz genau, dass das Quatsch ist.«

»Ich will euch überhaupt nichts –«

»Ach, spar dir das, Bibi. Du musst mir nichts weismachen. Ich weiß genau, wie du tickst, aber ich liebe dich trotzdem.« Er verschloss den Waffenschrank und wandte ihr das Gesicht zu, auf dem wieder dieser überlegene Stell-mich-nicht-in-Frage-ich-bin-sowieso-gottgleich-Ausdruck lag, den sie inzwischen über alles hasste.

»Hast du nichts Besseres zu tun, als hinter mir herzuspionieren?«, fragte sie gereizt.

»Es ist nur zu deinem Besten, und natürlich auch zu meinem, wenn ich dich im Auge behalte.«

»Hast du Angst, ich könnte deinen Ruf schädigen?«

»Müsstest du mich nicht inzwischen kennen?« Stuart verzog die Lippen zu einem anzüglichen Grinsen. »Wenn irgendwer meinen Namen beschmutzt, dann bin *ich* das, und *ich* entscheide, wie, mit wem, wann und wo, das kannst du mir glauben.« Seine Stimme klang plötzlich schmierig, als fände er den Gedanken, eine wie auch immer geartete moralische Grenze zu überschreiten, ganz besonders verführerisch.

»Ich dachte, du wolltest ihn kennenlernen.«

Stirnrunzelnd legte sich Stuart das Handtuch um den Nacken, ließ sich auf eine Hantelbank fallen und begann mit Beinbeugen, den Blick zur Decke gerichtet. Als Kinder hatten sie in diesem Raum ihre dunkelsten Geheimnisse miteinander geteilt. Hier hatten sie gespielt, trainiert und Zuflucht gesucht, wann immer der Druck, ehrenwerte Sullivans zu sein, unerträglich wurde. Bibi hatte Ballett an der Stange geübt, bis sie zu groß und schlaksig wurde, Stuart hatte seine Tennis- und Squashschläge an der gegenüberliegenden Wand verbessert – hier, in diesem Raum, in dem sich der Schweiß von Generationen von Sullivans mit dem nach Zitrone duftenden Holzpflegemittel mischte.

Die Gewichte klackerten leise, wenn Stuart die Beine anzog und streckte.

»Ich finde, du hast nicht ganz unrecht«, räumte er auf Stuart-untypische Weise ein. »Ich würde ihn in der Tat gern kennenlernen – um herauszufinden, wie er so tickt. He, würdest du bitte noch ein kleines Gewicht auflegen – fünf Kilo, denke ich«, sagte er, und Bibi, von klein auf daran gewöhnt zu tun, was er wollte, gehorchte. »Auf irgendeine Art halte ich ihn für einen interessanten Kerl.«

Stuart fing an zu schwitzen, sein Gesicht rötete sich, während er weiterhin Gewichte stemmte. »Was denkst du, warum sich Frank seit zwanzig Jahren eine Geliebte hält, ihr Kind – seinen Bastard – jedoch völlig ignoriert? Warum dürfen wir nicht darüber sprechen, obwohl es doch allgemein bekannt ist, dass er diese … nun, diese andere ›Familie‹ hat – ein besseres Wort fällt mir gerade nicht ein. Warum lässt sich Tante Maureen nicht von ihm scheiden oder zwingt ihn, diese Schlampe aufzugeben?«

»Aus Stolz.«

»Aus Dummheit, wenn du mich fragst.«

»Vielleicht gönnt sie sich selbst den einen oder anderen Geliebten«, grübelte Bibi, und Stuart lachte laut auf.

»Kannst du dir Maureen vorstellen, wie sie es mit jemandem treibt? Für mich grenzt es an ein Wunder, dass sie drei Kinder hat, denn das setzt voraus, dass sie mindestens dreimal Sex mit Frank hatte.« Angewidert verzog er das Gesicht und näselte mit hoher, schriller Stimme: »Wie verdorben!«

»Hör auf, Tante Maureen auf die Schippe zu nehmen«, sagte Bibi tadelnd, doch sie konnte sich das Grinsen nicht verkneifen. Ihre Tante hatte tatsächlich einen Stock im Hintern. »Du bist doch hier der Perverse!«

»Klar, aber ich muss noch daran arbeiten. Frank dagegen ist schon so zur Welt gekommen – vielleicht ist das so etwas wie eine Gabe. Eine Gottesgabe.«

»Du bist echt schrecklich«, zog sie ihn auf. Stuart warf ihr einen so durchdringenden Blick zu, dass ihr fast das Herz stehenblieb. Manchmal hatte sie das Gefühl, er könne ihre Gedanken lesen, hinter die Mauern blicken, die sie so sorgfältig errichtet hatte, und selbst in den dunkelsten Teil ihrer Seele vordringen.

»Du bist doch auch verdorben, Bibi. Und damit nicht genug: Du bist genauso pervers wie wir anderen.« Sein Lächeln verschwand, plötzlich war er todernst.

»Jetzt dreh den Spieß mal nicht um –«

»Du kannst ihn nicht haben.«

Ihr Herz setzte für einen Schlag aus.

»Das ist unmöglich. Praktisch Inzest.« Er spuckte ihr das Wort

vor die Füße, als würde es einen schlechten Geschmack im Mund hinterlassen. »Ich denke, er fasziniert dich, weil er für dich die verbotene Frucht darstellt, du weißt schon, Eva im Garten Eden mit der Schlange und dem Apfel.«
»Und wie passt du in dieses Szenario?«
»Ich bin natürlich die Schlange.«
»Und Daegan ist der Apfel?«
»Richtig … und Collin ist Adam.«
»Sei nicht albern«, sagte sie und wurde rot.
»Nimm dich einfach vor diesem Bastard O'Rourke in Acht.«
»Er tut mir leid, okay?«, log Bibi und warf ihre Haare zurück.
»Er tut dir leid? Warum um alles auf der Welt tut er dir leid?«
»Weil er arm ist.«
»Dafür ist er frei.«
»Frei?«
»Ja, zur Hölle. *Er* trägt nicht die Verantwortung auf den Schultern, ein Sullivan zu sein. *Er* muss nicht nach jemandes Pfeife tanzen, er hängt in Billardkneipen und Bars herum, bis er rausgeschmissen wird, kann seine Zeit verbringen, wie er will, und muss nicht darüber nachdenken, mit wem er verkehrt.« Mit einem lauten *Klang!* ließ Stuart die Gewichte fallen. »Das ist Freiheit. Etwas, das du und ich nie empfinden werden.«
»Aber er hat kein Geld.«
»Vielleicht braucht er keins. Vielleicht ist Geld nur eine Falle, um einen Menschen bei der Stange zu halten.«
»Augenblick mal. Seit Jahren redest du mir ein, dass Wohlstand mit Freiheit gleichzusetzen ist!«
Stuart stand auf, schnappte sich sein Handtuch und ging zur Tür. Bibi folgte ihm dicht auf den Fersen.
»Ich hasse es, das zuzugeben, aber es ist durchaus möglich, dass ich mich geirrt habe«, sagte Stuart. »Nur ein einziges Mal, eine Woche vielleicht, würde ich gern spüren, wie es ist, mein

eigener Herr zu sein – arm wie eine Kirchenmaus, aber in der Lage, eigene Entscheidungen zu treffen. Nur ein einziges Mal«, fuhr er sehnsüchtig fort, »würde ich Dad gern sagen, er könne mich mal am Arsch lecken.«
Bibi traute kaum ihren Ohren. Stuart drückte sich hinter dem Rücken seines Vaters gern vulgär aus, aber so vehement, so zornig, war er ihr noch nie erschienen.
»Warum machst du dann einen solchen Wirbel darum, dass ich mich mit Daegan treffe?«, fragte sie, während sie die Treppe hinunterliefen.
»Weil du dich *zu* sehr in die Sache verrennst. Deine Objektivität verlierst. Den ganzen Winter über hast du dich heimlich mit ihm getroffen. Anstatt ihn nüchtern-sachlich zu betrachteten – wie ein Laborstück –, fängst du an, ihn zur Familie zu zählen ... wenn er dir nicht gar mehr bedeutet. Womöglich kommt er noch auf dumme Gedanken.«
»Ich finde ihn interessant, das ist alles.«
»Aber sicher!« Stuart blieb auf dem unteren Treppenabsatz stehen, drehte sich um und schaute Bibi auf der Stufe über ihm direkt ins Gesicht. »O'Rourke ist gefährlich. Wenn du schlau bist, solltest du dich von ihm fernhalten.«
»Und du solltest aufhören, mir nachzuspionieren.«
»Tatsächlich?« Er musterte sie von oben bis unten, dann sagte er leise: »Sei vorsichtig, Schwesterchen, du spielst mit dem Feuer.«
»Richtig, Stu, und du kannst mich nicht davon abhalten.«
Er zog eine Augenbraue hoch und schnalzte mit der Zunge. »Willst du mich herausfordern, Bibi? *Du* willst mich herausfordern? Hast du denn immer noch nichts gelernt?« Seine Augen funkelten vor grimmiger Vorfreude. »Ich verliere nie, das solltest du doch inzwischen wissen.«

*

»Frank kommt heute Abend vorbei, und es wäre nett, wenn du hierbleiben würdest.« Mary Ellen saß auf dem verschossenen Polstersessel vor ihrem Frisiertisch und drehte den Kopf in Daegans Richtung, während sie ihre Haare hochzwirbelte und am Hinterkopf feststeckte. Das Radio dudelte leise, ein Neil-Diamond-Song hallte durch die kleinen Zimmer.

»Warum sollte ich bleiben?« Nicht dass ihn die Antwort wirklich interessierte.

»Wir müssen einiges besprechen. Du bist fast fertig mit der Highschool; es ist Zeit, übers College nachzudenken, und Frank hat versprochen –«

»Ich will sein Geld nicht.«

»Fang nicht an, mit mir zu streiten«, warnte sie ihn. »Er zahlt ein Vermögen, damit Collin nach Harvard gehen kann –«

»Das ist etwas anderes.«

»Du bist sein Sohn.«

»Bin ich nicht!«, widersprach er ihr barsch. »Kapierst du's nicht? Mein Gott, Ma, was ist daran bloß so schwer zu verstehen? Er erhebt keinen Anspruch auf mich, und ich will ihn nicht.« Der Neil-Diamond-Song endete, es folgten die Lokalnachrichten.

»Papperlapapp.« Mary Ellen stellte das Radio aus.

»Ich meine es ernst, Ma. In der Sekunde, in der ich achtzehn werde, bin ich hier raus. Wir haben bereits darüber gesprochen.«

»Aber ich dachte nicht, dass du es tatsächlich so meinst.« Sie steckte ihre großen Goldkreolen durch die Löcher in ihren Ohrläppchen und warf ihm einen verletzten Blick zu, doch Daegan ließ sich nicht erweichen. Diesmal nicht. Es war besser, wenn er ging – besser für sie, besser für Bibi, besser für ihn. Das Leben war verwirrender denn je. Er steckte seinen Hausschlüssel ein und griff nach seiner Jacke.

»Geh nicht«, bettelte seine Mutter verzweifelt.

»Ich muss«, sagte er, drehte sich um und sah im Spiegel den Schmerz in ihren Augen. Sie hatte Angst. Angst davor, ihren einzigen Sohn zu verlieren, Angst, dass der Mann, von dem sie sich nun fast zwanzig Jahre lang misshandeln ließ, sie verließ, wenn sein illegitimer Sohn auf eigenen Füßen stand. Die goldene Kette, an die sie Frank Sullivan gelegt hatte, würde nicht länger halten, doch Daegan war der Ansicht, dass dies das Beste für sie alle wäre.

Er trat gerade auf die Wohnungstür zu, als diese mit einem Ruck aufgestoßen wurde und der Fluch ihres Lebens höchstpersönlich ins Zimmer marschiert kam. Mit zornrotem Gesicht und bebenden Nasenflügeln warf er seiner Geliebten durch die offene Schlafzimmertür einen raschen Blick zu, bevor er sich auf Daegan einschoss. »Für wen zum Teufel hältst du dich?«

»Frank?« Die Stimme seiner Mutter zitterte. Daegan, der die bevorstehende Auseinandersetzung roch, ging blitzschnell auf die Fersen. Sollte es tatsächlich zu dem längst überfälligen Kampf zwischen ihm und seinem alten Herrn kommen, wäre er vorbereitet.

Mary Ellen trat aus dem Schlafzimmer. »Frank, Liebling, bitte –«

»Lass ihn doch ausreden«, sagte Daegan mit gefährlich ruhiger Stimme.

»Weißt du, was der Junge getan hat?«, brüllte Frank, die Augen auf Mary Ellen gerichtet. »Na? Hast du auch nur die leiseste Ahnung? Ich werde es dir sagen: Er hängt mit Roberts Tochter herum! Ist letzten Winter sogar in dem Haus am See aufgetaucht und hat Collin und die Mädchen belästigt.« Er deutete mit seinem fleischigen Daumen auf seine Brust. »Meine Kinder. Weißt du, was Maureen getan hat, als sie davon

Wind bekam?« Er drohte Daegan mit der Faust. »Sie hat mit ihrem Anwalt geredet, einem der besten Scheidungsanwälte in ganz Manhattan! Du weißt, was das bedeutet?«
Mary Ellens Gesichtsausdruck änderte sich. Hoffnung flammte in ihren Augen auf. »Dass du endlich frei sein wirst.«
»Ja, frei und bankrott. Sie wird mir das letzte Hemd ausziehen.«
»Aber dann könnten wir endlich zusammen sein. O Frank!«
Er starrte sie an, als hätte sie soeben behauptet, Besuch von kleinen grünen Männchen zu bekommen. »Bist du verrückt? Glaubst du, das ist es, was ich will? Dich heiraten? Ach du lieber Himmel, Frau, manchmal könnte ich schwören, dass du kein Gehirn in deinem hübschen Köpfchen hast. Ich habe dir doch wieder und wieder erklärt, dass eine Heirat für mich außer Frage steht!«
Daegan spürte, wie Hass in ihm aufstieg.
Mary Ellen stand da, in ihrem besten grünen Kleid, das Haar frisch gewaschen und gebürstet. Ihre Augen glänzten. »Ich … ich verstehe nicht recht«, sagte sie mit brüchiger Stimme, doch alle im Zimmer wussten, dass das eine Lüge war.
»Ma, vergiss es.«
»Natürlich verstehst du es, Baby. Du verstehst es, du willst es bloß nicht wahrhaben. All die Jahre hast du hier in dieser miesen kleinen Wohnung gesessen und darauf gewartet, dass etwas zwischen Maureen und mir passiert, dass es aus ist zwischen uns, doch selbst wenn das der Fall sein sollte, würde sich hier nichts ändern.« Ein Muskel an Franks Kiefer zuckte heftig, als sei er ein wildes Tier, das sich gegen die Käfigtür warf. »Ich erklär's dir jetzt ein letztes Mal, damit auch du es endlich kapierst: Maureen wird dich und ihn« – er deutete auf Daegan – »so lange tolerieren, wie ihr euren Platz kennt, euch ruhig verhaltet und meinem Haus und meinen Kindern fernbleibt. Es

ist ihr völlig gleichgültig, ob ich mich mit dir oder einer anderen um den Verstand vögele, solange –«

Mary Ellen schnappte protestierend nach Luft.

»– das nicht vor ihren Augen geschieht. Aus dem Grund solltet du und dein Sohn besser nicht –«

»Stopp«, knurrte Daegan und baute sich vor dem Mann auf, der ihn gezeugt hatte.

»Hast du was gesagt, Junge?«

»Ich sagte, du sollst aufhören, meine Mutter anzuschreien, und abhauen.«

»Daegan, nicht«, warnte Mary Ellen.

»*Ich* soll abhauen? Na, das ist lustig. Wirklich lustig.« Frank schüttelte den Kopf, als könne er die Dummheit des Jungen nicht fassen. »Ich sag dir mal was, Bursche: *Ich* bezahle diese Wohnung, kapiert? *Ich* bezahle die Miete, deine Schule, *ich* kaufe deiner Ma ein neues Kleid oder neue Unterwäsche, wenn sie welche braucht. Ich bin gut zu ihr.«

»Unsinn.«

Frank trat einen Schritt auf ihn zu. »Mary Ellen, du solltest deinem Sohn lieber klarmachen, dass er die Klappe halten soll.«

»Raus«, sagte Daegan, ohne einen Zentimeter zurückzuweichen. So nahe war er seinem Vater noch nie gewesen, und er war fest entschlossen, keinen Rückzieher zu machen. Diesmal nicht.

»Ich werde nirgendwohin gehen.«

»Natürlich nicht, Frank«, sagte Mary Ellen und griff nach seinem Arm. »Du bist doch gerade erst gekommen, Liebling.«

Daegans Magen fing an zu brennen, er ballte die Fäuste.

Frank schüttelte Mary Ellens Hände ab. »Weißt du, Bursche, ich darf verdammt noch mal tun, was ich will, denn ich kann euch beide nicht nur hochkant hier rauswerfen lassen, ich kann

auch deine Ma feuern und dafür sorgen, dass sie kein Zeugnis bekommt, damit niemand anderes sie einstellt. Das kann ich – ich kann euch euer erbärmliches Leben zur Hölle machen.«
»Das tust du doch längst«, sagte Daegan, unfähig, sich zu beherrschen.
»Du undankbarer kleiner Scheißer, ich sollte dir ein wenig Respekt einpeitschen!«
»Und ich sollte dir die Eier abschneiden.«
»Nein! Ach du liebe Güte, nicht doch! Hör auf, Daegan!«, flehte Mary Ellen. »Du weißt nicht, was du da sagst.« Panisch wandte sie sich an Frank. »Er ist doch noch ein Junge.«
»Ja, ein Junge, dem ich eine längst überfällige Lektion erteilen sollte.«
»Nein, nein! Nicht! Bitte hört auf«, flüsterte Mary Ellen. Sie fing an zu weinen, Tränen und schwarze Wimperntusche liefen ihr übers Gesicht, doch Daegan konnte den Zorn, der seit Jahren in ihm brannte, nicht länger unterdrücken.
Er stürzte sich auf Frank Sullivan, prallte mit voller Wucht gegen den massigen Körper seines Vaters. Sie taumelten gegen die Wand. Ein Stuhl wurde aus dem Weg getreten. Frank brüllte. Mary Ellen kreischte.
»Du kleiner Scheißkerl!« Franks Körper war muskulös und schwer, gestählt von stundenlangem Training in der Sporthalle. Seine Faust krachte in Daegans Gesicht. Ein linker Haken ließ Daegans Kopf nach hinten schnellen und hart gegen die Wand prallen. Der Putz bröckelte. Mary Ellen wimmerte. Der metallische Geschmack von Blut füllte Daegans Mund.
»Aufhören!«, schrie seine Mutter. »Um Himmels willen, Frank, bitte!«
Benommen drehte sich Daegan um und versuchte, einen Treffer zu landen, doch Frank verpasste ihm zwei Schläge in die Magengrube. Daegan krümmte sich, und Frank trat ihm mit

voller Wucht zwischen die Beine. Er unterdrückte einen Schrei und drängte die Tränen zurück, die ihm in die Augen schossen. Trotz der kaum zu ertragenden Schmerzen in seinem Schritt und trotz seines hämmernden Kopfes rappelte er sich hoch und blieb mit weichen Knien stehen.

»Daegan, nicht. Frank, bitte –« Mary Ellen schluchzte laut und hysterisch, während Frank mit lodernden Augen seinen Sohn umkreiste.

»Wurde wirklich Zeit, dass dich mal jemand in die Schranken weist! Das hätte ich schon längst tun sollen, deine Ma ist dazu ja scheinbar nicht in der Lage.«

»Na los, mach schon«, provozierte Daegan, der bereits spürte, wie seine Lippe anschwoll. »Das hast du dir doch seit Jahren gewünscht!«

»Dämlicher Bengel!«

»Komm schon!« Daegan prügelte auf seinen Vater ein, doch Frank duckte sich weg.

»Bitte nicht, lieber Gott – Frank, Liebling, nein!«, flehte Mary Ellen.

»Ich hab versucht, ihr auszureden, dass sie dich bekommt«, fauchte Frank. »Kannte da so 'nen Doktor, der uns aus der Misere geholfen hätte, aber die verfluchte Kirche verbietet Abtreibungen, und ich will nicht riskieren, in die Hölle zu kommen, schon gar nicht deinetwegen. Aber du«, wandte er sich keuchend an Mary Ellen, »du hättest ihn weggeben sollen, wie ich es dir gesagt habe. Hätte uns beiden jede Menge Peinlichkeiten erspart.«

»Zum Teufel mit dir!«, brüllte Daegan.

»Lass mich eines klarstellen, Bursche: Du bist nicht mein Sohn, und du wirst niemals mein Sohn sein. Habe ich mich klar ausgedrückt? Deine Mutter ist meine Hure, mehr nicht.«

»Nein, Frank, das meinst du doch nicht so«, wimmerte Mary

Ellen, dann fuhr sie Daegan an: »Das alles ist nur deine Schuld, du hast ihn angestachelt!«

Frank war noch nicht fertig. »Sie tut, was ich will, wann ich es will und wie ich es will. Eine brave Frau. Kennt ihren Platz. Ich kümmere mich um sie, und sie dankt mir dafür.« Seine Worte klangen so, als würde er tatsächlich meinen, was er sagte. »Du dagegen, du bist mir vom Tag deiner Geburt an auf den Wecker gegangen. Dagegen kann ich nichts tun, aber ich kann dafür sorgen, dass du dich von meinen Kindern fernhältst. Was du mit Roberts Kindern machst, ist mir egal, aber meine gehen dich nichts an, klar?«

»Halt du dich von meiner Ma fern.«

»Daegan, hör auf!«, schluchzte Mary Ellen.

»Was sagst du da?«, brüllte Frank. »Hast du's immer noch nicht kapiert, Bursche? Ohne mich ist deine Ma ein Nichts, eine hübsche Frau, die älter wird – eine Frau mit einem unehelichen Balg, die kein anderer anständiger Mann ansehen würde. Wenn ich sie nicht aushalte, tut es irgendein anderer Kerl – der vielleicht nicht so nett ist wie ich. Wenn ich nicht wäre, wäre sie eben die Hure eines anderen.«

Daegan holte erneut aus, und diesmal landete er einen schmerzhaften Schlag in Franks Gesicht, dessen Wucht ihm durch den gesamten Arm ging. Blut spritzte aus Franks Nase. Frank schrie auf vor Schmerz und Zorn, dann stürzte er sich auf Daegan und drosch so heftig auf ihn ein, dass Daegan seine Rippen krachen hörte. Wie ein blutverschmierter Schwergewichtsboxer plazierte Frank Hieb um Hieb, Mary Ellens Schreie und das Geräusch lauter werdender Stimmen vor der Wohnungstür ignorierend.

Daegan spuckte auf seinen Vater.

Frank fluchte und packte ihn am Jackenkragen. »Du dämlicher kleiner Bastard!«

Knack! Neuerlicher Schmerz durchfuhr Daegan, als die Faust seines Vaters in seinem Gesicht landete und ihm die Nase brach. Blut sprudelte. Von der Wucht des Schlags wirbelte Daegan herum, prallte gegen die Wand und rutschte zu Boden. »Du stehst besser nicht mehr auf«, stieß Frank keuchend hervor.

Daegan rappelte sich auf Hände und Knie.

Mary Ellen schrie.

»Du lernst es wohl nie, Bursche!«

Schwer atmend zerrte Frank seinen ungewollten Sohn auf die Füße. Daegans Beine fühlten sich an, als seien sie aus Gummi. Frank lachte. »Tja, bist wohl doch nicht so stark, wie du denkst!«

Seine Mutter taumelte aus der Zimmerecke, in die sie sich zurückgezogen hatte, und klammerte sich wimmernd an den Arm ihres Liebhabers, um ihn davon abzuhalten, Daegan erneut zu schlagen. »Um Himmels willen, Frank, tu ihm nichts! Er ist dein Sohn, dein eigen Fleisch und Blut!«

»Hm. Dann ist es wohl auch meine Pflicht, ihn in die Schranken zu weisen. So, du mieser Rabauke, jetzt hörst du mir mal zu: Wenn du mich oder meine Familie jemals wieder auch nur anblicken solltest, bringe ich dich um!«

»Versuch's doch«, stieß Daegan mit klappernden Zähnen hervor, dann bespuckte er seinen Vater erneut. Blutiger Speichel landete mitten in Franks wutverzerrter Visage.

Frank ballte die Faust und schlug sie Daegan ins Gesicht. Daegan stürzte zu Boden.

»Du hast ihn umgebracht!«, kreischte Mary Ellen. »O Gott, Frank, was hast du nur getan? Baby, o Baby!« Sie ging neben Daegan auf die Knie und streichelte ihn, ihre Tränen fielen auf sein Gesicht.

»Lass ihn«, befahl Frank.

»Aber er ist verletzt –«

»Lass ihn, habe ich gesagt.«

Daegan wurde schwarz vor Augen. Als er wieder etwas erkennen konnte, sah er, wie Frank seine Mutter auf die Füße riss.

»Ich bin aus einem ganz bestimmten Grund hier. Und genau dazu sollten wir jetzt kommen.«

»Ich kann nicht! Nicht jetzt – Daegan braucht einen Arzt!« Leichenblass und verängstigt starrte sie Frank mit weit aufgerissenen Augen an. »Wir müssen ihm helfen!«

»Du musst dich um mich kümmern«, erinnerte er sie. »Der Junge wird schon wieder. Er ist völlig außer Kontrolle geraten, Mary Ellen, jemand musste ihm eine Lektion erteilen.«

»Nein, Frank, ich kann nicht –«

Er schubste sie ins Schlafzimmer. »Das höre ich schon zu Hause«, knurrte er und trat mit dem Fuß die Tür hinter sich zu, doch Daegan konnte ihn trotzdem verstehen. »Von dir erwarte ich ›Ja!‹, und ›Was immer du willst, Liebling‹.«

»Aber Daegan –«

Klatsch. Das Geräusch, gefolgt von einem erstickten Aufschrei, hallte durchs Zimmer.

»Frank, nicht!« *Klatsch.* Ein weiterer Aufschrei.

Mühsam rappelte sich Daegan hoch. Hustend und Blut spuckend dachte er an die Pistole, die er zwischen den Polstern der Schlafcouch versteckt hatte.

Klatsch! Klatsch! Klatsch!

Seine Mutter schrie, und Frank ließ irgendwelche wüsten Beschimpfungen vom Stapel. »Der Junge wird schon wieder! Je eher du dich um mich kümmerst, desto eher können wir einen Arzt rufen.«

»Nein!«

Klatsch! »Zieh dich aus.«

»Frank, was ist nur los mit dir? Wir müssen nach Daegan sehen –«

Rumms. Daegan hörte ein dumpfes Geräusch, als sei etwas zu Boden gefallen. »Ich hab gesagt, zieh deine verdammten Klamotten aus, sonst verpasse ich dir eine gehörige Tracht Prügel!«

»Das würdest du doch niemals tun«, wimmerte Mary Ellen mit vor Angst zitternder Stimme. Daegan spürte, wie ihm die Galle hochkam. Fast hätte er sich übergeben.

»Nein, bitte, tu's nicht«, hörte er seine Mutter flehen, dann das Reißen von Stoff.

»Freu dich auf den Fick deines Lebens, Baby«, knurrte Frank. Daegan kämpfte gegen die schier unerträglichen Schmerzen an, die ihm immer wieder das Bewusstsein zu nehmen drohten, krabbelte hinüber zur Schlafcouch und tastete zwischen den Polstern nach der Pistole, die er an der Innenseite des Holzrahmens festgeklebt hatte. Seine Mutter schrie und schluchzte. Daegans Schädel hämmerte, und er konnte an nichts anderes denken, als dass er dem ein Ende machen musste. Und zwar für immer. So konnte es nicht weitergehen. Jetzt oder nie.

Klatsch! Fleisch traf auf Fleisch, seine Mutter winselte wie ein verletztes Tier, doch Frank ging es offenbar besser. »Ja, das ist gut«, sagte er, und Daegan malte sich aus, was er gerade mit seiner Mutter anstellte. »O ja, Liebes, o Gott, ja, das ist es … o Gott!« Die Matratzenfedern fingen an zu quietschen, schneller und schneller.

»Nein!«, wollte Daegan rufen, doch seine Stimme war nicht lauter als ein Flüstern. Er kam sich so machtlos vor, unfähig, der Frau zu helfen, die ihn auf die Welt gebracht hatte. Er biss die blutigen Zähne zusammen, schloss seine klebrigen Finger um die Waffe und zog sie aus ihrem Versteck hervor, dann kroch er über den Fußboden, penibel darauf bedacht, kein Geräusch zu machen.

Die Schlafzimmertür war unverschlossen. Noch immer auf allen vieren quälte er sich über die Schwelle und sah seinen Vater, der halb ausgezogen ächzend und grunzend wie ein brünftiges Tier in seine Mutter stieß. Ihr bestes grünes Kleid hing in Fetzen an ihr herab, in ihren Augen standen Tränen, ihr Gesicht verfärbte sich bereits von den Schlägen, die er ihr verpasst hatte. Daegan zog sich am Türrahmen hoch und blieb auf wackeligen Beinen stehen. Er sah den Schmerz in ihrem Gesicht, die Hoffnungslosigkeit. Dann blickte sie in seine Richtung.

»Daegan, nein!«

Frank erstarrte. »Was zum Teufel –«

Mary Ellen stieß einen gellenden Schrei aus.

Frank fuhr herum und sah Daegan am Türrahmen lehnen, eine Waffe in den zitternden Händen. Eine Waffe, die auf ihn gerichtet war. Furcht verzerrte seine Züge.

»Um Himmels willen, Junge, was tust du da?« Hastig rappelte er sich hoch, schloss seine Hose und machte Anstalten, vom Bett zu klettern.

Jemand pochte an die Wohnungstür. »He – was geht da drinnen vor?«, ließ sich eine männliche Stimme vernehmen.

Mary Ellen riss die Decke hoch und bedeckte ihre Brüste. »Daegan, tu's nicht, lass die Waffe sinken!«, kreischte sie und ließ sich, eingewickelt in einen Wirrwarr aus Bettlaken, von der Matratze auf den Fußboden fallen. »NEIN!«

Daegan drückte ab.

Kapitel neun

Wumm!

Der Schuss dröhnte durch die Wohnung.

Frank hechtete von der Matratze. Die Kugel pfiff haarscharf neben seinem Kopf vorbei und zersplitterte das alte Eichenkopfbrett von Mary Ellen O'Rourkes Doppelbett.

Mit einem dumpfen Knall, die Beine in den schweißgetränkten Laken verheddert, schlug Frank auf dem Fußboden auf. Seine Augen sprühten vor Zorn und Entsetzen.

Mary Ellen jammerte laut.

Jemand hämmerte an die Wohnungstür. »He! Was geht da drinnen vor? Cy, ruf die Bullen! He, sind Sie okay, Mary Ellen? Mary Ellen!«

Frank versuchte unbeholfen, sich hinter der Kommode in Sicherheit zu bringen. »Bring ihn zur Vernunft, Mary Ellen, bring den Burschen um Himmels willen zur Vernunft!« Die Augen vor Furcht weit aufgerissen, starrte er Daegan an. »Tu's nicht, Junge! Sag ihm, er soll aufhören, Mary Ellen! Oh, mein Gott, er soll aufhören, bevor er uns umbringt!«

»He!«, ertönte es von draußen. »Miss O'Rourke, was ist los? Ist alles in Ordnung mit Ihnen?« Weitere Stimmen wurden laut.

»Verflucht!«, brüllte Frank. »Klingt, als stünde ein ganzes Bataillon vor der Tür!«

Daegans Mutter lag zitternd vor dem Bett, die abgenutzte Bettdecke fest um sich gezogen, und schluchzte jämmerlich.

Daegan trat einen Schritt auf sie zu, doch ihre Lippen verzogen sich voller Entrüstung. Frank rappelte sich hoch. »Ich sollte dich vor Gericht bringen, Bursche!«

»NEIN!«, heulte Mary Ellen.

Plötzlich war das Geräusch von Axthieben und splitterndem Holz zu vernehmen.

»Herrgott noch mal, und nun?« Frank zog den Reißverschluss seiner Hose hoch und blickte verstohlen zum Fenster.

In der Ferne ertönten Sirenen.

»Die Polizei«, flüsterte Mary Ellen.

»Ich muss hier raus.«

Krach! Das Schloss gab nach. Schritte polterten durch die Wohnung. Daegan funkelte seinen Vater an und merkte erst jetzt, dass seine Augen vor Tränen brannten. »Lass meine Mutter in Ruhe, du kranker Scheißkerl!«

»Nein, Frank, bitte geh nicht«, wimmerte Mary Ellen zutiefst gedemütigt, und kauerte sich noch enger unter der Bettdecke zusammen.

Mike O'Brien, ein großer, vierschrötiger Mann mit dichtem rotem Haar und Bart, stürmte ins Zimmer. Als Rausschmeißer der Cat O'Nine Tails Tavern war er an plötzliche Gewaltausbrüche, Streitereien, Handgemenge, Messerstechereien und sogar gelegentliche Schießereien gewöhnt.

»Himmelherrgott, was ist denn hier passiert?« Die fleischigen Hände in die Hüften gestemmt, ließ er den Blick über das Chaos in Mary Ellens Schlafzimmer wandern, bis er an Frank hängenblieb, der in einer Ecke kauerte. »Ach, wenn das nicht Mr. Großkotz ist. Sieht so aus, als würdest du ganz schön in der Scheiße stecken, und du –« Er sah zu Daegan. »Was hast du dir dabei gedacht, Junge?«

Das Sirenengeheul kam näher, und Frank spürte, wie er anfing zu schwitzen. »Bloß keine Polizei. Wenn Robert herausfindet –«

»Jetzt haste Schiss, was?« Mike wandte sich Daegan zu. Er legte ihm eine große Hand auf die Schulter. »Schade, dass du danebengeschossen hast, Junge«, sagte er, dann ging er zum Kleiderschrank, nahm Mary Ellens Chenille-Morgenmantel heraus und warf ihn ihr zu. »Du ziehst dir besser was an, Mädchen. Ich denke, du wirst den Bullen ganz schön was zu erklären haben. Du auch, du armseliger Scheißkerl«, fügte er, an Frank gewandt, hinzu und scheuchte die beiden Männer aus dem Schlafzimmer, damit sich Mary Ellen den Morgenmantel überziehen konnte. Im Wohnzimmer hatte sich bereits eine kleine Menschenmenge versammelt, Gaffer von der Bar unten im Haus. Gleich würde die Polizei die Treppe heraufstürmen.

Daegan ließ sich mit geschwollenem Gesicht und hämmerndem Kopf auf seine Bettcouch fallen. Die Sekunde, in der er abgedrückt hatte, war für ihn wie eine Erleuchtung gewesen. Er hatte seinen Vater töten oder zumindest zum Krüppel machen wollen, doch er hatte sein Ziel verfehlt. Jetzt wurde ihm klar, dass er um ein Haar sowohl sein Leben als auch das seiner Mutter ruiniert hätte. Wäre es ihm gelungen, den Tyrannen umzubringen, wäre er im Gefängnis gelandet und Mary Ellen O'Rourke stünde auf der Straße.

Die Drohung, Daegan anzuzeigen, machte Frank nicht wahr. Stattdessen schluckte er seinen Stolz hinunter und rief seinen Bruder an. Dreißig Minuten später, um zwei Uhr morgens, kam Robert Sullivan ins Zimmer gestürzt, im dreiteiligen Anzug, gestärkten Hemd und mit tadellos gebundener Krawatte. Sein graumeliertes Haar war sorgfältig frisiert, und er duftete nach einem teuren Aftershave. Durch und durch der kühle Geschäftsmann, taxierte er seinen Bruder mit eisigem Blick und verhielt sich anständig Mary Ellen und Daegan gegenüber, was jedoch vermutlich an der Gegenwart der Polizisten lag.

Ein Strafverteidiger, glatt wie die Aale in der Massachusetts Bay, begleitete ihn.
Während Mary Ellen rauchte und mit ihrer sanftesten Stimme Fragen beantwortete, gab sich Robert aufmunternd und freundlich, er bedachte Daegan sogar mit einem mitfühlenden Lächeln, das dieser ihm nicht abnahm. Ihm entging nicht, wie der große Firmenbesitzer alle im Zimmer manipulierte.
Benommen lauschte Daegan Roberts besorgter, ach-so-einfühlsamer Stimme, sah, wie dieser den Kopf schüttelte und von einem »unglücklichen Missverständnis« sprach.
»Ein Unfall ... eine tragische Verkettung der Umstände, die wir alle schnellstmöglich vergessen sollten ... der arme Junge ... wird langsam erwachsen ... Sie wissen schon. Zum Glück ist niemand ernsthaft zu Schaden gekommen.«
Mit einem Griff in seine tiefen Taschen beschwichtigte Robert die Polizisten und die Schaulustigen, die noch geblieben waren. Mike O'Brien sah zunächst so aus, als wolle er die Hundert-Dollar-Note nicht annehmen, doch dann siegte die Gier. Mit einem verlegenen Blick auf Mary Ellen steckte der Rausschmeißer des Cat O'Nine Tails den zusammengefalteten Schein in die Tasche seines Overalls.
Noch immer innerlich zitternd, wusste Daegan instinktiv, dass er eine unsichtbare moralische Grenze überschritten hatte. Als er die Achtunddreißiger nahm, hatte er die Fesseln seiner Kindheit abgelegt und war ein Erwachsener geworden. Nie wieder würde sein Leben so sein wie zuvor.
Von jetzt an war er auf sich selbst gestellt. Er würde seinen eigenen Weg beschreiten, nach seinen eigenen Regeln spielen und all die bisher gültigen Gebote von Gott, Staat, Mutter und der Familie Sullivan mit Füßen treten. Von jetzt an wäre er sein eigener Herr, in der Lage, eine Knarre auf seinen Vater zu richten, bereit, die Konsequenzen für sein Handeln zu tragen.

Nachdem die Polizei und Frank, begleitet von seinem stumm schäumenden Bruder, abgezogen waren, begann Daegan zu packen. Mary Ellen unternahm nicht einmal den Versuch, ihn aufzuhalten, setzte sich auf einen Stuhl am Küchentisch, rauchte und beobachtete ihn mit einem verletzten Blick. Sie sah alt und verhärmt aus mit ihren zerrauften Haaren und dem verschmierten Make-up. Als sie die Beine übereinanderschlug, bemerkte Daegan, dass ihre einst so schlanken Fußknöchel von der jahrelangen harten Arbeit dick und geschwollen waren.

Seine Mutter drückte ihre Zigarette in dem alten Aschenbecher aus, den er auf einem Jahrmarkt beim Holzentenschießen gewonnen hatte. Im Grunde war er froh, dass er sein Ziel verfehlt und Frank nicht umgebracht hatte. Mary Ellen schien sich gerade ein wenig gefangen zu haben, doch als er seinen Matchbeutel über die Schulter hängte und sich ein letztes Mal zu ihr umblickte, schluckte sie mühsam und presste die Lippen aufeinander.

»Ich rufe dich an.«

»Wenn du meinst.« Sie klang niedergeschlagen.

»Bestimmt.«

Sie glaubte ihm nicht, das konnte er ihren Augen ablesen, auch wenn er keinen Einblick in ihre Seele hatte. Ihre Schultern sackten hinab, und er nahm an, dass sie noch immer unter Schock stand, weil er versucht hatte, den Mann zu töten, den sie liebte. Als er sie sanft an der Schulter berührte, schloss sie die Augen und biss die Zähne zusammen. Er streifte mit den Lippen ihre Wange, und sie stöhnte leise, doch sie machte keine Anstalten, ihn festzuhalten. Auf hölzernen Beinen marschierte er zur Tür hinaus, die Mike O'Brien notdürftig mit einer alten Sperrholzplatte repariert hatte.

Unglaublich.
Daegan O'Rourke hatte das Unfassbare getan und sich gegen einen Sullivan aufgelehnt.
Hatte versucht, ihn zu ermorden.
Obwohl offiziell kein Wort an die Öffentlichkeit gelangte, verbreitete sich das Gerücht, O'Rourke habe auf Frank geschossen, rasend schnell in den heiligen Hallen der Sullivan-Landgüter und repräsentativen Stadthäuser. Offenbar hatte der Bastard ein aufbrausendes Temperament und neigte zu Gewalttätigkeiten.
Die Sache war gerade noch mal gutgegangen, aber es war ja von Anfang an klar gewesen, dass der Bastard nichts als Ärger machen würde.
Zu schade, dass man ihn nicht verhaftet hatte. Es wäre eine wirkliche Erleichterung gewesen, ihn hinter Gittern zu wissen, sein Gesicht die nächsten zehn, zwanzig Jahre nicht mehr sehen zu müssen, wenngleich ein solches Vorgehen in dieser Geschichte natürlich unmöglich gewesen wäre. Frank hätte vor Gericht aussagen müssen, so dass man die Tatsache, dass Daegan sein außerehelicher Sohn war, nicht länger hätte vertuschen können. Die gesellschaftlichen Konsequenzen wären weit schlimmer gewesen als das Wissen, dass der Schütze das Weite gesucht hatte.
Dennoch, es war geradezu grotesk, dass ein Junge, der keinerlei Recht hatte, sich den Sullivans zu nähern, eine solche Macht besaß. Die Macht, die Familie in Verlegenheit zu bringen. Die Macht, sich in ihre Angelegenheiten einzumischen. Die Macht zu töten. Man konnte nur hoffen, dass Daegan seine Lektion gelernt hatte, dass er Frank Sullivan und seiner Familie nie wieder in die Quere kommen würde.
So weit, so gut. O'Rourke hatte sich aus dem Staub gemacht, galt seit dem Zwischenfall als verschollen. Nicht dass sich je-

mand die Mühe gemacht hätte, nach ihm zu suchen. Seine eigene Mutter, Mary Ellen O'Rourke, die einzige Person, der er überhaupt etwas bedeutet hatte, schien zu akzeptieren, dass er fort war. Weit weg von Boston und den Problemen, die er unweigerlich bekommen hätte, hätte er sich der Familie noch einmal genähert.

Daegan verbrachte die erste Nacht, nachdem er von zu Hause abgehauen war, hinter einem Müllcontainer, die nächste in einer dunklen Hintergasse in der Nähe von Shortys Billardkneipe. Frierend, schmutzig, müde und voller loderndem Hass auf den Mann, der ihn gezeugt hatte, blieb er zunächst im Süden von Boston. Nach etwa einer Woche auf der Straße, zusammengekauert in Hauseingängen oder in unversperrten Autos, war das bisschen Geld aufgebraucht, das er mitgenommen hatte, obwohl er sich nur eine Mahlzeit am Tag gönnte. Zum Glück fand er eine Wohnung über einer Tankstelle, wofür ihn der Besitzer, ein dicker Mann mit feisten Wangen und fleischigen Händen, die Zapfsäulen bedienen ließ.
Vierzig Stunden die Woche arbeitete Daegan nun an der Tankstelle, viel Zeit für die Schule blieb ihm da nicht. Es gelang ihm, gerade genug Punkte für den Schulabschluss zusammenzukratzen, und er war heilfroh, als er sein Zeugnis, ausgestellt vom Bundesstaat Massachusetts, in Händen hielt. Er hörte die Nonnen, die ihn unterrichtet hatten, einen kollektiven Seufzer der Erleichterung ausstoßen, weil er nun endlich nicht mehr ihrem ehrwürdigen Bildungssystem unterstand.
Um keinen unnötigen Aufruhr zu verursachen, hielt sich Daegan von seiner Mutter, Frank und allen aus der Familie Sullivan fern, abgesehen von Bibi. Nicht dass er ihre Gesellschaft gewollt hätte, aber sie war stur, und aus irgendeinem Grund, den er sich selbst nicht erklären konnte, hielt sie ihn

für interessant. Daegan nahm an, dass sie unter irgendeinem verqueren Schuldkomplex litt oder dass sie einfach fasziniert war von dem schwarzen Schaf der Familie.
»Ich weiß nicht, ob das klug ist«, hatte er zu ihr gesagt, als sie ihn aufgespürt hatte und kurz nach seinem Einzug in seinem schäbigen Apartment aufgetaucht war.
»Warum nicht?«
Er hatte seinen alten Matchbeutel ausgepackt, die wenigen Klamotten, die er besaß, lagen auf der schmuddeligen Matratze verstreut. »Ich fühle mich nicht gern wie ein Monster aus einer Freakshow.«
»Den Eindruck möchte ich dir auch nicht vermitteln.«
Ungläubig zog er eine Augenbraue in die Höhe. Sie stand direkt an der Tür und beäugte seine Wohnung, als wolle sie vorschlagen, diese zunächst einmal komplett mit Desinfektionsmittel einzusprühen, was vielleicht nicht das Schlechteste gewesen wäre. An der Tür platzte der uralte Lack ab, genau wie an den Fensterbänken, und brachte das alte, gammelige Holz darunter zum Vorschein. Das vergilbte Linoleum, das aussah, als sei es schon in den Zwanzigern verlegt worden, hatte Risse und wellte sich in den Ecken. Waschbecken, Dusche und Toilette waren fleckig von Urin, Kalk und Rost.
Es war nicht das Ritz, aber es genügte ihm. Zumindest im Augenblick.
»Na schön«, sagte er und setzte sich auf den Matratzenrand. Die Federn quietschten protestierend. »Dann klär mich mal auf: Warum bist du hier?«
»Deinen Spott kannst du dir sparen. Glaub mir, ich kann auch wieder nach Hause gehen.« Sie schlenderte ins Zimmer, als sei es ihre Wohnung, dann griff sie in die große Tasche, die sie bei sich trug, und zog eine Flasche Champagner heraus. »Ich dachte, wir sollten deine Freiheit feiern.«

»Damit?«, fragte er zweifelnd.
»Mit besten Wünschen von meinem Vater«, sagte sie und stellte die Flasche auf die schmutzige Anrichte.
»Onkel Robert schenkt mir Champagner?« Daegan gab sich keine Mühe, den Sarkasmus in seiner Stimme zu verbergen. Er verstand nicht, was Bibi an ihm so faszinierte, dennoch waren seine Gefühle für sie zweischneidig: Obwohl er es nur ungern zugab, fühlte er sich von ihr angezogen, von ihr und allem, was sie repräsentierte.
»Nun, er weiß nichts davon. Ich habe mir die Flasche sozusagen geborgt.«
»Und wie willst du sie ihm zurückgeben?«
»Gar nicht. Ich finde, er schuldet mir etwas.« Sie zog die Goldfolie vom Flaschenhals. »Hast du Gläser da?«
Er starrte sie wortlos an, und sie zuckte die Achseln. »Vermutlich nicht.«
»Kristall steht nicht auf meiner Prioritätenliste.«
»Dann eben nicht.« Sie biss sich auf die Unterlippe, während sie mit geübten Fingern die Flasche entkorkte. *Plopp!* Der Korken schoss wie eine Rakete durchs Zimmer, Champagner schäumte aus dem grünen Flaschenhals. »Hier, bitte. Du zuerst«, sagte sie und streckte ihm ihre Beute entgegen.
Er musterte Bibi durchdringend, dann griff er nach der Flasche und trank einen großen Schluck. Warum nicht? Wenn sie schon mal hier war … Er hatte noch nie zuvor Schampus für über hundert Dollar die Flasche probiert.
Daegan reichte Bibi den Champagner und sah zu, wie sie die Flasche ansetzte und schluckte.
»Schmeckt gut, oder?«, fragte sie mit funkelnden Augen, nachdem sie sich mit dem Handrücken über die Lippen gewischt hatte.
»Ist ganz okay.«

Ihr Lachen füllte das Rattenloch von Apartment. »Mehr als okay, würde ich sagen. Der Champagner schmeckt göttlich!«

»Könnte sein, dass Gott das anders sieht.« Er nahm einen weiteren großen Schluck. Der exzellente Schaumwein sprudelte seine Kehle hinunter. Eine innere Stimme sagte ihm, dass es töricht war, Umgang mit dem Feind zu pflegen, dass er diese wenigen glücklichen Minuten für den Rest seines Lebens verwünschen würde, doch er ignorierte die Warnung und genoss die erste schöne Zeit seit Wochen.

Gemeinsam leerten sie den Champagner, dann setzte sich Bibi neben ihn auf die lumpige Matratze, drehte die Flasche um und fing den letzten Tropfen mit der Zunge auf. »Ah, schade, dass alles Gute ein Ende nehmen muss!«

»Das kann man wohl sagen.« Er fühlte sich ein wenig beschwipst, aber das hätte er nicht zugegeben. Als er Bibi aufmerksam anschaute, stellte er fest, dass sie hübscher war, als er ursprünglich gedacht hatte, mit ihrem seidig glänzenden Haar, ihrem verruchten Ich-weiß-was-du-denkst-Lächeln, das dann und wann auf ihre vollen Lippen trat, und den großen dunkelblauen Augen.

»Ich muss los«, sagte sie mit einem Blick auf die Uhr. »Aber ich komme wieder.«

»Tatsächlich?«

»Hmhm.« Sie nickte, angelte ihren Lippenstift aus der Handtasche und zog sich die Lippen in einem glänzenden Pflaumenton nach. »Wenn du nichts dagegen hast.«

»Ich weiß nicht …«

»Warum nicht?«, fragte sie unschuldig, die Augen aufgerissen wie ein Kind, die Brauen in die Höhe gezogen.

»Ich traue dir nicht.«

Sie wirkte verletzt. »Warum nicht?«, wiederholte sie.

Seufzend ließ er sich rücklings auf die Matratze fallen. »Was dachtest du denn, Bibi? Dein Nachname ist Sullivan.«

Am liebsten hätte Stuart wild um sich geschlagen. Brodelnd vor Zorn stieß er eine Reihe von Flüchen aus, die seine Mutter direkt ins Grab geschickt hätte. Und das alles nur wegen seiner Schwester, dieser verdammten, oberdämlichen Zicke, die unbedingt mit dem Teufel tanzen musste!

Bibi war total verrückt geworden, daran bestand kein Zweifel. Sie würde nicht die Finger von O'Rourke lassen. Stuart hatte sich innerlich schon tausendmal in den Hintern getreten, weil er sie mit ihm zusammengebracht hatte, aber jetzt war es zu spät. Der Bastard hatte sie in seinen Bann geschlagen.

»Das ist deine Schuld«, warf er Collin vor, als sie gemeinsam zum Haus am See fuhren. Inzwischen war es Sommer geworden, und die Straßen waren nass von einem warmen Regenguss.

»Meine Schuld?« Collin lachte leise. »Du machst mich ja wirklich für alles verantwortlich. Was Bibi tut, ist ihre Sache!«

»Ach, findest du?« Stuart war nicht überzeugt. Er warf seinem Cousin einen Blick zu, der Granit hätte durchdringen können. »*Du* bist doch derjenige, der all das losgetreten hat, *du* hast doch ständig von ihm gesprochen!«

»Aber du bist einen Schritt weiter gegangen, hab ich recht? Ich habe ihn Bibi gegenüber bloß erwähnt. *Du* hast beschlossen, Kontakt mit ihm aufzunehmen und dich über ihn lustig zu machen!« Collin seufzte kopfschüttelnd. Sein blondes Haar glänzte selbst an diesem wolkigen Tag wie pures Gold. »Du lernst es einfach nicht, Stuart.«

»Ich weiß, ich weiß. Ich hab Scheiße gebaut, und das tut mir leid, glaub mir.« Er trat aufs Gas, und sein Porsche schoss vorwärts. Mit fast hundertfünfzig Sachen rasten die breiten Reifen über die regennasse Straße.

Collin seufzte erneut und spielte am Radio herum, bis er ein Lied fand, das er kannte. Ein alter Janis-Joplin-Song, genau der herzzerreißende Bluesrock, auf den Collin so stand, doch nur wenige Leute kannten diese Seite an ihm, die er so sorgfältig zu verbergen suchte. Sie kannten stattdessen den Musterstudenten an der Harvard University, Mitglied des Studentenverbands und des Debattierclubs, einen Mann, den man niemals ohne seine karierten Strümpfe antraf …

»Warum gibst du dann mir die Schuld?«, fragte Collin.

»Du weißt, dass sie in dich verliebt ist. Sie steht auf dich, seit sie sechs war.«

»Sie ist meine *Cousine,* Herrgott noch mal.« Collin lachte nervös.

»Seit wann lässt du dich von so etwas aufhalten?«, fragte Stuart finster. »Ich dachte, das sei eine Familientradition: Sullivans haben Sullivans gevögelt, seit sie damals am Plymouth Rock an Land gingen.«

»Wir waren nicht auf der *Mayflower* wie die ersten Pilgerväter«, erinnerte Collin ihn. »Das scheinst du immer wieder zu vergessen.«

»Was für eine Schande für die Familie.« Stuart bremste und bog mit quietschenden Reifen um eine Kurve. Sein Cousin schien es nicht mal zu bemerken.

»Nicht die einzige«, stellte er fest, lehnte sich tief in den Beifahrersitz zurück und trommelte mit den Händen den Rhythmus des Janis-Joplin-Songs mit. Seine Finger waren lang und kräftig, geschmeidig vom jahrelangen Klavier-, Geige- und Gitarrenspiel. »Denk dran, Urururgroßtante Corinne wurde –«

»Auf dem Scheiterhaufen verbrannt, ich weiß. Eine Hexe. Konnte die Gedanken anderer Leute lesen oder irgend so ein Unsinn. Aber hast du da nicht noch den einen oder anderen Spezialisten ausgelassen?«

»Sicher. Aber kein anderer ist mehr auf dem Scheiterhaufen gelandet, es blieb bei der Beschuldigung wegen Hexerei. Soweit ich mich erinnere, ist irgendwer deswegen ausgepeitscht worden, aber er oder sie kam mit dem Leben davon.« Collins Gesichtsausdruck verfinsterte sich. »Mir scheint, du solltest deine Kenntnisse, unsere Familienhistorie betreffend, ein wenig auffrischen, schließlich übernimmst du eines Tages das Kommando über die Sullivans.« Er griff ins Handschuhfach und förderte eine Sonnenbrille zutage, die er letzten Sommer in Stuarts Wagen vergessen hatte. »Ich frage mich, warum O'Rourke auf Dad gefeuert hat.«
Stuart lachte trocken.
»Hm.«
»Er hat danebengeschossen, hab ich recht? Aus nächster Nähe. Schätze, er hatte gar nicht wirklich die Absicht, deinen alten Herrn abzuknallen. Vielleicht hat er auch nicht richtig gezielt, Tontaubenschießen gehört vermutlich nicht zu seinen Hobbys.«
»Genauso wenig wie Fechten oder die Lektüre von Thoreau oder der Besuch von Broadway-Premieren«, bemerkte Collin ohne den leisesten Hauch von Spott und setzte seine Pilotenbrille auf, obwohl der Himmel bewölkt war.
»Musste nie das Russische Ballett ertragen oder Französisch in Paris lernen.«
»Armes, bedauernswertes Schwein.«
»Ein Glückspilz, wenn du mich fragst. Er kann tun und lassen, was zum Teufel er will. Wie zum Beispiel versuchen, auf Frank Sullivan zu schießen.«
»Vielleicht hat er absichtlich danebengetroffen.«
»Glaub ich nicht. Er hasst deinen Alten.«
Collins Lippen kräuselten sich leicht. »Tun wir das nicht alle?«
»Und warum greifst *du* dann nicht zur Knarre?«
Mit einem bedächtigen Lächeln erklärte Collin: »Es gibt bes-

sere Möglichkeiten, es dem lieben alten Dad heimzuzahlen, findest du nicht?«

»Und dir fallen da so einige ein.«

Collin stieß ein hässliches Lachen aus. »Mir fallen nicht nur so einige ein, ich setze sie bereits tagtäglich in die Tat um.«

»Da kannst du dich glücklich schätzen.«

»Das tue ich doch immer«, versicherte Collin ihm, gerade als Stuart um die letzte Kurve bog und den Porsche durch das geöffnete Tor auf das Anwesen am See lenkte. Robert und Adele hatten ihr Sommerquartier bereits bezogen und wollten die erste Party der Saison geben. Stuart hatte angeboten, Collin abzuholen, der mit seinen Abschlussprüfungen beschäftigt gewesen war, und so trafen sie nun zusammen hier ein.

»Du könntest Bibi wenigstens ein bisschen ermutigen«, sagte Stuart. »Vielleicht interessiert sie sich dann nicht mehr ganz so sehr für O'Rourke.«

»Das wäre grausam.«

»Warum?«

»Weil ich sie nicht liebe – nicht auf diese Art und Weise.« Seine Mundwinkel verzogen sich.

»Was hat denn Liebe damit zu tun?«

»Herrgott, Stu, vergiss es. Wenn du es unbedingt willst, dann tu's doch selbst.«

»Sie ist meine Schwester, Collin.«

»Sie ist meine Cousine!«

»Und?«

»Also, hör mal! Nein, ich werde Bibi auf keinen Fall etwas vormachen.«

»Ach, komm schon, das könnte lustig werden!«

»Lustig?« Hinter seiner Sonnenbrille kniff Collin die Augen zusammen. »Das glaube ich nicht.«

»Denk drüber nach«, sagte Stuart.
»Was soll ich denn deiner Meinung nach tun? Sie küssen? Sie begrabschen? Ihr ins Höschen fassen? Was bist du, ihr Bruder oder ihr Zuhälter?« Collin wurde wütend, seine Nasenflügel bebten. So mochte Stuart ihn. Außer sich vor Zorn.
»Schenk ihr einfach ein bisschen Aufmerksamkeit.«
»Soll ich sie verführen?«
»Es gibt Schlimmeres.«
»Ich denke gar nicht daran!«
Stuart parkte neben der Garage und zog den Schlüssel aus der Zündung. Collin stieß erbost die Tür auf.
»Warte.« Stuart fasste seinen Cousin beim Arm und sagte: »Sei einfach nur nett zu ihr, okay? Du musst ihr nichts vorspielen, mach ihr bloß ein bisschen Hoffnung, damit sie über O'Rourke hinwegkommt.«
»Falsche Hoffnung, meinst du.«
»Wir könnten das Ganze ja noch ein bisschen interessanter gestalten.«
»Wie du vielleicht weißt, Stuart, bin ich nicht so für sehr für ›interessante Dinge‹ zu haben.«
Doch Stuart hörte ihm nicht mehr zu. Als Ältester war er es gewohnt, dass seine Schwester, sein jüngerer Cousin und seine beiden Cousinen taten, was er von ihnen verlangte. Manchmal hatte er sie darum gebeten, manchmal hatte er ihnen gedroht, doch seine wahre Fertigkeit, sein großes Talent, war die Kunst der Manipulation. »Komm schon, Collin, gib dem Mädchen eine Chance. Es wird nicht lange dauern, und vielleicht genießt du's ja sogar. Im Augenblick ist O'Rourke neu und interessant, aber im Grunde steht sie auf dich.«
»Na prima.« Collin verdrehte die Augen, doch er schien nachzugeben. Wie immer.
»Diese … Faszination, die sie für O'Rourke empfindet, wird

vergehen, aber wir müssen dem Ganzen einen kleinen Anstoß geben.«

»*Wir?*«

»Nun, genau gesagt du.«

Collin stieß einen unterdrückten Fluch aus und ließ sich in den Sitz zurückfallen. »Ich weiß nicht, warum ich mir diesen ganzen Schwachsinn anhöre.«

»Weil du genau diesen Schwachsinn liebst. Und jetzt hör zu: Es wird leicht sein, Bibi von dem Bastard abzulenken. Denk dran: Sie steht schon ewig auf dich.« Nun, da sein Opfer nicht länger auszubrechen drohte, hätte Stuart seine Hand von Collins Arm nehmen können, doch er ließ sie da liegen, um ihn daran zu erinnern, wer der Boss war. »Ach, übrigens, ich weiß, dass sie mit einer Reihe anderer Jungs zusammen war – vorübergehende Schwärmereien. Sie war den Mädchen ihres Alters immer schon voraus. Einmal hat Mutter sie erwischt, als sie auf dem Anleger mit Donny Cheltham rummachte. Bibis Badeanzugoberteil war heruntergerollt, und Donny hatte einen riesigen Ständer in seiner Badehose.«

»Deine Mutter hat dir das erzählt?«

»Ich war da«, sagte Stuart und verspürte das vertraute Prickeln, das ihn stets überkam, wenn er daran dachte, wie sich Bibi und Donny fummelnd und knetend auf dem Steg gewälzt hatten, in der heißen Sommersonne, die Körper klebrig von Schweiß und Sonnenöl. »Sie haben es bloß nicht gewusst.«

»Dann bist du also ein Spanner?«

»Das war ich schon immer, und das weißt du. Es gefällt dir sogar.«

»Nimm die Hand weg.« Collin riss seinen Arm los, stieg aus dem Wagen und rückte seine Krawatte zurecht. »Du bist pervers, Stuart.«

Stuart ließ die Wagenschlüssel in seine Hosentasche gleiten. »Jaja, pervers, verdorben und auch noch stolz darauf.«
»Ach, zum Teufel!« Collins Mundwinkel verzogen sich nach oben. Sein Zorn verflog so rasch, wie er gekommen war, genau wie immer. Das war das Problem mit Collin: Er konnte einem nicht wirklich grollen. Anders als sein alter Herr. Anders als fast jeder, der sich glücklich schätzen konnte, Teil dieser wunderbaren Familie zu sein.

Bibi sah ihn zusammen mit Stuart ins Zimmer kommen. Groß, schlank, sexy. Collin hatte ihr immer schon gefallen. Als kleine Kinder hatten sie zusammen gespielt, und später, als sie etwas älter waren, war er ihr Freund und Vertrauter geworden. Doch dann waren sie in die Pubertät gekommen, und er hatte mehr Zeit mit Stuart verbracht als mit ihr. Je größer ihre Brüste wurden, je schmaler ihre Taille, desto weniger hatten die Jungs mit ihr zusammen sein wollen. Vor ein paar Jahren noch waren sie ein unzertrennliches Trio gewesen, sie, Collin und Stuart. Die oberkorrekte Petze Alicia hatte bei ihnen nichts verloren, doch langsam, aber sicher hatten die Jungs auch Bibi ausgeschlossen. Nun waren Stuart und Collin die besten Freunde.
Bibi versuchte immer wieder, auf Collin zuzugehen, doch oft genug zeigte er ihr die kalte Schulter, als sei er mit den Gedanken ganz woanders, als habe er Probleme, über die er mit ihr nicht sprechen wollte. Andere Male dagegen war er freundlich und erinnerte sie an den Jungen, mit dem sie aufgewachsen war. Heute Abend blendete er sie nahezu mit seinem Lächeln. Alicia spielte Klavier, offenbar hoffte sie, alle mit ihrer perfekten Interpretation eines klassischen Stücks – Chopin – beeindrucken zu können. Die Eltern hatten sich im Wohnzimmer versammelt, wo sie ihre Martinis tranken. Bonnie hatte sich neben dem Kaminfeuer aufs Sofa gekuschelt und las ein Buch.

»Ist das nicht eine anregende Truppe?«, fragte Stuart, während er die Horsd'œuvres auf dem Tisch beäugte. Er schnappte sich eine in Schinken gewickelte Krabbe und steckte sie sich in den Mund.
»Die übrigen Gäste werden gegen acht erwartet.« Bibi gefiel der Gedanke gar nicht, schon wieder an einer langweiligen Party mit Freunden der Familie teilnehmen zu müssen, aber ihr blieb keine andere Wahl. Dies war eine Pflichtveranstaltung.
»Vielleicht sind wir bis dahin alle betrunken«, sagte Stuart so leise, dass nur sie und Collin ihn hören konnten. Er schmierte sich etwas Lachspastete auf einen kleinen Cracker.
»Toll«, sagte sie. »Ein paar von uns sind dafür doch noch nicht alt genug.«
»Es gibt immer eine Möglichkeit.« Stuart warf Collin einen Blick zu und biss in den Cracker. »Wenn alle da sind, treffen wir uns im Poolhaus. Dann fällt es nicht auf, wenn wir fehlen. Um halb zehn.«
Collin warf ihm einen tödlichen Blick zu.
Bibi tat so, als hätte sie nichts bemerkt. »Wieso?«, fragte sie, ohne die Aufregung verbergen zu können, die sie überfiel. Endlich waren sie wieder ein Team.
»Das ist eine Überraschung«, sagte Stuart zu ihr. »Verratet nichts den Mädchen.« Sein Blick schweifte rüber zu Bonnie und Alicia. »Und kommt allein.«

Bibi schlüpfte unbemerkt aus dem Haus. Collin und Stuart waren vor ein paar Minuten aufgebrochen, wenn auch nicht zusammen. Zuerst war Stuart auf die mit großen Steinplatten gepflasterte Terrasse hinausgetreten und nicht zurückgekehrt. Collin hatte am Desserttisch gestanden und sich mit ein paar älteren Jungen unterhalten, dann war auch er plötzlich verschwunden. Bibi hatte sich umgeschaut, um sicherzugehen, dass niemand sie beobachtete, dann hatte sie sich auf den Weg zur Toilette gemacht. Im Flur war sie durch die Tür zu den Bedienstetenquartieren geschlüpft und durch die Hintertür beim Wäscheraum entwischt.

Es hatte angefangen, leicht zu nieseln, und dichte Nebelschwaden hingen über der schwarzen Oberfläche des Sees. Es war finster, doch Bibi brauchte kein Licht, um den Weg zum Poolhaus zu finden, hatte sie doch jeden Sommer ihres Lebens hier verbracht. Die Außenbeleuchtung an dem riesigen Herrenhaus reichte nicht bis auf das Gelände um den Bedienstetenflügel, doch Bibi huschte eilig durch die Dunkelheit, vorbei an der Lorbeerhecke und um die Ecke des Swimmingpools herum. Die Unterwasserlampen waren eingeschaltet und ließen das Wasser in einem satten Aquamarin schimmern. Das Poolhaus war unverschlossen, Licht brannte keins.

»Ist da jemand?«, flüsterte sie, während sich ihre Augen an die Dunkelheit gewöhnten. Zum Glück fiel etwas Licht vom Pool durch das große Fenster gleich neben dem Eingang.

»Jetzt komm schon rein und mach die Tür zu!«, ertönte Stuarts gedämpfte Stimme von innen.

Hinter ihr fiel klickend die Tür ins Schloss. Stuart stand von dem Sessel auf, auf dem er gesessen hatte, und zog sämtliche Vorhänge vor, dann knipste er eine kleine Lampe neben dem Bett an. Das warme Licht warf Schatten auf den geblümten Bettüberwurf und die beiden dazu passenden Sessel. »Ich kann nicht glauben, dass wir hier herumschleichen wie Diebe!«

Collin kam aus der Küche geschlendert, ein Korbtablett mit drei vollen Gläsern balancierend. »Tun wir das nicht immer? Gib's zu, Stu, das ist unser Schicksal!« Sie tauschten einen Blick, den Bibi nicht zu deuten wusste, und Collin reichte ihr ein Glas mit einer bernsteinfarbenen Flüssigkeit.

»Unsinn«, widersprach Stuart, darauf bedacht, seinen Status zu verteidigen. Bald schon wäre er fertig mit dem College, und dann würde er auf die Juristische Fakultät wechseln, um endlich in die Schuhe zu steigen, die seit dem Tag seiner Geburt für ihn bereitstanden.

»Unsinn oder nicht, zum Wohl!« Collin hielt ihm das Tablett hin, nahm selbst das letzte Glas und warf das leere Korbtablett aufs Bett. Dann stieß er mit Stuart und Bibi an. »Auf die drei Musketiere.«

»Ach, das sind wir also?«, fragte Bibi und setzte sich auf die Bettkante.

»Sicher.« Stuart nahm einen Schluck aus seinem Glas und lümmelte sich in einen der Sessel. »Genau das sind wir doch immer schon gewesen.«

»In letzter Zeit nicht mehr.«

»Vielleicht hat sich das ja wieder geändert«, sagte Stu kryptisch. »Komm schon, Bibi, entspann dich. Trink!«

Aus einem Grund, den sie nicht näher benennen konnte, zögerte sie. Sie wollte den beiden so furchtbar gern wieder nahe sein, und doch hatte sie das Gefühl, als stimme etwas nicht. Was, konnte sie nicht sagen.

»Ich dachte, genau das hättest du dir gewünscht«, drängte Stuart.

»Das stimmt schon«, sagte sie, griff nach ihrer Handtasche und kramte eine zerdrückte Schachtel Zigaretten hervor. Sie steckte sich eine an und zog den beruhigenden Rauch in die Lungen.

Collin sah Bibi über den Rand seines Glases hinweg an und nahm einen kräftigen Schluck. Sein Blick wirkte hypnotisierend, und Bibis Mund war plötzlich so trocken wie die Sahara. Ohne einen weiteren Gedanken setzte sie das Glas an die Lippen und spürte, wie sich der Bourbon einen brennenden Weg

durch ihre Kehle bahnte und in ihre Blutbahn strömte. Sie brauchte die Wärme, die in einem raschen Schwall in ihr hochstieg. Noch dem vierten oder fünften Schluck entspannten sich ihre Muskeln, ihre Zweifel verflogen. Sie war wieder mit Stu und Collin zusammen. Was konnte da schiefgehen?
Die Zeit verflog, doch das nahm sie nicht wahr, verschwendete keinen Gedanken daran, ob man sie bei der Party vermisste. Nach einer Weile – während des zweiten oder dritten Drinks und einige Zigaretten später – sagte Stuart, der dafür bekannt war, einiges zu vertragen und trotz seines Alkoholkonsums einen kühlen Kopf zu bewahren, er wolle einen kurzen Abstecher zum Haupthaus machen, um eventuellen Fragen vorzubeugen. Sollte sich jemand nach Bibi oder Collin erkundigen, würde er behaupten, sie seien zu einem Spaziergang am See aufgebrochen oder ähnlichen Unsinn. Niemand, mit Ausnahme von Alicia, würde seine Worte auch nur eine Sekunde bezweifeln. Er schlug die Tür hinter sich zu, und Bibi lehnte sich mit dem Rücken gegen die Kissen des großen Betts, in dem im Sommer gelegentlich Wochenendgäste übernachteten. Sie zog ein letztes Mal an ihrer Zigarette, dann drückte sie sie in einer Schale auf dem Nachttisch aus.
»Möchtest du noch?«, fragte Collin und nahm ihr halb leeres Glas.
»Alles bestens.«
»Ja, Bibi, das merkt man«, sagte er leise, bevor er in die Küche verschwand. Die Art und Weise, wie er ihren Namen ausgesprochen hatte, rief ein inneres Kribbeln bei ihr hervor, obwohl sie sich insgeheim eine Närrin schalt. Er war ihr Cousin und damit tabu, doch seit sie ein kleines Mädchen war und er sie über einen Bach getragen hatte, damit ihr Festkleid sauber blieb, während seine Hose nass und schmutzig wurde, hatte sie bewundernd zu ihm aufgeblickt. Sie hatten an einem verbo-

tenen Ort gespielt, auf dem Anwesen ihrer Großeltern, unten am Bright Creek, bei dem im Frühjahr und Herbst das Wasser anschwoll.

Sie hatten die Zeit vergessen, hatten gelacht und Steine in den Bach geworfen, bis Stuart bemerkte, dass sie spät dran waren, und sie zur Eile ermahnte. Leichtfüßig von einem rutschigen Stein zum nächsten hüpfend, hatte er den Bright Creek überquert und war die Uferböschung hinauf zu Großmutters großem Steinhaus auf dem Hügel gerannt. Es war der Tag von Bonnies Taufe gewesen. Bibi wäre fast in den Bach gefallen, und sie wusste, dass sie nicht so mühelos von Stein zu Stein springen konnte wie ihr großer Bruder. Sie hatte angefangen zu weinen, und Collin hatte Schuhe und Socken in die Taschen seines nagelneuen Anzugs gesteckt und sie durch den schnell strömenden Bach getragen. Obwohl er sich alle Mühe gab, vorsichtig zu sein, war das schlammige Wasser an seinen Hosenbeinen hochgespritzt, und als sie zum Haus der Großmutter zurückgekehrt waren, hatte er mächtig Ärger bekommen. Seine Mutter war beim Anblick seiner verdreckten Hose beinahe in Ohnmacht gefallen, während Frank – ganz der liebende Vater, der er immer schon gewesen war – vor Zorn auf seinen Sohn fast platzte.
»Du bist wahrhaftig zu nichts nutze!«, hatte er mit rotfleckigem Gesicht gebrüllt. »Warum schaltest du nicht endlich mal das Gehirn ein, das Gott dir gegeben hat, hm?«
»Es tut mir leid.«
»Es tut dir leid, es tut dir leid – das ist mir nicht genug!«, tobte Frank mit grässlich verzerrtem Gesicht. Bibi bekam Angst. Der Onkel sah aus wie ein Monster.
»Ich habe Mist gebaut.«
»Bück dich.«

Alle verstummten. Das einzige Geräusch war der Wind, der durch Großmutters Flieder strich.

»Ich sagte –«

»Nein! Vater, bitte –«

Frank stürzte sich auf seinen Sohn und stieß ihn mit einer solchen Wucht ins Gras, dass Collin die Luft wegblieb. »Du tust, was ich dir sage! Jetzt steh auf, bück dich und umfass deine Fußknöchel!«

Collin kämpfte gegen Tränen der Scham an. »Ich – ich kann nicht.«

»Benimm dich wenigstens einmal wie ein Mann!«

Zitternd rappelte Collin sich hoch.

»Mach schon!«, brüllte Frank.

Sämtliche Farbe wich aus Collins Gesicht. »Aber Sir, ich bin zu alt –«

»Du bist nicht zu alt, um wie ein Zweijähriger im Matsch zu spielen. Nun, wenn du dich wie ein Kleinkind benimmst, dann sollst du auch wie ein Kleinkind behandelt werden!«

»Frank«, ermahnte Großmutter ihn leise.

»Das tut dem Jungen nur gut«, mischte sich Großvater ein, die Pfeife fest zwischen seine gelben Zähne geklemmt. »Gibt ihm Charakter.«

»Es war meine Schuld!«, jammerte Bibi.

Frank warf seiner Nichte einen unwirschen Blick zu. »Das bezweifle ich nicht, doch es ist mir egal. Collin kann selbst denken. Er ist dafür verantwortlich, dass wir zu spät kommen, dass der Priester warten muss, dass wir uns allesamt blamieren. Ich sorge nur dafür, dass so etwas nicht wieder vorkommt. Los, Junge, wenn du weißt, was gut für dich ist, bückst du dich und umfasst deine Knöchel.«

»Bitte, Frank! Nicht hier«, fuhr Großmutter Sullivan erneut dazwischen.

»Halt dich da raus, Bernice«, sagte Großvater, der die Szene mit grimmiger Entschlossenheit verfolgte. »Es ist wichtig, dass Collin seine Lektion lernt.«
Tante Maureen wandte den Blick ab und spielte mit ihrer langen Perlenkette. Bibis Eltern sagten kein Wort, sie hielten sich generell aus den Angelegenheiten anderer Leute heraus.
Collin bückte sich mit vor Scham brennendem Gesicht. Vor der ganzen Familie versohlte Frank ihm mit einem Tischtennisschläger den Hintern. Collin biss sich auf die Lippen und kämpfte mit den Tränen, während ihm sein Vater, rotgesichtig und nach Weinbrand stinkend, zehn Schläge verpasste, von denen jeder einzelne in Bibis Herzen nachhallte. Schwitzend vor Anstrengung ließ Frank endlich den Schläger sinken und nahm einen großen, triumphierenden Schluck aus seinem Glas. »Und jetzt geh rauf, zieh dich um und lass dich nie mehr … hörst du, *nie mehr* von einem kleinen Mädchen zum Ungehorsam gegen Vater und Mutter verleiten.« Collin schluckte schwer, dann verließ er zutiefst gedemütigt die Terrasse. »Und während du oben bist, betest du gefälligst hundertmal das ›Gegrüßet seist du, Maria‹!«
Die Hintertür fiel hinter Collin zu. Frank wandte die Handfläche zum Himmel, als sei er sich plötzlich der auf ihn gerichteten vorwurfsvollen Blicke bewusst. »Was ist?« Als keiner etwas sagte, brüllte er noch einmal: »Was ist?«
»Das war ein bisschen übertrieben«, stellte Maureen fest.
»Es war gemein! Collin hat nichts gemacht, er hat mich bloß huckepack getragen!« Tränen strömten über Bibis Gesicht.
»Du hättest ihn nicht in diese Situation bringen dürfen«, entgegnete ihr Vater. »Steigen wir ins Auto.« Robert schaute Frank an. »Wir treffen uns an der Kirche. Komm, Stuart.«
Jetzt erst bemerkte Bibi ihren Bruder, der bei der Laube in Großmutter Rosengarten stand. Mit bleichem Gesicht starrte

er seinen Vater an. »Behandle mich nur ja niemals so, wie Frank seinen Sohn behandelt.«
»Das tue ich nicht«, versicherte Robert. »Also, los geht's.«
Die Kinder blieben hinter ihren Eltern zurück. Bevor sie ins Auto stiegen, schaute Stuart Bibi mit einem Blick an, der sich für immer in ihre Seele brannte.
»Ich würde ihn umbringen«, flüsterte er mit Nachdruck. »Wenn Frank mein Vater wäre, würde ich ihn erschießen.«
»Was sollen wir tun?«, flüsterte Bibi. »Wie können wir Collin helfen?«
»Gar nicht.« Stuart warf einen zornigen Blick über die Schulter. »Noch können wir gar nichts tun. Aber eines Tages –«
»Stuart! Bibi! Bitte! Steigt in den Wagen.« Adele, ihre Mutter, richtete sich auf dem Beifahrersitz den Hut. »Sorgen wir dafür, dass unsere Seite der Familie niemals der von Frank ähnelt.« Sie schauderte. Bibi schlüpfte auf die Rückbank des edel ausgestatteten Mercedes. Sie wusste, dass ihre Mutter Frank für einen ungehobelten Rohling hielt, obwohl er in derselben Familie groß geworden war wie ihr Ehemann. »Mitunter gibt es schlechtes Blut in einer Familie«, hatte sie oft genug gesagt. »Einen Atavismus, einen Rückschritt in Richtung Neandertaler. Das ist das Problem mit Frank: Er ist schmutzig, und zwar Körper und Geist betreffend!« Meistens behielt Adele ihre Gedanken für sich und ihre Zunge im Zaum. Eintracht in der Familie ging ihr über alles. Von früh an hatte sie gelernt, selbst schier unerträglichen persönlichen Schmerz auszuhalten, wenn sie dadurch eine Kompromittierung ihrer sozialen Stellung oder ihrer Familie vermeiden konnte. Doch ab und an vermochte selbst sie sich nicht mehr zurückzuhalten.
Schweigend fuhren sie zur Kirche. Mit gesenktem Kopf, auf ihrer Unterlippe kauend, wartete Bibi auf das Eintreffen von Frank, Maureen und ihren Kindern. Als sie endlich ankamen,

mied Collin ihren Blick. Er kniete sich auf die Kirchenbank, die Augen auf den Boden der jahrhundertealten Kirche gesenkt, und sah kein einziges Mal zu ihr hinüber.
Später, als sie noch bei Frank zu Hause waren und Bibi auf der Suche nach Stuart und Collin an der Arbeitszimmertür vorüberschlenderte, hörte sie zufällig ein Gespräch zwischen ihrem Onkel und ihrem Vater mit an. Sie saßen am Kamin, ließen die Drinks in ihren Gläsern kreisen und rauchten riesige, stinkende Zigarren.
»Der Junge musste eine Lektion erteilt bekommen«, beharrte Frank, offensichtlich um sein Verhalten zu rechtfertigen.
»Aber nicht vor der versammelten Familie.« Robert paffte verärgert. Er hatte Bibi den Rücken zugewandt, doch sie sah die blaue Rauchwolke zur Decke steigen wie einen übel riechenden Nebel.
»Hör mal, Robert, du behandelst deine Kinder, wie du es für richtig hältst, und ich kümmere mich um meine.« Frank stand auf und trat an den Kaminsims.
»So, wie du dich um den anderen Jungen ›kümmerst‹?«
Bibi starrte mit weit aufgerissenen Augen auf ihren Onkel. *Um welchen anderen Jungen?* Frank hatte doch bloß einen Sohn!
»Lass uns jetzt nicht von ihm reden.«
Er hatte tatsächlich noch einen Sohn? Aber wo? Bibis Gedanken überschlugen sich förmlich.
»Warum nicht? Es macht dir doch sonst nichts aus, wenn die ganze Familie alles mitbekommt«, sagte Robert. »Denk mal nach, Frank. Natürlich willst du nicht, dass die anderen etwas davon erfahren. Genau wie Collin nicht wollte, dass sein Cousin und seine Cousine Zeugen seiner Demütigung werden.«
In diesem Augenblick schlich sich Alicia in ihrem makellosen weißen Kleid an Bibi heran. »Was tust du da?«, flüsterte sie,

spähte durch den Türspalt und entdeckte die beiden Männer im Arbeitszimmer. »Man soll doch nicht lauschen!«

Bibi zog sich vorsichtig zurück. »Hast du noch einen Bruder?«, fragte sie. »Ich meine außer Collin.«

»Nein.«

»Aber Daddy hat mit Onkel Frank über seinen anderen Jungen gesprochen.«

»Ach so.« Alicia warf ihr langes Haar über die Schulter. »Den.«

»*Den?* Was hat das zu bedeuten?«

»Nichts«, erwiderte Alicia auf ihre übliche herablassende Art, doch sie wich Bibis neugierigem Blick aus. »Entschuldige mich, Mutter möchte, dass ich Mozart übe.« Damit sprang sie in ihrem weißen Spitzenkleid Richtung Salon davon.

Später fand Bibi ihren Bruder auf dem Dachboden von Franks Haus. Sie erzählte ihm, was sie gehört hatte, doch Stuart wirkte nicht im mindesten erstaunt. Er würde wohl immer Geheimnisse vor ihr haben.

»Es geht um den Bastard«, enthüllte er schließlich.

»Den *was?*«

Stuarts Augen glänzten. »Was tust du für mich, wenn ich's dir verrate?«

»Erzähl's mir einfach!«, forderte sie ihn auf, und nachdem er sie ein wenig geneckt hatte, gab er die schäbige Geschichte von Franks Hure Mary Ellen O'Rourke und ihrem unehelichen Sohn Daegan zum Besten. Dass Daegan O'Rourke, ihr anderer Cousin, Franks illegitimer Sohn war, war ein Skandal – nicht dass sie gewusst hätte, was genau das alles bedeutete. Dem Ausdruck auf Stuarts Gesicht nach zu urteilen war es allerdings etwas extrem Abscheuliches.

Jetzt, Jahre später hier im Poolhaus, sah Bibi Collin an, der mit ihrem aufgefüllten Glas aus der Küche kam, und erkannte den jungen Helden wieder, der er für sie gewesen war, als er damals die Schläge eingesteckt hatte, die eigentlich ihr hätten gelten müssen.

Collin ließ sich auf einen der prall gepolsterten Sessel fallen und legte einen Fuß über den anderen. Er schien sich unwohl zu fühlen.

»Irgendwas macht dir zu schaffen«, stellte sie fest.

»Mir macht immer irgendwas zu schaffen.«

»Warum?«

Er zuckte die Achseln, dann nahm er einen großen Schluck von seinem frisch eingeschenkten Drink. Wenn er nicht aufpasste, dachte Bibi, war er bald betrunken. Anders als Stuart wusste Collin nicht, wann er genug hatte.

»Vielleicht kann ich dir helfen.«

»Ach, Bibi«, sagte er mit einem tiefen Seufzer und legte den Kopf in den Nacken. Sie betrachtete seinen langen, gebogenen Hals. »Wenn du wüsstest.«

»Mein Geheimnis gegen deins.«

Eine blonde Augenbraue schoss in die Höhe, und er warf ihr einen so durchdringenden Blick zu, dass sie sich am liebsten in den Kissen verkrochen hätte. »Du hast ein Geheimnis?«

»Mehr als eins.«

»Interessant.« Er schaute zu der im Schatten liegenden Tür auf der anderen Seite des Betts hinüber, stellte seinen Drink auf einen Rattan-Beistelltisch und kam auf die Füße. »Erzähl mir deine Geheimnisse, Cousinchen.« Langsam schlenderte er zum Bett hinüber, blieb stehen und blickte zu ihr hinab. Sein Schritt war genau auf Augenhöhe. Bibi gab sich alle Mühe, nicht darauf zu starren, und fragte sich, ob er hart wurde. Etwas an seinem Verhalten hatte sich geändert. Die Luft im Raum kam ihr plötzlich stickig vor, Bibi hatte Mühe zu atmen. Sie glaubte, das Quietschen einer Tür gehört zu haben, doch ihr Herz hämmerte so laut, dass sie sich nicht sicher war. »Haben diese Geheimnisse etwas mit mir zu tun?«

Sie schluckte, dann nahm sie einen großen Schluck von ihrem Drink.

»Vielleicht.«

»Das weißt du nicht?« Er streckte die Hand aus und wickelte eine ihrer Haarsträhnen um seinen Finger, dann zog er daran. Ein köstlicher Schmerz durchfuhr sie.

»Collin –«

»Nicht …«

»Ich muss es dir sagen«, beharrte sie. Sie wusste, dass nun die Zeit gekommen war, ihr Herz zu erleichtern.

»Ich glaube nicht –« Es war, als würde er einen inneren Kampf ausfechten, als sähe er sich gezwungen, seine Gefühle für sie zu leugnen, weil sie miteinander verwandt waren. Genau, das musste es sein!

»Hör mir einfach nur zu«, bat sie ihn.

Er sank neben ihr aufs Bett, sein Gesicht war nur ein paar Zentimeter von ihrem entfernt. »Was gibt's, Liebes?«

Ihr Herz wummerte wie ein Presslufthammer, ihr Atem ging stoßweise. Hatte er sie wirklich »Liebes« genannt? Bedeutete sie ihm mehr, als er zugeben wollte?

»Ich – ähm …« O Gott, was sollte sie sagen? Sie roch den teuren Kentucky Whiskey in seinem Atem, fühlte seinen Finger, der ihre Haarsträhne losließ und langsam über ihr Kinn zu ihren Lippen glitt.

»Du musst nichts sagen.«

»Ich *möchte* es aber, verstehst du das nicht? Es geht um etwas, worüber ich schon seit Ewigkeiten nachdenke …«

»Ach du liebe Güte.«

»Collin, ich –«

Sie streckte zaghaft die Arme aus und legte sie um seinen Nacken. »Ich will dich küssen.«
»Du weißt ja nicht, was du da verlangst«, flüsterte er und schloss die Augen.
»Lass mich einfach machen.« Sie drückte ihre Lippen auf seine und spürte, wie er erbebte. Ihre Finger gruben sich in die Muskeln zwischen seinen Schultern. Er stöhnte. Er wollte sie, das spürte sie. Als bräche die Mauer aus Zweifeln, die er um sich herum errichtet hatte, plötzlich zusammen, erwiderte er ihren Kuss. Heiß. Voller Begierde. Leidenschaftlich.
»Ist das alles, was du willst? Nur einen Kuss?«
Sie konnte kaum denken, der Alkohol und der Zauber seiner Berührung verwirrten ihre Sinne. »Ja … nein.«
»Entscheide dich, Bibi. Jetzt oder nie.«
»Ich will … will –«
»Was, Liebes?«
»Dich lieben«, hauchte sie und sprach damit die Worte aus, die ihr seit zwölf Jahren durch den Kopf gingen.
Er stöhnte gequält auf, dann vergrub er seine Hände in ihrem Haar, zog ihr Gesicht an seins und küsste sie so heftig, dass sie keine Luft mehr bekam. Als erliege er einer Versuchung, der er so lange widerstanden hatte, begann er, langsam sein Hemd aufzuknöpfen.
Bibi betrachtete seine muskulöse, unbehaarte Brust und bekam plötzlich Angst. Dennoch, seine nackte Haut, die im Schein der Nachttischlampe glänzte, verlockte sie.
»Wir können alles tun. Wir sind allein.« Er zog sein Hemd aus und war nun bis zur Taille nackt, nichts als straffe Haut und wohldefinierte Muskeln. Den Mund zu einem schiefen Lächeln verzogen, blickte er zur offenen Tür mit dem dunklen Flur dahinter, der zur Küche führte.
»Glaubst du, Stuart kommt zurück –«

»Ich glaube, der bleibt noch eine Weile fort«, erwiderte Collin mit gepresster Stimme. »Denk nicht an ihn.« Er sah ihr in die Augen und umkreiste ihre Lippen mit seinem Zeigefinger, der leicht nach Rauch roch.

Sie berührte mit der Zungenspitze seine Haut und entlockte ihm ein leises Stöhnen. Sie spürte, wie sie heiß wurde, heiß und feucht und klebrig, wie Honig, der über glühenden Kohlen erhitzt wurde. Sie nahm seinen Finger in den Mund, lutschte daran und stöhnte lustvoll, was ihn zu erregen schien.

»So ist's gut, Baby«, flüsterte er, eine Hand in ihrem Haar, während er seine weichen Lippen auf ihre presste und mit der Zunge in ihren geöffneten Mund eindrang.

Heiße Leidenschaft brachte ihr Blut in Wallung, und sie küsste ihn begierig, fiel zurück in die Kissen, als er sie runterdrückte. Seine Hände waren kräftig und grob.

Der erste Anflug von Zweifel nagte an ihrem benebelten Verstand. »Collin?«

»Das ist es, was du willst, hab ich recht?« Der Stoff teilte sich und enthüllte ihre Brüste in dem schlichten Baumwoll-BH. Er rieb mit der Handfläche darüber, und sie spürte, wie sich ihre Brustwarzen aufrichteten.

»Ja, aber –« Wo war die Zärtlichkeit? Die Liebe? Sie vernahm ein dumpfes Dröhnen in den Ohren, das Dröhnen, das sie immer hörte, wenn sie in Schwierigkeiten steckte.

Collin riss ihr die Bluse vom Leib. Noch nie im Leben hatte sie sich nackter gefühlt. Er küsste sie halbherzig, nass und gierig und fummelte am Verschluss ihres BHs. Das ist nicht richtig, dachte sie panisch, als das Häkchen aufging und er den Stoff über ihre Arme schob.

Er berührte sie, stöhnte, atmete schnell, und trotzdem war es, als wäre er gar nicht richtig da, als wäre nur sein Körper anwesend, während seine Seele das Zimmer verlassen hatte.

»Warte, Collin –«, flüsterte sie, als seine schweißnassen Hände ihren Po kneteten.
»Warum?«
»Ich weiß nicht. Ich finde, wir sollten nicht …«
»Jetzt sag nicht, dass du mich erst anmachst und dann abblitzen lässt, Bibi.« Er sah sie abschätzig an. »Nicht ausgerechnet du. Das solltest du besser nicht mit mir machen.«
»Ich sagte, ich wollte dich lieben, Collin.«
»Das wirst du«, erwiderte er mit kehliger Stimme, dann warf er einen Blick über die Schulter, als erwartete er, dass jemand plötzlich in den Raum stürzen würde.
»Ich meine, ich will schon, wirklich, aber –«
Er stand abrupt auf und schaute auf sie herab, als wäre sie ein Stück Fleisch – faul und vergammelt. »Steh auf.«
»Nein –« Das Dröhnen in ihren Ohren war nun unerträglich. Er starrte auf ihre Brüste, und sie stellte fest, dass sich sein Gesichtsausdruck nicht veränderte, obwohl man ihr ehrfürchtig versichert hatte, wie großartig sie seien, weich und voll, gekrönt von großen dunklen Nippeln. Die beiden Jungs, denen das Privileg zuteilgeworden war, sie zu bewundern und zu berühren, hatten von ihrer Schönheit geschwärmt. Collin dagegen blieb ungerührt, selbst dann, als sie zum Bettrand krabbelte und sich direkt vor ihm aufrichtete. Kein spielerisches Kneifen, ein schuldbewusster Blick. Nichts.
»Du kannst nicht beides haben, Bibi. Entweder du willst es mit mir treiben oder nicht. Wir können jetzt aufhören, oder wir können es zu Ende bringen. Es liegt an dir.« Seine Stimme war kalt und barsch wie die eines Richters, der seinen Urteilsspruch tat.
»Aber du willst mich nicht«, warf sie ihm vor, schluckte schwer und spürte heiße Tränen in ihren Augen brennen.
»Natürlich will ich dich.«

»Nein, irgendwas stimmt nicht.«
Er schloss für einen kurzen Augenblick die Augen, als zählte er innerlich bis zehn und versuchte, sich zusammenzunehmen.
»Du bist gar nicht du selbst«, klagte Bibi und bedeckte ihre Brüste mit den Händen.
»Du hast recht«, gab er zu. Wieder warf er einen Blick zur Tür, als erwartete er, dort eine Lösung für ihr Dilemma zu finden. »Für mich ist das auch schwer, glaub mir. Ich bin mir nicht sicher, ob wir das Richtige tun.«
»Weil wir Cousin und Cousine sind.«
»Nein«, sagte er, zögerte und biss sich auf die Lippe, wie er es schon in der Kindheit getan hatte, wann immer er vor einer schwierigen Entscheidung stand. »Weil ich dich mag.« Er wirkte aufrichtig, auch wenn er ihrem Blick auswich. »Mir missfällt die Vorstellung, dich zu benutzen.«
»Du benutzt mich nicht.«
»Ach, Bibi –«
»Das würde ich doch gar nicht zulassen«, widersprach sie und versuchte, ihn an sich zu ziehen. »Es ist schon okay.«
Traurigkeit verdunkelte seine Züge. Er kniff die Augen zusammen, als sei dieser plötzliche Anflug von Ehrbarkeit zu viel für ihn. Das war der Collin, den sie liebte, das war ihr Held.
»Nein, Bibi«, widersprach er. »Nichts ist okay. Du verstehst das nicht.«
»Sicher verstehe ich das.«
Sie drückte den Oberkörper durch, nahm ihre Brüste in die Hände und rieb die harten Nippel an seiner Brust. Er blickte auf die großen, weichen Hügel. »Ich liebe dich.« Als er nicht reagierte, ließ sie ihre Brüste los, nahm seine Hand in ihre, führte sie zu einer ihrer Brustspitzen und strich darüber. Mit der anderen Hand knetete sie die andere Brustwarze und schob aufreizend die Hüfte vor und zurück. Zwischen ihren

Beinen machte sich ein lustvolles Prickeln bemerkbar, wie immer, wenn sie mit ihren Brüsten spielte. »Berühr mich, Collin, fass mich an, überall, und liebe mich«, flüsterte sie mit rauher Stimme.
»Das mit uns beiden geht nicht so einfach«, protestierte er.
»Ich will es, jetzt sofort. Lass mich dich lieben.«
»Bibi, es geht nicht.« Sie ließ seine Hand los und strich mit ihren Fingern über seine Schultern, spürte die Kraft seiner Muskeln. Er küsste sie, doch sein Kuss war ohne jede Leidenschaft, seine Finger lösten sich von ihrer Brust. Sein plötzlicher Anflug von Vernunft hatte ihn jeglicher Begierde beraubt. Doch Bibi wusste, wie sie seine Lust wecken konnte. Sie küsste ihn hungrig, dann ließ sie ihre Zunge über sein Kinn, den Hals und das Brustbein gleiten. Sie hörte erst auf, als sie an seinem Hosenschlitz angelangt war, ließ sich auf die Knie fallen, öffnete mit geübten Fingern Knopf und Reißverschluss, nur um festzustellen, dass er schlaff wie ein nasses Handtuch war.
»Was ist los?«, fragte sie und schaute zu ihm auf.
Er blickte sie gequält an, und sie bemerkte ein verdächtiges Glitzern in seinen Augen, als würde er gegen die Tränen ankämpfen.
»Collin?«
»Tu das nicht«, sagte er und schluckte, während er mit seinen Fingern in ihrem Haar spielte.
»Warum nicht?«
»Es ist nicht richtig.«
»Vermutlich nicht«, gab sie zu. »Aber ich kann dafür sorgen, dass du dich besser fühlst.« Seine Hände ballten sich zu Fäusten. Sie meinte, einen Schritt auf dem gefliesten Boden zu hören. Doch das war albern. Sie waren allein, und er regte sich nicht, stand einfach nur vor ihr, die Augen auf den dunklen Flur gerichtet.

Manchmal war es nervend, in die Seele anderer Menschen blicken zu können – ein Fluch. Noch schlimmer aber war es, dass Daegan seine Gabe nicht kontrollieren konnte, und zwar ganz und gar nicht. Immer wenn er am wenigsten damit rechnete, bekam er einen winzigen Einblick in das, was ein anderer dachte. Nicht genug, um wirklich Bescheid zu wissen, doch immerhin eine Ahnung. Dafür, seinen Lebensunterhalt mit Handlesen oder Wahrsagerei bestreiten zu können, reichte sein Wissen ganz sicher nicht, doch immer wieder öffnete sich ein Fenster zur Seele eines anderen Menschen, und genauso war es im Augenblick.

Es war Bibi, die ihm etwas zurief. Er hörte ihre Stimme in seinen Träumen. Heute Abend war er nach der Arbeit in die Billardkneipe gegangen, hatte etwas Geld verspielt und mehr getrunken als sonst, dann war er nach Hause getaumelt, hatte seine Schuhe ausgezogen, Jeans und T-Shirt abgestreift und sich mit dem Gesicht voran aufs Bett fallen lassen. In dem Augenblick hatte er ihre Stimme vernommen, panisch, voller Pein hallte sie von seinen Schädelwänden wider. Er redete sich ein, er sei betrunken und würde sich alles nur einbilden, doch plötzlicher Lärm vor der Tür seines Apartments ließ ihn mit einem Schlag wieder nüchtern werden. Jemand hämmerte wie verrückt gegen das alte Holz, als wollte er Tote erwecken.

»Was zum Teufel …«, murmelte Daegan und warf einen Blick auf die Leuchtziffern seines Weckers, bevor er das Licht anknipste. Halb drei. Um sechs musste er unten an den Zapfsäulen sein.

Der grauenhafte Lärm hörte nicht auf. Daegan zwang sich aufzustehen und strich sich mit seiner schwieligen Hand übers Gesicht. Noch bevor er die Tür öffnete, wusste er, dass Bibi davorstand.

»Oh, Daegan!«, rief sie, als die Tür aufschwang, und stürmte an ihm vorbei in sein kleines Apartment. Sie roch nach Rauch, Alkohol und Parfüm. Ohne ihn anzusehen, ließ sie sich auf sein zerwühltes Bett fallen und barg ihr Gesicht in den Händen.

»Bibi?« Er fuhr sich mit der Hand durchs Haar und rieb sich die Augen. »Hast du eine Ahnung, wie spät es ist?«

Ohne auf seine Frage einzugehen, schüttelte sie den Kopf. »Ich bin so dämlich, so verdammt dämlich!«, jammerte sie. Ihre Stimme brach fast vor Schmerz. »O Gott, was soll ich bloß tun?«

»Warum bist du hier?«

»Ich musste raus, weg …«, stieß sie mit schwerer Zunge hervor, und ihm wurde klar, dass sie genauso betrunken war wie er. Eine gefährliche Kombination.

»Weg wovon?«

»Von denen!« Sie spuckte die Worte aus, als seien sie giftig, dann begann sie zu schluchzen, ein tiefes, herzzerreißendes Schluchzen, das ihren ganzen Körper schüttelte. Sie schlang die Arme um die Taille und fing an, sich zu wiegen, vor und zurück, vor und zurück. Wieder und wieder.

Ihm blieb nichts anderes übrig, als sie zu beruhigen, zumindest musste er es versuchen. »Komm schon, Bibi, was ist los?«, fragte er, setzte sich neben sie aufs Bett und legte den Arm um ihre Schultern.

»Collin …« Sie sah aus, als müsse sie sich übergeben. »Und Stuart.«

»Ich dachte, du magst die beiden.«

»Ich mochte sie auch. O Gott«, schluchzte sie. »O Gott, o Gott, o Gott.« Sie war weiß wie ein Bettlaken. »Ich war so blöd, so verdammt blöd!«

»He, nun mal eins nach dem anderen. Erzähl mir, was passiert ist«, sagte er gähnend.

»Das kann ich nicht.« Sie schüttelte heftig den Kopf.
»Aber du bist doch nicht den ganzen Weg hierhergefahren, um –«
»Halt mich einfach im Arm, okay?«
»Sicher.« Er zog sie zu sich heran, und sie lehnte sich an seine Schulter. Heiße Tränen tropften auf seine nackte Haut. Trotz seines benommenen Kopfes merkte er, dass es heikel war, sie zu berühren, dass sie verletzt war und er fast nichts anhatte, dass allein ihr Duft dafür sorgte, dass er hart wurde. Ihr Atem strich über seine Brusthaare. Er biss die Zähne zusammen, um seinen Schwanz unter Kontrolle zu halten.
»Kann ich bei dir bleiben?«
»Ich glaube, das ist keine gute Idee.« Seine kleine Wohnung war zwar nicht mehr ganz so trostlos und asketisch eingerichtet wie kurz nach seinem Einzug, dennoch war sie meilenweit von Bibis Standard entfernt. Daegan sah sich um. Obwohl er einen gebrauchten Teppich auf den Boden gelegt, das Bett bezogen und ein, zwei Möbelstücke angeschafft hatte, war es immer noch ein Loch – ein schmutziges Loch über einer Tankstelle. Doch selbst wenn er in einem Schloss gelebt hätte, hätte Bibis Anwesenheit nichts als Ärger bedeutet.
»Bitte. Ich musste da einfach raus.«
Was sollte er sagen? Offenbar brauchte sie einen Freund, und er – er brauchte eine Zigarette. »Na schön. Du … du kannst hier schlafen. Ich setz mich auf den Stuhl.«
»Nein. Bitte, Daegan, halt mich fest, bloß heute Nacht«, bettelte sie und klammerte sich an ihn. »Bitte, halt mich einfach nur fest. Ich brauche jemanden, der mich festhält.«
»Aber –«
»Ich werde brav sein, das verspreche ich dir.«
»Du bist brav.«
»Dann halt mich bitte fest und beschütze mich.«

Obwohl sein biervernebeltes Hirn ihn davor warnte, mit dem Feuer zu spielen, seufzte er und knipste das Licht aus. Zusammen ließen sie sich auf die Matratze fallen, teilten sich das Kopfkissen, und er schwor sich, dass die Schwellung zwischen seinen Beinen und seine heißblütige Begierde nicht die Oberhand gewinnen würden. Er würde sie in seinen Armen halten, sie trösten, vielleicht ihren Nacken küssen, doch das wäre alles. Auf das schmerzliche, demütigende Gefühl, mit seiner eigenen Cousine geschlafen zu haben, konnte er getrost verzichten, und trotzdem: Sie war so weich, so warm, so lebendig in seinen Armen! Als er seine Lippen auf ihr Haar drückte und flüsterte, sie solle jetzt einschlafen, drehte sie sich zu ihm um, den sinnlichen Mund geöffnet, und schlang die Arme um seinen nackten Oberkörper.
»Du magst mich, oder?«
»Natürlich mag ich dich.«
»Und du findest mich … sexy.«
»Zu sexy.« Mein Gott, was tat sie da? Eine Woge der Begierde durchflutete ihn. »Schlaf jetzt, Bibi«, flüsterte er mit letzter Kraft.
»Willst du mich, Daegan?«
»Schlaf, Bibi.«
»Willst du mich?«
»Es zählt nicht, was ich will.« Er versuchte, seine Vernunft einzuschalten, doch das Bier in seinem Blut und der warme, weiche Frauenkörper in seinen Armen trübten sein Urteilsvermögen. Sein Herzschlag dröhnte in seinen Ohren.
»Ich will dich.«
»Verflucht!«
»Ich meine es ernst.«
»Bibi, schlaf jetzt oder geh«, knurrte er, doch die Stimme der Vernunft sprach eine andere Sprache als die seines Körpers.

»Das willst du doch gar nicht.«
»Bitte, hör auf –«
Doch sie küsste ihn, strich mit ihren warmen, feuchten Lippen über seine nackte Brust. »Lass mich«, flüsterte sie mit rauchiger Stimme.
»Um Himmels willen, hör auf damit –«
Bibi leckte seine Brustwarze.
Die Welt um Daegan herum begann sich zu drehen. »Bibi, bitte, hör auf damit –«
Ihre Finger glitten zu seinem Hosenschlitz und tasteten nach dem Reißverschluss. Daegan schloss die Augen. Der Reißverschluss öffnete sich mit einem schnellen Ratschen. Sein Mund wurde trocken, sein Schwanz verlangte schmerzhaft danach, von ihr in die Hand genommen zu werden. Er spürte, wie sein Widerstand unter ihren Lippen wie Wachs in der Sonne schmolz, als der Atem dieser lasziven Isebel über seinen Bauch strich. Daegan war verloren. Für immer.
Er schlang die Arme um sie und gab sich der Leidenschaft hin, die durch seine Adern pulste, auch wenn er sich innerlich dafür verfluchte. Dann küsste er sie, hart und voller Begierde, und er wusste, dass es kein Zurück gab.

Kapitel zehn

Daegan öffnete ein verschlafenes Auge und fuhr sich mit der Zunge über die Zähne. Sie fühlten sich pelzig an. Sein Mund schmeckte faulig, sein Kopf pochte. Er hatte zu viel getrunken, war nach Hause getaumelt und …

Benommen rollte er sich auf die Seite, sah sie und spürte, wie sich ihm der Magen umdrehte. Beinahe hätte er auf die Matratze gekotzt.

Bibi! Zur Hölle, nein!

Er schoss aus dem Bett und stöhnte auf, als ihm die nächtliche Verführung in schillernden, erschreckenden, kranken Bildern ins Gedächtnis kam. Die Galle kam ihm hoch, und er gab sich alle Mühe, auszublenden, wie er ihren Avancen erlegen war, wie er sämtliche Hemmungen über Bord geworfen hatte, doch es wollte ihm nicht gelingen. Sie hatten sich nicht nur einmal geliebt, o nein. In ihrem betrunkenen Zustand hatten sie gleich einen ganzen Sexmarathon hingelegt!

Schwachkopf! Vollidiot! Was zum Teufel hast du dir bloß dabei gedacht? Wieder drehte sich ihm der Magen um, die Galle brannte in seinem Hals. Er konnte nicht fassen, dass er mit seiner Cousine geschlafen hatte. Schaudernd trat er vom Bett weg, brachte Distanz zwischen sich und ihren warmen, nackten Körper, während sich eine Schlinge der Schuld um seinen Hals legte. Herrgott noch mal, was war nur in ihn gefahren?

Er hatte mit einer Sullivan geschlafen.

Voller Selbstekel wandte er sich ab, ging splitternackt ins Badezimmer und betrachtete sich in dem angeschlagenen Spiegel über dem Waschbecken. Er sah noch schlimmer aus, als er sich fühlte, und es kam ihm so vor, als steckte sein Kopf in einem unsichtbaren Schraubstock, der immer enger und enger wurde, bis ihm schließlich der Schädel platzte.

Er musste pervers sein, dass er mit ihr geschlafen hatte. Verdorben. Anormal. Komplett irre. Ein echter Psycho. Der Alkohol war nicht wirklich dafür verantwortlich. Er war scharf auf Bibi gewesen. Hatte mit ihr schlafen wollen. Er starrte in seine blutunterlaufenen, schuldbewussten Augen und verzog die Lippen zu einem spöttischen Grinsen. »Du dämlicher Bastard.«

Er war nicht besser als das Monster, das sein Vater war. Frank benutzte die Frauen, missbrauchte sie, und genau das hatte Daegan heute Nacht auch getan. Er hatte Bibis Vertrauen missbraucht. Sie war betrunken gewesen, verzweifelt. Bestimmt hatte sie nicht wirklich mit ihm schlafen wollen. Daegan spritzte sich kaltes Wasser ins Gesicht und versuchte, nachzudenken. Ihm blieben noch fünfzehn Minuten, dann musste er unten bei der Arbeit sein, fünfzehn lausige Minuten, um sich darüber klarzuwerden, was er mit Bibi und dem Rest seines Lebens anfangen wollte.

Wieder musste er daran denken, wie sie es miteinander getrieben hatten, und er spuckte ins Waschbecken. Als er die verbotene Schwelle erst einmal übertreten hatte, hatte er gar nicht genug von ihr kriegen können. Sie hatte ihn ermutigt, hatte ihn willkommen geheißen, und in seinem betrunkenen Zustand hatte er nicht einmal an ein Gummi gedacht! »Du gottverdammter Idiot!«, knurrte er heiser.

Er biss die Zähne zusammen bei der Erinnerung an die vergangene Nacht, sprang unter die Dusche und hoffte inständig, das heiße Wasser würde ihm helfen zu vergessen, auch wenn er ganz genau wusste, dass er ihr früher oder später gegenübertreten musste. Er duschte, bis der Boiler leer war und der schwache Strahl kalt wurde. Was sollte er ihr sagen? Was sollte er tun?

Er zog seine braune, ölbefleckte Uniform an. Während er sich mit den Fingern durch die nassen Haare fuhr, zählte er langsam bis zehn, nahm dann all seinen Mut zusammen und öffnete die Badezimmertür. Eine Dampfwolke waberte ins Wohnzimmer, wo Bibi schlief. Der Geruch nach abgestandenem Alkohol, Zigaretten und Sex hing in der Luft. Daegan öffnete das Fenster. Nicht weit entfernt ratterte ein Zug vorbei. Es war noch dunkel, nicht mal sechs Uhr, die Luft frühmorgendlich frisch. Im Osten zog die Morgendämmerung herauf.

Früher oder später würde er sich mit dem auseinandersetzen müssen, was er getan hatte, doch sie wirkte so friedlich, so sorglos in ihrem Schlummer, dass er es nicht übers Herz brachte, sie zu wecken und ihr ins Bewusstsein zu rufen, dass Stuart, Collin und er ihr Vertrauen missbraucht und sie aufs schändlichste benutzt hatten.

Herrgott, was sollte er nur tun?

Er nahm sich die letzte Zigarette aus der Schachtel, die sie auf dem Nachttisch, einem umfunktionierten Aktenschrank, hatte liegen lassen. Obwohl er wusste, dass er zu spät zur Arbeit käme, rauchte er schweigend und betrachtete den Sonnenaufgang. Er hätte sie wecken müssen, doch er tat es nicht. Stattdessen zog er die Bettdecke unter ihr Kinn, strich ihr eine verirrte Haarsträhne von der Wange, drückte die Zigarette aus und ging dann eilig zur Wohnungstür. Gegen zehn würde er eine Pause einlegen können, dann wollte er ihr sagen, dass er die Geschehnisse der letzten Nacht für einen großen Fehler hielt und dass er auch nicht wusste, was er sich dabei gedacht hatte. Er habe sie gern und schätze sie, doch ihr Liebhaber wolle und dürfe er nicht sein.

Leise fluchend trat er auf den Treppenabsatz hinaus und zog die Tür hinter sich zu, dann holte er tief Luft und eilte die Stufen hinunter. Egal, was er ihr sagte, es würde abgedroschen und banal klingen. Doch ob es ihm gefiel oder nicht, jetzt musste er sich erst einmal auf seinen Job konzentrieren. Ein großer Tanklaster wartete bereits darauf, die unterirdischen Tanks zu füllen. Der riesige Motor dröhnte im Leerlauf, die Luft füllte sich mit dem Gestank nach Diesel. Der Fahrer legte die hohle Hand um seine Zigarette und zündete sie an, ohne auf das RAUCHEN VERBOTEN-Schild gleich neben dem Eingang zu achten.

»He, du glaubst wohl, ich hätte zu viel Zeit, was?«, knurrte der Trucker, als er Daegan erblickte, und stieß eine weiße Rauchwolke aus.

»Bin in einer Minute bei Ihnen!«, rief Daegan, schloss die Tür zur Tankstelle auf und schaltete die Lichter im Kassenbereich, an den Zapfsäulen und Servicebuchten ein. Der strenge Dieselgeruch ließ seinen gereizten Magen rebellieren, sein Schädel pochte. Rasch suchte er die Lieferpapiere für Kraftstoffe heraus, schnappte sich ein Clipboard und lief nach draußen. Mit geübten Handgriffen öffnete er die Deckel zu den unterirdischen Tanks, die der Tanklaster mittels eines riesigen Schlauchs befüllte.

Ein Wagen rollte an eine der Zapfsäulen, die Glocke über der Tür zum Kassenhaus klingelte laut. Daegan beeilte sich, den ersten Kunden des Tages zu bedienen, und versuchte darüber hinwegzusehen, dass auf der Parkfläche an der Seite zwischen der durchgerosteten Karosserie eines Pontiacs und einem schrottreifen, mit Peace-Zeichen und psychedelischen Mustern versehenen VW-Bus Bibis Corvette stand – die silberne

Metalliclackierung glänzte in der aufgehenden Morgensonne und wirkte so fehl am Platz wie eine Jacht an einem Anleger für Fischerboote.

»Einmal volltanken«, sagte eine Stimme, die Daegan bekannt vorkam, genau wie das Gesicht, das ihm aus dem Fahrerfenster des alten Chevy-Kombis entgegenblickte.

Wie hieß der alte Kauz noch gleich? Preston? Nein, Prescott. Oliver Prescott, ja, das war's. »Gern.«

»Nette Karre.« Prescott schob ein Streichholz von einem Mundwinkel in den anderen und betrachtete Bibis Wagen. »Deiner?«

Daegan warf einen schnellen Blick auf die Corvette mit ihrer Luxusausstattung, dem Lederinterieur und dem teuren Kassettenspieler. »Ich wünschte ja.«

»Da wären wir schon zwei.« Prescott stieß ein heiseres Lachen aus, das in einen Hustenanfall überging, der ihm die Tränen in die Augen trieb. Als er sich endlich so weit gefangen hatte, dass er sein Portemonnaie zücken konnte, drückte er Daegan einen Zwanziger in die Hand und sagte: »Bleibt uns wohl nichts anderes übrig, als weiter von teuren Autos und schicken Frauen zu träumen, hm?«

Daegans Mund wurde staubtrocken. Unwillkürlich musste er an Bibi denken. Was sollte er bloß tun? Sie hatte ihm nicht verraten, was am Abend passiert war, was sie in seine Wohnung und letztlich in seine Arme getrieben hatte, doch er nahm an, dass Stuart oder Collin oder auch beide sie zutiefst gedemütigt hatten. Zweifelsohne würde es ihr heute Morgen nicht viel bessergehen, wenn ihr klarwurde, was in der Nacht geschehen war, und dass auch Daegan seinen Vorteil aus der Situation gezogen hatte.

So war das nicht, rief er sich vor Augen, doch das nagende Schuldgefühl blieb. Er hätte sich unter Kontrolle haben müssen. Sie war zu ihm gekommen, weil sie Trost suchte, keinen Sex. Doch genau den hatte sie bekommen. Verflucht, was für ein Schlamassel.

Als seine Kollegen eintrafen und er endlich Pause machen konnte, war es fast elf. Bibi lag noch im Bett, die Decke über die Brüste gezogen, die Augen auf die schmutzige Kassettendecke gerichtet.

Daegan kam sich in seiner eigenen Wohnung wie ein Eindringling vor. Die ganze Schäbigkeit seiner Behausung – die schmutzigen Fenster, der schmierige, gerissene Linoleumboden, der zischende, fauchende Heizlüfter – wirkte auf ihn wie ein Hohn.

Was sollte er sagen? Nichts. Sie konnten nicht länger Freunde bleiben. Sie hatten eine Grenze überschritten, als sie sich einander in purer, animalischer Lust hingegeben hatten, und nun gab es kein Zurück mehr.

»Das hätte nicht passieren dürfen«, flüsterte sie mit zitternder Unterlippe.

»Ich weiß.« Er war unfähig, sich von der Stelle zu rühren, stand da, als habe man ihn an den Fußboden genagelt.

»Du hättest das nicht zulassen dürfen.«

»Ich weiß.«

»Verdammt noch mal, Daegan, ist das alles, was du dazu zu sagen hast?«, fragte sie. Tränen traten in ihre schönen Augen.

»Es tut mir leid.«

Bibi zwinkerte heftig, schniefte und wischte sich mit dem Handrücken unter der Nase entlang. »Nicht halb so leid, wie es mir tut.«

»Es wird nicht wieder vorkommen.«

»Nein, das ganz bestimmt nicht.« Ihre Stimme änderte sich, und sie schürzte die Lippen, als kämpfe sie darum, die Fassung zu bewahren. »Weißt du, was sie mit mir gemacht haben?« Als er keine Antwort gab, blickte sie ihm direkt ins Gesicht und wiederholte ihre Frage: »Habe ich dir erzählt, was Stuart und Collin mir angetan haben?«

»Nein, das hast du nicht.«

»Nun, vermutlich ist das jetzt auch egal«, sagte sie und richtete sich zum Sitzen auf. Mit ausdruckslosem Gesicht zog sie sich die fadenscheinige Bettdecke vor die Brüste. »Ich brauche eine Zigarette.« Sie griff nach der leeren Schachtel auf dem Nachttisch, zerknüllte sie und fragte: »Gibst du mir bitte meine Handtasche?«

Er tat, worum sie ihn gebeten hatte. Bibi wühlte in der Ledertasche, zog eine Packung Viceroys hervor und steckte sich eine an. Sie inhalierte tief, blies den Rauch aus und schloss die Augen.

»Ich hatte immer schon eine Schwäche für Collin.«

»Du musst mir das nicht erzählen.« Je weniger er über das, was bei den Sullivans ablief, Bescheid wusste, desto besser.

»Ich möchte es aber. Deshalb bin ich ja hergekommen.«

»Ach, Bibi, ich glaube, ich will es gar nicht hören.«

»O doch. Das schuldest du mir für das, was du ... was du ... mit mir angestellt hast.«

Er zuckte zusammen, aber er war gewillt, seinen Mann zu stehen. Was sie getan hatten, hatten sie in gegenseitigem Einvernehmen getan, dennoch fühlte er sich zu schuldig, um darüber zu streiten. »Wenn du unbedingt willst ...«

»Ich weiß nicht, was ich will! Genau das ist das Problem.« Ihre Stimme zitterte wieder, und er fürchtete schon, sie würde zusammenbrechen, aber sie nahm sich zusammen. Einen Arm um die angezogenen Knie geschlungen, fuhr sie fort: »Im Augenblick möchte ich nur, dass du verstehst, warum ich letzte Nacht so verzweifelt war, ein solches Nervenbündel.«

»Es ändert nichts an dem, was geschehen ist.«

»Aber es hilft mir.« Rauch strömte aus ihren Nasenlöchern. »Wir waren allein, wir drei – Stuart, Collin und ich –, zum ersten Mal seit langem. Daddy – Robert, meine ich –«

»Ich weiß, wer dein Vater ist. Wir sind uns schon einmal begegnet.«

»Tatsächlich? Wann denn?«

»Als er der Überzeugung war, ich hätte versucht, Frank umzubringen.«

»Oh.« Sie zögerte, und für einen Moment dachte er, er würde vielleicht verschont bleiben. Stattdessen schüttelte sie den Kopf, biss sich auf die Lippe und sprach dann weiter. »Daddy hat gestern Abend eine Party in unserem Haus am See gegeben, wie er es jedes Jahr tut, wenn Mummy und er für den Sommer dorthin ziehen. Es war stinklangweilig, also sind Stuart, Collin und ich verduftet, als alle Gäste eingetroffen und mit Getränken versorgt waren. Niemand hat uns vermisst.« Sie lächelte bitter, doch ihre Augen standen voller Tränen. »Wir haben im Poolhaus Daddys Alkoholvorräte geplündert. Ich nehme an, wir waren ziemlich betrunken.« Sie strich sich eine Haarsträhne aus den Augen und furchte konzentriert die Brauen. »An die Details erinnere ich mich nur verschwommen, aber wir hatten Spaß. Dann musste Stuart gehen – ich glaube, er wollte sich vergewissern, dass niemand misstrauisch wurde und sich auf die Suche nach uns machte. Collin und ich waren zu dem Zeitpunkt schon gut abgefüllt, und wie gesagt: Ich stand schon sehr lange auf ihn. Ich küsste ihn, er erwiderte meinen Kuss, und eines führte zum anderen.« Sie starrte zu Boden. »Ich hatte den Eindruck … nun, ich dachte, er *wollte* mich. Er, ähm, er tat so, als … als würde ich ihm gefallen, aber …« Sie blinzelte erneut gegen die Tränen an. Ihre Stimme verklang, fast so, als habe sie vergessen, dass Daegan im Zimmer war. Die Zigarette verqualmte zwischen ihren Fingern.

»Ich, ähm, ich habe mein Bestes gegeben, um ihn anzumachen, aber es funktionierte nicht, und da wusste ich, dass etwas nicht stimmte.« Sie holte tief Luft und schauderte. »Wir waren nicht allein.«

Asche fiel aufs Linoleum, doch Bibi schien es nicht zu bemerken. Als sei sie weit, weit weg, starrte sie blicklos zu Boden, gefangen in den demütigenden Erlebnissen der letzten Nacht. Als sie fortfuhr, war ihre Stimme kaum mehr als ein Flüstern.

»Stuart war gar nicht gegangen. Er stand im Flur und beobachtete uns, bekam jedes intime Detail mit, hörte jedes Wort … und Collin wusste es. Deswegen kriegte er keinen hoch, doch beide ließen zu, dass ich es versuchte, beide hörten zu, wie ich Collin anflehte, mich zu lieben, beobachteten, wie ich … nun ja, alle möglichen Tricks mit den Händen und dem Mund anstellte.« Tränen liefen ihr über die Wangen und das Kinn. »Ich war so blöd, so unglaublich blöd.«

Daegan kam sich vor wie der letzte Schuft. »Wenn ich die Lage ändern könnte«, sagte er grimmig, »würde ich es tun.«

»Ich auch.« Sie schluchzte. »Wie soll ich ihnen je wieder unter die Augen treten?« Ihre Stimme klang so verletzt, dass es ihm fast das Herz brach.

»Du musst dir keine Vorwürfe machen.«

»Ich schätze, ich bin eine lausige Verführerin.«

»So lausig nun auch wieder nicht«, sagte er, und die Ironie in seinen Worten war nicht zu überhören.

»Ach, Daegan, und dann auch noch das zwischen dir und mir –«

»Ich weiß.«

»Wie konnten sie mir das antun? Wie konnte ich bloß so dämlich und naiv sein und mich so benutzen lassen? Für die zwei war das Ganze nicht mehr als ein übler Scherz!«

»Mach dir keine Vorwürfe, Bibi«, wiederholte Daegan. »Col-

lin und Stuart sind die Verantwortlichen. Sie haben dich benutzt. Und ich – ich habe dich auch benutzt.«
»Nein, ich glaube vielmehr …« Sie blickte ihm fest ins Gesicht. »Ich glaube vielmehr, ich habe *dich* benutzt. Du hast versucht, mich aufzuhalten.«
»Habe ich nicht.«
»Das hätte ich auch nicht zugelassen.«
Seine Lippen verzogen sich zu einem traurigen Lächeln. »Ich hätte konsequenter sein müssen, Bibi. Schließlich hast du mich nicht vergewaltigt.«
»Ach du liebe Güte!« Sie warf ihre Zigarette in eine offene Bierdose und hickste laut, dann weinte sie hysterisch.
Er setzte sich zu ihr aufs Bett und zog sie in seine Arme. Sie zuckte zurück, doch er ließ sie nicht los, flüsterte beruhigende Worte in ihr Haar, versicherte ihr wieder und wieder, dass alles gut werden würde, auch wenn er selbst nicht daran glaubte. »Das ist doch kein Weltuntergang. Du kommst schon darüber hinweg.«
»Wenn es nur so einfach wäre.« Sie stieß einen langen, bebenden Seufzer aus, dann machte sie sich plötzlich steif. »Lass mich los.«
Er ließ die Arme sinken.
Bibi stieß ihn von sich. »Das – das – alles – muss aufhören. Unbedingt!«, stammelte sie, warf die Decke von sich, ohne sich darum zu scheren, dass er sie wieder nackt sah. Er wandte den Kopf ab, während sie sich anzog, in ihre Schuhe stieg und sich Handtasche und Schlüssel schnappte.
»Es tut mir leid, Daegan, alles!«, rief sie über die Schulter, öffnete die Wohnungstür und trat hinaus auf den Treppenabsatz. Er hörte, wie sie die Stufen hinunter und über den Parkplatz zu ihrem Wagen eilte. Doch auch als sie weg war, wusste er, dass es nicht vorbei war. Noch lange nicht. Er hatte mit seiner

Cousine geschlafen und damit eines der striktesten Tabus gebrochen. Dafür würde er die größten Schwierigkeiten seines Lebens bekommen.

Den ganzen Tag über quälten ihn Schuldgefühle. Er rechnete damit, von jemandem aus der Familie zur Rede gestellt zu werden, und war nervös, blickte ständig über die Schulter, während er Kohle auf die Trucks schaufelte.

Nichts passierte. Der Tag war ungewöhnlich ruhig, ein kühler Sommernachmittag kam mit einer frischen Brise, die den Smog wegwehte. Bibi wartete nach der Arbeit nicht auf ihn. Es suchte ihn auch niemand in seiner Wohnung auf, als er sich umzog. Auch seine Mutter – die ihn mied in der Hoffnung, er würde erkennen, dass er den falschen Weg eingeschlagen hatte, und zu ihr zurückkehrte – brach ihr Schweigen nicht.

Am Abend war Daegan in der Lage, sich ein wenig zu entspannen. Er ging zu Shortys Kneipe, trank ein paar Bier und gewann fast hundert Dollar beim 9-Ball. Obwohl er nach wie vor Gewissensbisse verspürte, kam er zu dem Schluss, dass sich die Sache schon einrenken würde; dass es in der Tat kein Weltuntergang gewesen war, mit Bibi zu schlafen.

Zumindest redete er sich das ein, bis der scharfe Knall von Satans Peitsche Daegan O'Rourke mit allem Höllenzorn zeigte, was sich ausgleichende Gerechtigkeit nannte.

Auf dem Nachhauseweg von der Billardkneipe schlenderte Daegan durch die schmalen, vertrauten Straßen des Hafenviertels, die Fäuste tief in den Taschen versenkt. In einer befand sich der Gewinn, den er beim 9-Ball eingestrichen hatte. Es waren nur wenige Leute in den engen Seitenstraßen unterwegs, dichter, kalter Nebel zog vom Hafen herauf. Kaum ein Licht brannte hinter den Fenstern der Wohnhäuser, selbst die Huren und ihre Zuhälter schienen an jenem Abend zu

Hause geblieben zu sein. Offenbar hatten sie mehr Verstand als er.

Das Tuten eines Nebelhorns gellte durch die Dunkelheit. Mülltonnen und Pfützen ausweichend, bemerkte Daegan einen Hund, der in einem Hauseingang lungerte. Als er näher kam, knurrte der Köter drohend.

»Schon gut, schon gut«, sagte Daegan beschwichtigend, doch der Hund beachtete ihn gar nicht. Er hatte die Ohren angelegt, seine bernsteinfarbenen Augen fixierten etwas in der nebligen Finsternis hinter ihm.

Daegan spürte, wie sich ihm die Nackenhärchen sträubten.

Er ging schneller.

Der Hund fing an zu bellen. Daegan spürte seinen Angreifer mehr, als dass er ihn sah. Eilige Schritte jagten plötzlich hinter ihm her. Daegan fing an zu rennen, doch er hörte den keuchenden Atem seines Verfolgers, spürte, wie sich dieser mit stummem, tödlichem Hass näherte.

»Du bist ein toter Mann, O'Rourke!« Die Stimme kam ihm bekannt vor – aalglatt, geschliffen von jahrelanger Erziehung. Stuart.

Reflexartig spannten sich Daegans Muskeln an. Er wusste, dass es zum Kampf kommen würde. Bilder seiner Liebesnacht mit Bibi schossen ihm durch den Kopf, während er herumwirbelte und Stuart aus dem Nebel kommen sah. Ein dickes schwarzes Brecheisen schwingend, verlangsamte er seine Schritte. »Hör zu, du Arschloch«, sagte er, die aristokratischen Züge zornverzerrt. »Ich werde dir die Scheiße aus dem Leib prügeln und dich in deinem eigenen Blut liegen lassen, damit das elende Vieh da drüben dir den Garaus machen kann.« Er klopfte mit der Brechstange drohend gegen seine freie Hand. Dann holte er aus und schlug zu, blitzschnell wie eine angreifende Schlange.

Daegan duckte sich, doch die Stange traf ihn mit einem knirschenden Geräusch am Kinn. Blut sprudelte aus seinem Mund, der Schmerz ließ seine Knie weich werden.
»Du hast es verdient zu sterben, O'Rourke.« *Krach!* Ein weiterer Schlag. Schnell. Kräftig. Daegans Kopf flog nach hinten. Er ging zu Boden und prallte mit dem Schädel auf den kalten Beton.
Der Hund geriet nun völlig außer Rand und Band, knurrte, kläffte, geiferte, machte einen Riesenlärm.
»Du hältst dich von ihr fern, ist das klar? Du hältst dich von ihr fern!« Stuart trat ihm mit voller Wucht in die Magengrube. Daegan rollte sich zu einer Kugel zusammen. »Bastard!«, brüllte Bibis Bruder. »Du schmutziger, stinkender, beschissener Bastard!« Seine Stimme schnellte um eine Oktave in die Höhe. Daegan, der jetzt schon spürte, wie sein Gesicht anschwoll, kämpfte gegen eine Welle der Übelkeit an. Mit zusammengekniffenen Augen warf er Stuart einen Blick zu. Dieser ragte, das Gesicht zu einer brutalen Maske des Zorns verzogen, wie eine Bestie über Daegan auf. Die Brechstange noch immer in der Hand, zog er mit der anderen ein Messer mit einer dünnen Klinge aus der Tasche.
»Ich sollte dir dein schwarzes Herz rausschneiden! Bibi hat dir vertraut!«
»Ja, genau wie sie dir vertraut hat.«
Ein weiterer brutaler Tritt. Daegans Rippen krachten. Grauenvoller Schmerz schoss durch seinen Brustkorb.
»*Ich* habe sie nicht gefickt!«, brüllte Stuart und wedelte mit dem bedrohlichen Messer in der Luft herum. Seine schmale, mörderische Klinge gleißte im bläulichen Licht der Straßenlaternen.
»Ach nein?«
»Nein!«

»Vielleicht nicht körperlich«, entgegnete Daegan, dessen Kopf langsam wieder klar wurde. Sein Kiefer pochte, seine Rippen schmerzten, doch sein Denkvermögen kehrte zurück. »Seelisch dagegen schon, und das ist sehr viel schlimmer. Genau das hast du mit deiner Schwester gemacht.«

»Du hast doch keine Ahnung!« Stuart stürzte sich auf ihn, das Messer in der ausgestreckten Hand.

Daegan rollte sich zur Seite und kam auf die Fersen. »Tu's nicht«, knurrte er warnend.

»Ich werde dich aufschlitzen und dir deine Bastard-Eier abschneiden.«

»Versuch's doch«, provozierte ihn Daegan, bereit zum Kampf. Die beiden umkreisten einander in der spärlich beleuchteten Seitenstraße. Stuarts blaue Sullivan-Augen funkelten gefährlich. Er hatte die Lippen fest zusammengepresst, sein Gesichtsausdruck bekundete grimmige Entschlossenheit. »Du bist ein Dummkopf, O'Rourke.«

»Mag sein, aber ich vergnüge mich nicht als Spanner, während es meine Schwester mit meinem Cousin treibt.«

»Du arroganter kleiner Scheißkerl.« Wieder griff Stuart an, doch diesmal war Daegan vorbereitet. Mit einem gezielten Tritt fegte er Stuarts Beine weg und wich der scharfen Klinge aus, während Stuart zu Boden ging. Das Brecheisen fiel ihm polternd aus der Hand, doch es gelang ihm, das Messer festzuhalten.

»Hast du etwas verloren?«, fragte Daegan höhnisch, hob die Metallstange auf und schwang sie über seinen Kopf.

Bibis Bruder rappelte sich blitzschnell hoch und knurrte drohend: »Ich bring dich in den Knast.«

»Nur zu.«

Das Messer schnitt durch die nebelige Nachtluft und erwischte Daegan am Ohr. Blut schoss aus der Wunde. Daegan ließ das Brecheisen herabsausen und landete einen Treffer auf Stuarts Schulter. Stuart heulte auf vor Schmerz und sackte vornüber auf die Knie.

»He – aufhören da drüben!«, brüllte eine barsche Stimme aus einem Fenster im zweiten Stock. »Schluss damit, sofort! Die Leute hier würden gern schlafen!«

Der Hund bellte wie verrückt.

Daegan warf sich auf seinen Cousin, umklammerte seine Taille und rang ihn zu Boden.

»Hör auf, Mann«, befahl er, doch Bibis Bruder fuchtelte weiter mit seinem Messer. Die Klinge traf auf Fleisch.

Daegan verlor die Beherrschung. Während Stuart wilde Flüche ausstieß und um sich trat, packte Daegan sein Handgelenk und drückte es nach unten, bis die Knochen brachen und das Messer klappernd zu Boden fiel.

»Herrgott noch mal, ich rufe jetzt die Polizei!«, schrie der Mann aus dem zweiten Stock.

Stuart heulte auf vor Wut und Schmerz, doch Daegan holte aus und drosch seinem Cousin mit der Faust aufs Kinn. Dieser versuchte, sich zur Wehr zu setzen, aber Daegan schlug erneut zu, wieder und wieder, bis Stuart reglos liegen blieb. Die Augen verdreht, lag er mit dem Gesicht nach oben auf dem Asphalt, die sonst so ebenmäßigen Züge von Blut und Hämatomen entstellt. Daegans Zorn verebbte schlagartig, als ihm bewusst wurde, was er getan hatte. »Großer Gott.« Keuchend hielt er in der Bewegung inne, die blutige Faust erstarrte in der Luft. Überall war Blut, und Stuart sah mehr tot aus als lebendig.

»Scheiße!« Daegan schnappte sich das Messer und brach es über seinem Knie in zwei Hälften, die er neben Stuart warf. Dann sprang er auf und rannte zur nächstgelegenen Telefonzelle. Seine Hände zitterten, als er in den Taschen nach Klein-

geld suchte, doch er fand ein paar Münzen und wählte schnell die Nummer der Polizei.
»Es hat einen Kampf gegeben, unten am Hafen, in der Nähe … in der Nähe …« Verdammt, wo waren sie? Er versuchte nachzudenken, sich zusammenzureißen, doch alles, was er vor sich sah, war Stuarts schneeweißes Gesicht. »Ich glaube in der Nähe von Taylors Mill. Einer der Jungs ist übel zugerichtet. Schicken Sie einen Rettungswagen!« Dann fiel ihm der Name der Querstraße ein, und er ratterte ihn herunter, bevor er den Hörer aufknallte, sich mit einem alten Lumpen von der Tankstelle, den er in seiner Tasche gefunden hatte, das Blut abwischte und sich in vollem Lauf aus dem Staub machte. Er musste zu seiner Wohnung zurückkehren und sich anschließend der Polizei stellen – erklären, was vorgefallen war, dass Stuart ihn attackiert hatte, weil er mit seiner Schwester im Bett gelandet war. Du lieber Himmel, was für ein Chaos!
Er schaffte es ungesehen bis zur Tankstelle und die Treppen hinauf zu seinem Apartment. Drinnen schenkte er sich bebend ein Bier ein, dann fiel sein Blick auf sein Konterfei im Spiegel über der Spüle. Sein Gesicht war blau und zerschmettert, die Augenlider verquollene Schlitze, das halbe Ohrläppchen fehlte. Er sah auf seine geschwollenen Hände hinab und stellte fest, dass er kaum atmen konnte, so sehr schmerzten seine Rippen. Von seiner Schulter bis zum Bauchnabel zog sich ein hässlicher, tiefer Schnitt, dort, wo Stuart ihn mit dem Messer verletzt hatte.
So gut er konnte, säuberte er sich und verarztete seine Wunden mit heißem Wasser, Jod und Verbandsmull.
Er würde sich mit der Polizei auseinandersetzen müssen, und falls diese ihn nicht vor Gericht brachte – was ein Wunder wäre –, würde er Boston verlassen. Es gab hier nichts mehr, was ihn noch hielt. Er hatte Bibi als Freundin verloren, indem

er sie zu seiner Geliebten machte. Seine Mutter hatte Frank Sullivan ihrem einzigen Sohn vorgezogen, und der Rest der Familie würde ihn verachten, wenn Stuart ihnen ihm Krankenhaus steckte, dass ausgerechnet der Bastard, das schwarze Schaf, ihn so zugerichtet hatte. Schlimmer noch: Was, wenn Stuart starb?

Daegans Leben wäre vorbei. Nicht dass man das Dasein, das er bisher gefristet hatte, wirklich Leben nennen konnte. Es war Zeit, Boston hinter sich zu lassen, nach Westen zu ziehen. Leid tat es ihm nur um Bibi, doch auch sie wäre besser dran ohne ihn. Er würde sämtliche Beziehungen abbrechen, auch die zu seiner Mutter, würde seine armseligen irischen Wurzeln kappen, seinen Akzent ablegen. Im Westen würde es ihm vielleicht gelingen, die schmerzlichen Erinnerungen auszuradieren, die sich in sein Gehirn gebrannt hatten.

Er war gerade damit beschäftigt, seine Sachen in den alten Matchbeutel zu stopfen, als die Polizei eintraf. Ein Detective und ein Sergeant, die beide so aussahen, als wären sie schon seit hundert Jahren im Dienst, klopften laut an seine Tür, selbst dann noch, als er sie schon aufgerissen hatte. Der Jüngere, ein Rotschopf namens Jones, schob nervös seinen Kaugummi von einer Wange in die andere, der Ältere, Sergeant Claude Traskell, schien ganz ruhig, doch seine Augen wirkten wie die eines Bluthunds, unheilverkündend, durchdringend, als er verkündete, dass man einen gewissen Stuart Sullivan in der Nähe des Hafens gefunden habe, durch brutale Schläge bis zur Unkenntlichkeit entstellt, ein zerbrochenes Jagdmesser neben seiner Hand. Sein Herz hatte noch geschlagen, als die Rettungssanitäter bei ihm eintrafen, doch auf dem Weg ins Krankenhaus war er verstorben.

Fast hätten Daegans Beine nachgegeben. Panik schnürte ihm die Kehle zu, als er das Misstrauen in Traskells Augen erkann-

te. *Tot?* Stuart Sullivan war tot? Heilige Mutter Gottes, das konnte doch nicht wahr sein! Er wollte nicht glauben, dass Stuart tot war – Stuart, das Goldene Kalb, Stuart, der Erbe, Stuart, der große Manipulator.
Trauer und Furcht senkten sich wie eine bleierne Last auf seine Schultern herab. Er presste die Kiefer zusammen, zwang sich, nach außen hin stoisch zu erscheinen, wenngleich er innerlich zusammenbrach.
Er hörte nur mit halbem Ohr zu, als der Sergeant seine Rechte vorlas und ihm dabei Handschellen anlegte. Es gab nichts, was er tun, nichts, was er ändern konnte.
Daegan O'Rourke war der Hauptverdächtige des Bostoner Police Departments im Mordfall Stuart Sullivan.

Teil drei

Kate

1995

Kapitel elf

Halt dich von ihm fern, Jon«, bat Kate, nachdem Daegan O'Rourke in seinem Pick-up davongefahren war. Sie fröstelte. *Wer war er, und was hatte er getan? Ein Mörder? Du lieber Himmel!* Das war ja kaum zu glauben. Nervös schob sie eine verirrte Haarsträhne aus dem Gesicht und blickte zur Auffahrt, wo sich der aufgewirbelte Staub langsam wieder legte. Wieso musste er ausgerechnet die alte McIntyre-Ranch pachten, die direkt an ihr Grundstück grenzte? Das war so nah, viel zu nah.

»Bitte geh nicht zu ihm rüber.«

Jon, der ebenfalls auf die nun leere Auffahrt starrte, bückte sich und kraulte Houndog hinter den Ohren. »Aber ich habe Eli versprochen, mich um Roscoe zu kümmern –«

»Fang nicht an, mit mir zu streiten«, entgegnete sie unwirsch. Sie spürte, wie sie zu zittern begann. »Erzähl mir, was du gesehen hast.«

»Nichts.«

»Aber du hast doch gesagt –«

»Das war keine Vision«, widersprach er und trat mit der Schuhspitze in den Kies, als sei er plötzlich verlegen. »Ich hatte nur so ein Gefühl, das ich mir auch nicht recht erklären kann.«

»Halt dich einfach von ihm fern, bitte.«

»Jetzt flipp mal nicht gleich aus, Ma. Uns wird schon nichts passieren«, murmelte er.

Aber sie flippte aus. Mal wieder. Jons erschreckende Zukunftsvisionen jagten ihr Angst ein, und seine Feststellung, dass Daegan jemanden umgebracht hatte, ließ ihr das Blut in den Adern gefrieren.

»Der Hund wird schon klarkommen«, sagte sie mit einer Stimme, die ihr fremd vorkam. »O'Rourke wird ihm zu fressen geben. Hör mir zu, Jon: Ich will nicht, dass du noch einmal einen Fuß auf das Grundstück der McIntyre-Ranch setzt. Nicht bevor wir Näheres über unseren neuen Nachbarn in Erfahrung gebracht haben.« Sie würde Laura bitten, über Daegan O'Rourke zu recherchieren, auch wenn sie sich nicht vorstellen konnte, in welchem Zusammenhang er zu den damaligen Ereignissen an der Ostküste stehen sollte. Sie hatte versucht, einen Bostoner Akzent auszumachen, als er sprach, doch sie hatte nichts bemerkt. Die Nummernschilder an seinem Pickup waren aus Montana. Nichts an ihm wirkte verdächtig – wäre da nicht ihre Intuition, dass er trotz seines Charmes und seiner rauhen Rancher-Herzlichkeit eine tödliche Gefahr darstellte.

Daegan O'Rourke war ein Mann, dem man besser aus dem Weg ging.

Kate warf einen Blick über die Schulter und schauderte, dann ging sie ins Haus. War Daegan der Verfolger aus Jons Alpträumen? Ein gemeingefährlicher Killer? Oder hatte es ein anderer auf sie abgesehen?

Daegan schloss die billige Kiste auf, die er in der Stadt gekauft hatte, und zog die Akte heraus, die er über Kate Summers und ihren Sohn angelegt hatte. Sie war fast leer; viele Informationen hatte er noch nicht sammeln können. Nachdem Bibi mit ihm in Kontakt getreten war, hatte er fast eine ganze Woche gebraucht, um Kate aufzuspüren. Im Grunde war das nicht lange, wenn man bedachte, dass sie es darauf angelegt hatte, unterzutauchen, doch er hatte bloß ein paar seiner Freunde aus dem Privatermittlergewerbe anrufen müssen, Lana Petrelli in Boston und Foster Investigations hier in Oregon, um ihr auf die Spur zu kommen. Lana hatte die Geburtsurkunde von Jon Summers aufgetrieben, die Sterbeurkunde von Kates Ehemann und Tochter, außerdem mehrere Akten der Kraftfahrzeugbehörde über gekaufte und verkaufte Autos. Die Spur hatte ihn nach Oregon geführt, wo Foster übernommen hatte.

Daegan hatte Bibi angerufen, außerdem verschiedene Immobilienmakler in Hopewell, und hatte das Glück gehabt, die McIntyre-Ranch pachten zu können – wenn man bei dieser Bruchbude von Glück sprechen konnte. Um seine Deckung aufrechtzuerhalten, hatte er bei der hiesigen Viehauktion zwei Pferde und ein paar Rinder ersteigert, die er entweder verkaufen oder mit zurück nach Montana nehmen konnte, wenn er hier fertig war. Der Plan erschien ihm gut durchdacht, doch er würde zunächst einmal Kates und Jons Vertrauen gewinnen müssen. Daher war es wichtig, dass er so aussah und sich so verhielt wie ein richtiger Rancher – was ihm nicht allzu schwerfallen dürfte. Obwohl er Lügen verabscheute, wusste er, dass man sie manchmal nicht verhindern konnte, wollte man sein Ziel erreichen, und über die Jahre hatte er ein Talent dafür entwickelt, die Wahrheit wenn nötig zu umgehen.

Doch was, wenn sich herausstellte, dass Jon tatsächlich sein Sohn war? Würde er die Lügen jemals berichtigen können? Was sollte er mit dem Jungen tun? Mit seiner Mutter? Verdammt noch mal, als er damals die Brücken zu den Sullivans abgebrochen hatte, hatte er sich geschworen, nie mehr zurückzublicken.

Doch das Kind hatte alles verändert.

Der Mann war ein Lügner, das wusste Jon. Er hatte es gespürt. Hatte es in dem Augenblick *gesehen,* in dem er Daegans Hand nahm.

Als er jetzt auf seinem Bett lag und den Baseball von einer Hand in die andere warf, konnte er sich kaum auf den Song konzentrieren, der im Radio lief. Alles andere verblasste bei der Erinnerung an das prickelnde Gefühl, das seine Visionen ankündigte oder begleitete und das so schnell verschwunden war, wie es sich eingestellt hatte.

Er hatte nur einen kurzen Blick in Daegans Vergangenheit werfen können, kurz, aber klar.

Vor seinem inneren Auge hatte er einen reglosen, blutverschmierten Mann in einer finsteren Seitengasse gesehen, hatte den Schmerz, die Angst, die Wut, die Daegan damals verspürte, am eigenen Leib erfahren. Für den Bruchteil einer Sekunde war Jon Zeuge eines brutalen Kampfs geworden. Fäuste und eine Eisenstange trafen auf Fleisch. Knochen brachen. Haut platzte auf. Es regnete Hiebe, bis Blut auf die Straße floss.

Selbst jetzt noch, Stunden nachdem er seinem neuen Nachbarn die Hand geschüttelt hatte, spürte Jon die Nachwirkungen, das Adrenalin, das durch Daegans Körper geschossen war. Jons Zähne fingen an zu schmerzen und fühlten sich locker an, und er roch den stechenden, animalischen Gestank eines Kampfes in kalter, feuchter Nachtluft.

Es musste schon eine ganze Weile her sein, doch es war eindeutig passiert.

O'Rourke hatte gelogen. Der andere Mann *war* gestorben.

Jon fuhr sich mit den Fingern durchs Haar und stellte das Radio aus.

Wer zum Teufel war Daegan O'Rourke?

Und warum habe ich einen so lebhaften Zugang zu der Vergangenheit dieses Fremden?

Er fing den Ball auf, den er in die Luft geworfen hatte, und rollte ihn unters Bett, dann erhob er sich und trat ans Fenster. Zwei goldene Lichtquadrate, Fenster von Elis altem Wohnhaus, leuchteten durch die Bäume, die die Grundstücke voneinander trennten, und Jon fragte sich, was Daegan O'Rourke im Augenblick wohl machte. Was hatte dieser Mann hier zu suchen, in diesem Kaff am Ende der Welt, in Hopewell, Oregon?

Die Wange an die kühle Scheibe gelegt, suchte Jon mit den Augen den kleinen Trampelpfad zwischen den Bäumen, der im Laufe der vergangenen Jahre durch seine regelmäßigen Besuche beim alten Eli entstanden war. Er könnte sich hinüberschleichen, niemand würde etwas davon erfahren. Sicher, er hatte seiner Mutter versprochen, sich von der McIntyre-Ranch fernzuhalten, aber er musste ja auch an Roscoe denken. Der Hund war immer noch so verstört über den Tod des alten Eli, dass er nicht unter der Veranda hervorkam, es sei denn, Jon war da.

Zur Ranch hinüberzugehen wäre sozusagen ein Gnadenakt.

Es musste ja niemand mitbekommen, wenn er ab und an nach Roscoe sah oder den Pferden einen Besuch abstattete.

Oder den Fremden ausspionierte, an dessen Vergangenheit der Geruch des Todes haftete.

Kate nahm nach dem zweiten Klingeln den Hörer ab. »Hallo?« Ihre Schwester Laura am weit entfernten Ende der Leitung klang gehetzt, als sei sie außer Atem. »He, hallo!«

»Laura!« Kate verspürte augenblicklich Erleichterung und gleichzeitig eine große Sehnsucht. Im Moment hätte sie alles dafür getan, Laura sehen und sich von deren Sorglosigkeit und Optimismus anstecken lassen zu können. Sie dehnte das Telefonkabel so weit, dass sie von der Küche ins Wohnzimmer spähen konnte, um sicherzugehen, dass Jon nirgendwo in der Nähe war, dann hörte sie seine Schritte in seinem Zimmer über ihr, gefolgt von wummernden Bässen. Zum ersten Mal in ihrem Leben war sie dankbar für die lauten Metallica-Songs.

»Ich habe deine Nachricht bekommen«, sagte Laura, »und es klang ganz so, als wärst du megagestresst.«

»Das bin ich. Ach Gott, Laura.« Plötzlich erschöpft, lehnte sich Kate mit der Schulter gegen die Küchenwand. Wie sollte sie ihrer Schwester erklären, was sie selbst nicht verstand? Wo sollte sie anfangen?

»Was ist los?« Lauras Stimme hatte etwas von ihrer üblichen Beschwingtheit verloren.

»Ich brauche deine Hilfe.«

»Das ist ja mal was anderes! Für gewöhnlich bist du doch meine Retterin, wenn ich etwas brauche, und nicht andersherum!« Laura lachte eine Spur ironisch, und Kate erinnerte sich an die Gelegenheiten, bei denen sie ihrer eigensinnigen, rebellischen Schwester aus der Patsche geholfen hatte. »Lass dir versichern: Dein Wunsch ist mir Befehl. Was gibt's?«

»Es – es geht um Jon.«

»Was ist daran neu?«

»Diesmal ist es anders«, sagte Kate.

»Dann geht es also nicht um die Kids, die ihn als Irren oder sonst was beschimpfen?«, hakte Laura nach, deren Antenne stets in höchster Alarmbereitschaft war, jedes noch so kleine Signal aufzufangen, das Jon oder seine Mutter ausstrahlten. Laura, die selbst keine Kinder hatte, war für Jon stets eine Heldin gewesen.

»Nein … nun, darum geht es natürlich auch, aber im Augenblick stehen die kleinen Quälereien und Gemeinheiten nicht ganz oben auf meiner Prioritätenliste. Ich möchte, dass du für mich etwas herausfindest – genauer gesagt, du sollst in den Akten des Bundesstaats Massachusetts schnüffeln.«

»Schnüffeln?«, wiederholte Laura zurückhaltend.

»Ja.«

»Oh, spielst du etwa mit verdeckten Karten? Ich bin mir nicht sicher, ob ich dir helfen kann, aber warte mal einen Moment, okay? Ich muss an meinen Schreibtisch gehen, damit ich mir das aufschreiben kann.« Es entstand eine kurze Pause, in der Kate ein gedämpftes Gespräch hörte, dann war Laura wieder am Apparat. »So, das ist schon besser. Jeremy und ich sind gerade vom Sport gekommen, und ich schwitze wie ein Schwein, auch wenn es draußen noch immer schneit. Kannst du dir das vorstellen? Noch nicht mal Halloween und schon fünfzehn Zentimeter Schnee. Die kleinen Gespenster werden sich beim Süßigkeitensammeln den Hintern abfrieren!«

Kate, die Lauras gutgemeintes Geplauder kaum ertragen konnte, trommelte ungeduldig mit den Fingern auf den Telefonhörer.

»Also, was willst du genau von mir?«

»Ich benötige sämtliche Informationen über Jons Geburt, alles, was du herausbekommen kannst, und ich spreche hier nicht von der gefälschten Geburtsurkunde. Ich will die wahre Geschichte wissen.«

Laura stieß einen Pfiff aus, und Kate konnte sich genau vorstellen, wie sie sich mit ihren langen Fingern sorgenvoll durch die rotbraunen Locken strich. »Ich dachte, du wolltest den Mist nicht aufwühlen.«

»Will ich auch nicht, aber ich muss.« Und weil Kate wusste, dass ihr keine Wahl blieb, brachte sie Laura rasch auf den neuesten Stand der Dinge, klammerte auch Jons grässliche nächtliche Visionen nicht aus. Ihre Schwester hörte zu, ohne sie ein einziges Mal zu unterbrechen. »Und deshalb«, schloss Kate,

»muss ich herausfinden, wer Jons leibliche Eltern sind, vor allem, ob der Vater vorbestraft ist oder Schlimmeres.«

»Ich nehme nicht an, dass du irgendwelche Namen kennst, irgendetwas, womit ich anfangen kann?«

»Ich würde sagen, du überprüfst sämtliche Kanzleien, die Fälle von Tyrell Clark übernommen haben, auch wenn ich bezweifle, dass er über Jon irgendwelche Akten angelegt hat.« Sie warf einen Blick aus dem Fenster in Richtung der alten McIntyre-Ranch. Von hier unten, aus dem Erdgeschoss, konnte man das Haus hinter der dichten Reihe von Kiefern nicht sehen, doch auch so ging ihr der neue Nachbar nicht aus dem Kopf. »Und wenn du schon dabei bist, könntest du auch den Kerl überprüfen, der die Ranch nebenan gemietet hat. Sein Name ist Daegan O'Rourke. Er sieht nicht so aus, als käme er aus der Gegend von Boston, und er spricht auch nicht so, trotzdem ... Finde einfach heraus, ob er irgendwie in die Sache verstrickt ist. Er fährt einen alten Pick-up – einen Dodge, glaube ich –, der einmal grün gewesen sein muss. Die Nummernschilder sind aus Montana, die Nummer weiß ich nicht.«

»Montana? Das ist ziemlich weit weg.«

»Ich weiß, aber es ist zumindest ein Anfang, oder?«

»Nur weil du einen neuen Nachbarn hast –«

»Es ist mehr als das. Jon hat seine Hand geschüttelt und ist ausgeflippt. Er hat den Mann beschuldigt, in einen Kampf verwickelt gewesen zu sein und jemanden umgebracht zu haben.«

»Ach du liebe Güte!«

»O'Rourke leugnet das natürlich, behauptet, er habe eine üble Auseinandersetzung mit seinem Cousin gehabt, doch er habe ihn nicht getötet.« Ihr Magen geriet erneut in Aufruhr. Unfassbar, dass sie hier stand und mit ihrer Schwester darüber diskutierte, dass möglicherweise ein Mörder – jemand, der auf irgendeine Art und Weise mit Jon in Verbindung stand – quasi

Tür an Tür mit ihnen lebte. »Ich werde mit Sheriff Swanson reden, doch der wird mich vermutlich bloß auslachen. Sein Sohn und Jon kommen nicht gut miteinander aus …«

»Beruhige dich, Kate. Hol erst mal tief Luft, und dann erzähl mir von ihm.«

»In Ordnung.« Kate schloss für einen kurzen Moment die Augen und versuchte, ihre Fassung wiederzuerlangen. Es brachte niemandem etwas, wenn sie die Nerven verlor. Sie musste sich beherrschen, ihre Sinne beisammenhaben. »Der Mann ist weiß – vermutlich ein Ire, wenn seine Geschichte stimmen sollte –, Mitte dreißig, ein paar Jahre hin oder her. Er ist ungefähr eins achtzig groß und schlank, doch er hat breite Schultern, ist sauber rasiert, hat graue Augen und dunkelbraune Haare, fast schwarz, und wenn die Sonne drauffällt, erkennt man einzelne rötliche Strähnen dazwischen. Er kleidet sich und spricht wie ein Rancher oder Cowboy, trägt verwaschene Levi's und Cowboystiefel. Es kann doch kein Zufall sein, dass er ausgerechnet zu diesem Zeitpunkt hier auftaucht!«

»Er ist zu dir nach Hause gekommen?«

»Ja, um zu telefonieren. Die Telefongesellschaft hatte seinen Apparat noch nicht angeschlossen.«

»Klingt kriminell«, zog Laura ihre Schwester auf.

Kate zählte stumm bis fünf. Laura war nie so ernst gewesen wie sie, und mehr als einmal hatte sie Kate vorgeworfen, melodramatisch zu sein. »Und er hat einen platten Reifen für mich gewechselt.«

»Jetzt mache ich mir aber wirklich Sorgen.«

»Nun, ich *mache* mir Sorgen, Laura. Ich finde, du solltest ihn überprüfen.«

»Du glaubst also, dass er lügt. Und weshalb?«

»Keine Ahnung. Vielleicht ist er ja ganz in Ordnung und es stimmt, was er behauptet, trotzdem ist das Timing äußerst merkwürdig.« Kate zwirbelte das Telefonkabel um ihre Finger und versuchte, sich Daegan O'Rourke als kaltblütigen Mörder vorzustellen, als Vater ihres Sohnes, als einen Mann, der wild entschlossen war, Böses zu tun. Ja, es lag etwas in seinen stahlgrauen Augen, das sie misstrauisch machte – ein Anflug von Hinterlistigkeit –, oder bildete sie sich das nur ein? Jons aufsässige Mätzchen hatten sie in letzter Zeit ihren sonst so kühlen Kopf und ihre objektive Sichtweise gekostet. »Ich bin übernervös«, gab sie zu.

Es entstand eine kurze Pause, bis Laura sagte: »Weißt du, Kate, vielleicht solltest du selbst Nachforschungen anstellen.«

»Aber ich brauche –«

»Ich meine, sei einfach freundlich zu ihm, anstatt ihm mit Misstrauen zu begegnen. Ist er Single?«

»Mensch, Laura, ich habe keine Ahnung, ich habe ihn nämlich nicht gefragt«, gab Kate, die ihre Gereiztheit nicht länger unterdrücken konnte, unwirsch zurück.

»Das ist das Erste, was ich herausgefunden hätte. Deiner Beschreibung nach klingt der Typ … interessant.«

»So interessant wie eine Klapperschlange.«

»Du weißt doch gar nichts über ihn, außer dass Jon denkt, er sei in einen Kampf verwickelt gewesen.«

»Nicht nur in einen Kampf. Jon sagt, er habe jemanden ermordet.«

Seit Jahren schon redete Laura auf sie ein, dass sie endlich wieder mit jemandem ausgehen solle, und zwar mit ernsten Absichten, dass es zu viel für Kate sei, Jon als alleinerziehende Mutter großzuziehen. Lächerlich. Es war Zeit, Laura den Kopf zurechtzurücken. »Hör mal, selbst wenn er bloß ein ganz normaler Typ wäre, vielleicht sogar der passendste Junggeselle auf der ganzen Welt – ich habe einfach keine Zeit für einen Mann!«

»Ach um Himmels willen, Kate, hör doch auf damit«, sagte Laura ungeduldig. »Wann machst du endlich Schluss mit diesen Schuldgefühlen und lässt Jim los? Er ist seit fast sechzehn Jahren tot. Er wird nicht zurückkommen, und es bedeutet noch lange nicht, dass du ihn nicht liebst, wenn du einen anderen Mann findest.«

»Ich bin nicht auf der Suche.«

»Nun, das solltest du aber sein, verdammt noch mal! Du bist jung, Kate, viel zu jung, um das Leben einer alten Jungfer zu fristen! Ich rate dir, diesen neuen Nachbarn nicht länger als eine potenzielle Bedrohung zu betrachten, sondern als möglichen Lover.«

»Ich will keinen –«

»Ist dir jemals der Gedanke gekommen, dass genau das der Grund für deine Probleme mit Jon ist?«, fragte Laura. »Hör mal, Kate, ich hasse es, so unverblümt zu sprechen, aber du hast im Augenblick jede Menge Schwierigkeiten mit ihm, nicht wahr? Prügeleien. Schuleschwänzen. Ausgeprägtes Rebellieren. Vielleicht braucht er einfach eine Vaterfigur.«

»Du hältst Daegan O'Rourke also für einen geeigneten Kandidaten«, erboste sich Kate. »Du hast ihn eben noch nicht kennengelernt.«

»Okay, es muss ja nicht unbedingt dieser O'Rourke sein – vielleicht taugt der Kerl ja wirklich nichts –, aber *irgendwer*, Kate. Wenn nicht für Jon, dann für dich selbst. Du widmest dem Jungen dein ganzes Leben, doch in ein paar Jahren wird er fort sein. Was dann?«

»Ich weiß es nicht«, gab Kate zu. Sie fürchtete sich vor dem Augenblick, in dem Jon sie verlassen würde. Nicht ihretwegen. Nein, wegen des Jungen.

»Hör endlich auf, die Heilige zu spielen, und leb ein bisschen!«

Leb ein bisschen. Lauras persönliches Credo. Während Kate

stets an die Zukunft gedacht, ihr Leben geplant und mit einem ständigen bangen Schulterblick gehofft hatte, dass die Vergangenheit sie nicht einholte, hatte Laura im Hier und Jetzt gelebt, ohne sich Sorgen zu machen, welche Gewitterwolken sich wohl in der Ferne zusammenbrauten.

»Dieser Typ macht mir Angst, Laura.«

»Du lässt dir von ihm Angst machen. Weil Jon einen schlechten Traum hatte. Entspann dich und atme tief durch. Du beschwörst den Kummer ja geradezu herauf.«

Kate ignorierte den kleinen Seitenhieb. Laura behauptete schon seit Ewigkeiten, Kate würde immerzu schwarzsehen. »Na schön, wenn du meinst. Ach, da fällt mir noch etwas ein. Mir ist aufgefallen, dass O'Rourkes linkes Ohrläppchen kleiner ist als das rechte.«

»Mein Gott, Kate. Hast du noch nicht bemerkt, dass kein Mensch zwei exakt gleiche Hälften hat?«

»Das weiß ich, aber das Ohrläppchen sieht aus, als sei es abgeschnitten worden.«

»Wie bei einer Messerstecherei?« Laura klang skeptisch.

»Ich denke schon.«

»Na und? Hat er etwa deinen Wohnzimmerteppich vollgeblutet?«

»Nein, das Ganze muss vor längerer Zeit passiert sein.«

»Ach, Kate, du müsstest dich mal hören. Dann hat er also einen Teil seines Ohrläppchens eingebüßt. Das ist doch keine große Sache! Denk mal dran, dass Dad als Kind bei einem Unfall zwei Zehen verloren hat. O'Rourke hat doch zugegeben, dass es eine handgreifliche Auseinandersetzung mit seinem Cousin gab, oder nicht? Vielleicht ist es da passiert. Du fängst wirklich langsam an – nein, das nehme ich zurück, du fängst nicht erst an, du warst schon immer so.«

»Wie?«

»Paranoid. Fünfzehn Jahre lang ist nichts passiert, und Jon hat sich schon öfter mit seinen Vorahnungen geirrt, hab ich recht?«

»Ja, aber –«

»Also hör bitte auf, dir Sorgen wegen deines neuen Nachbarn zu machen. Aber ich werde ein paar Recherchen anstellen. Mal sehen, was ich herausfinden kann. Zum Glück hat er einen ziemlich außergewöhnlichen Namen.«

»Wenn es sein richtiger ist.«

»Wenn nicht, wird's schwierig«, räumte Laura ein, »aber daran wollen wir jetzt noch nicht denken. Ich habe ein paar Freunde in einem anderen Department, die Zugang zu den Haftstrafenregistern haben, aber ich wette, der Typ hat noch nie einen Knast von innen gesehen. Wie ich schon sagte: Entspann dich. Trink ein Glas Wein, nimm ein heißes Bad, tu, was immer du brauchst, um abzuschalten, und ich rufe dich in ein paar Tagen zurück. Alles wird gut«, versicherte Laura, dann legte sie auf.

»Ich hoffe, du hast recht«, sagte Kate in die tote Leitung. »Ach, Laura, ich hoffe bei Gott, du hast recht.«

Doch sie glaubte ihrer Schwester keine Sekunde. Ärger braute sich zusammen, gewaltiger Ärger, und Kate hätte ihren letzten Dollar darauf verwettet, dass dieser etwas mit Daegan O'Rourke zu tun hatte.

Jon schlich zwischen den Bäumen hindurch und schlug den Jackenkragen hoch. Der Mond stand am Himmel, Millionen von Sternen funkelten, doch es war kalt, kälter als der Arsch eines Brunnengräbers, wie Eli zu sagen pflegte. Bei dem Gedanken an den alten Kauz biss Jon die Zähne zusammen. Er kam an ein Beet mit vertrocknetem Gras und Unkraut. Als Eli noch am Leben gewesen war, war er diesen Weg Hunderte Male gegangen, und auch jetzt, obwohl er O'Rourke begegnet war, konnte er nicht wegbleiben. Dreimal schon hatte er der

Ranch einen nächtlichen Besuch abgestattet. Er hatte in der Dunkelheit gekauert, Roscoe gestreichelt und O'Rourke durchs Fenster beobachtet. Der Kerl las viel, hockte vor seinem Laptop oder telefonierte, manchmal sah er auch fern, die Nachrichten und die *David Letterman Show*, bevor er die Lichter ausmachte.

Nichts, was er tat, war auch nur ansatzweise verdächtig, und es hatte den Anschein, als würde er sich gut um Elis alten Hund kümmern. Trotzdem … Er hatte etwas an sich, das einfach nicht stimmig war.

Knack! Jon trat auf einen Zweig. Roscoe gab ein leises »Wuff« von sich, bevor er unter der Veranda hervorkrabbelte und auf den Jungen zugaloppiert kam.

»Hier, bitte sehr!« Jon grub in seiner Tasche und gab dem Hund einen Hundekuchen, dann schlich er vorsichtig ums Haus. In der Küche brannte Licht, O'Rourke schenkte sich ein Bier ein. Jon beobachtete, wie er von der Küche ins dunkle Wohnzimmer ging, wo er sich aufs Sofa fallen ließ, einen bestrumpften Fuß auf den zerschrammten Couchtisch legte, einen Schluck Bier nahm und Fernsehen schaute. Bläuliches Licht fiel auf sein kantiges Gesicht, und wenn Jon an solchen Unsinn geglaubt hätte, wäre er überzeugt gewesen, den Leibhaftigen vor sich zu sehen.

Er verstand selbst nicht, was ihn immer wieder hierherzog. Als Eli noch lebte, war das natürlich etwas anderes gewesen. Sie hatten stundenlang miteinander geredet, den sich ständig verändernden, endlosen Himmel betrachtet, Gitarre und Mundharmonika gespielt und einander Geschichten erzählt – der Alte hatte jede Menge Storys über seine ärmliche Kindheit in den Great Plains auf Lager gehabt. Jon hatte Eli vertraut, hatte ihm gestanden, dass er in Jennifer Caruso verliebt war und dass Todd Neider deswegen ständig versuchte, ihn zu verprü-

geln. Wegen Jennifer. Eli hatte leise gelacht und gesagt, wenn es um Frauen ging, würde man sich meist zum Narren machen.
Jon vermisste den alten Kauz. Das war wohl der eigentliche Grund, warum er immer noch hier herumhing, das und der neue junge Hengst, der vor zwei Tagen plötzlich auf der Koppel gestanden hatte. Er hatte Pferde immer schon geliebt, doch seine Mutter war strikt dagegen gewesen, eins anzuschaffen. Obwohl sie sonst eher nachgiebig war, hatte sie sich quergestellt, wenn es um dieses Thema ging. Sie hatten jede Menge Streit deswegen gehabt, und Jon hatte sogar angeboten, eins von seinem eigenen Geld zu kaufen, doch sie war eisern geblieben und hatte behauptet, kaum hätte er ein Pferd, wolle er auch schon ein Auto, und damit, das musste er zugeben, hatte sie vermutlich recht.
O'Rourkes Hengst faszinierte ihn. Jon wusste genug über Pferde, um zu wissen, dass das junge kastanienbraune Quarter Horse einiges wert war, während der andere Gaul – ein grauer Wallach – ein Arbeitspferd war, trittsicher, gutmütig und ohne das Feuer des Braunen.
Jon pfiff leise, griff in seine Jackentasche und förderte einen Apfel zutage, den er mit seinem Taschenmesser in zwei Hälften schnitt. Der vertrauensselige Graue trottete zu ihm herüber und schnupperte eifrig an seiner Handfläche, aber der junge Hengst schüttelte den Kopf und schnaubte nervös. Seine schneeweißen Fesseln leuchteten in der Dunkelheit.
»Komm schon«, flüsterte Jon. »Sonst ziehst du wieder den Kürzeren gegenüber Mr. Gierig.« Er streckte lächelnd die Hand aus. Das temperamentvolle Quarter Horse legte die Ohren an, doch es kam zögernd näher. »So ist's gut.«
Der junge Hengst reckte den Hals und nahm mit einer raschen Bewegung den Apfel von Jons offener Handfläche, dann trat er malmend den Rückzug an.

»Er heißt Buckshot.«
Fast wäre Jon vor Schreck aus der Haut gefahren. Sein Herz klopfte wie verrückt, als er herumwirbelte und O'Rourke keine drei Meter hinter ihm stehen sah. Er trug seine Stiefel, aber keine Jacke, und hatte die Arme fest vor der Brust verschränkt.
»Himmel!«, flüsterte Jon.
»Gefällt dir der Hengst?«
Jons Gedanken rasten. Was sollte er tun, jetzt, da O'Rourke ihn erwischt hatte? Weglaufen? Aber dann würde der Kerl seine Mom anrufen. Jons Mund war staubtrocken, seine Handflächen schweißnass. »Er … er ist schön.«
»Willst du ihn reiten?«
»Nein!«, log Jon. Er musste weg hier, und zwar schnell.
»Schade. Er könnte ein bisschen Training gebrauchen.« Meinte der Typ das ernst? Jons Zähne fingen an zu klappern. »Kalt?«
»Ja.«
»Möchtest du ins Haus kommen und dich aufwärmen? Ich habe Kaffee und vielleicht sogar etwas Kakao da.«
»Nein … äh, danke, nein.« Jon schüttelte vehement den Kopf, schließlich war O'Rourke nach wie vor der Feind, das spürte er in den Knochen. Trotzdem wirkte er anständig.
»Was machst du hier?«, fragte O'Rourke, und Jons Hoffnung, davonzukommen, ohne dass seine Mutter etwas erfuhr, schwand.
»Ich, ähm, ich bin früher auch oft hier gewesen und habe Eli besucht. Und Roscoe.«
Daegan schaute den Hund an, der folgsam neben Jons Füßen saß. »Er mag dich deutlich mehr als mich«, stellte er fest, dann blickte er Jon prüfend ist Gesicht. »Du hast mich ausspioniert, hab ich recht?«
»Was? Aber nein!« Wieder begann Jons Herz wie wild zu schlagen. Mist! Warum hatte er nicht gehört, dass der Kerl nä-

her kam? Er war so sehr damit beschäftigt gewesen, Buckshots Vertrauen zu erringen, dass er nicht mitbekommen hatte, wie sich die Tür öffnete. Doch wie hatte er nur das Quietschen der rostigen Fliegengittertür überhören können, die Schritte auf der Holzveranda? Nicht mal einen Zweig hatte er knacken gehört! Es war so, als hätte sich O'Rourke hierhergebeamt oder wäre geschwebt wie ein Geist.

»Du bist doch in den letzten Tagen auch hier gewesen, oder nicht?«

»Nein, ich schwöre …« O'Rourkes Gesichtsausdruck zeigte ihm deutlich, dass dieser ihm nicht glaubte. »Nun ja, ein paarmal vielleicht.«

»Weiß deine Mom davon?«

»Nein!«

»Und du willst, dass das so bleibt?«

Jon zuckte die Achseln. »Es würde ihr nicht gefallen.«

»Weil du mich einen Mörder genannt hast.«

»Und weil sie es nicht mag, wenn ich nachts durch die Gegend schleiche.«

»Könnte gefährlich sein.« O'Rourke rieb sich das Kinn und blickte hinauf zum Mond. »Willst du deine Sachen abholen?«

»Ach, lieber nicht.« Jon schüttelte den Kopf. »Wenn Mom davon erfährt, bringt sie mich um.«

»Das bezweifle ich.« O'Rourke schüttelte den Kopf. »Ich nehme an, sie würde einfach alles für dich tun.«

»Außer mir ein Pferd zu kaufen.«

O'Rourkes Lachen dröhnte durch die Nacht. Jon fuhr zusammen. »Deine Mutter ist eine kluge Frau, Jon. Diese Tiere machen nichts als Scherereien.«

»Finden Sie?«

»Das weiß ich.«

»Aber Sie haben welche.«

»Weil ich ein Dummkopf bin. Sie können längst nicht so weite Strecken zurücklegen wie ein Pick-up, brauchen Futter und Pflege und machen auch sonst viel Arbeit, aber ja, ich mag sie.«
»Ich, ähm, ich mache mich mal wieder auf den Weg«, sagte Jon.
»Das nächste Mal, wenn du das Pferd besuchen willst, komm kurz vorbei und sag mir Bescheid.«
»Sicher«, erwiderte Jon, auch wenn er wusste, dass es kein nächstes Mal geben würde.
»Und Jon?«
Jetzt kommt's. Jetzt wird er mir mitteilen, dass er es für seine Pflicht hält, Ma anzurufen und ihr mitzuteilen, dass ich mich hierhergeschlichen habe. »Ja?«
»Du bist zu jung, um Alkohol zu trinken.«
»Oh.«
»Und versuch mal, weniger zu rauchen.« Seine Augen blickten Jon durchdringend an. »Geh jetzt besser nach Hause, bevor deine Mom merkt, dass du weg bist, denn sonst müssen wir beide vermutlich eine Menge erklären. Ich weiß nicht, wie's dir geht, aber ich bin nicht in der Stimmung für eine Standpauke.«
Damit drehte er sich um und kehrte zum Haus zurück.
Jon starrte ihm nach. Abgesehen davon, dass er jetzt liebend gern eine Zigarette geraucht hätte, kam er zu dem Schluss, dass Daegan O'Rourke vielleicht gar nicht so übel war.

Kapitel zwölf

Kate hatte nicht erwartet, Daegan bald wiederzusehen, doch plötzlich stand er da, in ihrem Lieblings-Coffeeshop, wo sie für gewöhnlich auf dem Heimweg vom College haltmachte. Er lächelte die Kellnerin an, die seine Tasse nachfüllte, ein Bein entspannt neben dem Tisch ausgestreckt, die Ärmel seines Baumwollhemds aufgekrempelt, so dass man seine gebräunten, muskulösen Arme sehen konnte, das Kinn dunkel von einem Fünf-Uhr-Bartschatten.

Fast hätte sie an der Tür kehrtgemacht, doch als habe er ihre Anwesenheit gespürt, drehte er den Kopf in ihre Richtung und grinste sie schief an. Ihr albernes Herz fing an zu flattern, dabei war Daegan O'Rourke genau der Mann – der einzige Mann in ganz Hopewell, um genau zu sein –, von dem sie sich um jeden Preis fernhalten sollte.

»Kate!« Seine Stimme klang freundlich, seine grauen Augen blickten wärmer, als sie in Erinnerung hatte. »Setzen Sie sich zu mir!«

Mit ihm in der engen Sitznische zu hocken und unsinniges Zeug zu reden war das Letzte, was sie wollte. Er war ihr zu rastlos, zu ungehobelt, zu männlich. Es war jetzt fast eine Woche her, dass sie ihn zum letzten Mal gesehen hatte, und in dieser Zeit hatte sie sich etwas beruhigt. Laura hatte nicht angerufen, um ihr irgendwelche atemberaubenden Neuigkeiten mitzuteilen, in der Art von »Daegan O'Rourke ist ein Serienkiller« oder »Daegan O'Rourke ist ein Kinderschänder«, nicht mal »Daegan O'Rourke ist ein Verkehrssünder«, trotzdem musste sie wachsam sein. Er hatte zugegeben, dass sein Cousin in Folge eines Kampfs verstorben war, und wer wusste schon, welche anderen Geheimnisse sich hinter seinem unbefangenen Lächeln verbargen?

Gerade als sie nach einem anderen Sitzplatz Ausschau halten wollte, stellte sie fest, dass sich andere Gäste in dem kleinen Coffeeshop nach ihr umdrehten. Um ihnen keinen Anlass für Klatsch und Tratsch zu geben – es war schon schwer genug zu wissen, dass die meisten Bewohner von Hopewell sie mit Argwohn betrachteten, weil sie die Mutter dieses »Irren« mit den seltsamen Vorahnungen war –, ging sie zu O'Rourkes Nische hinüber und ließ sich auf den Stuhl ihm gegenüber fallen. Sie protestierte nicht mal, als er der Kellnerin winkte, um eine Tasse Kaffee für sie zu bestellen.

»Wie klein die Welt doch ist«, stellte er mit einem schalkhaften Funkeln in den Augen fest.

»Falls Sie es noch nicht bemerkt haben sollten: Wir sind hier in einer *Klein*stadt.«

Er zog einen Mundwinkel in die Höhe. »Genau wie ich es mag.«

»Haben Sie denn schon mal in einer Großstadt gelebt?«, fragte sie unschuldig, obwohl ihre Nerven gespannt waren wie eine Geigensaite.

»Nö, aber ich bin in genügend Städten gewesen, um zu wissen, dass ich im Herzen ein Junge vom Lande bin.« Wieder dieser unglaubliche Charme.

»Tatsächlich?« Sie lehnte sich zurück und wollte ihn gerade fragen, woher er denn kam, als die Kellnerin, Tami Lynde, die Tochter des Besitzers, ihre Tasse Kaffee brachte und Kate fragte, ob sie noch einen weiteren Wunsch habe.

Kate, die sich wünschte, sie hätte nie den Fuß zur Tür hineingesetzt, lehnte dankend ab. In diesem Augenblick sah sie Carl Neider, Todds Vater, hereinkommen, und merkte, wie sie sich versteifte. Neider war ein Bär von einem Mann mit Händen wie Fleischhaken, dem Ansatz eines Bierbauchs und einem platten Gesicht, bedeckt von einem dunklen Bart, der langsam grau wurde. Seine kleinen, fiesen Augen standen weit auseinander, und wenn er lächelte, blitzten seine Goldkronen.

»Ein Freund von Ihnen?«, fragte Daegan, als sie beobachtete, wie Neider in einer Nische auf der gegenüberliegenden Seite Platz nahm.

»Wohl kaum.« Sie goss etwas Sahne in ihren Kaffee und lauschte den Geräuschen im Café, den gedämpften Gesprächen, dem Klappern des Bestecks und dem Quietschen des sich langsam drehenden Deckenventilators. »Sein Sohn Todd hat Spaß daran, Jon zu demütigen. Beschimpft ihn, provoziert Schlägereien, schikaniert ihn – Sie wissen schon, das Übliche.« Kate betrachtete die Sahnewölkchen, die in ihrer Tasse aufstiegen, und seufzte. »Ich kann natürlich nicht nur ihm die Schuld daran geben. Manchmal beschwört Jon so etwas nahezu herauf.«

»Niemand möchte gedemütigt werden.« O'Rourke blickte mit zusammengekniffenen Augen zu Neider hinüber, der einen Schluck aus seiner Tasse nahm, und wieder spürte Kate die rastlose Energie, die ungezügelte Kraft, die dieser Mann ausströmte. Er presste die Kiefer zusammen.

Als sich Daegan wieder Kate zuwandte, war sämtliche Wärme aus seinem Blick gewichen, und sie verspürte denselben Anflug von Furcht wie vor einer Woche auf ihrer Veranda. Hinter der Fassade des braven Ranchers schien sich ein gefährlicher Mann zu verbergen.

»Sie haben recht«, sagte sie. »Wie dem auch sei, Jon ist inzwischen größer und kann besser auf sich aufpassen. Hoffentlich ist er auch klüger geworden.«

»Wird er nur so verspottet, oder ist es wegen seiner Gabe – weil er Dinge sehen kann, die andere nicht sehen?«
Die Hand mit der Tasse, die sie gerade an die Lippen führen wollte, blieb mitten in der Luft stehen. Kate räusperte sich, dann setzte sie die Tasse ab und runzelte die Stirn. »Sie sind sehr direkt.«
»*Sie* haben das Thema angeschnitten.«
Dem konnte sie nicht widersprechen. Sie stützte die Ellbogen auf den Tisch, verschränkte die Finger und legte ihr Kinn darauf ab, damit sie seinem Blick standhalten konnte, ohne mit der Wimper zu zucken. »Das habe ich, Mr. O'Rourke, und der Grund dafür ist, dass die Dinge, die man zu Jon sagt, die boshaften Bemerkungen, die grausamen Scherze, die abscheulichen Schimpfnamen, die man ihm an den Kopf wirft, zutiefst verletzend sind. Es ist egal, ob die Person, die das tut, eifersüchtig ist oder verunsichert oder sich einfach nur minderwertig fühlt. All diese hässlichen Worte sind schmerzhaft. Sie hinterlassen Narben. Nicht nur bei ihm, sondern auch bei mir, denn ich liebe ihn.«
Während ihrer Tirade hatte Daegan nicht einmal den Blick abgewandt. Als sie fertig war, bildeten seine ohnehin schmalen Lippen nur noch eine dünne Linie.
»Wissen Sie, wie es sich anfühlt, mit solchen Schimpfnamen bedacht zu werden, sich ständig fehl am Platz zu fühlen, zu glauben, man sei weniger gut als die anderen Kinder?«
Seine Augen verdunkelten sich, ein schmerzerfüllter Schatten, der so schnell verschwand, wie er gekommen war. »Leider ja«, erwiderte er gedehnt. »Vielleicht ist das eine Art Initiationsritus. Gehört zum Erwachsenwerden dazu.«
»Das sollte es aber nicht.«
»Amen.«
Sie zuckte die Achseln und seufzte. »Das ist wohl der Grund

dafür, dass ich langsam, aber sicher ein wenig abwehrend und überfürsorglich werde. Ich fahre meine Bärenmutterkrallen aus, meine Instinkte machen Überstunden, und ich kriege immer öfter Ärger mit meinem Sohn.«

»Warum?«

»Er scheint zu denken, dass ich mich ihm in den Weg stelle«, gab sie zu, obwohl sie wusste, dass sie sich diesem Mann nicht anvertrauen sollte. »Er ist der Ansicht, dass ich meine Nase aus seinen Angelegenheiten heraushalten muss.«

»Vielleicht hat er damit recht.«

»Er ist erst fünfzehn.«

»Was sagt sein Vater dazu?«

Sie hätte sich fast an ihrem Kaffee verschluckt. »Sein Vater?«, wiederholte sie, erstaunt, dass O'Rourke darauf zu sprechen kam. »Sein Vater ist tot. Jim ist gestorben, bevor Jon zur Welt kam.«

»Das wusste ich nicht … Und er hat keinen Stiefvater?«

»Ich habe nicht wieder geheiratet«, sagte Kate und trank ihren Kaffee aus. Dieses Gespräch wurde ihr zu persönlich – viel zu persönlich.

»Warum nicht?«

»Was ist mit Ihnen?«, fragte sie, um den Spieß umzudrehen. »Gibt es eine Mrs. O'Rourke?«

Er schüttelte den Kopf. »Ich bin nicht so der Typ fürs Heiraten.«

Das glaubte sie ihm gern. »Ich auch nicht«, sagte sie und wühlte in ihrer Handtasche. »Ich meine, damals schon, mit Jim, aber … nun ja …« Sie zog ihre Geldbörse hervor und entnahm ihr ein paar Scheine. »Er war nur schwer zu überbieten – und so viele Angebote hatte ich ja auch gar nicht. Manche Männer, mit denen ich ausgegangen bin, betrachteten Jon als Last, das muss man sich mal vorstellen! Die Tatsache, dass er über diese

Gabe verfügt, machte es natürlich nicht leichter. Doch es ist gut so, wie es ist«, versicherte sie Daegan. »Jon und ich kommen prima allein zurecht.« Sie legte das Geld auf den Tisch.

»Ich bezahle«, widersprach er.

»Danke, aber ich bin es gewohnt, für mich selbst zu bezahlen«, sagte sie. »Und das tue ich gern.« Damit stand sie auf, nickte ihm zum Abschied zu und verließ das Lokal. Daegan sah, wie sie schnurstracks über den Parkplatz auf ihren Wagen zuging.

Es war verwirrend, mit O'Rourke zusammen zu sein, dachte Kate und schloss die Wagentür auf. Er war so direkt, so rastlos und so verdammt sexy. Seine grauen Augen, die ihr tief in die Seele zu blicken schienen, seine großen, schwieligen Hände, das markante Kinn. Um ehrlich zu sein, hatte sie nach Jim noch nie einen Mann so genau betrachtet.

Nun mal ganz ruhig, sagte sie sich und ignorierte ihren Puls, der gewaltig in die Höhe geschnellt war. Er war doch bloß ein Mann. Ein x-beliebiger Mann. Niemand, den sie fürchten musste. Zumindest noch nicht. Sie stieg in ihren Kombi und steckte den Schlüssel ins Zündschloss. Ihr neuer Nachbar hatte mehr über Jon und sie erfahren, als ihr lieb war, doch jetzt musste sie das Heft wieder in die Hand nehmen. Sie warf einen Blick in den Rückspiegel, bevor sie aus der Parklücke setzte, und nahm sich fest vor, gleich heute Abend Laura anzurufen, um herauszufinden, was ihre Schwester über einen Möchtegern-Cowboy namens Daegan O'Rourke in Erfahrung gebracht hatte.

Und was wirst du jetzt tun, O'Rourke, den Jungen kidnappen? Daegan drückte die Fersen in die Flanken des alten Grauen, den er bei der Auktion ersteigert hatte, und schaute finster auf den Grenzzaun, als würde ihn tatsächlich interessieren, wie schlecht es um ihn bestellt war, doch in Wirklichkeit scherten ihn der verrostete Draht und die verfaulten Pfosten keinen Deut. Das war lediglich Teil seiner Lüge, einer Lüge, die er langsam satt hatte.

Die Wahrheit war, dass er hinter den Zaun und durch die Reihe von dicht stehenden Kiefern und Fichten hindurch zu Kate Summers Haus hinüberblickte. Die Bäume versperrten ihm einen Großteil der Sicht, doch er erahnte das weiße Holzhaus aus den 1920ern mit seiner breiten Veranda, den blauen Rahmen und der blauen Zierleiste am Dach. Im Garten, der um diese Jahreszeit trocken war und braun verfärbt, sah er eine Reihe von Himbeersträuchern und ein Gemüsebeet. Ein Apfelbaum stand neben einem verwitterten Gebäude, das vermutlich ein Pumpenhaus oder Holzschuppen war, und von einem der niedrigeren Kiefernäste hing ein langes, sonnengebleichtes Seil. Er entdeckte den Pfad, den Jon benutzt hatte, um zu seinem Haus zu schleichen, und konnte sich ein Grinsen nicht verkneifen. Der Junge war gerissen, doch Daegan hatte gespürt, dass er ihn beobachtete. Er hatte gewartet, bis Jon ihm etwas mehr vertraute und in ihm nur noch einen einsamen, unverheirateten Rancher sah.

Ha! Eine weitere Lüge. Daegan konnte neuerdings scheinbar leicht die Wahrheit verbiegen.

Er musste Kate wiedersehen, doch bislang hatte er keine Ahnung, wie er das anstellen sollte. Nachdem er das Glück gehabt hatte, ihr nicht ganz zufällig im Coffeeshop zu begegnen, hatte er Ms. Summers nicht mehr zu Gesicht bekommen, deshalb musste er handeln. Wenn ihm nur etwas einfiele! Vielleicht sollte er sie einfach anrufen und so tun, als würde er sich für sie interessieren. Das Problem war nur, dass er gar nicht so tun musste. Kate Summers fing an, ihm zu gefallen. Kompliziert und hübsch, wie sie war, entsprach sie eigentlich nicht dem Typ Frau, auf den er für gewöhnlich stand. Clevere Frauen mit scharfer Zunge, tiefen Gedanken und stürmischer Vergangenheit brachten nichts als Ärger. Aber Kate war anders. Und sie hatte sich seines Sohnes angenommen.

Er biss die Zähne zusammen und kämpfte gegen aufziehende Kopfschmerzen an. Meine Güte, was für ein Chaos!

Normalerweise bekam er beim Reiten einen freien Kopf, obwohl er nur selten einen betagten Ackergaul wie seinen Grauen sattelte. Vor Jahren hatte er entdeckt, was für ein herrlicher Nervenkitzel es war, auf einem schnellen Pferd übers offene Land zu galoppieren. Mit Anfang zwanzig, nach seinem Zusammenstoß mit dem Gesetz, einem Abstecher zur Armee und einer kurzen Karriere als Privatdetektiv war er in Albuquerque gelandet, dann hatte er sich durch Laramie treiben lassen, bevor er schließlich in West-Montana angekommen war, wo er sein Geld als Fährtenleser für jagdbegeisterte Städter verdiente. Irgendwann hatte er genug gespart, um sich ein Stück Land am Fuß der Bitterroot Mountains zu kaufen, der erste Ort in seinem ganzen bisherigen Leben, an dem er sich zu Hause fühlte.

Und jetzt war er hier, auf dem Rücken eines alten Gauls, starrte blicklos auf den verfallenen Zaun, während er überlegte, was er mit dem Jungen anfangen sollte. Seinem Sohn.

Was nun?

Er konnte sich schlicht und einfach aus dem Staub machen und dem ganzen Schlamassel den Rücken kehren, doch dann dachte er zähneknirschend an Robert und Frank Sullivan. Auf keinen Fall würden diese den Jungen in ihre manikürten Finger bekommen. Seinen Jungen. Kates Jungen.

Zum ersten Mal seit sechs Jahren hätte er sich gern eine Zigarette angesteckt.

Wer hätte gedacht, dass er hier landen würde? Doch da stand er nun, spähte durch die wogenden Äste windzerzauster Kiefern und überlegte, wie er eine Frau überreden sollte, ihm den Sohn zu überlassen, den sie als ihren eigenen betrachtete.

»Verdammt«, knurrte er, ruckte an den Zügeln und ritt langsam zum Blockhaus des alten McIntyre zurück.

Seit er Kate in dem Café getroffen hatte und zugeben musste, dass Bibis wilde Geschichte über Jons Zeugung Hand und Fuß zu haben schien, hatte er sein Vorgehen sorgfältig überlegt. Kate war offensichtlich zutiefst erschüttert über Jons Behauptung, Daegan habe jemanden umgebracht, und auch im Coffeeshop war sie auf der Hut gewesen.

Bis ihm ein Vorwand einfiel, sich ihr wieder zu nähern, wollte er nicht untätig sein. Er hatte bereits einiges auf der Ranch gerichtet – hatte sauber gemacht, Platz geschaffen für sein Faxgerät, seine Akten und den Computer, über den er mit seiner Ranch in Montana Kontakt hielt und Futter und Veterinärbedarf für die Tiere bestellte, die er hier gekauft hatte. Der alte Hund geruhte inzwischen, sein Versteck unter der Veranda zu verlassen, doch er knurrte jedes Mal, wenn Daegan ihm etwas zu nahe kam.

Daegan trieb das Pferd an und ignorierte die arktischen Böen, die von den Bergen herabwehten. Er brauchte mehr Informationen, doch die konnte er nur von Kate bekommen. Ein Anflug von schlechtem Gewissen machte sich bemerkbar, als er daran dachte, dass er sie benutzte, dass er hoffte, sie würde ihm vertrauen, nur damit er sie in tiefste Verzweiflung stürzte, wenn er ihr den Jungen wegnahm. Vermutlich würde sie danach keiner Menschenseele mehr vertrauen. Eigentlich hätte ihn das nicht kümmern dürfen, schließlich hatte sie es verdient, oder nicht? Sie war doch diejenige gewesen, die Geld dafür genommen hatte, ein Kind großzuziehen, das nicht ihr eigenes war.

Aber sie liebte den Jungen. Hatte ihre Sache gut gemacht.

Vielleicht wurde er langsam zu weich, aber ganz gleich, was sie in der Vergangenheit getan hatte, wie viele Gesetze sie gebrochen hatte, um Jon zu bekommen, sie würde ganz offensichtlich für ihn durch die Hölle gehen. Was konnte eine Mutter mehr tun? »Mist«, murmelte Daegan finster und stellte sich die Traurigkeit vor, die bald schon ihre whiskeygoldenen Augen verdunkeln würde.

Er drückte dem Grauen die Fersen in die Flanken und beschloss, dass er mit Kate allein sprechen musste, herausfinden musste, ob Jon nicht doch adoptiert war, auch wenn sie behauptete, ihr verstorbener Ehemann habe ihn gezeugt.

Er wusste, dass sie bis zum Tod ihres Vaters auf einer Farm im Mittleren Westen aufgewachsen war, anschließend war sie zusammen mit ihrer jüngeren Schwester Laura bei Onkel und Tante untergekommen, weil ihre Mutter sie vernachlässigt hatte. Kate hatte ihre Highschool-Liebe geheiratet und war nach Boston gezogen, wo sie als Rezeptionistin und Sekretärin für Tyrell Clark arbeitete, den Anwalt, den Bibi ihm genannt hatte. Wenig später war es zu der Tragödie gekommen. Kurz nachdem ihre einjährige Tochter und ihr Ehemann ums Leben gekommen waren, hatte Kate Boston verlassen und war nach Seattle gezogen, wo sie Teilzeit arbeitete und sich um ihren kleinen Sohn kümmerte. Dort hatte sie auch ihren Master-Abschluss in Englisch gemacht.

Von Seattle aus war Kate weiter südlich, nach Oregon, gezogen und in dieser elenden Kleinstadt gelandet. Jetzt unterrichtete sie Studienanfänger an einem Community College in Bend.

Genau wie sie behauptete, hatte Kate Summers nicht wieder geheiratet, doch ihre Erklärung, der Junge sei noch von ihrem Ehemann gezeugt worden, stimmte nicht. Vorausgesetzt, Kates Schwangerschaft hatte nicht elf Monate gedauert, war der

Junge entweder nach Jims Tod von einem Geliebten gezeugt worden, oder Jon war adoptiert und die Unterlagen dazu Fälschungen.

Lüge Nummer eins.

Er ließ die Zügel locker und betrachtete stirnrunzelnd die Blattrosetten des gelben Jakobs-Greis-Krauts. Es war so widerstandsfähig, dass es selbst auf diesem felsigen Stück Land wuchs. Es sah hässlich aus und war tödlich für das Vieh, doch es schien überall zu gedeihen, wo nichts anderes Wurzeln fassen konnte. Das Kraut war wie die Pest – wie unerwünschte illegitime Kinder.

Er rückte seinen Hut zurecht und stellte den Kragen seiner Jeansjacke auf. Der Wind nahm zu, die Herbstluft war knackig frisch. Schwere Wolken zogen über den Himmel und drohten über der rissigen, ausgedörrten Erde aufzuplatzen.

Falls Jon adoptiert worden war, schien er nichts davon zu wissen, hatte natürlich keine Ahnung, dass plötzlich eine ganze Familie Interesse an ihm bekundete.

Wenn Kate nur wüsste, mit wem sie es zu tun hatte! Er hatte keine Ahnung, wie er gegen das Geld, die Macht und den Einfluss der Sullivans ankommen sollte, die wie ein tödlicher Sog waren. Doch er wusste, dass er bereit war zu kämpfen. Kate Summers hatte nicht den blassesten Schimmer und auch nicht – so nahm er grimmig an – die geringste Chance. Jawohl, er würde vorsichtig sein müssen, aber auch schnell. Wenn er Kate und den Jungen so rasch aufgespürt hatte, würde das auch Robert bald gelingen.

Das altvertraute hohle Gefühl breitete sich in seinem Innern aus. Jedes Mal, wenn er gegen die Sullivan-Familie in den Ring stieg, spürte er, wie es weiter an ihm nagte und ihn langsam, aber sicher auffraß.

Doch diesmal war er fest entschlossen zu gewinnen.

Und Kate Summers wird verlieren.
Er verspürte einen Stich der Schuld, doch er ignorierte die Wunde. Das, was Kate bevorstand, war verdammt übel, doch sie selbst hatte es vor langer Zeit ins Rollen gebracht.
Er konnte Jon nicht einfach kidnappen, auch wenn Bibi das für die Lösung zu halten schien, und kein Gericht im ganzen Land würde ihm das Sorgerecht zusprechen. Und was zum Teufel sollte er mit einem bockigen Teenager anfangen, der anderen Menschen in die Seele blicken konnte?
Frustriert bei der Wendung, die seine Gedanken nahmen, lenkte er den Grauen durch eine trockene Schlucht, die so dreist war, sich Bachlauf zu nennen, und ritt dann zurück zum Blockhaus. Ein Kaninchen hoppelte eilig zur Seite, die Hufe des Grauen wirbelten Staub auf. Daegan wandte den Blick nicht vom Grenzzaun. Er stellte fest, dass die Pfosten verstärkt, wenn nicht gar erneuert werden mussten, genau wie der rostige Stacheldraht.
Er hörte, wie der alte Hund am Haus ein scharfes Bellen ausstieß.
Der Wallach schnaubte und drehte die Ohren nach vorn. Daegan blickte auf und kniff die Augen zusammen vor einem plötzlichen Windstoß, der ihm den Staub ins Gesicht blies. Auf der Koppel neben der Scheune stand Buckshot, das junge Quarter Horse. Doch Buckshot war nicht allein. Jon stand neben ihm und versuchte, ein Seil um den Hals des Pferdes zu schlingen. Daegan zuckte zusammen.
Zum Teufel, was tat der Junge da?
Er trieb sein Pferd an.
Das Bürschchen hatte ganz schön Mut, das musste man ihm lassen. Wer hätte gedacht, dass er nach dem Schrecken, den Daegan ihm eingejagt hatte, noch einmal hier aufkreuzen würde?

»Dummkopf«, murmelte er, obwohl er einen seltsamen Anflug von Stolz verspürte, weil er das Verbot seiner Mutter in den Wind geschlagen und seine eigene Entscheidung getroffen hatte. »Nun mach schon«, drängte er das Pferd.
Es gelang Jon, das Seil über Buckshots Nacken zu werfen, und als sich der Hengst zur Seite drehte, sprang er tollkühn auf dessen Rücken.
»Ach du lieber Himmel«, stieß Daegan mit angehaltenem Atem hervor und gab dem Grauen die Fersen. Wollte Jon sich umbringen? Daegan mochte nicht nach ihm rufen aus Furcht, Buckshot würde sich vor Schreck aufbäumen.
Doch es war zu spät.
Der Hengst ging durch. Er galoppierte ein kurzes Stück, dann stieg er mit wirbelnden Hufen vorn in die Höhe, bevor er nach hinten ausschlug und versuchte, die unerwünschten siebzig Kilo von seinem Rücken zu werfen. Roscoe rannte wie verrückt auf der anderen Seite der Umzäunung hin und her.
»Verdammt noch mal!« Genau das, was er gebraucht hatte! Jon saß wie ein Rodeoreiter auf dem Rücken des aufgebrachten Hengstes. Daegan beugte sich vor und galoppierte, eine riesige Staubwolke aufwirbelnd, quer über das trockene Feld. Noch bevor der Gaul zum Stehen kam, sprang er schon ab, setzte über den Zaun und lief über die Koppel auf Pferd und Reiter zu. »He, beruhige dich«, sagte er, als Buckshot den Kopf senkte und erneut mit den Hinterbeinen austrat. Jon, dessen Gesicht milchweiß geworden war, rutschte Buckshots langen Hals hinab, doch er hielt sich. »Um Himmels willen!« Daegan hatte Respekt vor einzureitenden Pferden, hatte er sich doch selbst für eine kurze Zeit als Rodeoreiter verdingt. Narben und steife Gelenke gemahnten ihn stets daran, wie gefährlich ein tobender junger Hengst sein konnte. »Ruhig, Kumpel«, befahl er leise und griff nach dem Strick, den Jon

Buckshot übergeworfen hatte, doch das Pferd bäumte sich auf und trat mit den Vorderbeinen aus. Die eisenbeschlagenen Hufe sausten durch die Luft. Daegan stürzte vor. *Wumm!* Schmerz schoss durch seinen Arm. Er zog scharf die Luft ein.
»Halt durch, Jon!«
Der Junge sah zum ersten Mal zu ihm hinüber, und sein bleiches Gesicht wurde noch weißer, als ihm bewusst wurde, dass Daegan ihn auf frischer Tat ertappt hatte.
Mit einem ohrenbetäubenden Wiehern buckelte Buckshot. Jon flog nach vorn und landete mit einem lauten Schrei am Boden.
»Nein! Mist!«
Daegans Magen schnürte sich zusammen. Hoffentlich hatte sich der Junge nichts gebrochen!
Jon versuchte, sich aufzurichten. »Oh, verflucht!«
»Alles in Ordnung mit dir?«, fragte Daegan und beugte sich zu ihm hinab.
»Sieht das so aus?« Tränen traten in Jons Augen.
»Es sieht so aus, als wärst du ein verdammter Idiot! Dich einfach auf das Pferd zu schwingen …«
»Sie haben gesagt, ich dürfe ihn reiten!«
»Aber doch nur, wenn ich dabei bin! Mensch, Jon, du hättest tot sein können!«
»Tja, bin ich aber nicht.« Er zuckte zurück, als Daegan ihm aufhelfen wollte. »Lassen Sie mich in Ruhe!«
»Ich lass dich schon in Ruhe, da kannst du dir sicher sein. Ich will mich nur vergewissern, dass du dir nichts gebrochen hast.«
»Mir geht's gut«, knurrte Jon und rappelte sich hoch.
»Weiß deine Ma, dass du hier bist?«
Er zuckte die Achseln, dann holte er zischend Luft vor Schmerz.
»Lass mich mal einen Blick draufwerfen –«
»Schon gut! Lassen Sie mich einfach in Ruhe.« Trotz funkelte

in den Augen des Jungen, obwohl Daegan auch Angst darin erkannte.

»Nun, immerhin befindest du dich auf meinem Grundstück –«

»Dann zeigen Sie mich halt an.«

»Das könnte ich tatsächlich tun«, sagte Daegan, ignorierte das Pochen in seinem Arm und warf dem Jungen einen strengen Blick zu. »Unbefugtes Betreten verstößt gegen das Gesetz –«

»Sie haben mich eingeladen, zu Ihnen rüberzukommen und Roscoe zu besuchen, und zwar jederzeit! Außerdem haben Sie noch meine Sachen.«

»Ach, deshalb bist du hier?«

»Ja.«

»Und das Pferd –«

Jon runzelte die Stirn und kaute auf der Lippe. »Mom will nicht, dass ich reite.«

»Warum nicht?«

»Sie denkt, das ist gefährlich.«

»Und du hast soeben den Fehler begangen, ihr zu beweisen, dass sie recht hat. Komm schon, lass uns den Schaden begrenzen.«

»Es geht mir gut.«

»Darüber möchte ich entscheiden.«

»Wenn ich es doch sage! Das war echt keine große Sache.« Jons Gesicht war schmerzverzerrt, doch jetzt standen keine Tränen mehr in seinen Augen. »Ich muss los.«

»Ich fahre dich rüber.«

»Nein, das schaffe ich schon allein.«

Daegan warf einen Blick auf Buckshot, der mit bebenden Muskeln auf der gegenüberliegenden Seite der Koppel stand. Er deutete auf den dickköpfigen Hengst. »Du hättest mich nur fragen müssen.«

»Und dann hätten Sie mich tatsächlich gelassen?« Hellblaue

Augen schauten ihn an. Durchdringende Augen. Sullivan-Augen.
»Allein? Ganz bestimmt nicht!«
Jon kniff die Lippen zu einer schmalen Linie zusammen und erinnerte Daegan nun noch mehr an seine ungeliebte Verwandtschaft. »Sehen Sie!«
»Wie ich schon sagte: Nur in meinem Beisein! Ich hätte dich mit einem fügsameren Pferd anfangen lassen, mit dem gutmütigen Grauen hier. Anschließend wären wir zu Buckshot gewechselt. Und jetzt komm schon, ich bringe dich nach Hause.« Er streckte dem Jungen die Hand entgegen, die dieser jedoch ignorierte. »Noch einmal: Weiß deine Ma, dass du hier bist?«
Schweigen. Schuldbewusstes, schmallippiges Schweigen.
»Ich glaube nicht. Vermutlich ahnt sie nicht mal, dass du weg bist.«
»Woher wissen Sie das?«, fragte Jon mit misstrauisch zusammengekniffenen Augen, als vermute er eine Verschwörung.
»Ist sie zu Hause?«
»Ist doch egal.«
Der Junge war genauso trotzig, wie er in seinem Alter war, dachte Daegan und hätte fast gelächelt. »Womöglich dreht deine Ma fast durch vor Sorge um dich«, sagte er nachdenklich. »Es wird wohl das Beste sein, ich fahre dich mit dem Pick-up rüber, dann kann sie ihre Wut an mir auslassen statt an dir.«
Jon zögerte. »Sie wollen für mich den Kopf hinhalten?«
»Das hab ich nicht gesagt. Nur, dass du es dann vielleicht nicht ganz so dick abkriegst. Und jetzt komm schon.«
»Nein.« Der Junge blieb stocksteif stehen, dann wich sämtliche Farbe aus seinem Gesicht, und wenn Daegan ihn nicht aufgefangen hätte, wäre er zu Boden gesackt.
»Na prima.« Daegan verschwendete keine Zeit und trug Jon,

der sich zum Glück nicht wehrte, zum Wagen. Er maulte ein wenig, als Daegan den Motor des alten Dodge startete, doch dann lehnte er sich schweigend gegen die Beifahrertür und starrte durch die schmutzige Windschutzscheibe.

Der Pick-up rumpelte und holperte den Weg entlang, der voller Schlaglöcher war. »Du hast deine Sachen vergessen«, bemerkte Daegan.

»Ist eh besser, wenn die bei Ihnen bleiben.« Jon sank tiefer in den Sitz. »Ma muss ja nicht unbedingt wissen, worum es sich dabei handelt.«

»Das hatte ich mir schon gedacht.«

»Sie werden es ihr nicht verraten, oder?«

»Was? Dass du *Playboy*-Hefte und Alkohol beim alten Eli liegenlassen hast? Wenn ich ihr davon etwas hätte sagen wollen, hätte ich es längst getan. Ich hab ihr doch auch nicht verraten, dass du dich zu mir rübergeschlichen hast.«

»Nein, bisher nicht«, erwiderte Jon argwöhnisch.

»Und ich habe auch nicht vor, das zu tun.«

Jon stieß erleichtert die Luft aus, und Daegan wurde klar, dass er soeben auf dem Weg, das Vertrauen des Jungen zu gewinnen, eine Riesenhürde genommen hatte.

»Deine Mom ist also zu Hause?«, fragte er über das wilde Bellen des jungen Hundes hinweg, der aufgeregt auf den Wagen zugesprungen kam. Was sollte er tun, wenn Kate Summers nicht da war? Den Jungen in die Klinik bringen? Selbst Erste Hilfe leisten? Jon sah nicht so aus, als würde er sich das gefallen lassen.

»Sie ist da.«

Als Daegan anhielt, stieß der Junge die Tür auf und sprang aus dem Wagen. Daegan blieb keine andere Wahl, als ihm zu folgen.

Die Fliegengittertür flog auf, und Kate, in alten Jeans und grünem Sweatshirt, kam auf die Veranda gestürmt. »Sei still, Houndog!« Sie hatte ihr Haar zu einem lockeren Pferdeschwanz gebunden, der sich durch den schnellen Lauf auflöste. Verwirrt blickte sie die beiden an. »Jon? Aber ich dachte …« Sie schaute über die Schulter ins Haus, als spielten ihre Augen ihr einen Streich und Jon würde auf der Schwelle zur Küche auftauchen, anstatt hier in der Einfahrt zu stehen. Sie schaute zu Daegan hinüber, dann musterte sie mit strengem Blick ihren Sohn. »Was geht hier vor? Ist alles in Ordnung mit dir?«

»Alles klar«, erwiderte der Junge, die Augen auf Daegan gerichtet, als wolle er ihn auffordern, etwas zu sagen.

»Eins meiner Pferde hat ihn abgeworfen.«

»Eins Ihrer *Pferde?*« Ihre Mundwinkel verzogen sich nach unten, und er bemerkte wieder die Abgespanntheit, die ihm schon bei ihrer Begegnung vor ein paar Tagen aufgefallen war. »Jon?«

»Es geht mir gut.«

»Aber ich dachte, du wärst oben – ich war in der Küche, habe gar nicht gehört, dass du weggegangen bist …« Wieder richtete sie ihr whiskeyfarbenen Augen auf Daegan. »Was hatte er auf Ihrem Pferd verloren? Und überhaupt: Wieso war Jon bei Ihnen?«

»Ich denke, er wollte nach dem Hund sehen. Den Rest müssen Sie ihn fragen. Ich war nicht zu Hause, als er beschlossen hat, Buckshot einzureiten.«

»Buckshot?« Ihre Augenbrauen schossen in die Höhe. »Jon, was zum Teufel hat das zu bedeuten?«

»Ich hab mich rausgeschlichen.« Er ging zur Veranda und lehnte sich gegen das Geländer. Auf seiner Oberlippe bildeten sich Schweißperlen. »Na und?«

»Na und?« Sie warf die Hände zum Himmel. »Du hast Hausarrest, weil du letzte Woche vom Unterricht suspendiert wurdest wegen dieser blöden Schlägerei und –« Sie unterbrach sich und strich sich ein paar sonnengebleichte Haarsträhnen aus den Augen. Dann wandte sie sich Daegan zu. »Bevor ich wieder ausflippe, sollte ich mich vermutlich erst einmal bei Ihnen entschuldigen«, sagte sie, nicht ganz überzeugt. »Ich habe keine Ahnung, was er auf Ihrem Grundstück zu suchen hatte, aber es tut mir leid, sollte er Sie belästigt haben. Vielen Dank für Ihre Hilfe.«

»Sie sollten seine Schulter kontrollieren lassen. Er ist ziemlich hart aufgekommen.«

»Es ist nichts!«, beharrte Jon.

»Vielleicht hat er Glück gehabt, und es ist tatsächlich nur eine leichte Prellung«, räumte Daegan ein.

Kate warf ihrem blassgesichtigen Sohn einen Blick zu. Der Junge hatte Schmerzen, ob er es zugeben wollte oder nicht. »Lass mich mal nachsehen.«

Jon biss die Zähne zusammen, als sie sein T-Shirt hochzog und vorsichtig seine Schulter abtastete. Er zog laut die Luft ein, dann ließ er, offenbar verlegen, die Untersuchung seiner Mutter über sich ergehen. Dunkle Schamesröte kroch seinen Hals und Nacken hinauf und brachte seine Wangen zum Glühen.

Kate runzelte die Stirn und ließ sein T-Shirt herabfallen. »Die Stelle verfärbt sich bereits. Wir sollten besser in die Klinik fahren und eine Röntgenaufnahme machen lassen. Steig ein, Jon. Ich ziehe mir schnell Schuhe an und hole meine Handtasche.«

»Ich muss nicht geröntgt werden«, widersprach Jon mit Nachdruck und warf Daegan einen finsteren Blick zu, als fühle er sich von ihm betrogen.

»Lieber einmal zu viel als einmal zu wenig.«

»Es geht mir gut, Mom.«

»Was ist bloß in dich gefahren, einfach so auf ein Pferd zu stei-

gen?« Sie verschränkte die Arme unter den Brüsten und deutete mit dem Kinn auf Daegan. »Oder war das seine Idee?«
»Er wusste nichts davon. Ich wollte bloß nach Roscoe schauen, und dann habe ich das Pferd gesehen und –«
»Ach, Jon, ich hätte gedacht, du wärst vernünftiger. Ich hole schnell den Wagenschlüssel ...«
»Mein Gott, Mom, ich bin doch kein Baby mehr!«
Kate riss der Geduldsfaden. »Dann hör auf, dich wie eines zu benehmen. Und leg dich bloß nicht mit mir an!«
»Ich bin kein kleines Kind mehr, klar?« Jons Gesichtsausdruck wurde zornig, und Daegan erkannte, dass die Beziehung zwischen Mutter und Sohn momentan mehr als gespannt war. Die beiden liebten sich, so viel stand fest, aber Kate war vermutlich überfürsorglich. Der Junge dagegen schien auf Ärger programmiert zu sein. Eine schlechte Mischung. Die Daegan nur allzu bekannt vorkam.
Es war Zeit, den Rückzug anzutreten. »Ich hoffe, ihm fehlt nichts«, sagte er, dann deutete er mit dem Zeigefinger auf Jons Brust. »Hör mal, Jon, du bist jederzeit willkommen, um dich um den Hund zu kümmern – aber mit Buckshot solltest du vorsichtiger sein.«
»Er wird Buckshot nicht mehr zu nahe kommen.«
»Es wäre nichts passiert, wenn ich dabei gewesen wäre. Lass mich wissen, was der Arzt sagt.« Er klopfte dem Jungen auf die unverletzte Schulter und erwartete beinahe, dass dieser zurückschrecken würde. Doch stattdessen wurde Jon zur Salzsäule, seine blauen Augen verdunkelten sich, und er starrte Daegan an, als habe er ihn noch nie zuvor gesehen.
Daegan krümmte sich innerlich.
»Wer war der Kerl, den Sie umgebracht haben?«, fragte Jon, und Kate, die bereits die Fliegengittertür öffnete, hielt in der Bewegung inne.

»Ich habe niemanden umgebracht, doch ich war vor Jahren in eine blutige Messerstecherei mit meinem Cousin verwickelt. Dabei habe ich das hier eingebüßt …« Er deutete auf das Ohr mit dem fehlenden Ohrläppchen. »Aber –«

»Er ist gestorben.«

Verdammt. »Auch das habe ich dir bereits erzählt.«

»Er ist aber nicht später gestorben, wie Sie mir weismachen wollten, sondern gleich an Ort und Stelle.«

Daegan sah die Furcht in Kates Augen und wusste, dass er diese im Ansatz ersticken musste. »Es war wirklich übel. Mein Cousin hat mich von hinten angegriffen.«

»Warum?«, fragte Jon.

Daegan schüttelte den Kopf. »Er war zornig auf mich. Wir waren jung und strotzten beide vor Kraft. Er hat mich mit einem Brecheisen und einem Messer angegriffen, und als der Kampf vorbei war, waren wir beide ganz schön zugerichtet. Um ehrlich zu sein, hatte ich Angst, ich hätte ihn umgebracht.« Kate starrte ihn mit weit aufgerissenen, entsetzten Augen an. »Wie ich schon sagte, wir waren beide ziemlich schwer verletzt, doch ich habe mich zu einer Telefonzelle schleppen und die Polizei anrufen können. Als die Cops eintrafen, war er tot.«

»Dann haben Sie – Sie haben –«

»Ach du liebe Güte.« Kate schlug sich die Hand vor den Mund.

»Nein. Ich habe ihn lebend zurückgelassen, aber die Polizei hat mir natürlich nicht geglaubt und mich wieder und wieder vernommen. Glücklicherweise fand sich ein Zeuge, der angab, er habe mich zu der Telefonzelle laufen sehen. Als ich weg war, seien zwei Männer gekommen, irgendwelche miesen Gangster, die meinen Cousin ausraubten und ihm den Rest gaben.« Daegan wandte den Blick ab und rieb sich aufgewühlt den Nacken. »Wenn ich nicht losgerannt wäre, um die Polizei zu rufen, hätte ich ihn vielleicht retten können. Vielleicht auch nicht. Vielleicht habe ich mich so tatsächlich des Mordes schuldig gemacht. Ich weiß nur, dass ich alles geben würde, um diese Nacht ungeschehen zu machen«, sagte er voller Überzeugung. »Es vergeht kein einziger Tag, an dem ich mir nicht wünschte, ich könnte im Rückblick alles ändern. Doch das kann ich nicht, das muss ich akzeptieren.«

»Mein Gott«, flüsterte Jon, ob aus Furcht oder Abscheu, konnte Daegan nicht sagen.

»Geh schon mal ins Haus, Jon«, sagte Kate schließlich.

»Wart doch mal, Mom. Hast du nicht gehört, was er gerade gesagt hat? O'Rourke –«

»Du sollst reingehen«, wiederholte sie. »Und zwar sofort.«

John verschwand durch die Haustür.

»Ich weiß nicht, was ich sagen soll«, gab Kate zu und biss sich auf die Lippe. »Ihre Geschichte ist –«

»Hässlich.«

»Ja, und um die Wahrheit zu sagen: Sie jagt mir Angst ein.« Sie schlang die Arme um die Taille, als wolle sie sich schützen, dann sah sie ihm direkt in die Augen. »Ich denke, es wäre das Beste für uns alle, wenn Jon hierbleibt. Sollte er sich noch einmal zu Ihnen rüberschleichen, schicken Sie ihn einfach nach Hause.«

Daegan wich nicht von der Stelle. »Es tut mir leid, dass Sie mein bestgehütetes Geheimnis erfahren haben«, sagte er aufrichtig. Ihr mehr von seiner Schlägerei mit Stuart zu erzählen und ihr damit einen Hinweis auf seine Herkunft zu geben war riskant.

»Und das war's? Nichts weiter?«

Er grinste schief. »Man hat mich als Tatverdächtigen in Untersuchungshaft genommen, reicht das nicht?«

»Nein … ich denke nicht«, sagte sie und wich seinem Blick aus. Zeit, den Spieß umzudrehen.

»Und was ist mit Ihnen?«, fragte er.

»Mit mir?«

»Irgendwelche Leichen im Keller?« Ein einsamer Habicht kreiste über ihren Köpfen in der im Augenblick windstillen Luft. Daegan zählte den Pulsschlag an ihrem Hals, während sie zögerte und Richtung Berge blickte, zu einer Stelle, die nur sie sehen konnte.

»Keine, über die ich reden könnte«, antwortete sie schließlich.

»Was ist mit Jons Vater passiert?«

»Wie bitte?« Sie zuckte zusammen. Jetzt hatte er ihre Aufmerksamkeit.

»Wie ist er gestorben?«

»Bei einem Autounfall. Fahrerflucht.« Sie schluckte mühsam. »Er und meine Tochter waren spazieren. Sie sind beide umgekommen.« Ihre Stimme war kaum mehr als ein Flüstern, und Daegan verspürte das eigenartige Bedürfnis, seine Arme um sie zu schlingen und sie zu trösten. Stattdessen drückte er die Fersen in den Kies und steckte seine Hände in die Hosentaschen. »Jim hat Jon nie kennengelernt.«

»Das ist wahrhaftig jammerschade. Ihr Sohn ist ein guter Junge. Sein Vater wäre stolz auf ihn gewesen.«

Sie starrte ihn an, als habe er soeben behauptet, die Welt würde in zehn Minuten untergehen. Ihre Finger zuckten nervös, und sie wischte sie an ihrer Jeans ab. »Nun, ähm, ich muss Jon jetzt zum Arzt bringen.« Sie öffnete die Fliegengittertür, doch bevor sie ins Haus ging, drehte sie sich noch einmal um. »Wissen Sie, manchmal sagt Jon Dinge, die er nicht sagen sollte.«

»Er ist ein Junge. Jungs neigen nun mal dazu.« Daegan sah die Fragen in ihren Augen. Hinter der Fliegengittertür bemerkte er Jons blasses Gesicht, das ihn durch den feinen Maschendraht anstarrte.

Er drehte sich um und ging zurück zu seinem Pick-up.

»Mr. O'Rourke?«

»Daegan. Ich dachte, das förmliche Mister hätten wir abgelegt. Immerhin sind wir Nachbarn.«
Nun, das hatte sie nicht vergessen. Konnte er der »Kriminelle« sein, der Mann, der ihren Sohn gezeugt hatte? Seine Bemerkung, dass Jons Vater stolz auf seinen Sohn sein könne, hatte ihre Knie weich werden lassen. Ihre Kehle war so trocken, dass sie kaum sprechen konnte, trotzdem stieß sie hervor: »Daegan, richtig. Diese Schlägerei mit Ihrem Cousin – wo hat sie stattgefunden?«
»Zu Hause.«
»Und wo ist das?«
»In Kanada. Eine kleine Stadt in Alberta, in der Nähe von Calgary. Gute Besserung für den Jungen!« Daegan stieg in seinen altersschwachen Pick-up, und Kate sah reglos zu, wie er davonfuhr.
Jon stieß einen leisen Pfiff aus. Die Schmerzen in seiner Schulter schienen vorübergehend vergessen. »Hast du das gehört? Er hat's zugegeben!«
»Ich habe es gehört«, sagte Kate und rieb sich über die Arme, um die Gänsehaut loszuwerden, die sich darauf gebildet hatte. Plötzlich war ihr eiskalt. Wer war Daegan O'Rourke wirklich? War dieser fremde, unglaublich attraktive Cowboy, ihr neuer Nachbar, womöglich ein Mörder?
Der Kriminelle.
Wenn ja, warum war er hier? Was wollte er? Wenn er vorhatte, ihr Jon wegzunehmen, hätte er bereits mehr als eine Gelegenheit dazu gehabt.
Vielleicht war er auch nur ein unschuldiger Rancher mit einer bewegten Vergangenheit.
Sicher. Und sie war die Jungfrau Maria.

*

»Meine Freundin ist noch dabei, die alten Dokumente und Akten durchzusehen, aber bislang haben wir nicht viel herausfinden können«, sagte Laura, die klang, als wäre sie im Zimmer nebenan statt mehr als zweitausend Meilen entfernt in Boston. Kate zwirbelte die Telefonschnur und lehnte sich mit der Schulter an den Kühlschrank. Durchs Fenster beobachtete sie Jon, der, den Arm in der Schlinge, einen Tennisball für Houndog warf, dem dieser glücklich hinterherjagte. »Um Jons Geburtstag herum sind Dutzende Kinder im Großraum Boston zur Welt gekommen. Ich habe mit dem Datum auf seiner gefälschten Geburtsurkunde angefangen, dann habe ich mich jeweils um eine Woche vor- und zurückgearbeitet, auch wenn du dir sicher warst, dass er erst ein paar Tage alt war, als du ihn bekommen hast.«
»Ganz sicher«, erwiderte Kate. »Der Rest seiner Nabelschnur ist erst Tage später abgefallen.«
»Okay, ich versuche herauszufinden, ob noch andere Kinder von alleinstehenden Müttern zur Welt gebracht wurden, aber im Grunde gehe ich davon aus, dass, wer immer die Geburtsurkunde gefälscht hat, auch in die Datenbanken eingedrungen ist.«
»Wunderbar«, sagte Kate sarkastisch.
»Ich werde weitersuchen, Kate.«
»Danke.« Sie strich mit der Hand über einen Kürbis, den sie aus dem Garten geholt hatte und der in diesem Jahr ihr Halloweenkürbis sein sollte. »Was ist mit dem Cowboy?«
»Seit er behauptet, aus Kanada zu stammen, überprüfe ich zusammen mit der Einwanderungsbehörde, ob ein Kerl namens Daegan O'Rourke jemals seine Staatsangehörigkeit gewechselt hat. Das wird eine Weile dauern.
Ob du's glaubst oder nicht: Was die Gegend um Boston anbelangt, da gibt es mehrere Daegan O'Rourkes, die vor drei-

ßig bis vierzig Jahren geboren wurden. Keiner von denen hat ein Vorstrafenregister, weshalb wir auch keine Personenbeschreibung vorliegen haben. Wir versuchen noch herauszufinden, ob einer von ihnen nach Massachusetts gezogen ist. Auch das wird ein paar Tage, wenn nicht gar eine ganze Woche dauern.«

Kate stöhnte und lehnte ihren Kopf gegen die Wand.

»Tut mir leid, Kate, aber meine Freundin und ich müssen das in unserer Freizeit erledigen.«

»Ich weiß. Danke.«

»Dann bist du also immer noch davon überzeugt, dem Cowboy von nebenan aus dem Weg gehen zu müssen?«

»Definitiv«, erwiderte Kate, doch sie fragte sich, ob das überhaupt möglich sein würde. Jon hatte bereits eine Art Hassliebe zu dem Mann entwickelt, und selbst sie fand ihn interessant – als Mann. Doch das war verrückt. Sie hatte nie auf verwaschene Jeans und abgetretene Cowboystiefel gestanden, hatte keinen einzigen der Männer in ganz Hopewell für übermäßig attraktiv befunden. Aber Daegan O'Rourke war anders, er stach aus der Menge heraus. Sie mochte ihre Gefühle für ihn Laura gegenüber nicht zugeben, doch ansonsten weihte sie sie ein, ließ auch Jons Interesse an O'Rourke nicht unerwähnt, genauso wenig wie seinen Unfall mit dem Pferd. Jons Schulter war geprellt, doch es war sein Stolz, der die größte Wunde davongetragen hatte. Sie müsse, so sagte sie zu Laura, unbedingt herausfinden, mit wem sie es zu tun habe – wer Daegan O'Rourke wirklich war.

»Nur damit ich das richtig verstehe«, sagte ihre Schwester. »Du glaubst also, Daegan könnte Jons Vater sein? Warum? Wegen einer albernen Vorahnung? Sehen sie sich denn ähnlich?«

»Ein bisschen«, erwiderte Kate. »Die Augenfarbe zum Beispiel, obwohl Jons Augen von einem klareren Blau sind. O'Rourkes gehen eher ins Schiefergraue.«

»Das genügt nicht, Kate.«

»Trotzdem. Die Gesichtsform und der Teint sind gleich, auch die Haarfarbe stimmt, nur dass Jons Haare etwas heller sind.«

»Mensch, Kate, das reicht doch nicht. Jon ist Linkshänder – was ist mit O'Rourke?«

»Keine Ahnung.«

»Und Jons Grübchen?«

»O'Rourke lächelt nicht oft.«

»Dann hast du nicht viel in der Hand, und vielleicht solltest du dir eine Frage stellen: Angenommen, O'Rourke ist tatsächlich Jons Vater – und diese Annahme erscheint mir im Augenblick ziemlich weit hergeholt –, warum sollte er nach fünfzehn Jahren urplötzlich aus dem Nichts auftauchen? War er nicht angeblich ›gewalttätiger Abschaum‹? Demnach zu urteilen, was du mir erzählt hast, ist dein Cowboy vielleicht ein bisschen ungehobelt und hat einen dunklen Fleck in der Vergangenheit, aber alles in allem klingt es so, als sei er ein durchaus anständiger Kerl.«

»Ein anständiger Kerl«, wiederholte Kate, der durchaus bewusst war, dass Laura ihre eigenen Gedanken aussprach. Bislang hatte O'Rourke ihr stets nur geholfen – sei es beim Reifenwechseln, sei es mit ihrem Sohn. Er war nicht mal verärgert gewesen, dass Jon unbefugt sein Grundstück betreten und sich auf eins seiner Pferde geschwungen hatte. Alles in allem hatte er sich verhalten wie ein Bilderbuchnachbar.

»Der ›dunkle Fleck in der Vergangenheit‹«, erklärte Kate mit Nachdruck, »der Cousin, mit dem er in einen Kampf verwickelt war, ist *tot.*« Sie spürte, wie ihr Magen anfing zu brennen.

»Wie hieß der Cousin?«

»Das hat er nicht gesagt.«

»Es wäre wirklich hilfreich, wenn wir mehr Informationen zur Hand hätten.«

Kate trommelte mit den Fingern gegen die Wand. »Ich weiß. Ich glaube nur nicht, dass ich mehr aus ihm herausbringe.«

»Vielleicht musst du das gar nicht; Jon scheint seine Sache dahingehend sehr gut zu machen.«

Draußen warf Jon den Ball hoch in die Luft. Houndog, den Kopf in den Nacken gelegt, umkreiste ihn kläffend. Konnte es tatsächlich sein, dass Jon Daegans Sohn war? Was hatte Jon noch gleich gesagt? Ein guter und ein schlechter Mann würden hier auftauchen, oder so ähnlich. Vielleicht war Daegan der gute. Sie schauderte. Wer um alles auf der Welt würde dann der schlechte sein?

Kapitel dreizehn

»Du bist ein Irrer, Summers, ein Scheiß-Psycho!«, brüllte Todd Neider durchs offene Fenster seines Pick-ups. Er hatte eine Zigarette im Mundwinkel hängen, und zwei seiner Freunde hatten sich zu ihm in die Fahrerkabine gequetscht.

Jetzt geht das schon wieder los, dachte Jon missmutig. Er ging einfach weiter und klammerte sich an die unwirkliche Hoffnung, dass seine Mom zu Hause wäre, wenn – *falls* – er dort ankommen würde. Es lagen noch zwei Meilen einsamer Asphaltstraße vor ihm, bevor er endlich in die Zufahrt zu seinem Haus einbiegen könnte. Er unterdrückte seine Furcht und hielt die Augen fest auf die Berge in der Ferne gerichtet.

»Immer schön die Klappe aufreißen und behaupten, in die Zukunft blicken zu können! Haha! Du gottverdammter Psycho!« Todd grölte, und die anderen Trottel fielen mit ein. Der Klassenrüpel trat aufs Gas, die Reifen quietschten und hinterließen eine Gummispur auf dem Asphalt. Eine Wolke von Auspuffgasen schwängerte die kühle Nachmittagsluft.

Jon verspürte eine Sekunde der Erleichterung, doch dann leuchteten die Bremslichter rot auf, die Reifen quietschten erneut, weil Todd eine schnelle Kehrtwende machte und zu Jon zurückraste.

»Scheißkerl«, fluchte Jon leise. Unweigerlich ballten sich seine Hände zu Fäusten. Mit dröhnendem Motor kam der alte Chevy auf ihn zu, ein gewaltiges Blechmonster, das darauf aus war, ihm Schaden zuzufügen, ernsthaften Schaden.

Jon sprang gerade noch rechtzeitig in den trockenen Straßengraben, bevor Todd an ihm vorbeischoss. Die Räder seines Pick-ups wirbelten den Kies des Seitenstreifens auf, die kleinen Steine trafen Jon an Kopf und Schultern. Gehupe und Gejohle folgten.
»Mein Gott!«, flüsterte Jon. Er war auf die Schulter gefallen, die nun vor Schmerz brannte. Mühsam richtete er sich auf und fing an zu laufen, Grassamen im Haar.
Wieder machte der Pick-up eine schlingernde Kehrtwende, und binnen Sekunden hatte Neider zu ihm aufgeschlossen.
»He, Jonny, hast du nicht Lust, mir die Zukunft vorauszusagen?«, spottete er, während seine Freunde nervös kicherten.
Jon biss die Zähne zusammen und fragte sich, warum er so dumm gewesen war, sich in der Schule schon wieder auf einen Streit mit Todd einzulassen. Warum ließ ihn dieser Penner nicht einfach in Ruhe? Er verlangsamte seine Geschwindigkeit, doch er blieb nicht stehen. *Lass dich von ihm nicht fertigmachen. Denk dran – er ist ein geistiger Zwerg.*
»Angst?«, höhnte Todd. »Zur Hölle, wir haben doch noch nicht mal angefangen.«
Obwohl er innerlich zitterte, ignorierte Jon die Drohung des Schlägers – die Genugtuung, dass er seine Furcht zeigte, wollte er ihm nicht geben.
Todd lenkte den Pick-up auf den Seitenstreifen, so nahe an Jon heran, dass er ihn an der Schulter berühren konnte. Beißender Gestank nach Zigarettenrauch und Bier waberte aus der Fahrerkabine. »Du kannst nicht vor mir weglaufen.«
Jon biss sich auf die Zunge.
»Komm schon, Irrer, was hast du dazu zu sagen?«
Geh einfach weiter.
»Mist!« Ein entgegenkommendes Fahrzeug zwang Todd, auf seine Spur zu wechseln. Der Fahrer der Limousine drückte auf

die Hupe, als er vorbeischoss, und Jon wünschte sich bei Gott, er hätte angehalten und seiner Pein ein Ende bereitet. Todd würde ihn umbringen – ihn so schwer zusammenschlagen, dass er hinterher nicht mehr derselbe wäre. Nun, er würde sich so gut wehren, wie er nur konnte. Er hoffte nur, dass Todd seinem Gesicht die Angst nicht ansehen würde.

Sein Rücken und die Handflächen waren schweißnass.

Als die Limousine außer Sichtweite war, steuerte Todd seinen Pick-up wieder dicht an Jon heran. »Weißt du, Summers, alle halten dich für einen Mutanten – für eine Art Rückschritt der Natur.« Todd fuhr neben Jon her, die lange, einsame Straße entlang, und Jon gab sich innerlich einen Tritt dafür, dass er den Bus verpasst hatte. Dennoch: Er hatte ein paar Minuten mit Jennifer Caruso allein gesprochen, und das war diese Höllenqualen, die er jetzt dafür erleiden musste, wert.

»Vielleicht ist er eine Art Übergangsform zwischen Affe und Mensch«, frotzelte Joey Flanders, dessen Stimme in letzter Zeit häufig brach. Joey bereitete Jon kein Kopfzerbrechen, denn er war bloß ein Feigling, der in Todds Kielwasser schwamm. Mit ihm würde er fertig werden.

»Ja, vielleicht ist er aber auch bloß ein dämliches Stück Scheiße.« Dennis Morrisey war der Sohn von Fegefeuer-Prediger Morrisey. Wenn Reverend Morrisey auch nur die leiseste Ahnung gehabt hätte, dass sein Sohn zechend durch die Gegend gondelte, Zigaretten rauchte und andere Leute anpöbelte, hätte Dennis während der nächsten sechs Monate die Kirchentoiletten mit der Zahnbürste schrubben dürfen. Der Reverend war bei der Armee gewesen und befürwortete strenge Bestrafungen. Auch mit Dennis würde Jon fertig werden.

Blieb noch Todd – ein Aufschneider und Schulhofschläger, dabei aber so hinterhältig und verschlagen, dass er tatsächlich ein Problem für Jon darstellte. Körperlich hatte er keine Chance

gegen Neider, doch geistig war er ihm meilenweit überlegen und konnte ihn jederzeit mühelos austricksen.
»Warum klären wir beide das nicht gleich hier?«, schlug Todd vor, und wieder lachten die anderen Jungen. Er schnipste seine Zigarette auf Jon und traf ihn an der Wange. Asche und die Kippe fielen ins trockene Gras, und Jon trat schnell auf die Glut, um ein Feuer zu verhindern.
»Herrgott, Neider, du bist so ein Dummkopf! Was hast du vor? Einen Grasbrand entfachen, der alles bis zum Fluss vernichtet?« Er blieb stehen und schaute Todd aufgebracht ins Gesicht, das Kinn rebellisch vorgereckt.
»Ist mir doch scheißegal.«
»Klar, einem Scheißkerl ist alles scheißegal.« Jon wischte sich die Asche von der Wange und funkelte seinen Peiniger wütend an. Seit ihrer letzten Schlägerei gelang es ihm einfach nicht mehr, den Mund zu halten. Die Worte sprudelten nur so aus ihm heraus. »Warum gehst du nicht nach Hause und heulst dich in deinem Bett aus, wie du es auch immer machst, wenn dich dein Alter verprügelt?«
»Du mieser kleiner Scheißer!« Todds Gesicht war plötzlich knallrot, in seinen tiefliegenden Schweinsäuglein stand Panik. »Mein Alter hat mich noch nie angefasst –«
»Aber klar doch! Er schlägt dich, und du flennst wie ein Baby, damit er damit aufhört. Aber das tut er nicht, gib's zu, Neider, dein Alter zieht seinen Gürtel aus der Hose und schlägt immer weiter auf dich ein, schimpft dich einen armseligen Nichtsnutz, bis er irgendwann so betrunken ist, dass er umkippt.«
Flanders und Morrisey waren totenstill geworden. Todds Mund klappte auf und wieder zu, doch es kam kein Wort heraus. Der Pick-up stand im Leerlauf im Licht der untergehenden Sonne. Jon ging weiter.

»Du bist ein Lügner, Summers!«
Jon wandte sich nicht um. Der Pick-up war dicht hinter ihm.
»Hörst du mich? Ein beschissener Lügner!«
Jon warf einen Blick über die Schulter und sah, dass der alte Chevy nur wenige Zentimeter hinter ihm herrollte. Vor Scham war Todds Gesicht lila angelaufen. Jon wusste, dass er zu weit gegangen war, dass er eins von Todds Geheimnissen verraten hatte, ein Geheimnis, das Jon gesehen hatte, als Todd ihn eines Tages bei der Schulter gepackt hatte.
»Jetzt reicht's!« Todd trat auf die Bremse. Die Reifen quietschten und blockierten. Der Pick-up kam schleudernd zum Stehen, und Todd sprang aus der Fahrerkabine. »Diesmal bist du zu weit gegangen, Summers«, knurrte er drohend, die großen, fleischigen Fäuste so fest geballt, dass die Knöchel weiß hervortraten. »Wird Zeit, dass ich dir eine Lektion erteile.« Er holte aus. Jon duckte sich und fing an zu laufen. Die anderen Jungs johlten und feuerten Todd an.
Todd stürmte keuchend hinter Jon her, doch er konnte ihn nicht einholen. Plötzlich machte er einen Satz durch die Luft, bekam Jons Taille zu fassen und riss sie beide zu Boden. Jon stürzte in den trockenen Graben. *Knack!* Die geprellte Schulter schien zu brechen. Atemberaubender Schmerz schoss den Arm hinab. Er schrie.
Wumm! Eine Faust traf auf seinen Wangenknochen. *Krach!* Seine Nase brach. Blut sprudelte. Schmerz explodierte hinter seinen Augen. *Krach!* Sein Kopf flog nach hinten und prallte auf die Erde. Ein Stöhnen drang aus seiner Kehle, und er verschluckte sich an seinem eigenen Blut.
»Ich wusste, dass du ein Schlappschwanz bist!«, rief Neider triumphierend.
Jon versuchte, sich unter seinem Gegner hervorzuwinden, doch der war einfach zu groß, zu schwer.

»Schwuchtel«, höhnte Neider, drückte Jon in den Graben und blies ihm seinen säuerlich stinkenden Atem ins Gesicht.
Mit Armen und Beinen schlug Jon um sich, kratzte, versuchte, Todds Haare zu erwischen und die gewaltige Last abzuwerfen, die auf seinen Brustkorb drückte.
Er hörte Stimmen – Dennis und Joey, die aufgeregt riefen: »He, Neider, das reicht!«
»Scheiße, Mann, du bringst ihn ja um!«
Todd hörte nicht auf die beiden. »Du mieser kleiner Scheißkerl. Ich erteile dir eine Lektion, die du nie mehr vergisst!«
Todd kam taumelnd auf die Füße, holte aus und trat Jon mit aller Wucht in den Schritt.
Jon krümmte sich zusammen.
Ein Knie traf ihn in die Nieren. Ihm wurde schwarz vor Augen.
»Aufhören!«, befahl eine laute, zornige Stimme.
»Was soll das? Wer zum Teufel sind Sie?«, fluchte Todd. »He, he! Lassen Sie Ihre Finger von mir!« In seiner Stimme klang plötzlich Angst mit.
Jon blinzelte und verspürte tiefe Erleichterung. Daegan O'Rourke stand da und hatte Todd am Kragen gepackt.
»Was ist hier los?«, fragte er. Seine Augen waren grau wie Sturmwolken, seine Lippen messerdünn.
»Lassen Sie mich los!«, rief Todd und holte aus.
Blitzschnell rang Daegan Todd zu Boden, drehte ihm einen Arm auf den Rücken und drückte ihm das Knie auf die Wirbelsäule. »Ich werde Sie verklagen!«, schrie Todd.
»Ja, und ich bringe dich so schnell wegen Körperverletzung vor Gericht, dass dir schwindlig werden wird.«
»Sie jagen mir keine Angst ein.« Todd wand sich unter Daegans Gewicht, versuchte, sich zu befreien, doch vergeblich.
»Nun, das will ich aber«, murmelte Daegan, während die bei-

den anderen Jungs aus der Fahrerkabine sprangen und die Flucht ergriffen. »Wer bist du, Junge?«

»Lassen Sie mich in Ruhe!«

»Klar, so wie du ihn in Ruhe gelassen hast?«, fragte Daegan und deutete mit dem Kinn auf Jon. Dann zerrte er Todd auf die Füße. Der Junge blickte so verängstigt, dass Jon dachte, er würde sich in die Hose machen. »Du erklärst mir jetzt, was hier los ist und wer du bist, oder ich rufe die Polizei und Jons Mutter an.«

Jon stützte sich auf einen Ellbogen und kämpfte sich auf die Knie.

»Alles in Ordnung?«, fragte Daegan, und Jon nickte. Daegan sollte nicht wissen, wie angeschlagen er sich fühlte, er wollte auf keinen Fall zusammenbrechen und schluchzend nach seiner Mutter rufen, wie er es am liebsten getan hätte. »Gut. Und jetzt, Junge …« Daegan richtete seinen stahlharten Blick wieder auf Neider, obwohl Jon den Eindruck hatte, dass er etwas milder geworden war, seit ihm klargeworden war, dass er es mit einem Jugendlichen und nicht mit einem Mann zu tun hatte. »Du hast ein Riesenfehler gemacht, als du dich mit Jon angelegt hast, denn wenn du dich mit ihm anlegst, legst du dich auch mit mir an, und glaub mir, das ist ein Fehler, den du nicht zweimal machen wirst.«

»Ach, und wer sind Sie?«, stieß Todd hervor und wischte sich mit der Hand übers Kinn, als Daegan ihn endlich losließ.

O'Rourkes Lippen verzogen sich zu einem teuflischen Lächeln. »Dein schlimmster Alptraum. Ich bin ein Freund von Jon, und ich betrachte es als meine persönliche Aufgabe, dafür zu sorgen, dass er nicht von Kleinstadtschlägern verprügelt wird, die sich offenbar gern an Schwächeren vergreifen.«

»He … er hat mich provoziert«, stammelte Todd.

»Klar.« Daegan ging zu Todds Pick-up hinüber und stellte den Motor ab, dann zog er den Schlüssel aus der Zündung.
»Moment mal – was tun Sie da?«
Trotz seiner Schmerzen musste sich Jon ein Grinsen verkneifen.
»Ich will nur sichergehen, dass du genug Zeit hast, über meine Worte nachzudenken, damit du beim nächsten Mal nicht wieder besoffen durch die Gegend fährst und dich an anderen Jugendlichen vergreifst.«
»Mach ich nicht, Mann. He, das sind meine!«, schrie Todd, und zu Jons größtem Vergnügen schleuderte Daegan die Autoschlüssel in hohem Bogen durch die Luft.
»Nein!«, brüllte Todd und rannte hinter den im Sonnenlicht blinkenden Schlüsseln her. Er kletterte unbeholfen über einen Grenzzaun und plumpste auf der anderen Seite ins kniehohe Gras von Doc Hensons ungemähter Weide. »Sie Scheißkerl! Ich werde –«
»Was wirst du?«, fragte Daegan, dessen Wut mit aller Macht zurückkehrte.
Neider hatte genügend Verstand, die Klappe zu halten.
»Du willst mir also drohen. Und womit, wenn ich fragen darf?«, knurrte O'Rourke.
»Ich werde … ich werde … ach, egal.« Todd schüttelte den Kopf und starrte sehnsuchtsvoll auf das Feld.
»Du wirst diesen Jungen hier nicht mehr fertigmachen, ist das klar?« Daegan schaute den beiden anderen Burschen hinterher, die längst in weiter Ferne waren. »Sag das auch deinen Freunden.« Er stemmte die Hände in die Hüfte. »Wenn mir so etwas noch einmal zu Ohren kommt – und das gilt nicht nur für Jon, sondern auch für alle anderen –, dann bekommst du es wieder mit mir zu tun, das kannst du mir glauben.«
»Aber meine Autoschlüssel –«

»Ich hoffe, du hast Ersatzschlüssel.« Daegan wandte sich Jon zu. »Komm, ich bringe dich nach Hause. Brauchst du Hilfe?«

»Nein«, sagte Jon und folgte ihm zu dem zerbeulten alten Pick-up. Mit schmerzverzerrtem Gesicht kletterte er auf den Beifahrersitz und starrte aus dem gesprungenen Fenster. Daegan legte den Gang ein und fuhr langsam an dem rotgesichtigen Todd vorbei, der ihnen Obszönitäten nachbrüllte, bis Daegan auf die Bremse trat. Todd verstummte augenblicklich.

O'Rourke schnaubte zufrieden und trat wieder aufs Gas. »Netter Kerl«, stellte er fest.

»Wenn man Fieslinge mag …«

»Schau doch mal im Handschuhfach nach. Ich glaube, da liegt ein Handtuch. Keine Ahnung, wie sauber es ist, aber wenn du nicht willst, dass deine Mom in Ohnmacht fällt, wischst du dir besser das Blut ab.« Als Jon das überquellende Handschuhfach durchwühlte, fragte O'Rourke: »Was hast du dem Kerl denn getan, dass er so wütend auf dich ist?«

Jon zog ein altes, fleckiges Handtuch hervor und rieb sich damit das Blut von Gesicht und Händen, während er über Daegans Frage nachdachte. Wie weit konnte er dem Mann vertrauen? Klar, er hatte seiner Ma nichts von den *Playboy*-Magazinen und dem Alkohol erzählt, auch nicht, dass er sich mitten in der Nacht auf O'Rourkes Grundstück herumgetrieben hatte, aber trotzdem … Er schaute in den Seitenspiegel und stellte fest, dass Todd inzwischen außer Sichtweite war. Langsam stieß er die Luft aus.

»Er war gerade dabei, dich Stück für Stück auseinanderzunehmen.«

»Vielleicht brauchte er dafür gar keinen speziellen Grund.« Jon zuckte zusammen, als er mit dem Handtuch über seine Wange wischte.

O'Rourke schien darüber nachzudenken, schaltete einen Gang höher, und Jon beobachtete die Zaunpfosten, die einer nach dem anderen am Wagen vorbeiflogen. »Für gewöhnlich gibt es aber einen Grund, wenn ein Typ so ausrastet.«
»Er hasst mich.«
»Warum?«
Jon zuckte wieder mit der halbwegs unverletzten Schulter, dann faltete er das Handtuch zusammen und tupfte seine Nase ab. Vor Schmerz wäre er fast aus der Haut gefahren. Sein Kopf fing an zu hämmern. Er kurbelte das Beifahrerfenster herunter und sagte: »Weil ich anders bin.« Dann zog er die Nase hoch und spürte, wie ihm das Blut die Kehle hinablief. »Sie wissen doch, ich kann bestimmte Dinge sehen.«
»So wie bei mir?«
»Ja.« Er seufzte. »Vermutlich wird der ganze Terror nie aufhören.«
»Doch, das wird er, und zwar ganz bestimmt.«
»Und Sie werden Todd Neider aufhalten?«, fragte Jon sarkastisch.
O'Rourke bremste und bog in die Zufahrt ein. »Darauf kannst du dich verlassen«, erwiderte er, überrascht über seine eigene Entschlossenheit. »Er wird dich nicht mehr belästigen.«
»Da kennen Sie Todd aber schlecht.«
»Ich bin über die Jahre hinweg vielen Todds begegnet. Das ist immer dieselbe Sorte. Innerlich zutiefst verunsichert und ängstlich. Wenn er es noch einmal versucht, gibst du mir Bescheid, ja?«
»Klar«, erwiderte Jon und setzte einen finsteren Blick auf, der ihn an Bibis Schmollen erinnerte. »Glauben Sie wirklich, ich komme wie eine Heulsuse zu Ihnen gelaufen?« Skepsis und Sarkasmus sprachen aus seinen Worten.
Daegan zuckte die Achseln. »Das ist deine Sache, Jon. Du

kannst entweder deinen Mann stehen und kämpfen, weglaufen oder um Hilfe bitten.«

»Ich will meinen Mann stehen und kämpfen. Genau wie ich es bisher getan habe!«

Der Pick-up holperte durch ein Schlagloch. »Dann lernst du besser, richtig zu kämpfen, damit man dich beim nächsten Mal nicht wieder windelweich prügelt.«

»Ach du lieber Gott!«, flüsterte Kate und trat auf die Bremse. Jon kletterte vorsichtig aus der Fahrerkabine von O'Rourkes Pick-up. Blut lief ihm übers Gesicht und tropfte auf sein T-Shirt. Seine Augen waren geschwollen, und er hinkte sichtlich. Das Herz schlug ihr bis zum Hals, als sie die Automatik auf Parken stellte und zusammen mit dem aufgeregt kläffenden Houndog, der vom Haus herangestürmt kam, zu ihrem Sohn lief.

»Jon?« Ihr Blick wanderte zu O'Rourke, bevor er voller Besorgnis zu ihrem Sohn zurückkehrte. »Was ist passiert? Du meine Güte, Jon, Liebling, ist alles in Ordnung?« Houndog hörte nicht auf, die beiden freudig zu begrüßen, doch sie beachtete ihn kaum und wandte sich stattdessen wieder O'Rourke zu. »Was geht hier vor?«, fragte sie mit frostigem Blick.

»Es ist nichts Besonderes«, sagte Jon mürrisch. »Außerdem war das nicht seine Schuld.« Er deutete auf Daegan. »Er hat mich gerettet.«

»Aber –«

»Es geht mir gut.«

Sie versuchte, ihn beim Arm zu fassen, doch er machte einen Schritt zurück und blinzelte angestrengt, als triebe ihm allein ihr Anblick die Tränen in die Augen. »Wir müssen dich zum Arzt bringen.«

Jon schnitt eine Grimasse.

»Ich hätte ihn schon hingebracht, doch wir dachten, es wäre besser, erst bei Ihnen vorbeizufahren«, schaltete sich O'Rourke ein. Sein Blick war finster und grimmig.

»Was ist passiert?«, fragte sie noch einmal, ohne das Misstrauen in ihrer Stimme unterdrücken zu können.

»Der stadtbekannte Schläger schien Jon als Punchingball benutzen zu wollen. Ich habe sie ein Stück die Straße runter im Straßengraben entdeckt.«

»Ja, und er hat ihn fertiggemacht!«, erklärte Jon voller Stolz.

»Schon wieder dieser Todd Neider?«, fragte Kate, die spürte, wie ihr Blut zu kochen begann.

Der Junge machte Jon seit Monaten die Hölle heiß, und nun waren die Streitereien und Schubsereien offenbar zu einer handfesten Prügelei eskaliert.

»Ein unflätiges Großmaul«, stellte Daegan fest.

»Ja, es war Neider«, gab Jon zu und lehnte sich gegen O'Rourkes Pick-up. »Zusammen mit seinen Freunden. Aber es ist alles in Ordnung, Mom, es geht mir … gut.«

»Das hört wohl niemals von allein auf. Wir müssen dem Ganzen ein Ende bereiten.«

»Dem kann ich nur zustimmen«, pflichtete Daegan ihr bei.

Erneut streckte sie die Hand nach ihrem Sohn aus. »Wo tut es denn weh, Schatz?«

»Wo tut es nicht weh?«, fragte Jon mit aufgeplatzten, geschwollenen Lippen zurück. Sein Gesicht verfärbte sich bereits bläulich, und er presste den Arm mit der schon vorher verletzten Schulter fest an sich.

»Er war die ganze Zeit bei Bewusstsein, deshalb bezweifle ich, dass er eine Gehirnerschütterung hat. Doch womöglich sind ein, zwei Rippen gebrochen oder zumindest angebrochen.«

»Nichts ist gebrochen«, beharrte Jon.

»Ich denke, das sollten wir Dr. Wenzler feststellen lassen. Ich

hole dir ein nasses Handtuch und Verbandszeug, damit du dich ein bisschen sauber machen kannst, dann fahren wir los.« Kate eilte bereits die Stufen zur Eingangstür hinauf.
»Wohin?«, fragte Jon.
»In die Klinik, natürlich.«
»Ich muss nicht in die Klinik –«
»Ich habe keine Ahnung, woher deine Aversion gegen medizinische Behandlungen rührt, aber damit kommst du bei mir nicht durch. Ich bringe dich jetzt zum Arzt.« Sie seufzte laut. »Ich bin fast krank vor Sorge um dich, und du … Bitte, Jon, mach mir keinen Kummer. Wir fahren jetzt zu Dr. Wenzler, und damit basta.«
»Sie hat recht«, pflichtete Daegan ihr bei. »Hör dir lieber an, was der Doktor dazu zu sagen hat.«
Jon zögerte, fuhr sich mit der Zunge über die Lippen und schien zu überlegen. Dann fragte er mürrisch: »Kommen Sie mit?«
»Das ist nicht meine Angelegenheit.«
»Es war auch nicht Ihre Angelegenheit, sich in die Schlägerei einzumischen. Trotzdem haben Sie das getan.« Jon schien O'Rourke herausfordern, ihn auf die Probe stellen zu wollen. Doch warum?
»Deine Mutter und du schafft das gut allein.«
Jon kniff die Lippen zusammen, wie er es immer tat, wenn er gegen die Tränen ankämpfte. Dann reckte er stolz das Kinn vor und sagte: »Ich möchte, dass Sie mitkommen.«
Kate war sprachlos. Nie im Leben hätte sie damit gerechnet, dass Jon darauf bestand, dass ausgerechnet dieser Mann sie in die Klinik begleitete.
»Das macht ihr Männer besser unter euch aus.« Ihre Augen begegneten denen von O'Rourke, und sie meinte, etwas darin zu bemerken, das über reine nachbarschaftliche Fürsorge hin-

ausging, ein tieferes Gefühl, doch dieser Eindruck verschwand so rasch, wie er gekommen war. »Ihre Entscheidung«, sagte sie zu ihm, auch wenn sie wusste, dass es ein gewaltiger Fehler wäre, ihn so nahe an sich herankommen zu lassen. Doch was sollte sie sagen? Immerhin hatte er Jon gerettet – mal wieder. »Ich bin gleich zurück.« Sie schloss die Tür auf, ging ins Bad und nahm ein sauberes Handtuch aus dem Wäscheschrank. Worauf ließen sie sich da bloß ein?, fragte sie sich, während sie den Wasserhahn aufdrehte und das Handtuch nass machte.

Sie nahm ein zweites, trockenes Handtuch, suchte Desinfektionsmittel und Verbandszeug zusammen und gab sich Mühe, ihre Besorgnis abzuschütteln. Auch wenn Jon verletzt war, war er doch nicht in Lebensgefahr. Es verstörte sie, Jon zusammen mit Daegan zu sehen, aber es hatte ganz den Anschein, als habe der Kerl ihren Sohn tatsächlich vor Schlimmerem bewahrt. Etwas beruhigter sperrte sie die Haustür ab und eilte die Stufen zur Auffahrt hinunter. »Wir können los.«

Jon musterte den neuen Nachbarn eindringlich. »Und?«

»Nun zwing Mr. O'Rourke doch nicht, Jon. Er hat sicherlich anderes zu tun –«

»Ich komme mit, wenn das für deine Ma okay ist.«

»Sicher. Gern«, log sie. Sie wollte nicht, dass dieser Mann in ihrer Nähe war, aber jetzt war nicht der richtige Zeitpunkt, um mit Jon zu streiten. »Lass mich dir helfen, dich sauber zu machen, Jon.«

»Das kann ich selbst.« Er riss ihr das Frotteetuch aus der Hand.

Kate wurde rot vor Verlegenheit. »Na schön, dann mach es selbst, aber wir sollten endlich losfahren.« Sie war bereits auf dem Weg zum Wagen, dessen Fahrertür noch immer offen stand. »Sobald wir aus der Klinik zurück sind, werde ich Carl Neider anrufen und ihm –«

»Nein!«, rief Jon mit Nachdruck.
»Wie bitte? Willst du etwa, dass das noch einmal vorkommt?« Sie schaute ihn entgeistert über das Dach ihres Buicks hinweg an. Was war bloß los mit ihm? »Ich werde ihn anrufen, da kannst du dir sicher sein.«
»Das darfst du nicht tun, Mom«, beharrte Jon.
»Und ob ich das kann. Sieh dich doch nur mal an!«
»Es wird alles nur noch schlimmer machen. Mr. O'Rourke hat ihm bereits einen Denkzettel verpasst, also lass es dabei bewenden.« Er humpelte zum Wagen, riss die Tür auf und setzte sich vorsichtig auf den Rücksitz.
Daegan ließ sich auf den Beifahrersitz fallen, und Kate wünschte, er würde sich einfach in Luft auflösen. Das Letzte, was sie jetzt brauchte, war dieser große, kräftige Cowboy an ihrer Seite, der sie verwirrte und sich – absichtlich oder nicht – zwischen Jon und sie drängte.
Die Türen schlugen zu, und sie lenkte den Buick um O'Rourkes Pick-up herum, wobei sie sich fragte, ob ihr Leben jemals wieder wie früher wäre.

*

»Um Himmels willen, was ist denn mit dir passiert?«, fragte Dr. Wenzler, eine zierliche Frau mit ergrauendem Haar und freundlichen Augen, als Jon zu ihr ins Sprechzimmer humpelte. Sie trug einen zwei Nummern zu großen Arztkittel, aus dessen vorderer Tasche ein Stethoskop baumelt. »Hast du dich mit einem Grizzlybären angelegt?«
»Nein«, antwortete Jon ein wenig verlegen.
»Mit einem anderen Jungen – einem sehr viel größeren Jungen«, antwortete Kate an seiner Stelle, dankbar, dass Jon nicht darauf bestanden hatte, Daegan mit ins Sprechzimmer

zu nehmen. Es war schlimm genug, dass er draußen im Wartebereich saß. Vermutlich blätterte er gerade eine alte Ausgabe der Zeitschrift *Eltern* durch und fragte sich, wie um alles in der Welt er ausgerechnet auf der Kinderstation gelandet war.

»Ich nehme an, du hast dich so gut gewehrt, wie du konntest«, sagte Dr. Wenzler, während sie vorsichtig die Schwellung in seinem Gesicht abtastete.

Jon saß, nur mit seinen Boxershorts bekleidet, auf dem Untersuchungstisch. Ganz offensichtlich war es ihm peinlich, dass Kate mit ihm im Zimmer war. »Ich hab mich ganz gut geschlagen«, erwiderte er, dem prüfenden Blick der Ärztin ausweichend.

»Dann kann ich also mit einem weiteren Patienten rechnen?«, neckte diese ihn und leuchtete mit einer Taschenlampe in Jons Augen. »Schau mal über meine Schulter auf den Punkt da drüben an der Wand. Ja, so ist's gut.« Als sie mit seinem Gesicht fertig war, untersuchte sie mit geübten Händen seine Schulter und Rippen. »Zum Glück scheint nichts gebrochen zu sein, doch wir sollten vorsichtshalber drüben im Labor ein paar Röntgenaufnahmen machen lassen.« Sie wandte sich an Kate. »Linda wird Sie begleiten und die Aufnahmen anschließend mitbringen. Ich glaube zwar nicht, dass wir etwas finden werden, aber sicher ist sicher.«

»Ganz meine Meinung.«

»Wir sehen uns in ein paar Minuten wieder«, sagte sie, dann eilte sie davon. Ihr zu großer Arztkittel bauschte sich wie ein Segel im Wind.

»Ich weiß echt nicht, warum du so einen Wirbel veranstaltest«, murrte Jon und zuckte zusammen, als er mit den Ärmeln seines Sweatshirts kämpfte.

»Weil das keine Kleinigkeit ist, Jon. Es kann keine Kleinigkeit sein, wenn jemand anfängt, dir ernsten körperlichen Schaden zuzufügen.«

Er zog seine Jeans an. »Versprich mir einfach, dass du nicht Neiders Vater anrufst.«

»Das kann ich nicht.«

»Sicher kannst du das. Wenn du mich liebst, versprichst du's mir.«

»Darauf lasse ich mich nicht ein«, sagte sie. Ihre Nerven waren gespannt wie Flitzbögen. Sie würde sich nicht von einem Fünfzehnjährigen manipulieren und schon gar nicht erpressen lassen. »Du weißt ganz genau, dass ich dich liebe.«

Ein Klopfen ertönte an der Tür, und Linda trat ein, um sie durch ein wahres Labyrinth aus Korridoren zum Röntgenraum zu führen. »Ihr seid gleich dran«, versicherte sie ihnen, und Kate griff nach einer zerlesenen Zeitschrift, während Jon auf dem Stuhl neben ihr herumrutschte. Unweigerlich fragte sie sich, womit sich O'Rourke wohl gerade die Zeit vertrieb.

Daegan tat so, als interessiere er sich für eine uralte Ausgabe einer Jagdzeitschrift, und behielt den Gang im Auge, durch den Jon und Kate verschwunden waren.

Er warf einen Blick auf die Uhr. Er hasste Kliniken, Notaufnahmen, überhaupt alles, was mit Medizin zu tun hatte. Herumzusitzen und zu warten, das Desinfektionsmittel einzuatmen, die Leute in weißen Kitteln hinter Glastrennwänden zu beobachten, ging ihm mächtig auf die Nerven.

Der Flur war leer. Daegan streckte sich und vergewisserte sich, dass die Sekretärin an der Rezeption neben dem Wartebereich ihn nicht beachtete. Das Telefon klingelte, die Rezeptionistin führte ein kurzes Gespräch, dann nahm sie eine Akte und eilte, ohne zu Daegan hinüberzusehen, den Gang hinunter. Dieser stand auf, schaute sich um, als sei er auf der Suche nach einer

Toilette, dann ging er schnellen Schritts zur Rezeption. Ohne auch nur eine Sekunde zu zögern, trat er an den Schreibtisch und blätterte die daraufliegenden Karteikarten durch, bis er fand, wonach er gesucht hatte. *Jon Summers,* stand auf der Karte.

Geburtsdatum und Geburtsort? Fast wäre ihm das Herz stehengeblieben. Der Junge war im Februar zur Welt gekommen, in Boston, Massachusetts. Sein Magen schnürte sich zusammen. Das passte zu Bibis Geschichte.

Blutgruppe? B negativ. Dieselbe wie Daegans. Nur etwa fünfzehn Prozent der Bevölkerung hatten Blutgruppe B, und B negativ kam noch seltener vor. Ja, es sah ganz danach aus, als wäre Jon sein Sohn – auch wenn Kate und Jim Summers als seine Eltern eingetragen waren. Von einer »Adoption« keine Rede. Da war etwas faul. Oberfaul. Hatte der alte Sullivan den Jungen damals gegen entsprechende Bezahlung verschwinden lassen?

Er überflog die Karteikarte und ignorierte den Gefühlssturm, der durch ihn hindurchfegte. Angesichts all dieser Tatsachen standen die Chancen äußerst gering, dass der Junge von jemand anderem gezeugt worden war als von ihm. Er konnte es nicht länger leugnen. Bibis Blutgruppe war 0 positiv, dass hatte er bereits überprüft.

Er war Vater. *Vater!* Großer Gott. Er legte die Karteikarte unbemerkt zurück und schlenderte weiter Richtung Toilette, dann kehrte er in den Wartebereich zurück.

Ungeduldig warf er einen weiteren Blick auf die Uhr, trommelte mit den Fingern auf die Lehne der Plastikbank und fragte sich, was er als Nächstes tun sollte.

Jetzt, da er die Wahrheit kannte, hatte sich das Spiel geändert.

Kapitel vierzehn

Ich schwöre dir, Mom, wenn du die Polizei anrufst, haue ich ab!«, drohte Jon mit entschlossener Stimme. Zornig fegte er sein Algebrabuch vom Esszimmertisch. Mit flatternden Seiten flog es zu Boden.

»Heb das auf.« Kate konnte die ständige Rebellion ihres Sohnes, der Tag für Tag aufmüpfiger zu werden schien, nicht länger ertragen.

»Erst musst du mir versprechen, dass du nicht die Polizei anrufst und auch nicht Neiders Vater.«

»Heb das auf, Jon. Das Buch gehört der Schule, und selbst wenn nicht –«

»Mein Gott, Mom, du kannst doch wegen so was nicht ernsthaft die Polizei einschalten wollen«, murrte er, doch er bückte sich und hob das Buch auf. Houndog kauerte unter einem Stuhl im Wohnzimmer und winselte mitleiderweckend.

Kate biss die Zähne zusammen und zählte langsam bis zehn, dann nahm sie bedächtig ihre Lesebrille ab und legte sie auf den Tisch neben den Stapel unkorrigierter Aufsätze. Seit sie von der Klinik zurückgekehrt waren, hatte sich ein unbehagliches Schweigen zwischen ihnen ausgebreitet, doch Kate hatte gespürt, dass es nur die Ruhe vor dem Sturm war, dass in ihrem so übel zugerichteten Sohn Emotionen tosten, die jederzeit explodieren konnten.

Das Schlachtfeld war der Esszimmertisch mit ihr auf der einen und Jon auf der anderen Seite. Während er so tat, als würde er

Hausaufgaben machen, las sie die zu benotenden Aufsätze. Seit Jahren hatten sie so zusammengesessen und gearbeitet, an diesem alten Tisch, miteinander scherzend, eine Schüssel Popcorn zwischen sich, doch das war längst nicht mehr so. In letzter Zeit, fand Kate, stritten sie fast nur noch. Und die Spannung zwischen ihnen wurde immer schlimmer.

Jon schob seinen Stuhl zurück und stand auf. Sein Gesicht war blauviolett verfärbt, seine Nase gebrochen, die blaugeschlagenen Augen erweckten den Eindruck, als trüge er eine Maske. Seine Schulter war gezerrt, doch zum Glück hatte er sich keine Rippe gebrochen, also war er zwar ganz schön ramponiert, aber nicht schwer verletzt. Er würde ein paar Tage in der Schule fehlen müssen.

»Neiders Alter schlägt ihn.«

»Das überrascht mich nicht«, erwiderte Kate. Carl Neider war ein wichtigtuerisches Großmaul, das mehr Zeit auf einem Barhocker verbrachte, als ihm guttat. »Vielleicht sollte ich das Jugendamt informieren.«

»Nein, Mom! Kapierst du's nicht? Lass Todd einfach in Ruhe.«

»So wie er dich in Ruhe gelassen hat?« Mit so viel Geduld, wie sie nur aufbringen konnte, schaute sie ihren Sohn an und sagte: »Du wurdest zusammengeschlagen, Jon. Du hättest ernsthafte Verletzungen davontragen, im schlimmsten Fall sogar entstellt oder verkrüppelt, wenn nicht gar tot sein können.«

»Ich habe aber nun mal Glück gehabt, das hast du doch selbst gesagt! Außerdem habe ich zurückgeschlagen.«

Sie musste sich schwer zusammenreißen, um ihren Sohn mit seinem zerschmetterten Gesicht nicht anzuschreien. »Er hat dich mit seinem Wagen verfolgt. Wärst nicht du das Opfer gewesen, dann ein anderer. Er ist gewalttätig, wie allgemein bekannt ist, und er muss für seine Taten zur Rechenschaft gezogen werden – oder Hilfe bekommen, falls das möglich ist.«

»Daegan sorgt schon dafür, dass er mich in Ruhe lässt.«
Beinahe hätte Kate gelacht. Wäre die Situation nicht so furchtbar gewesen, die Konsequenzen so unüberschaubar groß, hätte sie tatsächlich gelacht. Doch unter diesen Umständen konnte sie das nicht. Auch sie schob nun ihren Stuhl zurück, stand auf und ging quer durchs Wohnzimmer zum kalten Kamin.
»Dabei warst du dir doch so sicher, dass O'Rourke jemanden umgebracht hat«, sagte sie und suchte im Holzkorb nach ein paar trockenen Scheiten. »Vor kurzem noch hast du behauptet, es würden Schwierigkeiten auf uns zukommen, Gefahr, dass ein Mann – ein guter oder ein schlechter – auf dem Weg hierher sei.«
»Daegan ist ein guter Mann.« Jon verschränkte die Arme vor der Brust, seine blutunterlaufenen Augen funkelten trotzig.
»Seit wann? Seit er dich davor bewahrt hat, in deine Einzelteile zerlegt zu werden?«
»Ja! Genau das wäre passiert, wenn er nicht gekommen wäre!«
Kate lief eine Gänsehaut den Rücken hinab. Jon hatte recht. Seit Daegan nach Hopewell gekommen war, hatte er nichts Verdächtiges getan, hatte sich ihnen gegenüber stets hilfsbereit und freundlich erwiesen. Doch weshalb wirkte er stets so rastlos, wie ein Mann auf der Flucht, der permanent über die Schulter blickte? Dennoch – selbst wenn er eine Leiche im Keller hatte, wen kümmerte es? Bislang war er ihnen ein guter Nachbar gewesen.
Sie warf ein bemoostes Eichenscheit auf den geschwärzten Kaminrost und suchte im Mantel nach Streichhölzern.
Jon kam aus der Küche ins Wohnzimmer geschlendert. »Warum hasst du ihn eigentlich so sehr?«
»Ich hasse ihn nicht. Er bereitet mir bloß Kopfzerbrechen, das ist alles.«
»Nun, ich mag ihn.«

»Tatsächlich?« Kate wurde es schwer ums Herz. Bis vor kurzem hatte sich Jon nie jemandem anvertraut außer ihr. Na schön, es hatte den alten Eli gegeben und ein, zwei Lehrer, die ihn mochten, den einen oder anderen Trainer – für gewöhnlich Väter oder ältere Jungs –, die nett zu ihm gewesen waren, während die meisten Leute in der Stadt ihn behandelten wie einen Außenseiter. Doch sie hatte nie diesen Respekt, um nicht zu sagen diese Ehrfurcht in seiner Stimme gehört, wenn er von einem Erwachsenen sprach.

Daegan O'Rourke, ob er es wollte oder nicht, war ein ernstzunehmender Rivale, die Zuneigung ihres Sohnes betreffend.

»Es ist meinetwegen, hab ich recht?«, sagte Jon. »Wegen dem, was ich über ihn gesagt habe. Dass er jemanden umgebracht hat.«

Kate riss ein Streichholz an und hielt es an das Anzündholz, das sie zuvor aufgetürmt hatte. »Ich kenne ihn nicht, Jon«, sagte sie.

»Nun, dann solltest du ihn vielleicht kennenlernen.«

Sie blickte auf und begegnete dem schmerzerfüllten, feindseligen Blick ihres Sohnes. Der Gedanke war ihr auch schon gekommen, obwohl sie sich das nur sehr ungern eingestand. Sie hatte der Wahrheit nicht ins Gesicht sehen wollen, weil sie ihr Angst machte, und zwar nicht gerade wenig. Es war nicht richtig, wie sie auf Daegan reagierte. Sie durfte sich nicht mit ihm einlassen, trotzdem fühlte sie sich zu ihm hingezogen.

Kate stand auf und klopfte sich die Hände an der Hose ab. »Na schön. Wenn du mit all den Geistern und Kobolden klarkommst, die heute Nacht an unsere Tür klopfen, werde ich Mr. O'Rourke einen Besuch abstatten.«

Jon schnaubte empört, dann fasste er den Teller mit Törtchen ins Auge, dekoriert mit orangefarbenem Zuckerguss und Kürbis-Zuckerperlen, die auf dem Tisch neben der Tür bereitstanden. Houndog lag direkt darunter, in der Hoffnung, dass eines der Törtchen auf wundersame Weise auf dem Boden landen würde. »Zu uns kommen an Halloween nie irgendwelche Kinder, Mom. Ich habe keine Ahnung, warum du dir so eine Mühe machst.«

»Weil in dem Jahr, in dem ich nichts vorbereitet hatte, ganze Legionen von Süßes-oder-Saures-Kids vor der Tür standen.«

»Träum weiter«, knurrte er.

Ich habe keine Probleme mit meinen Träumen, dachte sie, während das Feuer fauchend und zischend in Gang kam. *Ganz im Gegensatz zu dir.*

Zielstrebig marschierte Neils VanHorn durch die eisigen Straßen von Boston. Er glaubte fest daran, dass sich Gelegenheiten wie diese nur einmal im Leben ergaben, und diese Gelegenheit war wahrhaft gigantisch. Es kribbelte ihn am ganzen Körper bei dem Gedanken, wie viel Geld er im nächsten Monat einstecken würde. Eine stürmische Böe fegte um die Ecke, und er beugte den Kopf und biss die Zähne zusammen. Bald schon würde er diesem grauenhaften Klima entkommen, sich ein zehn Meter langes Segelboot kaufen und sein künftiges Leben in der Karibik verbringen.

Er betrat ein irisches Pub, eine düstere, lärmige Kneipe, in der Whiskey und Ale ausgeschenkt wurden. In einer Ecke wurde Darts gespielt.

VanHorn suchte sich eine Ecknische etwas abseits der übrigen Gäste und bestellte ein Glas Ale, dann steckte er seine Handschuhe in die Manteltaschen, nahm den Schal ab und wartete.

Als seine Verabredung endlich eintraf, war er bereits beim zweiten Glas und fühlte sich aufgeräumter, als es vielleicht gut war.

»Nehmen Sie Platz«, sagte er einladend und betrachtete die

Frau in der Mohairjacke, die selbst in dem dämmrigen Pub ihre getönte Brille nicht abnahm. Sie duftete nach einem teuren Parfüm, ihr Make-up war tadellos, ihr kostbarer Schmuck wirkte in einem Etablissement wie diesem völlig fehl am Platz.

»Erklären Sie mir doch bitte noch einmal, warum ich hier bin«, sagte sie, ohne sich zu setzen, und blickte sich abschätzig um.

»Weil Sie gewisse Informationen haben möchten«, erwiderte er gelassen. Er genoss es, beide Parteien gegeneinander auszuspielen, auch wenn er wusste, dass das gefährlich war. »Es gefällt Ihnen nicht, wenn andere Leute Sie manipulieren.«

»So wie Sie es gerade tun?«

»Ich habe bloß Informationen für Sie.« Er nahm einen Schluck Ale.

»Bei Ihrem Anruf haben Sie behauptet, Robert führe etwas im Schilde.«

»Das ist richtig.« Er verstand, dass sie versuchte, ihm weitere Details zu entlocken, und wusste sofort, dass ihm ein Zusatzgeschäft winkte. Seine Informationen gegen eine Nacht in ihrem Bett. Er würde darauf wetten, dass sie in parfümierter Seidenbettwäsche schlief. Vor seinem inneren Auge erschien ein Bild von ihr, wie sie ihre langen Beine um seine Mitte schlang.

»Und was haben Sie so Wertvolles für mich?« Sie gab sich keine Mühe, den Unmut in ihrer für gewöhnlich so wohlmodulierten Stimme zu verbergen.

Neils spielte mit einem Streichholzbriefchen und wartete mit seiner Antwort so lange, bis sie vor Ungeduld fast aus der Haut fuhr, obwohl sie sich alle Mühe gab, sich zu beherrschen.

»Sie wissen, dass seine Tochter vor fünfzehn Jahren ein uneheliches Kind zur Welt gebracht hat. Sie hat es zur Adoption freigegeben.«

Die vollen roten Lippen verzogen sich kaum merklich.

»Robert wollte das Kind nicht in seiner Familie haben, genauso wenig wie Bibi. Doch anscheinend hat er seine Meinung jetzt geändert.«

Touché. Sie umfasste die Tischkante, ihre Augen hinter der getönten Brille blieben unverwandt auf ihn gerichtet, als wollte sie herausfinden, ob er sie belog.

»Und?«

»Er bezahlt mich dafür, den Jungen aufzuspüren.«

»Warum?«

»Sieht so aus, als habe er plötzlich großväterliche Gefühle entwickelt. Offenbar findet er, es sei an der Zeit, dass der Junge seinen rechtmäßigen Platz als Mitglied der Familie Sullivan einnimmt. Sie wissen schon: Er soll alles erben, was für Stuart bestimmt war.«

Bedächtig nahm sie ihm gegenüber in der Ecknische Platz. Er bedeutete der Kellnerin, ihr ein Glas Ale zu bringen.

»Warum erzählen Sie mir all das?«, fragte sie. »Was springt dabei für Sie heraus?«

»Robert bezahlt mich gut.«

»Damit Sie ihn verraten? Das kann ich mir nicht vorstellen. Wenn ich ihn jetzt anrufen würde, wären sie den Auftrag mir nichts, dir nichts los.« Sie schnippte mit den Fingern.

»Aber Sie werden ihn nicht anrufen, hab ich recht?« Er lehnte sich zurück. »Weil ich Sie wissen lassen werde, was läuft.«

»Gegen eine entsprechende Gebühr, nehme ich an.«

Sein Blick wanderte über ihre schlanke Figur. Wie würde es sich anfühlen, mit einem solchen Weib ins Bett zu gehen? Würde sie sich als eiskalte Statue entpuppen oder als heißblütige Stute? Diese Frau hier, da war er sich sicher, würde zur zweiten Sorte zählen.

»Wie viel?«, fragte sie und zog, ohne hinter ihrer Vierhundert-Dollar-Brille mit der Wimper zu zucken, ihr Scheckbuch aus der Tasche.

Der älteste Trick der Welt. »Nein, so läuft das nicht. Sie sollten sich schämen.« Sie hielt inne. »Ich nehme nur Cash. Kleine, nicht gekennzeichnete, nicht zurückzuverfolgende Noten, aber davon viele.«
Ihr Mund verzog sich zu einem verführerischen Lächeln. Sie lehnte sich in ihren gepolsterten Sitz zurück und fuhr sich mit der Zunge über die Lippen.
»Nun, Mr. VanHorn«, hauchte sie, und ihm wurde augenblicklich so heiß, dass er am liebsten seine Krawatte gelöst hätte. »Es sieht ganz so aus, als wären Sie ein Mann nach meinem Geschmack.«

»Okay, ich glaube dir. Der Junge ist mein Sohn. Ich habe eine Karteikarte mit seiner Blutgruppe gesehen.«
Bibi am anderen Ende der Leitung seufzte erleichtert. »Danke für dein Vertrauen. Und was wirst du nun mit ihm anfangen?«
Daegan hörte die Besorgnis, die in ihrer Stimme mitschwang, und fragte sich, wie er sie jemals auch nur ansatzweise hatte attraktiv finden können. Und dabei ging es ihm nicht um ihr Äußeres, sondern um ihre Einstellung. Die Tatsache, dass sie sich so gar nicht für ihr eigenes Kind interessierte, war unnatürlich.
»Ich habe wohl mehrere Möglichkeiten. Ich könnte allen Beteiligten die Wahrheit sagen und –«
»Um Gottes willen, tu das bloß nicht! Wenn diese Frau herausfindet, dass Jon im Begriff steht, ein Vermögen zu erben, dann wird sie Ansprüche geltend machen oder mich erpressen oder –«
»Weder noch«, widersprach Daegan voller Überzeugung. Seit er Kate ein paarmal begegnet war, hatte sich seine Meinung über sie grundlegend geändert. Geld schien sie nicht im mindesten zu interessieren. Oder doch? »Ich habe keine Ahnung, warum sie sich damals auf diese Sache eingelassen hat, aber ich

kann dir aus erster Hand versichern, dass sie das Kind über alles liebt.«

»Ich behaupte ja auch gar nicht, dass der Junge ihr nichts bedeutet, doch nur weil sie ihn liebt, heißt das noch lange nicht, dass sie nicht käuflich ist. Sei ehrlich, Daegan, das sind wir doch alle. Ich nehme an, sie hat sich die achtzigtausend Dollar, die Dad diesem Tyrell gegeben hat, mit ihm geteilt. Vielleicht hat sie auch weniger bekommen, aber das macht sie noch lange nicht zur Heiligen.«

»Heilig ist keiner von uns.«

»Dann verstehen wir uns ja.« Er hörte das Klicken eines Feuerzeugs. »Wie auch immer, Möglichkeit eins scheidet aus, was also ist Möglichkeit zwei?«

»Ich bestehe auf meinen Rechten als leiblicher Vater.«

»Das wäre ja noch schlimmer! Dann müsstest du mich als leibliche Mutter angeben, und das wird Kyle mir niemals verzeihen!«

Damit wären wir beim eigentlichen Punkt angekommen. »Wie geht's deinem Liebhaber?«, fragte Daegan ohne jede Neugier.

»Gut, zumindest bis jetzt. Er betet mich an, Daegan. Zum ersten Mal in meinem Leben werde ich wirklich geliebt, aber wenn Kyle herausfindet, dass das Baby, das ich damals zur Adoption freigegeben habe, von meinem Cousin gezeugt wurde … dann … dann … werde ich ihn wahrscheinlich verlieren.« Ihre Stimme fing an zu zittern, und Daegan kam sich vor wie ein Schuft, wie jedes Mal, wenn er an diese eine Nacht mit Bibi erinnert wurde.

»Die Geburtsurkunde des Jungen ist offenbar gefälscht, Bibi. Die Adoption war nicht legal. Keine Ahnung, wie dein alter Herr das angestellt hat. Aber zurück zu deinem Lover: Wenn er dich wirklich liebt, ist es ihm egal, was in der Vergangenheit passiert ist.«

»Du hast gut reden«, zischte sie sarkastisch. »Ausgerechnet du mit deiner Aus-den-Augen-aus-dem-Sinn-Einstellung.«

Er verkniff sich eine zornige Erwiderung, da er fand, dass sie auf gewisse Weise recht hatte. Stattdessen sagte er: »Nun, Bibi, du hast mich in dieser Sache mit an Bord geholt, da kannst du jetzt nicht erwarten, dass ich einen Rückzieher mache.«

»Deine Aufgabe war es, den Jungen zu finden und dir zu überlegen, wie wir Daddy einen Strich durch die Rechnung machen können.«

»Vielleicht wird das nicht möglich sein.«

»Herrgott, Daegan, alles ist möglich, müsstest du das nicht inzwischen wissen?«

Er starrte aus dem Fenster in die dunkle Nacht hinaus. Aus der Glasscheibe blickte ihm mit unfreundlichem Gesicht sein Spiegelbild entgegen.

»Was willst du von mir, Bibi?«, fragte er nach kurzem Überlegen.

Sie stieß einen langen, gequälten Seufzer aus. »Ich will das, was ich dir vor fünfzehn Jahren gegeben habe. Mein Leben. Und zwar ohne Wenn und Aber.«

»Ich glaube nicht, dass ich dir das versprechen kann.«

»Nun, dann tu etwas. Irgendetwas. Finde heraus, was diese Kate Summers zu verbergen hat, versuch, ihr was anzuhängen, damit wir ein Druckmittel in der Hand haben.«

»Für den Fall, dass wir sie erpressen müssen?« Bei diesem Gedanken fing sein Magen an zu brennen.

»Genau. Irgendein dunkles Geheimnis muss sie doch haben, irgendetwas, was uns als Trumpf dienen könnte.«

»Wofür?«

»Dafür, dass sie Leine zieht. Beeil dich, Daegan, wir haben nicht viel Zeit. Dad wird einen Privatermittler einschalten, da bin ich mir sicher, und wenn er das tut, ist die Du-weißt-schon-was am Dampfen.«

Es wird sehr viel schlimmer werden, als du ahnst, Bibi, eine Apokalypse mit Ausmaßen, wie sie die Sullivans noch nie erlebt haben. »Weiß Collin, was da auf ihn zukommt?«

Er hörte sie nach Luft schnappen. »Collin hat keinen blassen Schimmer«, sagte sie dann mit mehr als nur einer Spur von Bitterkeit. »Aber ist das etwas Neues?« Ihre sorgfältig manikürten Fingernägel tippten gedankenverloren gegen den Hörer. »Hör zu, Daegan, das ist jetzt kein Witz: Ich denke, du solltest den Jungen entführen und ihn nach Kanada, Europa oder Mexiko bringen, an einen Ort, der außerhalb der amerikanischen Gerichtsbarkeit liegt. Wenn du das tust, verspreche ich dir, dass ich dich und den Jungen für den Rest deines Lebens großzügig unterstützen werde, mit dem Geld, das ich von Dad erbe.«

»Das kann ich nicht, Bibi«, sagte Daegan.

»Aber –«

»Überlass es mir. Ich werde die Sache auf meine Art und Weise regeln.«

»Und was für eine Art und Weise ist das?«

»Das sage ich dir, sobald ich es selbst weiß.« Er knallte den Hörer auf und fluchte. Der alte Sullivan-Strick schien sich wieder um seinen Hals zu legen, und er konnte das Gefühl nicht abschütteln, in eine Falle gelockt worden zu sein. Hinter seinen Augen machten sich Kopfschmerzen bemerkbar.

Er ging durch Elis elende Blockhütte zu dem Kühlschrank, den er vor kurzem gemietet hatte. Alles in den wenigen muffigen Räumen war gemietet; die alten Möbel lagerten in der Garage. Er hatte nur das Nötigste besorgt. Gerade genug, um ein paar Wochen über die Runden zu kommen – so lange, wie es eben dauerte, diese Angelegenheit zu regeln.

Er nahm sich ein Bier aus dem Kühlschrank, öffnete den Deckel und trat auf die hintere Veranda hinaus, wo er den warmen Lampenschein vom Haus der Summers durch die Bäume schimmern sah. Wie um alles in der Welt sollte er vorgehen? Was sollte er Kate sagen? Seine Gedanken wanderten zu Jon. Wie es ihm wohl gehen mochte? Der Junge sah grauenhaft aus, dafür hatte dieser Neider gesorgt. Wie sollte ein Kind wie Jon mit Hitzköpfen wie Todd Neider zurechtkommen, die jeden fertigmachten, der anders war als sie? Der Junge konnte doch nichts dafür, dass er anderen Menschen in die Seele zu blicken vermochte!

Daegan wusste aus eigener Erfahrung, was für ein Fluch das sein konnte, und er war heilfroh, dass diese Gabe bei ihm mit den Jahren nachgelassen hatte. Hoffentlich hatte Jon genauso viel Glück.

Jon.

Sein Sohn.

Kates Sohn. Ihr Grund zu leben.

»Verdammt.« Er lehnte sich mit einer Schulter gegen den ungehobelten Pfosten, der das Dach stützte, und lauschte dem langgezogenen Heulen eines einsamen Kojoten. Eins der Pferde wieherte nervös.

Unter den Bodenbrettern ließ sich ein tiefes Knurren vernehmen.

»Komm schon raus, Roscoe«, sagte Daegan, auch wenn er nicht erwartete, dass das widerspenstige Tier seiner Aufforderung Folge leisten würde. »Komm schon, Junge. Lass es gut sein.«

Ein weiteres Knurren und ein heiseres Bellen.

»Du bist der hässlichste und unfreundlichste Köter, der mir je begegnet ist«, stellte Daegan fest und musste an einen anderen Hund denken, einen Hund, der im Schatten eines Hausein-

gangs gelegen und drohend geknurrt hatte, als Stuart ihm vor all den Jahren am Hafen gefolgt war.
Stuart, der große Manipulierer, für den jene Nacht tödlich geendet hatte. Weil er, Daegan, mit Bibi geschlafen hatte. Warum zum Teufel musste er ausgerechnet jetzt daran denken? Nach über fünfzehn Jahren?
Als er sich umdrehte, um wieder hineinzugehen, hörte er einen Wagen die Zufahrt zu seinem Blockhaus entlangrumpeln. Scheinwerferlicht glitt über das vertrocknete Gras seines Gartens. Ein Besucher? Um diese Uhrzeit? Daegan spürte, wie sich seine Nackenhaare sträubten. Fast rechnete er damit, Todd Neiders Vater, bewaffnet mit einem Moniereisen oder einem Baseballschläger, aussteigen zu sehen, bereit, ihm sämtliche Knochen zu brechen. Und wenn nicht Todds Vater, dann eben jemand, den Robert Sullivan engagiert hatte, um seinen illegitimen Enkel aufzuspüren.
Stattdessen erkannte er Kates alten Buick, der neben der Scheune zum Halten kam. Er spürte eine unerwartete Wärme in sich aufsteigen und schalt sich selbst einen Narren. Am Ende würde er sie doch nur verletzen, ob er es wollte oder nicht. Kate öffnete die Tür. Ihr Haar schimmerte golden im Licht der Innenbeleuchtung. Sie steckte ihre Schlüssel ein, trat mit dem Absatz die Wagentür zu und kam zu ihm auf die Veranda, einen Teller mit Törtchen in der Hand.
»Ich möchte mich bei Ihnen entschuldigen«, sagte sie ohne große Einleitung. Sie schüttelte den Kopf, als sei diese bescheidene Geste für sie nicht selbstverständlich. »Fröhliches Halloween.«
Der Wind wehte ihm ihr Parfüm in die Nase – Jasmin, nahm er an –, und sie reichte ihm den Teller.
»Halloween. Ach ja, das habe ich ganz vergessen. Danke.« Er betrachtete die orangefarbigen Kürbistörtchen und stellte den

Teller auf einem alten Schaukelstuhl ab, der schon bessere Zeiten gesehen hatte. »Hm, die sehen lecker aus.«
»Der Teig hat auf alle Fälle gut geschmeckt.« Der Anflug eines Lächelns trat auf ihre Lippen. »Wenn Sie die Wahrheit wissen wollen: Ich komme mir ziemlich blöd vor, weil ich Ihnen Halloween-Törtchen bringe, das ist eigentlich nicht meine Art. Jon fand die Idee auch doof, aber es gibt hier draußen nicht so viele Kinder, die um Süßes betteln, also dachte ich, Sie würden vielleicht welche mögen ... Ach, kurz gesagt: Es war bloß ein Vorwand, um Ihnen dafür zu danken, dass Sie meinem Sohn das Leben gerettet haben.«
Er ist auch mein Sohn.
Sie steckte die Hände in ihre Jeanstaschen und schaukelte auf den Fersen vor und zurück, während sie zu ihm hochschaute. »In Jons Leben gab es nicht viele Männer. Mein Vater ist schon vor Jahren gestorben und kurz darauf Jim ... Abgesehen von Eli McIntyre hat sich nie jemand für ihn interessiert.«
Erzählen Sie mir das nicht. Ich will es gar nicht wissen. »Tatsächlich?«
»Tatsache ist, dass er die meisten Männer verschreckt.«
»Dann sind diese Männer Dummköpfe.« Daegans Kehle war plötzlich wie ausgedörrt. Rasch nahm er einen großen Schluck von seinem Bier. Im Dunkeln wirkten Kates Augen noch größer und erinnerten ihn an Seen aus flüssigem Gold.
»Vielleicht.« Sie zuckte die Achseln. »Wie ich schon sagte, es gab nicht allzu viele. Hier draußen ... ist es ziemlich einsam, keine direkten Nachbarn, und die nächste größere Stadt ist ein gutes Stück entfernt.«
»Ich dachte, genau das gefällt Ihnen«, sagte er und ergriff die Gelegenheit beim Schopf, Näheres über sie in Erfahrung zu bringen.

»Nein«, antwortete sie kopfschüttelnd. »Der Preis hat gestimmt, und ich war die Stadt leid.«

»Dann sind Sie gar nicht aus der Gegend?« Natürlich wusste er, woher sie kam, aber er wollte ihre Version der Geschichte hören.

Sie lehnte sich mit der Hüfte gegen das Verandageländer. »Nein. Ich bin im Mittleren Westen aufgewachsen, in Iowa. Dort habe ich geheiratet und bin umgezogen nach ... Nun, kurz darauf ist mein Ehemann gestorben, und Jon und ich sind nach Seattle gegangen, wo ich meine Ausbildung beendet habe. Ich bekam eine Stelle am Community College in Bend, deshalb haben wir uns hier niedergelassen.«

»Gefällt es Ihnen hier?«

Eine leichte Böe zauste ihr Haar. »Es hat sein Gutes und sein Schlechtes.«

»Das ist überall so.« Er hielt seine Flasche hoch. »Möchten Sie auch ein Bier?«

Sie zögerte, dann schüttelte sie den Kopf. »Nicht heute Abend, aber trotzdem vielen Dank.« Ihre Blicke trafen sich kurz, und sie drehte schnell den Kopf zur Seite. Doch in diesem Bruchteil eines Herzschlags spürte er, wie es in seinem Bauch zu flattern begann – ein Gefühl, das er weder kontrollieren konnte noch sonderlich mochte.

»Ich halte Jon für einen prächtigen Jungen.«

»Tatsächlich?« Stolz flackerte in ihren Augen auf.

»Er müsste allerdings lernen, wie man richtig kämpft.«

»Oder wie man Kämpfen aus dem Weg geht.«

»Das dürfte sich als schwierig erweisen, wenn ein Schläger wie Neider ihm auflauert.«

»Und Sie wollen ihm das beibringen?«, fragte Kate, die Augenbrauen besorgt zusammengezogen.

Daegan zuckte die Achseln. »Warum nicht?«

»Die Frage lautet doch eher: Warum? Warum sollten Sie sich solche Umstände machen bei einem Kind, das Sie kaum kennen?« Sie stieß sich vom Geländer ab, und er bemerkte, wie sie gequält die Mundwinkel nach unten zog.

»Ich sehe einfach nicht gern zu, wie ein Kind als Punchingball benutzt wird. Das ist nicht gut für Jons Selbstbewusstsein.« Er trank sein Bier aus und stellte die leere Flasche auf dem Geländer ab.

»Sie wissen doch gar nichts über –«

»Ich weiß, was ich gesehen habe«, fiel er ihr etwas barsch ins Wort. »Ihr Sohn wurde brutal verprügelt. Entweder er lernt, sich zu verteidigen, oder er wird immer wieder im Krankenhaus landen. Burschen wie Neider geben nicht so schnell auf.«

»Jon glaubt nicht, dass er ihm noch einmal zusetzen wird.«

»Darauf würde ich nicht wetten. Neider ist ein hundsgemeiner Scheißkerl, entschuldigen Sie meine Ausdrucksweise, der sich einen Spaß daraus macht, Schwächere vor seinen Freunden zu demütigen. Ich an Ihrer Stelle würde meinen Sohn so schnell wie möglich zu einem Karatekurs anmelden, auch Ringen oder Boxen wären nicht schlecht, und dann würde ich Strafanzeige stellen, um die Eltern wissen zu lassen, dass ihr Sohnemann mit diesem Verhalten nicht durchkommt.«

»Jon will nicht, dass ich zur Polizei gehe.«

»Jon ist ein Kind. Was weiß er denn schon?«

»Sie müssen ja nicht mit ihm zusammenleben.«

»Das ist natürlich richtig, aber wenn ich es täte, dann könnten Sie sicher sein, dass ich der Boss wäre.«

»Haben Sie Kinder?«, fragte sie.

Überrascht starrte er sie an. »Wie bitte?«

»Nur weil Sie nicht verheiratet sind, heißt das noch lange nicht, dass Sie keine Kinder haben. Es ist doch heutzutage gang und gäbe, dass Kinder bei Ex-Partnern aufwachsen oder in neue Familien eingebunden werden.«

Unwillkürlich trat ein schiefes Lächeln auf sein Gesicht. *Wenn du wüsstest!* »Nein, ich habe keine Kinder.«

»Tatsächlich nicht? Dann sind Sie wohl *Die Super Nanny* oder sonst eine Instanz, wenn es um Kindererziehung geht.«

Ihr Gesicht war gerötet, ihre Augen funkelten zornig, doch Daegan hielt ihrem Blick stand. »Ich bin überzeugt von dem, was ich sage, Kate, in meinen Augen benötigt Ihr Junge dringend Unterricht in Selbstverteidigung. Seine Mama kann nicht ständig um ihn herum sein, um ihn zu beschützen, und es wird ihm auch nicht jedes Mal ein zufällig vorbeikommender Fremder zu Hilfe eilen. Habe ich Sie falsch verstanden, als Sie sagten, Sie seien hier, um sich bei mir zu entschuldigen?«

»Sie provozieren mich, O'Rourke.«

»Ich habe nicht damit angefangen.«

Sie zog ungläubig eine Augenbraue in die Höhe.

»Sie stehen auf meiner Veranda«, erinnerte er sie. »Ohne dass ich Sie dazu eingeladen hätte.« Mein Gott, wie sexy sie war, wenn sie wütend wurde und ihre vollen Lippen zu diesem trotzigen Schmollmund verzog! *Schluss damit, O'Rourke,* befahl er sich. *Denk daran, weshalb du hier bist!* Doch es war zu spät. *Wie es sich wohl anfühlen mochte, sie zu küssen?*

Tu's nicht, O'Rourke. Wenn du klug bist, tust du's nicht.

»Was die Entschuldigung betrifft«, sagte sie und schien Mühe zu haben, gleichmäßig zu atmen, »ich bin hierhergekommen, um Ihnen dafür zu danken, dass Sie eingeschritten sind und damit Jon womöglich das Leben gerettet haben. Ich hatte ihn gebeten … ähm … mein Gott, das fällt mir jetzt wirklich nicht leicht … ich hatte Jon gebeten, sich von Ihnen fernzuhalten, doch offenbar aus den falschen Gründen.«

»Sie hatten Angst um ihn. Weil er behauptet hat, ich hätte jemanden umgebracht.«
»Ja«, gab sie zu und senkte den Blick zu Boden.
Sein Herz schlug schneller. Der Wunsch, sie zu küssen, wurde übermächtig. »Hören Sie, Kate«, sagte er mühsam beherrscht, »ich kann nicht hier stehen und so tun, als wäre ich ein Heiliger, das bin ich nämlich nicht, doch eines müssen Sie mir glauben: Ich bin kein kaltblütiger Killer.«
Sie sah mit ihren whiskeyfarbenen Augen zu ihm auf. »Das würde ich Ihnen nur zu gern glauben.«
»Dann tun Sie's doch einfach, Kate«, sagte er mit rauher Stimme, streckte die Hand aus und strich ihr eine verirrte Haarsträhne von der Wange. Zärtlich berührten seine Fingerspitzen ihre weiche Haut, ein Gefühl, das sein Blut zum Kochen brachte. Trotz seiner Lügen, trotz der Tatsache, dass er von der ersten Sekunde an unehrlich zu ihr gewesen war, trotz seiner festen Überzeugung, dass es ein nicht wiedergutzumachender Fehler wäre, sich mit ihr einzulassen, nahm er seine Hand nicht weg. Seine Worte – so verräterisch sie in seinen eigenen Ohren auch klingen mochten –, hallten durch die stille Nacht. »Vertrau mir«, sagte er, obwohl er nicht einmal sich selbst trauen konnte. »Vertrau mir.«

Kapitel fünfzehn

Fünfzehn Jahre.

Sie schlug ihre langen, im Kosmetiksalon gebräunten Beine übereinander, die unter ihrem weißen Tennisdress besonders gut zur Geltung kamen, und trank, ungeachtet der hektischen Geschäftigkeit um sie herum, in kleinen Schlückchen ihr Perrier an der Saftbar von Bostons exklusivstem Tennisclub. Die grauenvollen Nachrichten, die VanHorn ihr überbracht hatte, warfen sie völlig aus dem Konzept. Die Stunde mit ihrem Tennislehrer war im Grunde vergeudet gewesen: Vito hatte sich seinen süßen Hintern aufgerissen, hatte ihr Anweisungen zugerufen und war voller Tatendrang um sie herumgesprungen, doch sie hatte sich einfach nicht konzentrieren können, war abgelenkt gewesen von der Vorstellung, dass Robert Sullivan womöglich sein Vermögen einem dahergelaufenen, großäugigen Waisenjungen überschrieb. Einem modernen Oliver Twist sozusagen.

Seit fünfzehn Jahren lief irgendwo ein weiterer Bastard durch die Gegend, von dem niemand etwas geahnt hatte, und jetzt hatte Robert Sullivan einen zwielichtigen Privatschnüffler angeheuert, um ihn ausfindig zu machen. Robert musste den Verstand verloren haben, wenn er meinte, sich außerhalb der Familie nach einem Erben umsehen zu müssen. Das war kompletter Irrsinn, und das Schlimmste daran war, dass Robert als Patriarch nach wie vor sämtliche Fäden zog. Selbst wenn er sein Vermögen einem Zirkus-

clown überschreiben wollte, konnte ihn niemand davon abhalten.
Sie wusste in diesen Dingen Bescheid, war die einzige Sullivan, die einen Sinn für Zahlen hatte, obwohl man nicht gerade ein Finanzgenie sein musste, um zu erkennen, dass es Roberts Vermögenswerte waren, die zu erben es sich lohnte, wohingegen Frank Sullivan seinen Anteil in den Sand gesetzt hatte.
Verflucht, warum musste Robert nach diesem außerehelichen Kind suchen? Und warum hatte sich Bibi von irgendeinem dahergelaufenen Verlierer schwängern lassen müssen? Roberts Tochter hatte immer schon ein mitfühlendes Herz besessen, streunende Hunde aufgenommen und beim Anblick von Katzen- und Hundebabys vor Begeisterung gejuchzt. Niemand hätte ahnen können, dass sie sich als solche Schlampe entpuppen würde, die sogar heimlich ein Kind zur Welt brachte. Alle hatten sich gewundert, als Bibi plötzlich für mehrere Monate wie vom Erdboden verschluckt gewesen war, angeblich bei einem Studentenaustauschprogramm in Übersee … oder war es eine Kreuzfahrt gewesen? Egal, wie fadenscheinig die Geschichte geklungen hatte, sie hatte ihren Zweck erfüllt, zumal sich zur damaligen Zeit niemand wirklich für Bibi interessierte.
Sie tippte mit ihren glänzend roten Fingernägeln gegen die Mineralwasserflasche und dachte über diese überraschende neue Entwicklung nach. Warum hatte Roberts dämliche Tochter nicht die Beine geschlossen halten können, und warum konnte der Alte nicht alles so lassen, wie es war? Idioten.
Und dann dieser Privatschnüffler, der dachte, er würde sich ihr Geld unter den Nagel reißen und sie gegen Robert Sullivan ausspielen können. Nach dreißig Minuten in Neils VanHorns Gegenwart hatte sie sich befleckt gefühlt, schmutzig. Sie spülte den bitteren Geschmack in ihrem Mund mit einem Schluck

Perrier hinunter und wünschte sich, sie könnte VanHorn unschädlich machen. Was für ein unangenehmer Kerl mit seinen gierigen Knopfaugen und den gelben Fingernägeln, mit denen er immer wieder nervös über das Streichholzbriefchen gestrichen hatte! Wenn er glaubte, er würde sich ein Vermögen in die Tasche stecken können oder gar Macht über die Familie gewinnen, wenn er den Bastard ausfindig machte, dann hatte er sich geirrt.
Offenbar wusste er nicht, dass man sich mit einem Sullivan nicht anlegte, doch er würde es schon bald erfahren. Und ob.

*

»Reiß dich zusammen!« Kate starrte in den beschlagenen Badezimmerspiegel, doch durch den Wasserdampf konnte sie ihr Gesicht kaum erkennen. Eingehüllt in ein Handtuch, das nasse Haar auf die Schultern herabhängend, rief sie sich wieder einmal ins Gedächtnis, dass Daegan O'Rourke für sie tabu war, der unpassendste Mann, den sie sich aussuchen konnte.
Vertrau mir. Diese beiden Worte waren ihr die ganze Nacht lang im Kopf herumgegangen, sie hatte kaum geschlafen. Seit sie von ihrem Besuch bei Daegan zurückgekehrt war, wurde sie das mulmige Gefühl nicht los, irgendetwas würde sich zusammenbrauen, ein gewaltiger Sturm am wolkigen Horizont.
Genau das, was du jetzt brauchst, dachte sie und putzte sich die Zähne.
In der Küche klingelte das Telefon. Rasch spülte sie sich den Mund aus und schlüpfte in den Bademantel, der neben der Tür hing. Beim dritten Klingeln war sie schon fast in der Küche angekommen, als Jon aus seinem Zimmer zu ihr herunterrief: »He, Mom, es ist für dich!«
»Ich gehe unten dran. Stellst du durch?«

»Alles klar.« Sie hörte seine Matratze quietschen, als er sich wieder ins Bett legte. Sie machte ihm keinen Vorwurf, dass er heute nicht in die Schule ging, trotzdem hatte sie gemischte Gefühle, die jüngsten Vorfälle betreffend. Es stimmte, Jon war die Lachnummer an der Schule, das ständige Opfer von Klatsch und Tratsch, und Todd Neider machte die Sache nicht besser. Aber früher oder später würde er an die Hopewell High zurückkehren müssen, und dann wäre es bestimmt nicht leichter, seinen Klassenkameraden gegenüberzutreten.
Seufzend nahm sie den Hörer ab und schob die finsteren Gedanken beiseite, die ihr auf der Seele lasteten. »Hallo?«
»Wo bist du – am anderen Ende der Stadt?«
»Sehr komisch, Laura«, sagte sie und lächelte, als sie die Stimme ihrer Schwester hörte. Wenn sie doch nur nicht so weit entfernt leben würde! Gerade jetzt könnte sie Laura gut in ihrer Nähe gebrauchen, ihre übersprudelnde Lebensfreude.
»He, ich hab ein paar Informationen für dich«, verkündete Laura fröhlich.
Kate blieb fast das Herz stehen. Ihre Finger krampften sich um den Hörer.
»Jon betreffend?«
»Nein, über O'Rourke. Ich glaube, ich kann dich ein bisschen aufmuntern. Sieht nicht so aus, als hätte er ein Vorstrafenregister, zumindest nicht hier in Boston.«
Kate spürte, wie ihr die Knie weich wurden. Halt suchend lehnte sie sich gegen einen der Küchenstühle. »Bist du dir sicher?«
»Ja. Wenn er jemals vor Gericht gestanden hat, kann ich nichts darüber finden, und er ist ganz bestimmt nie zu einer Haftstrafe verurteilt worden. Ich habe die Strafregister der letzten vierzig Jahre überprüft.«
Kate stieß die Luft aus, die sie unwillkürlich angehalten hatte.

»Du kannst dich also entspannen, was deinen neuen Nachbarn anbetrifft.«

Entspannen? In Bezug auf Daegan O'Rourke? Das ist wohl kaum möglich. Nur weil er niemals im Gefängnis gesessen hatte, musste er nicht unbedingt eine weiße Weste haben. Trotzdem fühlte Kate, wie sich ihr Pulsschlag ein wenig beschleunigte und die Barrieren, die sie um ihr Herz errichtet hatte, durchlässig wurden. »Hast du sonst noch etwas über ihn herausfinden können? Kommt er aus Boston oder hat er irgendwann dort gelebt? Kann es sein, dass einer seiner Cousins getötet wurde und –«

»He, nun mal langsam«, fiel Laura ihr lachend ins Wort, und Kate stellte sich ihre grünen Augen vor, die vor Verschmitztheit blitzten. »Ich bin noch lange nicht fertig mit meinen Nachforschungen. Ich habe ein paar Typen ausgesiebt, die möglicherweise dein Cowboy sein könnten –«

»Er ist nicht *mein* Cowboy«, widersprach Kate rasch.

»Ach, in dem Punkt sind wir aber empfindlich, nicht wahr?«

»Nun spuck's schon aus«, drängte Kate, überrascht, wie schnell sie auf Lauras Köder angebissen hatte.

»Zwei Kerle sind darunter, auf die die körperliche Beschreibung zutrifft, die du mir gegeben hast. Sie sind etwa im richtigen Alter. Einer ist der uneheliche Sohn einer gewissen Mary Ellen O'Rourke aus dem Süden von Boston, mehr konnte ich nicht über ihn in Erfahrung bringen. Er hat die Stadt noch vor seinem zwanzigsten Lebensjahr verlassen. Der andere ist das sechste von zehn Kindern einer Arbeiterfamilie, die Mitte der Siebziger hierhergezogen sind. Ich arbeite noch dran.«

Langsam kamen sie der Wahrheit näher. »Ich schulde dir etwas.«

»Ich weiß. Du schuldest mir ständig etwas. Deshalb verstehen wir uns auch so prächtig. Ach herrje, ich muss Schluss machen.

Ich muss in genau fünfundvierzig Sekunden bei einer Mitarbeiterversammlung sein. Wir reden später weiter!«

»Danke.« Kate legte auf. Ihr war ein wenig leichter ums Herz, obwohl das mulmige Gefühl nicht weichen wollte.

Nachdenklich schenkte sie sich eine Tasse Kaffee ein und ging zum Fuß der Treppe. »Jon?«

Keine Antwort. Vielleicht war es besser so. Sollte er sich ruhig ein, zwei Tage erholen, bevor er zur Schule zurückkehrte, doch davor war ja ohnehin noch das Wochenende.

Sie rieb sich den verspannten Nacken und trat auf die Veranda hinaus. Ein Schwall eisiger Winterluft empfing sie. Draußen war der Himmel grau und wolkenverhangen. *Wie die Ruhe vor dem Sturm,* dachte sie wieder, als sie in den stillen, trüben Morgen blickte. Selbst Lauras gute Nachrichten und die Tasse mit frischem, heißem Kaffee konnten das unbehagliche Gefühl nicht vertreiben. Sie hörte das Dröhnen des näher kommenden Schulbusses, noch bevor sie ihn sah. Als er kurz vor ihrer Zufahrt abbremste und dann wieder anfuhr, zogen dicke schwarze Wolken auf. Bald darauf fielen die ersten Regentropfen.

Plötzlich wusste sie, woher ihr Unbehagen rührte. Etwas stimmte tatsächlich nicht. Der Hund. Sie hatte Houndog den ganzen Morgen weder gesehen noch gehört, also stieß sie einen kurzen, scharfen Pfiff aus und horchte auf sein fröhliches Antwortgebell. Nichts. Alles, was sie vernahm, war der inzwischen gleichmäßig fallende Regen.

»Houndog! Wo steckst du? Bei Fuß!« Sie kehrte ins Haus zurück, stellte ihre Tasche auf dem Tisch mit den restlichen Halloween-Törtchen ab und stieg die Treppe hinauf. Jon war allein in seinem Zimmer. »Hast du den Hund gesehen?«

Jon streckte sich, gähnte und blickte sie mit zusammengezogenen Augenbrauen an. »Ist er denn nicht unten?«

»Nein.«

»Aber – ach ja, ich hab ihn rausgelassen.«

»Wann?«

»Er hat an der Tür gekratzt und gewinselt, wie immer, wenn er ein Opossum oder eine Katze hört, also habe ich ihm die Tür aufgemacht. Er ist wie ein Pfeil von der Veranda geschossen und hat sich fast die Kehle aus dem Leib gekläfft.«

»Dann hast du ihn nicht mehr reingeholt?«

»Er ist nicht gekommen, als ich ihn gerufen habe, also dachte ich, er hätte da draußen seinen Spaß.«

Kate biss sich besorgt auf die Lippe. »Wann war das?«

»Keine Ahnung. Irgendwann letzte Nacht.« Er rieb sich übers Gesicht. Ihre Blicke trafen sich. »Mein Gott, Mom, was soll das? Glaubst du wirklich, ihm ist etwas zugestoßen?«

»Nein, nein, bestimmt nicht«, log sie.

»Aber wo könnte er stecken? Er haut doch sonst nie ab.« Jon schlug die Bettdecke zurück und wühlte einen Stapel Klamotten am Fußende durch. Stirnrunzelnd zog er schließlich Jeans und ein zerknittertes Sweatshirt hervor.

»Ich denke, ich suche draußen nach ihm«, schlug Kate vor, bemüht, möglichst unbesorgt zu klingen.

»Wir werden ihn schon finden, Mom.«

Bildete sie es sich nur ein, oder klang eine Spur von Angst in seiner Stimme mit?

»Natürlich«, erwiderte sie gespielt zuversichtlich und eilte die Treppe hinunter in ihr Zimmer. Binnen Sekunden war sie angezogen und vor dem Haus. Den Pfützen ausweichend, die sich bereits bildeten, durchquerte sie den Garten und rief dabei laut Houndogs Namen. Jon, der eine Kappe der Seattle Mariners aufgesetzt hatte – seine Lieblings-Baseballmannschaft –, gesellte sich zu ihr. Zusammen suchten sie das Grundstück ab, stapften durch nasses Gras und Schlamm und klammerten sich an die Hoffnung, dass sie den jungen Hund finden würden.

Vielleicht steckte er irgendwo fest und konnte sich nicht selbst befreien. Doch weshalb bellte oder jaulte er dann nicht?
Kate schickte ein stummes Gebet zum Himmel, dass er nicht von einem vorüberfahrenden Wagen oder Laster überrollt worden war, und blieb vor dem Dickicht stehen, welches das Grundstück von der Schnellstraße trennte. Sie blickte suchend die Straße entlang und wandte sich dann den dicht stehenden Bäumen und Büschen zu. Wohin mochte der Hund gelaufen sein? Hatte ihn jemand mitgenommen? Lag er irgendwo verletzt oder war er gar tot?
»Nun beschwör mal nicht gleich das Schlimmste herauf«, murmelte sie. Der Regen durchweichte ihre Kapuze. *Ach, Houndog, wo steckst du nur?*
Während sie das Unterholz durchkämmte, hörte sie Jon nach seinem Hund und besten Freund der Welt rufen. Seine Stimme klang schrill vor Sorge. Er war hinter dem Haus bei den verwelkten Rosensträuchern.
Kate ging zu ihm. Als sie um die Ecke des Holzschuppens bog, bemerkte sie die Kürbisse, die zerschmettert auf dem Stapel alter Gehwegplatten lagen.
»Warst du das?«, fragte sie, doch Jon starrte bloß auf die Samen und das faserige orangefarbige Fruchtfleisch, das aus den aufgeplatzten Kürbisschalen quoll.
»Neider«, flüsterte er.
»Das kannst du doch gar nicht wissen.«
»Wer dann?«
»Ich … ich vermag mir einfach nicht vorzustellen, wer so etwas tut.«
»Verdammt noch mal, Mom, natürlich steckt Neider dahinter!« Jon reckte das Kinn vor und blinzelte, doch so tapfer sein Kampf auch sein mochte, die Tränen gewannen letztendlich die Oberhand. Sein blau verfärbtes Gesicht verzog sich zu

einer gequälten Grimasse. »Glaubst du … er hat ihn umgebracht?«
»Natürlich nicht. Warum sollte er einem unschuldigen Tier etwas antun?«
»Neider braucht keinen Grund. Er ist einfach nur gemein.«
»Wir wissen doch nicht mal, ob es wirklich Todd war. Komm, gehen wir ins Haus.« Doch als sie sich umwandten, sahen sie beide, dass das mit der Zeit dunkel gewordene Holz des Pumpenhauses mit Graffiti beschmiert war.

FRÖHLICHES HALLOWEEN, SCHWUCHTEL
HEULSUSE
SCHWANZLUTSCHER
FICK DICH, IRRER

Hässliche, schmutzige Worte, die allesamt auf Jon abzielten, geschrieben in Neonorange und Tiefschwarz.
»Großer Gott«, flüsterte Kate, als sie die hasserfüllten Verleumdungen las. »Das muss aufhören. Komm ins Haus«, befahl sie und ging die Stufen hinauf, ohne zu wissen, was genau sie tun sollte. Sie wusste nur, dass sie die Polizei einschalten musste. Jon mochte noch so sehr Zeter und Mordio schreien – sie würde Sheriff Swanson anrufen und ihm alles melden, was vorgefallen war. Sie streckte gerade die Hand nach dem Telefon aus, als sie das Geräusch eines Pick-ups hörte, der die Auffahrt heraufgerumpelt kam.
Die Nerven gespannt wie Drahtseile, rannte sie nach vorn und überlegte, ob sie sich das alte Gewehr schnappen sollte, das sie im Wandschrank eingeschlossen hatte. *So weit ist es also schon gekommen,* dachte sie und blickte mit wild hämmerndem Herzen durch die Jalousie. Gott sei Dank, es war Daegans Pickup. Sie riss die Haustür auf, stürmte über die Veranda und hät-

te sich am liebsten in seine Arme geworfen, doch er trug etwas, das aussah wie eine zuckende, sich windende Masse –
»Houndog!«, rief sie, gerade als Jon um die Ecke bog.
»Diese Schweine!« Binnen Sekunden war er bei Daegan und nahm ihm den jungen Hund aus den Armen. Tränen, vermischt mit Regen, liefen ihm über das entstellte Gesicht.
»Wenigstens ist er nicht tot«, sagte Daegan, ein gefährliches Lodern in den Augen. »Ich habe ihn auf der Veranda gefunden, angebunden und offenbar unter Drogen gesetzt.«
Der Hund war geschoren worden, seine nackte Haut war voller Schnittwunden, nur an Kopf und Schwanz war etwas Fell stehengeblieben. Auf seinem kahlen Körper standen dieselben schmutzigen Worte wie an der Wand des Pumpenhauses.
»Ich werde ihn baden.«
»Nein«, sagte Kate. »Noch nicht. Hol eine Decke. Wir fahren zum Sheriff.« Außer sich vor Zorn wandte sie sich an Daegan. »Wären Sie bereit, eine Zeugenaussage zu machen? Ich möchte, dass der Sheriff von Todd Neiders Attacken auf Jon erfährt, genau wie von dem Hund.«
»Selbstverständlich.«
»Nein!«, protestierte Jon, dann blickte er den zitternden, benommenen Hund in seinen Armen an. »Na gut. Fahren wir. Ich wickle ihn nur noch schnell in eine Decke.«
»Ich fahre«, sagte Daegan, während Jon ins Haus rannte. An seinem Kinn zuckte ein Muskel. »Wird langsam Zeit, dass ich den Sheriff kennenlerne.«

»... das mit dem Hund ist eine Schande, natürlich werden wir ermitteln, aber solange Sie mir keinen Beweis dafür bringen können, dass es tatsächlich der Neider-Junge war, kann ich nicht viel tun«, erklärte Sheriff Swanson. Schlank, durchtrainiert, mit einem sorgfältig gestutzten silbernen

Schnurrbart und einer dicken Brille lehnte er sich in seinem Schreibtischstuhl zurück und legte die Fingerspitzen gegeneinander. Daegan, der schon in früher Kindheit gelernt hatte, den Gesetzeshütern zu misstrauen, blickte den militärisch aussehenden Mann argwöhnisch an. Swanson gab sich alle Mühe, Kate zu beschwichtigen, doch damit hatte er keinen Erfolg.

»Es ist mehr als eine Schande, und es ist mehr als kriminell«, beharrte sie mit schmalen Lippen. »Es ist schlichtweg grausam und unmoralisch, und es wird nicht aufhören!«

»Da will ich Ihnen nicht widersprechen, Kate. Ich werde einen Deputy zu Ihnen schicken, damit er Fotos von der mutwilligen Zerstörung der Kürbisse und den Graffiti macht, Aufnahmen vom Hund haben wir ja bereits.« Er blickte auf den jungen Hund, der zitternd in Jons Armen lag. Die beiden boten einen jämmerlichen Anblick.

Auch Daegan sah seinen Sohn an, und er verspürte nichts als Wut. Ganz gleich, was der Sheriff unternehmen würde, Daegan hatte auf alle Fälle vor, Neiders altem Herrn einen Besuch abzustatten.

»Was die Vorwürfe wegen der Körperverletzung anbelangt«, sagte Swanson und beäugte die unterschriebene Strafanzeige auf dem Tisch, »so glaube ich Ihnen. Todd ist ein schwieriger Junge, wohingegen die beiden anderen, Morrisey und Flanders, für gewöhnlich keinen größeren Ärger machen. Morriseys Vater ist Geistlicher bei der First Christian Church.«

»Nur weil der Vater das Wort Gottes verbreitet, muss der Sohn noch lange kein Heiliger sein«, bemerkte Kate prompt.

»Ich weiß, aber –«

»Diese beiden – Morrisey und Flanders – haben sich nicht aktiv an der Schlägerei beteiligt«, sagte Daegan, der nicht länger den Mund halten konnte. Er trank den klärschlammähnlichen

Kaffee, den der Sheriff ihm angeboten hatte, die Hüfte gegen die Fensterbank gelehnt, und nickte zustimmend, wann immer Swanson in seine Richtung blickte. Swanson hatte Kate und Jon ihre Version der Geschichte erzählen lassen, doch als klarwurde, dass der Sheriff die ganze Angelegenheit am liebsten unter den Teppich kehren würde, hatte Daegan beschlossen, aufzustehen und sich einzumischen.

»Auch wenn sie nicht selbst zugeschlagen haben, so haben sie Neider doch dazu angestachelt. Und sollten sie anderes behaupten, so sind sie Lügner, die bloß versuchen, ihr eigenes Fell zu retten. Feiglinge, die Fersengeld gegeben haben, als ich aufgetaucht bin. Der Neider-Junge ist der Anführer, er ist derjenige, dem die Peitsche gebührt.«

»Tut mir leid, aber das wäre ein bisschen zu krass.«

»Richtig«, erwiderte Daegan sarkastisch, »wir sollten wohl lieber seinen alten Herrn auspeitschen.« Laut Jon verbrachte Carl Neider viel zu viele Abende damit, sich im Plug Nickel zu betrinken. Wenn er dann besoffen aus der Kneipe herausgetorkelt kam, war er für gewöhnlich so aggressiv und bösartig wie eine verwundete Klapperschlange, bereit, jederzeit zuzuschlagen. Sein bevorzugtes Angriffsziel war sein Sohn. Im Gegenzug ließ dieser Dummkopf seinen Frust an schwächeren Jungs aus, vorzugsweise an Jon.

Swanson grinste bei der Vorstellung, einen seiner samstagabendlichen Stammgäste in der Ausnüchterungszelle auspeitschen zu lassen. »Der alte Neider ist ein mieser Kerl, wenn er zu viel getrunken hat, aber er hat es auch nicht leicht gehabt. Als Todd noch keine zwei Jahre alt war, ist seinem Vater die Frau davongelaufen.«

»Wofür sie vermutlich ihre Gründe hatte. Das ist absolut keine Rechtfertigung, Swanson. Heutzutage ziehen viele Leute ihre Kinder allein groß.«

Der Sheriff versprach noch einmal, Ermittlungen anzustellen, doch Daegan war nicht zufrieden.
»Nicht gerade eine Kanone«, bemerkte er ein wenig abfällig, als sie wieder im Wagen saßen und zur Tierklinik am Stadtrand fuhren.
Doktor Martin, ein kleiner Mann mit einem Hufeisen schneeweißer Haare und mit Sommersprossen auf der Glatze, warf einen Blick auf Houndog und runzelte empört die Stirn. »Wer hat das getan?«, fragte er und nahm den zitternden Hund aus Jons Armen.
Kate warf ihrem Sohn einen warnenden Blick zu. »Wir sind uns noch nicht ganz sicher«, antwortete sie dann.
»Nun, wer immer es war, ist krank, nicht wahr, Houndog?« Mit erfahrenen Händen tastete Doktor Martin den Hund ab, maß Houndogs Temperatur, sah ihm in die Augen und versicherte ihm, dass er bald nicht mehr so lädiert ausschauen würde.
»Er ist natürlich traumatisiert. Wer wäre das nicht? Nur weil unser Houndog ein Hund ist, heißt das nicht, dass er nicht spürt, wenn man ihn misshandelt. Hab ich recht, Kumpel?« Er kraulte ihn hinter den Ohren. »Junge, Junge, wenn ich den in die Finger kriege, der ihm das angetan hat …« Er schüttelte den Kopf und blickte die anderen über seine Lesebrille hinweg an. »Da könnte ich glatt meinen Rasierer rausholen und dazu eine Sprühdose mit Farbe.«
Daegan grinste. »Keine schlechte Idee«, sagte er.
»Lassen Sie das Kerlchen über Nacht hier, dann machen wir es sauber und vergewissern uns, dass es wohlauf ist«, schlug der Tierarzt vor.
Als sie bei Kate und Jon zu Hause ankamen, war es fast Mittag. Daegan parkte seinen Pick-up und stellte den Motor aus. Obwohl Kate protestierte, brachte er sie zum Haus und blieb

kurz vor dem Pumpenhaus stehen, wo er noch einmal die hässlichen Graffiti las. Sein Blick schweifte zum Garten hinter dem Haus, dann blieb er am fernen Horizont hängen. »Weißt du, Jon«, sagte er schließlich, als sei er zu einer inneren Entscheidung gelangt, »wenn du möchtest, kannst du zu mir rüberkommen, und ich bringe dir ein paar Dinge bei.«

»Ja?« Jon war sogleich Feuer und Flamme.

Kate dagegen gefiel der harte, entschlossene Ausdruck in Daegans Augen gar nicht. »Und an was genau denken Sie dabei?«

»Wie man reitet, zum Beispiel.« Das wirkte relativ unverfänglich.

»Das würden Sie tun? Wirklich?« Jons malträtiertes Gesicht verzog sich zu einem Grinsen.

»Ja, aber wir fangen mit Loco, meinem Grauen, an, bevor wir Buckshot nehmen. Außerdem zeige ich dir, wie man mit einem Gewehr umgeht.«

»Augenblick mal«, schaltete sich Kate nervös ein. »Ich mag keine Waffen. Nicht mal Luftgewehre.« Sie durfte nicht zulassen, dass dieser Mann – dieser Fremde – anfing, sich in das Leben ihres Sohnes einzumischen.

»Ich auch nicht«, gab Daegan zu, »doch weil Jon hier draußen lebt, muss er den Umgang mit Waffen lernen und begreifen, welchen Schaden sie anrichten können.«

»Ich weiß nicht«, sagte Kate abwehrend.

»Ach komm schon, Mom!«, drängte Jon, der spürte, dass sich ihm hier eine einmalige Gelegenheit bot.

Doch Daegan war noch nicht fertig. Er deutete durch die Baumreihe zu seinem Haus hinüber und sagte: »Ich habe mir überlegt, in dem alten Schuppen einen Punchingball aufzustellen. Hast du Gewichte?«

Jon schüttelte den Kopf.

»Vielleicht solltest du zunächst damit trainieren.«
Kate hatte das Gefühl, die Kontrolle zu verlieren, über ihren Sohn, über ihr Leben. Abgesehen von dem brutalen körperlichen Angriff auf Jon, drängte sich nun auch noch dieser Mann zwischen sie, der auf sie beide eine nahezu magische Anziehungskraft ausübte. Vielleicht konnte sie ihm vertrauen, vielleicht aber auch nicht – da war das letzte Wort noch nicht gesprochen. Noch lange nicht. Obwohl er sie beide so sehr unterstützt hatte.
»Nun mal langsam, okay? Ich möchte nicht, dass Sie Jon in eine Art … Rambo verwandeln.«
»Mensch, Mom –«
»Scht!«, zischte sie und schüttelte nachdrücklich den Kopf »Das entspricht weder unserer Lebensweise noch unserer Lebenseinstellung, Jon. Wir kämpfen nicht um unser Überleben oder –«
»Vielleicht müssen Sie das bald tun«, sagte Daegan ernst, und sie spürte einen eisigen Schauer der Furcht ihr Rückgrat hinabrieseln. »Das hier –«, er deutete auf die hässlichen Wörter an der Wand, »– wird nicht aufhören. Es ist bloß der Anfang.«
»Mein Gott.« Kate wurde bleich.
»Woher wollen Sie das wissen?«, fragte Jon.
»Ich war auch einmal ein Junge. Hatte meine Auseinandersetzungen. Ich kenne Typen wie Neider.« Er furchte die Brauen und blickte mit zusammengekniffenen Augen in die Ferne, in eine Vergangenheit, die nur er sehen konnte. »Jon muss lernen, sich selbst zu verteidigen, nicht mehr, nicht weniger.«
»Ja, Mom, warum denn nicht?«
»Keine Waffen«, sagte sie entschieden. »Wenn Sie ihm das Ringen, Boxen oder Gott weiß was beibringen wollen … von mir aus. Aber keine Schusswaffen.«
»Mom«, protestierte Jon.

»Widersprich mir nicht, Jon. Geh rein und zieh dich um, es gibt gleich Mittagessen.«

»Aber ich möchte –«

»Sofort!«, sagte sie, mit den Nerven am Ende. Die ganze Sorge, die sie um Houndog verspürt hatte, übertrug sich nun zusätzlich auf ihren Sohn. Was wäre, wenn Neider ihn erneut in die Finger bekam? Was war mit seinen Alpträumen, was mit ihren neu entdeckten Gefühlen für Daegan, die ihr so große Angst machten?

Ausnahmsweise bohrte Jon nicht weiter nach, sondern machte, die Hände in den Jackentaschen vergraben, auf dem Absatz kehrt und marschierte aufs Haus zu. Als er um die Ecke beim Pumpenhaus gebogen und außer Hörweite war, sagte sie: »Sie jagen mir Angst ein, wissen Sie das?«

»Sie sollten auch Angst haben.«

»Wegen Todd Neider oder wegen etwas anderem?«, fragte sie. Der Wind frischte auf, zerrte am Saum ihrer Jacke, kalter Nebel wehte ihr ins Gesicht. Daegan sah sie lange an, durchdringend, abwägend. Seine Augen glitten zu ihren Lippen, und binnen eines Herzschlags wusste sie, dass er sie küssen würde. Ihr Mund wurde trocken wie Baumwolle, und sie fuhr sich hastig über die Lippen, als er sich vorbeugte und mit seinem warmen Atem ihre Haut liebkoste. »Ich sage nur, Sie sollen vorsichtig sein, Kate. Es ist blauäugig, mit der Überzeugung durchs Leben zu gehen, alles würde gut, nur weil Sie es sich so sehr wünschen.«

»Das tue ich nicht.«

»Dann geben Sie dem Jungen eine Chance. Sorgen Sie dafür, dass er sich von Ihren Rockzipfeln löst und lernt, für sich selbst einzustehen.«

Sie schluckte angestrengt. Er stand so dicht bei ihr, und die unbändige, rastlose Energie, die er verströmte, schien zu pulsieren. So viele unausgesprochene Fragen hingen zwischen ihnen in der Luft. Kate machte einen Schritt zurück und räusperte sich. »Ich – ich muss jetzt reingehen. Ich habe Jon versprochen, Essen zu machen. Würden Sie – ich meine, es ist genug da. Ach, um Himmels willen, was rede ich denn? Noch mal: Ich würde Sie gern zum Essen einladen.«

Er zögerte für einen kurzen Moment, als müsse er eine innere Barriere überwinden, doch dann nickte er knapp und zuckte die Achseln. »Sicher«, sagte er, »warum nicht?«

Aus Dutzenden von Gründen, du Idiot, knurrte die Stimme der Vernunft, aber er beschloss, nicht darauf zu hören. Sein Sohn hatte ziemlich viel durchgemacht, er wollte einfach sichergehen, dass es dem Jungen gutging. Außerdem: Je mehr er über Kate und ihre Abmachung mit Tyrell Clark fünfzehn Jahre zuvor wusste, desto besser. Richtig?

Falsch. Im Augenblick hatte Daegan das Gefühl, auf der Stelle zu treten und keinen Zentimeter voranzukommen. Langsam würde er sich entscheiden müssen, doch er hatte noch keine Ahnung, wie diese Entscheidung ausfallen sollte. Er könnte Kate die Wahrheit sagen, sie vor den Sullivans warnen, zugeben, dass er Jons Vater war, doch wenn er das tat, würde sie ihm nie wieder vertrauen. Natürlich könnte ihm das egal sein. Aber das war es nicht. Nein, es war ihm ganz und gar nicht egal.

Gegen Carl Neiders Haus wirkte das des alten Eli wie ein Palast. Neider lebte mit seinem Sohn in einem schäbigen Trailer, der mindestens dreißig Jahre auf dem Buckel hatte. Die rostige Anhängerkupplung war nach wie vor montiert, als wäre der Besitzer bereit für einen plötzlichen Aufbruch, auch wenn der alte Aluminiumhänger auf gras- und unkrautumwucherten Betonblöcken stand. Zwei abgemagerte Katzen kauerten in der Ecke einer kleinen, angebauten Veranda aus Teerpappe und geflammtem Holz. Auf dem Grundstück lagen alte Autoteile, verrostete Kühler, Lenkräder, Armaturen und stapelweise abgefahrene Reifen. Die beiden wackeligen Holzstufen, die zur Eingangstür führten, waren ebenfalls voller Gras und Unkraut.

Daegan schob seinen Zahnstocher von einem Mundwinkel in den anderen, während er das elende Loch betrachtete, das Todd Neider sein Zuhause nannte.

Der Himmel hatte sich zugezogen, graue Wolken hingen tief über der kahlen, ausgedörrten Landschaft, was den Anblick noch trostloser machte.

Daegan verspürte einen Anflug von Mitleid für den Jungen – dieser Ort hier war mindestens genauso deprimierend wie einst Mary Ellen O'Rourkes heruntergekommenes Apartment über der Cat O'Nine Tails Tavern im Süden von Boston.

Er stellte seinen Wagen hinter einem mächtigen schwarzen Pick-up mit gewaltigen Reifen ab. Oben an der Fahrerkabine war eine Lichterkette montiert. Zwei Gewehre lagen auf der Ablage über dem Fahrersitz. Der Pick-up war eine Kampfmaschine – und sein Besitzer vermutlich ebenfalls. Also gut. Daegan war bereit, es mit dem alten Neider aufzunehmen, spätestens seit er mit angesehen hatte, wie Todd versuchte, Jon zu Brei zu schlagen.

Jetzt oder nie. Anders als der Sheriff hatte Daegan nicht vor, die Sache unter den Tisch fallen zu lassen.

Er klopfte energisch an die Tür und wartete, bis der Riese von Mann an die Tür kam. Neider, bekleidet mit einem zu engen T-Shirt und staubigen Jeans, war fast zwei Meter groß und wog garantiert hundertfünfzig Kilo. Drohend ragte er über Daegan auf. Ja, dachte Daegan, das war der Mann, den er mit Kate im Café gesehen hatte, doch diesmal konnte er Todd Nei-

ders alten Herrn genauer ins Auge fassen. Sein Gesicht bot einen unschönen Anblick mit der gebrochenen Nase und einer Narbe unter dem rechten Auge, Resultate zu vieler tätlicher Auseinandersetzungen, nahm Daegan an. Das Tattoo einer Schlange, die sich um ein Herz schlängelte, zierte einen seiner fleischigen Oberarme, und in einer seiner feisten Backen steckte ein Klumpen Kautabak.
»Was gibt's?«, knurrte Neider und verschränkte die Arme vor der Brust.
»Sind Sie Todds Vater?«, fragte Daegan ohne Vorrede. Der Kerl sah nicht aus, als würde er sich lange mit Smalltalk aufhalten, doch das war Daegan nur recht.
»Wer will das wissen?«
»Daegan O'Rourke.« Daegan überlegte, ob er ihm die Hand entgegenstrecken sollte, doch er entschied sich dagegen. Das hier war kein Antrittsbesuch, und das wussten sie beide.
Der Koloss starrte auf ihn herab und spuckte einen Schwall Tabaksaft auf einen Grasfleck. »Dann sind Sie also der Bastard, der die Autoschlüssel meines Jungen auf ein Feld voller Kuhscheiße geschmissen hat?«
»Das ist korrekt«, erwiderte Daegan, ohne mit der Wimper zu zucken. Der alte Neider hatte exakt das richtige Wort für ihn gefunden, ohne es zu ahnen. Doch das war egal. Hier ging es um Jon, und Daegan würde den Kampf für ihn ausfechten.
»Was wollen Sie?«
»Dass Sie Ihren Jungen davon abhalten, andere Kinder zusammenzuschlagen, allen voran Jon Summers.«
»Den kleinen Scheißer? Der ist doch bekloppt, wen kümmert's schon, was mit dem passiert?«, winkte Neider ab, als würde er eine lästige Fliege verscheuchen.
»Sagen Sie Todd einfach, er soll die Finger von ihm lassen.«
»Oder?«

»Oder er wird es noch einmal mit mir zu tun bekommen.« Daegan verzog die Lippen zu einem brutalen Grinsen.
»Was mischen Sie sich da ein, O'Rourke? Das geht Sie doch einen Scheiß an.«
»Jon ist ein Freund von mir.«
»Ha! Na klar. Sie sind doch bloß auf seine Ma scharf, wie fast alle Kerle hier in Hopewell. Sie ist ein frigides Miststück. Ich an Ihrer Stelle würde meine Zeit nicht mit ihr verschwenden.«
Daegan biss fest auf seinen Zahnstocher. Sämtliche Muskeln in seinem Körper spannten sich an. Er ballte die rechte Hand zur Faust, und für den Bruchteil einer Sekunde überlegte er, ob er zuschlagen sollte. Stattdessen durchbohrte er Carl Neider mit einem eiskalten Blick. »Und ich an Ihrer Stelle würde mir Sorgen machen, ob sich nicht irgendein mieser Scheißkerl meinen Jungen schnappt, wenn er noch mal Ärger macht.« Er biss den Zahnstocher in zwei Hälften und spuckte sie auf die Stufen. »Und was Mrs. Summers anbelangt: Sie will nur, dass man ihren Sohn in Ruhe lässt.«
»Dann sollte sie vielleicht nicht so ein Weichei aus ihm machen. Teufel noch mal, der Junge ist doch völlig durchgeknallt! Hört Stimmen oder hat Visionen oder was weiß ich noch. Vielleicht spricht er in Zungen und treibt irgendwelche Spielchen mit Schlangen, auf alle Fälle ist er irre, und zwar durch und durch. Aber das ist nicht das Schlimmste. Der Spinner weiß einfach nicht, wann er besser den Mund halten sollte – geht Todd in der Schule immer wieder auf die Nerven.«
»Das habe ich anders gehört.«
Neider grinste und entblößte dabei seine ungepflegten, tabakfleckigen Zähne, die dringend einen Zahnarzt gebraucht hätten. »Dann ist der Summers-Junge ein verlogener Scheißkerl.«
»Carl, Süßer?«, ertönte eine Frauenstimme im Hintergrund.
»Bin gleich wieder da!«, rief er über die Schulter.

»Ich habe nicht den ganzen Tag Zeit«, kam es schmollend zurück.
»Ich hab doch gesagt, ich bin gleich da!« Er wandte seine Aufmerksamkeit wieder Daegan zu und fuhr fort: »Haben Sie mir sonst noch was zu sagen?«
Daegans Lächeln war absolut tödlich. »Ich bin nur hier, um Sie zu warnen, Neider. Sagen Sie Ihrem Jungen, dass er sich zurückhalten soll. Wenn er das nicht tut, werde ich ganz bestimmt nicht warten, bis sich die Polizei einschaltet, sondern ihn mir selber vorknöpfen. Und dann gibt's mehr als einen Tritt in den Hintern und Ostereiersuchen mit seinen Autoschlüsseln.«
Neider gab ein abschätziges Grunzen von sich und kniff die kleinen Schweineaugen zusammen.
»Ich werde persönlich dafür sorgen, dass sich Swanson um ihn kümmert und ihn in Haft nimmt. Und dann werde ich das Jugendamt anrufen und mich erkundigen, ob die Mitarbeiter da nicht auch der Ansicht sind, dass Todd Hilfe braucht oder unter Aufsicht gestellt werden sollte. Vielleicht braucht er ja auch nur einen Vater, der ihn nicht jedes Mal windelweich prügelt, wenn er einen über den Durst getrunken hat.«
»Verpiss dich von meinem Grundstück, du elender Wichser!«
»Sagen Sie Todd, dass er sich von Jon, seiner Mutter und dem Hund fernhalten soll.« Daegan funkelte den hässlichen Kerl vor ihm entschlossen an. »Glauben Sie mir, Neider, ich meine es ernst. Wenn ich noch einmal höre, dass sich jemand an dem Summers-Jungen vergreift – egal, wer –, dann werde ich das persönlich nehmen.«
»Alles klar, ich hab's kapiert«, sagte der gewaltige Fleischkloß und verzog die Lippen zu einem schmierigen Grinsen. »Sie sind hinter der Mom her, deshalb machen Sie so einen Wirbel um den Jungen. Wollen den Helden spielen, um sie rumzu-

kriegen. Vergessen Sie's. Sie wird Sie nicht ranlassen, O'Rourke. Bislang hat sie alle Kerle abblitzen lassen, und es waren bessere darunter als Sie, das können Sie mir glauben. Unten im Silver Horseshoe läuft sogar eine Wette: Der Erste, der sie ins Bett kriegt, gewinnt zweihundert Dollar!«

Daegan grauste es bei der Vorstellung, wie diese versoffenen, dreckigen Kerle Wetten auf Kate abschlossen.

»Machen Sie doch nicht so'n Fass auf, um die Alte rumzukriegen, O'Rourke. Was zwischen den Jungs abgeht, ist ihre Sache. Halten Sie sich da raus.«

»Nein«, entgegnete Daegan mit eiserner Stimme, während Carl die beiden Stufen herunterkam und seinen fetten Finger in Daegans Brust bohrte.

»Mein Junge kämpft seine eigenen Kämpfe. Wenn ihm jemand blöd kommt, zahlt er's ihm zurück, bloß ein bisschen fester. So hab ich es ihm beigebracht, das macht ihn stark, und genau das ist der Grund dafür, dass dieser Schwächling von Summers nicht gegen ihn ankommt. Und jetzt verschwinden Sie. Sie halten sich unbefugt auf meinem Grundstück auf.«

»Ich denke, wir haben uns verstanden, Neider.«

»Carl? Kommst du jetzt endlich?« Eine große, gertenschlanke Frau erschien im Türrahmen. Zerzauste blonde Haare umrahmten ein Gesicht, das früher einmal hübsch gewesen war. Sie trug nichts als ein weites T-Shirt, das ihr über die Schulter gerutscht war und gerade bis auf die Schenkel ihrer langen, schlanken Beine reichte. »Ein Freund?«, fragte sie, eine Zigarette zwischen den schmalgliedrigen Fingern.

»Er wollte gerade gehen, und nein, er ist kein Freund.«

»Schade«, sagte die Frau und musterte Daegan voller Sehnsucht. Ihre seelenlosen Augen blieben am Reißverschluss seiner Hose hängen. Seufzend wandte sie sich ab und sagte: »Wir sehen uns, Süßer.«

»Geh wieder rein, Flo«, befahl Neider, dessen Gesicht eine hässliche lila Farbe angenommen hatte. »Und Sie, O'Rourke, sehen zu, dass Sie von meinem Grundstück kommen, bevor ich Sie umbringe.«

Kalter Stahl presst sich gegen sein Schulterblatt – die Pistole. Das Gefühl einer Waffe im Rücken lässt ihn auf der Stelle erstarren. Er wird mich umbringen. Noch zögert er, aber er überlegt, ob er's tun soll. Jon kann die Gedanken des Mannes klar erkennen, die sich über den Lauf der Pistole auf ihn übertragen.

Bring den Jungen um, dann hast du's hinter dir …

»Sie irren sich«, teilt Jon ihm mit einer Stimme mit, die so spröde klingt wie die eisigen Schneeflöckchen, die an ihnen vorübertreiben. »Sie haben gar nichts hinter sich, wenn Sie mich jetzt umbringen. Im Gegenteil: Sie werden den Rest Ihres Lebens dafür bezahlen.«

Woher weiß der … Ach komm schon, der macht dir doch bloß was vor!

»Halt's Maul«, knurrt der Mann, doch er bohrt den Lauf der Waffe fester in Jons Rücken, nach wie vor bereit, abzudrücken, die Sache zu Ende zu bringen. Eine Hand legt sich schwer auf Jons Schulter, unnachgiebig.

»Du hast gar keine Jacke an, Junge.« Die Stimme des Mannes trieft vor väterlicher Sorge, gerade so laut, dass die anderen Leute ihn hören können. Zwei Frauen in Kapuzenjacken und Schneestiefeln gehen an ihnen vorbei, ohne Jons Panik zu bemerken, und betreten ein Bekleidungsgeschäft, das mit weißen Lichterketten geschmückt ist. »Du kannst doch nicht einfach ohne Mantel rumlaufen«, fährt der Mann mit geheuchelter Besorgnis fort, »du holst dir den Tod bei dieser Kälte!«

Jon reckt den Hals, um den Mann zu sehen, doch das harte Metall drückt sich noch tiefer in seine Schulter, so dass er sich unmöglich umdrehen kann. Der Mann hinter ihm ist nicht mehr als ein Schatten, aber es gelingt Jon, die Steppjacke zu erkennen, die der Mann über dem Arm liegen hat, damit niemand die Pistole sehen kann, den nur wenige Zentimeter langen Lauf, der über Jons Leben entscheidet.
Die Pistole.
Vor einer Pistole kann man nicht weglaufen. Es gibt kein Entrinnen. Jon ist gefangen.
Der Wind fegt heulend um sie herum durch die abendlichen Straßen, eiskalt und scharf, und lässt die Tränen der Hilflosigkeit, die Jon in die Augen steigen, gefrieren. Fast wäre es ihm gelungen. Fast wäre er diesem Mann entkommen … hätte sich ihm entziehen können. Und trotzdem befindet er sich jetzt wieder in dessen Gewalt, eine Pistole im Rücken. Wieder gefangen.
Bring ihn um, jetzt …
Die Gedanken sickern durch die große Hand, mit der der Mann Jons Schulter umklammert hält.
Knall ihn ab und steck dir das Geld ein …
»Nein! Nein, tun Sie's nicht!« Jon reißt sich los und wirft sich zu Boden und …
… fand sich mit dem Gesicht nach unten auf seiner weichen Matratze wieder. Er war in seinem Bett. Verdammt!
Rasch drehte er sich auf die Seite und setzte sich auf, lauschte auf das Dröhnen in seinen Ohren, fühlte, wie sein Puls nach diesem grauenhaften Alptraum raste. Es war das erste Mal, dass er einen flüchtigen Blick auf das Motiv des Mannes hatte werfen können, das erste Mal, dass der Traum so lange gedauert hatte, und Jon war sich nicht sicher, ob das ein gutes Zeichen war. Das Ende war bitter, schlimmer, als er erwartet hatte.

Eine Knarre im Rücken und ein Mörder, der es kaum erwarten konnte, ihn abzuknallen.
Weil er Geld dafür bekam, aber bestimmt kein Lösegeld. Warum sollte ihn jemand entführen und Geld für seine Freilassung erpressen wollen, wenn seine Mutter kaum die Rechnung ihrer VISA-Karte bezahlen konnte? Ein Auftragsmord? Doch wer heuerte einen Killer an, damit dieser ihn umbrachte, und vor allem: Warum?
Die Bettdecke um die Schultern gelegt, ging Jon zum Fenster und schaute hinaus auf den Mond, der hinter den dichten Ästen des davorstehenden Baumes kaum zu sehen war. Der tintenschwarze Himmel über ihm kam ihm genauso unermesslich und finster vor wie sein Alptraum. Wer war der Mann, sein Verfolger … sein Mörder? Welche fremde Stadt mit ihrer Weihnachtsbeleuchtung war das? Auf alle Fälle war sie weit von Hopewell, Oregon, entfernt, und es war auch nicht Bend, wo seine Mutter unterrichtete – eine nette Stadt mit rund sechzigtausend Einwohnern, in der die Menschen im Sommer gern flanierten oder in einem der zahlreichen Straßencafés saßen. Nein, die Stadt, in der seine erschreckenden Alpträume spielten, war ihm völlig fremd.
Ein heftiger Windstoß fuhr durch die nackten Äste, die hohen Kiefern unten an der Auffahrt neigten sich zur Seite. In dem Augenblick entdeckte er es. Ein parkendes Auto. Auf dem Grundstück der alten McIntyre-Ranch. Adrenalin schoss ihm ins Blut, während er den dunklen Metallklotz in der Nähe der Straße genauer ins Auge fasste. Ein Pick-up.
Todd und seine Jungs? Waren sie zurückgekehrt, um noch mehr Schaden anzurichten?
Jon kniff die Augen zusammen und konzentrierte sich. Der Pick-up gehörte Daegan. Ja, das war definitiv Daegans Wagen. Seltsam, an welcher Stelle er parkte, als würde er Wache stehen.

Was Jon äußerst gelegen kam. Wenn Daegan ihm helfen wollte, Todd Neider und seine Bande zu vertreiben – er konnte jede Hilfe gebrauchen. Doch selbst ein Kerl wie Daegan O'Rourke hatte seine Grenzen.

Schade. Wirklich schade. Denn niemand würde Jon vor seinen Alpträumen bewahren können.

Der Wind umtoste den alten Pick-up. Der Himmel war dunkel und voller Wolken, die Nacht hatte sich wie ein Totenhemd über die Landschaft gesenkt. Daegan parkte am Ende seiner Auffahrt an einer Stelle, die ihm klare Sicht auf das Haus der Summers' bot, und hatte es sich für die Nacht bequem gemacht. Er hatte schon an unbequemeren Orten geschlafen und ohnehin nicht vor, lange die Augen zuzumachen. Wer immer Jon und Kate terrorisierte – er musste denjenigen auf frischer Tat ertappen, musste den Übeltäter mit eigenen Augen sehen.

Durch die Bäume erkannte er die Lichter in Kates Haus, stellte sich vor, wie sie in ihrem Morgenmantel durch die Räume ging, die Haare hochgesteckt nach dem Baden, die Haut warm und gerötet. Was für eine sanfte Stimme sie hatte!

Was zog sie an, wenn sie ins Bett ging? Wie sah sie aus, wenn sie gar nichts trug? Er schluckte und versuchte, an etwas anderes zu denken, doch es wollte ihm nicht gelingen.

Leise fluchend starrte er in die Dunkelheit hinaus und rutschte auf seinem Sitz herum, da ihm plötzlich die Jeans zu eng wurden. Zum Teufel, das führte doch zu nichts! Er durfte sie nicht auf diese Weise betrachten, durfte nicht die Frau in ihr sehen. Für ihn stellte sie lediglich ein lästiges Hindernis dar.

Und warum frierst du dir dann hier draußen den Hintern ab, um sie und ihren Sohn zu beschützen? Ganz bestimmt nicht, weil sie für dich ein Hindernis ist. Mach dir nichts vor,

O'Rourke, die Frau geht dir unter die Haut. Ob du's zugibst oder nicht, du willst sie.

Er biss die Zähne zusammen, zog einen kleinen Flachmann mit Whiskey aus dem Handschuhfach und nahm einen Schluck, um sich zu wärmen, dann lehnte er sich zurück.

Es würde eine lange Nacht werden.

Kapitel sechzehn

»Was machen Sie da, O'Rourke?«, fragte Kate, die neben dem Fahrerfenster seines Pick-ups stehen geblieben war. Es hatte aufgehört zu stürmen, und am Himmel funkelten Millionen von Sternen.

Daegan kurbelte das Fenster herab und bedachte sie mit dem lässigen, sexy Grinsen, das sie so sehr verwirrte. »Es ist doch nicht verboten, dass ich hier sitze, oder?«

Kate beäugte misstrauisch seinen Pick-up, der im Schatten des Kiefern- und Eichendickichts am Ende seiner Auffahrt stand, direkt neben dem Postkasten an ihrer eigenen Zufahrt. »Nicht dass ich wüsste, es ist bloß ein bisschen merkwürdig.« Obwohl im Grunde sie sich merkwürdig fühlte – der Mann parkte schließlich auf seinem eigenen Grundstück.

»Ich weiß, dass Sie vergangene Woche jede Nacht hier verbracht haben. Warum?« Sie hatte seinen Pick-up am Abend nach Halloween dort stehen sehen und sich nicht viel dabei gedacht, bis sie ins Bett gegangen war und festgestellt hatte, dass er immer noch dort stand. Was hatte er da zu suchen? Die einzige Erklärung, die ihr dazu einfiel, war die, dass er Wache stand, um sein Haus – oder ihr eigenes – zu schützen.

Als das zur Routine zu werden schien, machte sie sich ernsthaft Sorgen. Jon hatte angefangen, nach der Schule regelmäßig bei O'Rourke vorbeizuschauen, ohne dass sie ihn davon hatte abhalten können. Wenn sie von der Arbeit nach Hause kam, war ihr Sohn für gewöhnlich schon wieder zurück, hörte Musik, spielte mit Houndog oder erledigte seine Hausaufgaben. Während sie das Abendessen richtete, unterhielt er sich mit ihr, wie er es früher getan hatte, erzählte ihr, wie Daegan ihm das Boxen und Ringen beibrachte, ihm zeigte, wie man ritt oder einen Reifen wechselte. Sogar den Ölstand in Daegans Pick-up hatte er schon überprüfen dürfen. All seine Sorgen wegen eines finsteren Mannes, der Unglück über sie bringen würde, schienen vergessen.

Kate versuchte, sich einzureden, dass alles in Ordnung, dass ihre größte Sorge, Jon betreffend, nicht die war, dass sein krimineller Abschaum von Vater ihn ausfindig machte, sondern dass Todd Neider wieder zuschlug. Also ließ Kate zu, dass er sich mit dem Mann anfreundete, der ihr geschworen hatte, kein Killer zu sein, dem Nachbarn, der bislang so freundlich zu ihnen gewesen war.

Daegan blickte die Straße rauf und runter. »Ich bin nur vorsichtig. Will sichergehen, dass Todd die Nachricht verstanden hat.«

»Und deshalb haben Sie sich zu unserem persönlichen Wachdienst erklärt?«

»Ich habe sowieso Schlafprobleme.«

»Aha«, sagte sie bibbernd. »Hören Sie, Daegan, ich weiß Ihre Fürsorge zu schätzen, aber wir können auf uns selbst aufpassen.«

Der Blick, den er ihr zuwarf, zeigte ihr deutlich, dass er in diesem Punkt ganz anderer Meinung war. Fröstelnd – sie konnte nicht sagen, ob vor Kälte oder Furcht oder beidem – rieb sie sich die Arme und dachte an die Graffiti, die sie übermalt hatte, an den so grausam zugerichteten Hund, den der Tierarzt mühevoll gesäubert hatte, und an Jons Verletzungen. »Sie haben ja recht, das, was passiert ist, war nicht ganz ohne.«

»Ich finde, es sollte damit Schluss sein.«

»Der Meinung bin ich auch –«
»Möchten Sie mir Gesellschaft leisten?«, fragte Daegan.
»Nein, ich werde lieber –«
Die Fahrertür öffnete sich quietschend, und Daegan rutschte auf die Beifahrerseite hinüber, gerade als das Licht eines Scheinwerferpaars die Dunkelheit auf der Schnellstraße durchschnitt. Daegan heftete den Blick auf das herannahende Fahrzeug, während Kate, die sich insgeheim fragte, ob sie noch recht bei Verstand war, einstieg. Der Wagen raste vorbei und erhellte für einen kurzen Augenblick die Fahrerkabine.
Als sie die Tür hinter sich zugeschlagen hatte, bot Daegan ihr eine alte Armeedecke an, die sie sich um die Schultern legte.
»Wärmer?«
»Ja.« Was tat sie da bloß, um Himmels willen? Ein Teil von ihr schrie, dass sie sich auf einen Tanz mit dem Teufel einließ, dass es ein enormes Risiko war, mit Daegan allein zu sein. Der andere Teil – ihre ach-so-verräterische weibliche Seite – hielt es für äußerst verführerisch, mit ihm in der Dunkelheit zu sitzen und im Mondlicht die Straße zu betrachten, die sich vor ihnen erstreckte.
Sie fühlte, wie er sie prüfend musterte. Ihr Puls schnellte in die Höhe. »Ich habe keine Ahnung, was ich hier eigentlich tue.«
»Aber sicher«, entgegnete er gedehnt und lehnte sich gegen die Beifahrertür. »Sie wollen mich besser kennenlernen.«
»Pardon?«
»Jon kommt ständig zu mir rüber, und Sie wollen jetzt wissen, wie er sich so macht.«
»Vielleicht.«
»Und Sie möchten herausfinden, wie ich ticke. Es macht Sie nervös, dass Ihr Sohn so viel Zeit mit einem Mann verbringt, den Sie kaum kennen.« Er zögerte eine Sekunde, dann fügte er

hinzu: »Und es macht Sie nervös, mit mir hier zu sitzen. Höllisch nervös.« Um seine Worte zu unterstreichen, berührte er mit dem Zeigefinger den hüpfenden Puls an ihrem Hals.

Die Luft in der Kabine kam Kate plötzlich stickig vor, und sie fürchtete, keine Luft mehr zu bekommen, konnte an nichts anderes denken als an diesen Finger auf ihrer Haut.

»Ich – ähm, ich weiß nicht, wie ich dieses Interesse an meiner Familie aufnehmen soll«, gab sie zu und beschloss, in die Offensive zu gehen, um zu sehen, wie er reagierte. »In einer der Vorahnungen, die Jon etwa zeitgleich mit Ihrer Ankunft in Hopewell befielen, sah er einen nicht näher zu identifizierenden Mann, der nach ihm suchte.«

»Und nun denken Sie, ich bin dieser Kerl«, schloss er und zog seine Hand zurück. Sie spürte, wie seine Stimmung wechselte, spürte stummen Zorn in ihm aufsteigen.

»Ich weiß es nicht.«

»Aber Sie sind überzeugt davon, dass jemand kommen wird.«

»Ach Gott, wenn ich das nur wüsste.«

Ein weiteres Fahrzeug näherte sich. Es fuhr langsam, ein Scheinwerferlicht war schwächer als das andere. Ein alter Pick-up. Kate blieb fast das Herz stehen. Daegan setzte sich auf, sämtliche Muskeln angespannt, doch der Pick-up rollte vorbei.

»Großer Gott«, wisperte Kate, »jetzt sehe ich schon Gespenster. Wie lange wollen Sie Ihren Wachposten – oder wie immer Sie es nennen – denn noch halten?«

»Bis ich davon überzeugt bin, dass Jon von Neider nichts mehr zu befürchten hat.«

»Das könnte eine Weile dauern.«

»Ich habe Zeit«, erwiderte er mit harter Stimme. »Erzählen Sie mir von dem Mann, der Jons Meinung nach hier eintreffen soll.«

Sie zögerte eine Sekunde lang, unsicher, ob sie ihm vertrauen konnte. Draußen rief leise eine Eule. »Ich weiß nicht recht ...«
»Aber Sie haben Angst«, stellte er fest.
»Ein wenig«, gab sie zu.
»Das müssen Sie nicht«, sagte er mir rauher Stimme. Er rückte näher an sie heran und legte einen starken Arm um ihre Schultern. »Ich bin ja da.«
»Das weiß ich, aber –«
»Ich bin auf Ihrer Seite«, murmelte er in ihr Haar. »Ich will, dass Sie das wissen, Kate.« Er räusperte sich. »Ich werde nicht zulassen, dass Jon etwas zustößt.«
Kate spürte, wie die Mauer, die sie so sorgfältig um sich errichtet hatte, Risse bekam. Sie schluckte, als er ihr einen Finger unters Kinn legte und ihren Kopf so drehte, dass sie gezwungen war, ihm in die Augen zu blicken.
»Vertrau mir, Kate«, flüsterte er. Sein Atem strich über ihre Lippen, und ihr Herz, das plötzlich rasend schnell schlug, drohte zu zerspringen.
Er küsste sie von der Seite auf den Mund, und sie erbebte. Er küsste sie auf die Wange, und sie stieß zitternd die Luft aus. Er schlang die Arme um sie, zog sie an sich, und sie protestierte nicht, wehrte sich nicht gegen die Bedürfnisse, die sie beide verspürten.
Sein Mund eroberte den ihren mit einem Kuss, der ihr den Atem raubte. Bereitwillig öffnete sie die Lippen, und er fuhr mit der Zunge über ihre Zähne, liebkosend, erobernd.
Ein leises Stöhnen entrang sich ihrer Kehle, ihr Herz klopfte heftig und hallte in ihren Ohren wider, alte, lange vergessen geglaubte Begierde flammte in ihr auf.
»Kate«, flüsterte er. Seine Stimme klang verzweifelt. »Kate ... nein ...«
Ein Motor dröhnte, und Daegan hob den Kopf. »Verflucht«,

brummte er und ließ sie abrupt los. Die Lichtkegel der Scheinwerfer erhellten die Dunkelheit, und sie erkannten einen alten Wagen, der neben der Zufahrt zu Kates Haus abbremste.

Daegan griff unter den Sitz, doch der Wagen rollte geräuschvoll vorüber.

»Was hast du da?«, fragte sie mit wild hämmerndem Herzen und erwartete schon, dass er eine Schusswaffe hervorziehen würde.

»Eine Waffe.«

»Was für eine?«

»Eine tödliche.«

Metall glitzerte im Licht der Sterne, und ihr Herz hätte beinahe für einen Schlag ausgesetzt, als sie erkannte, dass er einen Schraubenschlüssel in der Hand hielt. Sie lachte nervös auf. »Erzähl mir jetzt nicht, dass du eine Pistole im Handschuhfach liegen hast.«

»Hab ich nicht«, beschwichtigte er sie, doch seine Worte konnten sie nicht beruhigen, im Gegenteil, sie wurde nur noch nervöser.

»Ich glaube, ich gehe jetzt besser. Und ich nehme an, ich kann nichts dagegen tun, dass du dir hier draußen die Nächte um die Ohren schlagen willst.«

»Da hast du recht.«

Sie tastete nach dem Türgriff, doch starke Finger schlossen sich um ihr Handgelenk. »Kate –«

Sie bekam kaum noch Luft.

»Wann immer du zu mir kommen möchtest – meine Tür steht dir offen.«

»Ich werde daran denken«, sagte sie, kletterte aus der Fahrerkabine und atmete tief die kalte Nachtluft ein. Sie zog ihre Jacke um sich und kehrte eiligen Schritts zum Haus zurück, wobei sie sich innerlich schwor, nie wieder einen Fuß in Daegans Pick-up zu setzen. Mit ihm allein zu sein war einfach zu gefährlich.

*

»Bist du verrückt geworden?« Frank zündete sich eine Zigarette an und ließ sich auf einen Stuhl fallen. Sein Gesicht war gerötet, das Haar an den Schläfen ergraut. Auch beim jüngsten der Sullivan-Brüder hinterließ das Alter seine Spuren.

Robert schaute an seinem Bruder vorbei zur offenen Tür, in der seine hilflos dreinblickende Sekretärin stand und sich bemühte, ihm mit hektischen Gesten verständlich zu machen, dass sie sich alle Mühe gegeben hatte, Frank davon abzuhalten, einfach in sein Büro zu stürmen.

»Es ist schon in Ordnung, Louise. Ich wollte sowieso gerade nach Hause gehen. Schließen Sie bitte die Tür.«

Sie tat, worum er sie gebeten hatte, und als sie endlich allein waren, faltete Robert bemüht geduldig die Hände vor sich auf dem Schreibtisch. »Wovon redest du?«

»Du versuchst, Bibis Kind zu finden? Nach all den Jahren? Um Himmels willen, Robert, warum?«

»Er ist mein eigen Fleisch und Blut. Der einzige Enkelsohn, den ich jemals haben werde.«

»Na großartig.« Frank blies eine dicke Rauchwolke aus dem Mundwinkel. »Echt großartig.«

»Für mich schon.«

»Warum?« Frank kratzte sich an der Augenbraue und musterte seinen Bruder eindringlich.

Robert spürte, wie der alte Konkurrenzkampf zwischen ihnen erneut entflammte. Von Kindheit an hatte Frank es den Brüdern verübelt, dass er als Letzter zur Welt gekommen war. Nach Williams frühem Tod hatte nur noch Robert einem Alleinerbe

im Weg gestanden – und jetzt hielt dieser nach einem neuen Erben Ausschau? Frank fühlte sich erneut betrogen.
»Du weißt nicht, was es heißt, ein Kind zu verlieren.«
»Dann geht es hierbei also um Stuart.«
»Es gibt auf dieser Erde keine Hölle, die dem Verlust eines Sohnes gleichkommt. Dass er ermordet wurde ...« Er konnte das Wort kaum aussprechen und blickte mit gerunzelter Stirn auf den Ordner, der immer noch aufgeschlagen vor ihm auf dem Schreibtisch lag.
Langsam schloss er den Deckel und stellte ihn zur Seite. »Dein Junge hat das getan.«
»Er ist nicht mein Junge. Der Bastard gehört nicht zu mir, ich habe ihn nie anerkannt, Robert, habe ihm nie meinen Namen gegeben. Zum Teufel, woher weiß ich, dass sich Mary Ellen nicht von einem anderen hat schwängern lassen, um mir das Kind unterzujubeln?«
»Genug!«, stieß Robert empört hervor. »Er ist dein Sohn, ähnelt dir weitaus mehr als seiner Mutter, und er hat die verfluchte Gabe geerbt. Genau wie William!«
»Du weißt viel über ihn.« Frank kniff die Augen zusammen, wie immer, wenn er überlegte, worauf sein Bruder hinauswollte, dann zog er kräftig an seiner Zigarette.
»Ich betrachte es als meine Pflicht, alles über die einzelnen Familienmitglieder zu wissen, legitime und illegitime.«
»Mit Ausnahme von Bibis Jungen.«
»Da hast du recht«, gab Robert zu, stand auf und ging hinüber zum Spirituosenschrank, wo er ihnen zwei Schwenker mit Weinbrand einschenkte. »Das war ein Fehler. Ich habe auf Adele gehört und mich überzeugen lassen, dass es das Beste für die Familie wäre, wenn das Kind verschwindet.«
»Und das war richtig«, sagte Frank und nahm seinem Bruder das Glas ab, das dieser ihm entgegenstreckte. »Den Fehler be-

gehst du jetzt.« Er nahm einen großen Schluck und wartete darauf, dass der Weinbrand in seinem Magen ankam. »Du weißt, wie ich mit Bastarden umgehe, oder nicht?«
»Aber ja. Du vergewaltigst ihre Mütter und lässt dich von ihnen fast erschießen.«
»Der Junge ist verrückt.«
»Was ist aus ihm geworden?«
»Keine Ahnung. Interessiert mich nicht.« Frank runzelte die Stirn. »Sagtest du nicht gerade, du würdest dich auf dem Laufenden halten, was die Mitglieder dieser Familie anbetrifft, legitime und illegitime?«
»Er ist mir durch die Finger geglitten. Hat seine Mutter keinen Kontakt mehr zu ihm?«
»Sie schwört, dass sie keine Ahnung hat, wo er sich aufhält, aber vielleicht lügt sie.« Frank rutschte unbehaglich auf seinem Stuhl hin und her. »Ich sehe sie nicht mehr oft. Nach der Nacht, in der der junge O'Rourke versucht hat, mich umzulegen, habe ich mir … nun, sagen wir, ich habe mir eine jüngere, knackigere Gespielin gesucht.«
»Obwohl ich dir geraten hatte, dich zurückzuhalten. Diskreter zu sein. Deine Hurerei hat dich fast das Leben gekostet.«
Franks Lippen wurden schmal. »Niemand schreibt mir vor, was ich zu tun habe. Niemand.«
Nicht einmal du.
Er sprach die Worte nicht aus, natürlich nicht, doch sie waren da, hingen provozierend zwischen ihnen in der Luft. Die alte Feindseligkeit flackerte wieder auf und bleckte ihre gierigen Zähne.
Ein ungutes Gefühl machte sich in Roberts Innerem bemerkbar. Sein Bruder war außer Kontrolle geraten, trank viel zu viel und war nicht wählerisch, was seine zahlreichen Liebschaften betraf. Er war peinlich, beschmutzte den makellosen Ruf der

Familie, was Robert darin bestärkte, jemanden zu finden, der sich als würdiger erwies, den Familiennamen weiterzuführen – einen verantwortungsbewussten Erben.

Frank beugte sich auf seinem Stuhl vor und ließ den Weinbrand im Schwenker kreisen. »Du weißt, wie sehr Collin es dir verübelt, dass du versuchst, Bibis Jungen zu finden. Er hat den Eindruck, du wolltest ihm damit drohen. Als vertrautest du ihm nicht. Oder mir.«

»Das tue ich auch nicht.«

»Stattdessen legst du all dein Vertrauen in einen fünfzehnjährigen Bastard?« Frank drückte seine Zigarette aus.

»Das wird sich zeigen.« Robert empfand nichts als eine innere Leere und beobachtete, wie Frank mit einem Zug seinen Weinbrand austrank. Sie hatten sich nie nahegestanden, auch nicht als Kinder. Seine eigenen und Franks Kinder dagegen hatten eine Zeitlang enge Bande geknüpft, zumindest hatte es den Anschein gehabt, doch dann hatten auch sie sich voneinander entfernt. Noch bevor sie wieder hatten zusammenfinden können, war Stuart umgebracht worden.

»Sei vorsichtig, Robert«, warnte ihn Frank, der nun aufstand und die Ärmel seines Jacketts zurechtzog. »Du spielst mit dem Feuer. Ich könnte es nicht mit ansehen, wie du dich verbrennst.«

»Das passiert schon nicht«, entgegnete Robert ruhig. Frank hatte ihm nie Angst eingejagt. Er hatte ihm Sorgen bereitet, das ja, aber Angst – niemals. Wenn überhaupt, so war er nach diesem Gespräch noch entschlossener als zuvor, seinen Enkel zu finden.

Alles war ruhig. Viel zu ruhig, dachte Kate, während sie mit der Radiergummispitze ihres Bleistifts auf den Schreibtisch in ihrer winzigen Zelle trommelte, die man mit viel gutem Willen als »Büro« bezeichnen konnte. Doch mehr Platz stand den Lehrkräften des Fachbereichs Englisch am Community College von Bend nicht zur Verfügung.

Seit dem Vorfall mit Todd Neider vor fast zwei Wochen hatte der Alltag wieder in seine unaufgeregten, normalen Bahnen gefunden. Abgesehen davon, dass Daegan O'Rourke einen festen Platz in ihrem Leben eingenommen hatte und für Jon jeden Tag wichtiger wurde.

Und für dich. Ob du's zugibst oder nicht, Kate, du kannst das Knistern nicht länger ignorieren, das in der Luft liegt, wenn er da ist. Selbst wenn du nicht so dumm bist, einen weiteren nächtlichen Spaziergang zu seinem Pick-up zu unternehmen, spürst du sie, diese Spannung, diese gefährliche Faszination, die es im Grunde gar nicht geben dürfte.

Kopfschmerzen machten sich bemerkbar, und Kate schob ihre Lesebrille auf die Stirn und rieb sich die Schläfen. Sie nahm Dinge an Daegan wahr, die sie noch nie zuvor bei einem anderen Mann bemerkt hatte – wie sich sein Hemd über seinen Schultern spannte, dass sein Gürtel beim dritten Loch abgewetzt war, wie er die Nasenflügel blähte und die Brauen furchte, wenn er aufgeregt war, wie tief die verwaschenen Levi's auf seinen Hüften hingen. Er machte sich nicht die Mühe, seine Stiefel zu polieren oder einen Riss im Hosenbein zu flicken, und es schien ihm nicht aufzufallen, dass er sich ständig mit beiden Händen durch die Haare strich, wenn er frustriert war. Daegan hatte Humor, wenn auch einen recht schwarzen, und sie wünschte sich, mehr über ihn und seine Vergangenheit zu wissen, doch er sprach nie von sich.

Du musst den Kummer nicht noch heraufbeschwören, Kate. Du fängst an, dich in ihn zu verlieben, und das ist erschreckend. Wahrlich erschreckend. Seit Jim gestorben war, hatte sie nicht mehr zugelassen, dass sie Gefühle für einen anderen

Mann entwickelte. Wieder nagte der alte Schmerz, das altvertraute Schuldgefühl an ihr, und sie dachte an den letzten Morgen, an dem sie ihn gesehen hatte. Sie hatten gestritten, als sie ihm sagte, dass sie Überstunden machen müsse, und er war aus der Wohnung gestürmt und hatte ärgerlich die Tür hinter sich zugeschlagen, so fest, dass beinahe der Rahmen gesplittert wäre. Er hatte Erin nicht von ihrer Babysitterin abholen wollen, da er am Abend mit seinen Freunden zum Basketballspielen verabredet gewesen war, doch Kate war unnachgiebig geblieben. Sie brauchten das Geld – und deshalb musste sie eben länger für Tyrell Clark arbeiten.

Am Ende hatte er eingelenkt, wie immer, und war auf dem Nachhauseweg von einem vorüberrasenden Auto erfasst worden. Erin, die er auf dem Arm getragen hatte, war sofort tot gewesen. Jim hatte es im Rettungswagen noch bis in die Klinik geschafft, doch dann war auch er gestorben, noch bevor Kate sich von ihm hatte verabschieden oder ihm sagen können, wie sehr sie ihn liebte.

»Mrs. Summers?«

Eine leise Stimme riss Kate aus ihren Gedanken. Sie blickte auf und sah eine ihrer Studentinnen, Renee Wilson, die zaghaft den Kopf in den winzigen Raum mit der abgestandenen Luft steckte.

»Ist alles in Ordnung mit Ihnen?«, fragte Renee und biss sich nervös auf die Unterlippe.

Erst jetzt bemerkte Kate, dass ihr die Tränen über die Wangen liefen. »Es … es geht schon. Kommen Sie doch bitte rein, Renee.« Sie räusperte sich und tupfte ihre Augen mit einem Kleenex ab, das sie aus einer Schachtel auf dem Regal zog.

»Ich möchte Sie nicht belästigen. Vielleicht ist gerade nicht der richtige Zeitpunkt für ein Gespräch –« Renee verstummte, doch ihr verlegener Blick sprach Bände.

Kate riss sich zusammen. Was dachte sie sich bloß dabei, sich so gehen zu lassen, noch dazu hier am College?

»Kein Problem. Deshalb bin ich doch hier! Nehmen Sie Platz. Bitte.« Sie zog einen Stuhl heran und drängte all ihre sentimentalen, schmerzhaften Gedanken beiseite.

Renee, in Leggins und Pulli mit Wasserfallkragen, ließ sich auf den Stuhl fallen, ohne die Tür ganz zu schließen, als wolle sie sich ein Hintertürchen zur Flucht offen halten.

»Ich möchte mit Ihnen über meine Note sprechen«, sagte sie und fingerte nervös an der Spiralbindung ihres Collegeblocks. »Ich … Sie haben mir eine Vier für meine letzte Arbeit gegeben, weil ich zu spät abgegeben habe, aber ich finde, das ist nicht fair.«

»Vielleicht haben Sie recht«, pflichtete Kate ihr bei und lehnte sich auf ihrem Schreibtischstuhl zurück. Sie gab sich alle Mühe, doch es war ein schmaler Grat zwischen Tyrann – einer Lehrerin, die von ihren Schülern verlangte, dass sie sich streng an die Regeln hielten – und gutgläubigem Trottel, mit dem die jungen Leute umsprangen, wie sie wollten. »Schildern Sie mir Ihre Sicht der Dinge, überzeugen Sie mich.«

»Ach du liebe Güte«, stammelte Renee, dann schien sie sich zu sammeln und holte tief Luft. »Also gut. Vor zwei Wochen war ich krank, ich hatte mir die Grippe eingefangen, die gerade umgeht. Ich habe sogar ein ärztliches Attest –«

»Wir sind hier nicht auf der Highschool.«

»Ich weiß, aber ich bin dadurch gewaltig in Rückstand geraten. Ich habe zwar versucht aufzuholen, aber ich habe es einfach nicht geschafft, *Wer die Nachtigall stört* zu Ende zu lesen, und ich habe die Figur des kleinen Mädchens nicht verstanden, deshalb …«

Ein Schatten huschte an der halb offenen Tür vorbei, was Renee aus dem Konzept brachte.

»Ich hatte einfach nicht genug Zeit, um gründlich zu arbeiten und pünktlich fertig zu werden. Vermutlich hätte ich zu Ihnen kommen und um eine Verlängerung bitten sollen.«

»Das wäre gut gewesen«, stimmte Kate ihr zu und musterte prüfend das besorgte Gesicht des Mädchens. Sie dachte an Jon und die Probleme, die er in der Schule hatte, wie sehr sie hoffte, die Lehrer würden sich ihm gegenüber als nachsichtig erweisen.

»Ich mache Ihnen einen Vorschlag, Renee«, hörte sie sich sagen und blätterte die Seiten ihres Kalenders durch. »Ich gebe Ihnen bis Montag Zeit, die Arbeit neu zu schreiben, noch mehr Aufschub kann ich Ihnen nicht gewähren. Und bitte denken Sie daran, das nächste Mal gleich zu mir zu kommen; das ist nur fair den anderen Studenten gegenüber.«

»Dann kann ich also noch eine Eins bekommen?«, fragte Renee leise.

»Dann müssten Sie schon etwas abliefern, das mich im wahrsten Sinne des Wortes umhaut.«

Renee verdrehte die Augen. »Aber sicher doch«, erwiderte sie mit mehr als nur einer Spur von Sarkasmus, dann zuckte sie die Achseln und sagte mit etwas festerer Stimme: »Gut, ich werde es versuchen. Vielen Dank!« Sie schob sich den Riemen ihrer perlenbestickten Gobelintasche auf die Schulter und schlüpfte blitzschnell zur Tür hinaus.

Kate beschloss, Feierabend zu machen. Jon war vermutlich längst zu Hause, und sie spürte, dass dieser Gedanke sie nervös machte. Es war Freitag, und aus Erfahrung wusste sie, dass er am Wochenende schneller in Schwierigkeiten geriet als zu Wochenbeginn. Sie freute sich außerdem darauf, sich zu Hause zu entspannen.

Und Daegan zu sehen.

Diese Vorstellung war besonders irritierend. Seit der Nacht, in der sie zu ihm in den Pick-up geklettert war, hatte sie Probleme, sein Bild zu verdrängen, das sich immer wieder in ihren Kopf schlich. Es schien sie zu verfolgen, unablässig, Tag und Nacht. »Reiß dich zusammen«, rief sie sich selbst zur Vernunft. »Er ist bloß ein Mann. Nicht mehr und nicht weniger.« Doch ihr Herz sagte ihr etwas anderes.

»Wie meinen Sie das – es gibt keinen Roy Panaker?« Robert Sullivan blickte den von ihm angeheuerten Privatschnüffler fassungslos an.
»Genau wie ich es sage. Es gab vor fünfzehn Jahren mit diesem Namen keinen Angehörigen der Marine – egal, ob Deckarbeiter oder Admiral –, der hier stationiert war.« Neils VanHorn nahm sich unaufgefordert eine Zigarre aus dem offenen Humidor und biss die Spitze ab. Er liebte es, den alten Mann aus der Fassung zu bringen, denn Robert Sullivan war ein verdammter Snob.
»Beatrice hat uns erzählt –«
»Beatrice hat gelogen, Sullivan. Ich sage Ihnen, ich habe das hundertfach überprüft. Kein Roy Panaker.«
Roberts Gesichtsfarbe hatte bereits zu Beginn ihres Gespräches nicht gerade gesund gewirkt, doch jetzt nahm sie einen noch bleicheren Ton an. Seine Stimme war kaum mehr als ein Flüstern. »Wer ist dann der Vater des Jungen?«
»Gute Frage«, pflichtete ihm VanHorn bei und griff nach dem Kristallfeuerzeug. »Verdammt gute Frage. Bis zu unserem nächsten Treffen werde ich eine Antwort darauf haben.«
»Und wie wollen Sie das anstellen?«
»Ich denke, ich knöpfe mir Beatrice vor.«
Die aristokratischen Gesichtszüge verzogen sich missbilligend. »Sie wird Ihnen vermutlich keine Auskunft erteilen. Wenn sie dieses Geheimnis seit fünfzehn Jahren für sich be-

hält, wüsste ich nicht, warum sie es ausgerechnet jetzt lüften sollte.«

»Vielleicht weiß sie nicht, wer der Vater ist«, überlegte VanHorn, eine Vorstellung, die Robert erst einmal verdauen musste und die ihm eine entsetzte Röte auf die Wangen trieb.

»Natürlich weiß sie das.«

»Dann muss es ja ein ganz schlimmes Geheimnis sein, wenn sie dafür extra einen Seemann erfunden hat. Damals allerdings hätten Sie ihre Geschichte ohne große Schwierigkeiten überprüfen können.«

»Wir – wir hatten einfach andere Dinge im Kopf«, erwiderte Robert rasch, doch die Sache machte ihm sichtlich zu schaffen. Neils nahm an, dass der alte Patriarch stolz darauf war, dass ihm nichts entging, dass er stets wusste, was hinter den Kulissen geschah. Doch in diesem Fall hatte ihn seine Tochter hinters Licht geführt.

»Ich weiß, dass Sie einen Skandal vermeiden wollten und nach einem Weg suchten, die Schwangerschaft zu verbergen. Nun, ich kann nur vermuten, dass Beatrice gelogen hat, um jemanden zu schützen … jemanden, der ihr sehr viel bedeutete.« Er hielt das brennende Feuerzeug hoch und paffte eifrig. Kleine Rauchwölkchen stiegen zur Decke empor. »Ich frage mich, wer der Mann sein könnte.«

»Vielleicht spielt das gar keine Rolle«, sagte Robert merklich gereizt. »Sie sollen nur den Jungen finden.«

»Das werde ich«, sagte VanHorn, der die kurzen Momente in Roberts elegantem Haus am Louisburg Square ganz offensichtlich genoss. Behaglich. Stattlich. Mondän. Jeder Winkel strahlte die vornehme Kultiviertheit ganzer Generationen aus. Ein gewaltiger Unterschied zu seinem kleinen Bungalow in einem der Vororte. Aber nicht mehr lange. Neils VanHorn war fest entschlossen, reich zu werden, und Robert Sullivan würde ihm dabei helfen. »Ich denke, es besteht eine gute Chance, dass ich den Jungen finde, wenn ich erst einmal weiß, wer ihn gezeugt hat.«

»Der Vater interessiert mich nicht, verdammt noch mal! Ich will nur meinen Enkel!«

Aber mich interessiert es, du selbstsüchtiger alter Knacker. Mich. Wenn ich erst weiß, wer der Vater ist, und ein paar hässliche Leichen im Keller entdeckt habe, wird dir das viel mehr wert sein als die paar läppischen Kröten, die du mir bezahlst.

»Keine Sorge, Mr. Sullivan«, sagte Neils und erhob sich, »ich werde ihn finden, und wenn es das Letzte ist, was ich je tue.«

Kapitel siebzehn

Schlagen, zurück, und wieder schlagen. Schnell! Du darfst keine überflüssige Bewegung machen. Schau mal, so.« Daegans Stimme war über das gleichmäßige Rauschen des kalten Novemberregens zu vernehmen. Kates Stiefel knirschten auf dem nassen Kies, als die den Hof überquerte und durch die offene Tür von Eli McIntyres baufälliger Scheune trat.

Ohne ein Wort zu sagen, schlüpfte sie hinein. Weder Jon noch Daegan bemerkte, dass sie abseits des kleinen Lichtkegels, den die einzige nackte Glühbirne warf, in der Dunkelheit stand.

Regentropfen prasselten aufs Wellblechdach, das Wasser floss gurgelnd durch die Dachrinnen. Der Geruch nach Getreide, Staub und Pferden hing in der abgestandenen Luft. Von einem der stabiler aussehenden Dachbalken hing ein Punchingball, hin und her schwingend nach der letzten Schlagfolge menschlicher Fäuste.

Daegan hatte sein T-Shirt über einen Heuballen geworfen. Trotz der niedrigen Temperatur glänzte sein nackter Oberkörper mit den wohldefinierten Muskeln vor Schweiß, auch sein Haar war feucht. Flink wie ein Puma schlug er zu. Einmal, zweimal, dreimal hieb er auf den Leinensack ein. *Wumm! Wumm! Wumm!*, dann tänzelte er um den Sack herum, den Kopf geduckt, die Schultern nach vorn gebeugt, und griff erneut an.

»Siehst du, Jon, du musst immer in Bewegung bleiben, gerade außerhalb der Reichweite deines Gegners, und dann –« Er trat blitzschnell vor und verpasste dem Punchingball eine weitere Folge gezielter Schläge. Kate beobachtete fasziniert, wie er sich leichtfüßig und gleichzeitig hochkonzentriert über die Bodenbretter bewegte, und spürte die Energie, die in seinem durchtrainierten Körper pulsierte.

»Jetzt versuchst du es noch einmal«, sagte er und wischte sich den Schweiß von den Augenbrauen.

Jon, der mit dem Rücken zu Kate auf der Mauer hockte, die die Stallungen von den Futterbehältern trennte, sprang herunter und schnürte seine Boxhandschuhe mit den Zähnen zu.

»Okay, gib dein Bestes«, sagte Daegan, und Jon straffte sich. Seine zusammengekniffenen Augen richteten sich auf den Boxsack, und Kate musste keine Gedanken lesen können, um zu wissen, dass sich ihr Sohn Todd Neider vorstellte, der da vor ihm stand.

»Du Scheißkerl«, knurrte er und fing an, wie wild auf ihn einzudreschen, seine Arme ruderten wie die eines Ertrinkenden.

»He – warte, schalt mal einen Gang runter.«

»Sie haben doch gesagt, ich soll schnell sein.«

»Ja, aber du musst die Kontrolle bewahren. Du kannst nicht an deinen Gegner rangehen, als wolltest du Schlangen töten.« Daegan lachte leise, ein überraschend herzliches Lachen. Offenbar war der Mann warmherziger, als sie gedacht hatte. »Versuch's noch einmal und konzentrier dich.« Die Füße fest auf den Boden gestemmt, stabilisierte Daegan den Sack mit einer Schulter, und Jon fing erneut an zu boxen. Er hatte schon etwas gelernt, fand Kate, denn genau wie Daegan verlagerte er das Gewicht auf die Fersen und tänzelte geschmeidig um den vom Dachbalken hängenden Sandsack herum. »Ja, genau so«, ermutigte ihn Daegan mit Stolz in der Stimme.

Kate lehnte sich mit der Schulter gegen den Türrahmen und spürte, wie der Novemberwind an ihrem Rocksaum zerrte.

»Komm schon, na los, zeig mir, was du draufhast!«
Die Arme um die Taille geschlungen, sah Kate den beiden zu. Jon in T-Shirt und dunkelblauer Sporthose, die ihm um einiges zu klein war, und Daegan mit seinem muskulösen Körper und der Jeans, die so tief saß, dass sie seinen flachen Bauch, den Nabel und den dunklen Haaransatz knapp oberhalb des Gürtels erkennen konnte.
Ihre Kehle wurde staubtrocken, heiße Röte kroch ihren Nacken empor.
In diesem Augenblick entdeckte er sie und schaute sie mit dunklen, nachdenklichen Augen an. *O Gott.* Binnen eines einzigen Herzschlags floss so viel pure sexuelle Energie zwischen ihnen, dass ihr fast die Luft wegblieb. Sie machte einen Schritt zurück, als könne sie der Intensität seines Blickes ausweichen.
»Kate.« Es klang wie eine Liebkosung.
»Mom?« Jon sah gereizt auf. »Was willst du hier?«
»Nach dir sehen.«
»Ich habe dir eine Nachricht hinterlassen.«
»Ich weiß, deshalb bin ich ja hier.« Die Verletzungen in seinem Gesicht waren fast abgeheilt, er sah längst nicht mehr so mitleiderweckend aus wie noch an Halloween.
»Wir trainieren«, erklärte Jon.
»Das sehe ich.«
»Was hältst du von unserem Jungen hier?«, fragte Daegan und verzog die Mundwinkel zu einem stolzen Lächeln. Mit einer geschmeidigen Bewegung nahm er sein T-Shirt von dem Heuhaufen und streifte es sich über.
Unser Junge. Nur eine Redewendung, aber eine, die flüchtig die Vorstellung von ihnen als Familie hervorrief – Daegan, Jon und sie. Doch das war verrückt, unmöglich, eine alberne Phantasie. »Nun, ich möchte keinem von euch in einer dunklen Gasse über den Weg laufen.«

»Ach, Mom.« Jon verdrehte die Augen.

»Das stimmt. Ich bin doch nur eine schwache, wehrlose Frau …«

»Das würde mir gefallen«, scherzte Daegan, während sie gemeinsam vor die Scheune traten.

»Kann ich noch etwas bleiben?«, fragte Jon, und bevor Kate irgendwelche Einwände erheben konnte, zuckte Daegan die Achseln und sagte: »Sicher. Ich lade deine Mom auf einen Drink ein.«

»Ich weiß nicht, ich finde, wir sollten –«

»Komm schon, Kate, was ist denn so schlimm daran?«, fragte er. »Ich hab zwar nichts Besonderes da, nur ein paar Bier im Kühlschrank, aber vielleicht kann ich sogar eine Flasche Wein auftreiben.«

Der Wind wehte ihr den typisch männlichen Moschusgeruch in die Nase, den sie untrennbar mit ihm in Verbindung brachte. Seine grauen Augen blickten so einladend, dass sie nicht Nein sagen konnte. »Okay, ein einziger Drink«, stimmte sie zu. »Aber dann müssen wir los.«

»Es ist Freitag«, erklärte Jon mit Nachdruck.

»Gott sei Dank«, murmelte sie, froh darüber, dass sie eine weitere Schulwoche ohne irgendwelche Zwischenfälle hinter sich gebracht hatten. Jon wandte sich rasch ab, flitzte zurück in die Scheune und fing sofort an, wieder auf den Sandsack einzudreschen.

»Ich freue mich, dass du da bist«, sagte er leise. Ihr Herz klopfte schneller. Seit er sie geküsst hatte, hatte sie es vermieden, mit ihm allein zu sein, hatte versucht, Abstand zu wahren. Sie hatte zweimal ihre Schwester angerufen, fest entschlossen, mehr über ihn in Erfahrung zu bringen, aber bislang hatte Laura nicht feststellen können, ob er in Boston gelebt hatte, anstatt, wie er behauptete, auf einer Ranch in Kanada aufgewachsen zu sein. Doch all ihre Sorgen rückten in weite Ferne, als Daegan seine Finger mit ihren verschränkte und sie an der Hand hinter sich her zum Haus zog. Sie raffte mit der freien Hand ihren Rock, sprang über die Pfützen auf dem Hof und fühlte den Regen auf Gesicht und Haaren. Plötzlich war sie wieder fünfzehn. Sein fester Griff gab ihr ein Gefühl der Sicherheit, seine schwieligen Finger hatten etwas Beruhigendes.

Ihre Stiefel donnerten laut auf den ausgetretenen Stufen, und auch als sie schon auf der Veranda standen, ließ er sie nicht los, sondern umfasste mit der anderen Hand ihre Taille und zog sie an sich. Sie schnappte unsicher nach Luft, und er zögerte eine Sekunde, dann presste er seine Lippen auf ihre, mit einer Begierde, die ihr den Atem raubte. Er war hart, wollte sie, und ihr gelang es nicht zu protestieren, geschweige denn, einen klaren Gedanken zu fassen.

Tu's nicht! Tu's nicht!, ermahnte sie sich innerlich, doch sie wehrte sich nicht, konnte das heiße Verlangen nicht leugnen, das ihr eigenes Blut zum Kochen brachte.

Seine Zunge fuhr zärtlich ihre Lippen nach, und sie öffnete sie, erlaubte ihm, in ihren Mund einzudringen. Er wühlte mit den Händen in ihrem Haar, und sie schloss die Augen in der Hoffnung, sein Kuss würde ewig dauern. *Vorsicht, Kate, du begibst dich auf gefährliches Terrain! Du kannst dem Mann nicht trauen!* Doch sie schlug all die Warnungen der Vernunft in den Wind und schlang ihre Arme um seinen Nacken, drückte sich an ihn, fühlte ihre Brüste an seinem stahlharten Oberkörper.

Er löste seine Lippen von ihren, hob den Kopf und betrachtete sie mit seinen grauen Augen.

»Kate«, flüsterte er mit rauher Stimme. Sein Atem ging so keuchend wie ihrer, seine Hände zitterten leicht, als er sie losließ. In seinem Blick stand wieder jene Rastlosigkeit, und er wandte sich rasch ab, legte die Hände auf das morsche Geländer und

schüttelte unwirsch den Kopf. »Verdammt! Verdammt! Verdammt! Ich wollte das nicht.«
»Ich auch nicht.«
»Mist!«, knurrte er, wütend auf sich selbst. Wann genau hatte er seine so mühsam erkämpfte Selbstbeherrschung verloren? Gleich im ersten Augenblick, als er sie auf dem Gehsteig zu ihrem Wagen hatte gehen sehen, aus dessen Reifen er zuvor die Luft rausgelassen hatte? Als sie ihm mit unverkennbarem Misstrauen in den bernsteinfarbenen Augen ihr Telefon an die Fliegengittertür gebracht hatte? Oder später noch, als Jon ihn beschuldigt hatte, ein Mörder zu sein? Oder war es in jener Nacht im Pick-up gewesen, in der er sie geküsst und davon geträumt hatte, sie zu lieben?
Ärgerlich fuhr er sich mit den Fingern durchs Haar. Sie erneut in seine Arme zu ziehen und zu küssen war ein nicht wiedergutzumachender Fehler gewesen. Er hatte impulsiv gehandelt, und dennoch hatte er nicht damit gerechnet, dass er so stark auf sie reagieren würde – körperlich und emotional.
»Vielleicht sollte ich – sollten wir – besser gehen.«
»Nein!«, rief er, ohne nachzudenken, dann beherrschte er sich und fügte etwas leiser hinzu: »Bitte bleib.« Er blickte hinaus in den Abend und suchte nach einer Möglichkeit, ihr sein Verhalten zu erklären, doch ihm fiel nichts ein. »Ich – ich hatte keine Ahnung – ach, verdammt ...« Er schaute in ihre großen goldenen Augen und war verloren. Er wollte sie mehr, als er je eine Frau begehrt hatte, auch wenn sie für ihn hätte tabu sein sollen, die Frau, deren Leben er zerstören sollte, indem er ihr den Sohn wegnahm. Seine Finger schlossen sich fest um das Geländer, bis er die Splitter spürte, die in seine Handflächen eindrangen.
»Verflucht noch mal, Kate«, flüsterte er und zog sie erneut an sich. »Was machst du nur mit mir?«
Wieder presste er seine Lippen auf ihre, heiß, feucht, hart, be-

strafend, und wieder ließ Kate ihn gewähren, schien in seinen Händen zu schmelzen. Heiße Begierde durchflutete ihn, sein Schritt fing an zu schmerzen, und er konnte an nichts anderes mehr denken als an die süße, warme Linderung, die nur sie ihm verschaffen konnte. Er drückte sie gegen die Wand von Eli McIntyres altem Blockhaus und fasste mit der Hand unter ihren Po.

Kate drückte sich an ihn und keuchte vor Verlangen, als er mit der freien Hand unter ihren Rock glitt und die weiche Innenseite ihrer Schenkel liebkoste.

Sie stöhnte in seinen offenen Mund. Sie schmeckte nach Regen und Sommerrosen, ihre Brüste hoben und senkten sich bei jedem angestrengten Atemzug. In seiner Vorstellung sah er sie nackt unter ihm in einem Feld voller Frühlingsblumen liegen, ihr Körper schweißgebadet, ihre geschmeidigen Glieder bebend vor Lust, als sie langsam die Beine für ihn öffnete.

»Kate«, flüsterte er heiser und schloss die Augen. Er lehnte sich gegen sie, doch dann ließ er sie los, löste seine Lippen von ihrem hungrigen Mund. »Kate … Ich –«

»Nicht«, sagte sie mit einer so tiefen Stimme, dass er sie kaum erkannte, und legte ihm die Hand auf die Brust. »Du musst nichts sagen, ich verstehe dich – ahhh …« Unfähig, einer so süßen Versuchung zu widerstehen, nahm er ihre Hand, führte sie zu seinem Mund und saugte ihren Zeigefinger zwischen die Lippen, wo er ihn mit der Zunge liebkoste. Wie gern wäre er so in ihre warmen Tiefen eingetaucht! Sie leckte sich die Lippen und zog ihren Finger langsam zurück. »Das … das darf nicht passieren.«

»Du hast recht«, pflichtete er ihr bei, auch wenn sein Schwanz so unerbittlich sein Recht forderte, dass er schon dachte, er würde den Reißverschluss seiner Jeans sprengen.

»Wir müssen an Jon denken –«

»Richtig. Jon.«

»Außerdem ... geht das einfach nicht. Ich kann keine Beziehung eingehen –«

»Ich auch nicht.« Er küsste sie erneut. Hellodernde Funken der Leidenschaft sprühten zwischen ihnen und setzten sie beide in Brand, so dass sich alle rationalen Einwände in Rauch auflösten. »Kate, meine süße Kate«, murmelte er in ihren offenen Mund, öffnete ihre Jacke und tastete unter der Bluse nach ihren festen Brüsten. Unter dem Stoff spürte er ihre harten, aufgerichteten Brustspitzen. Begierig. Voller Verlangen. Nach ihm. »Allmächtiger, Kate.«

Er ging in die Hocke und küsste sie durch die Baumwolle ihrer Bluse hindurch. Stöhnend lehnte sie sich gegen die Wand des Blockhauses, wühlte in seinem Haar, während er seinen Arm um ihre Taille legte und sie dichter zu sich zog, um an der sich steil durch den Stoff drückenden Brustwarze zu saugen. Kate keuchte leise und spreizte die Beine, um festeren Halt zu finden. Daegan spürte die Hitze, die sie verströmte, und kurz überlegte er, ob er ihr die Kleider vom Leib reißen und in sie eindringen sollte, sie nehmen sollte, wieder und wieder, bis die Morgenröte über dem Tal aufzog.

Er ließ sich auf die Knie fallen, umfasste ihre Beine und presste sein Gesicht in ihre Rockfalten, wo er tief ihren süßen Duft einatmete. Sie fing an zu beben.

»Daegan – oh, Daegan, bitte ...«, wisperte sie, und er richtete sich wieder auf. Seine Hände glitten ihre Beine hinauf bis zu ihrer Taille, während er versuchte, die Kontrolle über sich wiederzugewinnen. Doch bei dieser Frau fiel ihm das äußerst schwer, wurde sein Verlangen übermächtig. Es kostete ihn all seine Kraft, sich zusammenzunehmen, aber er biss die Zähne zusammen und ließ sie los, schloss ihre Jacke und trat einen Schritt von ihr weg.

»Ich – ich denke, ich werde jetzt gehen«, stotterte Kate verlegen.
Er nickte. Seit Jahren war er fest entschlossen, keine Frau an sich heranzulassen, doch jetzt stellte Kate all das in Frage.
Sie räusperte sich und schaute ihm kurz in die Augen. »Lass uns den Drink auf ein andermal verschieben.«
»Einverstanden«, sagte er, dann lachte er freudlos. Der Regen prasselte auf die alten Dachziegel. Er sah ihr nach, wie sie über den Hof rannte und in der Scheune verschwand. Als sie zusammen mit Jon herauskam, hatte sich seine Atmung normalisiert, sein Herz schlug wieder in normalem Tempo. Er winkte dem Jungen und seiner Mutter zu und wünschte sich inständig, er hätte niemals den Fehler begangen, Kate Summers zu küssen.

Kate verbrachte die Nacht damit, an die Decke zu starren und die Schatten zu beobachten, die über die Vorhänge wanderten. Hatte sie nun vollends den Verstand verloren? Hätte sie es nicht besser wissen müssen? Was hatte sie sich bloß dabei gedacht?
Sie griff nach ihrem Morgenmantel, der wie immer am Fußende des Betts lag, tappte in die Küche und schenkte sich ein Glas Saft ein. Während sie trank, starrte sie durchs Fenster in die schwarze Nacht hinaus. Regen prasselte gegen die Scheibe.
Sie dachte an ihre Mutter Anna, eine schöne Frau, die viel zu früh Witwe geworden war. Von heute auf morgen war ihr idyllisches Leben auf der Farm vorbei gewesen. Anna konnte die Felder nicht selbst bestellen, und sie bekam auch die Hypothek nicht zusammen, deshalb verkaufte sie das hügelige Land mit den wogenden Feldern, den Ententeich, die alte Scheune, in der Schwalben und Eulen nisteten, und das große, zweistöckige Farmhaus. Anna und ihre beiden Töchter waren gezwungen, in die Stadt zu ziehen.

Ihre Mutter mühte sich ab, die kleine Familie mit zwei, manchmal drei Jobs durchzubringen, und wenn sie nicht viel zu müde war, traf sie sich mit verschiedenen Männern, von denen sie nur die wenigsten ihren Töchtern vorstellte. Doch an einen von ihnen konnte sich Kate gut erinnern – Riley hatte er geheißen, Pete Riley, denn er war der Mann gewesen, der ihr Leben entscheidend verändert hatte.

Groß und kräftig, mit einem braunen Schnurrbart und langen Koteletten, war Pete Riley, ein Trucker, viel unterwegs, doch wenn er in Des Moines haltmachte, führte er Mama zum Essen aus, oder sie gingen tanzen oder in eine Bar. Er war laut und stolperte mitunter die Treppe hinauf. Kate nahm an, dass er betrunken war, aber Mama behauptete stets, er sei einfach nur ein wenig ungeschickt.

Eines späten Sommerabends – Kate und Laura schliefen schon in ihrem Etagenbett – brachte Riley Mama nach Hause. Beide waren laut, unterhielten sich lachend, stießen gegen die Wände und rissen Kate aus ihrem unruhigen Schlaf. Sie schlief nie gut, wenn Mama spätabends noch unterwegs war.

»Pscht, du weckst die Mädchen auf«, zischte Mama, als die Tür hinter ihnen zuschlug.

»Ach, Unsinn.« Schritte. Rileys schwerfälliger Gang. Kate furchte die Stirn und schlüpfte durchs offene Fenster hinaus auf die Feuerleiter. Sie hasste Riley und sein ungehobeltes Benehmen, seine Grobheit. Seine barsche Stimme. Manchmal, wenn Mama nicht hinsah, berührte er Kate an den Schultern oder im Nacken, manchmal auch im Gesicht. Einmal kam er zu ihnen, noch bevor Mama von der Arbeit zu Hause war, sperrte mit seinem eigenen Schlüssel die Wohnungstür auf und bestand darauf, dass sich Laura zu ihm auf den Schoß setzte. Während er mit ihr sprach, spielte er mit ihren Haaren und rutschte dabei auf seinem Stuhl

herum, rieb sich an ihr. Laura versuchte aufzustehen, aber Riley hielt sie fest, ließ sie erst los, als Mama zur Tür hereinstürmte.
Musik dröhnte aus der Stereoanlage den Flur entlang bis ins Kinderzimmer.
Come on, baby, light my fire …
Jim Morrisons Stimme umhüllte Kate wie ein dichter Nebel, und sie starrte die Eisentreppe hinunter auf die verlassene Seitenstraße vier Stockwerke unter ihr. Eine Katze huschte durch den Lichtkegel der Straßenlaterne und verschwand in der Dunkelheit. In der Wohnung wurden Stimmen laut. Eine Auseinandersetzung. Nicht die erste. In letzter Zeit stritten Mama und Riley häufig miteinander, und Kate wünschte sich wieder einmal, ihr Daddy wäre noch am Leben.
Sie schloss die Augen und wiegte sich auf dem kalten Metallrost. Sie wollte den Streit nicht mitbekommen, wollte sich nicht fürchten, aber die Stimmen, laut und zornig, waren bis hinaus auf die Feuerleiter zu hören.
»Das kannst du nicht machen, Anna, nicht mit mir. Erst geilst du mich auf, und dann benimmst du dich wie eine gottverdammte Jungfrau, obwohl du zwei halbwüchsige Töchter hast. Ich hab's satt, so satt, hörst du?«
»Pscht, Pete, die Mädchen könnten dich hören …«
»Na und? Sollen sie doch.«
»Vielleicht gehst du jetzt besser.«
Ja, verschwinde und komm nie wieder!
»Ist es das, was du willst, Baby? Denn wenn ich jetzt zu dieser Tür hinausgehe, werde ich nie wiederkommen. Hörst du? Es wird dann das letzte Mal sein, dass du Pete Riley zu Gesicht bekommst.«
Kate drückte fest die Daumen und schickte ein Stoßgebet zum Himmel.

»Natürlich will ich das nicht, Pete, aber sei doch vernünftig …«

»Die Mädchen schlafen, die kriegen das doch gar nicht mit …«

Es wurde still, und Kate fing an zu zittern. Sie stellte sich vor, wie sich die beiden umarmten und küssten. So lief es immer, Mama sagte nein, und Pete brachte sie dazu, ihre Meinung zu ändern. Irgendwie gelang es ihr stets, ihn glücklich zu machen, bevor er am nächsten Morgen weiterfuhr. Mama sah dann übernächtigt und unglücklich aus, hockte im Morgenmantel am Küchentisch und starrte in ihren Kaffee, manchmal weinte sie auch. Um Daddy, den sie, wie sie zugab, noch immer Tag für Tag vermisste.

Genau wie Kate. Es war aufregend, in der Stadt zu leben, wo sich die Abgase mit den lieblichen Aromen mischten, die aus den Restaurants und Bäckereien wehten, wo so viele Autos, Lkws, Fahrräder und Motorräder durch die Straßen rollten, wo alles so anders war, so viel schneller als das Leben auf der Farm.

Sie vermisste das vertraute Tuckern des alten Traktors, der ständig kaputt gewesen war und Daddy zur Verzweiflung trieb, sie vermisste das Krähen des Hahns bei Anbruch der Morgendämmerung. Sie vermisste die schlüpfenden Küken, die ihre Eierschalen aufpickten, und die jungen Kälbchen, die sich voller Lebensfreude auf der Weide neben der Scheune tummelten. Sie und Laura liebten das abendliche Quakkonzert der Frösche genauso wie das Zirpen der Grillen, liebten es, Wasserläufer zu fangen, die über die stille Oberfläche ihres Teichs huschten -

Klatsch! Das Geräusch von Fleisch, das auf Fleisch traf, riss sie aus ihren Gedanken. »Miststück! Ich werde dir zeigen, dass ich es ernst meine!«

»Raus hier, Pete. Hau ab, verdammt noch mal.«

»Nicht bevor du mir gibst, wofür ich gekommen bin.«
Wieder ein Schlag, diesmal gefolgt von einem Schwall geknurrter Flüche. Kate drehte sich der Magen um.
»Ich werde dir zeigen –«
Mama schrie, und Kate kletterte durchs Fenster ins Zimmer zurück. Etwas prallte gegen die Wand, Glas splitterte. »Nein! Nein!«, schrie Mama. »Hilfe! Lieber Gott, so hilf mir doch!«
Mit hämmerndem Herzen öffnete Kate einen Spaltbreit die Tür und spähte hindurch. Pete hatte Mama bei den Haaren gepackt und zerrte sie quer durch die Küche Richtung Schlafzimmer. Mama trat um sich und kreischte.
Auf Petes Gesicht war ein roter Handabdruck zu erkennen. Vor Zorn hatte er die Augen zu schmalen Schlitzen zusammengekniffen.
Mama entdeckte Kate und stieß einen Schrei aus. »Nein«, flüsterte sie und warf Kate einen entsetzten Blick zu. Ihr Gesicht verfärbte sich purpurrot. »Nicht –« Sie machte eine Handbewegung, als wollte sie ihre ältere Tochter zurück in ihr Zimmer scheuchen. Zum Glück bemerkte Pete, der gerade die Tür zu Mamas Schlafzimmer auftrat, nicht, dass sie ihn beobachtete. Er zerrte Mama hinter sich her in den dunklen Raum.
Mit wild pochendem Herzen schlich Kate aus dem Kinderzimmer in die Küche. Sie hörte weitere Schläge und Flüche, ihre Mutter schluchzte. Vor Angst lief ihr der Schweiß den Rücken hinunter, als sie den Telefonhörer abnahm und mit unsicheren Fingern die einzige Nummer wählte, die sie außer ihrer eigenen auswendig kannte: die ihrer Tante June.
Sie fürchtete sich so sehr, dass sie zitterte, doch sie dachte daran, sich in der Vorratskammer zu verstecken und die Tür hinter sich zuzuziehen, damit niemand etwas hörte. Zum Glück war die Schnur gerade lang genug. Onkel Cliff meldete sich nach dem fünften Klingeln.

»Du musst kommen«, flüsterte Kate abgehackt und gab sich alle Mühe, nicht an ihrer Panik zu ersticken. »Riley wird Mama noch umbringen!«

»Katie, bist du das?«

»Ja, aber du musst schnell zu uns kommen und –«

»Beruhige dich erst mal«, sagte Onkel Cliff mit fester Stimme. »Fang noch mal von vorn an und erzähl mir alles.«

»Er hat sie ins Schlafzimmer gezerrt und schlägt sie, und sie weint und schreit, und du musst kommen!« Vor lauter Hysterie war ihre Stimme nicht mehr als ein Quieken. Als Onkel Cliff ihr versprach, zu ihnen zu fahren, presste sie den Hörer gegen die Brust und betete inbrünstig, dass Mama bis dahin nichts Schlimmes zustoßen würde. Erst als die entsetzlichen Schreie verstummten, schlüpfte sie aus der Vorratskammer und legte den Hörer auf. Mit vor Furcht ausgedörrter Kehle wollte sie zurück in ihr Zimmer schleichen, doch an der Küchentür wäre sie um ein Haar mit Pete zusammengeprallt.

»Nun, wen haben wir denn da?«, fragte er und starrte sie mit zusammengekniffenen Augen von oben herab an. »Katie, Mädchen, was tust du denn hier?« Er ließ sich auf einen Hocker am Küchentresen fallen und zündete sich eine Zigarette an.

»Ich … ich hatte Durst.«

»Dann hast du dir also etwas zu trinken geholt.«

»Ja.«

Er runzelte die Stirn und blies eine Rauchwolke durch die Nasenlöcher. In ihrem ganzen Leben hatte Kate noch nie eine solche Angst verspürt. Riley trug nichts als eine schäbige Unterhose, sein behaarter Oberkörper war zerkratzt von den Fingernägeln ihrer Mutter.

»Und wo ist dein Glas?«, fragte er argwöhnisch.

»Was?«

»Dein Glas. Aus dem du getrunken hast. Ich sehe kein Glas in der Spüle.«
»Ich – ähm – ich habe meinen Kopf unter den Wasserhahn gehalten, aber sagen Sie's bitte nicht Mama, das gefällt ihr nämlich nicht.«
»Oh, deiner Mama gefällt neuerdings vieles nicht«, sagte er. Der Geruch nach abgestandenem Whiskey und Rauch breitete sich in der Küche aus. »Auch ich nicht. Stell dir das mal vor: Dein alter Onkel Pete ist ihr nicht mehr gut genug.«
»Sie sind nicht mein Onkel.«
Er zog an seiner Zigarette. »Da hast du recht. Du magst mich nicht, stimmt's? Du bist ein cleveres Mädchen, Katie, wirklich clever. Mir gefallen Mädchen, die was in der Birne haben.« Seine Augen glitten von ihrem Gesicht zu ihren kleinen Brüsten, die sich gerade zu formen begannen. »Hast du schon mal einen Jungen geküsst?«
Sie schüttelte den Kopf.
»Warum nicht? Du bist doch ganz hübsch, und wenn du erst erwachsen bist, bist du bestimmt ein echter Kracher.« Er rieb sich die Unterseite seines Kinns. »Jawohl, ein echter Kracher.«
»Gehen Sie jetzt?«, fragte sie plötzlich.
»Bald.« Er verzog gespielt besorgt das Gesicht. »Ich möchte deine Mutter in ihrem momentanen Zustand nicht allein lassen. Sie hat etwas zu viel getrunken und steht ein bisschen neben sich.« Er lächelte, als wären sie beste Freunde. »Aber es wird schon wieder gut. Möchtest du denn, dass ich gehe?«
Kate nickte. »Ich kann auf Mama aufpassen.«
»Das kann ich mir vorstellen. Du bist ja schon ein großes Mädchen.« Er drückte im Spülbecken seine Zigarette aus, die zischend erlosch. »Warum kommst du nicht zu mir und erzählst mir, warum du willst, dass ich gehe? Mache ich dir etwa Angst?«

»Nein«, log sie, obwohl sie innerlich zitterte.
»Gut. Das ist wirklich gut.« Er strich ihr mit seiner nach Rauch stinkenden Hand über die Wange. Rasch duckte sie sich weg.
»Ach, Katie, komm schon. Ich möchte dir etwas zeigen, etwas, das du noch nie zuvor gesehen hast, etwas, das dir schon bald sehr gut gefallen wird.«
Er griff nach ihrem Arm. »Ich möchte doch nicht –«
»Lass sie in Ruhe!«, befahl Mama mit fester Stimme. »Nimm deine schmutzigen Hände von ihr und verschwinde. *Sofort!*«
Riley drehte sich auf seinem Hocker zu ihr um. »Ich finde, es ist an der Zeit, dass sie ein paar Dinge lernt.«
»Wenn du sie noch einmal anfasst, bringe ich dich um.« Mamas Stimme war kaum zu hören, war nicht viel mehr als ein dumpfes Grollen.
Er lachte und schnappte sich Kate. Im Bruchteil einer Sekunde griff Mama nach dem Messerblock auf der Küchentheke, zog das Fleischmesser heraus und stach es ihm tief in die Schulter. Blut sprudelte hervor und lief ihm über die nackte Haut.
Bumm! Bumm! Bumm!
»Anna!« Onkel Cliffs Stimme übertönte noch das laute Klopfen an der Wohnungstür. »Anna, bist du da?«
»Gott sei Dank!« Kates Mutter eilte durch den Flur zur Wohnungstür und riss sie auf. Riley zerrte das Messer aus seiner Schulter und folgte ihr auf unsicheren Beinen, eine blutige Spur hinter sich herziehend.
Onkel Cliffs Augen wurden so rund wie Silberdollar, Tante June, die direkt hinter ihm stand, wurde schneeweiß und rang entsetzt die Hände.
»Was zum Teufel geht hier vor?«, donnerte Kates Onkel.
»Das Miststück hat versucht, mich umzubringen!«, tönte Riley, doch dann wurde ihm klar, dass er es war, der die Waffe in der Hand hielt. Schnell ließ er sie zu Boden fallen und taumel-

te ins Wohnzimmer. Die anderen eilten ihm hinterher. Er nahm sein Hemd von der Sofalehne, drückte es auf die Wunde und versuchte, den Blutfluss zu stoppen. »Ruft einen Krankenwagen, verdammt noch mal!«

»Ganz ruhig«, beharrte Onkel Cliff. »Die Polizei ist bereits informiert.«

»Die Cops?«, wiederholte Riley fassungslos. »Warum das denn, zum Teufel?«

Seine Frage blieb unbeantwortet, denn in diesem Augenblick trafen die Polizei, ein Krankenwagen und ein Sozialarbeiter ein. Kate, in der Absicht, ihre Mutter zu retten, hatte unwissentlich die Hölle losgetreten.

Pete Riley landete im Krankenhaus, wo er versorgt und noch in derselben Nacht wieder entlassen wurde. Anna Rudisill wurde wegen tätlichen Angriffs mit einer tödlichen Waffe angeklagt und freigesprochen, doch die Kinder wurden ihr weggenommen und in Onkel Cliffs und Tante Junes kleiner Pfarrei untergebracht.

Onkel Cliff war Prediger, und Tante June war eine devote Gottesdienerin. Weltliche Freuden gab es nicht, Fragen waren verpönt, und sie alle taten einfach das, was Onkel Cliff ihnen vorschrieb. Er, der ordinierte Geistliche, wusste, was für sie das Beste war, und Tante June erhob niemals die Stimme gegen ihn.

Immer, wenn June von ihrer Schwester sprach, tat sie das mit einer mitleidvollen Stimme, und Mamas Besuche, die stets schmerzhaft und tränenreich waren, endeten abrupt, als sie eine Überdosis Schlaftabletten nahm und ihrem Leben ein Ende setzte.

Kate erinnerte sich an den Gottesdienst bei ihrem Begräbnis. Onkel Cliff predigte über der Sünde Lohn und stellte Anna Rudisill als gepeinigte Seele dar, die endlich ihren Frieden ge-

funden hatte und im Himmel mit ihrem geliebten Ehemann vereint war.
Kate, untröstlich über den Verlust ihrer Mutter, kaufte ihm seine salbungsvollen Worte nicht ab. Laura und sie dachten oft an ihr idyllisches Leben auf der Farm, an das warme Lächeln ihrer Mutter, an die liebevolle Frau, die sich so sorgsam um ihren Garten und ihre Kinder gekümmert hatte.
Kate weigerte sie, ihre Mutter voller Mitleid zu betrachten oder sie als »gepeinigte Seele« zu verstehen. Genauso wenig akzeptierte sie Onkel Cliffs strenge, vorsintflutliche Regeln, was das Ausgehen, Make-up und Schulbälle betraf. Sie rebellierte so heftig, wie sie nur konnte, und an ihrem achtzehnten Geburtstag verließ sie sein Haus und heiratete den Jungen, mit dem sie seit zwei Jahren heimlich zusammen war – Jim Summers, gerade fertig mit dem College und bereit, die Welt aus den Angeln zu heben. Sie zogen nach Boston, und ein Jahr später kam Laura zu ihnen.
Als Sünderinnen verflucht, hörten Kate und Laura nie wieder von Onkel Cliff und Tante June.
Kate versuchte, ein neues Leben für sich und ihren Mann, dann auch für Laura und schließlich für ihre kleine Tochter aufzubauen.
Dann hatte das Schicksal wieder zugeschlagen und ihr Mann und Tochter geraubt. Jim und Erin, ihre über alles geliebte Erin.
Selbst jetzt noch, so viele Jahre später, verspürte sie einen tiefen, atemberaubenden Schmerz, wenn sie an die Kleine dachte. Am Tag des Begräbnisses hatte es geregnet, und als sie an den Särgen der beiden Menschen stand, die sie in ihrem Leben am meisten liebte, hatte sie sich geschworen, nie wieder zuzulassen, dass ihr jemand nahekam, denn alle, die sie je geliebt hatte, waren gestorben – mit Ausnahme ihrer Schwester.

Dann hatte Tyrell Clark ihr eine zweite Chance geboten, ein neues Baby. Kate hatte ihr Herz dem winzigen, unerwünschten Geschöpf geöffnet und das bislang nicht eine Sekunde bedauert.

Und nun hast du dich in diesen Cowboy verliebt.

Doch das – die Beziehung zu Daegan – war etwas anderes. Sie schloss die Augen und legte die Stirn gegen die Fensterscheibe. Zum ersten Mal seit über fünfzehn Jahren wusste Kate Summers, dass sie dabei war, das Versprechen zu brechen, das sie sich selbst am Grab ihres Ehemannes gegeben hatte.

»Gott steh mir bei«, flüsterte sie, dabei war ihr klar, dass es längst zu spät war.

Kapitel achtzehn

»Machst du dir denn gar keine Sorgen?«, fragte Frank und versuchte, das Sodbrennen zu ignorieren, das ihn seit Tagen quälte. Er griff nach einer Packung Säureblocker und spülte vier Tabletten mit einem großen Schluck Kentucky Whiskey hinunter, was seinen Magen hoffentlich beruhigen würde.

»Wenn Onkel Robert sich in den Kopf gesetzt hat, Bibis Kind aufzuspüren, kann ich doch ohnehin nichts dagegen tun.« Collin wirkte völlig unbeeindruckt, während er da am Fenster stand und mit zusammengekniffenen Augen über die mit einer dünnen Schneeschicht bedeckten Hochhäuser von Boston hinweg auf die dahinterliegende Bucht schaute. Lässig gegen die Scheibe gelehnt, die Hände in den Taschen seiner Anzughose versenkt, die Jackenschöße nach hinten geschoben, so dass sein flacher, durchtrainierter Bauch unter dem Oxfordhemd besonders gut zur Geltung kam, hätte er ohne weiteres einem jener Luxuskataloge entsprungen sein können, die Bonnie überall im Haus verteilt hatte.

Manchmal fragte sich Frank, ob dieser Blondschopf überhaupt sein Sohn war. Collin schien nicht ein einziges Fünkchen Sullivan-Mumm in sich zu haben – ebenjenen Kampfgeist, der die Familie vor Jahrhunderten dazu gedrängt hatte, Hunger und Unterdrückung in Irland zu fliehen und ein neues, besseres Leben zu beginnen. Jenes Feuer, das ihre Vorfahren angetrieben hatte, noch härter zu arbeiten und Stück für Stück die soziale Leiter emporzuklettern, ganz gleich, wer sich ihnen in den Weg stellte. Im späten neunzehnten Jahrhundert war es ihnen schließlich gelungen, genügend Geld anzuhäufen, um Aufnahme in die Bostoner Gesellschaft zu finden – und seitdem von Generation zu Generation zu immer größerem Ansehen und Vermögen zu gelangen.

Nichts, aber auch gar nichts von jener Triebkraft, jenem Tatendrang, jenem Feuer war in seinem verweichlichten Sohn wiederzufinden. Der Junge schlug zu sehr nach Maureen.

»Ich wusste nicht, dass Bibi ein Kind hat.«

»Genau das ist der Punkt. Das wusste keiner von uns. Damals war Robert noch einigermaßen vernünftig und stellte sicher, dass das Kind niemals auf unserer Schwelle stehen und seinen Anteil an unserem Erbe fordern würde, doch das hat sich geändert. Robert scheint zu denken, dass seine Macht fortbesteht, wenn er einen Erben findet, der Stuart ersetzt.«

Collin zuckte kaum merklich zusammen, was Frank nicht entging, auch wenn sein Sohn sich alle Mühe gab, es zu verbergen. Ihn beschlichen wohl dieselben quälenden Zweifel, die ihm schon seit Jahren zu schaffen machten und die ihm bereits gekommen waren, als Stuart noch lebte, als die Jungen eng befreundet waren und einander ihre Geheimnisse anvertrauten.

»Wenn du mich fragst, ist Robert übergeschnappt und sollte dringend seinen Seelenklempner aufsuchen.«

Collin fuhr sich mit der Hand über die Oberlippe, als hätten sich dort nervöse Schweißtropfen gebildet. »Wie alt ist der Junge?«

»Ungefähr fünfzehn, glaube ich. Es muss in dem Jahr von Stuarts Tod passiert sein – hat Adele fast ins Grab gebracht. Erst verliert sie ihren Sohn, und dann wird ihre Tochter unverheiratet schwanger.«

Collin schloss für eine Sekunde die Augen, als versuche er, sich zusammenzunehmen.

»Was ist mit dem Vater?«
»Längst über alle Berge. Irgendwo beim Militär, bei der Marine, soweit ich weiß, hat keine Ahnung, dass er einen Bastard gezeugt hat.«
»Hat der Mann einen Namen?« Endlich wirkte Collin interessiert.
»Wenn er einen hat, rückt Robert nicht damit raus. Er will nicht, dass der Kerl davon erfährt und irgendwelche Ansprüche stellt.« Wieder machte sich sein übersäuerter Magen bemerkbar.
»Mein Gott«, flüsterte Collin. »Ein Kind. Wer hätte das gedacht?«
»Niemand. Bis jetzt. Und so soll es auch bleiben.« Wie immer musste Frank die Gedanken seines Sohnes in die richtige Richtung lenken. »Hör mal, Collin«, sagte er mit aller Geduld, die er aufbringen konnte, »wenn Robert seinen Enkel findet, können wir uns vom Familienvermögen verabschieden.«
»Du meinst von seinem Anteil; uns gehören doch nach wie vor die Mühlen und Fabriken.«
»Aber die sind längst nicht mehr so wertvoll, wie sie einmal waren. Die Arbeitskräfte aus Übersee und die Gewerkschaften graben uns langsam das Wasser ab. Wir haben Hypotheken und Rechnungen zu zahlen. Robert hält das eigentliche Vermögen in den Händen.«
Collins Lippen verzogen sich zu einem grimmigen Lächeln.
»Ich denke, wir kommen schon über die Runden.«
»Herrgott, zeig doch mal ein bisschen Mumm, Junge!« Frank konnte sich nicht länger beherrschen. Die Magenschmerzen wurden schlimmer. »Du bist wirklich der elendste Wicht von Sohn, den ich mir vorstellen kann!«
»Das sagtest du bereits«, erwiderte Collin trocken, als sei ihm das vollkommen egal. Er warf seinem Vater einen Blick zu,

einen finsteren, vielsagenden Blick, den Frank zu deuten gelernt hatte, doch er ignorierte Collins Versuch, das Gespräch abzubrechen.
Frank wusste nicht, wie er an seinen Erstgeborenen herankommen, wie er die Mauer der Gleichgültigkeit niederreißen und den Jungen aus der Reserve locken sollte.
»Vielleicht hättest du Daegan nicht so vorschnell verstoßen sollen; vielleicht wolltest du dir nur nie eingestehen, dass er genau der Sohn war, den du dir wirklich gewünscht hattest«, stichelte Collin.
»Ach, halt den Mund. Er war nichts als ein Fehler.«
»Ein Fehler? Mag sein, aber er hat Mumm. Viel zu viel Mumm, wenn du mich fragst.« Collin warf ihm einen frostigen Blick zu. »Jeder, der versucht, einen Frank Sullivan über den Haufen zu schießen, hat verdammt viel Mumm.«
»Vielleicht ist er inzwischen längst tot.«
»Nicht einmal das weißt du? Mein Gott, Dad, das ist echt schwach.«
»Er hat in meinem Leben nichts zu suchen. Doch zurück zum Thema: Wenn es nach Robert geht, wird Bibis Bastard schon an Weihnachten mit seiner Familie vereint sein.«
»Was erwartest du von mir? Dass ich mir Sorgen mache?«
»Das wäre zumindest ein Anfang. Und dann solltest du mal darüber nachdenken, selbst einen Sohn zu zeugen.«
»Es hat nicht geklappt.«
»Nun, das kann es auch nicht, wenn du nichts als das Segeln im Kopf hast …«
»… und die Geschäfte«, ergänzte Collin und erinnerte Frank wieder einmal daran, dass er den Umsatz für die Prêt-à-porter-Kollektion der Firma gesteigert hatte und dieser Bereich als einziger nicht in den roten Zahlen steckte.
»Trotzdem sollte dir noch Zeit bleiben, ein Baby zu zeugen.

Ich dachte, du hättest Carrie geheiratet, weil du dich zu ihr hingezogen fühlst! Ich hatte fest damit gerechnet, im nächsten Jahr einen Enkel zu bekommen.«

Collin schlenderte vom Fenster zum Schreibtisch hinüber. »Ich habe Carrie geheiratet, weil *du* der Ansicht warst, sie würde perfekt zu mir passen. Es werde höchste Zeit, dass ich eine feste Bindung eingehe, hast du gesagt, und ich Dummkopf habe mich darauf eingelassen. Wenn du die Wahrheit wissen willst, Dad: Carrie und ich haben uns getrennt, und zwar schon vor sechs Monaten, und wir überlegen, ob wir uns scheiden lassen sollen.«

Frank blieb die Luft weg, als habe er einen Schlag in die Magengrube bekommen. »In unserer Familie gibt es keine Scheidungen.«

»Unsinn. Bibi ist geschieden.«

»Bibi ist Gott sei Dank nicht meine Tochter. Sie hatte immer schon eine Art Freifahrtschein.«

»Mach dir keine Illusionen, Dad. Von mir wirst du keine Enkelkinder bekommen. Außerdem hast du doch Wade, Alicias kleinen Prinzen. Er dürfte dir als Enkel genügen. Er muss der schönste, klügste und sportlichste Bursche auf der ganzen Welt sein, so wie meine Schwester mit ihm angibt. Keiner meiner Söhne würde ihm auch nur ansatzweise das Wasser reichen können. Sei einfach dankbar, dass du in ihm einen glorreichen Vertreter der neuen Generation hast.«

Frank fühlte, wie ihm eiskalt wurde. Wer war dieser Mann, den er da großgezogen hatte?

»Nun, wenn es sonst nichts mehr gibt …« Collin schob die Arme in seinen Wollmantel, der mit Sicherheit tausend Dollar gekostet hatte.

»Es wird keine Scheidung geben«, sagte Frank, doch die Tür schlug bereits hinter seinem Sohn zu, dem Jungen, auf den er

seine ganze Hoffnung gesetzt hatte. Er ließ den Kopf in die Hände sinken und wartete darauf, dass sein Herz nicht länger gegen seine Rippen hämmerte und sich sein Blutdruck normalisierte. Er hoffte nur, dass auch das Sodbrennen bald nachließ. Während er sich langsam beruhigte, streckte er die Hand nach seinem Whiskeyglas aus und nahm einen großen Schluck, der angenehm warm seine Kehle hinabfloss. Frank hatte die Gleichgültigkeit so satt! Wohin er auch schaute, seine Familie schien völlig abgestumpft zu sein. Maureen war von Anfang an frigide gewesen, schon vor so vielen Jahren, als er ihr zum ersten Mal auf dem Rücksitz des väterlichen Lincolns an die Wäsche gegangen war. Sie waren damals beide aufs College gegangen. Sie hatte ihn geküsst und sich ihm bereitwillig hingegeben, hatte nicht viel Aufhebens um ihre Jungfräulichkeit gemacht. Als er unter ihrem Pullover nach ihren Brüsten tastete, hatte sie ihn nicht davon abgehalten, auch nicht, als er feststellte, dass sie einen gepolsterten BH trug und ihre Brüste jämmerlich mickrig waren, mit kleinen, blassen Brustwarzen.
Doch die Größe ihrer Brüste war ihm egal, sie war die Richtige für ihn: Reich und kultiviert, hob sie seinen eigenen Status und half ihm, seine rohen Kanten glattzuschleifen – eben die Kanten, die er sich gestoßen hatte, als er gegen seinen Vater rebellierte, weil dieser ihm die Brüder vorzog.
Maureen war eine Herausforderung für ihn gewesen. Keiner der anderen Jungs hatte es geschafft, sie rumzukriegen, und da lag sie vor ihm, auf der Rückbank des Lincolns, und flehte ihn förmlich an, es mit ihr zu tun.
Also küsste er sie, befummelte sie und schob ihr den Rock bis über die Taille hinauf. Sie trug eine Seidenstrumpfhose, die zerriss, als er sie ihr bis zu den Knien hinabstreifte und ihr dann das Höschen auszog. Sie war nicht feucht, und drinnen

war sie eng und trocken. Als er versuchte, ihr einen Finger reinzustecken, schrie sie auf und flippte fast aus, als er sich hinabbeugte, um sie zwischen den Beinen zu küssen.
»Was – was – aber nicht doch, Frank! Nein, hör auf damit!«, flüsterte sie voller Entsetzen.
Aus Angst, sie würde ihn nicht mehr ranlassen, und weil er wusste, dass eine Hundert-Dollar-Wette lief, ob es ihm gelingen würde, einen Treffer zu landen oder nicht, beschloss er, aufs Ganze zu gehen. Blitzschnell öffnete er seinen Reißverschluss, machte sich nicht mal die Mühe, seine Unterhose herunterzuziehen, und stieß tief in die trockenste Muschi, die ihm je untergekommen war. Sie schrie, als er in sie eindrang, wehrte sich, doch er war längst drin. Sein Gewicht drückte sie auf die Rückbank des Wagens hinab, während er sich schneller und schneller in ihr bewegte, ihre winzigen Brüste küsste und sie rammelte wie ein brünstiger Bock, doch sie wurde und wurde nicht feucht. Frigide Jungfrau.
Endlich hörte sie auf, sich gegen ihn zu wehren, und blieb stocksteif liegen, die Augen weit aufgerissen, als sei es ihre Pflicht, ihn gewähren zu lassen. Er war mit einem lauten, triumphierenden Brüllen gekommen, der Elchbulle, der sich mit der begehrtesten Kuh der ganzen Herde gepaart hatte.
Anschließend hatte er sich eine Zigarette angesteckt und ihren zerrissenen Slip in seine Hosentasche gestopft. Seine Trophäe. Als er den ersten Zug nahm, war Maureen wieder zum Leben erwacht, hatte das Blut vom Ledersitz gewischt, ihr Höschen aus seiner Tasche gezogen und es mit einem missbilligenden Schnalzen in ihrer Handtasche versenkt.
»Du hättest mehr setzen sollen, Frank«, erklärte sie und legte ihren Kopf schräg, eine Eigenart, die ihn Jahre später fast in den Wahnsinn treiben sollte. »Hundert Dollar. Nicht mehr als ein Almosen. Ich hätte dir tausend, wenn nicht gar fünftau-

send Dollar wert sein sollen.« Sie nahm ihm die Zigarette aus den Fingern und inhalierte tief.

Unter seinem Auge fing es an zu zucken. Ein nervöser Tic. »Woher weißt du davon?«

»Das tut nichts zur Sache. Zur Sache tut nur, dass du mich heiraten wirst.« Ihre Worte, ausgesprochen wie eine simple Feststellung, wurden von einer dichten Qualmwolke begleitet.

»Wie bitte?« Er traute seinen Ohren nicht. Sie gingen nicht einmal fest miteinander, und er hatte ganz bestimmt nicht vor, sich an eine Frau zu binden, die so kalt war wie ein gefrorenes Fischfilet. »Du hast wohl den Verstand verloren.«

»Keineswegs.« Nüchtern teilte sie ihm mit, sie würde ihren Eltern weismachen, er habe sie vergewaltigt – das zerrissene Höschen und das blutige Taschentuch wären Beweis genug. Ihr Onkel war Richter am Obersten Gerichtshof, erinnerte sie ihn, und dann wäre da noch die Wette – eine hässliche, wenn auch nicht ganz unbedeutende Nebensache. Wetten war etwas fürs gemeine Volk, für niedere Leute ohne Erziehung und Verstand.

Frank durchschaute absolut nicht, weshalb sich ein Mädchen wie Maureen unbedingt an ihn binden wollte.

Weil es an der Zeit sei, erklärte sie ihm.

Weil man es von ihr erwartete.

Weil er ein Sullivan sei.

Ob es ihm je in den Sinn gekommen sei, dass auch sie eine kleine Wette abgeschlossen haben könnte, mit ihren Freundinnen zum Beispiel, ob sie es schaffen würde, einen Heiratsantrag von dem begehrtesten aller Junggesellen der Burschenschaft zu bekommen?

Und damit war es beschlossene Sache.

Es blieb ihm keine andere Wahl, als sie zu heiraten. Damals wusste er nicht, was sie fast fünf Jahre lang vor ihm verborgen hatte: dass ihre Eltern das Familienvermögen verschleudert hatten und sie gezwungen gewesen war zu heiraten. Sie hatte sich Frank als erste Wahl auserkoren, doch das vermutlich nur, weil Robert kein Junggeselle mehr war.

Alles in allem hatte ihre Ehe funktioniert, bis auf die Tatsache, dass sein Sohn diese verweichlichte, desinteressierte Art an sich hatte, die Frank so gar nicht verstand. Alicia war stärker und neigte genau wie ihre Mutter dazu, andere zu manipulieren, und sie trat auf wie ein Sullivan. Bonnie – nun, Bonnie schien in ihrer eigenen Welt zu leben. Sie tauchte immer wieder in ihre Bücher ab oder in einen Film und fand stets etwas, wofür sie sich engagieren konnte. Wenn sie nicht gerade Wale rettete oder sich für den Erhalt des Regenwalds einsetzte, kämpfte sie dafür, irgendeinen Verlierer vor der Todesstrafe zu bewahren. Ihr war völlig gleich, woher das Geld kam, Hauptsache sie konnte ihre Schecks für irgendwelche Spinnereien ausstellen. Noch eine rückgratlose Sullivan. Wie war es möglich, dass er gleich zwei solche Kinder gezeugt hatte?

Bonnie lebte noch zu Hause, hatte im Augenblick keinen Freund und machte keinerlei Anstalten, auszuziehen.

Vermutlich hatte Collin recht: Frank konnte sich glücklich schätzen, dass Alicia Wade zur Welt gebracht hatte, einen Jungen, der Frank an Stuart erinnerte und der ihn daher stets ein wenig aus der Fassung brachte. Mein Gott, wie sehr hatte er diesen neunmalklugen Balg gehasst!

Jetzt war es also wieder mal an ihm. Während Robert fest entschlossen schien, seine Seite der Familie zu schwächen, war er, Frank, fest entschlossen, sowohl sein Erbe als auch seinen Ruf zu retten. Er lehnte sich zurück und griff nach seinem Drink. Bibis kleiner Bastard würde ihm dabei bestimmt nichts vermasseln.

»Und, wie steht's um dein Liebesleben?«, fragte Laura neckend, als Kate ans Telefon ging.
»Als würde dich das etwas angehen.« Kate sank auf einen Stuhl. Die Stimme ihrer Schwester sorgte dafür, dass die Spannung von ihr abfiel, die sie seit Tagen in Atem gehalten hatte.
»Komm schon, erzähl's mir«, bettelte Laura. »Es ist der Cowboy von nebenan, hab ich recht? Der, um den du dir so viele Gedanken machst.«
Kate lachte, errötete leicht und wünschte sich wieder einmal, Laura würde in ihrer Nähe leben, damit sie zusammen eine Tasse Kaffee trinken und ein bisschen plaudern könnten, einander Geschichten von ihren Kindern erzählen – vorausgesetzt, dass Laura jemals ein Kind bekommen würde.
»Kommt doch an Thanksgiving zu uns«, sagte sie und verspürte eine plötzliche Sehnsucht nach ihrer Schwester. Eine Sehnsucht, die so stark war, dass sie fast schmerzte. Abgesehen von Jon, war Laura das einzige Familienmitglied, das ihr noch geblieben war.
»Klar doch! Bei Jeremys Terminplan? Da könntest du genauso gut fragen, ob wir nicht zum Mond und zurück fliegen wollen.«
»Im Ernst. Du könntest doch kommen.«
Laura lachte. »Sicher könnte ich das, aber wer soll dann für dich herumschnüffeln?«
»Hast du deshalb angerufen?«, fragte Kate, deren Kehle sich schlagartig zusammenschnürte. Vielleicht hatte Laura noch etwas über Daegan herausgefunden oder über Jons leiblichen Vater ... Vielleicht waren ja sogar Daegan und Jon – halt, stopp. Das war zu weit hergeholt. Die beiden konnten unmöglich miteinander verwandt sein. Oder doch? Der Gedanke war ihr schon öfter gekommen, aber sie hatte ihn immer wieder verdrängt. Die beiden sahen einander nicht wirklich ähnlich,

und das Band, das sie in jüngster Zeit geknüpft hatten, hatte nichts mit den Genen zu tun.
»Ja. Einer der beiden Daegan O'Rourkes lebt mit seiner Frau und drei Kindern in Carmel, Kalifornien.«
»Und der andere?«, fragte Kate, die kaum zu atmen wagte.
»Das überprüfe ich noch, aber bislang bin ich auf kein Haftstrafenregister gestoßen.«
»Und Jons leibliche Eltern?«
»Meine Freundin arbeitet noch daran, aber bislang hat sich kein Hinweis ergeben. Die Frau, die ihn zur Welt gebracht hat, wollte unbedingt verhindern, dass er sie später einmal ausfindig macht. Es ist wirklich zu schade, dass du nicht einfach Tyrell Clark anrufen kannst«, überlegte Laura laut.
»Ich wünschte, das könnte ich«, erwiderte Kate. »Aber er ist nun mal tot. Leider.«
Aus welchem Grund auch immer – Tyrell hatte Kate mit Jon zusammengebracht, und dafür war sie ihm auf ewig dankbar. Das neue Baby hatte ihr einen Grund gegeben, wieder zu leben, zu lächeln, an die Zukunft zu denken.
Sie hörte, wie die Hintertür aufging. Schuhe der Größe vierundvierzig donnerten den Flur entlang.
»Was gibt's zum Abendessen?«, rief Jon und kam zusammen mit Houndog, dessen Fell endlich wieder nachwuchs, durch die Küchentür gestürmt.
»Ich muss auflegen«, sagte Kate zu ihrer Schwester. »Das Fass ohne Boden verlangt Nachschub.«
»Sehr komisch«, sagte Jon, den Kopf im Kühlschrank.
»Finde ich auch.«
Laura lachte. »Richte ihm liebe Grüße von mir aus und sei um Gottes willen ein bisschen fröhlicher.«
»Denk über Thanksgiving nach.«
»Keine Chance, aber ich versuche es an Weihnachten.«

»Ich werde dich daran erinnern.«
Als sie auflegte, hatte sich John bereits einen Burrito aus dem Gefrierfach geangelt und wärmte ihn in der Mikrowelle auf.
»Ihr habt über Thanksgiving gesprochen.«
»Ja«, sagte sie und nahm sich eine Limonade aus dem Kühlschrank. »Ich wollte Laura überreden, uns zu besuchen, aber sie kann nicht kommen. Sie lässt dich herzlich grüßen.«
Er verdrehte die Augen. Die Mikrowelle klingelte. Ohne Ofenhandschuh zog er den Burrito heraus. Heißer, geschmolzener Käse floss auf seine Finger. »Autsch!« Er ließ die gefüllte Tortilla auf einen Teller fallen.
»Ich nehme an, wir werden dieses Jahr mit unserem Truthahn allein sein.«
»Was ist mit Daegan?«, fragte er so beiläufig, als sei ihm Thanksgiving sowieso egal. Er nahm sich eine Gabel aus der Schublade und setzte sich an den Küchentisch.
»Du meinst, wir sollten ihn zum Truthahnessen einladen?«
»Ja.« Er zuckte die Achseln. »Warum nicht?«
Eigentlich hätte sie nicht überrascht sein dürfen. Es schien, als sei Jon nach seinem anfänglichen Misstrauen hin und weg von dem Mann. Sie hoffte nur, dass er keine Enttäuschung erlebte.
Und was ist mit dir? Spielst du nicht ein ganz ähnliches Spiel mit deinen Gefühlen? Sie musste nur daran denken, wie sie das letzte Mal mit ihm allein gewesen war, wie er sie geküsst hatte. Sie hatte ihm nicht widerstehen können, hätte sich ihm am liebsten an Ort und Stelle hingegeben. Sie wurde rot und spürte, wie ihre Ohren anfingen zu glühen. »Er könnte etwas anderes vorhaben.«
Jon warf ihr einen vielsagenden Blick zu. »Was denn zum Beispiel?«
»Keine Ahnung. Vielleicht hat er Familie.«
»Der nicht, darauf wette ich. Er ist ein Einzelgänger.« Jon

stach die Gabel in seinen Burrito. »Bist du einverstanden? Kann ich ihn einladen?«
Wohl wissend, dass sie mit dem Feuer spielte, zuckte Kate die Achseln. »Sicher«, hörte sie sich sagen. »Es kann ja nicht schaden, ihn mal zu fragen.«
Doch insgeheim war sie sich da nicht so sicher.

Bibi Sullivan Porter war eine verdammt gute Lügnerin. Aber lügen konnte Neils VanHorn auch, und vor allem spürte er, wenn es jemand mit der Wahrheit nicht ganz so genau nahm. Und Bibi nahm es ganz und gar nicht genau. Zudem war sie höllisch besorgt.
Er sah zu, wie sie sich nervös eine weitere Zigarette ansteckte und ihre langen Beine übereinanderschlug, was ihn für einen kurzen Augenblick aus dem Konzept brachte. Neils saß auf der Kante einer gold-weiß-gestreiften Couch inmitten ihrer goldstrahlenden Eigentumswohnung.
Als ihn alles andere nicht weiterbrachte, hatte er sie trotz der Warnung ihres Vaters angerufen. Wenn Robert seinen Enkel finden wollte, musste er damit einverstanden sein, dass Neils sämtliche Register zog.
Bibi war vom ersten Moment an ungehalten über seinen Besuch gewesen, schon als er ihre Wohnung im vierzehnten Stock betreten hatte. Er hatte die Umgebung auf sich wirken lassen, den riesigen, hochflorigen, malvenfarbigen Teppich, auf dem hier und da Schaffelle lagen; seltsame, abstrakte Kunstwerke; Skulpturen in Schwarz und Lila; Gemälde von eigenartigen, unproportionierten Objekten; Tische und Stühle – überwiegend schwarz und orientalisch –, die in den verschiedenen Räumen zu eigenartigen Sitzgruppen arrangiert waren.
Sie hatte natürlich versucht, ihre Nervosität zu verbergen, und ihm einen Drink angeboten, hatte sogar ihre Schuhe abgestreift

und sich mit angezogenen Beinen aufs Sofa gehockt, als sie miteinander sprachen, während sich die Abenddämmerung herabsenkte und hinter den Fenstern die Lichter der Stadt sichtbar wurden.
Sie hatte an ihrer Geschichte festgehalten, dass ein Seemann namens Roy Panaker ihr Geliebter gewesen sei. Es sei eine stürmische Affäre gewesen, die nicht länger als zwei Wochen gedauert habe, und sie habe nie in seine Brieftasche geschaut, habe nicht geschnüffelt, um herauszufinden, ob er ihr einen falschen Namen genannt hatte – der Gedanke, dass er sie belügen könnte, sei ihr damals nicht gekommen. Er hatte ihr angeblich erzählt, er würde gebürtig aus Phoenix stammen, doch er habe als Kind häufig umziehen müssen und stünde nun kurz davor, seinen Militärdienst zu beenden. Sie sei jung und naiv gewesen, behauptete sie, und habe nicht eine Sekunde daran gedacht, dass er womöglich irgendwo Frau und Kinder haben könnte oder dass er ihr eine erfundene Geschichte auftischte. Als er sich verabschiedete, um wieder in See zu stechen, sei sie davon ausgegangen, ihn nie wiederzusehen. Einen Monat später habe sie festgestellt, dass sie schwanger war.
Die ganze Geschichte klang für VanHorns Geschmack ein bisschen zu glatt, zu stimmig, um wirklich überzeugend zu sein, und obwohl Roberts Tochter seinem Blick standhielt, wirkte sie doch leicht zögerlich. Beatrice, so nahm er an, war es gewohnt, die Wahrheit ihren Bedürfnissen anzupassen und mit Lügen zu leben.
Nein, er kaufte ihr die Story nicht ab. Während des gesamten Gesprächs hielt sie eine brennende Zigarette in der Hand. Sobald sie eine ausgedrückt hatte, zog sie auch schon eine neue aus ihrem goldenen Etui. Das Nikotin half ihr, die Sache durchzustehen, es beruhigte ihre Nerven und sorgte dafür, dass sie sich nicht in ihren eigenen Lügen verstrickte.

Egal. Sie konnte lügen, bis sie schwarz wurde – er würde die Wahrheit herausfinden. Als Erstes würde er ihre Telefonverbindung überprüfen, dann ihre Kreditkartenabrechnungen, um herauszufinden, ob sie mit irgendwem in Kontakt getreten war, der ihm verdächtig erschien. Anschließend würde er sich ihre Faxe und E-Mails vornehmen. Zum Glück hatte er dafür an allen Stellen die richtigen Leute sitzen.

»Hören Sie, VanHorn, wenn Sie die Wahrheit wissen wollen: Ich halte nichts von dieser ganzen Aktion. Ich weiß, dass Dad mein Kind finden will, doch ich möchte das nicht. Es wäre ihm gegenüber nicht fair.«

»Und Ihnen gegenüber auch nicht.«

»Richtig.«

Er spreizte die Finger. »Das ist nicht nur ein x-beliebiger Job für mich«, sagte er und begegnete ihrer Lüge mit einer eigenen. »Ihr Vater hat mich engagiert, um den Jungen zu finden, und ich werde mein Bestes geben.« Er nahm einen kleinen Schluck von dem teuren Scotch, den sie ihm eingeschenkt hatte. »Ich dachte, es würde Sie vielleicht interessieren, was aus Ihrem Sohn geworden ist.«

Sie schloss für eine Sekunde die Augen. »Dafür ist es zu spät.«

»Aber er ist Ihr eigen Fleisch und Blut.«

»Das weiß ich, und es hat eine Zeit gegeben, da ich mich am liebsten selbst auf die Suche nach ihm gemacht hätte, ganz besonders, nachdem ich diese Operation hatte … und wusste, dass ich keine weiteren Kinder mehr bekommen konnte. Doch dann hat sich mein Leben geändert, ich habe mich scheiden lassen, und jetzt bin ich einem Mann begegnet, der nicht daran erinnert werden möchte, dass ich eine Vergangenheit habe.«

»Halten Sie das nicht für unangemessen?«

Sie schwenkte nachdenklich ihren Drink. »Ich … ich halte das für nötig, wenn Kyle und ich eine Zukunft haben wollen. Aber das geht Sie doch im Grunde gar nichts an, oder?«

»Nein, aber der Gedanke, dass Sie gegen mich arbeiten oder mir Informationen vorenthalten könnten, gefällt mir nicht.«

Sie lachte verhalten und musterte ihn über den Rand ihres Glases hinweg. »Ich habe meinen Sohn zum letzten Mal am Tag seiner Geburt gesehen. Sein Vater hat nie von seiner Existenz erfahren.«

»Niemals?«

»Niemals. Sie sind auf dem falschen Dampfer, Mr. VanHorn, und Sie verschwenden das Geld meines Vaters. Selbst wenn Sie Roy ausfindig machen, wird er Ihnen nicht glauben. Er wird Sie für verrückt erklären. Womöglich erinnert er sich gar nicht mehr an mich. Es ist ja schon einige Zeit her.«

Neils lächelte. Sein Blick glitt zu ihren nackten Schenkeln. »Ich bezweifle, dass ein Mann Sie vergessen könnte.«

»Nun, zumindest hat er einen perfekten Abgang hingelegt.«

»Das ist doch schon mal was«, sagte VanHorn, leerte seinen Drink und stellte das Glas auf der Glasplatte des Messingtischs ab. »Fast so, als hätte er nie existiert.«

»Wenn er nicht existiert hätte, hätte ich wohl kaum einen Sohn von ihm bekommen.« Bibi reckte ihr spitzes Kinn vor. Sie sah älter aus, als sie war, mit ihrem glänzenden Haar, das in einem satten, professionell gefärbten Mahagoniton schimmerte, und den großen Augen, deren Blau durch die türkisfarbenen Kontaktlinsen noch intensiviert wurde. Sie trug einen kurzen Sarong, in dessen durchscheinenden Stoff schwarze und goldene Fäden gewebt waren und der ihre wohlgeformten muskulösen Beine betonte.

»Womöglich wollen Sie jemanden schützen.«

»Aha«, erwiderte sie mit einem humorlosen Lachen. »Und wer sollte das sein?«

»Das müssen Sie mir schon selbst sagen. Einen verheirateten Mann vielleicht? Einen Mann mit Familie? Oder … eine nicht standesgemäße Person – einen Kriminellen mit Vorstrafenregister? Einen Minderjährigen? Da gibt es zahlreiche Möglichkeiten.«

»Nun, dann überprüfen Sie die, Mr. VanHorn, das ist wirklich eine sehr gute Idee. Mein Vater ist ein vermögender Mann, und ich habe ganz bestimmt nicht den Eindruck, dass Sie versuchen, Ihre Ermittlungen ins Unermessliche zu dehnen, nur weil Sie so viel Geld aus Daddy rausholen wollen wie möglich. Nur zu. Doch wie ich schon sagte: Sie verschwenden sein Geld und meine Zeit. Wenn Sie mich jetzt bitte entschuldigen würden …« Sie streckte ihre Beine aus und fuhr mit den Füßen in schwarze Samtpantoletten, dann geleitete sie ihn zur Tür.

Während er mit dem Aufzug hinunter ins Erdgeschoss fuhr, fragte er sich, was genau sie wohl zu verbergen haben mochte. Zu der Zeit, als das Kind gezeugt wurde, hatte sie noch zu Hause bei ihren Eltern gewohnt, und die Sullivans waren eine eingeschworene Familie gewesen. Es hatte zahlreiche Familienzusammenkünfte gegeben, Bibis Bruder Stuart und ihr Cousin Collin waren beste Freunde gewesen, obwohl sie im Grunde Rivalen hätten sein müssen. Bibi war mit den Jungs zusammen, wann immer sie konnte, und hatte nur wenige Freundinnen, doch es hatte eine gewisse Tina Petricelli gegeben, mit der sie sich gut verstand. Vielleicht konnte sie Van-Horn einen Einblick in Bibis früheres Liebesleben geben, und wenn nicht, dann konnte er immer noch Arnold Porter, Bibis Ex-Mann, fragen, der inzwischen wieder geheiratet hatte. Früher oder später würde er den Geheimnissen schon auf die Spur kommen, obwohl sie sie längst begraben und vergessen glaubte …

Er nahm sich vor, die beiden anzurufen, doch zunächst einmal wollte er sich mit den Umständen von Stuart Sullivans Tod befassen, der genau in die Zeitspanne fiel, in der das Kind gezeugt worden war. Einen Augenblick lang überlegte er, ob Stuart als Vater des Kindes in Frage kam – was die Verschwiegenheit der Familie, sowohl die Geburt als auch den Mord betreffend, erklären würde –, doch dann verwarf er den Gedanken wieder. Wenn das tatsächlich der Fall wäre und Robert auch nur den leisesten Verdacht hegte, hätte er Neils niemals engagiert – oder doch? Der alte Kauz war ziemlich verschroben und sprach von Stuart, als sei der eine Art Heiliger.
Die Aufzugglocke läutete leise. Erdgeschoss. Neils schlug den Mantelkragen hoch und ging an einer Frau in rotem Leder, die zwei Windhunde hinter sich her in die Kabine zerrte, vorbei ins Foyer und durch eine Drehtür hinaus ins Freie.
Draußen empfing ihn bittere Kälte. Schneehaufen türmten sich entlang des Bordsteins, der Wind blies so eisig, dass seine Wangen brannten. Die Hände tief in den Taschen vergraben, machte er sich auf den Weg zu einem kleinen irischen Pub ein paar Blocks entfernt. Er würde sich ein paar Drinks genehmigen und sich noch einmal mit seiner heimlichen Komplizin treffen.
So oder so würde er die Wahrheit über den Vater des Jungen ans Licht bringen und herausfinden, wo das Kind steckte – und dann würde er all diese so unverzichtbaren Informationen an den Meistbietenden verkaufen.

»Schnapp dir den Jungen, und dann sieh zu, dass du dich aus dem Staub machst – und zwar so schnell und so weit weg, wie du nur kannst!«, stieß Bibi hervor, die Stimme erstickt vor Hysterie. »VanHorn ist uns auf der Spur, das hab ich im Gefühl!«

Daegan presste die Kiefer so fest aufeinander, dass es schmerzte. »Er wird uns auf die Spur kommen, wenn er herausfindet, dass du mich angerufen hast.«
»Wird er nicht. Ich stehe in einer Telefonzelle, und mir ist bestimmt niemand gefolgt. Aber jetzt hör mir zu: Ich traue VanHorn nicht. Er ist ein schmieriger kleiner Scheißkerl, und er wird dich und den Jungen finden, also pack um Himmels willen deine Sachen und hau ab!«
»Ich arbeite daran.«
»Seit über einem Monat? Mensch, Daegan, bald ist schon Thanksgiving! Wie lange willst du denn noch ›daran arbeiten‹?« Daegan, der in seiner kleinen, schäbigen Küche stand, konnte sich sehr gut vorstellen, wie Bibi aussah: das Gesicht vor Anspannung verzerrt, die Sorge in ihren Augen. »Er hat sogar mit Arnold gesprochen!«
»Arnold?«
»Mein Ex! Arnold hat mich gestern angerufen und mir ordentlich die Leviten gelesen, weil VanHorn plötzlich vor seiner Haustür stand und ihm alle möglichen Fragen gestellt hat. Er ist deswegen sogar zu spät zum Squashspielen gekommen und hat sich aufgeführt, als sei das meine Schuld!«
»Wie furchtbar – zu spät zum Squash zu kommen, meine ich. Mensch, Bibi, reiß dich zusammen!«
»Ich soll mich zusammenreißen? Ich?«, wiederholte sie aufgebracht. »Herrgott, du kapierst aber auch gar nichts, oder, Daegan? VanHorn wird euch aufspüren!«
»Daran kann ich nichts ändern.«
»Dann schnapp dir den Jungen und hau ab!«
Als wäre das so einfach. »Und werde wegen Kindesentführung verknackt?«
»Du bist der Vater des Jungen!«
»Nicht vor dem Gesetz, Bibi, und jetzt beruhige dich erst

mal.« Daegan hatte gut reden, sein eigener Puls raste ebenfalls vor Sorge. Es war Zeit, die Wahrheit auf den Tisch zu bringen. Kate hatte es verdient zu erfahren, was vor sich ging.

»Mein Gott, Daegan, ich werde mich nicht beruhigen, und außerdem friere ich mir hier draußen den Hintern ab! Erledige einfach den Job, für den du bezahlt wirst, und hau ab, verflucht noch mal!«

»Sehr nett, Bibi.«

»Ich hab's nicht so gemeint. Es geht hier nicht nur um Van-Horn, auch Daddy legt mir die Daumenschrauben an. Van-Horn hat ihm klargemacht, dass es keinen Roy Panaker gibt, und nun fängt er an, Fragen zu stellen, und zwar nicht nur mir, sondern sämtlichen Familienmitgliedern, sogar meinen Freundinnen.«

»Und Arnold.«

»Ja, aber das ist nicht das Schlimmste. Collin hat angerufen. Ich musste ihm versprechen, an Thanksgiving zum Abendessen zu Frank zu kommen, sie wollen mit mir über irgendetwas reden. Weißt du, wie lange es her ist, dass Collin das letzte Mal mit mir gesprochen hat? Jahre, Daegan, Jahre! Seit Stus Tod hat er kein Wort mehr mit mir gewechselt. Ich hatte fast den Eindruck, er würde mich für all die Probleme verantwortlich machen, und jetzt, *jetzt* will er bei Truthahn und Preiselbeersoße ein Schwätzchen mit mir halten?«

»Hör auf damit, Bibi, du regst dich wegen nichts und wieder nichts auf«, sagte Daegan, obwohl sich sein eigener Magen zusammenzog bei der Erwähnung seines Halbbruders – Collin, der Blonde, der Schöne, der Erwählte. Ach, Mist. »Schalt einfach einen Gang runter, hol tief Luft –«

»Hör auf, mich zu bevormunden, Daegan. Das haben Stuart, Daddy und Collin schon mein ganzes Leben lang getan, du musst mir nicht auch noch damit kommen!«

Er knirschte mit den Backenzähnen und wusste plötzlich, wie sich ein verwundetes Tier fühlen musste, das man in eine Ecke getrieben hatte, ohne eine Möglichkeit zur Flucht. »Ich werde mich hier um alles kümmern.«

»Das wäre auch besser«, fauchte sie, »denn wenn das Ganze nach hinten losgeht, werde ich dich dafür verantwortlich machen, Daegan.«

»Ich denke daran«, erwiderte er gedehnt, dann legte er auf und fuhr sich mit der Hand übers Gesicht. Bibi gingen die Nerven durch, doch sie hatte auch allen Grund dazu. Weshalb hing er hier noch herum? Warum setzte er diesem Wahnsinn kein rasches Ende?

Weil er es nicht wollte. Das Allerschlimmste war eingetreten. In den knapp drei Wochen seit Jons Zusammenstoß mit Todd Neider war der Junge regelmäßig zu ihm rübergekommen. Nicht nur um boxen, reiten oder den Umgang mit dem Gewehr zu erlernen, er hatte ihm auch dabei geholfen, den alten Grenzzaun abzustützen. Selbst der Hund war unter der Veranda hervorgekrochen und schlief nun auf einer Matte gleich neben der Tür. Wenn er Daegan sah, wedelte er mit seiner ausgefransten Rute.

Jon schien Daegan inzwischen richtig zu mögen, und dieser brachte es nicht übers Herz, das zarte Band zu zerstören, das sie gerade erst geknüpft hatten.

Am Anfang hatte er erwartet, dass Jon mit seiner Gabe sehr viel mehr über seine eigentlichen Beweggründe, die alte McIntyre-Ranch zu pachten, in Erfahrung bringen würde, doch bislang hatte er kein Wort darüber verloren. Ganz im Gegenteil – weder Kate noch er hatten seither über Zukunftsvisionen oder Einblicke in die Vergangenheit gesprochen, vielleicht war die Gabe schwächer geworden oder hatte sich gar ganz verloren. Vielleicht sprach der Junge aber auch einfach nicht mehr dar-

über. Auch Daegan hatte damals seine Einblicke in die Seelen anderer Menschen für sich behalten.
Bibi hatte recht. Früher oder später würde ihnen dieser ganze Schlamassel um die Ohren fliegen. Er musste sich überlegen, wie er vorgehen wollte, und zwar schnell. Roscoe folgte ihm ein wenig widerstrebend zur Scheune, wo Daegan die nächsten Stunden damit verbrachte, Zaumzeug und sonstige Ausrüstung zu reinigen. Dann mistete er die Boxen seiner beiden Pferde aus und füllte Hafer und Heu in ihre Futterbehälter. Während er mit dem Taschenmesser die Schnüre um die Heuballen aufschnitt, die er bei einem Rancher etwa fünfzehn Meilen entfernt gekauft hatte, dachte er an seine eigene Ranch am Fuß der Bitterroot Mountains und fragte sich, warum er sie gar nicht vermisste – das einzige Fleckchen Erde, das er je sein Zuhause genannt hatte. Er rief jede Woche bei seinem Vorarbeiter an, der ihm versicherte, dass alles gut laufen würde. Eine trächtige Kuh war an der Klauenseuche gestorben, aber der Rest der Herde war verschont geblieben und hatte sich nicht infiziert. Auch die anderen Tiere waren gesund. Er sollte zurückkehren und sein altes Leben wiederaufnehmen, aber inzwischen war er fast davon überzeugt, dass sein weiteres klägliches Dasein untrennbar mit Kate Summers, ihrem Sohn und diesem verfluchten Kaff verbunden war.
Bibis Anruf hatte ihn aufgeschreckt. Solange er hier, in der Nähe von Kate und Jon war, wirkte er wie ein hellloderndes Lagerfeuer in der nächtlichen Prärie, ein Leuchtfeuer, das VanHorn direkt zu Kates Haustür führen würde. Andererseits war er der Einzige, der sie zu beschützen vermochte. Niemand konnte voraussehen, was VanHorn vorhatte. Robert Sullivans Absichten lagen klar auf der Hand: Er wollte den Jungen in den Schoß der Familie zurückholen, und dafür würde er alles

tun. Die Gefühle von Kate oder ihrem Sohn scherten ihn einen Dreck.
Und dann waren da noch die Neiders. Todd würde erst aufhören, Jon zu terrorisieren, wenn sein Vater einen Riegel davorschob – der aber hatte Daegan seinen Standpunkt mehr als deutlich gemacht.
»Scheißkerl«, knurrte er und trat vor lauter Frust gegen einen Hafersack. Eine Ratte huschte quiekend durch ein Loch in den Bodendielen. Roscoe bellte nervös, Buckshot schnaubte.
Daegan blieb keine andere Wahl. Er musste seine Karten auf den Tisch legen und Kate die Wahrheit sagen. Sie würde zornig sein und verletzt und ihm vermutlich raten, er solle sich zur Hölle zu scheren – ein Ort, an dem er im Leben schon mehr als einmal gelandet war. Doch der Gedanke, sie nie mehr wiederzusehen, von seinem Sohn getrennt zu werden, bereitete ihm seelische Qualen. Vermutlich konnte er um das Sorgerecht kämpfen, doch dann würde sie ihn bis ans Ende seiner Tage hassen, und das ertrug er nicht.
Er trat vor die Scheune. Eisiger Wind blies ihm in den Rücken und kündigte den bevorstehenden Winter an. Ein paar vereinzelte Schneeflocken wirbelten durch die Luft, auf den Pfützen hatte sich eine dünne Eisschicht gebildet.
Er hörte Kates Wagen, bevor er ihn sah. Sofort schlug sein Herz schneller. Seit jenem Abend auf seiner Veranda, wo sie einander am liebsten auf der Stelle geliebt hätten, hatten sie Distanz gewahrt, zumindest körperlich. Sie war anscheinend genauso aufgewühlt gewesen wie er, und die paar Male, die sie einander zufällig begegnet waren, waren sie höflich, sogar freundlich zueinander gewesen, doch sie waren einander nicht nähergekommen, hielten die Leidenschaft, die sie in jenen wenigen Minuten überfallen hatte, fest unter Verschluss.
Kate bremste, stieß die Wagentür auf und sprang heraus. Mit

wehendem Haar kam sie auf ihn zugelaufen, ihre Stiefel knirschten auf dem Kies seiner Auffahrt. »Was glaubst du eigentlich, wer du bist?«, rief sie zornig. Ihre goldenen Augen sprühten Feuer.

Fast wäre Daegan das Herz stehengeblieben. *Sie weiß es. Irgendwie hat sie herausgefunden, warum du hier bist.*

Dicht vor ihm blieb sie stehen und stieß ihm ihren Zeigefinger in die Brust. »Du hattest kein Recht dazu, hörst du? Was fällt dir ein, dich ungefragt in meine Angelegenheiten zu mischen?«

»He, Moment mal – beruhige dich«, sagte er, bereit, sich zu verteidigen. Ob sie es glauben mochte oder nicht – Jon war genauso gut sein Sohn, immerhin war er der leibliche Vater!

»Ich weiß, dass du zu Carl Neider gefahren bist!«

Darum ging es also bei dieser Schimpftirade? Fast hätte Daegan vor Erleichterung gelacht, doch die Empörung, die sich auf ihrem schönen Gesicht spiegelte, hielt ihn davon ab. »Ist schon länger her.«

»Wann du da warst, spielt keine Rolle.«

»Ich war der Ansicht, Mr. Neider senior sollte erfahren, was sein Sohn so alles anstellt.«

»Und deshalb hast du ihm gesagt, er soll dafür sorgen, dass sich Todd von Jon fernhält.«

»Ich habe lediglich angedeutet, dass es womöglich nicht in seinem Sinne wäre, wenn sein Sohn weiterhin auf schwächere Kinder losgeht.«

»Aber –«

Daegan zog eine seiner dichten, dunklen Augenbrauen in die Höhe und sah, wie Kate ihren Mund zuklappte, die Arme in die Luft warf und sich von ihm abwandte. »Jon ist *mein* Sohn, nicht deiner«, sagte sie nach einem kurzen Augenblick des Schweigens, und er verspürte einen Stich im Herzen. *Ach,*

Mädchen, wenn du nur wüsstest. »Ich nehme an, das ist alles meine Schuld, weil ich einverstanden war, dass er so oft zu dir rüberkommt und dich belästigt –«

»Er belästigt mich nicht. Ich habe ihn gern um mich.«

Seine Worte klangen so ehrlich, dass sie einen tiefen, langgezogenen Seufzer ausstieß. Ihr Atem bildete eine kleine weiße Wolke in der kalten Luft. »Hör mal, Daegan, ich weiß es wirklich zu schätzen, was du für Jon tust. Und … nun, um ehrlich zu sein, fand ich es nett von dir – aufdringlich, aber nett –, dass du nachts auf unser Haus aufgepasst hast. Jon … Jon braucht manchmal jemand anderen als mich, zu dem er aufsehen kann, auf den er sich verlassen kann, nenn es, wie du willst. Trotzdem hast du nicht das Recht, zu Carl Neider oder sonst wem zu gehen und ihm zu drohen – oh!«

Er griff nach ihrem Handgelenk und drehte sie zu sich herum, seine Finger waren fest wie eine Handschelle. »Es musste etwas getan werden, Kate. Sheriff Sesselfurzer ist nicht bereit, auch nur den kleinen Finger krumm zu machen, das wissen wir beide. Er hofft darauf, dass sich die Situation von selbst löst, doch das wird nicht passieren, nicht mit Typen wie Neider.«

»Es hat keine weiteren Vorkommnisse gegeben …«

»Und das hat dich nicht gewundert?«

»Nein, ich –«

»Es ist nichts weiter passiert, weil Carl Neider verstanden hat, dass ich es ernst meine!«

Kate versuchte, ihre Hand zurückzureißen, doch er ließ sie nicht los.

»Ich hätte diejenige sein müssen, die mit ihm spricht«, beharrte sie. »Schließlich ist Jon mein Sohn, und –«

»– und du hättest natürlich riesigen Eindruck auf den Alten gemacht«, ergänzte Daegan und verzog den Mund zu einem rasiermesserdünnen Lächeln. »Neider hat mich schon verstanden.«

»Ganz Hopewell hat dich verstanden, nur ich nicht! Ich habe von einem meiner Studenten von deiner Aktion erfahren, Daegan. Kannst du dir vorstellen, wie überrascht ich war? Ich bin mir vorgekommen wie eine Idiotin, weil ich als Einzige keine Ahnung hatte!«

»Das war eine Sache zwischen Neider und mir.«

»Und was war mit Flo Cartwright, Neiders Freundin? Offenbar hat sie mitbekommen, wie du Carl einen Warnschuss gegeben hast.«

Daegan dachte an die Blondine, die hinter der Fliegengittertür des schäbigen Trailers gelungert hatte.

»Hopewell ist eine Kleinstadt, Daegan. Du hättest gar nicht erst zu Neider gehen sollen, aber da du es nun mal getan hast, hättest du mir zumindest davon erzählen können. Noch einmal: Es geht hier um meinen Sohn!« Sie schürzte frustriert die Lippen, und er sah ein ganzes Spektrum von Emotionen, die sich in ihrem Gesicht spiegelten. In diesem Augenblick schien sie nicht zu wissen, ob sie ihn hassen oder lieben sollte, und er hoffte, sie würde irgendeinen Mittelweg finden. Doch aller Wahrscheinlichkeit nach würde sie ihn hassen, was vermutlich besser war, als ihn zu lieben. Liebe würde doch nur in einer Katastrophe enden. »Du hast ihm gedroht.«

»Nicht ihm, sondern seinem Sohn«, entgegnete Daegan, zog sie dichter an sich heran und beugte sich ein Stück hinab, so dass seine Nase fast die ihre berührte. »Das ist die einzige Sprache, die solche Schlägertypen verstehen.«

»Du hattest keine andere Wahl?«, fragte sie.

»Nein, ich denke nicht.« Er atmete ihren Duft ein. Mein Gott, sie roch so gut, und der Anblick der Schneeflocken, die auf ihren Wangen schmolzen oder sich in ihrem Haar verfingen, brachte ihn fast um den Verstand. Seine Lippen öffneten sich leicht. Er sah, wie sich ihr Blick veränderte, Wut ging über in sehnsuchtsvolles Verlangen.

Seine Antwort erfolgte rasch und instinktiv.

»Zum Teufel«, knurrte er und schlang seine Arme um sie, dann eroberte er ihre vor Kälte blauen Lippen. Sie schien mit ihm zu verschmelzen, erwiderte seine Umarmung, als sei das die natürlichste Sache der Welt, ihr hämmernder Herzschlag wurde zum Echo seines eigenen.

Die Augen geschlossen, öffnete er mit seiner Zunge ihren Mund, schmeckte und kostete das samtige Innere.

Ein leises Stöhnen entrang sich ihrer Kehle, als er mit der Hand in ihr Haar griff und ihren Hinterkopf umfasste, während die andere unter ihrer Jacke nach ihren Brüsten tastete. Er rieb mit dem Daumen über ein Körbchen ihres BHs und spürte, wie die Brustwarze hart wurde und sich aufrichtete. Sein Blut fing an zu kochen, seine Haut prickelte vor Verlangen, sie zu spüren, und er stellte sich vor, wie sich ihr seidenweicher Körper in seiner ganzen Pracht dem seinen entgegenwölbte, wie sie ihm ihre Brüste entgegenreckte, reif und voll mit dunklen Spitzen, die ihn anflehten, daran zu saugen. Voller Leidenschaft würden sie übereinander herfallen und einander bis zur Erschöpfung lieben, heiß, die Körper schweißgebadet.

Er zog ihr die Bluse aus den Jeans und erklomm mit den Fingern ihre Rippen, dann öffnete er den Vorderverschluss ihres BHs.

»Oh, Daegan«, wisperte sie dicht an seinem Ohr. »Wir sollten besser nicht –«

»Ganz meine Meinung.«

»Ich meine … ich gehe jetzt besser nach Hause. Jon wartet auf mich … Daegan, bitte –«

Mit aller Willenskraft, die er aufbringen konnte, ließ er sie los und zog die Jeans über seinem schmerzhaft pulsierenden Schritt zurecht. Kate stieß einen langen, zitternden Seufzer aus, während sie sich mit beiden Händen ungeduldig durch die Haare strich.

»Ich fürchte, dazu bin ich noch nicht bereit«, gab sie zu, und die Ehrlichkeit in ihrem Blick versetzte ihm einen Stich in die Seele.

Er schloss die Augen und versuchte, seine wild galoppierenden Gefühle im Zaum zu halten, fest entschlossen, seinen gesunden Menschenverstand einzuschalten, der ihm schon durch so manche schmerzhafte, schwierige Situation in seinem Leben hindurchgeholfen hatte.

»Ich bin auch noch nicht bereit«, sagte er dann.

»Ich weiß nicht, ob ich jemals bereit sein werde«, gestand sie leise und sah zu ihm auf, dann ging sie über den Hof und an der Scheune vorbei zu dem alten Grenzzaun, der ihre beiden Grundstücke voneinander trennte. Daegan folgte ihr. Gegen einen der verwitterten Pfosten gelehnt, blickte sie durch die Baumreihe zu ihren Haus hinüber.

»Du liebst deinen Mann noch immer.«

»Nicht so, wie du denkst. Jim ist seit fast sechzehn Jahren tot. Ich erinnere mich nicht mal richtig, wie er ausgesehen hat, trotz der vielen Fotos von ihm. Erin, meine Kleine, wäre jetzt auf der Highschool, hätte ihren Führerschein und würde sich mit Jungs treffen …« Kate blinzelte, dann stieß sie sich von dem Pfosten ab und wandte sich wieder Daegan zu. »Es bringt nichts, diesen Gedanken auf ewig nachzuhängen. Ich habe ja immer noch Jon.«

Aber nicht mehr lange, dachte er mit einem beklommenen Gefühl. Wie sollte er ihr bloß die Wahrheit sagen? Wie sollte er ihr den Sohn wegnehmen? Doch wenn er es nicht tat, dann täte es Robert Sullivan mit seinem verfluchten Privatschnüffler.

»Sieht er seinem Vater ähnlich?«, fragte Daegan plötzlich.
Kate zuckte zusammen. »Wie bitte?«, stieß sie mit kaum hörbarer Stimme hervor.
»Du hast gesagt, du könntest dich nicht mehr richtig daran erinnern, wie Jim aussah. Sieht Jon ihm ähnlich?«
Sie biss sich auf die Lippe. »Nein, ganz und gar nicht.«
Sag's ihr. Jetzt ist der richtige Zeitpunkt! »Er kommt aber auch nicht nach dir.«
»Er hat Ähnlichkeit mit Jims Seite der Familie«, log sie. Ihre Gedanken wirbelten wild durcheinander. Warum wollte er das wissen? Und vor allem: Warum jetzt? Wie hatte sie nur so dumm sein können, das Gespräch auf Jim und Erin zu bringen! »Nach seinem Bruder. Jon kommt nach Jims Bruder. Meinem Schwager.«
Daegan blickte auf. »Wohnt er hier in der Gegend?«
»Nein, soweit ich weiß, lebt er nach wie vor in Iowa, aber wir haben den Kontakt verloren.« Ach du lieber Himmel, sie manövrierte sich soeben in den dicksten Schlamassel hinein, den sie sich nur vorstellen konnte. Sie dachte daran, wie sie Tyrell Clark geschworen hatte, sämtliche Verbindungen zu ihrer Vergangenheit zu kappen, und jetzt vertraute sie sich diesem Mann an – diesem Fremden, von dem sie so wenig wusste. »Ich muss jetzt wieder los«, sagte sie rasch und rieb sich die Hände, die so kalt waren wie die frostige Novemberluft. »Jon wird jede Minute nach Hause kommen, und ich möchte, dass er etwas isst und seine Hausaufgaben erledigt, bevor er auf die Idee kommt, bei dir vorbeizuschauen.«
»Er ist mir jederzeit willkommen«, sagte Daegan und blickte sie mit so aufgewühlten Augen an, dass ihr Puls in die Höhe schnellte. Mit pochendem Herzen stieg sie in ihr Auto, stellte Motor und Scheibenwischer an und fuhr zurück zu ihrem Haus, wobei sie immer wieder in den Rückspiegel sah,

um festzustellen, ob ihr jemand – Daegan oder sonst wer – folgte.

Jetzt werd mal nicht paranoid, tadelte sie sich selbst. *Nur weil er dir ein paar harmlose Fragen gestellt hat, muss er noch lange kein unheilvoller Fiesling sein.* Sie trat auf die Bremse und betrachtete ihr Gesicht im Rückspiegel. Die Wahrheit stand in ihren Augen geschrieben. Sie hatte keine Angst um Jon, nicht mehr. Sie hatte Angst um sich selbst, denn ob es ihr gefiel oder nicht: Sie war dabei, ihr Herz jenem Mann zu schenken, der in Eli McIntyres altes Blockhaus gezogen war.

»Sie kommen doch an Thanksgiving zum Abendessen zu uns, oder?«, fragte Jon, als er den Gurt von Locos Sattel löste. Der Graue schnaubte gutmütig.

»Lädt deine Mom mich ein, oder ist das deine Idee?«, fragte Daegan. Es war jetzt drei Tage her, dass er Kate das letzte Mal gesehen hatte, und die Einladung klang verdächtig nach Jon.

»Sie ist damit einverstanden.« Jon musterte ihn mit runden Sullivan-Augen, und Daegan brachte es nicht übers Herz, den Jungen zu enttäuschen.

»Klar, dann komme ich zu euch rüber«, sagte er und verspürte wieder das nagende Schuldgefühl, als er sah, wie sich ein freudiges Lächeln auf dem Gesicht des Jungen ausbreitete. Was würde Jon sagen, wenn er die Wahrheit herausfand, wenn ihm bewusst wurde, dass Daegan nicht nur sein Vater, sondern noch dazu ein Lügner war? Ein Mann, der womöglich sein Leben ruinieren würde?

»Gib mir bitte noch Bescheid, um welche Uhrzeit ich kommen soll.«

»Um vier. Wir essen gegen fünf, halb sechs.« Jon zog die Decke vom Rücken des Wallachs und warf sie über das Boxengitter. Der Graue schnaubte laut und suchte im Futterbehälter nach restlichem Hafer.

»Soll ich etwas mitbringen?«

Jon lachte. »Mom wusste, dass Sie das fragen würden, und meinte, Sie sollen einfach einen guten Appetit mitbringen.«

Unglücklicherweise hatte Daegan in Kates Nähe immer Appetit, allerdings nicht auf Truthahn. In letzter Zeit hatte er nahezu ständig an sie gedacht, hatte gehofft, sie wiederzusehen, und sich jede Menge Ausreden ausgedacht, um sie allein abzupassen. Seit Bibis Anruf war er auf der Hut gewesen, hatte in der Stadt auf Klatsch und Tratsch über mögliche Neuankömmlinge, Fremde oder Zuzügler gelauscht und wann immer möglich ein Auge auf Kates Zufahrt gehalten. Außerdem hatte er einen Freund in Boston angerufen, der für ihn Informationen über Neils VanHorn sammelte. Daegan wollte vorbereitet sein, wenn der Kerl hier aufkreuzte.

Und was dann?

Dann würde er verdammt noch mal die Wahrheit auf den Tisch legen. Egal, wie hoch der Preis dafür wäre. Er betrachtete den Jungen, der sein Sohn war. Jons Gesicht im matten Licht der einzigen Glühbirne verzog sich vor Konzentration, als er anfing, Locos schlammverkrustetes Fell zu striegeln. In diesem Augenblick sah er wesentlich jünger aus als fünfzehn, und Daegan verspürte den intensiven Drang, ihn zu beschützen. Er hatte so vieles versäumt – Jons erste Worte, seine ersten, unsicheren Schritte, die Chance, ihm beizubringen, wie man im Aufwind der Berge einen Drachen steigen ließ, wie man einen Zweikampf beim Football anging und wie wichtig es war, sein eigener Herr zu sein. Doch die größte Chance, die Daegan verpasst hatte, war es, seinem einzigen Sohn der Vater zu sein, den er selbst nie gehabt hatte. Sollte er wirklich auch den Rest von Jons Jugend versäumen – die wenigen Jahre, die noch blieben, bevor der Junge erwachsen war? Und was war mit Kate? Wollte er etwa den Rest seines Lebens in dem Wissen verbringen, dass sie eher auf ihn spucken als mit ihm reden würde? Wie sollte er Morgen für Morgen aufstehen, wenn er wusste, dass er die beiden niemals wiedersehen würde?

Jon hatte das Pferd fertig gestriegelt. Zusammen überquerten sie den eisigen Hof Richtung Haus. Drinnen teilten sie sich wie immer eine Cola. Sie setzten sich mit ihren Emaille-Bechern an den alten Holzofen, und Jon erzählte Daegan von seinem Leben.

»Und Neider lässt dich jetzt in Ruhe?«, fragte Daegan.

»Ja.« Jon blickte stirnrunzelnd in seinen Becher, dann kniff er nachdenklich die Augen zusammen, als würde ihm etwas auf der Seele lasten. Nach einer Weile sah er Daegan an, und Sorge lag in seinen blauen Sullivan-Augen. »Mom behauptet, Sie hätten mit Todds Vater gesprochen.«

»Das ist richtig.«

Jon biss sich auf die Lippe, doch er sagte nichts.

»Was denkst du?« Daegan legte den Absatz seines Stiefels auf den steinernen Ofenfuß.

»Ich hasse ihn.«

»Ich weiß.«

»Ich meine, ich hasse ihn so richtig, durch und durch.«

Daegan nickte und sah, wie Jon die Brauen furchte und die Lippen schürzte. »Todds Vater schlägt ihn.«

Daegan erwiderte nichts.

Jon blickte zu Boden. »Ich meine damit nicht, dass er ihm eine Ohrfeige verpasst oder so, ich meine, dass er ihn komplett zusammenschlägt, wenn er etwas in den Sand setzt.«

»Mein Gott.« Daegan empfand nichts als Zorn und Abscheu.

»Als er letzte Woche wieder zur Schule gekommen ist, habe ich beim Sportunterricht seine Beine gesehen; sie waren voller blauer Flecken. Und als ihn jemand gefragt hat, was passiert ist, hat er behauptet, er sei die Treppe hinuntergefallen.«

»Aber du hast ihm nicht geglaubt.«

»Nein.« Jon ließ die Cola in seinem Emaille-Becher kreisen und sah zu, wie die Eiswürfel gegeneinanderstießen. »Ich … ähm, Sie wissen doch, dass ich Dinge sehen kann – nicht immer, und manchmal täusche ich mich auch, aber für gewöhnlich bekomme ich einen sehr deutlichen Einblick …« Seine Stimme verklang. Er kaute nervös auf der Unterlippe. »Na ja, ich habe Todd berührt, um in ihn ›hineinschauen‹ zu können, wenn man das so nennen kann. Er hat schreckliche Angst … Todesangst, um genau zu sein, wenn sein Alter nach ein paar Bier nach Hause kommt. Todd schließt sich in seinem Schlafzimmer ein, aber sein Vater tritt einfach die Tür ein und schlägt ihn mit einem Gürtel windelweich. Todd weint nach seiner Mutter, aber die ist schon vor Ewigkeiten abgehauen. Sie hat wieder geheiratet und eine neue Familie, und sie ruft Todd niemals an oder besucht ihn.«

»Verflucht.« Die Vorstellung brachte Daegan zur Weißglut. »Kein Wunder, dass der Junge solche Schwierigkeiten macht. Was ist mit dem Jugendamt? Wenn du die blauen Flecken entdeckt hast, dann muss sie doch auch noch jemand anderes gesehen haben, ein Arzt oder ein Lehrer – hat denn der Sportlehrer gar nichts bemerkt?«

»Der Fußballtrainer.« Jons Augen wanderten von seinem Becher zu Daegan. »Doch der ist der Ansicht, jeder sollte ab und an etwas einstecken können. ›Nur so werden aus Jungs echte Männer‹, sagt er immer, aber das ist doch Unsinn.«

»Weiß Todd, dass du gesehen hast, was er durchmacht?«

»Klar. Deshalb hasst er mich ja so sehr. Er hat Angst, ich könnte etwas verraten und, na ja …« Jon rutschte verlegen auf seinem Stuhl hin und her. »Manchmal macht er mich tatsächlich so sauer, dass ich mit dem Erstbesten herausplatze, das mir in den Sinn kommt – vielleicht, weil ich hoffe, dass er aufhört, mich fertigzumachen, wenn ich den anderen verrate, was sein alter Herr mit ihm anstellt.«

»Und du hast ein schlechtes Gewissen deswegen?«

»Manchmal. Die anderen Kids lachen dann über ihn, und obwohl er es echt verdient hat, tut er mir leid. Ich weiß genau, wie er sich dann fühlt.« Jon nahm einen großen Schluck Cola, als sei seine Kehle plötzlich trocken.

»Und was sollen wir deiner Meinung nach tun?«, fragte Daegan und musterte den Jungen nachdenklich.

»Ich weiß es nicht, aber ich will nicht, dass Todd noch mehr Schwierigkeiten bekommt.«

»Was, wenn er wieder auf dich losgeht?«

»Dann werde ich ihn wohl selbst zusammenschlagen müssen«, erklärte Jon mit einem großspurigen Grinsen.

»Ach, und du denkst, das ist die Lösung?«

Das Grinsen wurde schief und erinnerte ihn so sehr an sein eigenes, dass ihm fast die Luft wegblieb. »Die beste, die wir im Augenblick haben.«

»Volltreffer!« Adrenalin schoss durch Neils VanHorns Adern. Johlend vor Begeisterung schlug er mit der Hand auf die Oberfläche seines Metallschreibtischs und lobte sich im Stillen dafür, dass er so ein hervorragender Privatdetektiv war. Er wäre Sullivans Geld wert.

VanHorn nahm einen Schluck von seinem Bier und lehnte sich auf dem Schreibtischstuhl zurück, um die Flasche auf seinem flachen Bauch zu balancieren. Ausdauer, Beharrlichkeit und Sturköpfigkeit zahlten sich eben doch aus. Ha! *Touché*, Beatrice, du versnobte Schlampe!

Endlich war er auf eine Goldader gestoßen, er konnte schon

spüren, wie sein Portemonnaie von Sekunde zu Sekunde dicker wurde. Er blickte wieder auf die Kopie von Bibis Flugreiseplan und fragte sich, was sie wohl vorhatte.
Mit zusammengekniffenen Augen nahm er einen weiteren Schluck und spürte, wie ihm das kalte Bier die Kehle hinabrann. Ungefähr zu der Zeit, zu der alte Herr begonnen hatte, aktiv nach seinem Enkel zu suchen, hatte Beatrice einen Kurztrip nach San Francisco unternommen, wo sie sich mit ihrem Doktorverlobten zu einem netten Wochenende getroffen hatte. Auf dem Weg an die Westküste hatte sie einen Zwischenstopp in Helena, Montana, eingelegt – nur für ein paar Stunden, trotzdem kam ihm das seltsam vor, zumal es jede Menge Direktflüge von Küste zu Küste gab.
Manchmal musste man in Denver, Chicago, Minneapolis oder Dallas zwischenlanden, aber in Helena, Montana? Niemals. Außerdem war Bibi bereits in Chicago umgestiegen, und anstatt von dort den Anschlussflug nach Seattle zu nehmen, war sie mit einer kleinen Maschine nach Backwater weitergeflogen. Zwei Stunden später war sie an Bord eines weiteren Flugzeugs gestiegen und diesmal zu ihrem endgültigen Ziel, San Francisco, geflogen. Es musste einen Grund für die Zwischenstopps geben, vor allem für den Kurzaufenthalt in Helena. Was hatte sie dort gemacht?
Jemanden getroffen?
Aber wen?
Er zog seinen Notizblock hervor und blätterte die hastig vollgekritzelten Seiten durch. Er hatte bereits herausgefunden, dass die einzige Person, die entfernt mit Bibi oder der Familie Sullivan in Verbindung gebracht werden konnte und innerhalb eines Fünfhundert-Meilen-Radius vom Flughafen lebte, Daegan O'Rourke war, Frank Sullivans außerehelicher Sohn, der – so ging das Gerücht – seinen Halbcousin Stuart umgebracht hatte.

Aber warum hätte Bibi mit O'Rourke reden sollen?
Wo lag die Verbindung? O'Rourke hatte sich vom jugendlichen Straftäter in einen Cowboy verwandelt – das musste man sich mal vorstellen: Jemand, der aus dem Süden von Boston stammte, wurde Cowboy! O'Rourke hatte weiß Gott Humor! Bibi war eine verblühende Bostoner Society-Tussi, eine reiche Geschiedene, die in Kürze einen stockkonservativen Arzt heiraten würde. Soweit Neils wusste, hatten Bibi und Daegan nichts miteinander zu tun, abgesehen davon, dass sie mit dem miesesten Hund aller Zeiten verwandt waren – dem guten alten Frank Sullivan.
Doch zurück zu Bibi. Warum sollte sie kreuz und quer durchs Land reisen, um sich mit Daegan O'Rourke zu treffen?
Er schrieb Daegans Namen auf den Notizblock und umkreiste ihn, einmal, zweimal, dreimal, während er sich den Kopf über mögliche Gründe zermarterte. O'Rourke hatte selbst für eine kurze Zeit als Privatermittler gearbeitet, vielleicht hatte Bibi ihn engagiert. Doch weshalb? Was sollte O'Rourke für sie tun? Ihren Freund ausspionieren? Nein! Gerade jetzt, wo Robert Sullivan ihn mit der Suche nach ihrem Kind beauftragt hatte? Zufall? Neils VanHorn gab nicht viel auf Zufälle.
Was dann?
Hatten die beiden ein Geheimnis miteinander?
Wusste er von dem Kind?
Neils hörte auf zu kritzeln und dachte so angestrengt nach, dass seine Schläfen zu pochen begannen. Alle anderen Spuren waren im Sande verlaufen. Er hatte versucht, Tyrell Clarks ehemalige Mitarbeiter zu kontaktieren – vergeblich. Selbst die Frauen, die als Sekretärinnen für ihn tätig gewesen waren, Rinda DuBois und Kate Summers, waren inzwischen aus der Gegend von Boston fortgezogen. Rinda lebte irgendwo in den Florida Keys und arbeitete für einen anderen Anwalt. Als er

sie anrief, hatte sie ihm mitgeteilt, seit fünfzehn Jahren weder etwas von Tyrell noch von Kate gehört zu haben.

Kate Summers hatte er noch nicht ausfindig machen können, es gab einfach zu viele Personen mit diesem Namen, aber er resignierte noch nicht. Sie hatte Boston kurz nach der Geburt dieses Kindes verlassen, und zwar noch *vor* Tyrell Clarks Tod. Vielleicht war sie Tyrells Geliebte gewesen, und vielleicht wusste sie etwas über seine illegalen Geschäfte, für die sich später die Steuerbehörde interessiert hatte, oder ... Moment mal, sie war mit *einem Baby* aus Boston fortgegangen?

»Mensch, VanHorn, du stehst aber wirklich auf der Leitung«, knurrte er laut und umkringelte ihren Namen auf seinem Notizblock. Sie würde bestimmt etwas wissen, aber er konnte weder sie noch ihre Familie aufspüren. Ihr Vater war tot, ihre tablettensüchtige Mutter ebenfalls, ihre Tante und ihr Onkel in Des Moines taten so, als sei sie nach irgendeiner grauenvollen Sünde vom Erdboden verschwunden, und ihre Schwester –

Die Schwester.

Wie hieß sie noch gleich? Linda? Lori? Nein, Laura. Laura hieß sie. Laura Rudisill oder so ähnlich. Neils hatte nicht weiter recherchiert, weil Kate, die nur kurz für Tyrell Clark gearbeitet hatte, viel zu unbedeutend war, um an einer Sache dieser Größenordnung beteiligt gewesen zu sein. Clark hätte seiner Empfangssekretärin wohl kaum die Wahrheit über Beatrice Sullivans Baby anvertraut. Oder war sie ungewollt darauf gestoßen – und hatte Boston deshalb verlassen? Hatte sie Clark mit ihrem Wissen erpresst oder war sie doch, wie Neils ursprünglich vermutet hatte, seine Freundin gewesen?

Bevor er jenen Ansatz weiterverfolgte, wollte er sich mit der guten alten Bibi und ihrem berüchtigten Halbcousin befassen. Daegan O'Rourke wäre ein guter Anfang. Irgendwo hatte er doch seine Telefonnummer notiert ... Er blätterte die Seiten seines Notizblocks durch, bis er auf die gesuchte Nummer stieß, doch er entschied sich dagegen, O'Rourke anzurufen. Es war besser, ihm einen Besuch abzustatten – dann konnte ihm O'Rourke nicht ausweichen. Ja, er wollte ihm lieber von Angesicht zu Angesicht gegenübertreten.

Neils ließ den Block auf den Schreibtisch fallen und trank die Flasche leer. Er würde seine geheime Komplizin informieren müssen, sehen, wie sie die Neuigkeiten aufnahm. Vielleicht konnte sie ihm sogar weiterhelfen.

Auf O'Rourkes Geschichte war er gespannt.

Er fuhr sich mit der Zunge über die Lippen, blickte auf seinen kaffeefleckigen Terminkalender und stellte fest, dass es nur noch zwei Tage bis zu den Feiertagen waren, was ihm irgendwie passend vorkam. »Frohes Thanksgiving, O'Rourke!«, knurrte er mit einem grimmigen Grinsen. »Bald schon wirst du mir dein Herz ausschütten.«

Kapitel neunzehn

Wann war es im November schon mal so kalt?, fragte sich Robert und griff nach seinen Handschuhen. Als er jünger gewesen war, hatte ihm der Schnee längst nicht so viel ausgemacht; Eis und Graupel hatte er als unangenehm empfunden, das ja, aber doch nicht als so lästig, und nie war er so durchgefroren gewesen wie jetzt. Seufzend griff er nach seinem Hut. Sein Chauffeur wärmte bereits den Wagen vor, als das Telefon klingelte.

»Ein Mr. VanHorn«, teilte ihm Royce, sein Butler, mit fragend hochgezogener Augenbraue mit.

Robert wäre fast das Herz stehengeblieben. Vielleicht gab es etwas Neues. »Ich nehme das Gespräch im Arbeitszimmer entgegen«, sagte er und fühlte, wie seine Handflächen zu schwitzen begannen. Immer wenn VanHorn anrief, um ihm Bericht zu erstatten, erwachten Roberts Lebensgeister, und er verspürte dieselbe gespannte Erwartung, die sich einstellte, wenn er eine bestimmte Herausforderung gemeistert, einen schwierigen Fall abgeschlossen oder zum ersten Mal die Nummer einer neuen jungen Frau gewählt hatte, die er seiner Reihe von Geliebten hinzuzufügen gedachte.

»Ja?«

»Es gibt gute Nachrichten.« Neils VanHorns Stimme klang selbstgefällig. Robert, den Hörer ans Ohr gepresst, sank auf seinen Schreibtischstuhl.

»Welche?«

»Ich glaube, ich bin dicht dran.«
Enttäuschung erstickte seine vorzeitige Euphorie.
»Ach, glauben Sie?«
»Lassen Sie mich konkreter werden: Ich friere mir gerade in einer Kleinstadt in Montana, irgendwo am Ende der Welt, den Hintern ab.«
»Wieso in Montana? Weshalb sind Sie dort?« Robert wagte es kaum, die Frage zu stellen: »Haben Sie meinen Enkel gefunden?«
Er meinte, ein leises Lachen durch den Hörer zu vernehmen.
»Ganz so einfach ist das nicht, aber Daegan O'Rourke besitzt ein Stück Land am Fuß der Berge –«
»Daegan O'Rourke? Was hat der denn mit der Sache zu tun?«
»Genau das versuche ich gerade herauszufinden.«
Robert hörte interessiert zu, während VanHorn ihm von Bibis jüngstem Abstecher nach San Francisco berichtete, und verspürte bei jedem Wort eine Mischung aus Hochgefühl und Furcht. Es hatte nichts Gutes zu bedeuten, wenn Daegan O'Rourke ins Spiel kam, das war immer schon so. Wäre Franks Bastard nicht gewesen, wäre Stuart heute vielleicht noch am Leben … Ach, Stuart, warum, warum, warum? Die altvertraute Leere machte sich in ihm breit. Frustriert ließ er den Kopf hängen. Er fühlte sich wie die Hülle des Mannes, der er hätte werden sollen, des Mannes, der vor Dutzenden von Jahren so bereitwillig in die Fußstapfen seines verstorbenen älteren Bruders getreten war. Was hätte William getan?, fragte er sich, während VanHorn weiterplapperte. In den vergangenen Wochen, seit der Diagnose seines Arztes, hatte er mehr an William gedacht, als ihm guttat, und er stellte fest, dass er seinem älteren Bruder einen schlechten Dienst erwiesen hatte.
»… ich bin mir selbst nicht ganz sicher, warum sie unter einer Decke stecken, aber ich werde es in Erfahrung bringen.«

»Augenblick mal. Beatrice und O'Rourke?«, wiederholte Robert und konzentrierte sich wieder auf das Gespräch. »Was für Verbindungspunkte sollten die beiden haben?«
»Genau das will ich ja herausfinden. Ich rufe wieder an, sobald ich mehr weiß.« Es klickte, dann war die Leitung tot.
Zum ersten Mal, seit er beschlossen hatte, seinen Enkel ausfindig zu machen, spürte Robert Unheil heraufziehen, eine Entwicklung, mit der er nicht gerechnet hatte. Ihm wurde kalt bis ins Mark. Trotzdem streifte er seine weichen Lederhandschuhe über seine arthritischen Finger. Er hatte schon ganz andere Stürme überstanden, persönliche Tragödien, die ihm fast das Herz aus der Brust gerissen hatten. Was immer VanHorn herausfinden mochte, die Familie und er würden den Schock verkraften. Dennoch musste er unweigerlich an die Büchse der Pandora denken und das Chaos, welches daraus erwuchs.
»Gib nicht nach«, murmelte er und machte sich auf den Weg in die Garage. »Zieh die Sache durch.« Als er an einem Kruzifix vorbeikam, das in der Nähe der Hintertür an der Wand hing, bekreuzigte er sich mit der geübten Geste, die ihm dank seiner sonntäglichen Kirchenbesuche seit nunmehr über sechzig Jahren in Fleisch und Blut übergegangen war. Diesmal jedoch verspürte er den bitteren Geschmack der Heuchelei auf der Zunge und hörte das dumpfe Geläut des Untergangs in seinen Ohren widerhallen.

»Wo ist Daddy?« Wades Augen, so blau wie ihre eigenen, starrten Alicia erwartungsvoll an. Er war groß für seine acht Jahre, blond und unglaublich intelligent.
Das ist eine gute Frage, dachte Alicia. »Er trifft sich nachher bei Oma und Opa mit uns.« Sie ging in die Knie und richtete seine Fliege, so dass sie exakt unter dem Kinn saß, dann musterte sie Jackett, Pullover, Hose und Hemd. Perfekt. Was für

ein kleiner Prinz! Gestärkt und gebügelt, die Anzugschuhe auf Hochglanz poliert. Gott, war er süß! Sie war so dankbar für ihren wundervollen Sohn, denn sie wollte nie wieder die Hölle einer Schwangerschaft durchleben. Es hatte ein ganzes Jahr gedauert, bis sie mit Hilfe von strikter Diät, hartem Training und mehreren Terminen bei entsprechenden Schönheitschirurgen zu ihrer alten Figur zurückgefunden hatte.

»Warum wohnt er nicht mehr hier?«

»Das tut er doch, Liebling, aber dadurch, dass er in Washington arbeitet, muss er oft dort sein. Dafür verbringt er das ganze Wochenende bei uns.« Sie lächelte und gab sich große Mühe, dass er nicht merkte, wie sie die Zähne zusammenbiss, wenn sie so tat, als sei sein Vater ein treuer Ehemann und liebevoller Vater. Ihr war das ohnehin egal. Ihre Ehe mit Bryan war von Anfang an eine Farce gewesen, aber sie hatte bekommen, was sie sich davon erwartet hatte: einen Sohn. Einen perfekten, brillanten Sohn, der ihr ganzer Lebensinhalt war, einen Sohn, der eines Tages die Leitung des gesamten Sullivan-Imperiums übernehmen würde. Ein Sohn, der Stuart oder Collin oder sonst wem bei weitem überlegen wäre. Sollte sich Bryan ruhig um den Verstand vögeln mit seiner kleinen Sekretärin – das war ihr völlig schnuppe.

»Komm, mein Schatz, der Fahrer wartet«, sagte sie und strich ihm eine widerspenstige Locke glatt. »Wir machen uns einen schönen Abend, und Daddy wird auch da sein.« Wenn nicht, wenn dieser Scheißkerl seinen Sohn schon wieder enttäuschte, dann würde sie sich von ihm trennen müssen. Er würde Wade nicht noch einmal weh tun. Niemand würde ihren kleinen Prinzen verletzen.

»Ich weiß nicht, wovon du sprichst«, sagte Bibi, leerte in einem Zug ihre Champagnerflöte und stellte sie auf der Glasplatte eines Rattantischchens ab. Sie saß in der Falle, in die Ecke gedrängt von Collin, der sich von seiner spindeldürren, argwöhnischen Frau losgerissen hatte, um sie im Wintergarten seines elterlichen Hauses zur Rede zu stellen.

Die Dämmerung senkte sich herab, und draußen, hinter den Glasscheiben, bedeckte eine dicke Schneeschicht die geflieste Veranda und Maureens im Sommer so prächtigen Garten. Dort, wo tagsüber die Sonne hingefallen war, lugten vereinzelte kleine Grasflecken durch den weißen Mantel. Eiszapfen, die aussahen wie die Zähne eines gewaltigen Kristallmonsters, hingen von den Dachvorsprüngen und tropften so langsam, wie die Minuten vorübertickten. Die ersten bleichen Strahlen des Mondlichts spiegelten sich in dem Eis, das sich über den Brunnen und Vogelbädern gebildet hatte, und warfen einen silbernen Schein in den immer dunkler werdenden Wintergarten.

Bibi fröstelte und wünschte sich, sie könnte einfach gehen, doch Collin, ihr einstmals edler Retter, stand im Türrahmen und versperrte ihr mit seinem schlanken, durchtrainierten Körper den Weg. Er schien in den letzten Wochen abgenommen zu haben, seine Haut wirkte blasser als sonst, seine Augen lagen tief in den Höhlen und flackerten, als leide er an irgendeinem Fieber. Bibi hatte sein angeschlagenes Aussehen auf die Scheidung geschoben, über die die Familienmitglieder hinter vorgehaltener Hand sprachen.

Alicia hatte Bibi schon vor Wochen erzählt, dass Collins Ehe auf der Kippe stand, dass Carrie die Scheidung verlangte und dass Frank vor Wut schäumte, weil Collin diesen Schritt tatsächlich in Erwägung zog. Es ging sogar das Gerücht, er wolle Collin aus seinem Testament streichen, aber das schrieb Bibi böswilligem Klatsch zu oder einem unangebrachten Optimismus von Alicias Seite.

»Verkauf mich nicht für dumm, Bibi«, warnte Collin und starrte sie durchdringend an. »Das ist nicht dein Stil, und selbst wenn – ich kann deine Gedanken lesen wie ein offenes Buch.«
»Ach, das kannst du?«
»Ja, zum Teufel!« Er schloss kurz die Augen und lehnte den Kopf gegen den Türrahmen. Er wirkte gequält, sein Gesicht war zu einer gepeinigten Maske verzerrt. »Hör mal, ich weiß, was du hier abzuziehen versuchst –«
»Ich ziehe gar nichts ab«, stellte sie klar und wünschte, sie hätte ihre Zigaretten bei sich, doch die lagen in ihrer Handtasche in der Küche. Was hätte sie darum gegeben, sich jetzt eine anstecken zu können!
Collin starrte auf den Perserteppich unter seinen Füßen und stieß einen unterdrückten Fluch aus, dann hob er ruckartig den Kopf und blickte ihr direkt ins Gesicht. »Ich weiß von dem Baby.«
»Das ist nicht gerade eine weltbewegende Neuigkeit, Collin. Alle in der Familie wissen inzwischen davon. Dafür haben VanHorn und mein Vater gesorgt.«
»Ja«, gab er zu und kräuselte die Lippen, wie er es immer tat, wenn er sich auf eine Sache konzentrierte. »Aber niemand sonst weiß, wer der Vater ist.«
Unwillkürlich zuckte sie zusammen. Collin wusste davon? Großer Gott, wie konnte das sein? Eiskalte Furcht schnürte ihr das Herz zusammen.
»Alle haben dir deine Lüge abgekauft, Bibi – bis jetzt. Bis VanHorn mit seiner Schnüffelei begonnen und entdeckt hat, dass es keinen Roy Panaker gibt. Jetzt rätselt die Familie, mit wem die liebe kleine Bibi damals wohl ins Bett gegangen ist.«
Seine Nasenflügel bebten. Das Tropfen der Eiszapfen wirkte unnatürlich laut in dem totenstillen Wintergarten.
»Wovon – wovon redest du eigentlich?«

Collin war mit seiner Geduld am Ende. »Ich weiß, warum du nicht willst, dass der Junge gefunden wird. Es geht nicht nur um Kyle und eure bevorstehende Hochzeit. Nein.« Kopfschüttelnd durchbohrte er sie mit seinen kalten blauen Augen. »Es steckt etwas ganz anderes dahinter, hab ich recht?«

Verdammt, wie hat er bloß davon erfahren? Ihre Welt ging in Scherben, und sie hatte nicht mal eine lausige Zigarette.

»Ich bin überrascht, dass du es mir nie gesagt hast. Ich hätte dir helfen können.«

Da war er wieder, der Collin ihrer Kindheit, ihr Held, der Junge, der sich im Bach hinter dem großelterlichen Haus den Anzug ruiniert und dafür Schläge kassiert hatte.

»Das konnte ich nicht«, flüsterte sie, wohl wissend, dass sie auch jetzt ihr Geheimnis bewahren musste.

»Aber ich war dafür verantwortlich, Bibi. Du hättest diese Schande nicht allein auf dich nehmen müssen.«

»Wie bitte?« Wieder hatte sie das Gefühl, etwas Entscheidendes zu verpassen.

»Ich weiß, wann das Baby zur Welt kam, und ich weiß, wann es gezeugt wurde. Ach Gott – ist das schwer. Trotzdem muss es einmal gesagt werden.« Er stieß sich vom Türrahmen ab und straffte die Schultern. »Du musst mir nichts vormachen. Ich weiß, dass der Junge mein Sohn ist.«

»*Dein* Sohn?«, flüsterte sie ungläubig. Die Welt um sie herum begann, sich zu drehen, ihre Ohren dröhnten. »Du denkst, er ist *dein Sohn?*«

»Gezeugt in der Nacht im Poolhaus –«

»Nein!«

»Nicht?« Jetzt war es an ihm, verblüfft dreinzublicken. »Aber – von wem ist er dann?«

»Ich dachte, das wüsstet ihr. Sein Vater heißt Roy –«

»Unsinn, Bibi! Ich war dabei!«

»Erinnerst du dich eigentlich daran, was in jener Nacht im Poolhaus passiert ist?«, fragte sie ihn. Glaubte er wirklich, sie und er hätten …?
»Ja. Zur Hölle, ich habe die ganze Zeit damit leben müssen.« Er fuhr sich mit beiden Händen durchs Haar und trat endlich von der Tür weg, als wüsste er, dass diese Worte genügten, um sie im Wintergarten zu halten. Er würde sie nicht länger mit körperlicher Gewalt an der Flucht hindern müssen. Entnervt sank er in einen dick gepolsterten Lehnsessel neben einem Rattanschaukelstuhl und dem dazu passenden Tisch, auf dem Bibis leere Champagnerflöte stand. »Menschenskind, Bibi, es tut mir leid. Stu und ich –«
»Ihr habt euch benommen wie echte Scheißkerle, ich weiß.« Sie musste nicht extra daran erinnert werden, wie tief die beiden sie gedemütigt hatten.
»Es steckt ein bisschen mehr dahinter.« Er ließ den Kopf in die Hände sinken und fuhr mit belegter Stimme fort: »Ich hätte alles getan, worum er mich bat, doch als er vorgeschlagen hat, dass du und ich … du weißt schon, damit er zuschauen konnte, wollte ich zunächst nicht mitmachen.«
»… aber dann hast du doch nachgegeben, wie immer«, sagte sie und spürte, wie der alte Schmerz in ihrer Kehle emporstieg und sie zu ersticken drohte. Sie räusperte sich.
»Wusstest du eigentlich, dass ich dich geliebt habe?« Seine Schultern sackten noch tiefer hinab.
»Du hast mich geliebt?«
»Ja«, gab er zögernd zu. Seine Stimme klang gequält, war kaum mehr als ein Flüstern.
»Und trotzdem hast du mich benutzt.«
»Seinetwegen. Ich weiß, dass das keine Erklärung ist, aber du verstehst vermutlich nicht, wie sehr mir daran gelegen war, ihm zu gefallen.«

»Weshalb du sogar in Kauf genommen hast, mich zu verletzen?« Endlich hob er den Kopf und blickte sie kleinlaut an. »Glaub mir, ich wollte dir nicht weh tun. Ich habe dich geliebt, auf meine Weise …«
»Dennoch hast du getan, was Stuart wollte.«
»Stu – er hat gern zugesehen.« Collin blinzelte.
»Und du hast gehorcht wie ein abgerichtetes Hündchen.« Sie ballte zornig die Fäuste. »Du rückgratloser Feigling, ich fasse es nicht.«
»Du verstehst nicht, Bibi. Ich habe auch ihn geliebt, aber auf eine andere Art und Weise als dich. Ich meine, ich war ihm hörig, hätte alles getan, *alles,* was er von mir verlangte.«
»Das ist keine Liebe, das ist krank«, flüsterte sie und betete im Stillen, dass er schweigen würde, doch Collin schien fest entschlossen, sich nach über fünfzehn Jahren alles von der Seele zu reden. »Als er gestorben ist, ist auch ein Teil von mir gestorben. Ich wollte doch nur, dass er meine Liebe erwidert!«
»Großer Gott.« Sie verspürte nichts als Ekel, als sie begriff, was er ihr klarzumachen versuchte. Plötzlich ergab alles einen Sinn, so viele Puzzleteile ihrer Kindheit, ihrer Freundschaft mit Stuart und Collin fügten sich zusammen. Sie hatte geglaubt, es ginge bloß um pubertäres Macho-Gehabe – dabei ging es um Sex. Stu und Collin waren ein Paar gewesen, ihr Bruder war nicht nur schwul, sondern noch dazu ein Spanner, der seine eigene Schwester dazu missbrauchte, sich aufzugeilen. Und sie hatte gedacht … Galle stieg ihr die Kehle hoch, fast hätte sie sich übergeben. Das durfte doch nicht wahr sein!
»Genau wie du dir wünschtest, ich würde deine Liebe erwidern«, fügte Collin hinzu.
»Sei still. Ich will das nicht hören«, stieß sie hervor und machte einen Schritt zurück. Bei der Erinnerung, wie sehr sie ihren älteren Cousin geliebt hatte, wie sie tief im Herzen der Über-

zeugung gewesen war, sie wären wie füreinander geschaffen, verging sie innerlich. Warum nur hatte sie nichts geahnt? Stuart musste sich schiefgelacht haben über ihre naiven Versuche, Collin zu verführen!
»Das war der Grund, warum ich erst nicht konnte«, erklärte er, als sei sie ein Priester, bei dem er die Beichte ablegen könnte, während sie noch damit kämpfte, das Ausmaß seines Geständnisses zu erfassen. »Doch dann sah ich Stu im Flur stehen und uns beobachten, ein Glas Bourbon in der Hand.«
»Dieser Spanner!«, schrie Bibi nahezu hysterisch. Vor ihrem inneren Auge sah sie sich selbst auf dem Bett im Poolhaus, im Schein der Nachttischlampe. Heiß, erregt, konnte sie es kaum erwarten, dass Collin sie nahm, obwohl sie wusste, dass das nicht richtig war. Sie durchlebte noch einmal die abgrundtiefe Demütigung, den Schmerz, ihre grauenvolle Verlegenheit.
»Stuart hat im Dunkeln gelauert wie ein Voyeur, um sich einen runterzuholen, wenn seine Schwester versucht, ihren Cousin zu verführen – seinen Geliebten.«
»Wir waren nie ein Paar«, gab Collin mit Tränen in den Augen zu. »So weit hat er es nie kommen lassen, hat mir nie erlaubt, ihn zu berühren. Er wollte es, so wie er alles wollte, was außerhalb der strikten Moralvorstellungen seines Vaters lag, aber er brachte es nicht einmal über sich, mich zu küssen.« Collin sackte, erschöpft von diesem Geständnis, auf seinem Polsterstuhl zusammen. Seine Stimme zitterte, so aufgewühlt war er. »Er war zweifelsohne die Liebe meines Lebens.«
»Und deswegen warst du bereit, mit mir ins Bett zu gehen – bloß um ihm zu gefallen!«, rief Bibi, entsetzt über das Maß an Abgebrühtheit, das es brauchte, um einen derart niederträchtigen Plan in die Tat umzusetzen.
Er nickte unglücklich. »Wie ich schon sagte: Ich hätte alles für ihn getan.«

»Sogar eine Frau vögeln.« Sie schlang die Arme um ihre Taille, wie um sich selbst zu schützen, und fing an zu weinen.

»Nicht irgendeine Frau«, sagte er mit gebrochener Stimme, »sondern die einzige Frau, die mir wirklich etwas bedeutete, die einzige, der ich auf keinen Fall weh tun wollte. Das war ja der Grund, warum er wollte, dass ich es mit dir tue. Weil er wusste, wie wichtig du mir bist. Weil er wusste, dass du in mich verliebt warst.« Er schüttelte den Kopf. In seine Niedergeschlagenheit mischte sich Zorn. »Er wollte, dass ich ihm meine absolute, unsterbliche Treue beweise.«

»Das ist krank –«

»Ja.«

»Stuart war berauscht von Macht. Kontrolle und Macht.« Collin schluckte. »Ich wollte nur, dass er mich liebt. Mein Gott, Bibi, mir ist das nicht leichtgefallen. Ich wollte dich wirklich nicht verletzen. Ich hab's für Stuart getan. Für unsere Liebe. Ich habe nicht kapiert, dass jemand wie er gar nicht lieben konnte. Verdammt, ich wollte nicht, dass das passiert.«

»Es ist nicht passiert«, sagte sie. Endlich verstand sie seine Motive, und Mitleid trat an die Stelle von Zorn. Auch er war ein Opfer ihres Bruders gewesen.

»Natürlich ist es das.«

»Nein, Collin«, beharrte sie. Trotz allem wollte sie nicht, dass er wegen etwas litt, das er nicht getan hatte. Obwohl er sie zutiefst gekränkt hatte, durfte er nicht glauben, der Vater ihres Kindes zu sein. Sie ging zu ihm hinüber und legte ihm eine Hand auf die Schulter. Er zuckte zusammen.

»Du lügst.«

»Hast du nicht gerade behauptet, du würdest mich mühelos durchschauen, meine Gedanken lesen können wie ein offenes Buch?«

Er blickte mit tränennassen Augen zu ihr auf, und sie küsste ihn auf die Wange, schmeckte das Salz auf seiner Haut.
»Erinnerst du dich an jene Nacht, an das, was passiert ist?«
»An das meiste zumindest. Stu hat später meine Lücken gefüllt.«
»Und er hat dir erzählt, du und ich … wir hätten es miteinander getrieben.«
»Ja.« An seinem Kinn zuckte ein Muskel.
»Ach, Collin.« Sie ging neben ihm in die Knie und zog seinen Kopf an sich. »Stuart hat gelogen. Du konntest nicht. Entweder warst du zu betrunken oder nicht erregt genug. Ich – ich habe alles versucht, um dich in Stimmung zu bringen, und dann habe ich meinen Bruder gesehen, und du … du bist eingeschlafen, und Stuart und ich hatten den Streit des Jahrhunderts. Ich bin abgehauen und …«
»… und ich bin in Stuarts Armen aufgewacht. Er lächelte mich an, sagte, ich hätte mich tapfer geschlagen, und auch wenn du jetzt sauer auf uns beide wärst, wäre er so scharf geworden, dass er mich jetzt ebenfalls wolle. Ich versuchte, ihn zu küssen, doch er stieg aus dem Bett, nannte mich ›Liebling‹ und behauptete, man würde uns auf der Party vermissen. Ich Esel dachte, jetzt hätte unsere Liebe eine Chance, dabei manipulierte er mich lediglich, wie immer, zog seine Strippen, spielte mit meinen Emotionen und behandelte mich genauso, wie ich dich behandelt hatte. Und innerhalb einer Woche …« Wieder liefen ihm Tränen über die Wangen. Mit erstickter Stimme stieß er hervor: »Binnen einer Woche war er tot.« Er ließ eine Hand aufs Knie fallen. »Und jetzt, Jahre später, erfahre ich, dass du schwanger warst – dass du das Baby neun Monate nach jener Nacht zur Welt gebracht hast. Für mich war klar, dass ich dich geschwängert hatte –«
»Ich bin kurz darauf schwanger geworden, nicht in jener

Nacht. Du bist nicht der Vater, Collin.« Sie nahm seine Hand und drückte sie. »Glaub mir. Ich weiß es ganz sicher.«
Erleichterung zeichnete sich auf seinen schönen Zügen ab. »Mein Gott, Bibi, ich war ein solches Arschloch. Ich habe echt kolossalen Mist gebaut.«
Dem war nicht zu widersprechen.
»Ich bin überrascht, dass du überhaupt mit mir redest.«
»Du hast mich dazu gezwungen«, sagte sie, doch sie lächelte.
»Aber wer ist der Vater des Kindes?«
»Das weiß niemand, und außerdem ist es nicht von Belang. Es geht nur mich etwas an. Wir müssen lediglich dafür sorgen, dass das Kind nicht gefunden wird. Wenn doch, dann ist mein Leben, dein Leben und das des Jungen ruiniert.«
Collin schnaubte. »Mir ist es völlig gleich, ob ich der nächste Kronprinz der Familie werde oder nicht. Der ganze Quatsch interessiert mich nicht. Das war Stuarts Rolle. Er hätte der Erbe sein sollen.«
»Genau wie Onkel William«, sagte Bibi und sprach einen Gedanken aus, der ihr seit Jahren zu schaffen machte. »Findest du es nicht seltsam, dass immer der Älteste stirbt?«
»Den Gedanken würde ich lieber nicht weiterverfolgen«, warnte Collin sie. »Der Nächste in dieser Erbfolge ist dann nämlich der Sohn, den du weggegeben hast.«
Unbehagen breitete sich ihr aus. »Noch ein Grund, dass er da bleibt, wo er ist.«
Collin strich ihr zart über die Wange. »Weißt du, Bibi, wenn ich nicht schwul wäre, wärst du die einzige Frau für mich.«
»Was ist mit Carrie?«
»Meine Frau?«, fragte er in einem Ton, als habe er plötzlich einen schlechten Geschmack im Mund. »Sie ist frigide.«
»Aber –«
Er schüttelte den Kopf. »Wir hatten beide unsere Gründe, die-

se Ehe einzugehen. Ich habe sie geheiratet, weil mir mein Vater aufs Dach gestiegen ist. Ich war jung und dumm genug zu glauben, ich müsse ihm gefallen.«

»Und sie?«

»Ihre Familie hatte ihr Vermögen verloren. Sie konnte die Vorstellung nicht ertragen, plötzlich arm zu sein, also haben wir eine Abmachung getroffen. Genau wie damals meine Mutter und mein Vater. Was für eine Ironie!«

»Und warum wollt ihr euch jetzt scheiden lassen?«

Er lachte trocken. »Es ist verdammt schwer, eine Lüge zu leben, Bibi, aber das weißt du wohl am besten, hab ich recht?«

»Ja, bei Gott, das weiß ich.«

»Ich schätze, du weißt sogar, wo dein Junge steckt.«

Sie durfte ihm nicht vertrauen, schon gar nicht, wenn es um ein Geheimnis solcher Größenordnung ging. »Nein, das weiß ich nicht«, log sie und verspürte einen Anflug von Zärtlichkeit für den Jungen, der Collin einst gewesen war, für den Jungen, den sie vor so langer Zeit geliebt hatte. »Ich weiß es nicht, und ich bete zu Gott, dass ich es auch niemals erfahre.«

Sie vernahmen ein leises Klopfen, dann wurde die Tür geöffnet. Grelles Licht aus dem Gang fiel in den dämmrigen Wintergarten und ließ Collin und Bibi auseinanderfahren. »Bibi?«, fragte Kyle, eine dunkle Silhouette im hellen Türrahmen. Er runzelte leicht die Stirn, als Bibi sich rasch aufrichtete und von Collins Stuhl zurücktrat. Sie fühlte sich schuldig wie die Sünde, was Kyle sofort spürte. Mit vorwurfsvoll gefurchten Brauen fragte er: »Könnte mir mal jemand erklären, was zum Teufel hier vorgeht?«

*

»So, dann ist deine Mom also nicht nur hübsch, sondern kann noch dazu kochen«, sagte Daegan und zwinkerte Jon über den

Tisch hinweg zu. Kate hatte den Truthahn aufgetragen, dazu Schüsseln mit kandierten Süßkartoffeln, Bratensoße, Füllung, Kartoffeln, Erbsen und Preiselbeersoße.

»Gib acht, Jon, Daegan trägt so dick auf, dass wir vermutlich Stiefel brauchen, um durch seine Schleimereien zu waten!«

»Mom!«, rief Jon gespielt empört. Seine Augen funkelten fröhlich wie jedes Mal, wenn sie aus ihrem Ich-bin-die-stets-so-kontrollierte-Mom-die-niemals-aus-ihrer-Rolle-heraus-fällt-Modus ausscherte.

»Na schön, vielleicht hab ich ein bisschen zu dick aufgetragen, damit sie nicht merkt, dass es ein kleines Problem mit dem Essen gibt.«

»Ach?« Kate zog eine Augenbraue hoch. Sollte er es tatsächlich wagen, ihr Meisterwerk in Frage zu stellen, mit dem sie tagelang beschäftigt gewesen war, auch wenn sie das natürlich nie zugegeben hätte? Seit Jon ihr verkündet hatte, er habe Daegan zum Essen eingeladen, hatte sie sich alle Mühe gegeben, damit auch wirklich alles perfekt wurde. Wie albern von ihr! Typisch Frau.

»Es reicht nicht.«

Jon hätte sich fast an einem Bissen Füllung verschluckt.

»Es reicht nicht?« Kate stemmte einen Ellbogen auf den Tisch, stützte ihr Kinn mit der Hand ab und starrte ihn fragend an.

»Nun, nicht, wenn du vorhast, die Leute in der Stadt morgen mit den Resten zu füttern.«

»Sehr komisch«, gab sie zurück, doch ihre Augen funkelten.

Daegan nahm sich einen Zahnstocher aus dem kleinen Glasbehälter auf dem Esstisch und steckte ihn in den Mundwinkel.

»Finde ich auch.«

»Ich auch«, pflichtete ihm John bei, dem es äußerst wichtig war, Daegan bei den Auseinandersetzungen mit seiner Mutter auf seiner Seite zu wissen.

»Schon gut, schon gut, wir wollen nicht streiten«, sagte diese beschwichtigend, schob ihren Stuhl zurück und stellte fest, dass es das erste Thanksgiving war, das Jon und sie nicht allein verbrachten. Ostern vor zwei Jahren hatte Laura sie zum letzten Mal besucht. Ihr Junge hatte nie Großeltern, Tanten, Onkel, Cousins und Cousinen um sich gehabt, geschweige denn Geschwister. Einen Vater schon gar nicht. Immer hatte es nur sie beide gegeben. Manchmal war es fast zu viel für sie, bei der Erziehung des Jungen stets auf sich gestellt zu sein, doch dann war sie wiederum stolz, alles allein geschafft zu haben. Heute aber war es anders. Sie genoss es, dass Daegan bei ihnen war, und hatte sogar ein elfenbeinfarbenes Tischtuch auf den alten Esstisch gelegt, in dessen Mitte ein Körbchen mit Zierkürbissen, Kerzen und Herbstblumen stand. Im Esszimmer war es warm und gemütlich. Zum ersten Mal seit langer, langer Zeit verspürte sie so etwas wie Zufriedenheit. Die nagende Unruhe, die sie permanent quälte, hielt sich an diesem Spätnachmittag in Grenzen, und obwohl es draußen bitterkalt war und Schneeflocken aus den bleigrauen Wolken rieselten, fühlte sie sich in Daegans Anwesenheit sicher und geborgen.

»Wir könnten den Nachtisch vor dem Kamin essen«, schlug sie vor und nickte Richtung Wohnzimmer. »Jon, hilfst du mir schnell, den Tisch abzuräumen?«

»Ach nein, Mom, es ist Feiertag!«

»Ich helfe dir«, sagte Daegan.

»Kommt nicht in Frage!«, rief Jon entsetzt. »Sie sind doch unser Gast!«

»Das ist richtig«, pflichtete Kate ihrem Sohn bei. »Du musst mir nicht –«

»Das ist doch wirklich keine große Sache. Ich bin es gewohnt, aufzuräumen. Und du«, wandte er sich an Jon, »lässt jetzt end-

lich mal das alberne ›Sie‹ weg. Für dich bin ich künftig Daegan, einverstanden?«
Kate sah, wie der Junge rot wurde vor Stolz und Freude. Wie sehr er doch eine Vaterfigur wie Daegan gebraucht hatte, besonders nach dem Tod des alten Eli!
Daegan schob seinen Stuhl zurück und räumte Teller und Besteck zusammen.
»Das ist aber keine Männerarbeit«, gab Jon zu bedenken.
»Solche Sprüche kannst du dir sparen«, tadelte Kate ihn ungehalten.
»Manchmal hat man das Glück, eine Frau zu finden, die so etwas für einen erledigt, aber selbst dann sollte man sehr vorsichtig sein«, schaltete sich Daegan ein. »Manche Frauen werden stinksauer, wenn Männer glauben, sie seien für bestimmte Dinge zuständig, ganz besonders, wenn es um den Haushalt geht. Ich kann das gut nachvollziehen.« Zu Jons Entsetzen nahm Daegan das Geschirr und trug es in die Küche.
»Aber –«
»Nun, Jon«, sagte er, »auch für deine Mutter ist Feiertag.«
»Hat dir das dein Vater beigebracht?«, fragte Jon neugierig.
Ein Schatten huschte über Daegans Gesicht, dann wurden seine Züge hart. »Nein, meine Mutter«, antwortete er so leise, dass Kate ihn kaum verstehen konnte. »Doch das ist schon viele Jahre her. Meine Mutter spricht nicht mehr mit mir.«
»Warum nicht?«, fragte Jon.
»Wegen etwas, das ich vor sehr, sehr langer Zeit getan habe«, gab er stirnrunzelnd zu.
»Und was?«
»Jon, das geht dich nichts an«, bremste Kate ihren allzu neugierigen Sohn.
»Schon gut«, sagte Daegan, ging hinüber in die Küche und stellte das Geschirr in die Spüle. Kate folgte ihm mit den Res-

ten des Truthahns, den sie auf dem Tresen abstellte. Jon war hinter ihr hergekommen.

»Mein Vater war ein Dreckskerl erster Güte. Er hat meine Mom nie geheiratet. Nein, er war mit einer anderen Frau verheiratet, ist aber immer wieder zu uns gekommen und hat seine Frau mit meiner Mutter betrogen – oder umgekehrt.« Sein Blick streifte Kate, dann schaute er aus dem Fenster und schob seine Hände in die Hosentaschen. Kate glaubte nicht, dass er die winzigen eisigen Flocken sah, die vom Himmel rieselten, oder bemerkte, wie dunkel es inzwischen geworden war, so tief war er in Gedanken versunken – gefangen in schlechten Erinnerungen. »Ich habe ihm das sehr verübelt und bin schließlich mit ihm in Streit geraten. In eine sehr heftige, tätliche Auseinandersetzung. Und meine Mutter …« Er presste die Kiefer zusammen. Der Muskel an seinem Kinn, den Kate inzwischen so gut kannte, begann wieder zu zucken. »Meine Mutter hat zu ihm gestanden, obwohl er sie geschlagen und behandelt hat wie Dreck.« Er stieß die letzten Worte hervor, als hinterließen sie einen fauligen Geschmack in seinem Mund. »Du hast mich einmal gefragt, ob ich jemanden umgebracht habe, Jon.«

Jon schluckte und nickte dann.

»Ja.«

»Ich habe dich nicht belogen. Ich habe in meinem Leben noch nie jemanden umgebracht, aber ich habe einmal versucht, diesen Dreckskerl von Vater zu töten, habe eine Waffe auf ihn abgefeuert, aber ich habe danebengetroffen.«

»Ach du Scheiße!«

Kate war so entsetzt, dass sie ihren Sohn nicht einmal zurechtwies. Stattdessen stützte sie sich Halt suchend am Küchentresen ab. »Du liebe Güte«, stotterte sie und spürte, wie sie anfing zu zittern.

»Und seitdem spricht deine Mutter nicht mehr mit dir?«, fragte Jon, die Augen rund wie Untertassen.
»Ich habe versucht, mit ihr zu reden, doch das war eine Einbahnstraße. Lass uns jetzt lieber das Thema wechseln.«
»Wann hast du sie das letzte Mal gesehen?«, bohrte Jon ungeachtet Daegans Bitte weiter.
»An dem Tag, an dem ich ausgezogen bin. Wie gesagt: Das ist schon sehr lange her.«
»Aber was ist, wenn sie krank wird? Was, wenn –«
»Dann wird mich bestimmt jemand informieren«, sagte Daegan und räusperte sich. Was war nur in ihn gefahren, dass er sich den beiden so weit öffnete? Zum Teufel, er stand kurz davor, diese kleine Familie zu zerstören, da hatte er bestimmt nicht das Recht, Mitgefühl für seine eigene traurige Kindheit einzufordern. Kate blinzelte, als kämpfe sie gegen die Tränen an. Mein Gott, er machte die Sache bloß immer schlimmer! Er hatte sich einlullen lassen von dem Gefühl, an diesem einen Nachmittag Teil einer echten Familie zu sein. Ein wunderbares Gefühl – aber es durfte nicht sein. Also gab er sich einen kräftigen inneren Ruck und sagte: »Ich werde jetzt besser aufbrechen.«
»Aber der Nachtisch –«, wandte Kate ein und deutete auf zwei Pies, die am Fenster abkühlten. Apfel und Kürbis, dem Aussehen nach zu urteilen.
»Und du wolltest mir zeigen, wie man Doppelkopf und Poker spielt«, erinnerte Jon ihn.
»Ein andermal.« Daegan bekam Mitleid, als er die Enttäuschung im Gesicht des Jungen sah. Kate gab sich alle Mühe, ihre eigene Enttäuschung zu verbergen, doch sie stand in ihren Augen geschrieben.
»Danke, danke für alles.« Sein plötzlicher Aufbruch wirkte wie eine Flucht, und das war er auch. Jon und Kate kamen ihm

zu nahe, fingen an, ihm zu viel zu bedeuten. Kerzen, Blumen, Kürbisse, ein Festessen – das alles war viel zu familiär für Daegan, der nie eine Familie gekannt hatte.

»Daegan – geh nicht«, bat Kate. Ihre Stimme wirkte wie Balsam auf seine verletzte Seele. »Es ist Thanksgiving.«

»Ja, bitte. Bleib.« Jons Stimme. Die Stimme seines Sohnes. Jon war sein eigen Fleisch und Blut, auch wenn das niemand wusste. Wenn er ein richtiger Mann wäre, ein echter Vater – der das Wohl seines Sohns über sein eigenes stellte –, wäre er jetzt hinausmarschiert, nach Boston zurückgekehrt und hätte Robert Sullivan die Wahrheit gesagt. Wenn Robert dann immer noch darauf bestand, den Jungen zu sich zu holen, so hätte er zunächst an Daegan vorbeigemusst und sich auf einen Skandal gefasst machen müssen, der so groß und so beschämend würde, dass er sich nie wieder in den elitären Kreisen blicken lassen konnte, in denen er für gewöhnlich verkehrte. Jon hätte nie davon erfahren, und Kate hätte nicht um ihren Jungen bangen müssen.

»Bis bald«, sagte Daegan und ging zur Eingangstür, wo seine Jacke an dem hölzernen Garderobenständer hing.

»Frohes Thanksgiving«, sagte Kate, und er drehte sich zu ihr um, um in ihre besorgten, whiskeyfarbenen Augen zu blicken. Sein Herz zog sich schmerzhaft zusammen, als sein Blick weiterschweifte zu seinem Sohn, der ihn enttäuscht und vorwurfsvoll anschaute.

»Euch auch.« Er nahm seine Jacke vom Garderobenständer und fuhr in die Ärmel.

Als Daegan die Hand nach dem Türknauf ausstreckte, sprang Jon nach vorn und berührte seine Hand. Haut auf Haut. »Du gehst«, sagte er anklagend.

»Ja.«

»Aber nicht bloß für heute.«

»Früher oder später muss ich weiterziehen.«

»Wohl eher früher, hab ich recht?«
»Vermutlich.«
Kate gab ein ersticktes Geräusch von sich. Daegan schaute sie über Jons Schulter hinweg an und hasste sich, als er sah, wie weh er ihr damit tat.
»Warum?«, fragte sie.
»Es ist an der Zeit.«
»Du bist ein Bastard«, schimpfte Jon und trat einen Schritt zurück, als Daegan die Tür öffnete. Ein eisiger Luftschwall wehte ins Haus.
Daegan schlug seinen Kragen hoch, trat auf die Veranda hinaus und schlug die Tür hinter sich zu. »Da hast du recht, Jon«, sagte er in den trüben, kalten Spätnachmittag hinein. »Du weißt gar nicht, wie sehr du damit recht hast.«

Kapitel zwanzig

»Du kleiner Scheißkerl!« Todd Neiders Stimme, ein harsches Flüstern, schien von den Schließfächern widerzuhallen. Jon, der bereits spät dran war, blieb wie erstarrt stehen.
»Halt dich von Jennifer fern.«
Mit den Zähnen knirschend, wandte sich Jon um und erblickte Todd, der auf ihn zugeschlendert kam. Der ältere Junge sah aus wie ein zorniger Stier, seine Augen sprühten Funken, seine Nasenflügel bebten, als habe er etwas Fauliges gerochen. Sein schwarzes T-Shirt war so straff gespannt, dass es kaum seinen Bauch bedeckte.
Weich nicht zurück. Lass dich nicht von ihm herumschubsen.
»Du hast mir nicht zu sagen, was ich tun soll.«
Zwei Highschool-Drittklässler blieben auf halbem Weg die Treppe hinauf stehen, als würden sie den Kampf riechen, der in der Luft lag. Sie riefen ein paar anderen Kids etwas zu, die sich vor den Spinden in der Nähe der Sporthalle versammelten und zu ihnen herüberstarrten. Der Geruch der Umkleideräume – Schweiß und Desinfektionsmittel – wurde überlagert von dem Geruch der Angst. Jons Angst. Am liebsten hätte er die Beine in die Hand genommen und wäre gerannt, so schnell er nur konnte, doch es war an der Zeit, sich zur Wehr zu setzen.
Es gongte vernehmlich, doch die Kinder blieben stehen, um zuzuschauen, wie Todd den Irren fertigmachen würde.
»Sie will nichts mit einem Spinner wie dir zu tun haben«, knurrte Todd. »Niemand will das.«

Zum ersten Mal glaubte Jon ihm nicht. Jennifer Caruso hatte ihm eine Nachricht zugesteckt – nur ein paar freundliche Sätze, aber immerhin –, und diese Nachricht war jetzt sicher in seinem Portemonnaie verwahrt. Sie hatte ihn gebeten, sie anzurufen, und niemand, nicht einmal Todd mit seinem Ich-werde-dich-windelweich-prügeln-Gesicht, würde ihn davon abhalten können. Alles in allem ging es ihm sowieso nicht so gut, denn er wusste, dass Daegan die alte McIntyre-Farm bald verlassen würde. Seit fünf Tagen hatte er kein Wort mehr von ihm gehört, doch Jennifers Nachricht hatte seine Laune verbessert. Neider würde daran nichts ändern.
»Ich denke, Jennifer kann ihre eigenen Entscheidungen treffen.«
»Du gehst ihr auf die Nerven.«
»Kann nicht sein«, entgegnete Jon. Er entdeckte Dennis Morrisey und Joey Flanders, die sich beim Trinkbrunnen herumdrückten und verstohlene Blicke über die Schultern warfen, zu feige, um selbst etwas zu unternehmen, doch begeistert darüber, dass Todd vorhatte, mit harten Bandagen zu kämpfen. Nun, diesmal würde Neider eine Überraschung erleben. Jon war bereit. Nicht nur dass er wieder etwas mehr über den Grobian erfahren hatte, als dieser ihn vor ein paar Tagen gegen die Wand des Medienraums geschubst und Jon dadurch einen Einblick in seine Seele gewährt hatte, nein, Jon war inzwischen wesentlich geübter, was das Kämpfen anbelangte. Daegans Lektionen würden nun auf den Prüfstand gestellt werden, und selbst wenn er diese Runde verlor, würde er bessere Gegenwehr leisten, als Neider mit seinem beschränkten Hirn es sich vorstellen konnte.
»Ich gehe Jennifer nicht auf die Nerven, aber ich weiß, dass ich dir auf die Nerven gehe«, sagte er.
»Mir?«

»Ja. Aus irgendeinem Grund fühlst du dich mir unterlegen, weshalb du mir ständig beweisen musst –«
»Unterlegen?«, wiederholte Todd mit einem Lachen und taxierte Jon von Kopf bis Fuß. »Dir?«
»– dass du stärker bist als ich. So kannst du dir groß vorkommen, auch wenn jeder weiß, dass du geistig total verrückt bist. Vermutlich ist das der Grund dafür, weshalb du bei Jennifer und den anderen Mädchen nicht landen kannst.«
Ein Raunen ging durch den Halbkreis der versammelten Schaulustigen. Todds Gesicht wurde tiefrot. »Du kleiner Wichser.«
»Zumindest wichse ich nicht auf Fotos von Miss Knowlton!«
Todd klappte der Mund auf. Alle lachten. Brenda Knowlton war die Musiklehrerin – eine Mittdreißigerin mit flammend rotem Haar, dazu passendem Lippenstift und einer Wahnsinnsfigur. Doch sie hatte auch eine Stimme, die an Fingernägel auf einer Kreidetafel erinnerte, und einen vierschrötigen Freund, der Officer im Büro des Sheriffs von Hopewell war.
»Ich wichse nicht –«
»Doch, das tust du«, höhnte Jon. »Und wenn du nicht sofort damit aufhörst, mir krummzukommen, erzähle ich noch mehr.«
»Kannst du gar nicht –«
»Zum Beispiel, dass du in Parson's Drugstore Männermagazine wie *Penthouse* und *Playboy* stiehlst. Mrs. Olsen hat dich dabei erwischt.«
»Diese Wichtigtuerin?«, fragte Todd, für einen Moment perplex.
»Das ist dein Untergang, Neider.«
Todd ballte die großen Fäuste. Seine buschigen Augenbrauen zogen sich zusammen, sein Blick wurde mörderisch. »Ich bringe dich um«, sagte er so leise, dass Jons Blut zu Eis gefror.

»Das glaube ich kaum.«
»Pass nur auf.« Todd tänzelte um ihn herum und schlug zu, die Faust auf Jons Kinn gerichtet. Jon duckte sich und rollte sich auf die Fußballen. Sein Herz hämmerte. Er konzentrierte sich auf Todds Gesicht, als dieser mit wild wirbelnden Fäusten erneut auf ihn losging.
»Kämpf! Kämpf!«, schrien die Jungen, als Jon rechts antäuschte und Todds Faust seine Schulter streifte, was nicht allzu viel Schaden anrichtete.
Jon drehte sich, verpasste Neider zwei Schläge in die Rippen und zog sich wieder zurück, bereit, erneut zuzuschlagen, doch Dennis Morrisey schubste ihn auf Todd zu. Jon verlor den Halt.
Krach!
Todds Faust traf auf sein Kinn. Grässlicher Schmerz durchzuckte ihn.
Wumm!
Ein fester Schlag in den Magen. Jon krümmte sich. Der Fußboden kam näher. Er stürzte vornüber, Todds abstoßendes Gelächter in den Ohren. Jon schmeckte Blut, doch er gab nicht auf. Als Todd einen Schritt nach vorn machte, schwang Jon die Beine herum und holte ihn von den Füßen.
Todd ging mit einem dumpfen Aufprall zu Boden, sein Kopf knallte auf den dünnen Fußbodenbelag.
Mit einem Schmerzensschrei rollte er sich herum und packte Jon am Hals. Jon trat und boxte, doch Todd war gute dreißig Kilogramm schwerer als er. Ohne loszulassen, rappelte er sich auf und zerrte Jon mit sich hoch, dann verstärkte er seinen Griff, so dass Jon kaum noch Luft bekam, und schleppte ihn Richtung Toilette.
Nein! Nein! Nein!, schrie Jon innerlich. Er wand sich wie ein Aal, um seinem Gegner zu entrinnen, boxte in Todds vorge-

wölbten Bauch, während seine Füße über den Boden schleiften. Er hörte die anderen Kids kichern und flüstern. Die Toilettentür flog auf, der Geruch nach Urin schlug ihm entgegen. Jon kämpfte mit gefletschten Zähnen, doch Todd presste ihn gegen ein Pissoir, drückte seinen Kopf hinein und zog die Spülung. Ein Schwall kaltes Wasser rauschte über ihn hinweg. Jon stieß sich den Kopf am Porzellanbecken und hustete und spuckte.

»Hurensohn!«, schrie Todd. »Schwuchtel!«

»Schwachkopf!«, schrie Jon zurück.

Todd stieß ihm das Knie in den Schritt, und er klappte zusammen. Das Wasser spülte immer noch über seinen Kopf und lief ihm den Nacken hinab. In diesem Augenblick sah er ein Bild von Todd vor seinem inneren Auge, hustend und weinend, und Wasser, das in seine Lungen drang. Todd ertrank. Jon erstarrte. Er schnappte nach Luft und schrie: »Genau das wird dir zustoßen, Neider! Du bist derjenige, der ertrinken wird.«

»Halt's Maul, Summers. Du jagst mir keine Angst ein.«

»Im Ernst!« Jon versuchte, den anderen Jungen über die Schulter hinweg anzublicken, um ihn zu überzeugen. »Todd, du wirst ertrinken!«

»Den Teufel werde ich!« Wieder drückte er die Spülung. Gurgelnd schoss das Wasser ins Pissoirbecken.

Die Vision wurde klarer: Todd versuchte zu schwimmen – vergeblich. »Der See – oder der Fluss – oder –« Noch ein Schwall. Jon gab auf. Als er diesmal nach Atem schnappte, verblasste die Vision.

»Halt dich von Jennifer fern!«, befahl Todd noch einmal. Plötzlich wurde es still im Raum. Schlagartig. Hustend und japsend spürte Jon die Veränderung.

»Was ist hier los?«, fragte eine strenge Männerstimme.

Mr. Jones, der Algebralehrer und Trainer der ersten Schulmannschaft.
Neiders Griff lockerte sich, und Jon, nass bis auf die Haut, rutschte auf den feuchten Fußboden.
»Na los, ihr zwei. Zeit für einen Spaziergang ins Büro. Und ihr« – wandte er sich an die paar Schüler, die sich nicht aus der Toilette hatten stehlen können – »geht sofort in eure Klassen, oder ihr werdet unverzüglich vom Unterricht suspendiert.« Er scheuchte sie zur Tür hinaus. Jon, tropfnass und zutiefst gedemütigt, machte sich auf den Weg ins Büro, als er plötzlich Jennifer Caruso erblickte. Fast wäre er vor Scham gestorben.
Sie stand mit dem Schulchor im Gang vor dem Auditorium. Zusammen mit einer Gruppe von Mädchen lachte und scherzte sie, dann fiel ihr Blick auf Jon, und sie biss sich auf die Lippe. Das Gespräch verstummte, als er zusammen mit Mr. Jones und Todd an ihr vorbeiging. Bei seinem Anblick fingen ein paar der Mädchen an zu kichern.
»Hast du geduscht?«, neckte ihn Dwight Little, die Streberin.
»Seht euch das mal an!«, rief Belinda Cawthorne angewidert, als sei er mit Maden übersät.
»Ich nehme an, Jon hat Neider nicht *gesehen.* All die Visionen – und was nützen sie ihm?« Dwight genoss es, dass ausnahmsweise jemand anderes Zielscheibe des Spotts war.
»Keine Sorge, er wird eh zu seiner Mama laufen, damit die mit dem Sheriff spricht«, sagte Belinda mit ihrer überheblichen, scheinheiligen Stimme.
»Ich habe gehört, er hat einen kräftigen Schluck aus dem Pissoir genommen.«
»Halt die Klappe, Little, du bist echt ekelhaft!«
Doch Belinda und mehrere andere Mädchen lachten. Jon hoffte inständig, der Erdboden würde sich auftun und ihn ver-

schlucken. Selbst das letzte bisschen Stolz, das er noch gehabt hatte, war buchstäblich das Pissoir hinuntergespült worden. Jennifer starrte ihm stumm hinterher. Er wich ihrem Blick aus. Tief im Herzen wusste er, dass er niemals den Mut aufbringen würde, sie anzurufen. Nicht jetzt. Nicht nachdem ihn Todd Neider endgültig seiner Würde beraubt hatte. Daegans Lektionen hatten rein gar nichts bewirkt. Sein Blick wurde noch finsterer, als sie um die Ecke zum Büro des Rektors bogen. Er wollte nicht an Daegan denken, der sowieso die Stadt verlassen würde, Hopewell einfach den Rücken kehrte, als kümmerten ihn Jon und seine Mutter einen feuchten Dreck.
Je weniger er an Daegan O'Rourke dachte, desto besser, beschloss er mit zusammengebissenen Zähnen, doch er konnte sich des Gefühls nicht erwehren, betrogen worden zu sein. Genauso hatte er empfunden, als der alte Eli gestorben war, nur dass das hier noch schlimmer war. Eli hatte keine Wahl, ob er gehen wollte oder nicht. O'Rourke dagegen schon.

Kate nahm ihre Büchertasche aus dem Auto und versuchte die Tatsache zu ignorieren, die sie nun schon seit fünf Tagen beschäftigte: Sie hatte ihr Herz an Daegan O'Rourke verloren, aber dieser würde Hopewell bald verlassen. Gerade als sie begonnen hatte, zu ihm Vertrauen zu fassen, gerade als sie anfing zu glauben, es sei an der Zeit für eine neue Liebe, gerade nachdem sie die Freude, die Euphorie des Verliebtseins verspürt hatte, zog er weiter.
»Das ist doch zum Heulen!«, murmelte sie und redete sich ein, vermutlich sei es zu ihrem Besten. Im Haus stieß Houndog ein hohes, japsendes Freudengebell aus. Jon wartete an der Tür auf sie. Sein Blick war finster und missmutig, sein Gesicht auf einer Seite blutunterlaufen.
»Sag nichts«, kam sie ihm zuvor. Erschöpfung und lähmender

Überdruss machten sich in ihr breit, wenngleich neuerlicher Zorn ihr Blut erhitzte. »Todd Neider.«

»Exakt.«

»Was ist denn jetzt schon wieder passiert?«

Jon zuckte die Achseln. »Zuerst die gute Nachricht: Ich bin weder vom Unterricht suspendiert, noch habe ich irgendwelche Zähne eingebüßt.«

»Und die schlechte?«, fragte sie und wappnete sich.

»Er hat mich windelweich geprügelt.« Er reckte sein verfärbtes Kinn vor. »Und ich werde nie wieder in diese Schule gehen.«

Sie wollte gerade widersprechen, doch dann biss sie sich auf die Zunge und schwieg. Er musste das erst einmal verarbeiten, genau wie sie. Es juckte sie in den Fingern, zum Telefon zu greifen und die Schule anzurufen, die Polizei, *Daegan,* irgendwen, der in diesem immerwährenden gefährlichen Kampf auf der Seite ihres Sohnes stünde, doch stattdessen versuchte sie, ihre rasch schwindende Geduld zu bewahren. »Erzähl mir, was passiert ist«, ermutigte sie ihn und stellte ihre Büchertasche auf den Tisch in der Diele, ganz ruhig, wenngleich sie am liebsten geschrien und getobt hätte.

»Da gibt es nicht viel zu erzählen«, erwiderte er ausweichend.

»Ich muss wissen, was passiert ist, Jon.«

»Ach, zum Teufel«, brummte er, die Augen auf den Fußboden gerichtet. »Na schön, Neider war sauer auf mich, weil ich mit Jennifer Caruso geredet habe.«

»Seiner Freundin?«

»Da träumt er doch nur von«, gab Jon zurück, und wieder biss sich Kate, die kurz vor dem Explodieren stand, auf die Zunge. Sie hatte gewusst, dass sich Jon in ein Mädchen verguckt hatte, aber bislang hatte er nie einen Namen genannt. »Wie dem auch sei, er ist auf mich losgegangen, wir haben gekämpft und ... o

Mann …« Er seufzte laut, verschränkte die Arme vor der Brust und erstattete ihr detailliert Bericht, wobei sich sein Gesicht puterrot verfärbte.
»Ich fasse es nicht«, stieß Kate hervor, als er geendet hatte. Ihr war elend zumute, doch wie viel elender musste sich ihr Sohn gefühlt haben!
»Tja, zum Glück sind genügend Schüler für mich eingetreten und haben McPherson die Wahrheit gesagt – dass Todd angefangen hat und ich keine Chance hatte, ihm auszuweichen. Der Rektor hat ihnen das nicht wirklich abgekauft – er zählt zu den Menschen, die meinen, es gäbe immer einen Ausweg –, aber er weiß, was in der Vergangenheit vorgefallen ist. Also hat er Todd für eine Woche vom Unterricht ausgeschlossen. Ich glaube, Neiders Dad musste in die Schule kommen, weil Todd womöglich einen Verweis bekommt.«
»Gut.« Auch wenn der Neider-Junge nicht auf der Sonnenseite des Lebens aufgewachsen war, gab ihm das noch lange nicht das Recht, sich ständig an jüngeren, schwächeren Kindern zu vergreifen. »Ich werde mich über ihn beschweren. Und dann werde ich seinem Vater sagen, dass –«
»Wie bitte?«
»Aber Jon –«
»Was hat das denn bisher gebracht? Du hast mit dem Sheriff gesprochen, und Daegan –« Jons Stimme brach – »hat sich Todds Vater vorgeknöpft. Der hat Todd zusammengeschlagen, was ihn noch wütender gemacht hat – auf mich.«
»Todd Neider stellt eine Gefahr dar, ist gefährlich, und diesmal haben wir etwas in der Hand, denn es gibt Zeugen. Kinder, die für dich eintreten und der Polizei erzählen werden, was passiert ist. Und wenn du sagst, dass sein Vater ihn misshandelt, dann ist es nur richtig, wenn Todd in eine Pflegefamilie gebracht wird.«

»Nein! O Mann, er würde mich umbringen! Keine Polizei.« Jon drückte seine Fersen fest auf den Holzfußboden. »Halt dich einfach da raus.«

»Das kann ich nicht!«

»Die Schule kümmert sich darum.«

Die Schule kümmert sich um gar nichts, genauso wenig wie die Polizei. Swanson ist als Sheriff ein elender Versager.

»Aber nächstes Mal kommt es womöglich noch schlimmer, Jon. Ich kann doch nicht einfach dabei zusehen, wie so ein Grobian meinen Sohn –«

»Ich meine es ernst, Mom«, sagte er mit einer Stimme, die so tödlich ruhig klang, dass sie Kate Angst machte. »Wenn du in die Schule marschierst und Stunk machst oder wenn du dich noch einmal an den Sheriff wendest, wird alles nur noch schlimmer werden. Deinetwegen halten mich die anderen Kids bereits für ein Muttersöhnchen, also lass es bleiben. McPherson wird dich anrufen. Du musst mit ihm reden, mehr nicht. Außerdem –« Er zögerte eine Sekunde und nagte an seiner Lippe. »Außerdem habe ich so ein Gefühl, dass Todd … in ernsthafte Schwierigkeiten gerät.«

»Mit seinem Vater?«

»Ja, aber da ist noch mehr …«

»Was?«

Er schüttelte den Kopf. »Ach, lassen wir das Thema. Vielleicht täusche ich mich ja. Jedenfalls gehe ich nie wieder in die Schule.«

»Natürlich wirst du wieder zur Schule gehen.«

»Nein, Ma, das werde ich nicht«, erklärte er mit einer so grimmigen Entschlossenheit, dass er sie fast überzeugt hätte. »Nie wieder.«

»Du wechselst die Kl…«

»Nein. Nicht nach dem, was heute passiert ist«, versicherte er ihr trotzig, die Augen zusammengekniffen, fast als hoffte er, dass sie ihm weiter widersprechen würde. Er pfiff nach dem Hund, nahm seine Jacke vom Garderobenhaken und sprang die Stufen hinunter. Houndog, dessen Fell ungleichmäßig nachwuchs, schoss nach draußen.

Kate ging in die Küche, stützte sich am Tresen ab und schaute ihrem Sohn hinterher. Am liebsten wäre sie ihm nachgerannt und hätte diesen Kampf sogleich ausgefochten, doch sie wusste instinktiv, dass sie ihm etwas Zeit geben musste, damit er sich wieder fassen konnte. Sie würden später reden, nach dem Abendessen, wenn sie beide ruhiger wären. Sie fühlte sich elend, ihr Magen brannte, und sie bebte vor mühsam verhaltenem Zorn. Langsam, aber sicher entglitt ihr Jon, das süße kleine Baby, das sie vor Jahren »zur Welt gebracht« hatte. Jon wurde erwachsen, wurde ihr nicht von dem »schlechten Mann« entrissen, den er in seinen Visionen gesehen hatte, sondern von der Pubertät, und sie spürte, wie sie sich mit aller Macht gegen diese Vorstellung sträubte.

Trotzdem hatte er in einer Sache recht: Sie durfte ihn nicht behandeln, als wäre er sieben.

Sie strich sich die Haare aus den Augen und sah zu der Kiefernreihe hinüber, hinter der die alte McIntyre-Ranch lag. Plötzlich fühlte sie sich innerlich wie ausgehöhlt, dieselbe Leere beschlich sie, die sie in jenem Moment empfunden hatte, als Daegan an Thanksgiving aus ihrer Haustür marschiert war. Albern, wirklich albern, schalt sie sich, während sie den Rest Kaffee, der noch vom Morgen in der Kanne gewesen war, ins Spülbecken schüttete und den Filter in den Müll warf. Sie ertappte sich dabei, wie sie nicht zum ersten Mal auf das Dröhnen seines Pick-up-Motors lauschte oder sich einen lächerlichen Vorwand ausdachte, um ihn zu besuchen – was sie ja doch nie tun würde. Sie hatte Jon gebeten, Daegan nicht wieder aufzusuchen. An Thanksgiving hatte er ihnen mehr als deutlich zu verstehen gegeben, dass er sie nicht zu nahe an sich herankommen lassen wollte, vermutlich weil er vorhatte, Hopewell zu verlassen, in ein paar Tagen, vielleicht auch erst in ein paar Wochen. Was immer ihn hier gehalten haben mochte, hatte seinen Reiz verloren.

Sie sah Jon unter dem alten Apfelbaum stehen und stellte fest, dass er plötzlich aussah wie ein Mann. Er wirkte viel älter als seine fünfzehn Jahre. Ja, auch er würde sie bald verlassen, und dann wäre sie allein. Genau wie sie es gewesen war, bevor Tyrell Clark den Lauf ihres Lebens für immer verändert hatte.

Houndog entdeckte ein Erdhörnchen im Kaminholzstapel und galoppierte kläffend darauf zu. Jon blickte dem jungen Hund hinterher, dann schweiften seine Augen zum Horizont und zum Blockhaus des alten Eli. Auch er vermisste Daegan.

Wie hatte sie nur zulassen können, dass es so weit kam?, fragte sie sich. Wie hatte sie zulassen können, dass Daegan O'Rourke ein Teil ihrer kleinen Familie wurde?

»Hab ihn gefunden«, verkündete VanHorn mit klappernden Zähnen. Verdammt, war das kalt hier draußen, und erst dieser heulende Wind! Als stünde er inmitten eines Hurrikans, dabei stand er in einer Telefonzelle vor einer Kneipe. Er hatte ein paar Drinks gekippt vor Freude darüber, den Jungen endlich aufgespürt zu haben. Er hörte, wie Robert scharf die Luft einzog.

»Wo?«

Neils blickte die Hauptstraße auf und ab, auf der nur wenig Verkehr herrschte – überwiegend Pick-ups, nur ab und an mal ein Pkw. »In Oregon. Die Stadt – wenn man das Kaff denn so nennen will – heißt Hopewell.«

»Nie davon gehört.«

»Kann ich mir gut vorstellen. Ich bin hier am Arsch der Welt, das können Sie mir glauben. Guter Ort, um unterzutauchen.«

»Wie geht es ihm?« Roberts Stimme bebte förmlich vor Emotionen.

»Gut, gut, er ist ein prächtiger Junge«, log Neils, der die Information, der Junge sei ein eigenbrötlerischer Spinner, weshalb seine hübsche Mutter von allen bemitleidet wurde, vorerst für sich behalten wollte. Robert musste ja nicht gleich erfahren, dass sein Enkel nichts als Scherereien machte und Probleme in der Schule hatte. Kein Grund, Sullivan zu beunruhigen oder ihm gar die Chance zu geben, sich sein Vorhaben noch einmal zu überlegen. Der Ruf des Jungen bereitete VanHorn Sorge, und je eher er aus der Sache heraus war, desto besser. Alles, was er wollte, war Geld – ganze Ladungen davon.

»Ich werde ihn zu Ihnen bringen, Mr. Sullivan«, versprach Neils. »Noch in dieser Woche.«

»Gut, doch was ist mit der Mutter?«

»Sie könnte ein Problem darstellen.«

»Das hatte ich befürchtet.«

»Es heißt, sie sei ganz verrückt nach dem Kind.«

»Dann müssen Sie sie eben davon überzeugen, dass eine Rückkehr des Jungen nach Boston auch in ihrem Interesse liegt. Schließlich wird sie kaum riskieren wollen, der Kindesentführung angeklagt zu werden. Was sollte denn dann ihr über alles geliebter Sohn von ihr denken?«

»Da ist was dran, doch es gibt noch ein weiteres kleines Problem«, gab Neils zu und fragte sich, wie viel er preisgeben sollte. Wenn sein Bauchgefühl stimmte, was die Eltern von Jon anbetraf, würde Robert ihn vermutlich zurückpfeifen, doch wenn er zu viel für sich behielt, konnte es sein, dass ihm der Alte nicht vertraute.

»Was für ein Problem?«, fragte Robert genervt.

»Daegan O'Rourke.«
»Was ist mit ihm?«
»Er ist ebenfalls hier.«
»Und was zur Hölle hat er da zu suchen?« Plötzlich war der alte Sullivan wieder interessiert. Gut.
»Keine Ahnung, aber ich kann mir vorstellen, dass er ebenfalls nach Bibis Sohn sucht. Sie haben miteinander geredet. Als sie auf ihrem Flug nach San Francisco vor knapp zwei Monaten einen Zwischenstopp in Montana eingelegt hat. Sie muss ihn gebeten haben, sich auf die Suche nach dem Jungen zu machen.«
»Aber wieso?«
»Das weiß ich nicht«, log Neils, der längst zwei und zwei zusammengezählt hatte. Wenn er nicht völlig danebenlag, war O'Rourke der leibliche Vater des Jungen. Tja, Franks Bastard hatte auch einen Bastard gezeugt – mit seiner Cousine. Partymaus Bibi treibt es mit dem schwarzen Schaf der Familie und bekommt ein uneheliches Kind. Die spießigen Sullivan-Ahnen würden sich im Grab umdrehen, und Robert müsste sich, wenn er davon erfuhr, nicht länger Sorgen wegen seines Prostatakrebses machen, denn er bekäme eh bald einen Herzinfarkt. »Aber keine Sorge, ich werde alles über Kate Summers und O'Rourke herausfinden, und um den Jungen kümmere ich mich ebenfalls.«

Das Blockhaus des alten Eli ächzte im Wind, der durchs Tal fegte. Daegan nippte an seinem Kaffee und wusste, dass er das Unvermeidliche nicht länger aufschieben konnte. Er hatte gestern im Reisebüro angerufen und für heute Abend, sechs Uhr, einen Flug gebucht. Er würde nach Bend fahren, in einen kleinen Flieger nach Portland steigen und dann einen Nachtflug nach Boston mit einer Zwischenlandung in Chicago nehmen.

In Boston hatte er vor, ein klärendes Gespräch mit seinem Onkel zu führen. Es war Zeit, die Karten auf den Tisch zu legen und Robert mit einem Skandal zu drohen, der den Namen Sullivan auf ewige Zeiten vernichten würde, sollte der Alte nicht klein beigeben.
Doch obwohl er es kaum erwarten konnte, Robert endlich gegenüberzutreten, hatte Daegan kein gutes Gefühl dabei, Jon ungeschützt zurückzulassen. Daegans Privatdetektiv in Boston, Sandy Kavenaugh, hatte bestätigt, dass Neils VanHorn die Stadt verlassen hatte, deshalb war Daegan noch hiergeblieben und hatte sich gefragt, ob der gute alte Neils wirklich hier aufkreuzen würde. War er in Hopewell, oder war er irgendwo auf der falschen Fährte? Die Situation war gar nicht gut, doch er konnte kaum bleiben und Kate und den Jungen beschützen, wenn er sich gleichzeitig mit Robert anlegen wollte. Laut Sandy war VanHorn ein zwielichtiger Bursche, auch wenn er nie in etwas eindeutig Illegales verstrickt gewesen war. VanHorn würde vermutlich Kate davon überzeugen wollen, dass es besser war, das Sorgerecht abzugeben, doch sie würde sich nicht von ihm beeindrucken lassen. VanHorn würde unverrichteter Dinge wieder abziehen – zumindest hoffte Daegan das. Er zählte auf Neils Integrität, und genau das bereitete ihm Sorge. Also würde er seinen Aufenthalt in Boston so kurz wie möglich halten. Sobald er mit Robert fertig war, würde er nach Hopewell zurückkehren und versuchen, diesen Schlamassel zu bereinigen. Robert und die anderen würden Kate und Jon in Ruhe lassen, VanHorn würde nach Boston zurückkehren, Kate das volle Sorgerecht für ihren Jungen behalten, und er selbst würde zurück nach Montana gehen und die beiden nie wiedersehen.
Das wäre der Teil, der ihm am schwersten fiel. »Ach, zum Teufel«, murmelte er. Seine erste Pflicht am heutigen Tag war die

schwierigste: Er musste sich von Kate und Jon verabschieden. Schließlich konnte er nicht einfach sang- und klanglos verschwinden. Trotzdem blieb ihm keine andere Wahl, als den beiden den Rücken zuzuwenden, um sicherzustellen, dass sie von den Sullivans verschont blieben.

Ein bitterer Geschmack machte sich in seinem Mund breit, ein Schmerz, wie er ihn noch nie empfunden hatte, riss an seiner Seele. Nie zuvor hatte er sich Haus und Herd gewünscht – eine Frau und ein Kind. Nein, er hatte sich selbst stets als Einzelgänger betrachtet. Er hatte die Familie gemieden, die ihn nicht hatte haben wollen, und war ein Mann geworden, der niemanden brauchte – nicht einmal seine eigene Mutter. Doch jetzt, nachdem er Kate und Jon begegnet war, zweifelte er an seiner tiefsten Überzeugung.

Er leerte seine Kaffeetasse mit einem kräftigen Schluck und zwang sich, nicht daran zu denken, wie sehr Kate ihn faszinierte – ihre whiskeyfarbenen Augen, ihr sanftes Lächeln, der Glanz ihres Haars, wenn die Sonnenstrahlen kleine Flammen hineinzauberten. Er gab sich alle Mühe zu vergessen, wie wunderschön ihre Brüste waren, wie wunderbar ihre leisen, kehligen Seufzer, wenn er sie küsste.

Er wollte nicht daran denken, wie locker sein Umgang mit Jon geworden war, wie sehr er sich darauf gefreut hatte, Zeit mit dem Jungen zu verbringen und ihm alles zu zeigen, angefangen vom Beschlagen eines Pferds bis hin zum Erneuern eines durchgefaulten Zaunpfostens. »Dummkopf«, murmelte er, schob seinen Stuhl zurück und schüttete den Kaffeesatz in den rostigen Ausguss.

Schnee türmte sich vor den Fenstern, es war kalt in der schlecht isolierten, zugigen Küche. Erstaunlich, dass es der alte Eli so lange unter solchen Bedingungen ausgehalten hatte.

Daegan schlug den Kragen hoch, um sich gegen den tosenden

Wind zu schützen, und stapfte durch die Schneewehen zu seinem Pick-up. Hoffentlich würde er den Jungen noch erwischen, bevor er zur Schule aufbrach. Es war das Beste, wenn er es bald hinter sich brachte. Jetzt oder nie. Er würde sich von dem Sohn verabschieden, der niemals erfahren würde, dass er sein Vater war.

Kapitel einundzwanzig

Die Bilder kamen rasch, schnitten in Jons Bewusstsein, als er sich unter der Dusche einseifte.
Er schäumte einen Arm ein, als er plötzlich einen seltsamen Druck am Handgelenk verspürte, dann auch am anderen, und auf einmal waren seine Unterarme aufgeschürft und voller blauer Flecken, umgeben von unnachgiebigen Stahlbändern. Handschellen.
Die Seife fiel in die Duschwanne, als er die Arme hochriss, unter den warmen Wasserstrahl hielt und seine Haut betrachtete. Nichts. Alles normal. Seine Phantasie hatte ihm einen Streich gespielt. Das war das Letzte, was er heute Morgen brauchte, dem ersten Tag, an dem er wieder in die Schule gehen würde.
Er griff nach dem Shampoo, dann lehnte er sich gegen die Wand der Duschkabine und versuchte, sich zu entspannen. Wie konnte seine Mutter nur der Ansicht sein, es sei gut, ihn zurück auf die Hopewell High zu schicken? Trotz all seiner Proteste hatten sie und Rektor McPherson diesen Plan gefasst, ahnungslos, welche Gefahren ihn dort erwarteten. Vielleicht war die Schule ein sicherer Ort für normale Kinder, doch er war nicht normal. Es war nur schwer nachzuvollziehen, dass seine Mom das immer noch nicht kapierte.
Jon fuhr sich mit den Fingern durchs Haar und massierte das Shampoo ein. Schaum lief ihm ins Auge. Er kniff die Lider zusammen. Als er den Schaum wegwischte und die Augen wieder öffnete, starrte er durch Gitter – als sei er in einer Art

Metallkäfig gefangen. Hinter den Gitterstäben waren dunkel getönte Glasfenster, draußen raste eine verschwommene Landschaft an ihm vorbei. Er saß gegen seinen Willen in einem Fahrzeug – das ihn wohin transportierte?
Was zum Teufel sollte das? Panik durchflutete ihn, während er mit der flachen Hand gegen eines der Fenster schlug. Er musste hier raus! Warum konnte ihn niemand sehen, hörte niemand seine Schreie? Er ballte die Hände zu Fäusten und trommelte verzweifelt gegen das Glas.
Plötzlich wurde das dunkle Fenster zu der weißen Fiberglaswand der Duschkabine. Das Dröhnen des Fahrzeugmotors wich dem Geräusch des auf seine Haut prasselnden Duschwassers.
Alles hatte nur in seinem Kopf stattgefunden. Eine weitere irre Vision.
Rasch spülte er sich die Haare aus, dann stellte er die Dusche ab. Sein Herz hämmerte, als er den Duschvorhang zur Seite zog und in die Dampfwolken hinaustrat, die durchs Badezimmer waberten. Was um alles auf der Welt hatte das zu bedeuten, Handschellen, hinter Gittern in einem Fahrzeug, als säße er in einem Käfig? Hatte sich Todd eine besonders abartige Folter für ihn einfallen lassen?
Er trocknete sich ab und versuchte, die unheimliche Vision abzuschütteln. Als er den Beschlag vom Spiegel über dem Waschbecken wischte, staunte er über das Spiegelbild, das ihm da entgegenblickte: hervortretende Muskeln an Armen und Schultern. Bizeps. Das Training mit Daegan fing an, sich auszuzahlen. Noch ein paar Wochen, und er wäre tatsächlich fit.
Vorausgesetzt natürlich, dass Daegan noch ein paar Wochen blieb, was er mit Sicherheit nicht tat. Jon schlang sich das Handtuch um die Hüfte und beschloss, nicht umsonst so hart

trainiert zu haben. An der Schule konnte man sich für Leichtathletik einschreiben, und Jon wusste, dass er ein schneller Läufer war. Er würde sich heute auf die Teilnehmerliste setzen lassen, aber Mom sollte erst davon erfahren, wenn er die Aufnahmeprüfung bestanden hatte. Das Letzte, was er jetzt gebrauchen konnte, waren ihre aufmunternden Worte, er solle ruhig dorthin gehen und sich ein paar Freunde suchen. Ja, klar. Er zog Jeans an, dazu ein T-Shirt und ein Flanellhemd, dann trat er lautlos hinaus auf den Flur und lauschte. Seine Mutter rumorte in der Küche, also schlich er sich in ihr Schlafzimmer. In der obersten Kommodenschublade, so wusste er, bewahrte sie Kleingeld, alte Rechnungen, Fotos und Familienpapiere auf. Irgendwo in diesen Ordnern und Umschlägen musste seine Geburtsurkunde stecken, die er brauchte, um sich für das Leichtathletikteam einzuschreiben. Er griff in die Schublade und arbeitete sich durch die Unterlagen in den Ordnern, die mit RECHNUNGEN, STEUERN und GESUNDHEIT beschriftet waren.

Seine Geburtsurkunde steckte in einem Ordner ganz unten. Jons Blick fiel auf das geprägte Siegel des Commonwealth of Massachusetts, als er sie herausnahm. Hatte sich seine Mom je gewünscht, sie wäre in Boston geblieben? Diese Frage hatte er sich schon mehr als einmal gestellt, doch er war stets davon ausgegangen, dass sie Abstand zu den Erinnerungen an seinen Vater gebraucht hatte.

Der kristallene Briefbeschwerer auf der Kommode glitzerte im trüben Schein der Deckenlampe, als er die Schublade zuschob. Mom liebte dieses Ding, ein Stachelschwein aus Glas. Er nahm es in die Hand und spürte sofort die Energie, die in dem Glas eingekapselt war.

Ein Name schoss ihm durch den Kopf: Tyrell Clark.

Er kannte den Namen nicht, doch er war ihm unvermittelt in

den Sinn gekommen, zusammen mit dem Bild eines dunkelhaarigen Mannes in einem modischen Anzug. Groß, gutaussehend und ein bisschen schmierig. Jon wusste nicht, wer der Mann war, doch er spürte, wie tief seine Mutter ihn verachtete. Und seine Mutter … war so viel jünger, als sei sie noch auf dem College. Ihre goldbraunen Augen waren mit Kajal umrandet.
»Ich biete Ihnen einen Sohn an«, sagte Tyrell, warf den Briefbeschwerer in die Luft und fing ihn wieder auf. *»Ohne irgendwelche Bedingungen.«*
Jon konnte spüren, wie perplex, wie schockiert seine Mutter war. *»Sie – Sie möchten, dass ich ihn adoptiere?«*
Adoption …
Verblüfft ließ sich Jon auf ihr Bett fallen. Das Bleikristallstachelschwein glitt aus seinen Händen auf den weichen Teppich. Adoption? Das konnte nicht sein. Sein Vater war Jim Summers, der Mann, der bei einem Unfall mit Fahrerflucht ums Leben kam …
Er starrte auf die Geburtsurkunde in seiner Hand. Als Eltern waren Kate und James Summers eingetragen, doch der stechende Schmerz in seinem Innern drängte ihn dazu, die Fakten zusammenzusetzen, die Wahrheit zu akzeptieren. Es stimmte. Ließ sich nicht leugnen. Hatte er sich nicht immer gefragt, warum er seiner Mutter so gar nicht ähnlich sah? Er war adoptiert, und sie hatte ihm sein ganzes Leben etwas vorgemacht, hatte ihn belogen.
Er war fünfzehn, und bis jetzt hatte er nichts als eine Lüge gelebt.

Kate legte den Telefonhörer auf, doch die Stimme von Don McPherson hallte in ihrem Kopf wider. Ja, er würde Jon eine weitere Chance geben, doch sie hatte deutliche Zweifel aus seinen Worten herausgehört. Tief im Innern wusste sie, dass der

Rektor hoffte, Jon würde auf eine andere Schule wechseln, womit er ein Problem weniger hätte.

»Jon!«, rief sie die Treppe hinauf. »Beeil dich. Der Bus wird in knapp zehn Minuten hier sein!«

»Ich weiß«, gab er zurück und kam die Stufen heruntergedonnert, das Haar noch nass von der Dusche, der Gesichtsausdruck unversöhnlich. Er verzieh ihr nicht, dass sie ihn in die Schule zwang.

Auf der Küchentheke stand sein Frühstück: getoastete Waffeln und Orangensaft. Er ließ das Essen stehen, schnappte sich seinen Rucksack und zog die Jacke von dem Haken neben der Hintertür.

»Ich komme heute spät nach Hause«, erklärte er, während er schon nach dem Türknauf griff.

»Spät? Warum?«

Er starrte sie an. Sein nachtragender Gesichtsausdruck änderte sich nicht. »Projektgruppe.« Das war gelogen, wie sie beide wussten.

»Könnt ihr das nicht hier erledigen?«

»Nein, Ma, können wir nicht.« Er öffnete die Tür, und sie streckte die Hand nach ihm aus, wollte nicht, dass er in so schlechter Stimmung das Haus verließ – hoffte, die Wogen glätten zu können.

»Wenn du möchtest, fahre ich dich«, bot sie ihm an, doch er starrte bloß auf ihre Hand, die seinen nackten Unterarm berührte, und schluckte. Rasch zog er seinen Arm weg und machte einen Schritt zurück. »Mein Gott.«

»Jon?«

Er fuhr sich mit der Zunge über die Zähne, dann schüttelte er den Kopf. »Nein«, flüsterte er. Seine Stimme klang seltsam und fremd. »Ich – ich fasse es nicht.«

»Was?«

»Du … du hast mich angelogen.«

»Inwiefern?«, fragte sie, doch er blickte sie nur an, die Augen weit aufgerissen. Er schluckte noch einmal, angestrengt, als habe er keinen Tropfen Speichel im Mund.

»Jon, du musst los«, drängte sie. »Der Bus wartet nicht.«

»Scheiß drauf. Ich hab eh keinen Bock auf die Schule.«

»Du kannst froh sein, dass Don McPherson dir noch eine Chance gibt. Du brauchst einen Abschluss, Jon. Was soll aus dir werden, wenn du erwachsen bist und keinen Abschluss in der Tasche hast? Willst du nicht aufs College gehen?«

»Erst mal will ich wissen, wer ich bin.«

Was sagte er da? Er wollte wissen, wer er war? Kate erstarrte. »Wie … wie meinst du das?«, stieß sie nach kurzem Zögern hervor.

»Wer ist Tyrell Clark?«, fragte er und blickte sie durchdringend an.

»Allmächtiger.« Fast hätten ihre Knie nachgegeben. Irgendwie war es ihm gelungen, durch ein Fenster in ihre Vergangenheit zu blicken.

»Wer ist er?«, fragte Jon heiser und machte einen Schritt von ihr weg.

»Ein Mann, der – der inzwischen tot ist«, stammelte sie und gab sich alle Mühe, dass er ihren inneren Aufruhr nicht bemerkte. Warum hatte sie ihm nicht schon lange reinen Wein eingeschenkt? Warum hatte sie ihn in dem Glauben gelassen, sie sei seine leibliche Mutter, so dass er auf diese Weise die Wahrheit erfahren musste?

»Du bist nicht meine richtige Mutter!«, rief er anklagend und zog sich noch weiter von ihr zurück, als sei es eine Qual, sich mit ihr in einem Zimmer aufzuhalten. »O Gott, du bist nicht meine Mutter!«

»Natürlich bin ich das.«

»Aber ich bin adoptiert! *Adoptiert!*«
Da war sie, die Lüge, die zwischen ihnen in der Luft hing. Die Lüge, mit der sie seit fünfzehn Jahren lebten.
»Ja«, gab sie mit brüchiger Stimme zu. Ihm die Wahrheit zu sagen, dass sie ihn einfach genommen hatte, ohne sich darum zu scheren, etwas Illegales zu tun, dass sie bereit gewesen war, mit ihm bis ans Ende der Welt zu fliehen, nur um ein Baby ihr Eigen nennen zu dürfen, konnte sie ihm nicht sagen.
Das brachte sie nicht übers Herz.
Nicht jetzt.
Das Lügengebäude, das sie so sorgfältig über all die Jahre hinweg errichtet hatte, brach zusammen und lag nun in Schutt und Asche vor ihren Füßen. »Ich – ich habe dich adoptiert«, stammelte sie. »Kurz nach dem Tod von Jim und Erin.« Ihre Stimme klang hohl. »Und ich hätte dich bestimmt nicht *mehr* lieben können, wenn ich dich in meinem Bauch ausgetragen hätte –«
»Sei still!«, rief er fast panisch, die Hände gegen die Schläfen gedrückt. »Dieser Tyrell – war er mein Vater?«
»Nein – nein, ich denke nicht.«
»Das ist so verrückt«, sagte er, die Augen lodernd vor Anklage. »Wolltest du es mir jemals sagen?«
»Natürlich.«
»Wann?«
»Wenn der richtige Zeitpunkt dafür gekommen wäre«, erwiderte sie und versuchte, ruhig zu bleiben, obwohl ihr Herz raste und ihre Kehle staubtrocken wurde.
»Und wann hätte das sein sollen?«
Sag die Wahrheit, Kate. Mach jetzt keinen Rückzieher. Egal, wie schmerzhaft das ist. »Ich weiß es nicht. Ich – ich wollte es dir längst sagen, aber zuerst warst du zu jung, um es zu verstehen, und als du älter wurdest, habe ich Angst bekommen.«

»Angst? Wovor?«
»Angst, dich zu verlieren«, gab sie zu.
»Ich kann es einfach nicht glauben.« Er sah sie an, als sei sie die Ausgeburt des Bösen, als sei alles, was sie ihn je gelehrt hatte, zu hinterfragen, als sei sein ganzes Leben eine Lüge.
»Jon –« Sie streckte erneut die Hand nach ihm aus, doch er zuckte zurück, als habe er Angst, dass sie ihn wieder berührte.
»Ich denke, wir sollten darüber reden.«
»Auf keinen Fall! Ich will nicht darüber reden. Du hast mich belogen. Daegan hat mich belogen. Alle haben mich belogen.«
»Nein! Ach, Schatz, nein.«
»Nenn mich nie wieder so. Ich bin nicht dein Schatz und werde es auch nie sein.« Wütend steckte er die Arme in die Ärmel seiner Jacke.
»Wenn du nicht zur Schule gehen willst, wenn du mir stattdessen Fragen stellen möchtest –«
»Wozu? Damit du mich wieder belügen kannst?«, brüllte er und wäre fast über Houndog gestolpert, so eilig hatte er es plötzlich, zur Schule zu kommen – trotz seiner ewigen Auseinandersetzungen mit Todd. Er riss die Hintertür auf.
»Wir reden heute Abend darüber, wenn du nach Hause kommst. Ich werde dir alles erklären.«
»Darauf kannst du wetten«, stieß er hervor, die Lippen weiß vor Zorn.
»Jon, vertrau mir –«
Er schnalzte abschätzig mit der Zunge. »Ich denke, es ist nur fair, dass ich erfahre, wer ich wirklich bin.«
»Du bist mein Sohn!«, rief sie ihm hinterher, doch er war bereits von der Veranda gesprungen und rannte, den Kopf gegen den eisigen Wind geduckt, durch die dicke Schneedecke. »Du wirst immer mein Sohn sein!« Ihre Worte hallten von den Wänden ihres kleinen Hauses wider, als wollten sie sie ver-

spotten, ihr klarmachen, dass sie ihren Jungen für immer verloren hatte.
»Verflucht«, murmelte sie, gegen die Tränen ankämpfend, die Hände frustriert zu Fäusten geballt. Sie durfte ihn nicht verlieren! Auf keinen Fall! Jon war ihr Sohn, und er war erst fünfzehn, nicht alt genug, um lebensverändernde Entscheidungen zu treffen. Er mochte verletzt oder wütend sein, aber er war und blieb ihr Junge, und sie würde mit allen Mitteln kämpfen, um das zu beweisen.
Sie versuchte noch immer, sich zusammenzunehmen, als sie das Dröhnen eines Pick-up-Motors auf ihrer Zufahrt vernahm, und ihr Herz fing erneut an zu hämmern. Houndog bellte. Durchs Fenster sah sie Daegans schäbigen grünen Wagen und dann den Cowboy höchstpersönlich, der aus der Fahrerkabine stieg. Bei seinem Anblick blieb ihr schier die Luft weg. Ein hochgewachsener Fremder mit Zügen wie aus Stein gemeißelt und doch so vertraut. Ein Mann, dem sie nicht zu vertrauen wagte und dem sie doch längst ihr Herz geschenkt hatte. Noch bevor sie seine Schritte auf den Stufen hörte, riss sie schon die Tür auf.
»Hi, ich – es ist etwas passiert«, stellte er mit einem Blick auf ihr Gesicht fest. »Jon?«
»Es … es geht ihm gut. Glaube ich zumindest«, stieß sie hervor, ihre letzten Kraftreserven mobilisierend.
»Hat Neider ihn wieder als Punchingball missbraucht?«
»Das ist Teil des Problems.« Wie viel sollte sie ihm anvertrauen? Er würde Hopewell ohnehin bald verlassen, was kümmerte es ihn, wie es ihr oder ihrem Sohn ging? Trotzdem überzeugte sie das zornige Funkeln in seinen Augen davon, dass er auf seine Weise um sie besorgt war.
»Und was ist der andere Teil?«
»Da geht es um etwas Persönliches.«

Er trat ein, kickte die Tür mit dem Fuß zu und wartete.
»Aber ich glaube nicht, dass das jetzt noch wichtig ist«, gestand sie. Jetzt, da Jon die Wahrheit kannte, gab es keinen Grund, ihn noch zu schützen. »Jon und ich hatten gerade eine Auseinandersetzung«, berichtete sie und beobachtete Daegans Reaktion. »Und … nun, er hat herausgefunden, dass er … adoptiert ist.«
Daegans Augen blitzten auf. »Ich dachte –«
Um seinen Anschuldigungen zuvorzukommen, sagte Kate rasch: »Ich habe allen, einschließlich Jon, weisgemacht, er sei mein leiblicher Sohn, und irgendwie war nie der richtige Moment, um ihm die Wahrheit zu sagen.« Tränen brannten hinter ihren Augenlidern, doch sie blinzelte sie weg. Sie würde jetzt nicht anfangen zu heulen. »Mir ist es völlig gleichgültig, ob *ich* ihm das Leben geschenkt habe oder eine andere Frau. Ich liebe ihn genauso sehr, als hätte ich ihn neun Monate in meinem Bauch ausgetragen. Ach, ich weiß auch nicht, warum ich dir all das erzähle, Daegan. Jon wird nach der Schule nach Hause kommen, wir werden das klären, und dann – vorausgesetzt, er möchte das –, werde ich ihm helfen, seine leiblichen Eltern ausfindig zu machen.«
»Und die sind wer?«, fragte Daegan mit scharfer Stimme.
»Keine Ahnung.« Wie viel sollte sie verraten? Wie viel durfte sie verraten? Sie seufzte. »Aber du bist doch nicht hergekommen, um mir endlos zuzuhören, oder?« Ihr Herz pochte, als sie seinem Blick begegnete. »Ich dachte, du würdest Hopewell verlassen.«
»Heute Abend.«
Herrgott. Ihre Welt ging in Scherben. »So bald schon?«
»Ich komme noch mal zurück, um die Tiere abzuholen, aber ich muss etwas Geschäftliches erledigen, und das kann nicht warten.«

Ihre Kehle war plötzlich wie zugeschnürt, ihr Herz hämmerte in einem verzweifelten, schmerzlichen Rhythmus. »Jon wird dich vermissen.«

»Und du?«, fragte er, trat näher zu ihr heran und bedachte sie mit einem so intensiven Blick, dass sie das Gefühl hatte, er schaue ihr direkt in die Seele.

»Bestimmt nicht«, schwindelte sie, doch ihre Lippen zitterten und straften ihre Worte Lügen. Er senkte langsam den Kopf und streifte mit seinem Mund über ihren, so dass sie dachte, ihr Herz würde in Stücke gerissen.

»Gut, dass du so tough bist«, sagte er, dann verschränkte er seine Finger mit ihren. »Komm. Nimm deine Jacke.«

»Warum?«

»Ich denke, du musst mal raus hier.«

»Aber meine Arbeit –«

»Du hast einen freien Tag verdient.«

»Das klingt äußerst verführerisch, aber ich zähle nicht zu der Sorte Mensch, die blaumachen, bloß weil …« *Bloß weil meine Welt auseinanderbricht*, wollte sie sagen. *Bloß weil du abhaust und das die letzte Gelegenheit ist, dir nahe zu sein, deine Lippen auf meinen zu spüren, so wie gerade eben.*

»Komm schon, Kate.« Seine Finger strichen verführerisch über ihre Hände und verdrängten ihre letzten Zweifel. »Es ist mein letzter Tag in Hopewell.«

Lügnerin! All die Jahre über hatte seine Mutter gelogen.

Falsch – die Frau, die er für seine Mutter *gehalten* hatte.

Jon kickte einen Stein am Straßenrand entlang, der über die gefrorene Erde in einen Graben schlitterte. Er hatte seinen Bus verpasst, und jetzt musste er ein ewiges Stück die Schnellstraße entlang bis zur nächsten Kreuzung laufen, von wo aus ein Linienbus Richtung Stadt fuhr. Aber das war nicht weiter schlimm. Schlimm war, dass Kate ihn die ganze Zeit über belogen hatte, ihn behandelt hatte wie ein Baby, einen Schwachkopf, der mit der Wahrheit nicht klarkommen würde.

Jon fühlte sich betrogen, und dieser Betrug machte ihn krank. Seine Gefühle liefen Sturm bei der Vorstellung, wie sie ihn all die Jahre über kontrolliert, sein Leben manipuliert, Dinge vor ihm geheim gehalten hatte, die doch so entscheidend waren. Im Grunde war er gar nicht in der Stimmung, jetzt zur Schule zu gehen, aber es blieb ihm keine große Wahl. An einem eisigen Spätherbsttag gab es in Hopewell, Oregon, nicht viele Möglichkeiten für Kinder, die die Schule schwänzten, und so etwas wie Freizeiteinrichtungen oder Jugendclubs gab es schon gar nicht.

Er würde in den Bus steigen, zu spät zum Unterricht kommen und den Tag irgendwie überstehen. Heute ging es lediglich darum, zu überleben. Seine Füße schlurften über den Boden und schossen ein paar Kieselsteine in Richtung eines weißen Vans, der am Straßenrand parkte. Ein Typ, den Jon noch nie zuvor gesehen hatte, kniete daneben. Der Mann hatte einen Wagenheber untergestellt und war gerade dabei, einen Reifen zu wechseln.

Weit und breit war kein anderes Fahrzeug zu sehen. Jon trat auf die schwarze Teerstraße und machte einen Bogen um den Van.

»Schönen kalten Morgen!«, rief der Mann fröhlich. Sein Atem bildete kleine Wölkchen vor seinem Gesicht.

»Ja«, gab Jon zurück und ging weiter. Vereinzelte Schneeflocken fielen vom Himmel. Schnee … das hatte ihm gerade noch gefehlt. Ein paar Zentimeter Neuschnee, und sie würden die Schule schließen und ihn nach Hause schicken, wo er sich mit seiner sogenannten Mutter auseinandersetzen musste.

»He, kannst du mir kurz helfen?«, fragte der Mann in Jons Gedanken hinein.
Jon drehte sich um und sah den Mann vor dem Van stehen, einen Reifenmontierhebel in der Hand. Er trug einen Ledermantel mit Gürtel – einen von diesen langen, die bis zu den Knien reichten. Der Kerl war mit Sicherheit ein Großstädter, hier aus der Gegend stammte er jedenfalls nicht.
»Ich muss meinen Bus erwischen«, sagte Jon und deutete die Straße hinunter. »Hab noch ein ganzes Stück vor mir.«
Der Mann lächelte kalt. »Das musst du nicht, Jon«, sagte er, schob mit einer schnellen Bewegung den Mantel zurück und zog etwas aus dem Hosenbund.
Eine Pistole … die er direkt auf Jon richtete.
Jons Kehle wurde trocken. Mist! »Woher kennen Sie meinen Namen?«
Der Mann deutete mit dem Kinn auf die Rückseite des Lieferwagens. »Steig ein. Drinnen haben wir Zeit zum Reden. Massenhaft Zeit.«
Rasch erwog Jon seine Möglichkeiten. Er war ein schneller Läufer. Wenn er lossprintete, konnte er es binnen Sekunden von der Straße schaffen und sich hinter den Bäumen und Sträuchern verstecken. Er war schnell … aber eine Kugel war schneller. Er saß in der Falle, auf offener Straße, ein unverstelltes Ziel.
Er spitzte die Ohren, ob sich vielleicht ein Fahrzeug näherte, doch alles war still. Ein vorbeifahrender Wagen wäre seine Rettung gewesen, aber wer fuhr schon zu so früher Stunde diese Strecke entlang? Sicher, der Linienbus würde an der Kreuzung anhalten, doch die war noch eine gute halbe Meile entfernt und von hier aus nicht zu sehen.
Sein Blick flog zurück zu der Pistole, die direkt auf sein Herz zielte. Der Mann kam näher.

»Hast du ein Problem, Junge?«, fragte er, blieb vor Jon stehen und griff, die Waffe unverwandt auf Jon gerichtet, mit der freien Hand nach dessen rechtem Handgelenk. Etwas schnappte zu. »Streck die Hände aus«, befahl er. Jon gehorchte und sah, wie der starre Metallring auch um sein linkes Handgelenk schnappte.

Handschellen.

Ihr Anblick erinnerte ihn an seine Vision. *Ach du lieber Himmel!*

Ein Kloß stieg in seiner Kehle auf. Er wusste, was nun passieren würde, wusste, dass seine Handgelenke rot und wund werden würden, weil er immer wieder versuchte, die Handschellen abzustreifen. Es würde höllisch weh tun, doch er musste alles tun, um von dem Mann wegzukommen. Dem Mann, der ihn in seinen Alpträumen gejagt hatte.

Der Mörder.

O Gott. Er war es.

Es gab ihn tatsächlich!

Sein Herz hämmerte, sein Puls raste, als ihm klarwurde, dass dies der Mann war, der seinem Leben ein Ende setzen wollte.

Ein eiskalter Killer.

»So ist's schon besser«, sagte der Kerl leichthin, als würden sie über das Wetter plaudern. »Alles ist sehr viel einfacher, wenn du tust, was ich dir sage, Jon. Und jetzt ab mit dir in den Van.«

Als Jon an die Beifahrertür trat, schüttelte der Mann den Kopf. »Aber nein, was denkst du denn? Doch nicht auf dem Todessitz, Junge. Du fährst hinten mit. Ich habe deinem Großvater versprochen, dass ich gut auf dich aufpasse. Luxusunterbringung auf der ganzen Strecke.«

»Meinem Großvater?«, fragte Jon. »Der ist doch schon lange tot! Sie haben die falsche Person erwischt, Mann.«

»Du bist doch Jon Summers, oder?« Der Kerl öffnete die Hin-

tertür des Vans. Als Jon nickte, sagte er: »Dann gehörst du jetzt mir, Junge. Ganz allein mir.«
Jon warf einen Blick in den Lieferwagen. Furcht presste seinen Brustkorb zusammen, als er die Gitterstäbe sah, die die vorderen Sitze vom hinteren Teil abtrennten.
Da war er, der metallene Käfig ... da war das dunkle, getönte Glas ... da waren die Schrecken seiner jüngsten Vision.
Sein Alptraum wurde Wirklichkeit, lag direkt vor ihm.
»Mach schon, Junge«, drängte der Mann und schubste Jon ins dunkle Innere des Lieferwagens. »Wir haben noch endlose Meilen vor uns, bevor wir schlafen gehen können.«

An diesen Tag werde ich mich immer erinnern, dachte Kate, als sie Daegan beim Satteln seiner beiden Pferde zusah. Zuerst erfuhr Jon, dass Jim und sie nicht seine leiblichen Eltern waren, dann reiste Daegan ab ... es war einfach zu viel, zu viele verschiedene Emotionen, die in einer so kurzen Zeitspanne aufeinandertrafen.
Sobald Kate im College angerufen und sich für den Tag entschuldigt hatte, waren sie gemeinsam zu Daegan hinübergefahren, wo er eine Thermoskanne mit Kaffee gefüllt und anschließend angefangen hatte, die Pferde zu satteln – trotz der niedrigen Temperaturen. In der alten McIntyre-Scheune war es wärmer, weil der eisige Wind nicht hineinwehen konnte. Die Tiere schnaubten aufgeregt und scharrten mit den Hufen im Stroh, als freuten sie sich auf die Kälte draußen. Daegan legte ihnen das Zaumzeug an.
»Falls du es noch nicht bemerkt hast«, sagte sie und beobachtete skeptisch, wie er die Thermoskanne in einer zerschrammten Satteltasche verstaute, »es schneit.«
Er zuckte die Achseln. »Nur ein paar kleine Flocken. Nichts, worüber man sich Sorgen machen müsste.«

»Das ist doch fast schon ein Blizzard«, widersprach sie.

Er befestigte die Satteltasche und eine Extradecke hinter dem Sattel, dann warf er ihr einen Blick über die Schulter zu. »In Montana gilt so etwas nicht gerade als Schneesturm. Komm, mach dich mal mit Loco bekannt.«

»Ich sollte meines Geisteszustand überprüfen lassen«, murmelte sie, doch sie folgte ihm nach draußen in die Kälte. Er ritt Buckshot, und sie stieg auf den Sattel des Grauen und folgte dem jungen Hengst durch ein Gatter auf ein großes, langgestrecktes Feld in den Gebirgsausläufern.

Der Wind blies ihr eiskalt in den Rücken, doch es tat gut, über die verharschten Felder und durch einen kleinen, fast zugefrorenen Bach zu reiten. Ein seltenes Hochgefühl erfasste sie.

Daegan saß aufrecht im Sattel, zügelte den nervösen Hengst und hielt sich auf einem schmalen Pfad, der in einiger Entfernung vom Haus an einer Gruppe kahler Bäume vorbeiführte und sich dann einen steileren Hügel hinaufschlängelte, von wo aus man einen wundervollen Ausblick aufs Tal hatte. Tief unten sah sie ihr Haus, auf dessen Dach sich Schnee türmte.

Daegan half ihr aus dem Sattel, breitete die mitgebrachte Decke auf dem Boden aus und schenkte Kaffee in den Metallbecher ein, der auf die Thermoskanne geschraubt war. »Ich habe dieses Fleckchen in der zweiten Woche meines Aufenthalts hier entdeckt. Schien mir der richtige Ort zu sein, um Abstand zu gewinnen.«

»Und wovon musstest du ›Abstand gewinnen‹?«, erkundigte sie sich und wärmte sich an der Tasse die behandschuhten Hände.

»Heutzutage muss jeder Abstand gewinnen, mal abschalten. Ich dachte, du könntest es auch gebrauchen.«

»Dabei ist der Tag noch jung.« Sie lachte trocken. »Wir haben nicht mal halb zehn, und mir kommt es so vor, als hätte ich bereits stundenlange Torturen hinter mir.«

Er verzog die Lippen zu diesem sexy Grinsen, das ihr Herz jedes Mal für einen Schlag aussetzen ließ, dann nahm er einen Schluck direkt aus der Thermoskanne. »Dann kann es ja nur besser werden.«

Nicht, wenn ich weiß, dass du bald abreist. »Glaubst du wirklich? Und wie soll das bitte schön gehen?«

»Soll ich's dir zeigen?«

Sie leckte sich die Lippen. »Was?«

»Das.« Seine Lippen waren federleicht und schmeckten nach Kaffee, als er sie auf ihre legte. »Und das.« Er stellte die Thermoskanne in den Schnee, nahm ihr die Tasse aus den Fingern und lehnte sie gegen eine Baumwurzel, bevor er die Arme um sie schlang. Er blickte ihr tief in die Augen, dann drückte er seinen Mund auf ihren. Er machte keine Versprechungen, erzählte ihr keine Lügen, doch er küsste sie so leidenschaftlich, dass sie kaum Luft bekam, nicht mehr klar denken konnte. Schneeflocken fielen vom Himmel, fingen sich in seinem Haar und in ihren Wimpern, dennoch war ihr warm. Tief in ihrem Innern regte sich eine längst vergessen geglaubte Sehnsucht, ein inniges Verlangen.

»Kate«, murmelte er, die Lippen auf ihre weiche Haut gedrückt. »Kate, Kate, Kate.«

Seine Stimme brach. Fast hätte sie geweint. Er würde Hopewell verlassen, würde *sie* verlassen. Sie konnte den Gedanken nicht ertragen, ihn nie mehr wiederzusehen, ihn nie mehr zu berühren, nie mehr seine Stimme zu hören. Sie nahm sein Gesicht in die Hände und küsste ihn verzweifelt. Tränen brannten in ihren Augen.

Verlass mich nicht, flehte sie stumm, da ihr Stolz es nicht zuließ, dass sie diese Bitte laut aussprach. Er küsste ihre Lippen, ihre Wangen, ihre Ohrmuschel, und sie erbebte innerlich, verlangte nach mehr. Hoffentlich würde dieser Morgen nicht der letzte sein, an dem sie sich fühlte wie eine Frau, hoffentlich würde sie irgendwann die Chance bekommen, mit ihm zu schlafen.

Ohne seinen Blick von ihrem zu lösen, zog er die Handschuhe aus und öffnete den Reißverschluss ihrer Jacke. Kate protestierte nicht, sondern half ihm, ihr die Jacke abzustreifen. Er erbebte, als sie seine Leidenschaft erwiderte, seinen Kuss erwiderte, mit seiner Zunge spielte.

Stöhnend zog er ihr den Pulli über den Kopf, dann schob er die Träger ihres BHs über ihre Schultern, um ihre vollen Brüste zu entblößen. Schneeflocken trafen auf ihre nackte Haut, und er küsste sie fort, bevor sie schmelzen konnten.

»Daegan«, flüsterte sie, als ein kalter Wind über ihre aufgerichtete Brustwarze strich. Seine Zunge, heiß und feucht, umspielte die erwartungsvolle Knospe. »Bitte«, flehte sie leise und wölbte sich ihm entgegen, wühlte mit den Fingern in seinem dichten Haar. Ihr Verlangen war nahezu schmerzhaft, ein wildes, unbändiges Pulsieren.

Endlich schloss er die Lippen um die harte Spitze und fing an, fest daran zu saugen. Kate stieß einen spitzen Schrei aus, als er daran zog und lutschte, während sein Daumen die andere Brustwarze liebkoste.

Die Welt um sie herum begann sich zu drehen. *Nimm mich, o Daegan, bitte nimm mich!* Seine Finger flogen über ihre Haut zum Bund ihrer Jeans. Er öffnete den Reißverschluss und glitt mit der Hand in ihr Höschen, wo er sich durch das Nest aus Locken in ihren Schritt vortastete. Als hätten sie einen eigenen Willen, hoben sich ihre Hüften, drängten sich ihm entgegen, damit er sie dort küsste. Sein heißer Atem strich über ihre Haut und die feuchten Löckchen.

»Geduld, mein Liebling«, murmelte er. »Wir haben noch den ganzen Tag Zeit.«
Doch Kate wollte es jetzt. Es war so endlos lange her, dass sie von einem Mann geliebt worden war, und jetzt, da sie wusste, dass dies ihre einzige Chance war, mit Daegan zu schlafen, konnte sie sich nicht länger beherrschen.
Sie schauderte, als seine Finger ihre feuchte Spalte berührten und in sie eintauchten. Endlich schob er ihr die Jeans über die Knöchel und riss ihr das winzige Höschen herunter. Kate konnte es kaum noch erwarten. »So ist's gut«, murmelte er und küsste sie an ihren intimsten Stellen. Seine Zunge spielte mit der Knospe ihrer Lust, die ihn willkommen hieß.
Er hob ihre Knie an, und sie fing an, vor Begierde zu wimmern. »Lass dich gehen«, murmelte er, und das tat sie. Vor ihren Augen funkelten Sterne. Sie bäumte sich auf und schrie. Langsam ließ er sie los, zog Jacke, Hemd und Jeans aus und schob sich auf sie. Seine Erektion war steinhart und gewaltig. Ihre Finger wanderten über seinen Körper, berührten ihn an Stellen, an die sie gar nicht zu denken gewagt hatte, bis er endlich ihre Beine auseinanderdrängte und mit einem kräftigen Stoß in sie eintauchte.
»Liebe mich, Kate«, stöhnte er und stieß so tief in sie, dass ihr die Luft wegblieb, dann zog er sich langsam wieder zurück. »Liebe mich.«
»Das tue ich«, flüsterte sie. Tränen traten ihr in die Augen, als er erneut in sie stieß. »Bei Gott, Daegan, das tue ich.«
Daegans Tempo wurde schneller, immer tiefer, immer wilder drang er in sie ein. Er musste sich auf die Zähne beißen, um nicht zu kommen, doch erst als sie sich aufbäumte und anfing zu zucken, ließ er los. Mit einem Schrei, rauh und wild wie der Sturm, der sie umtoste, ergoss er sich in sie, dann brach er über ihr zusammen. Seine Muskeln glänzten vor Schweiß.

Kate klammerte sich an ihn, satt, befriedigt; betäubt von ihren Gefühlen, sah sie die Welt um sich herum wie durch ein Kaleidoskop. Warum war sie dazu verdammt, diesen Mann zu lieben, diesen Fremden, der nach nur wenigen Wochen ihr Geliebter geworden war?

Er küsste sie, und sie blinzelte den Tränenschleier fort, der ihren Blick trübte. Noch immer fielen Schneeflocken aus dem bleigrauen Himmel. »Besser?«, fragte er.

»Mm.« Sie streckte sich und sah ihm in die Augen, in denen noch die Leidenschaft ihrer Vereinigung glühte.

Schweigend spielte er mit einer Strähne ihres Haars. »Das war vermutlich ein Fehler.«

»Nicht nur ›vermutlich‹.«

Er schaute zum Himmel hinauf, dann schloss er die Augen und rollte sich von ihr herunter. »So weit wollte ich nicht gehen.«

Er bedauert es jetzt schon, mit dir geschlafen zu haben! Enttäuschung machte sich in ihr breit, und ihr missachteter Stolz kehrte mit aller Macht zurück. Sie bereute keinen einzigen Kuss; wenn er sie schon verließ, wollte sie zumindest etwas haben, woran sie sich erinnern konnte. »Ich auch nicht.«

»Aber ich würde nichts ändern wollen.«

Erleichterung durchflutete sie, als er sie sanft auf die Wange küsste. Sie schauderte, und er zog sie in seine nackten Arme, küsste ihren Scheitel, während der Wind mit ihren Haaren spielte. Er hielt sie fest an sich gedrückt, als habe er Angst, sie zu verlieren, als wolle auch er die schreckliche Tatsache verdrängen, dass er von hier fortging.

»Du bist eine Wahnsinnsfrau, Kate Summers«, flüsterte er.

Sie unterdrückte ein Schluchzen, während sie sich an ihn klammerte, und als seine Lippen wieder einmal die ihren berührten, war sie bereit, erneut mit ihm zu verschmelzen. Sie wusste, dass sie sich tief im Innern beweisen wollte, dass diese gegenseitige Anziehung nicht allein körperlicher Natur war, sondern auch auf einer geistigen und emotionalen Ebene stattfand.

Angespornt von seinen Berührungen, fing sie an, ihn zu streicheln, ließ ihre Finger über seine harten Brustmuskeln gleiten, umspielte seine kleinen, flachen Brustwarzen. Er stöhnte und küsste sie atemlos. Sie griff tiefer, tastete über seine Pobacken, seine Beine, dann schloss sie ihre Finger um seine Erektion. »Wow«, flüsterte sie. Bald schon konnte er die glückselige Qual nicht länger ertragen. Er zog sie auf sich und hob die Hüften, um in sie einzudringen. Sie senkte sich auf ihn herab, ritt ihn, ein ekstatischer Schrei entrang sich seiner Kehle, dann stieß er wie wild in sie, suchte mit dem Mund ihre Brüste, leckte, küsste und saugte.

Mit einem Schrei fiel sie nach vorn und fühlte, wie er unter ihr erschauderte. Er öffnete die Arme, um sie aufzufangen und sie besitzergreifend an sich zu ziehen. Sein Atem ging genauso abgehackt wie ihrer.

»Daegan«, flüsterte sie, und er breitete ihre Jacke über sie beide, küsste ihre Schläfe und Augenlider, während sich ihr Herzschlag langsam beruhigte. »Ach, Daegan.«

»Ich liebe dich«, flüsterte er ihr ins Ohr. Jetzt begannen ihre Tränen zu fließen. Daegan streichelte ihr Haar. »Was auch immer passiert, glaub mir, dass ich dich liebe, wie ich noch nie eine Frau geliebt habe.«

Kate fing an zu schluchzen, und er seufzte tief. Dann schob er sie von sich, damit er ihr in die Augen blicken konnte. Sie sah Trauer darin, doch gleichzeitig auch seine stumme Entschlossenheit. Ihr brach das Herz.

»Du wirst mich verlassen.«

»Ich muss.«

»Aber warum?«, weinte sie, woraufhin er sich im Stillen verfluchte. Er konnte ihr nicht sagen, dass er Jons Vater war und dass es besser für sie alle war, wenn er für immer aus ihrem Leben verschwand und dafür sorgte, dass sie niemals von der Familie Sullivan belästigt wurden. »Ich würde bleiben, wenn ich könnte«, schwor er ihr, »aber es geht nicht.« Er strich ihr mit einem Finger über die tränennasse Wange. Dann küsste er sie wieder. »Komm, lass uns zum Haus zurückkehren und den Rest des Tages im Bett verbringen.«

Sie schüttelte den Kopf. »Nicht, wenn du gehst.«

»Willst du etwa mit mir verhandeln?«, fragte er mit hochgezogener Augenbraue.

»Mir ist nicht nach Scherzen zumute«, erklärte sie mit Tränen in den Augen. »Ich liebe dich, Daegan O'Rourke. Ich will das nicht, und ich bin wütend auf mich, weil ich nicht anders kann. Ich liebe dich.«

Ihre Worte hallten durch die kalte Herbstluft.

»Jon liebt dich ebenfalls.«

Sein Herz, das längst blutete, erlitt eine weitere Verwundung.

»Wie kannst du ihn nur so enttäuschen?«

»Das muss ich«, war alles, was er hervorbrachte. Er reichte ihr ihre Jeans. Laut schniefend zog sie sich an. Offenbar hatte sie eingesehen, dass sämtliches Betteln und Flehen nichts nutzte. Als sie fertig war, nahm sie entschlossen die Schultern zurück und drückte das Rückgrat durch.

Gut. Sie würde all ihre Kraft brauchen.

Schweigend ritten sie zurück zum Blockhaus. Nachdem sie die Pferde versorgt und ihnen frisches Heu und Wasser in die Scheune gebracht hatte, bot er Kate eine weitere Tasse Kaffee an, die sie in Eli McIntyres schäbiger kleiner Küche langsam trank. Trotz der Traurigkeit in ihren Augen brachte sie ein schiefes Lächeln zustande.

»Ich kann mir nicht vorstellen, dass jemand auf solchen Luxus verzichten will«, zog sie ihn auf.
»Es fällt mir auch schwer.«
»Aber Montana ruft?«
»Es war ein Fehler zu glauben, ich müsste dort wegziehen.«
Sie wandte den Blick nicht ab. »Es muss noch einen anderen Grund geben.« Bildete er sich das nur ein, oder zitterte die Tasse in ihren Fingern?
Zeit, ihr eine Lüge aufzutischen, mit der du dir für immer ihren Hass zuziehen wirst, so dass sie nie auf die Idee kommt, dich zu besuchen. »Ja, den gibt es.«
Er zählte die Pulsschläge an ihrem Hals. Sie rührte sich nicht, auch wenn stumme Verzweiflung ihre Züge verzerrte. »Und der wäre?«
»Ich bin davongelaufen.«
»Möchte ich wissen, wovor?«
»Vermutlich nicht.«
»O Gott, du hast eine Frau.«
Er hätte einfach ja sagen und aus der Sache raus sein können, doch stattdessen erwiderte er: »Ex.«
»Kinder?«, fragte sie mit kaum vernehmlicher Stimme.
Seine Kehle schnürte sich zusammen. »Einen … einen Sohn. In Jons Alter. Er, ähm, er lebt bei seiner Mutter, und das ist wahrscheinlich besser so. Ich war ihm kein guter Vater.«
Sie sah ihn ungläubig an. »Aber du bist großartig im Umgang mit Jon.« Ihre Stimme versagte. »Du hast mich belogen«, stieß sie schließlich mühsam hervor.
»Ja.« *Ach Mädchen, wenn du nur wüsstest.* »Aber du hast mich auch belogen, was Jon anbelangt.«
»Du wolltest dich sang- und klanglos aus dem Staub machen.«
»Nein. Schließlich bin ich vorbeigekommen, um mich zu verabschieden.«

»Und dann haben wir uns geliebt.«
Er nahm ihre Hände in seine. »Glaub mir, das werde ich niemals bereuen.«
»Und das war's? Aus und vorbei?« Ungläubigkeit mischte sich mit Enttäuschung.
Es wird niemals vorbei sein. Weder für mich noch für dich. Das spürte er tief in seiner Seele. »Es muss sein.«
»Du *Mistkerl!* Du verlogener, nichtsnutziger ...« Bevor sie sich im Zorn zu Schlimmerem hinreißen ließ, klappte sie den Mund zu und funkelte ihn an. Dann stand sie abrupt auf und knallte ihre Tasse auf den Tisch. Der Kaffee, der noch darin war, schwappte über. »Leb wohl, Daegan«, sagte sie, schnappte sich ihre Jacke von der Sofalehne und stürmte zur Tür hinaus.
»Kate –« Wenn er ihr nur die Wahrheit sagen, sie wissen lassen könnte, was er fühlte, wer er wirklich war ...
Sie war bereits die Stufen hinuntergesprungen und stapfte nun durch den dicken Schnee, als könne sie nicht schnell genug von ihm wegkommen. Fluchend rannte er zu seinem Pick-up, ließ den Motor an und fuhr ihr nach. Kurz vor dem Ende der Zufahrt hatte er sie eingeholt.
Er kurbelte das Fenster hinunter. »Steig ein«, befahl er. Ihr Gesicht war gerötet, das Kinn trotzig vorgereckt, Schnee sammelte sich in ihrem Haar.
»Fahr zur Hölle.«
»Kate, bitte –«
»Hau einfach ab, Daegan«, sagte sie. Jetzt hatte sie die Schnellstraße erreicht und bog in ihre eigene Zufahrt ein. »Das hattest du doch eh vor.«
Gegen diese Logik kam er nicht an. »Steig in den Wagen.«
Sie wirbelte zu ihm herum, das Gesicht wutverzerrt. »Sieh zu, dass du von meinem Grundstück kommst!« Mit geballten

Fäusten stapfte sie weiter, ihr Atem bildete kleine weiße Wolken in der eisigen Luft.
Er folgte ihr, und als sie das Haus erreichte, hielt er an, stieg aus dem Pick-up und sprang die Stufen der Eingangstreppe hinauf. Sie versuchte, ihm die Tür zu versperren, doch er drängte sich an ihr vorbei. Schwer atmend stand er im Wohnzimmer ihres gemütlichen kleinen Hauses.
»Was willst du?«, fragte sie. »Noch ein bisschen Spaß im Schnee?«
Das saß. »Du sollst wissen, dass nichts, was ich oben auf dem Hügel gesagt oder getan habe, eine Lüge war.«
Sie schnalzte abfällig mit der Zunge, dann ging sie in die Küche. »Ich weiß nicht, warum du hier bist.«
»Ich auch nicht.«
Sie drehte sich um, und er streckte seine Hände aus. »Ich sollte es einfach dabei belassen, Kate. Es wäre das Beste für uns beide, wenn ich einfach zur Tür hinausmarschierte, doch ich will nicht gehen, bevor du mir nicht glaubst, dass ich dich trotz allem liebe und dich immer lieben werde.«
Sie schloss die Augen, wie um sich selbst zu schützen, dann streckte sie die Hand nach dem Anrufbeantworter aus und drückte auf NACHRICHTEN. »Tu das nicht, Daegan. Bitte spiel nicht mit mir. Geh einfach. Jetzt.«
»Das mache ich, Kate. Doch du sollst wissen, wie viel du mir bedeutest. Du bedeutest mir mehr als alles andere auf der Welt.«
Tränen liefen ihr über die Wangen, die sie rasch mit dem Handrücken abwischte. »Na schön, du hast mich zum Weinen gebracht. Ist es das, was du wolltest?«
»Nein.«
»Mrs. Summers«, sagte eine Männerstimme. Kate riss die Augen auf. »Hier spricht Don McPherson von der Hopewell Highschool –«

»O nein«, wisperte sie und schüttelte heftig den Kopf. »Bitte nicht schon wieder.«
»Jon ist heute nicht in der Schule erschienen. Dem Sekretariat liegt keine Abmeldung vor. Wir gehen davon aus, dass Sie wissen, dass Jon eine Entschuldigung nachreichen muss.«

Neils VanHorn hatte nie mit seiner geheimen Komplizin geschlafen, obwohl er mehr als eine Nacht mit anderen Frauen im Bett verbracht und sich dabei ihre perfekten, markanten Gesichtszüge vorgestellt hatte. Er hatte davon geträumt, wie sie ihre langen Beine um ihn schlang und ihre blutroten manikürten Fingernägel in seinen Rücken grub, und genau das war der Grund dafür, dass er sich immer noch von ihr bezahlen ließ, trotz der Gefahr, aufzufliegen.
Jetzt stand er in einer Telefonzelle vor einer Fernfahrerkneipe irgendwo am Highway von Idaho, fütterte den Apparat mit Vierteldollarmünzen und musste sich eingestehen, dass sie ihn mehr als nur ein wenig einschüchterte. Genau wie der Junge, den er im Lieferwagen eingesperrt hatte und der immer, wenn er meinte, Neils würde nicht hinsehen, versuchte, seine Handschellen abzustreifen. Der Junge blickte ihn so ausdruckslos an, dass Neils schon meinte, einen Zombie vor sich zu haben. Er schnitt eine Grimasse und warf einen Blick auf den Van, der ein Stück entfernt auf dem abgelegenen Teil des Parkplatzes stand, wo sonst niemand parkte. Er hatte schon einige halbseidene Ermittlungen durchgeführt, doch Kindesentführung war neu für ihn, und sie bereitete ihm Sorge. Vielleicht hätte er darauf bestehen sollen, dass Robert einen größeren Vorschuss leistete. Vielleicht sollte er darauf verzichten, die Frau in sein Bett zu kriegen, und den Jungen ganz einfach bei dem alten Herrn abliefern.
Doch dann tönte ihre sinnliche Stimme durch die Leitung, und

Neils Männlichkeit erwachte. Allein schon beim Klang ihrer Stimme. Verdammt, er hatte es nötig.

»Sie haben den Jungen«, sagte sie, und ihre Aufregung ließ ihn nur noch härter werden.

»Das ist richtig.«

»Wo ist er?«

»An einem sicheren Ort«, erwiderte Niels, der es genoss, sich verbal mit ihr zu messen. »Sie wissen, dass ich Ihnen keine genauere Auskunft erteilen kann, solange wir keine entsprechende Vereinbarung haben. Aber ich bringe ihn in Ihre Nähe. Robert will ihn sehen.«

»Keine gute Idee. Ich will nicht, dass er herkommt. Außerdem dachte ich, wir wären übereingekommen, dass ich Ihnen das Doppelte zahle wie Robert.«

»Ich weiß«, räumte Neils ein und fuhr sich mit der Hand durchs Haar. Im Hintergrund war leise Musik zu vernehmen – eine Symphonie oder Ähnliches. Ein Klasseweib. »Aber es hängt natürlich davon ab, was ich für Sie tun soll.«

»Abgemacht ist abgemacht.«

»Tatsächlich? Da bin ich aber anderer Meinung. Sonst würde ich Ihren Onkel doch jetzt nicht hintergehen.«

Obwohl sie Tausende von Meilen entfernt war, konnte er ihre Verachtung durchs Telefon spüren. Wie er es liebte, mit ihr zu spielen, sie aufzupeitschen und anschließend doch nicht ans Ziel kommen zu lassen! Das war besser als jeder andere erotische Kick.

»Wenn Sie sich nicht an Ihren Teil unserer Vereinbarung halten«, erklärte sie bedächtig, »werde ich zu Robert gehen und ihm sagen, dass Sie versuchen, doppelt Kasse zu machen.«

Er stellte sie sich mit Lehrerinnenbrille vor, wie sie ihm drohte, ihm mit einem langen Zeigestock den Hintern zu versohlen. *Ja, Baby, gib's mir! Zeig's mir!*

»Das glaube ich nicht«, erklärte er, seine Vorstellung genießend. Die Tatsache, dass er die Oberhand hatte, gefiel ihm ausgesprochen gut.
»Ich habe Ihnen angeboten, das Doppelte zu zahlen, wenn Sie den Jungen finden«, knurrte sie. »Aber ich werde noch einen Bonus drauflegen, Neils: noch einmal dasselbe, wenn Sie ihn für mich beseitigen.«
Neils erstarrte. Die Wende, die dieses Gespräch nahm, gefiel ihm gar nicht. Sicher, der Junge war ihm unheimlich, aber deshalb wollte er noch lange nicht, dass ihm etwas zustieß! Zum Teufel, das wäre ja Mord! Das war nicht sein Ding. Herrgott, Kidnapping war wahrhaftig schlimm genug.
Sie seufzte. »Ach Neils, wie naiv Sie doch sind!« Er konnte nicht sagen, ob sie wirklich amüsiert war oder ob sie ihn nur neckte, doch dann fuhr sie fort: »Seien Sie kein Dummkopf. Sie erwarten doch nicht wirklich, dass ich Ihnen eine derartige Summe dafür bezahle, dass Sie den Bastard laufenlassen? Tun Sie mir einfach den Gefallen und bringen Sie ihn um.« Ihre Stimme triefte vor Ungeduld, Bosheit und Blutdurst. »Töten Sie ihn. Jetzt.«

Kapitel zweiundzwanzig

Kate starrte auf die Uhr. Sechzehn Uhr dreißig, und noch immer nichts von Jon. Sie hatte den Sheriff angerufen, aber Swanson hatte kein Interesse gezeigt. Solange Jon nicht länger als vierundzwanzig Stunden vermisst wurde, war ihm sein Verbleib egal. Die Polizei in Bend zeigte auch keinen großen Eifer, ihr zu helfen. In der Schule war er nicht aufgetaucht. Daegan hatte sich auf die Suche nach ihrem Jungen gemacht, aber er hatte nicht die kleinste Spur von ihm entdeckt.

Sie trommelte mit den Fingern auf den Küchentresen und hatte das Gefühl, vor Sorge durchzudrehen. Draußen schneite es immer noch, und jetzt, da sich langsam die Dämmerung herabsenkte, wurde die Frage, wo oder bei wem er wohl stecken mochte, immer drängender. Was er wohl machte? Sie hatte nach der Schule all seine Mitschüler angerufen, aber keiner hatte ihn gesehen. Daegan war sogar zu den Neiders gefahren, doch dort war niemand zu Hause gewesen.

»Es wird ihm schon nichts zugestoßen sein«, versuchte Daegan, Kate zu beruhigen. Er stand am Fenster und behielt die Zufahrt im Blick.

Kate hätte ihn am liebsten rausgeworfen, diesem Lügner gesagt, er solle bloß abhauen und sie mit ihrer Angst um ihren Jungen allein lassen, aber seine in Falten gelegte Stirn und der Anruf beim Reisebüro, mit dem er seinen Flug umgebucht hatte, hatten sie davon überzeugt, dass er sich aufrichtige Sorgen machte. Außerdem hatte sie ihn gern um sich, er gab ihr die Kraft, die ihr im Augenblick fehlte.

Er hatte ihr Kaffee gekocht, ein Feuer im Kamin angezündet, und er war mit Roscoe und Houndog die Orte abgegangen, an denen sich ein Junge bei dieser Kälte verkriechen konnte. Vergeblich. Jetzt warteten sie.

Das Telefon klingelte. Fast wäre Kate vor Schreck aus der Haut gefahren. Sie rannte in die Küche und nahm noch vor dem zweiten Klingeln den Hörer ab.

»Hallo?«, stieß sie atemlos hervor.

»Kate?«, drang Lauras Stimme durch die Leitung. »Alles in Ordnung bei dir? Du klingst, als bekämst du keine Luft mehr.«

»Es geht um Jon. Er ist weg!« Daegan, der noch immer am Wohnzimmerfenster stand, sah mit besorgten Augen zu ihr herüber. Kate schüttelte den Kopf und wandte sich ab. Entwarnung. »Ich – ich kann nicht lange reden, die Leitung muss frei sein für den Fall, dass er versucht, mich anzurufen.« Schnell berichtete sie ihrer Schwester, was passiert war. Daegan erwähnte sie mit keinem Wort.

Als sie geendet hatte, entstand eine bedeutungsschwere Pause am anderen Ende der Leitung. »Vielleicht ist jetzt nicht der richtige Augenblick, dir meine Neuigkeiten zu berichten«, sagte Laura schließlich.

»Was für Neuigkeiten?«

»Es geht um Daegan O'Rourke.«

Kates Blick schweifte zurück zum Wohnzimmer. Daegan hatte ihr den Rücken zugekehrt und starrte hinaus in den immer dunkler werdenden Himmel. Ihr Herz schlug schneller vor Furcht. *O nein, bitte nicht! Nicht jetzt!*

»Spuck's aus«, sagte sie und spürte schon jetzt, wie sich ihre Eingeweide schmerzlich zusammenzogen.

»Okay, aber es ist nicht schön. Es hat sich herausgestellt, dass der Daegan O'Rourke aus Montana in Boston aufgewachsen ist. Er ist der uneheliche Sohn von Mary Ellen O'Rourke und Frank Sullivan. Frank wollte sich nicht von seiner Ehefrau scheiden lassen, also hat er sich diese Mary Ellen in einem kleinen Apartment über einer schmutzigen Kneipe als Geliebte gehalten.«

Kate empfand Mitleid mit dem kleinen Jungen, der Daegan einst gewesen war, trotzdem verspürte sie Furcht. Wer war dieser Mann? Was wollte er von ihnen? War er der Kriminelle – Jons leiblicher Vater?

»Wie dem auch sei, Frank Sullivan ist ein übler Scheißkerl, einer von der allerschlimmsten Sorte. Hat Daegan wie Luft behandelt.«

»Und das alles stand in den *Akten?*«, fragte Kate ungläubig. *Großer Gott, was nun? Du liebst Daegan, vertraust ihm, glaubst an ihn!*

»Nein, ich habe in meiner Freizeit noch ein bisschen tiefer gegraben. Eine meiner Freundinnen ist Privatdetektivin, die früher als Detective fürs Boston Police Department gearbeitet hat. Sie hat ein bisschen geschnüffelt.«

Kate unterdrückte ihre Furcht und presste den Hörer fest ans Ohr.

»Dieser Junge – Daegan O'Rourke – ist total durchgeknallt, er hat einmal sogar versucht, seinen alten Herrn zu erschießen, doch der Schuss ging daneben. Die Sullivans haben alles unter den Teppich gekehrt – es wurde niemals Anzeige erstattet, deshalb taucht auch nichts davon in den Akten auf.«

»Gar nichts?«

»Gar nichts. Etwas später ist der legitime Sullivan-Erbe mit seinem illegitimen Cousin zusammengestoßen, und das Feuerwerk ist richtig explodiert.«

Kate lehnte sich Halt suchend gegen die Anrichte. Ihre Handflächen waren schweißnass, ihre Gedanken rasten. Vor ihrem inneren Auge sah sie Daegan vor sich, der Jon das Reiten beibrachte, ihm zeigte, wie man richtig boxte, der mitten in einem Schneesturm auf ihr lag und sie liebte.

Als würde er spüren, dass etwas nicht stimmte, gab Daegan seinen Posten am Fenster auf und kam zu ihr in die Küche geschlendert. Er streckte die Hand nach der Kaffeekanne aus, dann verharrte er, als ahnte er, worum es bei dem Gespräch ging.

Laura, die davon natürlich nichts mitbekam, fuhr fort: »O'Rourke und sein Cousin Stuart gerieten aneinander und lieferten sich einen brutalen Kampf, aber niemand weiß oder erinnert sich, worum es dabei ging. Sie hatten Messer und eine Brechstange, und es endete damit, dass Stuart, der künftige Besitzer des Sullivan-Vermögens, tot auf dem Dock lag, als endlich die Polizei eintraf, alarmiert von O'Rourke. Warum O'Rourke die Cops ruft, wenn er gerade jemanden umgebracht hat, ist mir allerdings schleierhaft.«

Kates Blut gefror zu Eis. Rasch wandte sie den Kopf ab, um Daegans fragendem Blick auszuweichen.

»Wer ist dran?«, fragte Daegan.

Doch Laura war noch nicht fertig. »Wieder einmal kam O'Rourke wegen Mangel an Beweisen ungeschoren davon. Wieder kam es nicht zu einer Anklage. Dann verschwand er. Ist nie wieder nach Boston zurückgekehrt.«

»Wie hast du das herausgefunden?«, fragte Kate. »Ich dachte, in den Akten sei nichts darüber vermerkt …«

»Meine Freundin hat mit einer von Franks Angestellten gesprochen. Dann hat sie O'Rourkes Mutter, Mary Ellen, einen Besuch abgestattet. Diese war nicht allzu glücklich darüber, doch sie hat zugegeben, dass er ihres Wissens in einer kleinen Stadt in Montana lebt, obwohl sie seit Ewigkeiten nichts von ihrem Sohn gehört hat.«

»Ach du liebe Güte.«

»O'Rourke ist ein übler Kerl, Kate. Ich habe mich geirrt, was ihn anbelangt.«

»Und warum interessiert er sich für Jon?«, fragte sie und hoffte, Lauras Antwort über das laute Rauschen in ihren Ohren hinweg verstehen zu können.

»Keine Ahnung, das fragst du ihn am besten selbst.«

»Danke, Laura, das mache ich«, erwiderte Kate.

»Ruf mich an, sobald du Jon gefunden hast«, bat ihre Schwester, die Stimme heiser vor Sorge. »Und lass mich wissen, was für ein Spielchen O'Rourke mit euch treibt.«

»Ich melde mich, sobald ich es herausgefunden habe. Und danke, Laura.« Kate legte auf und versuchte, den Zorn zu zügeln, der sich einen Weg an die Oberfläche bahnte. Daegan hatte sie belogen. Er hatte Jon belogen. Und er hatte sie beide benutzt. Wieder und wieder.

»Was willst du von mir?«, fragte sie und blickte ihn mit neuer Entschlossenheit an. »Und was willst du von meinem Sohn?«

»Nichts.«

»Wer bist du?«, fragte sie, dann ließ sie die Bombe platzen. Sie deutete aufs Telefon und sagte: »Das war meine Schwester Laura. Sie hat mir alles über dich erzählt – dass du mit der Familie Sullivan verwandt bist, wie du hier gelandet bist. Ich weiß bloß nicht, warum!«

Daegan kniff die Augen zusammen.

»Du hast mich belogen! Mich und *Jon!*«, stieß sie vorwurfsvoll hervor.

»Es tut mir leid.«

»Warum, Daegan?«

»Weil ich Jons Vater bin.«

Das Zimmer um sie herum schien zu schrumpfen, während

sein Geständnis von den immer näher rückenden Wänden hallte. Kate hatte Mühe zu atmen.
Jons *Vater?*
»Du bist nicht ... das kann nicht sein ...«, wisperte sie, doch sie spürte die Wahrheit so schmerzhaft, als hätte er ihr einen Pfahl in die Brust getrieben.
»Ich habe es auch nicht wahrhaben wollen. Aber es stimmt.«
»Warum sollte ich dir glauben? Erst bist du Single, dann bist du geschieden und hast einen Sohn, und jetzt bist du Jons Vater.«
»Ich bin Single, war nie verheiratet, und Jon ist mein Junge.« Die Worte flogen durch den Raum wie Querschläger.
»Ich kann nicht ... Ich glaube dir nicht ...« Kate konnte keinen klaren Gedanken fassen. Endlich formte sich die eine, entscheidende Frage in ihrem Gehirn: »Wo ist er?«
»Das weiß ich nicht.«
»Wo, verdammt noch mal?«, schrie sie beinahe hysterisch.
»Ich will ihn genauso finden wie du.«
»Damit du ihn mir wegnehmen kannst!«, schrie sie außer sich vor Empörung und stürzte sich mit geballten Fäusten auf ihn, doch er umschloss sie mit seinen starken Armen und hielt sie fest.
»Tu das nicht«, sagte er und küsste sie auf den Scheitel.
»Verflucht!« Wütend stieß sie ihn von sich. »Wer bist du, du Mistkerl, und was willst du von mir?«
Daegan fuhr sich mit den Händen durchs Haar, dann schenkte er ihnen zwei Tassen Kaffee ein. »Na schön, Kate, ich nehme an, du solltest die Wahrheit kennen.«
»Ich hätte sie von Anfang an kennen sollen, gleich bei unserer ersten Begegnung!«
Er hielt ihr eine Tasse Kaffee hin. Als sie ihn ignorierte, ging er hinüber ins Wohnzimmer und wärmte sich am Kamin. Kate

hockte sich auf die Armlehne ihrer gemütlichen Couch, und er begann, ihr alles zu erklären, angefangen mit Bibis Besuch in Montana, bei dem sie ihm mitgeteilt hatte, dass er Vater war, über die Pläne des alten Sullivan bis zu seinem Entschluss, nach Boston zurückzukehren und seinem Onkel entgegenzutreten, um Kate und Jon zu schützen.

Sie wollte ihm glauben, wollte glauben, dass er aufrichtig war, doch sie konnte es nicht. Auch wenn er sich so engagiert um Jon gekümmert hatte, steckten schlussendlich rein selbstsüchtige Motive dahinter.

Die Tatsache, dass Daegan einen Sohn mit seiner Cousine gezeugt hatte, schockierte sie weniger als die Vorstellung, dass Jon leibliche Eltern hatte, die nun womöglich Anspruch auf ihn erheben würden.

Ihre Ohren klingelten, ihr Kopf hämmerte, während sie Daegan zuhörte.

»Ich fürchte, ich habe diesen Privatschnüffler unterschätzt, den Robert engagiert hat – VanHorn«, sagte dieser gerade. »Es könnte sein, dass er sich Jon geschnappt hat – und das wäre dann meine Schuld. Ich muss ihn hierhergeführt haben. Ich hätte niemals so lange bleiben dürfen – das war völlig anders geplant –, doch dann bin ich dir begegnet und ... Ach, zum Teufel, ich hatte kein Recht, dich da hineinzuziehen!«

Ihr Herz schnürte sich zusammen vor Furcht. »Also – wo ist Jon?«

»Wenn Neils ihn hat – und ich halte das für eine ernstzunehmende Möglichkeit –, dann ist er jetzt unterwegs nach Boston, zu Robert.«

Wie ein Blitz schoss Kate von der Couchlehne hoch. »Worauf warten wir dann? Wir sollten das FBI informieren und –«

Ihr Blick fiel aufs Fenster. Zwei Scheinwerfer schnitten durch

die Dunkelheit. Der Wagen des Sheriffs rollte durch den Pulverschnee auf ihrer Zufahrt. Ihr Herz machte einen Satz. Vielleicht irrte Daegan sich. Vielleicht hatte die Polizei Jon gefunden … Die Wagentür öffnete sich, ein einzelner Deputy stieg aus und stapfte aufs Haus zu.
Kate riss bereits die Tür auf.
»Ms. Summers?«
»Ja.«
Der Mann war groß, dunkelhäutig und trug einen schwarzen Schnurrbart. Er machte ein finsteres Gesicht. »Deputy Brown«, stellte er sich vor.
Ihre Hoffnung schwand schlagartig, plötzlich hatte sie riesige Angst. War Jon verletzt oder gar Schlimmeres?
»Haben Sie meinen Sohn gefunden?«
»Noch nicht, aber wir haben einen anonymen Hinweis bekommen. Jemand behauptet, er habe Ihren Sohn zusammen mit Daegan O'Rourke gesehen. Er hat die alte McIn…«
»Ich weiß, wer er ist«, fiel Kate ihm ins Wort und trat zur Seite, um den Deputy hereinzulassen. Als er eingetreten war, schloss sie die Tür und deutete auf Daegan, der dem Gesetzeshüter angespannt entgegenblickte. »Er ist hier.«
»Jemand hat angerufen, um uns mitzuteilen, er habe Sie heute früh zusammen mit dem Jungen gesehen, Mr. O'Rourke. Um kurz vor acht. Sie seien in Richtung Westen unterwegs gewesen.«
»Eine Lüge.«
»Sie waren –«
»Zu Hause. Ich habe die Tiere gefüttert. Um kurz nach acht bin ich hierhergefahren und seitdem nicht mehr weg gewesen.«
»Das … das stimmt.« Kate nickte bestätigend.
Der Deputy rieb sich den Nacken. »Hat Sie jemand beim Ver-

lassen Ihres Grundstücks gesehen? Jemand, der Ihre Angaben bestätigen kann?«

»Nein.«

Kates Herz hämmerte. Der Deputy konnte das unmöglich ernst meinen … oder doch? Hatte sie nicht selbst angenommen, Daegan wisse, wo Jon steckt?

»Sie sollten besser ins Department kommen und eine Aussage machen«, schlug Deputy Brown vor. »Nur damit wir die Angelegenheit klären können.«

»Ich glaube nicht, dass das nötig ist«, widersprach Kate. »Daegan war hier bei mir …«

Warum nimmst du diesen Mann in Schutz? Woher willst du wissen, dass er nicht von Robert Sullivan geschickt wurde? Er könnte diesen Neils VanHorn doch genauso gut erfunden haben!

Nein, das glaubte sie nicht.

Daegan liebte Jon. Das war offensichtlich. Doch liebte er auch sie?

»Ich tue hier nur meinen Job«, erinnerte der Deputy sie. »Sie sind diejenige, die ihren Sohn als vermisst gemeldet hat.« Er wandte seine Aufmerksamkeit wieder O'Rourke zu. »Nur fürs Protokoll: Sie geben also an, den Jungen heute nicht gesehen zu haben.«

»Das ist richtig«, bestätigte Daegan schmallippig.

»Und Sie besitzen eine Ranch in Montana, stammen aber ursprünglich aus Boston?«

Daegan zögerte für den Bruchteil einer Sekunde. »Ja.«

»Vor längerer Zeit waren Sie der Hauptverdächtige in einem ungelösten Mordfall. Opfer war Ihr Cousin Stuart Sullivan.«

Einer von Daegans Mundwinkeln zuckte nervös. »In der Angelegenheit wenden Sie sich bitte an die Polizei von Boston.«

Zum ersten Mal seit seinem Eintreffen lächelte Deputy Brown.

»Das haben wir bereits getan«, sagte er mit einer Stimme, die so ölig war wie schadstoffbelastetes Wasser. »Ich denke, Sie sollten mich besser aufs Revier begleiten …«

Jon zerrte an den Handschellen. Tränen brannten in seinen Augen, als das scharfe Metall in seine Gelenke schnitt. Wenn er doch nur seine Finger ein paar Millimeter enger hätte zusammenpressen, den Daumen ein bisschen fester gegen seine Handfläche hätte drücken können! Die Handschellen loszuwerden wäre ein erster Schritt, diesen schleimigen Widerling namens VanHorn zu überraschen – Jon hatte gehört, wie ihn der Tankwart mit diesem Namen angesprochen hatte, als er ihm seine Kreditkarte reichte – und zu fliehen. Er hätte sich bemerkbar machen können, hätte gegen die Wände des Vans hämmern und um Hilfe schreien können, doch VanHorn hatte ihm gedroht, dass seine Mutter entsetzliche Schwierigkeiten bekäme, dass seine Adoption illegal gewesen sei und sie vermutlich das Sorgerecht verlieren würde. So wütend er auf Kate war – das hatte sie nicht verdient.
»He, mach dich locker!«, rief VanHorn über die Schulter nach hinten. Seine fiesen kleinen Knopfaugen blitzten ihn im Rückspiegel an. »Für wen hältst du dich? Für Houdini?« Er kicherte, als hätte er gerade einen tollen Witz gerissen. Arschloch.
Jon hörte auf, an den Handschellen zu zerren, und biss die Zähne zusammen. Wie blöd von ihm, dem schmierigen Kerl in die Falle zu gehen! Seit der Mann ihn in den Lieferwagen gesperrt hatte, hatte er auf eine Gelegenheit zur Flucht gewartet – vergeblich. Zwei Tage und Nächte waren inzwischen vergangen, die er im Van und in einem billigen Motelzimmer ans Bett gefesselt verbracht hatte. VanHorn achtete penibel darauf, ihn selbst im Wagen an die Gitterstäbe zu ketten, und wenn sie anhielten, um zu pinkeln, blieb er direkt hinter Jon stehen, die

Pistole in seinen Rücken gedrückt. Die lange Fahrt war anstrengend für VanHorn. Jon bemerkte, wie dem Scheißkerl vor Erschöpfung immer wieder die Augen zufielen.
Der Mann war reif für einen Fehler.
Und wenn es so weit war, würde Jon die Gelegenheit beim Schopf ergreifen.
Irgendwie würde er entkommen. Er musste fliehen, denn die Alternative sah gar nicht gut aus ...
Er wollte nicht weiter an den Mann denken, der ihn in seinen Alpträumen verfolgte, an den Mörder, der ihn durch die nächtlichen Straßen einer unbekannten Stadt hetzte.
Er holte tief Luft und atmete gegen die Welle der Übelkeit an, um sich nicht gegen die getönten Glasfenster übergeben zu müssen. Obwohl er inzwischen zu erschöpft war, um verängstigt zu sein, so spürte er doch, wie sämtliche Muskeln vor Anspannung schmerzten. Der Burger, den ihm VanHorn in einem Fast-Food-Drive-in besorgt hatte, brannte in seinem Magen wie ein Feuerball. Er starrte aus dem Fenster und sah mit Stacheldraht umzäunte, gefrorene, umgepflügte Felder, die sich bis zum flachen Horizont hin erstreckten. Den Straßenschildern nach zu urteilen, befanden sie sich irgendwo in Ohio. Leider war er nie eine Leuchte in Geographie gewesen, und abgesehen davon, dass es kein Gebirge gab, sah das Land nicht viel anders aus als zu Hause.
Zu Hause. Es war schwer zu glauben, dass er sich so verzweifelt nach Oregon zurücksehnte, nach dem Leben, das er so sehr gehasst hatte, doch sein Überlebensinstinkt war stärker als alles andere.
Anscheinend brachte ihn dieser zwielichtige Schnüffler »nach Hause« zu seiner »richtigen« Familie. Laut VanHorn war es ein reicher Clan irgendwo an der Ostküste. Mehr Informationen hatte Jon dem Kerl nicht entlocken können, selbst dann

nicht, als er ihn fragte, was es für Eltern waren, die ihr eigenes Kind mit vorgehaltener Pistole entführen ließen.

Jetzt, da VanHorn müde und abgespannt von der endlosen Fahrt war, wäre vielleicht ein passender Zeitpunkt, noch einmal mit dem Mann zu reden.

»Sie könnten mich einfach hier rausschmeißen, von mir würde niemand ein Sterbenswörtchen erfahren«, sagte er und drückte sein Gesicht gegen die Gitterstäbe hinter VanHorns Kopf. Jon hatte im Fernsehen einige Krimis gesehen, in denen die Opfer ihre Kidnapper überreden konnten, sie freizulassen. Einen Versuch war es zumindest wert. »Setzen Sie mich an einem Bahnhof oder an einer Bushaltestelle ab. Aus mir kriegt keiner was raus. Ich behaupte einfach, Sie hätten mir die Augen verbunden.«

»Klar doch, Junge.« VanHorn grinste. »Ich setze dich einfach ab und lasse mir den Batzen Kohle durch die Lappen gehen. Warum fahren wir nicht einfach zum nächstgelegenen Flughafen, und ich setze dich in einen Flieger, erster Klasse, versteht sich?« Er schnaubte. »Erster Klasse wirst du fliegen, wenn ich dich mit deiner richtigen Familie zusammengebracht habe. Dein ganzes Leben wird erster Klasse sein, bei dem Geld, das die haben! Glaub mir, du wirst dich noch bei mir bedanken!«

»Meine richtige Familie lebt in Oregon«, widersprach Jon und dachte an Kates dunkelbraune Augen, an die Art und Weise, wie sie die Stirn in Falten legte, wenn sie sich wegen einer Sache Sorgen machte. Wie sie beim Backen in der Küche vor sich hin summte. Er sehnte sich danach, wieder dort zu sein, in Sicherheit, zu Hause.

»Das ist Unsinn, Junge. Kate Summers ist nicht deine Mutter. Die Adoption war so gefälscht wie eine Drei-Dollar-Note, und das weißt du, hab ich recht?« VanHorns Augenbrauen schossen in gespieltem Erstaunen in die Höhe. »Nicht?«

Jon schluckte. »Es ist mir egal, ob die Adoption legal war oder nicht«, log er.

»Ach, zeig doch mal ein bisschen Respekt vor dem Gesetz«, spottete VanHorn. »Denn jetzt kommt's: Nicht nur, dass Kate Summers nicht deine Mutter ist – weder deine leibliche noch deine Adoptivmutter –, sie hat dich vor Jahren entführt. Das lässt meine Aktion in einem anderen Licht erscheinen, nicht wahr? Was ich hier tue, ist nicht Kindesentführung, sondern Kindes*rück*führung. Ich bin bloß ein guter Samariter, der einen bedauernswerten Jungen zu seiner rechtmäßigen Familie zurückbringt.«

»Ja, klar.« Jons Stimme klang gepresst. »Zu meinen Eltern, die mich nach fünfzehn Jahren plötzlich zurückhaben wollen.«

»Jetzt fang bloß nicht an, dich für deine lange verschollenen Eltern zu erwärmen«, sagte VanHorn. »Die sind gar nicht im Bilde.«

»Wer bezahlt Sie dann?«, fragte Jon ungläubig.

»Zum einen dein Großvater, dieser Bonze. Er will, dass du heimkehrst und die Leitung des Familienimperiums übernimmst. Natürlich gibt es noch einen weiteren Bieter bei dieser Auktion. Deine liebe Tante Alicia. Sie möchte, dass du raus bist aus dem Rennen um das Familienerbe. Scheint so, als würde deine Existenz die Chancen ihres kleinen Prinzen auf das Sullivan-Vermögen schmälern. Wirklich schade, dass du als Junge zur Welt gekommen bist.«

Jon kniff die Augen zusammen und schüttelte ungläubig den Kopf. »Wovon zum Teufel reden Sie?«

»Davon, dich zu eliminieren.«

Jon verspürte einen Anflug von Panik. Doch er gab sich alle Mühe, sich seine Angst nicht anmerken zu lassen. »Wollen Sie mich etwa töten?«

»Nein … ich liefere dich lediglich dem Meistbietenden aus«,

erwiderte VanHorn leichthin. »Du musst wissen, dass ich noch nie jemanden umgebracht habe. Doch ich habe anderweitig Schaden angerichtet und ein paar Jungs ziemlich übel zugerichtet.« Er drehte den Hals, um Jon ins Gesicht blicken zu können. »Und genau das werde ich auch mit dir tun, solltest du mir in die Quere kommen, Junge.«

Jons Kehle wurde trocken bei dieser unverfrorenen Drohung, und vor seinem inneren Auge erschien wieder das Bild von dem hinter ihm herjagenden Mann.

Lauf, Jon, lauf …

Und er hetzte durch die dunklen Straßen, seine Turnschuhe klatschten auf den nassen Asphalt, sein Herz hämmerte in seiner Brust.

Lauf, Jon, schneller …

Und er rannte, floh vor einem … *Killer …*

»Sie sind ein verdammter Lügner«, sagte Jon und zitterte trotz der Hitze, die aus der Heizung zu ihm nach hinten strömte.

»Ach ja?« VanHorn blickte in den Rückspiegel. Seine Augen waren kalt wie Eis. »Vielleicht hast du recht, Junge, vielleicht hast du recht.«

Der Flieger setzte auf und rollte ruckelnd über die Landebahn, gerade als sich die ersten Strahlen der Morgensonne am Osthimmel zeigten. Kate spürte einen Kloß im Hals, als ihr bewusst wurde, dass sie wieder in Boston war, in der Stadt, in der alles begonnen hatte. Der Flug war lang und nervenaufreibend gewesen, doch nicht wegen Turbulenzen oder Verspätungen. Nein, ihre Sorgen hatten sie unablässig an ihren Sohn denken lassen. Jon war inzwischen seit über zwei Tagen spurlos verschwunden, und ihre Angst um ihn wuchs mit jeder Sekunde. Sie durfte ihn nicht verlieren!

Sie kannte Robert Sullivan nicht, konnte sich nicht vorstellen, was dieser Mann mit ihrem Sohn vorhatte, doch sie war fest entschlossen, es herauszufinden. Anstatt jedoch am Telefon Kontakt mit ihm aufzunehmen, wollte sie ihm von Angesicht zu Angesicht bei ihm zu Hause gegenübertreten, und sie würde nicht eher wieder gehen, bis die Sache geklärt war.

Laura erwartete sie. Gott sei Dank hatte ihre Schwester noch ein bisschen tiefer gegraben und herausgefunden, dass Robert Sullivan seine Arbeitstage für gewöhnlich in seinem Büro verbrachte. Anschließend schaute er ab und zu auf einen Drink in seinem Club vorbei oder aß dort zu Abend, manchmal fuhr er ins Fitnessstudio zum Training, doch er war stets um einundzwanzig Uhr daheim.

Heute Abend würde er Gesellschaft haben.

Die Maschine rollte zum Gate, und Kate löste ihren Gurt. Durch das kleine Fenster sah sie Schnee aus einem zinngrauen Himmel rieseln. Die Bodencrew machte sich unter dem Bauch des Flugzeugs zu schaffen.

Sie nahm ihr Handgepäck aus dem Fach über dem Sitz – nur eine einzige Tasche –, dann betrat sie mit den anderen Passagieren den festen Boden des Logan International Airport. Bald schon würde sie dem Großvater ihres Sohnes gegenüberstehen – diesem selbstsüchtigen Geldsack, der vor fünfzehn Jahren alles getan hatte, um Jon loszuwerden, und der ihn nun überraschend zurückhaben wollte.

Ihre Finger schlossen sich um den Griff ihrer Reisetasche, eiserne Entschlossenheit ließ sie die Schultern straffen. Niemand würde ihr ihren Sohn wegnehmen. Auch nicht dieser Mistkerl von Robert Sullivan.

An der Tatsache, dass Jon Summers beiseitegeschafft werden musste, gab es nichts zu rütteln. Alicias Ansicht nach blieb nur noch zu klären, wie das am besten zu erledigen wäre.

Diese Frage ging ihr schon seit Tagen im Kopf herum, seit sie den Samen in VanHorns mickriges Gehirn gepflanzt hatte. Sie war davon ausgegangen, dass der Mann die Aufgabe übernahm, sie ihn mit der Aussicht auf ein Schäferstündchen mit ihr würde ködern können. Doch VanHorn hatte sich, wie die meisten Männer, als Enttäuschung erwiesen.
Alicia Sullivan McGivens stieß verdrossen die Luft aus und rollte von ihrem Mann fort, der ihr mal wieder die Bettdecke wegzog.
Wie schwierig mochte es sein, jemanden umzubringen?
War das wirklich so schwer? Man musste doch nur dafür sorgen, dass er wirklich tot war, und dann den Leichnam beseitigen – mehr nicht. Und wenn das Opfer ein naiver Fünfzehnjähriger wäre, müsste es doch noch leichter sein, da er damit nicht rechnete, schon gar nicht, wenn er es mit einer Frau wie Alicia zu tun hatte.
Nicht dass Alicia die Vorstellung gefiel, ein Leben auszulöschen. Bislang war sie sogar davor zurückgeschreckt, eine Spinne in Wades Zimmer zu zertreten oder – Gott bewahre – eine Fliege zu zerklatschen. Das Knacken der Insektenkörper verursachte ihr Übelkeit, die dunklen Flecken, die sie auf dem Holz hinterließen, waren schlichtweg ekelhaft. Wie viel schlimmer mochte es dann erst sein, einen Menschen zu töten?
Bibis Bastard war natürlich nicht dazu auserkoren, große Werke an der Menschheit zu vollbringen. Wahrlich nicht. Ein Waisenjunge, aufgewachsen in einem gottverlassenen Kaff irgendwo im Westen. Er war vermutlich nicht intelligenter als die Schweine, die sich dort in ihren schmutzigen Pferchen suhlten. Hatte VanHorn nicht gesagt, er sei ein menschenfeindlicher Hinterwäldler? Zu schade, dass der alte Robert das nicht zu kapieren schien. Für sie war der Bastard weniger ein Mensch

als vielmehr ein familiäres Problem, ein Hindernis für Wades Erfolg.
Nähme Robert den Bastard unter seine Fittiche, wäre die zukünftige Erbfolge – alles, worum sich Alicia mit solcher Kraft bemüht hatte – ruiniert. Mein kleiner Lord Fauntleroy, dachte sie und rief sich ihren apfelwangigen Prinzen vor Augen.
Nun, sie würde nicht zulassen, dass der Bastard Wades Zukunft verstellte. Ihr Sohn war der Kronprinz der Sullivan-Dynastie, und er würde zu Macht und Wohlstand in seinem Königreich gelangen – dafür würde sie Sorge tragen.
Was bedeutete, dass sie den Bastard loswerden musste. Womit sie wieder beim Anfang ihrer Überlegungen war.
Wie schwer mochte das sein?
Die letzten Nächte hatte sie schlaflos im Bett gelegen, das Kranzprofil an der Decke betrachtet und über den perfekten Mord gegrübelt, während Bryan leise schnarchend neben ihr lag. Sie hatte genügend Krimiserien gesehen, um zu wissen, wo bei einem Mord die Tücken lagen, welche Dummheiten schließlich zur Überführung der Täter führten. Fingerabdrücke, Blut und Haare in Autos, Zeugen … und das Motiv.
Nun, es wäre schwer, sie mit dem Bastard in Verbindung zu bringen, besonders, da sie ihn nie persönlich zu Gesicht bekommen hatte. Und das sollte auch so bleiben.
Sie hasste es, sich die Hände schmutzig zu machen, doch wenn Neils VanHorn kniff, würde sie den Job allein erledigen müssen. Einen anderen Privatdetektiv oder gar einen kaltblütigen Auftragsmörder zu engagieren, würde der Polizei später lediglich weitere Hinweise liefern und sie zudem noch einen Batzen vom Erbe ihres Sohnes kosten. Nein, sie brauchte kein zwielichtiges Plappermaul, das derart heikle Dinge über sie wusste. So etwas passte nicht zu der Mutter eines zukünftigen Firmenchefs, Gouverneurs oder gar Präsidenten.

Wenn nötig, würde sie die Sache selbst erledigen.
Neils konnte den Bastard beim Sommerhaus abliefern, mit verbundenen Augen, versteht sich. Wenn der Junge gefesselt wäre, würde es ein Kinderspiel sein. Sie konnte ihn mit Schlaftabletten ausschalten, die sie ihm in eine leckere Limo mischte. Dann würde sie ihn auf eine kleine Bootstour mitnehmen – nach Einbruch der Dunkelheit. Auf dem See war um diese Jahreszeit nichts los, und wenn sie weit draußen an der tiefsten Stelle war, wäre es leicht, ihn über Bord zu stoßen. Zuvor musste sie ihn natürlich mit Gewichten beschweren. Ein paar von diesen Minihanteln, mit denen sie trainierte, dürften genügen.
Genau. So würde sie es machen. Morgen Abend, wenn sie sich mit VanHorn traf, würde sie ihm auftragen, den Jungen beim Haus am See abzusetzen, um alles andere würde sie sich kümmern. Wie lautete noch gleich das alte Sprichwort: »Wenn du willst, dass etwas richtig getan wird, tu's selbst.« Sie holte tief Luft, stellte sich den Leichnam des Bastards am Grund des Sees vor und entspannte sich. Dort wäre er sicher verwahrt.
Zufrieden, dass bald all ihre Probleme im See begraben waren, streckte Alicia Sullivan McGivens die Beine unter der mit ägyptischer Baumwolle bezogenen Bettdecke aus, schloss die Augen und schlief ein.

Boston.
Das war nicht die Stadt, die Jon aus Filmen kannte, und so hatte er sie sich auch nicht vorgestellt, wenn er mit seiner Tante telefoniert hatte. Aber Laura lebte ja auch nicht in dieser heruntergekommenen Gegend, in die VanHorn ihn brachte. Sie checkten im Ivy Motel ein, einer Absteige in einer dunklen Seitenstraße. Das schmierige Fenster ging auf eine von Mülltonnen gesäumte Gasse an der Gebäuderückseite hinaus. Eine üble Gegend. Doch noch schlimmer war es, dass er hier in die-

sem Rattenloch festsaß und darauf wartete, dass VanHorn ihn an die »Tante« verkaufte, die seinen Tod wollte.
Leichte Beute, das war er.
Aber nicht mehr lange.
Wenn er etwas von Daegan gelernt hatte, dann das: Lass dich nicht zum Opfer machen, von niemandem! Er würde kämpfen, fliehen, dann würde er zur Polizei gehen und zu Tante Laura. Wenn alles nach Plan lief, würde VanHorn heute Abend ins Motelzimmer zurückkehren, wo die Cops schon auf ihn warteten. Rache war süß.
Doch zunächst einmal musste er hier rauskommen.
Er griff unter die Matratze und tastete nach dem kleinen Stück Seife, das er dort versteckt hatte, als VanHorn gerade einmal nicht hinschaute. Als er es hervorgezogen und auf dem Bett abgelegt hatte, griff er mit der Hand, die nicht an den Bettpfosten gefesselt war, zu der Wasserflasche, die VanHorn für ihn auf dem Nachttisch hatte stehen lassen. Die Seife biss in sein aufgeschürftes Handgelenk, was ihn zusammenzucken ließ, doch er presste die Zähne zusammen und rieb das Stück über die Innenseite der Handschelle, um sie so glitschig wie möglich zu machen.
Er zerrte und ruckte an dem kalten Metallring, doch trotz der heftigen Qual hörte er nicht auf.
Er versuchte, den Schmerz auszublenden, indem er an die vor ihm liegende Freiheit dachte. Als VanHorn ihn an den Bettpfosten gefesselt hatte, hatte Jon einen Blick in die finstere Seele des Mannes werfen können.
»Sie werden in Mexiko nicht sicher sein«, hatte er gesagt.
»Wie bitte?«
»Genauso wenig wie in Kanada. Sie können mich nicht einfach an einen Mörder verkaufen und glauben, Sie kämen ungeschoren davon.«

VanHorn klappte der Mund auf. »Woher weißt du …?« Jon hatte den Augenblick genutzt, um seine Hand so zu drehen, dass die Handschelle nicht ganz so eng einrastete.

Genau das würde ihm jetzt bei der Flucht helfen, trotz seines pochenden, geschwollenen Handgelenks. Die Handschelle rutschte ein Stück die Hand hoch. Jon hatte das Gefühl, sich sämtliche Finger zu brechen, wenn nicht gar seinen Daumen abzureißen. Trotzdem nahm er all seine Kraft zusammen und zog, so fest er konnte. Mit einem schmatzenden Geräusch glitt das Metall über seinen Handrücken.

Er war frei. Endlich.

Ohne Zeit zu verlieren, öffnete er die Tür und floh die wackelige Außentreppe hinunter, sorgfältig darauf bedacht, nicht auf den vereisten Stufen auszurutschen. Unsicher, welchen Weg er einschlagen sollte, huschte er zwischen zwei parkende Autos, dann stürzte er über den kleinen Motelparkplatz. An der Straßenecke stand eine Handvoll Männer um einen brennenden Mülleimer. Sie lachten, als einer von ihnen etwas hineinwarf, so dass die Funken gen Himmel stoben. Das Viertel war mehr als heruntergekommen, überall waren vernagelte Fenster zu sehen, die abblätternden Wände waren mit Graffiti besprüht, schwere Eisengitter schützten die Eingänge von Häusern und Geschäften.

Er musste hier weg – und zwar schnell.

Jon rannte über den Gehsteig und blieb auch nicht stehen, als zwei Scheinwerfer in der dunklen Seitenstraße auftauchten. Nur ein vorbeifahrender Wagen.

Doch warum kam er mit quietschenden Bremsen neben ihm zum Stehen?

Die Tür flog auf, ein Mann sprang heraus, und Jon schnappte nach Luft, als er das zornverzerrte Gesicht des Mannes erblickte.

VanHorn.
»Was zum Teufel tust du hier?«, brüllte er.
Doch Jon sprintete bereits los, die Straße hinunter.
Lauf! Lauf! Lauf!
Adrenalin peitschte durch seinen Körper, seine Turnschuhe klatschten auf den nassen Asphalt. Sein Herz hämmerte so heftig, dass er dachte, es würde explodieren. Schmutzige Schneehaufen türmten sich an den Rändern der unbekannten Straßen. Am Himmel hing ein träger Halbmond.
Diese Stadt war ihm völlig fremd …
Abgesehen davon, dass er sie in seinen Träumen gesehen hatte.
Das alles ist genau wie im Traum!
Er durchlebte gerade seinen schlimmsten Alptraum, doch er musste laufen. Seinem Mörder entkommen.
Hinter ihm heulte eine Sirene. Er rannte weiter, auf die Lichter am Ende der Seitenstraße zu, auf die Musik.
Weihnachtsmusik.
Morgen, Kinder, wird's was geben, morgen werden wir uns freu'n …
Wenn es denn ein Morgen für ihn geben sollte.
Er bog auf eine breite, hellerleuchtete Straße. Hier glänzten die Fensterscheiben der Gebäude, die Türen waren geschmückt mit festlichen Kränzen und Girlanden, überall blinkten Weihnachtslämpchen. So stellte er sich das Viertel vor, in dem Tante Laura wohnte. Die Tür einer Kneipe wurde geöffnet, zwei Gäste traten auf die Straße, begleitet von Musik und Gelächter. Jon musste scharf nach links ausweichen, um nicht gegen sie zu prallen.
Ein Mann, der seinen Hund Gassi führte, blickte ihm kopfschüttelnd hinterher. »Wozu diese Eile, Junge?«
Ich bin auf der Flucht, dachte Jon keuchend. Die eisige Luft brannte in seinen Lungen.

Auf der Flucht vor meinem Mörder.
Gott steh mir bei!
Atemlos blickte Jon über die Schulter.
... welch ein Jubel, welch ein Leben wird in unsern Herzen sein ...
Von seinem Verfolger keine Spur. Er duckte sich in einen Ladeneingang, versuchte, zu Atem zu kommen und klar zu denken.
Sein Traum musste nicht zwangsläufig mit der Wirklichkeit übereinstimmen. Er könnte den Ausgang selbst bestimmen, VanHorn entkommen und nach Oregon zurückkehren. Nach Hause. Zu seiner Mutter. Er musste nur fest genug daran glauben. Er würde es schaffen!
Vorsichtig spähte er aus dem Ladeneingang auf die Straße. Nichts zu sehen, bloß zwei mit Einkaufstaschen beladene Frauen. Noch immer keine Spur von VanHorn.
Erleichterung machte sich in Jon breit, doch er blieb auf der Hut. Wachsam trat er aus dem Eingang hinaus und schlenderte hinter den beiden Frauen her. Ich schaffe es, dachte er. Ich kann ihn abschütteln. Ich schaffe es bis zur nächsten Polizeistation ...
»Jon ...«, unterbrach eine Stimme seine Gedanken. Eine finstere Gestalt löste sich aus den Schatten einer Ladenfront hinter ihm.
O Gott!
Kalter Stahl drückte sich in sein Schulterblatt – die Pistole.
VanHorns Gedanken übertrugen sich über die Mündung der Waffe auf Jon.
Bring den Jungen einfach um, dann hast du's hinter dir ...
Er will mich umbringen!, dachte Jon entsetzt. *Er überlegt allen Ernstes, ob er abdrücken soll!*
»Das ist ein Trugschluss«, erklärte Jon mit fester Stimme.

»Wenn Sie mich jetzt erschießen, haben Sie gar nichts hinter sich. Sie werden den Rest Ihres Lebens dafür bezahlen.«

»Halt die Klappe«, knurrte VanHorn.

Jon spürte, wie ihm etwas um die Schultern gehängt wurde – seine Jacke. VanHorn benutzte sie, um die Pistole darunter zu verstecken.

»Du bist ohne Jacke rausgegangen, mein Sohn.« VanHorns Stimme triefte vor väterlicher Besorgnis. Zwei Frauen in Kapuzenjacken und Stiefeln gingen an ihnen vorbei, ohne Jons Panik zu bemerken. VanHorn zerrte ihn in den Eingang einer Boutique, die mit weißen Lichterketten geschmückt war.

»Du kannst doch nicht ohne etwas Warmes draußen rumlaufen«, wiederholte VanHorn mit munterer Stimme. »Du holst dir ja den Tod bei dieser Kälte!«

»Das wäre sicher nicht die schlimmste Art zu sterben«, murmelte Jon. VanHorn drückte ihm die Pistole fester in die Rippen.

Er war gefangen.

Ernüchtert.

Langsam, aber sicher wurde die Zeit knapp.

Kapitel dreiundzwanzig

»Was hast du hier zu suchen?«, fragte Kate, als sie Daegan im Flur von Lauras Wohnung erblickte. Es hatte geklingelt, ihre Schwester hatte die Tür geöffnet, und Daegan war hereingeplatzt. In seiner Lederjacke, Jeans, Stiefeln und einem verwaschenen blauen Flanellhemd sah er aus wie ein Cowboy und wirkte ungefähr so fehl am Platz wie Sporen an Tennisschuhen.

»Ich bin gekommen, um nach meinem Sohn zu suchen.«

»Nach *deinem* Sohn?«, wiederholte sie ungläubig. »Außer dass du an seiner Zeugung beteiligt warst, hast du doch nie etwas mit ihm zu tun gehabt –«

»Weil ich nichts von ihm wusste.«

»Dein Problem. Wenn du im Bett so leichtfertig …« Sie verstummte, als ihr bewusst wurde, was sie da sagte. Ihre leidenschaftlichen Begegnungen im Schnee schossen ihr in den Sinn.

Da warst du genauso leichtfertig wie er. Ihr könntet ebenfalls ein Kind gezeugt haben. Womöglich bist du in diesem Augenblick schon schwanger, Kate!

Als habe er ihre Gedanken gelesen, wanderte sein Blick zu ihrem flachen Bauch.

»Ähm.« Laura räusperte sich. »Ich ziehe mich mal für ein Weilchen zurück.«

»Das ist eine gute Idee«, erwiderte Daegan dankbar.

»Auf keinen Fall!«, rief Kate entrüstet. »Geh nicht. Du bist die

Einzige, die mir noch geblieben ist, die einzige Familie, die Jon hat!«

»Das stimmt nicht«, korrigierte Daegan mit bebenden Nasenflügeln, »aber das können wir später diskutieren. Im Augenblick wäre das reine Zeitverschwendung.«

Dem vermochte sie nicht zu widersprechen, und um ehrlich zu sein, war sie froh darüber, dass er bei ihr wäre, wenn sie Robert Sullivan gegenüberträte.

Laura rang nervös die Hände. »Was soll ich denn tun?«

»Hierbleiben«, sagte Kate. »Wenn Jon tatsächlich in Boston ist und VanHorn entkommen kann – vorausgesetzt, er ist es, der ihn entführt hat –, dann kommt er womöglich zu dir. Er kennt deine Adresse, und er wird schon herfinden, auch wenn er noch nie in dieser Stadt gewesen ist.«

»Na schön, kein Problem.« Laura nickte. Ihr Blick streifte Daegan, dann blieb er auf Kate liegen. »Schaffst du das?«

Kate verstand die stumme Botschaft ihrer Schwester und winkte ab. Egal, was sie beide über Daegan dachten, sie glaubte nicht, dass er ihrem Sohn etwas antun würde, zumindest nicht körperlich. Seelisch hatte er sie beide durch die Hölle geschickt, doch bewusst würde er sie nicht verletzen wollen. Davon war sie fest überzeugt. Trotz all seiner Fehler steckte immer noch ein Fünkchen Ehre in ihm.

»Mach dir um mich keine Sorgen«, sagte sie und nahm ihren Mantel und die Handschuhe.

»Falls die Polizei oder das FBI anruft: Wir sind bei Robert Sullivan.«

Laura erstarrte. »Wie bitte?«

»Glauben Sie mir, Laura«, schaltete sich Daegan ein, »ich habe nie viel von unseren Gesetzeshütern gehalten, aber in diesem Fall ist es wichtig, dass nicht nur die Behörden vor Ort, sondern auch die auf Bundes- und nationaler Ebene informiert sind.« Seine Lippen zuckten. »Ich habe den ganzen gestrigen Tag damit verbracht, mir von den Polizisten auf den Zahn fühlen zu lassen, nur für den Fall, dass wir es allein nicht schaffen. Was, wenn VanHorn Jon nicht nach Boston bringt? Wenn er ihn nach Kanada schafft oder ihn irgendwo in den Black Hills versteckt hält? Wenn er mit ihm auf einem Schiff im Pazifik ist? Wir müssen sämtliche Hilfe in Anspruch nehmen, die wir kriegen können. Ich habe selbst einen Privatermittler eingeschaltet, meinen Freund Sandy Kavenaugh. Er überwacht die Sullivans und sperrt die Ohren auf, um etwas über VanHorns Aufenthaltsort herauszufinden. Er weiß im Übrigen auch, dass ich Robert einen freundlichen Besuch abstatten will.«

Kate schauderte. »Glaubst du wirklich, VanHorn könnte ganz woanders sein?«

Daegan zuckte die Achseln.

Kate drückte ihre Schwester kurz an sich, dann verließ sie mit ihm zusammen die Wohnung. Laura schloss mit sorgenvoller Miene die Tür hinter ihnen.

»Glaubst du wirklich, dass er woanders ist?«, wiederholte Kate mit angstvoller Stimme.

»Nein«, antwortete Daegan nach kurzem Zögern, während sie im Flur vor Lauras Apartment auf den Aufzug warteten. »Mein Bauch sagt mir, dass VanHorn ihn zu Robert gebracht hat. Mit Sicherheit hat mein lieber alter Onkel längst irgendwelche Papiere aufgetrieben, mit denen er vor Gericht punkten kann, auch wenn er damals hinter dieser illegalen ›Übergabe‹ und der Urkundenfälschung stand. Laut Bibi ist Robert völlig besessen von der Suche nach seinem Enkel, und er verfügt über die entsprechenden finanziellen Mittel, sich sein ›Recht‹ zu erkaufen.« Die Fahrstuhltüren glitten summend auseinander, und sie betraten die Kabine.

»Und sie will ihren Sohn nicht zurückhaben?«, fragte Kate ungläubig.
»Bibi ist nach wie vor davon überzeugt, dass Jon es mit dir oder mir oder sonst wem besser getroffen hat als mit ihr.«
»Ach je, was für ein Schlamassel«, flüsterte Kate entmutigt. Was würde auf sie zukommen, wenn sie Jon gefunden hatten? Würde man ihn ihr wegnehmen? Sie gar vor Gericht bringen? Insgeheim hatte sie gehofft, nein, war fest davon überzeugt gewesen, dass niemals jemand Jons Papiere in Frage stellen würde – schon gar nicht, wenn sie sich an ihre Vereinbarung mit Tyrell Clark, nie wieder nach Boston zurückzukehren, hielt.
Draußen lag Schnee, doch die Straßen und Gehwege waren geräumt. Der Lärm der Großstadt traf sie mit voller Wucht, während Daegan nach einem Taxi für sie winkte.
Er nannte dem Fahrer eine Adresse, und das Taxi schoss davon, fädelte sich in den nur stoßweise vorankommenden Verkehr ein. Kate lehnte ihren Kopf gegen die kühle Glasscheibe und betete stumm, dass es ihrem Sohn gutging. Die vorüberziehenden Gebäude erstrahlten in weihnachtlichem Glanz, an den Türen hingen festliche Kränze und Girlanden. Fußgänger mit dicken Schals und Mützen, die Köpfe gebeugt vor dem eisigen Wind, hasteten über die Gehsteige, Autos, Lkws und Busse drängten durch die geschäftigen, engen Straßen.
Sie warf einen Blick in Daegans Richtung und stellte fest, dass er entschlossen das Kinn reckte. Seine Lippen bildeten eine schmale Linie. Seine Hände umschlossen sein Knie so fest, dass die Knöchel weiß hervortraten. Er verströmte dieselbe unheimliche Aura der Gefahr, die sie schon bei ihrer ersten Begegnung gespürt hatte. Kate fröstelte.
Das Taxi hielt vor einem Gebäude am Louisburg Square. Daegan bezahlte den Fahrer, dann öffnete er Kate die Tür.
»Lass mich das machen«, sagte er.

»Auf keinen Fall! Jon ist mein Sohn!«
»Und meiner. Wir hatten das bereits besprochen. Lass mich zuerst mit Robert reden, dann bist du dran.« Sie wollte ihm widersprechen, doch das Funkeln in seinen Augen überzeugte sie, klein beizugeben. Fürs Erste.
»Ich kann dir nicht versprechen, dass ich den Mund halten werde.«
»Musst du auch gar nicht.« Zusammen gingen sie über einen schneegeräumten Plattenweg auf den Eingang zu. Das Stadthaus aus rotem Backstein war drei Stockwerke hoch und hatte ein Giebeldach. Schwarze Fensterläden schützten die hohen Sprossenfenster, warmes Licht fiel durch das Glas nach draußen. Eine Girlande aus Zedernzweigen, verziert mit dicken roten Bändern und blinkenden Lichtern, schmückte den Türrahmen. Der Geist der Weihnacht war überall zu spüren, außer in Kates Herzen.
»Ich wünschte, wir hätten die Sache schon hinter uns«, flüsterte sie.
»Ich wünschte, alles wäre anders.« Er sprach so leise, dass sie ihn kaum verstand.
Daegan ließ den Klopfer dreimal gegen die dicke Holztür fallen. Kate konnte ihre Nervosität kaum unterdrücken, als ein Butler, groß, dünn und blass, öffnete.
»Wir möchten Robert Sullivan sprechen.«
»Darf ich fragen, wen ich melden –«
»Richten Sie ihm aus, Daegan wolle ihn sprechen und akzeptiere kein Nein«, erklärte Daegan und stellte seinen Fuß auf die Schwelle, damit der Butler ihnen nicht die Tür vor der Nase zuschlagen konnte. Robert würde sich nicht aus dieser unangenehmen Situation herauswinden können.
Mit einem empörten Stirnrunzeln ließ der Butler sie beide in das geflieste Foyer eintreten.

Daegan musste sich alle Mühe geben, ruhig zu bleiben. Die geballten Fäuste in den Taschen versenkt, die Muskeln angespannt, zwang er sich zur Geduld. Er hörte die hallenden Schritte des Butlers, der sich von ihnen entfernte, und betrachtete die Blattgoldspiegel und den kunstvollen Kronleuchter, dessen unzählige Lichter über ihren Köpfen funkelten. In der Mitte des Foyers stand ein Tisch mit einer geschliffenen Bleikristallschale voll duftendem Jasmin. Prächtige rote und weiße Weihnachtssterne schmückten eine große Treppe.

Der Butler kehrte mit ausdruckslosem Gesicht zurück. »Hier entlang«, sagte er. »Mr. Sullivan wird Sie jetzt empfangen.«

Daegan nahm Kates Hand in seine und folgte dem steifen Angestellten durch eine breite Flügeltür in Roberts Arbeitszimmer. Daegan hatte das Gefühl, er würde die Tore zur Hölle durchschreiten.

Obwohl Neils sich immer wieder sagte, dass die Frau sein Verderben war, dass er sein Geld nehmen und sich so schnell wie möglich aus dem Staub machen sollte, so wurde er doch jedes Mal schwach, sobald er sie sah. Er trank seinen Scotch und ließ die Augen über ihren Körper gleiten, nahm ihre makellose Schönheit in sich auf. Beherrscht und kultiviert auf ihre ganz eigene Art und Weise, weckte sie seine Lust.

»Ich habe nicht viel Zeit«, begrüßte sie ihn kurz angebunden. »Der Junge ist also da?« Ungeduldig tippte sie mit einem manikürten Fingernagel auf den Tresen der stillen kleinen Bar in der Nähe des Ivy Motels, in der sie sich getroffen hatten. Sie trug eine getönte Sonnenbrille und einen Schal ums Haar, um nicht erkannt zu werden, was ihr eine mysteriöse Ausstrahlung verlieh, die er ungemein sexy fand.

»Er ist hier in Boston«, gab er zurück. »Ich warte bloß noch auf die letzten Angebote.« Zwei frustrierte Linien erschienen zwischen ihren Augenbrauen. Wie gern hätte er ihr diese Sonnenbrille abgenommen – genau wie ihren Kaschmirmantel und alles, was sie darunter trug.

»Ihr Angebot übertrifft das von Robert«, sagte er. »Das Geld und anderes betreffend.«

»Davon gehe ich aus.«

Er beobachtete, wie sie die Beine übereinanderschlug und einen ihrer Highheels von den Zehen herabbaumeln ließ. Neils' Männlichkeit erwachte.

»Warum zögern Sie dann noch?«, fragte sie.

»Ihr Angebot gefällt mir«, gab er zu und rieb sich an der Pistole zwischen seinen Beinen, »aber es gefällt mir gar nicht, was ich mit ihm tun soll. Sagen wir mal, das liegt außerhalb meines Spezialgebiets.«

»Wie schade.« Sie zuckte die Achseln und verzog die Lippen zu einem verführerischen Schmollmund. »Aber ich will den Bastard trotzdem haben. Dann muss ich eben zu Plan B übergehen. Was bedeutet, dass Sie ihn mir so bald als möglich übergeben werden, und zwar auf dem Anwesen meiner Familie draußen am See.«

Er nickte und stellte sich vor, wie sie beide es sich vor einem warmen Kaminfeuer im Sommerhaus der Sullivans gemütlich machten.

»Und was ist mit meinem Geld?«, fragte er, leerte seinen Scotch und bedeutete dem Barkeeper, ihm noch einen zu bringen. Ihr Weinglas blieb unberührt.

»Die Hälfte bei Lieferung, die andere einen Monat später, wenn sich der Staub gelegt hat.«

Neils fuhr sich mit der Zunge über die Zähne und dachte daran, was binnen eines Monats alles passieren konnte. Normalerweise verlangte er sein Geld früher, doch bei Alicia genoss er es, die Dinge ein wenig in die Länge zu ziehen. Es würde eine Riesenerleichterung für ihn sein, den Jungen bei ihr abzuliefern. Diese unheimlichen Visionen machten ihm zu schaffen, ganz zu schweigen davon, dass es Jon gestern um ein Haar gelungen wäre, ihm zu entkommen. Die ganze Arbeit wäre umsonst gewesen, und er hätte mit leeren Händen dagestanden. Deshalb hatte er dem Burschen jetzt nicht nur die Hände, sondern auch die Füße gefesselt. So würde er ganz bestimmt nicht fliehen können.

Der Barkeeper brachte ihm ein frisches Glas Scotch. Neils prostete seiner geheimen Komplizin beschwingt zu, kippte den Whiskey in einem Zug und erhob sich. »Ich denke, wir sind im Geschäft.«

Daegan hielt nichts davon, um den heißen Brei herumzureden, weshalb er sofort auf den Punkt kam.

»Du kriegst Jon nicht«, sagte er gleich, als er das Zimmer betrat und auf den kleinen alten Herrn zuschritt. Roberts Mundwinkel zuckten. Sein Blick schweifte immer wieder zu Kate, während er versuchte, aus seinem gepolsterten Ledersessel aufzustehen. Eine Zigarre brannte in einem Aschenbecher auf dem Tischchen neben ihm. Auf den zusammengefalteten Seiten des *Wall Street Journal* stand ein Glas mit Weinbrand. Ein Feuer brannte im Kamin und ließ muntere Schatten über die alten Wandpaneele tanzen.

»Wer bist du, dass du bestimmen willst, wer das Sorgerecht –«, polterte er los.

»Ich bin der Vater. Der Junge ist mein Sohn, verdammt noch mal! *Mein* Sohn.« Daegan deutete besitzergreifend mit dem Daumen auf seine Brust. »Du wirst ihn nicht in die Finger bekommen, niemals!«

»Wie bitte? Franks Bastard zeugt einen Inzestbastard – mit

meiner Tochter?« Robert Sullivan wurde kreideweiß, dann fing er sich wieder.
»Glaubst du, die Richter würden dir das Sorgerecht zusprechen, nachdem du damals um ein Haar Frank erschossen hast? Und du hast Stuart totgeschlagen, vergiss das nicht!« Roberts Gesicht war verzerrt, doch weniger vor Entsetzen über das eben Gehörte als vielmehr vor Zorn. Offenbar war er es nicht gewohnt, nicht zu bekommen, was er wollte. Seine zusammengekniffenen Augen hinter der randlosen Lesebrille blitzten.
»Ich habe niemanden umgebracht«, widersprach Daegan mit mühsam beherrschter Stimme.
»Du bist wohl immer noch nicht in der Lage, den Tatsachen ins Auge zu blicken.«
»Tatsache ist, dass du auf einen Sorgerechtsstreit um Jon verzichten wirst, Robert, denn wenn du das nicht tust, werde ich persönlich dafür sorgen, dass die alten Familienskandale, die du so sorgfältig unter Verschluss hältst, zusammen mit den neuen ans Tageslicht kommen und für Schlagzeilen in sämtlichen Zeitungen der Stadt sorgen. Deine Klienten, Franks Geschäftspartner, Collins Freunde, Bibis Verlobter – alle werden davon erfahren. Und wenn dir das nicht reicht, werde ich die Polizei informieren und darauf bestehen, dass mein Fall neu aufgerollt wird. Ich werde dafür sorgen, dass du dich nie wieder in der Gesellschaft blicken lassen kannst. Schluss mit all diesem blaublütigen Getue, und zwar ein für alle Mal. Das ist sowieso alles Unfug.« Er beugte sich über Roberts Stuhl, brachte sein Gesicht dicht an das des alten Herrn und flüsterte mit kaum vernehmlicher Stimme: »Und jetzt lass uns Klartext reden: Wo ist Jon?«
Roberts Adamsapfel hüpfte. »Ich weiß es nicht.«
»Unsinn!«

»Ich weiß es nicht!«

»Wir wissen, dass er sich in VanHorns Gewalt befindet. Die Polizei ist informiert, es ist also besser, wenn du uns die Wahrheit sagst.«

»Ich weiß es nicht«, wiederholte Robert, und Kate empfand beinahe Mitleid mit ihm. Er war doch nur ein alter, schwer kranker Mann. Und trotzdem so durchtrieben.

»Ich will meinen Jungen, Mr. Sullivan«, sagte sie mit einer Ruhe, die sie nicht empfand. Ihre Muskeln schmerzten vor Anspannung, ihre Hände waren zu Fäusten geballt.

»Er war niemals *Ihr* Junge, Ms. Summers«, sagte Robert, die wässrigen Augen auf Kate gerichtet. »Es hat niemals eine legale Adoption stattgefunden, das wissen Sie doch am besten. Sie haben nicht mehr als gefälschte Unterlagen. Daher fordere ich den Jungen von Ihnen zurück.«

»Eher gefriert die Hölle.« Daegan durchquerte den Raum, nahm den Hörer ab und tippte eine Telefonnummer ein.

»Nun warte doch mal«, knurrte Robert. »Du kannst nicht einfach in mein Leben platzen und mich unter Druck setzen –«

»So wie Sie es bei mir getan haben, meinen Sie?«, fragte Kate. »Um Himmels willen, Sie haben Ihren eigenen Enkel entführen lassen!«

»Falsch: Jon wurde nicht entführt. Er wird lediglich in den Schoß seiner Familie zurückgebracht.«

»Nein«, widersprach sie mit eisiger Stimme. »Sie werden niemals seine Familie sein.«

»Da täuschen Sie sich«, entgegnete Robert.

»Ich habe Ihren Enkel zu mir genommen, als niemand anderes ihn haben wollte«, sagte Kate mit einem Kloß im Hals. »Als Sie so versessen darauf waren, ihn loszuwerden. Niemand sollte je von seiner Existenz erfahren. Ich habe Tyrells Anweisungen befolgt, habe ihn von hier fortgebracht, mich als seine

Mutter ausgegeben. Wie gerne hätte ich ihn auf legale Weise adoptiert – aber nein, die Familie Sullivan wollte ja unbedingt einen Skandal vermeiden. Ich habe ihn großgezogen wie meinen eigenen Sohn. Er *ist* mein Sohn. Ich liebe ihn, und daran kann kein Gericht der Welt etwas ändern!«

»Wir sind bei Robert im Stadthaus«, sagte Daegan in den Hörer. »Jons Mutter ist bei mir, und es ist besser, du kommst auch. Wird langsam Zeit für ein Familientreffen.«

»Wie bitte?«, schrie Robert. »Wen rufst du an? Leg sofort den Hörer aus der Hand, sonst lasse ich dich verhaften.«

»Versuch's doch.« Daegan knallte den Hörer auf die Gabel. »Die Polizei ist vermutlich längst in der Nähe, genau wie das FBI. Nehmen dich unter die Lupe. Sie machen sich nämlich Sorgen um Jon, und genau das solltest du auch tun.«

Robert hob einen zitternden Finger an die Oberlippe und warf ihm einen finsteren Blick zu. Er war es nicht gewohnt zu verlieren. Frustriert schürzte er die dünnen Lippen.

»Kommt VanHorn hierher?«, fragte Daegan.

»Nein«, antwortete Robert und starrte auf den Perserteppich unter seinen Füßen. »Aller Wahrscheinlichkeit nach nicht.«

»Wo ist Jon?«, fragte Kate, die meinte, vor Sorge verrückt zu werden.

»Ich weiß es nicht.« Robert lehnte sich in dem überdimensionierten Ledersessel zurück. »VanHorn wird mich über den Verbleib des Jungen informieren. Allerdings hat er sich seit ein paar Tagen nicht mehr gemeldet und auch nicht den Anstand besessen, auf meine Anrufe zu reagieren. Zunächst dachte ich, es ginge ihm um mehr Geld, doch jetzt kann ich nur vermuten, dass der Halunke ein doppeltes Spiel treibt. Ich vermute, er wird Jon an den Meistbietenden ausliefern.«

»Und wer könnte das sein?«, fragte Kate.

Daegan presste stöhnend das Gesicht in die Hände. »Es könn-

te jeder dieser diebischen Halsabschneider sein, die sich die Sullivan-Familie schimpfen. Jeder Einzelne aus diesem gestörten Clan.« Er riss den Kopf hoch und blickte Robert durchdringend in die Augen. »Wer ist es? Mein Vater? Collin?«
Robert rührte sich nicht, doch Kate bemerkte, wie eine Ader an seiner Stirn zu pochen anfing. Da klingelte das Telefon.
Ein leises Klopfen an der Tür ertönte, dann trat der Butler ein.
»Was gibt's, Royce?«, bellte Robert.
»Telefon, Sir«, verkündete Royce wichtigtuerisch. »Es ist für Mr. O'Rourke.«

Endlich war VanHorn weg.
Mit großem Gewese hatte er ein zweites Paar Handschellen mitgebracht, mit dem er Jons Fußgelenk an den Bettpfosten fesselte. »Nun kannst du mir nicht mehr entwischen, Bürschchen«, hatte er gemurmelt und das kalte Metall fest um Jons Knöchel geschlossen.
Die Handschellen hinderten ihn an der Flucht, verständlich, doch VanHorn hatte vergessen, die Schlüssel einzustecken.
Der Scheißkerl war zu seiner »Verabredung« aufgebrochen, und er war offenbar so aufgeregt gewesen, dass er die kleinen Schlüssel auf dem Tisch vor dem Fenster übersehen hatte. Jon streckte den Arm aus und bemühte sich, sie zu greifen, doch der Abstand zwischen Bett und Tisch war einfach zu groß. Sobald VanHorns Schritte auf den Metallstufen der Außentreppe verhallt waren, begann er damit, das Bett Stück für Stück vorzurücken. Bald schon fing er an zu schwitzen. Doch nach gut zehn Minuten war das Ziel zum Greifen nah.
Endlich!
Jon streckte den Arm so weit aus, dass er sich fast die Schulter auskugelte, dann schlossen sich seine Finger um das glänzende Metall.

Geschafft!
Vorsichtig schob Jon den ersten kleinen Schlüssel ins Schloss und drehte ihn um, bis die Handschellen mit einem leisen Klicken aufsprangen. Erleichtert stieß er die Luft aus und rieb sich das schmerzende Handgelenk, dann bückte er sich und machte sich mit zitternden Fingern an seinen Fußfesseln zu schaffen. Ein weiteres Klicken, und sein Knöchel war frei.
Jon blickte zaghaft zur Tür. Diesmal durfte er sich keinen Fehler erlauben. Falls VanHorn zurückkehrte, wollte er ihm nicht vor dem Motel begegnen.
Er blickte zum Fenster, das auf die schäbige Hintergasse hinausging. Rasch durchquerte er das Zimmer und schob den alten, verrosteten Riegel zurück. Das Fenster klemmte, doch er schlug mit der Faust dagegen, bis es sich endlich hochschieben ließ.
In diesem Augenblick hörte er Schritte auf den Metallstufen.
VanHorn kehrt zurück! Ist seine Verabredung geplatzt, oder weshalb kommt er jetzt schon zurück?
An Flucht war nicht mehr zu denken. Er musste so tun, als sei er noch gefesselt, dann musste er hochschnellen und flüchten, wenn VanHorn am wenigsten damit rechnete. Er schloss das Fenster bis auf einen winzigen Spalt, dann hastete er zurück zum Bett und stemmte sich dagegen, um es zurück an Ort und Stelle zu schieben.
Als VanHorn den Schlüssel im Türschloss umdrehte, saß Jon auf der Matratze, die Handschellen lose um Handgelenk und Fußknöchel gelegt. Den Schlüssel hatte er tief in seiner Hosentasche versenkt, nur für alle Fälle.
Die Tür flog auf, VanHorn kam hereingeschwankt. Er stank nach Rauch und Whiskey.
»Da bin ich schon wieder«, verkündete er zufrieden grinsend und ließ sich aufs Bett fallen. »Ging schneller, als ich dachte.

Sieht so aus, als hätten wir einen Gewinner.« Ohne John einen Blick zuzuwerfen, rieb er sich die blutunterlaufenen Augen. »Mein Gott, bin ich müde.«
»Einen Gewinner?«, fragte Jon.
»Jawohl. Vielmehr eine Gewinnerin. Alicia, die Cousine deiner Mutter, ist bereit, eine ordentliche Summe für dich hinzublättern. Ich liefere dich morgen Abend am Sommerhaus der Sullivans ab; soweit ich gehört habe, ist das eine Prachtbude. Du machst einen gewaltigen Schritt nach oben, Jonny.«
Aber sie ist diejenige, die mich ausschalten will, dachte Jon. *In Wirklichkeit ist sie die Mörderin. Und du, mieser Schnüffler, wirst mich nirgendwo abliefern, als sei ich ein Stück Vieh, das du bei einer Auktion erworben hast.*
»Sieh mich nicht so an«, brummte VanHorn, obwohl er das Gesicht in den Händen vergraben hatte. »Ich bin Geschäftsmann, Junge. Und Geschäft ist Geschäft.«
»Sie wird mich umbringen«, sagte Jon ruhig.
»Was zum Teufel geht mich das an?«, gab VanHorn zurück und streifte sich mit dem Fuß einen Schuh ab.
»Sie wissen, was sie vorhat, das macht Sie zum Mittäter.«
»Unsinn.« VanHorn entledigte sich des zweiten Schuhs. »Nur wenn sie erwischt wird, und das passiert nicht. Sie ist clever, absolut clever. Eine Klassefrau.«
Eine reiche Psychopathin, dachte Jon, der anfing zu schwitzen. Er musste hier raus, weg von diesen Irren, zurück in sein normales Leben, das er so gehasst hatte. Doch er musste geduldig sein, musste VanHorn überrumpeln.
»Ja«, sagte dieser und lehnte sich zurück ins Kissen. »Sie ist eine echt heiße Lady.«
»Das wird ihr nicht viel nutzen«, sagte Jon, der jetzt eine andere Strategie ausprobierte. »Denn meine Mom wird nicht zulassen, dass sie mich in die Finger kriegt.«

VanHorn zog eine Augenbraue in die Höhe. »Ist es nicht ein bisschen spät, um noch daran zu glauben, dass Mummy ihrem kleinen Jungen zu Hilfe eilt?«

»Sie wird kommen«, sagte Jon mit fester Stimme. »Und Daegan ebenfalls.«

»Daegan.« VanHorn stieß ein hässliches Lachen aus. »Meinst du Daegan O'Rourke?«

Jon erstarrte. Woher kannte der Kerl Daegan?

»Er ist doch der Grund dafür, dass ich dich gefunden habe! Hat mich direkt zu eurer Haustür geführt, obwohl das gar nicht seine Absicht war. Glaub mir, er ist kein Problem. O'Rourke ist ein Hitzkopf, ein Verlierer. Er wird dich nicht retten, Jon. Niemand wird dich retten.«

»Sie kennen ihn doch gar nicht«, sagte Jon, der nicht zulassen wollte, dass dieser Schleimscheißer den einzigen anständigen Mann niedermachte, den er kannte.

»Ich wette, du auch nicht.« Neils richtete sich auf und setzte sich auf die Bettkante. »Zum Beispiel hat er dir mit Sicherheit nicht erzählt, dass er dein Vater ist.«

Jon klappte den Mund auf und wieder zu. Seine Kehle wurde eng. »Lügner«, krächzte er heiser, doch im Grunde ahnte er, dass VanHorn die Wahrheit sagte.

»Denk mal nach, Jon. Ich habe keinen Grund zu lügen. O'Rourke dagegen hat eine ganze Reihe von Gründen.«

Sein Vater? *Sein Vater?* Daegan? Jon wusste tief im Herzen, dass Neils VanHorns Behauptung stimmte. Sein Magen drehte sich um, und plötzlich hatte er den Mund voller bitter schmeckender Spucke.

»Ist das nicht zum Totlachen?«, spottete der Detektiv und stieß wieder sein hässliches Lachen aus. »Und der Brüller ist, dass deine leibliche Mutter seine Cousine ersten Grades ist! Pervers, nicht wahr? Schlimm genug, dass du ein Bastard bist,

aber dann bist du auch noch mit dem Makel des Inzests behaftet, kein Wunder also, dass sie dich nicht mal zu einer legalen Adoption freigeben wollten. Hast verdammtes Glück gehabt, dass du nicht behindert bist!«
Jon hatte das Gefühl, als bräche ihm soeben die ganze Welt unter den Füßen fort.

Sandy, Daegans Freund von Kindesbeinen an, stand in seinem marineblauen Daunenparka vor Robert Sullivans Stadthaus in der Dunkelheit.
Gefolgt von Kate, sprang Daegan die braunen Steinstufen vor der Haustür hinunter und eilte über den Plattenweg auf ihn zu. Es tat gut, seinen alten Freund wiederzusehen. Schnell stellte er Kate vor, dann kamen sie gleich zur Sache.
»Weißt du inzwischen, wo sie sich aufhalten?«, fragte er Sandy.
»In einem Motel auf der anderen Seite der Stadt. Eine Absteige namens Ivy. Ein Freund von mir, der in der Gegend in einer Bar arbeitet, meinte jemanden gesehen zu haben, auf den VanHorns Beschreibung zutrifft. Der Kerl habe sich mit einer Dame der Oberschicht getroffen, die so gar nicht dorthin passte. Ich hab im Ivy nachgefragt. Der Manager gibt an, VanHorn sei in Zimmer 203 abgestiegen, doch er besteht darauf, dass ihm nichts Verdächtiges aufgefallen ist.«
»Jon ist hier? In Boston?« Als Daegan nickte, schnappte Kate nach Luft und schlug sich die Hand vor den Mund. Ihre whiskeyfarbigen Augen waren so voller Hoffnung, so voller Erwartung, dass Daegan gar nicht daran denken wollte, was alles schiefgehen konnte.
Sie mussten Jon retten. »Kannst du uns hinfahren?«, fragte Daegan seinen alten Kumpel.
»Klar, ich helfe dir, VanHorn außer Gefecht zu setzen. Der

Kerl ist vermutlich bewaffnet, und ich bezweifle, dass er glücklich sein wird, uns zu sehen.«
»Bestimmt nicht«, bestätigte Daegan und ging eilig die Straße hinunter zu Sandys Jeep. Zweifelsohne wäre diese Invasion die größte Überraschung in VanHorns gesamter Karriere.

Er war so nahe dran – so nahe.
Wieder einmal maß Jon die Entfernung zum Fenster ab, überlegte, wie lange es wohl dauern mochte, hinauszuklettern, über die Feuertreppe nach unten und zu fliehen. Er wartete nur noch auf den rechten Augenblick, darauf, dass VanHorn zur Toilette musste oder eindöste.
Der Privatschnüffler lag ausgestreckt auf dem Bett und schwadronierte darüber, was er mit seiner ersten Million alles anstellen würde – in Las Vegas die Puppen tanzen lassen und in der Karibik auf Thunfischfang gehen. Gerade als er überlegte, ob er sich lieber einen Mercedes oder einen Porsche zulegen sollte, klopfte es dreimal laut.
VanHorn rappelte sich auf und ging zur Tür.
»Neils VanHorn?«, fragte eine Stimme – eine unbekannte Männerstimme.
»Wer will das wissen?«
»Collin Sullivan.«
»Na, was sagst du nun?« Grinsend drehte sich VanHorn zu Jon um. »Dein Onkel. Ich sage doch, du hast hier tonnenweise Verwandtschaft. Vielleicht will Onkel Collin noch ein bisschen was drauflegen.«
Neil öffnete die Tür, trat beiseite und ließ einen großen Mann mit dünner werdendem blondem Haar und einem langen Mantel eintreten.
»Das ist der Junge?«, fragte er, ohne zu lächeln.
»Bibis Sohn.«

»Und Alicia will, dass Sie ihn beseitigen?«
Jon rutschte das Herz in die Hose.
VanHorn runzelte die Stirn. »Sie hat Ihnen davon erzählt?«
»Nein, aber ich kenne meine Schwester und weiß, wozu sie fähig ist«, sagte er, nahm seinen Schal ab und knöpfte den Mantel auf. Darunter trug er ein elegantes, schmalgestreiftes Hemd. »Als Robert angefangen hat, Jagd auf den Jungen zu machen – Jon heißt er, nicht wahr?« Jon nickte. »… als Robert angefangen hat, nach ihm zu suchen, wusste ich, dass Alicia dem Einhalt gebieten würde. Sie duldet keine Konkurrenz für ihren kleinen Kronprinzen, o nein. Wade soll alles erben. Ich nehme an, Sie sollen Jon ausschalten, und sie hat versprochen, Sie dafür zu bezahlen.«
VanHorn kniff die Augen zusammen. »Wir haben eine Abmachung.«
»Das dachte ich mir. Diese Abmachung ist hiermit hinfällig. Ich bezahle Ihnen das, was Ihre Zeit wert war, und kaufe diesem Jungen ein Ticket nach Hause, egal, wo das ist.«
Jons Mut bekam neuen Auftrieb. War es tatsächlich möglich, dass seine Befreiung kurz bevorstand?
»Kommt gar nicht in Frage.« VanHorn ließ sich nicht so einfach überrumpeln.
»Warum nicht?«, fragte Jon. »Sie bekommen doch Ihr Geld.«
»Wie viel?«, wollte der Schnüffler wissen.
»Eine angemessene Summe.«
»Und was verstehen Sie unter ›angemessen‹?«
»Sagen wir – fünfundzwanzig, dreißigtausend Dollar, das dürfte reichen …«
VanHorn schnaubte verächtlich. »Mit Peanuts lasse ich mich nicht abspeisen, wir spielen hier in einer anderen Liga. Hier geht es um Millionen.«

Collin schürzte die Lippen. »Niemand in der Familie kann Ihnen Millionen bezahlen.«
»Das habe ich aber anders im Ohr.«
»Nehmen Sie dem Jungen die Handschellen ab.«
»Nicht bevor ich bekommen habe, was mir zusteht.« Van-Horns Stimme war lauter geworden.
»Sie werden angemessen entlohnt werden.«
»Herrgott, und das soll ich Ihnen glauben?« Er griff unters Kopfkissen.
»Passen Sie auf, er hat eine Pistole!«, rief Jon. In diesem Augenblick donnerten Schritte die Metallstufen herauf. Ein weiterer Mann, ein bulliger Kerl mit grauen Schläfen und grimmigem Gesicht, platzte ins Zimmer.
»Was zum Teufel …?« VanHorn sprang zurück, die Waffe auf die Tür gerichtet.
»Mein Gott, Collin«, dröhnte der Bulle. »Was machst du denn hier?« Seine hasserfüllten Augen wanderten zu Jon, dann sah er die Pistole in VanHorns Hand.
»Ist das nicht nett? Ein Familientreffen«, sagte dieser mit einem hässlichen Grinsen. »Jon, darf ich dich mit deinem Großonkel – aber nein, er ist ja dein Großvater! – bekannt machen? Frank Sullivan.«
Jon musste hier raus. Der Bulle wollte Blut sehen, so viel stand fest.
»Ich kümmere mich darum«, sagte der vierschrötige Kerl mit einer Stimme, die keinen Widerspruch duldete.
»Nein, Dad –«
Doch der Bulle drückte seinen Sohn gegen die Wand. Für eine Sekunde war VanHorn abgelenkt. Jon sah seine Chance gekommen, streifte die Handschellen ab, rannte zum Fenster. Diesmal klemmte der Rahmen nicht.
Ohne sich umzublicken, sprang er hinaus und prallte hart auf

die Feuerleiter. Ohne sich hochzurappeln, rollte er die Stufen hinunter. Schmerz explodierte in seiner Schulter.
»Was zum Teufel …?«, brüllte VanHorn.
»He – warte!«
»Dieser kleine Bastard!«
Blitzschnell zog sich Jon am Geländer hoch und rannte weiter. Schritte. Flüche. Ein Schuss und ein ohrenbetäubender Schrei.
»O Gott, o Gott o Gott!«
Jon schwang sich von der Leiter und landete auf der vereisten Hintergasse irgendwo in Boston. Er wusste nicht, wohin er sich wenden, wohin er fliehen sollte, doch er lief einfach los. Seine Schulter pochte höllisch, seine Füße rutschten auf dem glatten Asphalt aus, und dennoch rannte er. Um sein Leben. Vorbei an brennenden Mülltonnen, vorbei an Autos, die sich durch den Schnee kämpften. Er rannte, rannte und rannte.

Ein Schuss hallte durchs Ivy Motel.
»Nein!«, schrie Kate. Das Herz schlug ihr bis zum Hals, als sie hinter Daegan und Sandy die Stufen hinaufstürmte. »Nein!« Sie durften Jon nicht umbringen, auf keinen Fall! »Bitte, lieber Gott, mach, dass ihm nichts zugestoßen ist!«
»Bleib bei ihr!«, befahl Daegan und warf dem hochgewachsenen, rothaarigen Privatdetektiv einen Blick zu, der keinen Widerspruch duldete.
»Vielleicht brauchst du Verstärkung.«
Daegan ignorierte ihn, schlich, den Rücken an die Wand gedrückt zur Tür des Motelzimmers und trat sie auf. *Wumm!* Die Tür flog mit einem lauten Krachen gegen die Wand. Daegan sprang in den Raum und ging in Kampfstellung. Zum ersten Mal seit sechzehn Jahren stand er seinem Vater gegenüber, Frank Sullivan.
»Du!«, stieß Frank aufgebracht hervor, die Lippen vor Ab-

scheu verzogen. Obwohl er immer noch groß und bullig war, stellte Frank nicht länger eine Bedrohung für Daegan dar. Er war sichtlich gealtert, wirkte grauer und schlaffer, ein Monster, das seinen Biss verloren hatte.

Daegan richtete sich auf. »Wo ist Jon?«, stieß er mit barscher Stimme hervor und suchte mit den Augen das schäbige Motelzimmer ab, doch er sah nur Frank, Collin und irgendeinen schleimigen Widerling mit einer Pistole in der Hand.

»Er ist aus dem Fenster gesprungen«, stammelte der Widerling, der aussah, als würde er gleich in Ohnmacht fallen. »Gerade erst, vor etwa einer Minute.«

Daegan runzelte die Stirn. »Sie müssen VanHorn sein.«

Bevor der Schleimbatzen antworten konnte, taumelte Collin nach vorn. Auf seinem Hemd breitete sich ein roter Fleck aus. »Na, sieh mal einer an, wer da gekommen ist«, sagte er, dann fiel er aufs Bett.

»Ruft einen Krankenwagen«, befahl Daegan.

»Es – es geht schon«, flüsterte Collin.

»Unsinn. Los, ruf verdammt noch mal einen Krankenwagen!«, bellte Daegan, an VanHorn gewandt.

Frank starrte seinen ehelichen Sohn an, als bemerke er erst jetzt, dass dieser verletzt war. »Collin?«

VanHorn griff nach dem Hörer. In diesem Augenblick stürmten Kate und Sandy durch die offene Tür.

Kates Augen waren weit aufgerissen vor Furcht. Verzweifelt sah sie sich im Zimmer um. »Wo ist Jon?«

»Aus dem Fenster getürmt. Ich laufe ihm nach.« Daegan deutete auf die anderen Männer. »Ihr bleibt besser hier und sprecht mit der Polizei.«

»Ich komme mit«, beharrte Kate.

»Nein!«, donnerte Frank. »Keine Polizei!«

»Ruf an«, befahl Daegan. »Los, VanHorn, mach schon!«

»Das werde ich nicht dulden!«
»Es bleibt dir keine Wahl«, sagte Daegan und ging um den Mann herum, der ihn gezeugt hatte. »Wenn Collin mit einer Schusswunde ins Krankenhaus eingeliefert wird, ist das Krankenhaus eh verpflichtet, die Polizei zu informieren. Das ist Vorschrift.«
»Nicht, wenn wir meinen Hausarzt anrufen.«
»Dad, gib's auf«, krächzte Collin mit rauher Stimme. Er war kreideweiß im Gesicht.
Kate trat aufs Bett zu. »Ich kann versuchen, die Blutung zu stoppen. Ich hole schnell ein paar Handtücher.« Sie warf Daegan einen Blick zu. »Warte auf mich. Wir suchen Jon zusammen!«
VanHorn brüllte die Adresse in den Hörer und legte auf. »Der Rettungswagen ist unterwegs. Zeit, dass ich mich verziehe.«
»Du bleibst«, ordnete Daegan an. »So wie's aussieht, hast *du* hier rumgeballert.« Er sah seinen Freund an. »Sandy, sorg dafür, dass alle bleiben.«
»Ich kümmere mich darum.« Gelassen zog Sandy eine Pistole aus seinem Schulterholster.
Kate kehrte mit sauberen Handtüchern aus dem Bad zurück und drückte sie auf Collins Brust. »Halten Sie«, wies sie Van-Horn ungeachtet seiner Waffe an.
Daegan trat ans Fenster, dann warf er ihr über die Schulter einen Blick zu. »Wenn ihr mit der Polizei fertig seid, treffen wir uns bei Robert.«
»Ich sagte doch, ich komme mit dir. Jon ist immer noch mein Sohn!«
Daegan zog ungehalten die Brauen zusammen, doch er sah Sandy an und sagte: »Sie kommt mit. Du weißt ja, wo Roberts Stadthaus ist.«

»Alles klar«, sagte der Privatdetektiv.
»Das ist nicht mein Ende, O'Rourke! Das nicht! Nicht durch dich und deinen verdammten Bastard!« Frank funkelte seinen Sohn an.
Aus Daegans Lächeln sprach pure Gehässigkeit. »Sieht echt nicht so aus, als hättest du die Wahl.«
»Gib auf, Dad«, krächzte Collin. »Es ist vorbei.«
»Gar nichts ist vorbei! Ich werde kämpfend untergehen, kämpfend wie ein Mann!«
»Mein Gott«, flüsterte Collin, dann wurde er von einem heftigen Schauder gepackt.
»Sieh dir das an«, knurrte Frank und deutete auf seinen ehelichen Sohn. »Das ist alles deine Schuld. Wenn du dich nicht eingemischt hättest –«
»Gar nichts ist Daegans Schuld«, stieß Collin hervor. Doch Frank trat bereits drohend auf seinen unehelichen Sohn zu. Seine Nasenflügel bebten vor Zorn. »Du hättest dich da raushalten sollen, O'Rourke! Das Ganze geht dich verdammt noch mal nichts an!«
»Mein Sohn geht mich nichts an? Denk mal darüber nach, was du sagst. Lass uns gehen, Kate!«
»Er ist nicht mehr dein Sohn, als du meiner bist!«
»Da irrst du dich, alter Mann. Genau das ist der Punkt, in dem wir uns unterscheiden, Gott sei Dank.«
»Daegan –«, ertönte Collins schwache Stimme.
»Schon dich, Collin.«
»Warte! Es tut mir leid.« Collin fing so heftig zu zittern an, dass seine Zähne aufeinanderschlugen.
»Das ist der Schock«, erklärte Kate. »Halten Sie durch, Collin. Nicht sprechen.«
»Nein, bitte, Daegan, du warst es nicht.« Collin versuchte, sich aufzusetzen. Blut rann aus seinem Mundwinkel.

Franks Kopf fuhr hoch, als verstünde er plötzlich, was sein Sohn zu sagen versuchte. »Halt den Mund, Collin!«
»Lass ihn reden«, sagte Daegan.
Frank kniff hasserfüllt die Augen zusammen. »Du elender Bastard, deine Mutter hätte dich abtreiben lassen sollen, wie ich es ihr vorgeschlagen hatte. Dann hätte ich mich nie mit dir herumplagen müssen.« Er trat einen Schritt auf Daegan zu. »Du bist mir schon immer auf die Nerven gegangen, O'Rourke, genau wie deine Ma. Hat tatsächlich gedacht, ich würde meine Frau für sie verlassen, die dumme Pute. Hat gedacht, ich würde bei ihr und ihrem Bastard bleiben! Aber ich hab Mary Ellen schon vor Jahren verlassen und mir lieber ein paar jüngere Stuten gesucht.«
»Erstaunlich, was man mit Geld so alles kaufen kann«, stellte Daegan fest, »doch dein Geschwafel, alter Mann, interessiert mich nicht. Mich interessiert nur, meinen Sohn zu finden.«
»Dann lass uns endlich gehen«, drängte Kate.
»Das tun wir«, sagte Daegan und warf einen letzten Blick auf seinen Erzeuger. »Du bist ein erbärmlicher Kerl, ein jämmerlicher Vater, Sohn und Ehemann, Sullivan. Deine Kinder und deine Frau tun mir leid, weil sie dich jeden Tag ertragen müssen.«
»Ich habe dich vom Tag deiner Geburt an gehasst«, stieß Frank zähneknirschend hervor.
»Glaub mir, *Dad*«, erwiderte Daegan mit einem sarkastischen Grinsen, »das beruht auf Gegenseitigkeit.«
»Daegan«, flüsterte Collin mit letzter Kraft. Draußen heulten Sirenen. »Hör mir zu, bitte ...« Er hustete und röchelte, krampfhaft bemüht, bei Bewusstsein zu bleiben. »Du musst mir zuhören ... Ich war's ... Vor fünfzehn Jahren, das war ich –«
»Nein«, hauchte Daegan heiser.

Collin streckte die Hand aus und umklammerte Daegans Ärmel. Seine Finger waren schneeweiß.
»Dad und ich«, stieß er rasselnd hervor, »wir … wir haben Stu umgebracht.«
»Herrgott noch mal«, stöhnte Frank.
»Wie bitte?« Daegan traute kaum seinen Ohren.
»Es ist die Wahrheit. Wir haben den Kampf zwischen euch mit angesehen, haben gesehen, wie du zur Telefonzelle gerannt bist, um die Polizei zu rufen … und dann sind wir zu ihm hin. Ich wollte den Rettungswagen holen, aber Dad … Dad hat ihm so fest gegen den Kopf getreten, dass … Ach, Daegan, wir haben Stu umgebracht.« Tränen strömten aus seinen Augen. Er zitterte jetzt unkontrolliert. »Verzeih mir, Stuart. Bitte, bitte …«, stammelte er, »… ich … Stuart … ich liebe …«
»Du hast dafür gesorgt, dass ich den Kopf hinhalten musste.« Daegan wandte sich seinem Vater zu. Seine Augen waren erloschen, wie tot. »Für etwas, was ich nicht getan habe.«
»Du hattest es verdient.«
Daegan schluckte. Der Schmerz von fünfzehn Jahren der Ungewissheit, des Selbstzweifels, wallte in ihm auf.
»Dafür wirst du bezahlen, du elender Hurensohn«, stieß er gefährlich leise hervor. »Und zwar ganz gewaltig.«

Kapitel vierundzwanzig

Lauf … lauf …
Jon rannte durch enge Gassen und schoss im Zickzack über Straßen, in denen es nach Diesel und Salzwasser roch. Immer wieder glitt er auf dem eisigen Asphalt aus. Er musste einen Polizisten finden, doch wer würde ihm glauben? Van-Horn hatte behauptet, es habe niemals eine legale Adoption stattgefunden, dass die Polizei ihm nicht helfen könne, und diese Kerle sprachen von Millionen von Dollars, *Millionen!* Was wollten die bloß von ihm?

Kapierst du's nicht? Jemand will dich umbringen, eine gewisse »Tante« Alicia.

Seine Lungen brannten, seine Schulter schmerzte, genau wie seine Beine, doch er lief weiter, war sich sicher, dass er verfolgt wurde.

Es ging stetig bergauf, die großen Wohnblöcke wichen hübschen Häusern mit schmiedeeisernen Zäunen und teuren Geschäften. Überall funkelten weihnachtliche Lichter. Er verspürte ein nahezu überwältigendes Déjà-vu. Ganz in der Nähe ertönte ein Weihnachtslied.

Fröhliche Weihnacht überall, tönet durch die Lüfte froher Schall …

Er schluckte seine Furcht hinunter und rannte. Schon wieder war alles wie in seinen Träumen, und die Schritte hinter ihm bildete er sich nicht ein. Jemand sehr Reales, Böses war hinter ihm her!

Lauf, Jon … lauf!

Sein Herz hämmerte wie wild. Nun war sein Verfolger deutlich zu hören. Voller Panik warf Jon einen Blick über die Schulter. Im trüben Licht der Straßenlaternen sah er einen Mann in halsbrecherischer Geschwindigkeit hinter ihm herstürmen.

Er kommt näher!

Immer näher!

Bald hat er dich eingeholt!

Nein, nein, nein! Bleib nicht stehen, lauf weiter!

Weitere Liedfetzen drangen zu ihm herüber.

… Weihnachtston, Weihnachtsbaum, Weihnachtsduft in jedem Raum … Fröhliche Weihnacht überall, tönet durch die Lüfte froher Schall …

Schweres Atmen, donnernde Stiefel, sein Name hallte durch die Nacht.

»Jon! Bleib stehen!«

Jon wollte weiterstürmen, doch da sauste eine schwere Hand auf seine Schulter herab und zwang ihn anzuhalten.

»Schscht. Ich bin's«, hörte er Daegans Stimme.

Vor Erleichterung wäre Jon fast zusammengebrochen. Niemand würde auf ihn schießen! Er wirbelte herum und sah Daegans Gesicht im bläulichen Licht einer Laterne.

»Was tust du hier?«

»Ich habe nach dir gesucht.«

Jon machte einen Schritt zurück. »Du hast mich angelogen«, sagte er keuchend. Vorwurf lag in seiner Stimme.

»Ich dachte, ich müsste das tun. Ich habe mich geirrt.« Daegan zog seine warme Lederjacke aus und legte sie Jon um die Schultern. Der Junge war trotz der Kälte schweißgebadet vor Angst und dem schnellen Lauf.

»Ich glaube dir nicht.«

»Ich weiß, und ich kann dich auch nicht dazu zwingen. Aber ich bin dein Vater.«

Mein Vater.

»Nein!«, rief Jon zornig. »Mein Vater hätte mich niemals verlassen, mein Vater wäre bei mir geblieben, bis ich erwachsen gewesen wäre, mein Vater ist ein wundervoller Mann, der ... der –«

»– bis vor ein paar Monaten nicht wusste, dass er einen Sohn hat, und der das auch nicht glauben konnte, bis er dich kennenlernte und feststellte, dass er dich liebt. Der nie gedacht hätte, dass ein Kind sein erbärmliches Leben dermaßen verändern könnte.«

Die Worte hallten durch die Nacht und drangen bis tief in Jons gequältes Herz. *Daegan war sein Vater! Sein Vater!* Er biss sich auf die Lippe, damit er nicht anfing zu heulen.

»Und das nicht nur, weil du sein Sohn bist«, fuhr Daegan mit dem Anflug eines Lächelns auf den Lippen fort, »sondern weil du ihm etwas bedeutest, weil er gern mit dir zusammen ist, weil es ihm Spaß macht, etwas mit dir zu unternehmen.«

»Warum bist du dann gegangen?«, wollte Jon wissen. Konnte er diesem Mann wirklich trauen, der ihn schon einmal so enttäuscht hatte?

»Wie ich schon sagte: Ich dachte, ich müsste gehen. Ich nahm an, es sei das Beste, wenn du nie davon erfahren würdest. Ich dachte, deine Mom und du wärt besser dran ohne mich – dann wäre euch erspart geblieben, was ihr jetzt durchmachen müsst.«

»Die Begegnung mit der Familie Sullivan, meinst du«, spottete Jon.

»Richtig.« Daegan schüttelte den Kopf und schaute seinen Sohn frustriert an. »Unglücklicherweise müssen wir uns ihnen stellen, müssen sie zwingen, dem Ganzen ein Ende zu setzen, und deinen Großvater davon abbringen, Anspruch auf dich zu erheben.«

»Der kriegt mich nicht.«

Daegans Lächeln wurde breiter. »Na schön, dann lass uns gehen und mit ihm reden.«

»Ich will ihn nicht sehen.«

»Das musst du aber, Jon. Um die Sache zu beenden. Außerdem ist deine Mutter außer sich vor Sorge um dich. Sie war gerade noch bei mir, doch ich bin losgesprintet, als ich dich entdeckt habe …«

Jon drehte sich um und sah Kate, die atemlos auf sie beide zugerannt kam. Tränen liefen ihr übers Gesicht, und als sie bei ihrem Sohn ankam, warf sie die Arme um ihn und drückte ihn fest an sich.

»Jon, mein Kleiner, ach Jon, mein geliebter Junge«, stammelte sie wieder und wieder.

»Ma –«

»Ist alles in Ordnung mit dir?«

»Ja.« Er schluckte mühsam. Nein, er würde auch jetzt nicht losheulen.

»Im Ernst, Jon«, sagte sie und blinzelte. »Du lieber Himmel, was habe ich mir für Sorgen gemacht! Ich wusste, dass du bei diesem grässlichen Mann warst, und dann hörten wir den Schuss und … ich bin so unendlich froh, dass du nicht verletzt bist!« Sie vergrub ihr Gesicht an seinem Hals und seufzte vor Erleichterung.

»Es ist wirklich alles okay, Mom«, versicherte er ihr.

Kate trat einen Schritt von ihm zurück und wischte sich mit ihren Handschuhen über die Wangen. »Mein Gott, bin ich erleichtert.«

»Seid ihr zwei …« – Jon deutete erst auf seine Mutter, dann auf Daegan – »… seid ihr zwei zusammen hergekommen?«

Kates Blick fiel auf seine geschundenen Handgelenke. Entsetzt schnappte sie nach Luft. »Ach, mein Liebling … deine Hände! Du musst zum Arzt!«
»Nein!« Jon zog seine Hand zurück. Er wollte nur, dass sie seine Fragen beantwortete. »Mir geht es gut, Mom«, versicherte er noch einmal. »Seid ihr nun zusammen hergekommen oder nicht?«
Daegan sah Kate an, dann wieder Jon. »Nicht wie du es meinst. Aber wir sind beide nach Boston gekommen, um nach dir zu suchen.«
»Weil ich dein Sohn bin«, stellte Jon klar.
»Ich bin gekommen, weil ich dich gern habe«, sagte Daegan. »Aber es stimmt wirklich: Ich bin dein Vater.«
»Hast du das gewusst?«, fragte Jon seine Mutter.
Sie schüttelte den Kopf. »Ich habe es erst erfahren, als du verschwunden warst.« Sie wischte sich verstohlen die Augen. »Es tut mir leid, dass du es auf diese Weise erfahren musstest, Jon. Ich hätte nicht gedacht, dass so etwas je geschehen könnte.«
»Woher solltest du das auch wissen?« Jon zuckte die Achseln, dann deutete er in Richtung Ivy Motel. »Das wirklich Beängstigende ist allerdings, dass diese Kerle nicht die Schlimmsten sind. Irgendeine durchgeknallte Verwandte, Alicia heißt sie, ist bereit, mehr als eine Million Dollar dafür zu bezahlen, dass man mich umbringt. VanHorn wird wahrscheinlich ins Gefängnis wandern, aber diese Psychopathin lauert dann immer noch irgendwo auf mich.«
»Mach dir keine Sorgen wegen Alicia«, sagte Daegan. »Glaub mir, ich weiß, wie ich mit ihr umzugehen habe. Ich kümmere mich um sie. Aber jetzt rechnen wir erst einmal mit Robert ab, und dann bringen wir dich nach Hause.«
»Nach Hopewell?«, fragte Jon und sah, wie seine Mutter zusammenzuckte.

»Wenn du dorthin zurück möchtest?«
Jon verdrehte die Augen. »Ich hätte nie gedacht, dass ich dieses Kaff einmal vermissen würde«, gab er zu und vergrub die Hände tief in seinen Hosentaschen. Sie setzten sich in Bewegung und kamen an eine belebte Straße, die in festlichem Weihnachtsglanz erstrahlte. Fußgänger spazierten über die Gehsteige vor den Läden, eine Gruppe Weihnachtssänger stimmte in einem Hauseingang ein fröhliches Lied an.
Lasst uns froh und munter sein und uns recht von Herzen freun, lustig, lustig, trallalalala …
Daegan hielt ein Taxi an, und kurz darauf saßen sie im Warmen und fuhren zügig durch die Stadt.
Dann war Daegan also tatsächlich sein Vater. Jon blickte den Mann an, der ihn gezeugt hatte. Mein Gott, er konnte es kaum fassen. Er hatte einen Vater, einen richtigen Vater, und der war ausgerechnet Daegan O'Rourke.
»Erzähl mir, was passiert ist«, bat Daegan. Jon zögerte, dann legte er los. Er berichtete Kate und Daegan alles, was geschehen war, bis zu seiner Flucht durchs Fenster dieser heruntergekommenen Absteige.
»Du liebe Güte«, sagte seine Mutter atemlos und rang die Hände.
Das Taxi hielt in einer ruhigen Seitenstraße vor einem dreistöckigen Haus, das auf einen gepflegten Park hinausging.
»Da wären wir«, sagte Daegan, bezahlte den Fahrer und hielt Kate die Tür auf. »Komm, Jon, jetzt oder nie.«

Diese Tussi mit den manikürten Fingernägeln, den gefärbten roten Haaren und den dunklen Ringen unter den Augen war seine Mutter? Das konnte gar nicht sein. Jon starrte Bibi Sullivan Porter an, als sei sie die Hauptattraktion in einer Monstrositätenshow.

»Toll gemacht, Daegan«, sagte Bibi sarkastisch. Sie saß in einem pfirsichfarbigen Sessel im Salon und rauchte eine Zigarette. »Hat dir schon mal jemand gesagt, dass du ein lausiger Privatdetektiv bist?«

»Sie hat dich *engagiert?*«, flüsterte Kate und beäugte die Frau. »Sie wollte dich für deine Suche nach Jon *bezahlen?* Dafür, dass du ihn zu ihr zurückbringst und unser Leben ruinierst?« Sie drehte sich zu ihm um und schaute ihn mit gequälten Augen an.

Daegan furchte die Brauen. »Nein. Sie wollte, dass ich Jon nach Kanada entführe.«

Bibi zuckte gleichgültig die Achseln.

Jon hasste sie. Sie hatte ihn im Stich gelassen, gleich nachdem er das Licht der Welt erblickt hatte, und sie war so anders als Kate. Ein Teil von ihm wollte dennoch mehr über sie erfahren, über diesen ganzen Familienzirkus, doch er traute sich nicht zu fragen.

Die Beine übereinandergeschlagen, saß sie gelangweilt paffend in ihrem Sessel. Das Inbild eines reichen Miststücks. Wie konnte Daegan bloß je mit ihr ins Bett gegangen sein? Die Vorstellung machte ihn krank, und vermutlich sollte er dankbar sein, dass sie ihn fortgegeben hatte, sonst hätte er niemals eine so wundervolle Mutter bekommen wie Kate. Es fiel ihm nicht schwer, Bibi zu hassen, doch er musste auch daran denken, dass sie zu dem Zeitpunkt, als sie mit ihm schwanger geworden war, nur ein paar Jahre älter gewesen sein konnte, als er es jetzt war.

»Ich wollte einfach meinen Sohn finden«, stellte Daegan klar, »und mit ihm weder nach Kanada noch sonst wohin davonlaufen.«

»Nun, dann komm mal her«, sagte Bibi und deutete auf Jon. Sie runzelte leicht die Stirn, kleine Falten zeigten sich um

ihren Mund und um ihre Augen. »Du siehst aus wie ein Sullivan.«
»Ja, das tut er«, sagte der alte Mann, der in einer Ecke des Salons stand. »Das tut er wahrhaftig.« Seinem überheblichen Gehabe nach zu urteilen, musste er der Besitzer dieses prächtigen Hauses sein. Jon nahm an, dass es sich um seinen Großvater, Robert Sullivan, handelte.
»Du hast es in den Nachrichten gehört«, schaltete sich Daegan ein. »Die Story wird auch in sämtlichen Zeitungen stehen. Zum Glück ist Collin nicht tot, sondern im Krankenhaus gelandet.«
»Ich weiß.« Roberts Worte klangen abgehackt, sein Blick war misstrauisch. »Trotzdem möchte ich immer noch gern meinen Enkel kennenlernen. Lass dich mal ansehen, Junge.«
»Er ist nicht Ihr Junge«, entgegnete Kate mit fester Stimme und trat zwischen die beiden.
»Schon gut, Ma, ich komme klar.« Entschlossen machte Jon einen Schritt auf den alten Mann zu und musterte ihn abschätzig.
»Groß. Kräftig. Bist du gut in der Schule?«
»Mein Gott«, sagte Bibi und zog an ihrer Zigarette.
»Ich hasse die Schule.«
Bibi lachte. »Ganz der Vater!«
Robert war alles andere als amüsiert. »O nein, nein, nein.« Er wedelte mit dem Zeigefinger vor Jons Nase herum. »Bildung ist das Fundament des Lebens. In der Schule erwirbt man Wissen, die Schule bildet den Charakter.«
Jon konnte nicht glauben, dass dieser alte Knacker das ernst meinte. Aber er war ja auch nie auf die Hopewell High gegangen. Eli McIntyre war ihm weit mehr ein Großvater gewesen, als Robert Sullivan sich je erträumen könnte.
»Sir?«, unterbrach der Butler mit einem leisen Klopfen an der Tür. »Ein Anruf für Mr. O'Rourke.«

Daegan verließ den Salon, und Jon fühlte sich plötzlich verloren zwischen diesen Menschen, die er zutiefst verachtete. Kate, die neben ihm stand, blickte genauso nervös drein, wie er sich fühlte.

Der alte Herr fing an, ihm Fragen zu stellen – welche Noten er im Zeugnis hatte, ob er Golf spiele oder ein Musikinstrument. Er spürte, dass Robert die Antworten nicht gefielen, denn das strahlende Lächeln auf seinem Gesicht begann zu verblassen.

Daegan kehrte in den Salon zurück und lehnte sich lässig gegen ein Bücherregal. »Na schön, dann wollen wir mal den Stand der Dinge besprechen. Ich habe gerade mit einem befreundeten Detective telefoniert. Jon darf mit Kate nach Oregon zurückkehren – das ist das Wichtigste. Die Behörden werden legale Adoptionspapiere ausstellen, damit es weder hier noch sonst wo in den Staaten irgendwelche Probleme gibt.«

»Augenblick mal. Was, wenn der Junge bei uns bleiben möchte?«

Jon schüttelte den Kopf. »Der Junge möchte nach Hause. Ich wollte nie hierher, und nun kann ich es kaum erwarten, wieder wegzukommen.«

»Ist eine präzise Ansage, finde ich«, sagte Daegan mit einem zufriedenen Nicken.

»Das ist mir auch lieber so«, ließ sich Bibi vernehmen. Sie drückte ihre Zigarette aus und seufzte laut. »Kyle wird bereits misstrauisch.« Sie stand auf und ging zu Jon hinüber. »Ich wollte dir nicht dein Leben vermasseln. Ich wollte, dass du glücklich wirst, und … ich bin nicht gerade zur Mutter geboren.«

Jon starrte die Frau an, die ihn zur Welt gebracht hatte. »Ich hatte nicht um eine Erklärung gebeten.«

»Nein, das hast du nicht.« Tränen traten in Bibis blaue Augen.

Sie warf Kate ein gezwungenes Lächeln zu. »Sie haben einen wunderbaren Sohn. Passen Sie gut auf ihn auf.«
»Das mache ich«, versprach Kate, überrascht für die Achtung, die sie auf einmal vor dieser Frau empfand.
»Gut.« Eine Träne rollte Bibis Wange hinab, als sie einen letzten Blick auf ihren Sohn warf. »Und du sei brav«, sagte sie. »Wenn mir zu Ohren kommt, dass du dein Leben versaust, kriegst du es mit mir zu tun!«
»Jon«, meldete sich Robert zu Wort. »Überleg es dir gut. Ich könnte so viel für dich tun.«
»Lassen Sie ihn in Ruhe«, sagte Kate und legte beschützend die Hand auf Jons Schulter.
Doch Jon hatte keine Angst mehr vor dem alten Mann. »Das kann ich mir nicht vorstellen«, erwiderte er. »Was wollen Menschen für mich tun, denen es gar nicht um mich, sondern nur ums Geld geht?«
»Es geht uns nicht nur ums Geld«, widersprach Robert mit hochgezogenen Augenbrauen. »Wir halten sehr viel von der Familienehre.«
»Ach, und deshalb bringen Sie reihenweise die Nachkommen um? Erst diesen Stuart, und dann will Ihre Nichte Alicia auch noch mich beseitigen.«
»Unsinn«, sagte Robert und trat unbehaglich von einem Fuß auf den anderen. Bibi klappte das Kinn herunter. »Dieses Miststück!« Die Schachtel Zigaretten fiel aus ihren Händen auf den teuren Perserteppich.
»Mach dir keine Gedanken wegen Alicia«, beschwichtigte Robert seine Tochter. »Sie hat keinerlei Macht.«
»Nicht, nachdem die Polizei Wind von ihren Plänen bekommen hat«, sagte Daegan und ging zu der großen Flügeltür. »Alicia wird ihrem Vater im Gefängnis Gesellschaft leisten müssen, denn genau dorthin wird man Frank bringen. Der be-

freundete Detective teilte mir mit, dass Frank im Augenblick auf der Polizeistation ist. Es sieht so aus, als würde er des Mordes an Stuart angeklagt.«

»Frank?« Roberts Adamsapfel hüpfte. »Was soll das heißen? Du bist doch derjenige, der meinen Sohn getötet hat, O'Rourke. Das weiß doch jeder.«

Stumme Empörung loderte in Daegans Augen. »Collin hat heute vor einer Handvoll Zeugen ein Geständnis abgelegt. Er war an jenem Abend am Hafen, hat alles mit angesehen und seit Jahren mit dieser Last gelebt. Frank war's, Robert. Dein Bruder hat deinen einzigen Sohn ermordet.«

»Das glaube ich nicht!«

Jon war erleichtert, als seine Mutter sanft seine Schulter drückte und ihn aus dem Salon führte. Durch die offene Flügeltür hörten sie, wie Daegan erwiderte: »Na schön, alter Mann, leb ruhig weiter mit deinen Lügen«, dann eilte er mit großen Schritten hinter ihnen her.

Flankiert von Kate und Daegan trat Jon hinaus in den Schnee. *Mutter und Vater. Seine Eltern.* Er hatte eine grauenhafte Woche hinter sich, doch Jon wusste, dass es von jetzt an besser werden würde. Er war einem schmierigen Privatdetektiv und brutalen Entführer entronnen, er hatte seinen Vater gefunden, und er war auf dem Weg nach Hause. Viel besser konnte es doch gar nicht mehr werden.

Bemüht, Jons Wunsch zu akzeptieren, nicht allzu sehr von ihr bemuttert zu werden, erklärte sich Kate damit einverstanden, dass er bei Laura lediglich gründlich seine geschwollenen, aufgeschürften Handgelenke wusch und eine desinfizierende Salbe auftrug. Als er damit fertig war, fiel er im Gästezimmer seiner Tante ins Bett und war im Handumdrehen eingeschlafen.

Daegan und Kate zogen sich ihre warmen Jacken an, dann

nahm Daegan Kates Hand und führte sie hinaus auf die Straße. Die Nacht war voller Leben mit ihren blinkenden Lichtern, dem Verkehr und den Menschen, die über die Gehsteige hasteten. Trotz der geschäftigen vorweihnachtlichen Stimmung spürte Kate eine Einsamkeit, die sich tief in ihre Seele grub.

»Ich weiß nicht, ob ich dich verfluchen oder dir danken soll«, sagte sie und zog ihre Hand aus Daegans.

»Dank mir lieber. Das klingt besser«, scherzte er, doch sie brachte bloß ein schiefes Lächeln zustande.

»Na gut, dann: vielen Dank. Danke, dass du Jon gefunden und zu mir zurückgebracht hast. Ich … ich weiß das zu schätzen, doch ich kann nicht vergessen, dass du es warst, der uns in diese Lage gebracht hat, dass du uns belogen, uns benutzt hast –«

»Kate –«

»Ich weiß nicht, ob ich dir glauben soll, dass wir dir etwas bedeuten …«

»Das tut ihr, ihr beide. Und das wird immer so sein.«

Sie berührte ihn mit kalten Fingern sanft an der Wange. Er griff nach ihrer Hand und hielt sie dort fest, gegen seine Haut gedrückt. »Ich wünschte, ich könnte dir glauben«, flüsterte sie.

»Dann bringt es wohl auch nichts, wenn ich dir versichere, dass es mir nicht nur leidtut, sondern dass ich dir auch vorschlagen wollte, mit mir noch einmal neu anzufangen.«

Das bunte nächtliche Treiben auf der Straße schien plötzlich stillzustehen. Der Verkehrslärm, die weihnachtliche Musik aus den noch geöffneten Läden, der Klang der Kirchenglocken – Kate nahm alles wahr wie durch eine dicke Watteschicht. Allein das Pochen ihres Herzens war laut und deutlich in ihren Ohren zu vernehmen. »Wie … wie meinst du das?«, fragte sie unsicher.

»Ich dachte, ich fange noch einmal ganz von vorn an. Mit dir. Mit Jon.«
»Als unbeschriebenes Blatt sozusagen?«
»Wenn du es so ausdrücken möchtest …«
Sie fing an zu zittern, aber nicht vor Kälte. Wie gern wollte sie ihm glauben, wie gern ihm vertrauen! Sie spürte einen Kloß in der Kehle aufsteigen, doch sie drängte die Tränen zurück. Auf keinen Fall wollte sie jetzt anfangen zu weinen! Ja, sie liebte ihn, doch wer konnte schon sagen, ob er diesmal bei ihr bleiben würde? Schließlich war er ein Mann, der fünfzehn Jahre vor seiner eigenen Vergangenheit davongelaufen war.
»Und du hast wirklich keine Familie in Montana?«, neckte sie ihn mit heiserer Stimme. »Keine Frau und kein Kind?«
»Weder noch.« Er küsste ihre Finger. »Die einzige Person, die mir noch etwas bedeutet, ist meine Mutter, aber ich weiß nicht, ob ich sie sehen möchte, und vor allem weiß ich nicht, ob *sie* mich sehen möchte, nach allem, was passiert ist. Frank Sullivan, der größte aller Ehebrecher, war ihr Ein und Alles.«
»Dann bist du also völlig allein«, stellte sie fest.
Vertrau ihm, Kate, nur noch ein einziges Mal! Vertrau ihm, du liebst ihn doch!
»Ja«, sagte er schlicht.
»Warum habe ich bloß das Gefühl, dass dir das ganz gut gefällt?«
»Weil das bislang auch so war«, gab er ein wenig schroff zurück. »Doch dann bin ich euch begegnet, und das hat meine Welt auf den Kopf gestellt.«
Nervös fuhr sie sich mit der Zunge über die Lippen.
»Kate«, flüsterte er heiser, schloss sie in seine starken Arme und zog sie an sich. Sein warmer Atem strich über ihr Haar. »Weißt du denn nicht, dass ich dich liebe?«
»Nein, Daegan, das weiß ich nicht.«

»Aber das tue ich, und zwar für immer. Heirate mich, Kate. Sag, dass du meine Frau werden willst. Ich werde dich nicht zweimal fragen.« Seine Lippen legten sich auf ihre. Schluchzer stiegen tief aus ihrem Innern auf. Sein Körper bot ihr Schutz vor der Kälte, Schutz vor allem, und sie spürte, wie sie von einem Wirbel von Emotionen davongetragen wurde.

Sag ja, sag einfach ja, flehte ihr williges Herz. *Du wirst nie mehr einen Mann wie ihn finden.*

Vertrau ihm bloß nicht, beharrte ihr Verstand. *Er wird dich doch nur wieder belügen und dich und deinen Sohn verletzen.*

»Ich – ich kann das nicht«, schluchzte sie und schob ihn von sich weg. »Bitte, Daegan, das musst du verstehen!«

Sie betrachtete ihn im Licht der Straßenlaternen und sah, wie er sich aufrichtete, die Schultern straffte und das markante Kinn vorreckte. Offenbar hatte sie ihn zutiefst in seinem Stolz verletzt.

»Nein, das verstehe ich nicht – und ich werde es auch niemals verstehen.«

»Aber Jon –«

»Er weiß, wo er mich finden kann. Es liegt an dir, ob ich ihn wiedersehe oder nicht.« Ein nervöser Tic machte sich an seinem Kinn bemerkbar. Er vergrub die Hände tief in den Taschen und ging davon. Kate, die Arme um die Taille geschlungen, blickte ihm nach. Sie fühlte sich innerlich vollkommen leer. Daegan drehte sich noch einmal um. »Und falls du mich nicht mehr sehen willst, Kate, werde ich dich nie wieder belästigen.« Und damit schritt er von dannen, ohne sich noch einmal nach ihr umzusehen.

»Wenn mir noch einmal zu Ohren kommt, dass du dich dem Jungen näherst oder ihm sonst wen auf den Hals hetzt, werde ich höchstpersönlich hier aufkreuzen und es dir zehnfach heimzahlen«, versprach Daegan mit grollverzerrter Stimme. Er stand auf der Türschwelle seiner Cousine, die Augen lodernd vor Hass, die Fäuste geballt, das Gesicht eine Maske der Entschlossenheit. Der Zorn, den er ausstrahlte, war fast greifbar.

Alicia schluckte und dachte an Wade, ihren geliebten Sohn. Sie konnte sich nicht vorstellen, dass Daegan ihm tatsächlich etwas antun würde, doch was wusste sie schon über diesen Bastard? Wie skrupellos war O'Rourke? Wie viel bedeutete ihm sein eigener Bastard? Der Mann konnte rasen wie ein Irrer, das wusste sie.

»Ich ... ich wollte lediglich Wades Interessen verteidigen.«

»Indem du seinen Cousin ermordest«, stellte Daegan mit tödlicher Ruhe fest. Doch das nervöse Zucken an seinem Kinn und die hervortretenden Halsmuskeln straften diese Ruhe Lügen. Widerstrebend stellte sie fest, dass er ein gutaussehender Mann war, ein unbarmherziger Mann, dem man besser nicht in die Quere kam. Nicht dass sie noch vorhatte, Jon Summers auch nur ein Härchen zu krümmen. Der Dummkopf wollte nicht Teil der Sullivan-Dynastie sein, und Robert hatte seinen Plan, den kleinen Scheißkerl zum Erben einzusetzen, aufgegeben. Schlimm genug, dass nun die Polizei ermittelte und die ganze Familie wegen der Kindesentführung vernahm. Sogar Stuarts Tod wurde nach dieser halben Ewigkeit erneut untersucht.

Das Ganze war ein elender Schlamassel. Bislang hatte Alicia alles geleugnet. Nein, sie kannte keinen Neils VanHorn. Nein, sie war niemals mit diesem Mann in Kontakt getreten (Gott sei Dank hatten sie sich nur in anonymen Bars getroffen!). Und weil sie ihn nicht kannte, hatte sie ihm auch niemals Geld dafür anbieten können, Jon Summers umzubringen. Das war ja geradezu lächerlich! Grotesk! Absurd!

»Mummy?«, ertönte Wades Stimme von oben. Sie warf einen Blick über die Schulter und sah sein süßes Gesichtchen durchs Geländer lugen. »Ist alles in Ordnung?«

»Ja, Liebling. Geh zurück in dein Zimmer. Ich bin in einer Minute bei dir.«

»Wer ist das?«, fragte Wade, den Blick auf Daegan gerichtet.

Der Teufel, dachte Alicia, *direkt aus den Tiefen der Hölle.* »Er ist … er ist bloß vorbeigekommen, um Mummy einen Rat zu geben und ihr fröhliche Weihnachtsfeiertage zu wünschen.«

»Frohes Fest!«, rief Daegan dem Jungen zu.

Zufrieden kehrte Wade in sein Zimmer zurück.

»Halt dich von meinem Sohn fern«, zischte Alicia. In ihrem Innern breitete sich eisige Furcht aus.

Daegans Lachen klang brutal. »Ich will nichts von ihm, aber du, du hältst dich von Jon fern, denn sollte ihm etwas zustoßen, dann wirst du dir wünschen, du wärst niemals geboren worden, das schwöre ich dir.«

Er blickte in den leeren Flur. »Wade hat von mir nichts zu befürchten, aber du, *Schwester,* du schon. Denk daran.«

»Ach, jetzt tu doch nicht so verdammt dramatisch«, ereiferte sich Alicia. »Der einzige Grund, weshalb ich mich für Jon Summers interessiert habe, war der, dass Robert ihn zum Erben machen wollte. Jetzt, da dieser Anfall von Wahnsinn offenbar ausgestanden ist, geht mich dein ach-so-kostbarer Bastard nichts mehr an.«

»Dann sind wir uns ja einig«, sagte Daegan. Er drehte sich um und rief über die Schulter: »Und frohes neues Jahr!«

Ein Schwall kalter Luft fegte in den Flur, als Alicia die Haustür zuknallte. Zitternd lehnte sie sich gegen die geschlossene Tür und atmete tief durch. Verstand sie denn gar niemand? Verstand keiner, dass alles, was sie getan hatte, ausschließlich zum Wohl ihres kleinen Prinzen gewesen war?

»Liebling!«, rief sie mit zitternder Stimme und stieg die Treppe hinauf. Sie erreichte gerade den oberen Absatz, als sie hörte, wie das Garagentor aufging.

Daegan! Großer Gott, er hatte seine Meinung geändert und war zurückgekehrt! Verschaffte sich gewaltsam Eingang ins Haus! Sie rannte die Stufen hinunter, stolperte und streifte ihre Highheels ab. In der Küche griff sie nach der erstbesten Waffe, auf die ihr Blick fiel, ein Filetiermesser aus dem Messerblock, dann blieb sie wie erstarrt stehen, bereit zuzustechen. Die Hintertür zur Garage öffnete sich, und Bryan kam herein.

»Oh«, sagte sie. »Ich wusste nicht, dass du es bist, ich –«

Ihr Ehemann blieb wie angewurzelt stehen, Schlüssel und Aktentasche in der Hand. »Ich habe unterwegs einen Anruf von deinem Anwalt bekommen«, sagte Bryan und leckte sich nervös die Lippen. »Viel habe ich nicht verstanden, nur dass er äußerst besorgt ist. Er hat etwas von einer Anklage gegen dich gesagt, wegen Verabredung zum Mord oder Kindesentführung oder so ähnlich.«

»Nein – die Sache kommt nicht vor Gericht. Das Ganze ist ein Riesenmissverständnis.«

»Aber du hast ihn angerufen?«

»Ich habe vertraulich mit ihm gesprochen.«

»Ich bin dein Ehemann, Alicia, oder hast du das vergessen?« Bryan kniff die Lippen zusammen.

»Nein, Bryan, *ich* habe das nicht vergessen. Ich denke, *du* bist derjenige, der nicht mehr daran denkt.« Tränen traten ihr in die Augen. »Und zwar schon seit sehr langer Zeit nicht mehr.«

Grollend warf Jon ein weiteres Kiefernscheit in die Flammen, doch er brachte nicht mal ein Lächeln zustande, als das Holz knisternd und knackend Feuer fing.

Ihr Weihnachtsbaum, eine kleine Kiefer, war festlich ge-

schmückt, mit funkelnden Lichtern und glänzenden blauen, gelben, roten und grünen Kugeln. Geschenke mit leuchtend bunten Bändern lagen darunter.
Es war Heiligabend, und sie waren mutterseelenallein, völlig abgeschieden von der Welt. Wenn doch nur Laura und Jeremy zu Besuch gekommen wären, dachte Kate, als sie Jon und sich einen Eierpunsch einschenkte. Lediglich ihr Anwalt hatte heute angerufen und ihr mitgeteilt, dass die Adoptionspapiere beantragt seien, es würde allerdings noch eine Zeitlang dauern, bis alles unter Dach und Fach gebracht sei.
»Bitte sehr«, sagte sie und reichte Jon ein Glas mit schaumigem Eierpunsch.
»Ist Alkohol drin?«, fragte er.
»Aber sicher doch, ich habe braunen Rum, Whiskey und Weinbrand reingetan, wie es sich gehört«, neckte sie ihn.
»Aber ich bin fast –«
»Fast«, betonte sie. »Und ›fast‹ verstößt gegen das Gesetz.«
Er nahm ihr das Glas aus den Händen, doch sie bemerkte seine Rastlosigkeit, spürte, dass ihn etwas bedrückte, und sie konnte sich auch denken, was. Hatte sie nicht seit ein paar Tagen dieselbe Traurigkeit verspürt? Seit Daegan nicht mehr in ihrem Leben war, kamen ihr die Stunden trist vor, eintönig, obwohl sie doch wusste, dass er bloß ein kleines Stück entfernt war, getrennt von ihnen durch ein verschneites Feld und eine Baumreihe. Sie blickte aus dem Fenster in Richtung von Elis altem Blockhaus und schluckte schwer, doch der Kloß in ihrer Kehle wollte nicht verschwinden. Sie bemerkte, dass auch John durch die Scheibe in Richtung der McIntyre-Farm starrte.
Es ist besser so, redete sie sich ein. Obwohl sie wusste, dass Daegan dort war – sie hatte seinen zerbeulten Pick-up gesehen und die Pferde –, hatte sie ihn seit ihrer Rückkehr aus Boston

weder zu Gesicht bekommen noch gesprochen. Wahrscheinlich bereitete er seine endgültige Abreise vor. In der Stadt hieß es, dass die Ranch nach wie vor zum Verkauf stand. »Komm, lass uns anstoßen, auf Heiligabend!«, prostete sie Jon zu und stieß ihr Glas gegen seins. »Auf dass all deine Wünsche in Erfüllung gehen!«

Er runzelte die Stirn und wich ihrem Blick aus. Stattdessen starrte er in sein Glas, als versuchte er, Teeblätter zu lesen. Schließlich nahm er einen großen Schluck und stieß ungehalten hervor: »Weihnachtswünsche sind was für Kleinkinder.«

»Du hast doch etwas auf der Seele«, sagte Kate und beschloss, dass es Zeit war zu klären, was ihm Kopfzerbrechen bereitete, egal, ob heute Weihnachten war oder nicht. Im Grunde meinte sie sowieso, die Antwort zu kennen. Ihre Finger schlossen sich um das Glas, während Jon seinen Eierpunsch austrank und unruhig von einem Zimmer ins andere tigerte. Houndog, dessen Fell inzwischen recht gut nachgewachsen war, tappte hinter ihm her, einen Tennisball in der Schnauze. Er wedelte eifrig mit dem Schwanz, in der Hoffnung, dass Jon endlich kapierte, was er von ihm wollte, und mit ihm Bring-den-Ball spielte.

»Das ist nur so ein Gefühl.«

»Du hattest gestern Nacht einen Alptraum.«

Er warf einen Blick in ihre Richtung und runzelte die Stirn. »Ja.«

»Worüber?«

»Todd.«

»Ich dachte, man hätte ihn der Schule verwiesen.« Kate glaubte nicht, dass Jons Unruhe etwas mit dem Neider-Jungen zu tun hatte, nein, sie kannte den wahren Grund, und es war derselbe, der sie nachts wach liegen ließ.

»Das ist richtig, aber er ist immer noch in der Stadt«, sagte Jon und rieb sich angespannt den Nacken. Er stellte das leere Glas auf dem Kaminsims ab und trat hinter den Tennisball, den Houndog ihm erwartungsvoll vor die Füße gelegt hatte. Der junge Hund bellte begeistert und jagte dem Ball nach, bis er ihn unter dem Esszimmertisch erwischte.

»Hat Todd dich wieder provoziert?«, fragte sie. Das wäre seltsam, denn Jon hatte seit ein paar Tagen Weihnachtsferien.

»Nein, und mir geht es auch nicht um Todd.« Jon ließ sich auf die Couch fallen und blätterte durch einen alten Weihnachtskatalog. »Ich dachte nur, wir sollten vielleicht Daegan einladen. Es ist Weihnachten, und er ist allein; die einzigen Menschen, die er hat, sind seine verrückten Verwandten und … ach, ich weiß auch nicht.« Er knabberte nervös an seinen Fingernägeln.

Kate stellte ihr Glas auf den Beistelltisch. »Du möchtest, dass er zu uns kommt, weil er dein Vater ist?«, fragte sie und spürte, wie sie innerlich erstarrte. Was, wenn Jon irgendwann beschloss, dass er lieber bei Daegan leben wollte? Wenn er wissen wollte, wie es war, einen Vater zu haben, eine echte Vater-Sohn-Beziehung aufzubauen? Sie schluckte.

»Ich mag ihn einfach. Das ist alles. Und ich verstehe nicht, warum ich ihn nicht sehen soll, bloß weil ihr zwei euch gestritten habt.«

»Ich weiß, aber –«

»Soll man an Weihnachten nicht verzeihen und sich um seine Mitmenschen kümmern? Darum geht es doch bei alldem, oder nicht?«

»Ich denke schon«, gab sie zu.

»Also?«

»Das Ganze ist etwas komplizierter«, sagte sie und spürte, wie die Augen ihres Sohnes jede ihrer Bewegungen verfolgten. Um die innere Kälte zu vertreiben, die sie auf einmal überkam, trat sie dicht vor den hell lodernden Kamin.

»Eine Sache ist nur so kompliziert, wie man sie macht.«
»Hör mal, ich möchte nicht mit dir darüber streiten –«
Das Telefon klingelte. Fast wäre Kates Herz stehengeblieben. Unweigerlich dachte sie, es sei Daegan, doch als Jon dranging und mit gesenkter Stimme sprach, damit sie ihn nicht verstehen konnte, ahnte sie, dass er mit Jennifer telefonierte wie beinahe jeden Abend. Sie lächelte und verspürte eine Woge der Erleichterung, dass sie nicht Daegan O'Rourke gegenübertreten musste.
Mit seinen fünfzehn Jahren erlebte Jon gerade die Höhen und Tiefen seiner ersten Liebe. Es lag sogar ein Geschenk von Jennifer unter dem Baum, und Jon hatte sein ganzes Taschengeld dafür ausgegeben, um ihr ein paar Ohrringe zu kaufen, die er vor dem Rückflug in Boston entdeckt hatte.
Kate trat ans Fenster und schob den Vorhang zurück. Vielleicht hatte Jon recht. Weihnachten war tatsächlich eine Zeit des Vergebens. Sie biss sich auf die Unterlippe, focht einen stummen Kampf mit sich aus und dachte an ihren eigenen, ganz privaten Weihnachtswunsch – dass sie und Jon und Daegan eine Familie sein könnten, eine liebevolle, ganz normale Familie.
»Sei nicht albern«, schalt sie sich. Die Scheibe beschlug von ihrem warmen Atem. »Keiner, der mit der Familie Sullivan verwandt ist, ist normal. Daegan macht da keine Ausnahme. Sei froh, dass es vorbei ist.«

Kates Haare waren wie ein Fächer um ihr Gesicht ausgebreitet, ihre whiskeygoldenen Augen blickten voller Liebe und Fröhlichkeit zu ihm auf. »Schon wieder?«, neckte sie ihn. Ihr Körper, nackt und rosig, glühte, ihre Brustspitzen richteten sich auf in neuerlicher Erwartung, dunkel und einladend.
»Ich kann einfach nicht aufhören«, entschuldigte er sich wie-

der, wie er es immer tat, wenn er mit ihr zusammen war. Es fiel ihm so schwer zu glauben, dass sie endlich die Seine war …

»Das würde ich auch gar nicht wollen.«

Sie verschränkte ihre Finger mit seinen und zog seine Hand zu sich, bis sie auf ihrer Brust zu liegen kam. Er konnte ihren Herzschlag hörte, das beständige Bumm, Bumm, Bumm …

»Daegan!«

Bumm! Bumm! Bumm!

Daegan riss die Augen auf und blinzelte.

»Daegan, du musst mir helfen!« Kates Stimme, laut und angstvoll, hallte durch das alte Blockhaus.

»Ich komme!«, rief er, rollte sich aus dem Bett und schaute auf seine Erektion – hart, wie aus Marmor gemeißelt, ein Nachklang seines erotischen Traums. »Verflucht«, murmelte er, sprang in Boxershorts und Jeans und zog den Reißverschluss hoch, während er zur Haustür eilte und unterwegs mit dem Ellbogen auf den Lichtschalter drückte.

Eine Taschenlampe in der Hand, stand sie dick eingepackt auf der Veranda, das Gesicht umrahmt von der Kapuze ihres roten Parkas. Ihre Augen waren weit aufgerissen vor Sorge. »Es geht um Jon«, stieß sie atemlos hervor, als er die Fliegengittertür öffnete und sie ins Haus und ins Wohnzimmer ließ.

»Was ist mit ihm?«, fragte er beunruhigt.

»Er ist weg, ich dachte, vielleicht …« Sie verstummte, als sie die Umzugskisten sah, die in den Ecken standen. »Ich dachte, er sei vielleicht zu dir gegangen. Am Abend hat er erwähnt, dass er zu dir wollte, und ich habe Fußabdrücke gesehen, die hier rüberführten …«

»Hier ist er nicht«, sagte Daegan und angelte ein Flanellhemd von der Sofalehne. Dann ging er in die Küche, nahm eine Taschenlampe vom Haken neben der Hintertür und zog eilig Socken und Stiefel an. Anschließend schlüpfte er in seine Jacke und setzte sich eine warme Mütze auf. »Wir werden ihn finden«, sagte er mit fester Stimme.

»Hoffentlich.«

Ohne nachzudenken, zog er sie an sich, blickte ihr tief in die vor Sorge dunklen Augen und versprach ihr: »Ich werde ihn finden, Kate. Darauf kannst du dich verlassen.« Dann ließ er sie los, stürmte aus der Hintertür und pfiff nach Roscoe.

Vor dem Stall blieb er stehen. »Verdammt«, knurrte er und richtete die Taschenlampe auf Spuren im Schnee. Fuß- und Hufabdrücke, die vom Stall wegführten. »Er hat Buckshot genommen.«

»Aber wo könnte er hingeritten sein?«

»Das werden wir herausfinden.« Daegan drückte auf den Lichtschalter in der Scheune. Loco, der treue Graue, wieherte protestierend und blinzelte empört ins helle Licht. »Hast du die Polizei benachrichtigt?«

»Nein, ich dachte ... ach was, ich war mir sicher, dass er bei dir ist. Ich bin einfach seinen Spuren gefolgt, und als ich dann feststellte, dass bei dir alles dunkel ist, habe ich –« Ihre Stimme versagte.

Schweigend kehrten sie zum Haus zurück, wo Daegan den Sheriff anrief.

»Ich werde tun, was ich kann«, versprach Swanson, nachdem Daegan Kate den Hörer weitergereicht hatte. »Aber wir haben Heiligabend und sind nur sehr schlecht besetzt. Ich gebe sofort eine Vermisstenmeldung an sämtliche Einsatzkräfte heraus.«

Kate bedankte sich und legte auf. Ihr ganzer Körper zitterte, ihre Phantasie malte ihr die grauenhaftesten Szenarien aus. »Das wird nicht viel nutzen«, murmelte sie erschöpft.

»Wir brauchen die Polizei nicht«, versuchte Daegan sie zu trösten. »Komm, wir machen uns auf die Suche.«

Kates Gedanken rasten. Warum war Jon nicht zu seinem Vater gegangen, wie er es ursprünglich geplant hatte? Weshalb hatte er stattdessen mitten in der Nacht ein Pferd gestohlen?

»Wir nehmen den Pick-up«, sagte Daegan, »zumindest so weit, wie wir es damit schaffen. Danach gehen wir auf Schneeschuhen weiter. Hier«, er warf ihr die Autoschlüssel zu. »Lass schon mal den Motor warm laufen. Ich hole inzwischen ein paar Sachen.«

»Was für Sachen?«, flüsterte sie angstvoll.

»Verschiedenes – nur für alle Fälle.«

Sie fragte nicht, was für Fälle er damit meinen mochte, und tat, wie geheißen. Doch als sie ihn zwei Paar Schneeschuhe, mehrere Meter Seil, einen Pickel, eine Axt, einen Erste-Hilfe-Koffer, eine Plane, eine Laterne, Decken und Signalgeschosse auf die Ladefläche heben sah, wurde ihr mehr als mulmig zumute.

»Vorsicht ist besser als Nachsicht«, erklärte er, als er zu ihr in die Fahrerkabine des allradangetriebenen Pick-ups kletterte und den Hufabdrücken durch das ans Haus angrenzende Feld folgte. Bald hatten sie die Ranch hinter sich gelassen und befanden sich auf Staatsgrund. Eine alte Holzabfuhrstraße, die hauptsächlich während der Goldrauschzeit benutzt worden war, führte mitten durch den spärlichen Baumbestand hügelaufwärts. Die nächtliche Landschaft schien unheimlich still.

Dankbar, dass das Mondlicht für etwas Helligkeit sorgte, starrte Kate durch die Windschutzscheibe und betete stumm, dass Jon in Sicherheit war.

»Warum tut er das?«, überlegte Daegan und warf Kate einen fragenden Blick zu.

»Ich wünschte, ich wüsste es.«

»Habt ihr euch gestritten?«

»Nein … aber wie ich schon sagte: Er wollte, dass du morgen zu uns kommst – uns einen Weihnachtsbesuch abstattest.«

»Und du wolltest das nicht«, vermutete er. Seine Stimme klang scharf vor Bitterkeit.
»Ich wusste nicht, was ich wollte«, gab sie zu und biss sich auf die Unterlippe. »Seltsam, nicht wahr? Noch vor zwei Monaten konnte ich ganz genau sagen, was ich wollte und was ich nicht wollte, was ich mir vom Leben erwartete, und dann ... dann bist du in die Stadt gekommen, in mein Leben, und jetzt ... jetzt weiß ich nicht mal mehr, was ich wirklich möchte, was ich wirklich brauche.« Sie seufzte, den Blick ins Gehölz gerichtet, auf der Suche nach einer Spur von Jon. »Alles, woran ich im Augenblick denken kann, ist mein Sohn.«
»Da sind wir schon zwei.« Eng und heimtückisch glatt wand sich die Straße eine steile Anhöhe hinauf, dann fiel sie schroff zum Fluss ab. »Sieh mal«, sagte er plötzlich. »Da sind Fußspuren neben der Straße.«
Jetzt sah Kate sie auch. Es hatte den Anschein, als sei Jon von Buckshot abgestiegen und zusammen mit jemand anderem durch den Schnee gestapft. Doch mit wem? Noch ein Entführer? Warum? Weshalb hätte sich Jon freiwillig hier mit jemandem treffen sollen? Und wie war dieser Jemand hierhergekommen? Der Schnee auf der Straße war so hart gefroren, dass man nicht erkennen konnte, ob die wenigen Wagenspuren noch frisch waren.
Oder war Jon zuvor dagewesen, und eine andere Person war ihm hinterhergeschlichen?
Denkbar war auch, dass er abgestiegen war, um den Fußspuren zu folgen.
Doch wie sie es auch drehte und wendete, sie konnte sich einfach keinen Reim darauf machen.
Wie unheimlich!
»Wen könnte er hier getroffen haben?«, fragte Daegan in ihre Gedanken hinein.

Jennifer Caruso! Vielleicht hatte er sich mit Jennifer zu einem romantischen Rendezvous getroffen, doch warum so weit weg? Jennifers Haus in der Stadt war meilenweit entfernt.

»Da fällst mir nur du ein ... oder seine Freundin.«

»Seine Freundin?«

»Jennifer Caruso, ein Mädchen, das er schon seit langem mag.«

»Trägt sie Schuhgröße siebenundvierzig?«

»Sie ist klein, zierlich.«

Daegan presste die Kiefer so fest aufeinander, dass sich die Knochen durch die Haut drückten. »Sieht so aus, als hätte sich Jon mit einem Mann getroffen.«

»Großer Gott«, flüsterte Kate, ballte vor lauter Anspannung die Fäuste und knabberte an ihrem Zeigefinger.

Daegan bog um eine Haarnadelkurve. Der Pick-up geriet leicht ins Schleudern. Daegan riss am Lenkrad und trat auf die Bremse. »Halt dich fest!«, befahl er. Kate, der gar nichts anderes übrig blieb, kniff die Augen zusammen. Ihr Herz hämmerte. »Bleib stehen, du zerbeulter Blechhaufen, bleib verflucht noch mal stehen!«

Endlich fanden die Räder Halt, und Daegan fuhr vorsichtig weiter. Kate stieß geräuschvoll die Luft aus.

Meter um Meter arbeitete sich der Pick-up hügelabwärts Richtung Fluss, bis sie die Stelle erreichten, an der die reißende Strömung vor einer halben Ewigkeit die alte Brücke weggerissen hatte. Das Wasser, schwarz und bedrohlich, rauschte durch die steile Schlucht. »Von hier aus müssen wir zu Fuß weitergehen«, sagte Daegan. »Sieht so aus, als wäre er ganz in der Nähe.«

Kate folgte seinem Blick und spähte angestrengt in die Dunkelheit. »Buckshot?« Ihr Herz setzte für einen Schlag aus, als sie das junge Pferd erkannte, ohne Reiter, die Zügel lose um einen herabhängenden Ast geschlungen.

Sie sprang aus der Fahrerkabine und näherte sich dem jungen Hengst. »Wo ist Jon, Buckshot?«, fragte sie ihn.
Buckshot scharrte mit den Hufen, legte die Ohren an und schnaubte, als Daegan eine behandschuhte Hand auf seine Nüstern legte.
»Braver Junge«, sagte er. »Und, wo steckt Jon?«
Die Fußabdrücke führten hinunter ans Wasser. Plötzlich hörte Kate über das Tosen des Wassers hinweg Stimmen, leise, aber unverkennbar.
»Hörst du das, Daegan?«, flüsterte Kate angespannt. Daegan nahm etwas von der Ladefläche des Pick-ups. »Jon!«, schrie sie.
»Immer langsam, Kate«, warnte Daegan, »du weißt nicht, was dich erwartet.«
Doch das war ihr egal. Sie wollte ihren Jungen nicht noch einmal verlieren. So schnell sie konnte, stapfte sie durch den Schnee, der die rutschigen Felsen in Ufernähe bedeckte.
»So viel zum Überraschungsmoment«, knurrte Daegan, als er zu ihr aufschloss. Hinter einer Flussbiegung entdeckten sie ihren Sohn und seinen ominösen Begleiter. Jon, einen Stock in der Hand, rannte am Ufer entlang. Jemand war in dem eisigen Wasser, stieß verzweifelte Schreie aus und versuchte, den rutschigen Stock zu fassen, den Jon ihm entgegenstreckte.
»Herr im Himmel!«, fluchte Daegan.
»Todd«, wisperte Kate entsetzt, als sie sah, wie der Kopf des Jungen kurz durch die schäumende Wasseroberfläche nach oben kam.
»Halt durch, Neider, halt durch!«, schrie Jon, hielt sich an einem über den Fluss hängenden Ast fest und lehnte sich noch weiter vor.
»Warte!«, brüllte Daegan, aber es war zu spät. Todd bekam den Stock zu fassen, doch der Ast, an dem Jon sich festklam-

merte, wurde von dem Gewicht des kräftigen Jungen und der Kraft der Strömung abgerissen wie ein morscher Zweig. Beide Jungen wurden in die eisigen Tiefen gerissen, ihre Köpfe tanzten in dem reißenden Wasser. Panische Schreie hallten durch die dunkle Schlucht.

»Nein! Um Gottes willen, Jon! Halt durch, mein Junge!«, schrie Kate.

Daegan, das Seil in den Händen, rannte zum Flussbett und streifte im Laufen Stiefel und Jacke ab. Er ließ ein Ende fallen und wickelte sich das andere fest um die Hand.

»Beeil dich!«, schrie er Kate zu. »Nimm das andere Ende!«

»Nein! Was hast du vor?«

Er rannte um den Baum herum, dessen Ast abgeknickt war wie ein Streichholz, damit sich das Seil darum schlang, dann stürzte er ins Wasser. »Halt durch, Jon!«, schrie er und wickelte das Seil ab.

Kate griff hastig nach dem anderen Ende, wickelte das Stück Seil noch einmal um den Baum herum und verknotete es. Voller Entsetzen sah sie, wie Daegan auf die Kinder zutrieb. Die drei waren viel zu weit voneinander entfernt. »Rette sie, Daegan«, betete sie inständig. Wie hatte sie nur je an diesem Mann zweifeln können, der sein Leben so selbstlos für das seines Sohnes gab? Schlagartig wurde ihr klar, dass sie nie wieder einen Mann so lieben würde wie ihn. »Bitte, bitte rette sie. Jon! Daegan! Todd!« Die drei Köpfe verschwanden aus ihrem Blickfeld.

Plötzlich sah sie Neider gegen einen Felsen treiben. Panisch klammerte er sich daran fest. »Halt durch, Todd!«, schrie sie über das Rauschen der Strömung hinweg. »Wir holen Hilfe!« Doch ihre Augen suchten den dunklen Fluss nach den beiden Menschen ab, die ihr das Wichtigste auf der Welt waren. Jon. Wo war Jon? Mit wild hämmerndem Herzen glitten ihre Augen über die tödlichen Fluten. »Du musst ihn retten, Daegan«, flehte sie inbrünstig. »Ich liebe euch doch. Ich liebe euch beide.« Wenn Daegan jetzt starb, würde er nie erfahren, was sie wirklich für ihn empfand. »Daegan!«, schrie sie. »Daegan!« Und dann sah sie ihn, wie er durch die eisige Strömung auf sie zukam, Jon in den Armen, sein Ende des Seils um die Taille geknotet. Schnell stemmte sie die Absätze in den Schnee, griff nach dem Seil und zog mit aller Kraft daran, um ihn zu unterstützen. Er schnappte erschöpft nach Luft und schleppte sich mit letzter Kraft ans rettende Ufer. Einen Schrei der Erleichterung ausstoßend, rannte sie mit ausgestreckten Armen auf ihn zu.

»Stopp!«, befahl er, und sie erstarrte. »Wenigstens du solltest bei dieser Kälte trocken bleiben, Kate. Schließlich brauchen wir uns nicht alle eine Lungenentzündung zu holen!« Er setzte Jon ab und befahl ihm, zum Wagen zu laufen und Decken zu bringen, dann drehte er sich um, bebend vor Kälte, die nassen Haare ans Gesicht geklatscht, prüfte, ob das Seil um seine Taille sicher verknotet war, und stürzte sich erneut in die Fluten.

»Nein«, wisperte sie und beobachtete, wie ihn die Strömung auf Todd zutrug. Daegan kämpfte gegen den reißenden Lauf an und erreichte endlich den Felsen. Der große Junge klammerte sich an ihn. Kurz gerieten ihre Köpfe unter die Wasseroberfläche, doch Kate spürte, wie das Seil ruckte, dann tauchte er zusammen mit Todd wieder auf und kämpfte sich unbeirrt zurück ans Ufer.

Kate und Jon, der mit den Decken zurückgekehrt war und nun Kates trockene Jacke trug, zerrten mit klappernden Zähnen am anderen Ende, um den beiden zu helfen. Endlich hatten sie es geschafft.

Kate und Daegan halfen Todd, seine nassen Sachen auszuziehen und sich in eine Decke zu wickeln, dann schoben sie ihn zu Jon, der sich ebenfalls eine Decke übergelegt hatte, in die Fahrerkabine. Zum Glück hatte Jon den Motor angestellt, damit es drinnen warm blieb.

Als Daegan die Tür hinter Jons Erzfeind zugeknallt hatte, warf sich Kate in seine Arme und küsste ungeachtet seiner Proteste seine kalte, nasse Haut.

»Du darfst mich nie mehr allein lassen, Daegan«, schluchzte sie. Tränen strömten über ihre Wangen. »Ich liebe dich, ich liebe dich, ich liebe dich.«

Er lachte leise, dann hustete er. Seine Haut hatte einen ungesunden Blauton angenommen. »Wurde langsam Zeit, dass du das auch merkst«, neckte er sie und drückte seine eisigen Lippen in ihr Haar.

»Heirate mich, Daegan O'Rourke«, bat sie. Er grinste und schloss seine Arme noch fester um sie.

»Abgemacht«, sagte er bibbernd. »Aber hättest du etwas dagegen, wenn ich mich vorher aufwärme?«

Epilog

Der Wind strich sanft über die Berghänge von Montana. Kate stand auf der Veranda und suchte den Horizont nach zwei Reitern ab. Hier und da sah man noch etwas Schnee, aber der Duft des Frühlings lag eindeutig in der Luft, und an den Obstbäumen waren schon ein paar vereinzelte Knospen zu erkennen.

Nach einer raschen Hochzeit und einer langen Diskussion mit der Verwaltung des Community College in Bend war sie im Januar mit Jon zu Daegan nach Montana gezogen. Es war längst Zeit für einen Neuanfang gewesen, dachte Kate, Zeit, die kleine Stadt zu verlassen, in der so viel über sie und ihren Sohn getratscht wurde. Ihr kleines, gemütliches Haus neben der alten McIntyre-Ranch hatte sie verkauft.

Todd Neider hatte sich alles andere als dankbar gezeigt, dass Jon und Daegan ihm das Leben gerettet hatten. Er war an jenem Abend vor seinem prügelnden, betrunkenen Vater weggelaufen und den weiten Weg hinunter zum Fluss gegangen, wie er es schon oft getan hatte, wenn er allein sein wollte. Unglücklicherweise war er an der überfrorenen Böschung ausgeglitten und in die reißende Strömung gestürzt. Er hatte Jon und Daegan für sein Elend verantwortlich gemacht, weil diese dafür gesorgt hatten, dass seine Schikanen seinem Vater zu Ohren kamen, was die Laune des Alten nicht gebessert hatte. Immerhin war er in einer Pflegefamilie untergebracht worden, und Carl Neider hatte dem Sozialarbeiter versprechen müssen, sein Leben zu ändern und mit dem Trinken aufzuhören. Er wollte den Anonymen Alkoholikern beitreten und seinen Sohn nicht mehr schlagen, doch niemand, am allerwenigsten Todd, kaufte ihm das ab.

Die Sullivans verhielten sich laut Sandy ruhig und unternahmen nichts, um die in die Wege geleitete legale Adoption zu behindern. Frank war wegen des Mordes an Stuart angeklagt und hoffte, mit Totschlag davonzukommen; Robert weigerte sich, mit seinem Bruder zu sprechen; Alicia ließ sich scheiden, und Collin, der sich langsam von seiner Schussverletzung erholte, versuchte mit seiner Frau einen Neuanfang. Doch es schien ein ungeschriebenes Gesetz zu sein, nie wieder Daegan oder seine kleine Familie zu behelligen.

Für Neils VanHorn war es gar nicht gut gelaufen. Der Schuss auf Collin hatte eigentlich Jon gegolten und war ein Querschläger gewesen, weshalb sich der Privatschnüffler nun wegen versuchter vorsätzlicher Tötung und fahrlässiger Körperverletzung verantworten musste, und auch der Prozess wegen Kindesentführung stand noch bevor. Rechtsexperten stritten wegen Jons gefälschter Papiere und betonten die Tatsache, dass Jon im Grunde nicht entführt, sondern zu seiner Familie zurückgebracht worden war, während die Bostoner Medien einen Riesenwirbel veranstalteten und Alicia Sullivan McGivens sowie Robert Sullivan als VanHorns Auftraggeber und Drahtzieher in Sachen Entführung und Mord darstellten. Zum Glück hatte Robert Sullivan die Verantwortung für die gefälschten Unterlagen übernommen, so dass Kate mit einem blauen Auge aus der Sache herauskam und nicht auch noch wegen Urkundenfälschung und Schlimmerem vor Gericht gezerrt wurde. Jon sollte sein neues Leben unbehelligt von der Vergangenheit beginnen können, dafür wollte Daegan sorgen.

Kate hatte Daegan überreden können, den Kontakt mit seiner Mutter wiederaufzunehmen, und jetzt, da Frank von der Bildfläche verschwunden war, hatte er mehrere Male mit ihr telefoniert. Sie hatten Pläne geschmiedet, dass Mary Ellen sie in Montana besuchen sollte, damit Jon seine Großmutter kennenlernen und sie und Daegan einander endlich wiedersehen konnten.

Seit Jon am Heiligabend mit der Vision des ertrinkenden Todd aufgewacht und Hals über Kopf losgestürmt war, hatte er keine weiteren Vorahnungen mehr gehabt – zumindest keine, über die er redete. Er schien sich hier gut eingelebt zu haben, sah sich zusammen mit seinen neuen Freunden Filme an und verbrachte nach der Schule viel Zeit mit seinem Vater.

Mit seinem Vater. Das Wissen, dass Daegan Jons Vater war, wärmte ihr Herz.

Sie sah die beiden über den Höhenrücken reiten, zwei hochgewachsene Männer auf großen Pferden. Fieberhaft wedelte sie mit der Hand, um sie auf sich aufmerksam zu machen. Sie hörte, wie Jon einen Freudenschrei ausstieß, dann trieben beide ihre Tiere an und galoppierten in halsbrecherischem Tempo auf sie zu. Kurz vor dem Zaun hielten sie an. Das machten sie jeden Abend: ein Wettreiten zwischen Vater und Sohn.

»Wir sind gleich bei dir!«, rief Daegan ihr zu. Beim Geräusch seiner Stimme fing ihr Herz an zu klopfen. Ihr Mann, der Mann, dem sie an Weihnachten einen Heiratsantrag gemacht hatte. Gedankenverloren strich sie mit der Hand über ihren sich sanft wölbenden Bauch und ging zurück in die Küche, wo sie schon den Tisch gedeckt hatte. In der Mitte stand Jons Geburtstagstorte – drei dicke Schichten Schokolade mit dunkler Karamellglasur, in der sechzehn noch unangezündete Kerzen steckten.

Der Kaffee war gerade durchgelaufen, da hörte sie Stiefelschritte auf der Veranda, dann das Gluckern der alten Rohre, als die beiden sich die Hände wuschen. Binnen Sekunden kamen sie in Socken in die Küche marschiert und wärmten sich die Hände am Holzofen.

»Und, habt ihr einen Ausreißer entdeckt?«, fragte sie.

»Nein«, antwortete Daegan und warf ihr einen begehrlichen Blick zu, der ihr Herz vor Vorfreude hüpfen ließ. »Alle Tiere sind da, wo sie hingehören.«

»Dafür haben wir den Zaun repariert.« Jon verdrehte die Augen, setzte sich an den Tisch und beäugte die Schokoladentorte. Als er meinte, seine Mutter würde gerade nicht hinsehen, knibbelte er ein Stück Glasur ab und schleckte sich die Finger.

»Das hab ich gesehen.«

»Ich weiß, du hast ja auch Augen im Hinterkopf.«

Daegan zwinkerte seinem Sohn zu und naschte ebenfalls.

»Wie der Vater, so der Sohn«, sagte Kate, die zwei Tassen Kaffee und ein Glas Cola einschenkte.

»Sollten wir nicht erst zu Abend essen?«, fragte Daegan.

Sie schüttelte den Kopf. »Jon und ich waren stets der Meinung, Geburtstagstorte muss gegessen werden, wenn man so richtig hungrig ist. Abendessen gibt's in ungefähr einer Stunde, einverstanden?« Sie riss ein Streichholz an und hielt es an die Kerzen. Die Flammen flackerten fröhlich in der gemütlichen kleinen Küche.

»Bevor du sie auspustest«, sagte Kate, »haben wir noch ein paar Geschenke für dich.«

Jon grinste. »Ein neues Auto! Einen Fiat oder einen Pick-up oder eine Corvette oder –«

»Träum weiter«, sagte seine Mutter lachend.

»Nicht gerade eine Corvette, aber ein Transportmittel.«

Daegan griff in seine Hemdtasche und zog einen Umschlag heraus, den er seinem Sohn reichte.
»Was ist das?«, fragte Jon, öffnete das zusammengefaltete Blatt Papier und runzelte die Stirn.
»Das sind die Papiere von Buckshot. Er gehört jetzt dir«, sagte Daegan. Jons Augen weiteten sich vor Überraschung und Freude. »Wenn du willst, kannst du ihn verkaufen und dir stattdessen einen günstigen Wagen anschaffen –«
»Kommt gar nicht in Frage«, sagte Jon, biss sich auf die Lippe und blickte von einem Elternteil zum anderen. »Ich – ich kann's kaum glauben! Das ist toll! Einfach großartig. Danke!«
»Und da ist noch etwas – aber das ist nicht von uns.« Kate reichte ihm einen weiteren Umschlag, diesmal parfümiert und mit Wachs versiegelt.
»Von Jennifer«, sagte er und errötete. »Ich werde ihren Brief später lesen.« Er steckte den Umschlag in die hintere Jeanstasche.
»Also los!« Kate nahm die Hand ihres Mannes und lächelte ihren Sohn an. »Wünsch dir was!«
Jon zögerte, dann schloss er die Augen, holte tief Luft und blies sämtliche Kerzen auf einmal aus.
Kate reichte ihm das Tortenmesser.
»Wollt ihr gar nicht wissen, was ich mir gewünscht habe?«
Sie lachte. »Damit es nicht in Erfüllung geht?«
»Ach, das geht sowieso in Erfüllung. Ich habe es längst gesehen.«
»›Gesehen‹?«, fragte sie. Ihr Mund wurde trocken.
»Hmhm.« Jon nahm die freie Hand seiner Mutter und lächelte. »Du bist schwanger, hab ich recht?«
Kate schluckte. »Ähm, ja.« Sie spürte, wie ihr die Röte den Nacken emporstieg. Daegan grinste breit und drückte ihre

Hand. Zum Glück wusste er bereits, dass sie ein Baby bekamen, und lange hätte sie es ohnehin nicht mehr verbergen können.

»Er wird am einundzwanzigsten August zur Welt kommen«, fuhr Jon fort. »Ich weiß, das ist drei Wochen zu früh, aber das ist nun mal so, und du wirst ihn Jason nennen.«

»Woher willst du wissen, dass es ein Junge ist?«, fragte sie, doch sie kannte die Antwort bereits.

Jon grinste jetzt genauso breit wie sein Vater. »Ich weiß es eben, Mom, vertrau mir. He, die Torte ist köstlich!« Er grub seine Gabel in die Schokocreme, stürzte seine Cola hinunter und nahm sich ein zweites Stück Torte. Dann schob er seinen Stuhl zurück und verkündete, er werde mal nach *seinem* Hengst sehen, doch Kate vermutete, dass er in Wirklichkeit allein sein wollte, um in Ruhe Jennifers Brief zu lesen. Sie schrieben einander regelmäßig, und Jon interessierte sich für kein Mädchen an seiner neuen Schule.

Daegan und Kate räumten den Tisch ab. Als sie damit fertig waren, zog Daegan sie in seine Arme und küsste sie liebevoll auf die Stirn. »Weißt du, Mrs. O'Rourke, du machst mich unglaublich glücklich.«

Sie legte den Kopf an seine Brust. »Zeigst du mir, wie glücklich ich dich mache?«

»Später. Wenn du willst, die ganze Nacht lang. Aber zunächst einmal solltest du wissen, dass sich Jon irrt.«

»Er irrt sich? Inwiefern?«

Er legte ihr eine Hand auf den Bauch und schloss die Augen. »Wir bekommen Zwillinge, Kate, einen Jungen und ein Mädchen, und wir werden sie Jason und Julianne nennen.«

Daegan öffnete ein Auge, um nicht zu verpassen, wie sie auf diese Eröffnung reagierte.

»Zwillinge? Das glaube ich nicht!«
Daegan zog eine Augenbraue in die Höhe und sagte neckend: »Du zweifelst an meinen Worten? An meiner Gabe?«
»Ich? Niemals!«, erwiderte sie, dann lachte sie hell auf.
»Wart's nur ab, Mrs. O'Rourke. Du wirst dich noch wundern.«
»Das tue ich längst«, flüsterte sie und schlang ihre Arme um seinen Nacken. So glücklich hatte sie sich in ihrem ganzen Leben noch nicht gefühlt.

Am einundzwanzigsten August platzte Kates Fruchtblase, und zehn Minuten vor Mitternacht erblickte Jason Patrick O'Rourke das Licht der Welt. Dreiundzwanzig Minuten später, am zweiundzwanzigsten August, wurde seine Schwester Julianne Orchid geboren.
Eine Stunde, nachdem sie ihre Babys zur Welt gebracht hatte, lag Kate in ihrem Krankenhausbett, in jedem Arm einen gewickelten, schlafenden Säugling. Im Krankenhaus war alles still, das Licht gedimmt, doch Daegan stand noch immer an ihrem Bett, unfähig, sich von ihr und seinen beiden Kindern loszureißen. Tränen standen in seinen Augen, als er ihr einen Kuss auf die Schläfe hauchte. »Danke«, sagte er. Seine Stimme klang heiser vor Rührung.
»Mein Gott, ist das schmalzig«, bemerkte Jon, der ebenfalls da war und von einem Stuhl am Fenster aus neugierig seine neuen Geschwister betrachtete.
Jetzt waren sie zu fünft, eine Familie, die immer zusammenhalten würde.
»Ich danke *dir*«, flüsterte Kate und blickte ihren Mann mit feuchten Augen an.
»Wirklich, das ist ja kaum zum Aushalten!«, knurrte Jon, doch seine Lippen verzogen sich zu einem breiten Grinsen.

Kate lachte, Daegan räusperte sich, Jason gluckste, und Julianne wimmerte leise, bevor sie wieder einschlief. Kate seufzte glücklich und lächelte. Manchmal, so wurde ihr klar, gingen Wünsche eben doch in Erfüllung, auch wenn sich die ganze Welt dagegenzustemmen schien.